穢《けが》れた風

ネレ・ノイハウス

風力発電施設建設会社のビルの中で、夜警の死体が発見された。一見、階段を踏み外したための事故死に思われたが、監視カメラに侵入者が写っていたことで、にわかに殺人の様相を呈する。奇妙なことに、社長室のデスクの上になぜかハムスターの死骸が残されていた。これは一体何を意味しているのか？　風力発電の利権をめぐって次々に容疑者が浮かびあがり、さらに第二の殺人が。再生可能エネルギーにかかわる国家的犯罪なのか？人々の欲望と、巨大な陰謀に呑み込まれる刑事オリヴァーとピア。〈ドイツミステリの女王〉による新たな傑作が誕生！

登場人物

オリヴァー・
　フォン・ボーデンシュタイン……ホーフハイム刑事警察署首席警部
ピア・キルヒホフ……同、上級警部
カイ・オスターマン……同、上級警部
ケマレィン（ケム）・アルトゥナイ……同、新任の警部
カトリーン・ファヒンガー……同、刑事助手
クリスティアン・クレーガー……同、鑑識課課長
ニコラ・エンゲル……同、署長、警視
ヘニング・キルヒホフ……法医学者。ピアの元夫
クリストフ・ザンダー……オペル動物園園長、ピアの恋人
ハインリヒ・
　フォン・ボーデンシュタイン……オリヴァーの父。伯爵
レオノーラ……オリヴァーの母
クヴェンティン……オリヴァーの弟
マリー＝ルイーゼ……その妻

ルートヴィヒ・ヒルトライター……………ハインリヒの友人。鴉農場《ラーベンホーフ》の主
フラウケ・ヒルトライター…………………その娘。〈動物の楽園〉従業員
グレーゴル・ヒルトライター………………ルートヴィヒの長男
マティアス・ヒルトライター………………ルートヴィヒの次男
イオアニス（ヤニス）・
　スタヴロス・テオドラキス………………銀行のエンジニア、市民活動家
フリーデリケ（リッキー）・フランツェン……〈動物の楽園〉経営者。ヤニスの恋人
ニカ…………………………………………リッキーの旧友で居候
マルク………………………………………ギムナジウムの生徒
シュテファン・タイセン……………………ウィンドプロ社社長
エンノ・ラーデマッハー……………………同、営業部長
ロルフ・グロスマン…………………………同、夜警
ラルフ・グレックナー………………………エンジニア
アヒム・バルトハウゼン……………………ヘッセン州環境省次官
ディルク・アイゼンフート…………………ドイツ気候研究所所長
ベッティーナ…………………………………ディルクの妻
シアラン・オサリヴァン……………………ジャーナリスト

ボビー・ベネット……………………………オサリヴァンの友人
ハイコ・シュテルヒ……………………………連邦刑事局員
ヘアレーダー……………………………

穢《けが》れた風

ネレ・ノイハウス

酒寄進一　訳

創元推理文庫

WER WIND SÄT

by

Nele Neuhaus

Published in 2011 by List Taschenbuch Verlag
This book is published in Japan by TOKYO SOGENSHA Co., Ltd.
Published by arrangement through Meike Marx Literary Agency, Japan

穢《けが》れた風

ヴァネッサに捧げる

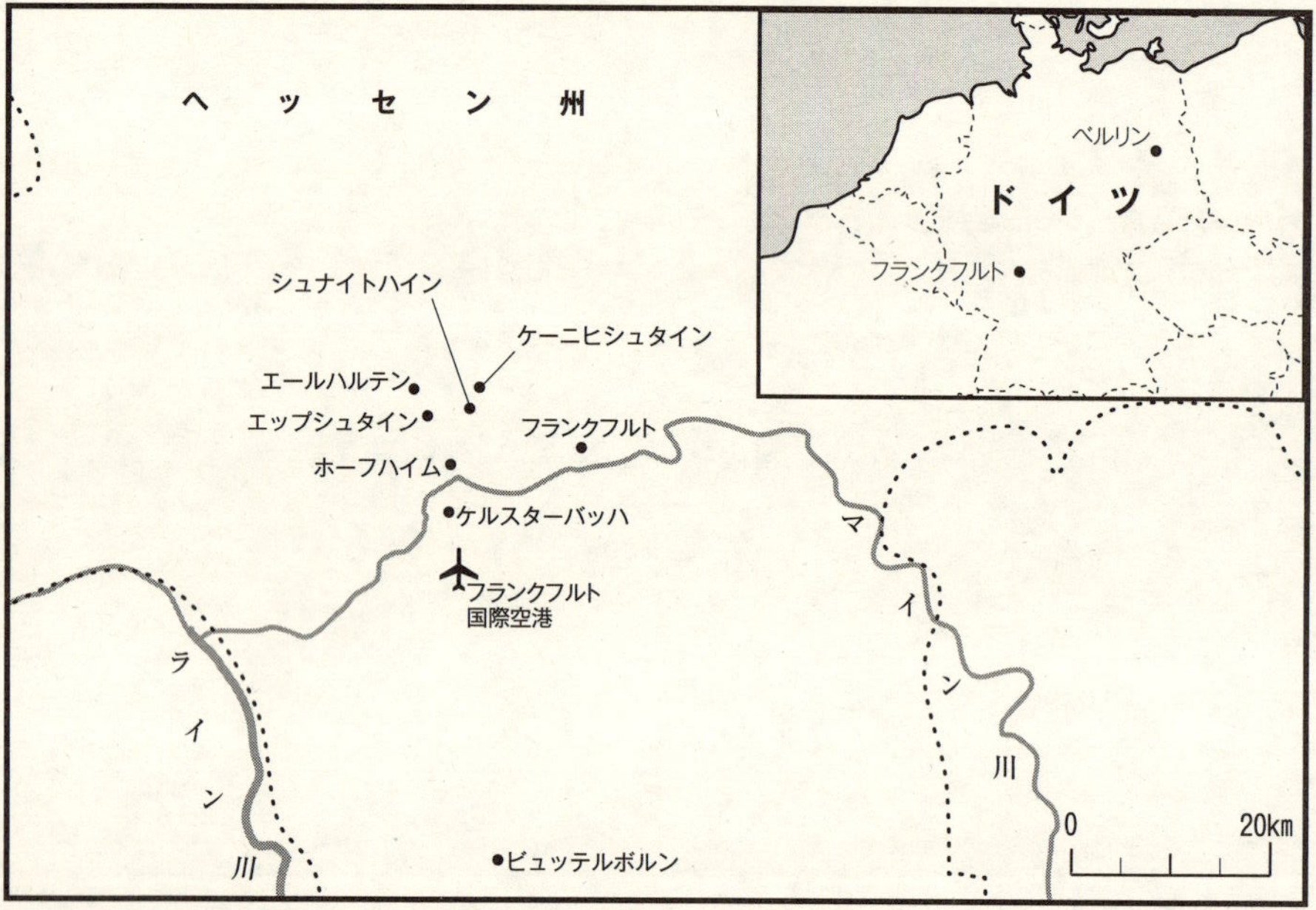
ヘッセン州
ドイツ
ベルリン
フランクフルト
シュナイトハイン
ケーニヒシュタイン
エールハルテン
エップシュタイン
フランクフルト
ホーフハイム
ケルスターバッハ
フランクフルト
国際空港
マイン川
ライン川
ビュッテルボルン
0
20km

プロローグ

女は人気《ひとけ》のない通りを懸命に走った。漆黒《しっこく》の夜空に、気の早い大晦日《おおみそか》の打ち上げ花火があがった。お祭り騒ぎの人でごったがえす公園に着きさえすれば、人混みにもぐり込める！　その界隈を知らない。右も左もわからない。追っ手の足音がまわりのビルに反響している。すぐ後ろに迫っている。女は広い通りからどんどん離れた。タクシーからも、地下鉄駅からも、雑踏からも遠ざかってしまった。今つまずいたらおしまいだ。

死の恐怖で喉が詰まる。心臓が張り裂けそうだ。いつまでもこんなテンポで走れはしない。あそこ！　やっとあった！　はてしなくつづくビルのあいだに暗い隙間がある。女は大急ぎで狭い路地を曲がったが、ほっとしたのも束の間、人生最大の過ちを犯したことに気づいた。目の前に開口部のない滑《なめ》らかな壁が立ちふさがっていた。逃げ道がない！　かっと頭に血が上った。突然の静寂。聞こえるのは自分の荒い息遣いだけだ。悪臭を放つゴミのコンテナーの陰にしゃがみ込むと、湿っていてざらざらの外壁に顔を押しつけて目を閉じた。追っ手が気づかず、通りすぎますようにと必死に祈りながら。

「いたぞ！」押し殺した声。「やっと捕まえた」

車のヘッドライトがともった。女は片腕を上げ、まばゆい光に目をしばたたいた。気が動転した。助けを呼んだほうがいい。

「これで袋のネズミだ」別の男がいった。

石畳を走る足音。男たちがじりじりと近づいてくる。不安が嵩《こう》じて体が痛い。女は汗ばんだ手で拳を作った。爪が皮膚に食い込む。

そのとき、あの男が目にとまった！　暗がりから明るいところへ姿を見せ、彼女を見下ろしている。助けにきてくれたという期待にほんの一瞬打ちふるえた。

「お願い！」かすれた声でささやき、彼の方に手を差しだす。「なにもかも説明するから……」

「手遅れだ」男の目には冷たい怒りとさげすみの感情が宿っていた。最後の希望の火が燃え尽きて、灰になった。湖岸に建つあの美しい白亜の豪邸と同じように。

「お願い、行かないで！」金切り声になった。女は男のところへはっていき、詫びを入れ、これからはなんでもいうことを聞くと誓おうとした。しかし男は背を向け、女と追っ手をそこに残して視界から消えた。追っ手になにをされるかわからない。パニックが黒々とした波となって女におおいかぶさった。あわててあたりを見まわす。いやだ！　死にたくない！　尿とゴミの悪臭漂う暗く汚れたこんな路地で死にたくない！

追いつめられて力が湧き、女は手足を振りまわした。これが最後と必死に闘う。しかしかなうわけがない。地面に押さえつけられ、両腕をねじあげられた。そのとき腕になにか刺された。筋肉が弛緩する。目の前の路地がかすんだ。服を脱がされ、裸にされて、手も足も出ない状態で横たわった。女は運ばれるのを感じた。高い壁のあいだから覗く一筋の真っ黒な夜空に一瞥《いちべつ》をくれた。星がまたたいていた。それから転落した。どこまでもはてしなく暗い奈落へと。ほんのわずかな一瞬、無重量を感じた。落ちていく激しさに息ができない。暗くなった。死ぬのがこんなに簡単だとは、ちょっと驚きだ。

女は上体を跳ね起こした。胸の鼓動が早鐘を打つ。夢だと理解するのに数秒かかった。何ヶ月も前から見つづけているが、これほどリアルに感じたことはない。そもそも最後まで見たのもはじめてだ。ぶるぶるふるえる体に腕を巻きつけると、こわばった筋肉がゆるみ、温もりが戻るのを待った。街灯の明かりが格子窓から射し込んでいる。ここはいつまで安全だろう。女はベッドに倒れ込み、枕に顔を押しつけてすすり泣いた。この不安から解放されることがないのをよく知っていたからだ。

二〇〇九年五月十一日（月曜日）

日が昇った。庭木戸から外に出て、戸を閉める。銃を肩にかけ、いつものように森へ通じる緩やかな坂道を上った。褐色のプードルポインターのテルが数メートル先を歩いている。ときどき地面に繊細な鼻を近づけ、夜中に残された無数のにおいを嗅ぎとる。ルートヴィヒ・ヒルトライターはすがすがしい冷気を胸いっぱいに吸って、鳥たちの朝のさえずりに耳をすました。森の空き地で鹿が二頭、草を食《は》んでいる。テルはそっちを見たが、鹿を追いかけようとはしなかった。まったく素直で賢い犬だ。主人の許しがなければ野生動物を追いまわしてはいけないとわかっている。

「いい子だ」ヒルトライターはうなるようにいった。家から森まではそれほど離れていない。紅白の縞《しま》模様が入った遮断機をくぐる。フランクフルトから散策にくる連中が森の奥まで入り込むので、仕方なく数年前に設置したものだ。最近の人間、とくに都会人は自然を敬うことを知らなくて困る。樹木の区別もつかないし、大声でしゃべり、禁猟期だろうがおかまいなしに躾《しつけ》のなっていない犬を放す。飼い犬が野生動物を見つけて追いまわすと、大喜びする連中までいる。ヒルトライターはこういう蛮行に我慢がならなかった。森は彼にとって神聖な場所で、自分の庭のように知り尽くしていた。ひっそりとした空き地のどこに野生動物が立ち、イノシシがどういう道を使うかも知っている。数年前、森に慣れていない人が深く知るきっかけになればとリンデンコップフ森林学習路の看板を考案して立てたのも彼だ。

太陽が木漏れ日を落とし、森は緑と黄金色に染まった静かな大聖堂と化す。最初の分かれ道で、テルは主人の考えがわかるのか、右の道を進んだ。ヒルトライターたちは大きなナラの木のそばを通って、去年の秋の嵐で森にできた空き地に辿《たど》り着いた。ヒルトライターは突然、立ち止まった。テルもぴたっと足を止めて耳を立てた。エンジン音！　すぐにチェーンソーのすさまじい音が静寂を破った。森林作業員のはずがない。この時期は作業をしない。ヒルトライターはかっと頭に血が上った。向きを変えると、音のする方へずんずん歩きだした。胸の鼓動が激しく早鐘を打つ。奴らが約束を守るはずがないと思っていた。市民集会の前に既成事実を作るため、勝手に伐採をはじめたのだ。

数分後、不安は的中した。ヒルトライターは尾根の下の小さな空き地に張り巡らされた立入禁止テープをくぐって、数台のオレンジ色のトラックと、忙しく歩きまわる六人ほどの作業員を啞然として見た。またしてもチェーンソーが音をたてた。木くずが飛んだ。トウヒの巨木がぐらりと揺れて、空き地に地響きをたてて倒れた。この糞野郎！　怒りに打ちふるえながら、ヒルトライターは銃を肩から下ろし、安全装置をはずした。

「やめろ！」チェーンソーが空転するのを待って怒鳴った。作業員たちが彼の方を見て、ヘルメットのフードを上げた。ヒルトライターは空き地に進み出た。テルがすぐそばに付き添った。

「失せろ！」作業員のひとりが怒鳴りかえした。「ここに入るな！」

「そっちこそ失せろ！」ヒルトライターは目を怒らせて応えた。「よくも木を伐採したな」

現場主任はヒルトライターの決死の表情と銃に気づいた。

「おい、落ち着け」現場主任はあわてて両手を上げた。「俺たちは雇われているだけだ」

「ここで伐採をする理由にはならん。森から出ていけ。今すぐに」

他の作業員が近づいてきた。チェーンソーの音が消えた。テルが低くうなった。ヒルトライターは人差し指を引き金に置いた。本気だった。工事開始は六月はじめといわれた。市長か郡長の暗黙の了解があっても、事前の伐採は違法だ。

「五分やる。道具を片付けて、ここから失せろ！」ヒルトライターは男たちに向かって怒鳴った。だれも動かなかった。ヒルトライターは、作業員が手にしたチェーンソーに狙いをつけて、引き金を引いた。銃声が轟《とどろ》いた。ぎりぎりのところで、ヒルトライターは銃口をわずかに上げ、銃弾が作業員の頭上一メートルくらいのところをかすめ飛ぶようにした。一瞬、作業員たちは呆気にとられ、それから脱兎のごとく逃げだした。

「ただじゃ置かないからな」現場主任が叫んだ。「警察を呼ぶ」

「それはこっちのセリフだ」ヒルトライターはうなずいて、銃を肩にかけた。連中が警察に通報するわけがない。墓穴《ぼけつ》を掘るだけだ。

口先だけの約束をあやうく信じるところだった。すべて決着するまで伐採はしないと金曜日にいったばかりだ。その裏で、月曜日の朝に作業をはじめるよう伐採業者に依頼していたに違いない。ヒルトライターは、トラックが空き地からいなくなり、エンジン音が聞こえなくなるまで待ってから、銃を木に立てかけて、立入禁止テープをはずした。俺が生きているうちは木を一本たりとも切らせない。ヒルトライターは戦う気満々だった。

ピア・キルヒホフがベルトコンベアのそばに立ってスーツケースに手を伸ばしたとき、上着のポケットで呼び出し音が鳴った。着陸して携帯電話の電源を入れるなり、さっそく呼びだされるとは。この三週間、携帯電話は沈黙していた。日常もっとも大事な道具なのに、すっかりどうでもいいものになっていた。今はスーツケースの方がよっぽど重要だ。クリストフのスーツケースは最初に出てきて、彼はとっくに到着ロビーに出ている。ピアもあとにつづきたかったが、十五分も待たされた。上海発LH七二九便の荷物は神経を逆なでするほど出てくるのが不規則で、ときには何メートルも間隔があいた。

グレーのハードシェルスーツケースをようやく手荷物カートにどすんと載せると、ハンドバッグに手を入れて携帯電話を探した。ホールにアナウンスが響き、だれかがピアのふくらはぎに手荷物カートをぶつけて、謝りもしなかった。次の飛行機の乗客も集まってきた。税関の検査所は長蛇の列だ。ピアはさかんに呼び出し音が鳴る携帯電話をようやく探しだして、通話ボタンを押した。

「今、税関にいます！　あとでかけ直してください！」

「おお、それはすまない」電話の向こうで答えたのはオリヴァー・フォン・ボーデンシュタイン第一首席警部だった。ピアのボスは愉快そうにいった。「昨日の夜には帰国しているはずじやなかったのか？」

「オリヴァー！」ピアはため息をついた。「ごめんなさい。九時間の遅延です。着陸したばかり。それよりどうしたんですか？」

「ちょっと問題を抱えている。死体が発見された。だが今日の十一時、戸籍役場で息子の結婚式があるんだ。出席しなかったら家族から完全にのけ者にされてしまう」

「死体？　どこですか？」ピアは税関を通り抜けようとした。乗客を無表情に見ていた小太りの女性税関職員が片手を上げた。ピアの最後の言葉に反応したのだ。急いでいるというのに。

「ケルクハイムにある会社のビルだ」オリヴァーはいった。「通報があったばかりだ。新入りを向かわせるが、きみも行ってくれるとありがたい」

「申告するものはありますか？」女性税関職員がいった。

「いいえ」ピアは首を横に振った。

「いいえって、どういうことだ？」オリヴァーが驚いてたずねた。

「いいえ、違うんです」ピアはいらついて答えた。「申告するものはないです。はい、わかりました」

「どっちなんですか？」税関職員は眉を吊りあげた。「スーツケースを開けてください」

ピアは携帯電話を頬と肩ではさんでスーツケースの鍵を開け、蓋をひらこうとして、爪を割ってしまった。バカンス気分は完全に消し飛んだ。ストレスがたまった。

「わかったわ。わたしが引き受けます。住所を教えて」

ピアはスーツケースを開けた。税関職員はピアがいいかげんに詰めたスーツケースを引っかきまわした。汚れた下着のあいだに不法に持ちだした明朝《みんちょう》の花瓶とか、酒とかタバコが隠してあるとでも思ったのだろう。ピアの後ろに行列ができた。ピアは腹が立って税関職員をにらみつけた。税関職員は結局なにも見つけられず、高慢にも通っていいと顎で指図した。ピアは勢いよくスーツケースを閉め、手荷物カートに投げるように載せると、出口へ向かった。曇りガラスのドアが左右にひらいた。税関を出たところで、クリストフがわずかに引きつった笑みを浮かべながら待っていた。その横には苦虫を噛みつぶしたような顔の元夫ヘニング・キルヒホフがいた。勘弁して！　留守のあいだ白樺農場《ビルケンホーフ》の家畜の世話をして、空港に迎えにきてくれることになっていたのはミリアムのはずだ。旅に出る前、電話でそう話し合った。

「スーツケースが出てきたのが最後だったのよ」ピアは謝った。「そのうえ税関のおばさんがスーツケースの中を見るといいだしたものだから。ごめん。ここでなにをしているの？」

最後の言葉は前の夫に向けたものだ。中国で日焼けしたクリストフとは対照的に、ヘニングは色白でやせていた。

「わたしも会えてうれしい」ヘニングは皮肉っぽくいうと、相好を崩した。「車は駐車禁止のところに一時間以上止めてある。罰金を取られたら払ってもらうぞ」

ピアはヘニングの頬に軽くキスをした。「迎えにきてくれてありがとう。ミリアムは？」

ヘニングは前の恋人とのあいだに子どもができて、ピアの親友ミリアムとの仲がこじれていた。ミリアムは数ヶ月にわたって音信不通になり、ヘニングはいっそのこと国外に転職するとまでいいだした時期があった。ふたりは結局、縒《よ》りを戻したが、仲むつまじいといえる雰囲気ではなかった。

「ミリアムは九時にマインツで仕事があるんだ。飛行機の到着を待てなかった」ヘニングはたらたら不満をいいながら、ピアたちと出口へ向かった。「研究所から空港までは近いからいいじゃないかって、彼女にいわれたよ。それでバカンスはどうだった？」

「よかったわよ」ピアはクリストフとちらっと視線を交わした。よかったという言葉ではぜんぜん足りない。三週間の中国旅行は、ピアにとって生まれてはじめての本格的なバカンスだった。本当にすばらしかった。クリストフといっしょに暮らしてかなりになるのに、今でも彼を見ると、胃のあたりが心地よくむずむずする。彼のようなパートナーと出会う幸運に巡り合えるなんて本当に信じられないと思っていた。ふたりは三年前の夏、殺人事件の捜査中に出会った。ピアはそのとき、自分の後半生を動物たちといっしょに白樺農場《ビルケンホーフ》で過ごす覚悟をしていた。だが、クリストフとは会うなり惹かれ合った。とはいっても、オリヴァーが当時、クリストフに殺人の嫌疑をかけたので、なかなかややこしかったが。

五月の早朝、ひんやりとした空気にピアはぞくっとした。長時間のフライトのあとだ。体がべとついて汚れている感じがする。シャワーを浴びたいが、もうしばらく我慢するほかない。

ヘニングの車は駐車違反切符を切られずにすんだ。たぶん「医療従事中」というプレートをフロントガラスの見えるところに置いておいたからだろう。彼とクリストフがスーツケースをラゲージルームに積み込んだ。ピアは急いでメルセデス・ベンツの後部座席に乗り込んだ。

「このあとの予定は?」ピアはたずねた。ヘニングはケルスターバッハへ向けて高速道路に乗った。フランクフルト方面は朝の渋滞がはじまっていて、ノロノロ運転しかできなかった。

「どうしてだい?」ヘニングは警戒しながら聞き返した。

ピアは天を仰いだ。簡単な質問にも簡単には答えないのがヘニングだ! ピアはずきずきするこめかみをもんだ。この三週間、すべてのスイッチを切っていた。日々の悩みごと、仕事、撤去される恐れのある白樺農場《ビルケンホーフ》。それがいっせいに襲いかかってきた。できることなら、迷わずバカンスを無期限延長したいところだ。しかし本気で幸せを感じるのは、時間が限られているからでもある。

「ケルクハイムの遺体発見現場に行く必要があるのよ」ピアは答えた。「ボスから電話があったの。バカンスは本当にもう終わり」

動物保護施設《ティアハイム》の大きな門は閉じていて、平屋の管理棟の前の駐車場はがらんとしていた。マルクは高いフェンスのそばを落ち着きなく行ったり来たりしながら、携帯電話に視線を向けた。七時十五分。リッキーはどうしたのかな。二十分したら行かなくちゃいけない。授業に一分でも遅刻したら、教師が大騒ぎする。二、三度学校をさぼっただけで、母親にEメールを送るような連中だ。いかれてる。学校に興味がないって、両親はどうしてわかってくれないんだ。寄宿学校を辞めて家に戻ったとき、自分の人生が他人ごとのように感じられた。学校に時間を費やすなんて愚の骨頂だ。もっとやりがいのあることをしたいのに。なにか動物に関わることがしたい。ひとり暮らしをして、犬や猫を飼いたい。リッキーとヤニスみたいに。考えただけでわくわくする。しかしこんなことをいったら、父親は卒倒するだろう。大学入学資格試験を受けて進学する。そして留学もする。そう決められている。それができなければ下層階級、完璧な落ちこぼれ、生活保護支給者にまっしぐらだという。

そこからはシュナイトハインに通じる舗装された農道がよく見える。早朝の犬の散歩をしている人が数人いるだけで、他に人影はない。昨夜は遅くまでコンピュータに向かっていた。眠れなかったからだ。目を閉じると、いろいろな記憶が蘇《よみがえ》る。リッキーにショートメッセージを送ったら、朝七時、動物保護施設《ティアハイム》にいるという返事があった。それなのにもう七時半だ。マルクは彼女の家へ行くことにした。

裁判官から動物保護施設《ティアハイム》で八十時間の労働奉仕を義務づけられたとき、マルクは目の前が真っ暗になった。最悪だと思った。けれども、そこでリッキーと彼女の恋人ヤニス・テオドラキスのふたりと知り合い、楽しみが見つかった。動物保護施設《ティアハイム》での労働は愉快だった。だから義務を果たした今でも、そこを手伝っている。リッキーとヤニスのところは新しいわが家、自分をいつでも歓迎してくれる新しい家族のような気がしていた。ヤニスはマルクの手本だ。ひと晩じゅう議論をすることもある。これまでマルクが興味を持たなかった問題。アフガニスタン、イスラエルの入植地、グアンタナモ収容所収容者のドイツへの受け入れ問題。なかでも一番関心を持っているのは気候変動のデマだ。ヤニスは事情通で、連邦政府の税制や左翼や緑の党にしか反応しないマルクの父親とは考え方がまったく違っていた。それに有言実行の人だ。マルクは何度かヤニスといっしょにデモに参加し、彼の人脈の広さに驚かされた。

マルクはヘルメットをかぶって、スクーターのエンジンをかけた。そのときリッキーの暗色系のアウディのステーションワゴンが坂道を上ってきた。車がすぐ横で止まり、サイドウィンドウが下りた。マルクの鼓動が高鳴った。

「おはよう」リッキーは微笑んだ。「遅くなってごめんね」

「おはよう」マルクは顔が火照《ほて》るのを感じた。いつものことだ。すぐに顔が赤くなる。

「餌やりを手伝ってくれる？　そのとき話をしましょう。いい？」

マルクはためらった。ああ、学校なんてどうでもいい。人生に必要なことはすべて学んだ。本当の人生は、どうせ学校の外にある。

「いいよ」マルクはいった。


未来風のビルのガラス張りの壁に朝日が反射していた。きれいに刈り込んだ産業パークの芝生に建っているところは、墜落した宇宙船のようだ。ヘニングはがらがらの駐車場にステーションワゴンを止めた。それからアルミトランクを二個、ラゲージルームからだし、ピアがそのうちの一個を受け取ろうとすると、「大丈夫だ」とぼそっといった。十五分前、白樺農場《ビルケンホーフ》の前でクリストフを降ろしてから、ヘニングはずっと黙りこくっている。しかし十六年ものあいだ夫婦だったピアには、彼の性格など先刻お見通しだ。気にもならなかった。ヘニングは三日間ひと言も口をきかないこともある。ふたりは舗装された手前の広場を横切った。たっぷり花が植えられた花壇と噴水。その噴水の横にパトカーが二台止まっていた。ピアはそのそばを通りながら会社の看板に視線を向けた。ウィンドプロ有限会社。その横の風車のデザインを見れば、ここがどういう会社か容易に察しがつく。警官がひとり、あくびをしながら外階段に立っていて、一礼してピアたちを通した。大きな吹き抜けのエントランスホールに入るなり、甘い腐臭がピアの鼻をついた。

「週末のあいだずっと、この保育器に入っていたようだな」隣でヘニングが軽口を叩いた。ピアは無視して、四階まで見上げた。螺旋《らせん》階段とガラス張りのエレベーターがある。右側にあるステンレス製の長いカウンターに女の従業員がすわっている。膝にひじをつき、両手で顔をおおっている。そのまわりに数人の巡査と私服の刑事が立っていた。私服は、ボスがいっていた新入りに違いない。

「これは、これは」ヘニングはいった。

「あら、彼を知っているの?」

「ああ。ケマレィン・アルトゥナイだ。最近までオッフェンバッハ刑事警察署捜査十一課にいた」法医学者のヘニングは、ライン＝マイン地方からヘッセン州南部にいたる地域のほとんどの殺人課刑事と顔見知りだ。

ピアはアルトゥナイを見つめた。女の方にかがみ込んで、小声で話しかけている。年齢は三十代の終わりくらいだろう。見た目は前任者のフランク・ベーンケよりはるかにいい。ワイシャツ、黒のジーンズ、ぴかぴかに磨いた靴。黒髪は軍隊風に短く刈り込んでいる。文句ない外見だ。それに引き替え、自分はよれよれの灰色のTシャツ。しかもわきの下に汗ジミがある。はいているジーンズもシミだらけ。あまりいい気持ちがしなかった。やはりシャワーを浴びて、着替えるべきだったが、あとの祭りだ。

「やあ、ドクター・キルヒホフ」新入りは心地よい低い声でそういってから、ピアの方を向いて手を差しだした。

「ケマレィン・アルトゥナイ。ケムと呼んでくれ。会えてうれしい。カイとカトリーンからいろいろ聞いているよ。バカンスは楽しかったかい?」

「ええ、まあ」ピアは口ごもった。「飛行機が九時間遅れて……」

「帰国早々、死体と対面とはすまないね」ケムは申し訳なさそうに微笑んだ。ふたりは数秒のあいだ顔を見合わせ、ピアが先に伏し目がちになった。彼のとろけるようなビターチョコレートのまなざしに戸惑ったのだ。数秒が経過し、黙っているのが気まずくなった。ふたりの背後で、ヘニングがえへんと咳払いした。ピアは我に返って気を取り直した。

「どんな状況?」

「遺体の名はロルフ・グロスマン、二、三年前から夜警としてここで働いていた。事故死のようだ」ケムは答えた。「そこの従業員が今朝六時半頃、遺体を発見した。こっちだ」

甘い死臭がきつくなった。異臭を放つ遺体というのは、たいてい食欲をそそる姿ではなくなっている。ピアはケムにつづいて階段を上り、内心身構えた。それでも一瞬息をのんだ。遺体は三階と四階のあいだの階段の踊り場に身をよじるようにして横たわっていた。膨張し、変色した顔はもはや人間とは思えない。仕事柄、遺体をさんざん見ているが、それでも遺体にまとわりつくハエを見ると、吐き気がする。しかし同僚の前では意地でも吐くわけにはいかない。

「どうして事故だと思うの？」ピアは吐き気を堪《こら》えながらたずねた。大きな吹き抜けのホールにたまった熱気で、体じゅうから汗が噴きだす。「ふう！　エアコンをつけるか、ガラスの丸天井を開けられないかしら？」

「けしからんことをいうな！」使い捨ての白い作業着に着替えたヘニングがいった。「発見現場を台無しにしたら、ただじゃ置かないからな」

ピアは、新入りがびっくりしていることに気づいた。

「以前、夫婦だったの」ピアがさりげなくいった。「それで、どう？」

「階段でつまずいて、転げ落ちたように見える」ケムは答えた。

「ふうむ」ピアはらせん階段に目を走らせた。ゆったりとした弧を描きながら四階までつづいている。「遺体を発見した従業員とは話した？　朝六時半にここでなにをしていたわけ？」

ヘニングは音をたててトランクを開けた。彼がかがみ込んで遺体を見ると、ハエの群れがその周囲を飛びまわった。

「仕事をはじめるのが早いんだろう。経理係だ」ケムは、いまだにじっと椅子にすわっている女の方を向いた。「ショック状態だ。故人とは仲がよかったらしい。朝、コーヒーをよくいっしょに飲んだという」

「それにしても、どうして階段から落ちたのかしら？」

「酒癖が悪かったようだ」ケムは答えた。「遺体は酒臭い。受付カウンター裏の給湯室に飲みかけのジャックダニエルがあった」

焦げ茶色の服を着た宅配業者がタブレット端末とペンをだして、受取証に署名を求めた。フラウケ・ヒルトライターは傷だらけの画面にサインをし、満足して微笑んだ。荷物を倉庫に入れてくれというと、宅配業者はあからさまにいやな顔をした。だがフラウケは気にもとめなかった。

売り場に戻ると、明かりをつけてあたりを見まわした。店の所有者はリッキーだが、フラウケは自分のものでもあるかのようにこの店を愛していた。ようやく心地のよい居場所が見つかったのだ。〈動物の楽園〉という名にふさわしい店だ。フラウケが子ども時代から知っている、変なにおいのする、じめじめした薄暗いペットショップとは大違いだ。隣の部屋のドアを開けた。そこはドッグサロン。彼女の持ち場だ。夜間講座でグルーマーと呼ばれる犬の美容師の資格を取得した。彼女の仕事ぶりは評判がよく、いい稼ぎになっていた。リッキーのドッグスクールと、二、三週間前からはじめたオンラインショップも繁盛している。フラウケは店内を抜けて、事務室に入った。ニカがコンピュータに向かって、注文を確認していた。

「注文はどのくらい入った？」フラウケは好奇心からたずねた。

「二十四件」ニカが答えた。「先週の月曜日と比べたら倍増ね。でも、新しい商品をアップすることができないのよ」

「なんで?」フラウケはミニキッチンの吊り戸棚からコーヒーカップを二客だした。コーヒーメーカーがゴボゴボ音をたてた。

「わからない。何度やってもだめなの。情報を打ち込んで保存しようとすると反応しなくて」

「マルクに見てもらうしかないわね。あの子ならわかるわよ」

「その方がよさそうね」ニカは印刷のアイコンをクリックした。しばらくしてプリンターが注文書を吐きだした。ニカはあくびをしながら伸びをした。「ちょっと倉庫を見てくる」

「その前にコーヒーを飲みましょうよ。時間はあるわ」

フラウケはカップにコーヒーを注いで一客をニカに渡した。

「ミルクは入れておいたわ」

「ありがとう」ニカは顔をほころばせ、熱々のコーヒーに息を吹きかけた。

フラウケは、ニカが〈動物の楽園〉を手伝ってくれるのを喜んでいた。リッキーは店に出る時間がなくなっていたからだ。労働局から紹介されたアルバイトはろくでもなかった。ひとり目は盗みを働き、ふたり目は注文を受けても間違いだらけだったし、三人目は三日後、重労働で背中が痛いといいだした。それと比べると、ニカは文句もいわず、よく働く。ぐちゃぐちゃの出納帳を整理した上、夕方には店の掃除までしてくれる。そういうわけで、労働局から来たアルバイトを解雇した。フラウケはニカのことをよく知らなかった。知っているのはリッキーの旧友だということと、シュナイトハインにあるリッキーとヤニスの家に間借りしていることだけだ。はじめて会ったときは、あまり印象に残らなかった。やせていて、口数が少ない。髪はアッシュブロンドのストレートで、メガネをかけ、病的なほど色白だ。それに着ている服は、赤十字の寄付用コンテナーに投げ込みたくなるような代物だ。リッキーと違って、ニカは地味だ。クジャクとウズラくらいの差がある。だからふたりは気が合うのかもしれない。リッキーはライバルを好まない。ニカはまさしくライバルにはなれそうにない存在だ。フラウケも同じだった。ニカのことをもっと知りたいと思った。物静かで、ときどき悲しげな表情をするから余計気になる。けれども残念ながらニカは自分のことを語ろうとしない。ときどき好奇心に負けて、さりげなく質問してみたことがあるが、ニカは微笑んだだけで、たいしたことはなにもないから、話す価値などないとはぐらかした。

「さてと、仕事、仕事」ニカはカップを流し台に置いた。「リッキーは注文された品を発送するために九時半頃来るそうよ。マルクに電話をしてくれる？」

「わかった。わたしがする」フラウケはうなずき、満足して微笑んだ。人生の風向きは本当にいい方に向いてくれた。このままだといいんだけど。できることなら永遠に。

　ヘニングは徹底的に検案して、最初の所見をだした。マスクを下げると、ピアとケムの方を向いた。「死亡時刻は土曜日の午前三時から六時のあいだだな。死後硬直はすでに解けている。死斑は指で圧迫しても退色しない」

「ありがとう」ピアは、眉間にしわを寄せて遺体の観察をつづけている前の夫にうなずいた。

「どうしたの？」ピアはたずねた。

「ふうむ。勘違いかもしれないが、階段からの転落が死因とは思えない。頸骨《けいこつ》が折れていない」

「他殺ということ？」

「可能性はある」ヘニングはうなずいた。ピアはオリヴァーに電話をかけようとしたが、思いとどまった。今は捜査の指揮を任されている。自分で判断しなければ。ヘニングが他殺の疑いを抱くのなら捜査開始だ。

「鑑識チームと現場保存のための応援を少し頼むことにする」ピアはケムにいった。「ここでなにがあったかわかるまで社屋は立入禁止。それから司法解剖の申請をよろしく」

「わかった。手配する」ケムはうなずいてズボンのポケットから携帯電話をだした。ピアたちは階段を下りた。封鎖した玄関で大きな声がする。出勤した社員に証拠を台無しにされないよう見張りについていた警官のひとりが、持ち場を離れてピアのところへやってきた。

「どうしたの？」ピアはたずねた。

「社長が来て、中に入れろとうるさいんです」

「ここに連れてきて。でも社長以外は中に入れないように」

警官はうなずいて戻った。

「そろそろ換気してもいいかしら？」ピアはヘニングの方を向いた。汗だくで、腐臭が耐えられなかった。

「だめだ」ヘニングがぼそっと答えた。「鑑識が来るまではな。クレーガーに文句をいわれたくない」

「どうせ文句はいわれるわ。あなたが先に遺体に触れたといってね」

ケムが次々と三ヶ所に電話をかけ、ふたたび携帯電話をしまった。

「鑑識チームは移動中。応援も要請した。検察官へはカイから連絡してもらう」

「わかった。遺体のボスが来たわ。どうする?」ピアは新入りにたずねた。

「質問は任せるよ。俺は聞き役にまわる」

「わかった」ピアはほっとした。ケムはフランクのように張り合うタイプではないらしい。フランクは捜査でも聞き込みでも、先輩面ばかりした。

しばらくして、背が高く、肩幅のある男が警官に伴われてやってきた。吐き気を催す異臭と、社員が死んだという知らせに、顔色を失っている。しかし社長がピアに名乗る前に、遺体発見者である女性社員が急に顔を上げ、椅子から跳ねるように立ちあがると、意味不明の言葉を叫びながら走ってきた。社長ははじめ面食らったが、社員を腕に抱いて、やせた肩を慰《なぐさ》めるようにやさしくなでた。ケムがそっと手をかけて、すすり泣く女性を離した。エントランスホールの途中に張られた立入禁止テープの向こうでは、集まった社員たちが神妙にしていた。社長は見るからに衝撃を受けていたが、気をしっかり持っていた。

「ホーフハイム刑事警察署捜査十一課のキルヒホフです。こっちは同僚のアルトゥナイ」

「シュテファン・タイセンです。なにがあったのですか?」

タイセンの握手は力強く、掌《てのひら》はわずかに汗ばんでいた。ホールの室温と、この騒ぎの中なのだから無理もない。ピアは社長を見上げなければならなかった。身長は少なくとも一メートル九十センチはある。ハンサムだ。アフターシェイブローションのにおいのおかげで、一瞬、死臭が消えた。きれいにわけた髪はまだ湿っている。襟から覗いている首が、かみそりを当てたせいか、かすかに赤らんでいた。

「夜警のグロスマンさんが事故死したようなのです」

ピアはタイセンがどういう反応をするか観察した。

「なんてことだ。いったい……どうして……その、つまり……」タイセンはしどろもどろになった。「なんてことだ」

「階段から落ちたようです。しかしどこか別のところで話をしましょう」

「ええ。わたしの部屋はいかがですか？」タイセンはピアを見た。「四階です。エレベーターが使えます」

「他のところがいいですね。鑑識チームの到着を待っているところです。それまでだれも社屋に入れないでください」

「社員はどうしたらいいですか？」

「仕事がはじめられるのはかなり遅くなってからになるでしょう。事故を正確に再現してからになります」

「どのくらいかかりますか？」

いつも同じ質問だ。ピアもいつもどおり返答した。

「なんともいえません」

ピアはケムの方を振り返った。

「ケム、鑑識チームが着いたら、わたしに電話を寄こすよう巡査に頼んでおいて」

はじめて会う人間に軽い口調で話しかけるのは変な気分だ。ピアにはまだケムが同僚に思えなかった。昨日の今頃、ピアははるか彼方《かなた》にいた。おそらくそのせいでいつものように振る舞えないのかもしれない。クリストフのことがふっと頭をよぎり、親指で指輪に触れた。目敏いヘニングも、まだその指輪に気づいていない。中国での最後の夜のことを一瞬思いだした。そのとき、タイセンにじっと見られていることに気づいた。

ケムが戻ってくると、社長について一階の応接室へ向かった。

「すわってください」タイセンは応接セットを指差し、ドアを閉めてアタッシェケースを置いた。タイセンはすわる前にジャケットのボタンをはずした。五十歳にはなっているはずだが、贅肉《ぜいにく》はほとんどついていない。おそらく毎朝ジョギングをしているのだろう。あるいは自転車。早朝、マウンテンバイクを走らせているのかもしれない。最初のショックから立ち直ると、タイセンは肩の力を抜いた。顔色もよくなっている。

「さて、うかがいましょう」

「社員の方が今朝、グロスマンさんの遺体を発見しました」そういってから、ピアはタイセンがさっきその女性社員を抱いて慰めたことを思いだした。心やさしいボス。彼のポイントが上がった。

「ヴァイダウアーさんですね」タイセンがうなずいた。「彼女はうちの経理担当で、いつも朝早く出勤するのです」

「グロスマンさんは酒癖が悪かったそうですが。本当ですか？」

タイセンはうなずいてため息をついた。

「ええ、本当です。酒浸りではないのですが、飲むと深酒をしました」

「そんな人が夜警で、大丈夫だったのですか？」

「まあ、なんといいますか」タイセンは片手で髪をかきあげ、うまい言葉を探した。「ロルフはわたしのクラスメイトだったんです」

ピアはびっくりした。タイセンの年齢を完全に読み間違えたか、ロルフ・グロスマンが腐乱して実際よりも老けて見えたかどちらかだ。

「学生時代は親友だったんです。そのあと付き合いがなくなりました。数年前、クラス会で再会したときはショックでした。妻に去られ、失業してフランクフルトのホームレス用宿泊施設に住んでいました」タイセンは肩をすくめた。「かわいそうになって雇ったのです。はじめは運転手として。運転手として。律儀でしたし、彼の運転免許が失効してからは夜警になってもらいました。うまくいっていたんです。律儀でしたし、勤務中はたいてい酒を飲みませんでしたから」

「たいていということは」ケムが口をはさんだ。「いつもではないんですね？」

「ええ、いつもではありません。出張から帰って、遅く出社したとき、彼の不意をついてしまったことがあります。給湯室で酔い崩れていたんですよ。そのあと三ヶ月、彼はアルコール依存症の治療を受けました。もう一年以上問題を起こしていません。酒癖の悪さは治ったと思ったのですが」

偏見がなく、公正だ。美化することもない。

「法医学者の所見によると、グロスマンさんが亡くなったのは土曜日の未明の三時から六時のあいだと見られます」ピアはいった。「今朝までだれも気づかなかったなどということがあるんでしょうか？」

「彼はひとり暮らしでした。週末、ここにはだれも来ません。といっても、今はプロジェクトの立ち上げ前で忙しい時期ですが。わたしは土曜日や日曜日にときどき会社に出ます。しかし今週末は出張していました。ロルフ……いや、そのグロスマンは……朝六時に仕事を終え、午後六時にまた仕事についていました」

タイセンがいったことは筋が通っていた。ピアは礼をいい、みんな、立ちあがった。その瞬間、携帯電話が鳴った。ヘニングからだ。

「興味深いことを発見した。階段に来てくれ。今すぐだ」

妻の顔を見つめ、良心が痛んだ。しばらく訪ねなかった。妻は目を開けているが、なにも見ていない。言葉はわかるのだろうか。触ると感じるのだろうか。

「昨晩は大成功だった」彼は妻の手をなでた。「みんな来てくれた。本当にみんなだ。メルケルもだぞ。もちろん報道機関も。本は今日の新聞のトップ記事になっていた。きみも読んだら気に入るはずだ」

ひらいた窓から街の喧噪が入ってくる。路面電車の走行音、クラクション、エンジン音。ディルク・アイゼンフートは妻の手を取って、冷たい指に口づけをした。目を開けたままベッドに横たわる妻を見るたび、希望が芽生える。数年経って昏睡状態から目覚めるケースもあるという。そのあいだ患者の意識がどうなっているのか、いまだにはっきりとはわかっていない。アイゼンフートは、妻が話を聞いていると思っていた。ときには反応したように思えるときもあった。にぎった指に力を入れて応えたように感じたことがあるし、愉快な話をしたり、キスをしたりすると、微笑んだような気がしたこともある。

小さな声で新刊本の出版記念パーティの話をした。昨日、ドイツオペラ座でおこなわれ、メディアの注目を浴びた。著名な政治家、財界人、文化人の名前を列挙し、知り合いや友人からの激励の言葉を伝えた。ノックの音がしても、彼は振り返らなかった。

「残念だが、しばらく寄ることができない」アイゼンフートはささやいた。「出張なんだ。だが、きみのことをいつも思っている」

よく働く介護士のランカが病室に入ってきた。ラベンダーとバラの香りがいつもそこはかとなく漂っている。

「教授。久しぶりですね」ランカの声には非難がましさがあったが、アイゼンフートは弁解する気にならなかった。

「やあ、ランカ。妻の容体は?」

ランカは普段ベッティーナの日常を饒舌《じょうぜつ》に話す。バルコニーに出たこと、理学療法に一定の成果があったこと。ところが、今日は違っていた。

「ええ、いつもと同じです」

よくない応答だ。アイゼンフートは、なにも変わっていないことが一番いやだった。停滞は後退と同じ。早期リハビリテーションはいったん効果をあげた。ベッティーナの容体は電気刺激療法、理学療法、言語聴覚療法によって徐々に快方に向かった。自力で嚥下《えんか》できるようになり、気管カニューレ、つづいて胃管を取りはずした。しかし遷延《せんえん》性意識障害が回復する可能性は五分五分だ。科学者であるアイゼンフートは、五分五分というのが可能性としては低いことを意味し、なんの保証にもならないことを知っていた。一年以内に運動機能および精神活動に明確な改善が見られず、患者の意識が戻らなければ治療はリハビリ期に入る。医学用語で「継続的活性化ケア」と呼ばれているものだ。それは回復の見込みがなくなったことを意味する。

アイゼンフートは妻にキスをして別れを告げ、介護士には仕事で数日旅に出るといって病室をあとにした。

あの恐ろしい大晦日《おおみそか》の夜から、アイゼンフートは邸《やしき》の焼け跡に二度しか足を踏み入れていない。一度目は警察による現場検証に立ち会ったとき、二度目は被害を免れた書斎に書類を取りにいったときだ。それから一度も行っていない。今住んでいるのは、妻がこよなく愛したミッテ地区のアパートだ。ローゼンタール通りの介護施設に近い。毎朝、混雑する町を横断して出勤することになったが、つらくはなかった。むしろこれは罪滅ぼしだ。アイゼンフートは守衛に目礼して、通りに出た。喧噪と忙しなさが押し寄せてきて、彼は立ち止まって深呼吸した。ハッケシェ・ヘーフェ（歴史的集合住宅をイノベーションした観光スポット）へ向かう観光客の一団がおしゃべりをし、笑いながら彼を取り囲んだ。タクシー運転手がそばの道端に止まって、彼を見た。アイゼンフートは首を横に振って、乗るつもりがないという意思表示をした。妻を見舞ったあとはいつも散歩をする。それに住まいはすぐそばだ。アイゼンフートは歩きだした。通りを渡って、数百メートル歩いてから自宅のあるノイエ・シェーンハウス通りに曲がった。

　この悲劇が自分のあずかり知らないところで起こったのなら、まだ耐えられたかもしれない。午後遅く、研究所でのパーティのあと帰宅して、家が炎にのまれているのを目の当《ま》たりにした。消防用水が凍結しており、消防隊員が燃えさかる火の中に飛び込めるようになるまで時間がかかった。ベッティーナは奇跡的に命を取りとめた。救急医が蘇生に成功したのだ。しかし室内に充満した煙のせいで脳への酸素供給が長時間止まった。あまりに長すぎた。

　アイゼンフートはショックからいまだに立ち直っていない。自分のせいなのは明白だ。取り返しのつかない大誤算だった。

　今日は決定的な日だ。ヤニス・テオドラキスは何週間も、いや、何ヶ月も情報を集め、解析し、協力者を募るため一般市民にもわかる言葉で表現した。努力が実って、市民運動〈タウヌスに風車はいらない〉は二百人のメンバーを擁《よう》し、その十倍の支持者がいる。市民集会の前にテレビの取材を受けようというアイデアは彼の発案だ。段取りをつけたのも彼だ。今日の午後、いよいよテレビに出る。ここが勝負どころだ！　敵はこっちがひと握りのいかれた連中だと油断しているが、数百人の市民が無意味な風力発電プロジェクトに反対していると知って泡を食うだろう。テオドラキスはシャワーから出ると、タオルをつかんで体を拭いた。無精髭《ぶしょうひげ》はまずいかなと顎をなでた。無精髭が気に入っているが、テレビに出るのだから、清潔感があって、真面目な印象を与えたほうがいい。髭を剃ると、寝室に入り、ワードローブを覗いた。スーツは大げさだろうか。スーツにネクタイという姿で出勤していたのはもう何年も前のことだ。たぶんもうサイズが合わないだろう。結局、ジーンズにワイシャツ、ジャケットという出で立ちにした。同居人のニカが家事を引き受けてから、ワードローブはいつも服がいっぱいで、どれもアイロンがかかっているようになった。テオドラキスはワイシャツとジーンズをダブルベッドに置いた。それを見て、上機嫌に水が差された。

リッキーはこのところリビングルームのカウチか床で寝ている。背中が痛くて、ベッドで横になれないという。日々たまっていく抱えきれないほどの仕事量に青息吐息なのに、本人はそれを絶対に認めないだろう。ペットショップに、動物保護施設《ティアハイム》、ドッグスクール、移動動物園の手配、市民運動。想像以上に時間を取られているはずだ。私生活なんてあってなきがごとしだ。仕事の鬼に徹した結果、背中の痛みがどんどんひどくなり、定期的に脊柱指圧師の世話になっているが、じつのところセックスを拒絶する口実にしている気がしてならない。

テオドラキスは寝室から出て、廊下を通ってキッチンに入った。射し込む日の光を浴びて長椅子と椅子の上でうたた寝していた猫たちがキャットドアを抜けてテラスに逃げていった。リッキーが際限なく拾ってくる捨てられたペットにいいかげん嫌気がさしていた。犬はまだ許せる。だが傲慢《ごうまん》で、どこにでも忍び込み、毛を落としていく猫には虫酸が走る。あいつらも嫌われていると知っていて、わざとそっけなく振る舞う。関わりたくないのはお互い様というわけだ。

明るい日の光が窓から射し込んでいた。完璧な初夏の一日、午後の撮影にはもってこいだ。テオドラキスは自分のカップにコーヒーを注ぎ、焼きたてのパンにバターとイチゴジャムを塗ってがぶりとかじった。とりとめもなく考えるうちに、思いはまたニカに向かった。最近そうなることが多い。

はじめは外見に驚かされた。ひどい服装、ありえない髪型、そしてフクロウを連想させるメガネ。口数が少なく、家にいることを忘れるくらい物静かだ。テオドラキスは彼女のことをなにひとつ知らなかった。三週間前のあの出来事まで、関心すら持たなかった。

あのときのことを思いだすと、体が熱くなる。食事時に飲むワインを地下室に取りにいったときのことだ。地下の浴室から出てきたニカと鉢合わせしてしまった。素っ裸で、濡れた髪が顔に張りついていた。ふたりともびっくりして顔を見合わせた。テオドラキスは、すまないとささやいて、あわてて階段の方へ立ち去った。ふたりともそのことを話題にしないが、テオドラキスはあれから気になって仕方がなかった。ニカの姿が脳裏に焼きついてしまい、ひとりでベッドに横になり、床で寝るリッキーのいびきを聞いているときなど、ニカのことばかり考えてしまう。セックスレスの夜、欲求不満になった彼は、妄想をふくらませ、かえって苦しい思いをし、そんな自分に腹を立てた。リッキーは嫉妬深い。疑われたら大騒ぎになる。それでもニカのむきだしの胸がどうしても脳裏を離れなかった。

「ニカ」そうささやいて、テオドラキスは悶々とした。大声でその名を叫びたくなる。今度また地下室で出会ったら、このあいだのようにすごすごと逃げだしはしないだろう。思いの丈をぶちまけてしまいそうだ。そのくらい恋い焦がれていた。「ちくしょう、ニカ、ちくしょう」

オリヴァー・フォン・ボーデンシュタインはワードローブの扉に張られた鏡に向かって不機嫌にネクタイを結んでいた。月曜日の午前中に結婚式を挙げるなんてどういう了見だ。仕事のある家族は一日休まなければならないじゃないか！　オリヴァーは横を向いて自分の姿を鏡に映す。腹を引っ込めたが、ベルトの上にぽっこり乗ってしまう。なんてことだ。昨晩、体重計に乗ったら、生まれてはじめて針が九十キロ以上を指した。衝撃だった。あと九キロで百キロになってしまう！　毎晩、両親のところで夕食をとり、父親と赤ワインをあけるのがいけない。すぐさまやめなければ。このままだと、ベルトを腹の上でしめるか、下でしめるか悩むことになる。

オリヴァーは上着を着た。スーツは無様な体をおおい隠してくれる。それでも気分は晴れなかった。問題は結婚式でも、太ったことでもない。二十年以上、波風立たない生活をしてきたのに、六ヶ月前にコージマと別居して、人生の歯車がすっかりおかしくなってしまった。食生活だけではない。去年の十一月、事件の捜査中に知り合ったハイディ・ブリュックナーと交際したのは気の迷いだとすぐに気づいた。彼女と出会ったのは、コージマの浮気を知って、人生が根本から揺さぶられたときだった。彼女のおかげで、つらい気持ちを乗り越えることはできたが、オリヴァーは新しいパートナーを持つ気持ちの準備ができていなかった。ふたりは二、三度電話をかけ合ったが、それっきりオリヴァーから電話をかけることはなかった。そのままうやむやになった。とくに話し合うこともなく、オリヴァーは心が揺れることもなかった。

しかしケルクハイムの戸籍役場に行くよりも、仲間といっしょに死体のそばに立ちたいと思う本当の理由はコージマにあった。半年前、彼女は隠していた事実を明かし、ロシア人の恋人、冒険家アレクサンドル・ガヴリロフとともに探検に出かけてしまった。オリヴァーは、ただのエゴで家族が、そして自分の人生が破壊されたことを、いまだに根に持っていた。コージマは知らないうちに浮気を何週間、いや何ヶ月もつづけていた。馬鹿にされたものだ。子どもたちのためにも、彼女の決断を受け入れるほかなかった。ローレンツとロザリーは成人して自立しているからいいが、ゾフィアは二歳半になったばかりだ。コージマとの関係がどうなろうと、ゾフィアには父親と母親を持つ権利がある。オリヴァーはあきらめ気分で鏡に映った自分の姿を一瞥《いちべつ》した。結婚式のあと死体発見の連絡を口実にして抜けだすつもりだ。コージマは例の浮気相手を連れてくるらしい。そんな厚かましいことを本気でするだろうか。彼女のことだから、そのくらいやりそうだ。

車が二台、家の前に止まっているのが遠目に見えた。これからどういう修羅場になるか予想がついた。だがヒルトライターはこそこそ逃げだす人間ではない。だからそのまま歩いて、庭木戸を押しあけた。テルがふたりの男に向かって走っていき、吠えはじめた。

「テル！」ヒルトライターは叫んだ。「やめろ。すわれ！」

犬はすぐにいうことを聞いた。

「なんの用だ？」ヒルトライターはうなるようにいった。森のあの一件のせいでまだ虫の居所が悪かった。息子たちが訪ねてくるにはあまりに間が悪い。

「おはよう、おやじ」次男のマティアスが微笑んだ。「コーヒーでも飲まないか？」

機嫌を取ろうとしている。

「あの草地の話をしにきたのならだめだ」そのことで話しにきたことくらい先刻承知だ。何年ものあいだ音信不通だった。毎年、とおり一遍にクリスマスカードをよこし、ヒルトライターの誕生日にお義理の電話をかけてくるくらいだ。ヒルトライターもそれでかまわなかった。険しい目つきで、ふたりの息子をにらみつけた。ふたりは首を引っ込め、たじたじとなりながらそこにたたずんだ。品のいいスーツに身を包み、大きな車の横に立って。

「おやじ、頼むよ」長男のグレーゴルは下手に出た。滑稽なスポーツカーと同じようにその口調が似合わない。「俺たち、やっとの思いで築いたものをすべて失ってしまいそうなんだ。おやじは本当にそれでいいのか？」

「俺になんの関係がある？」ヒルトライターは銃を肩から下ろし、地面に立てると、そこに体を預けた。「おまえらは俺がどうしているかまったく関心がなかった。なんでおまえらのやっていることに、俺が関心を持たないといけないんだ?」

ふたりがはじめて電話をかけてきたのは二週間前だ。ヒルトライターはすぐにうさんくささを感じた。その勘は当たっていた。息子たちがどうやってウィンドプロ社の話を知ったのか知らないが、急に父親への愛に目覚めたのは、それが理由に違いない。こんな久しぶりに姿をあらわすとは、よほど尻に火がついているのだろう。草地のことを最初に話題にしたのは次男のマティアスだった。人なつこい物言いが、物乞いのような口調に変わった。金に困っているのが見え見えだ。それでもだめだとわかると、ふたりは親の義務に訴えだした。ふたりとも破産寸前。ひとりは財産が差し押さえられそうで、もうひとりは刑務所に入れられそうだという。ふたりは口から手が出るほど金が欲しいのだ。借り物の贅沢三昧を見せつけて、うまく騙した人々から罵詈《ばり》雑言を浴びせかけられようとしている。

「話はそれで終わりか?」ヒルトライターはふたりを見つめた。彼にはもうどうでもよかった。ふたりにはなんの感情も湧かない。いい感情も、悪い感情も。「俺は忙しい」

ヒルトライターは銃を肩にかけ、歩きだした。

「待ってくれよ、おやじ。頼むよ!」マティアスは足を一歩前にだした。その目にはもう傲慢さの欠片《かけら》もない。あるのはむきだしの絶望だけだった。「なんであの草地を売却しないんだ? 目の前を国道が通るわけじゃない。工事期間はせいぜい数週間。そのあとはときどき、技術者が点検に来るだけだ」

マティアスの言い分はわかる。ウィンドプロ社からの話を断ったのはうかつだった。買値はさらに百万ユーロも上積みされた。しかし自分の言葉を信じた連中の手前がある。とくにハインリヒは二度と口をきいてくれなくなるだろう。草地を売ったら、風力発電施設のウィンドパーク建設を阻止することができなくなる。すべてが水泡に帰す。

マティアスは父親が沈黙したので、脈があると思ったようだ。

「あのときは本当に悪かった。ひどいことをいって、おやじを傷つけた。謝っても遅いことはわかっている。だけどやり直せないかな。家族として。孫はおじいさんに会いたがるだろう」

泣き落としか。

「ずいぶんと神妙じゃないか」ヒルトライターは答えた。次男の目に希望が宿るのを見て、そのぬか喜びを木っ端微塵にすることにした。「だが来るのが遅すぎた。おまえらのことなんか屁とも思っていない。俺のことはほっておいてくれ。二十年間そうしてきたじゃないか」

「だけどおやじ」グレーゴルはそれでも一縷《いちる》の望みにかけた。「俺たちはおやじの息子だよ。俺たち……」

「おまえらなんか、俺の人生のひと幕でしかない」ヒルトライターは長男の言葉をさえぎった。「草地は売らない。話は終わりだ。ここから失せろ」

鑑識官たちはクレーガー課長の指示で動いていた。フード付きの白いつなぎとマスクという出で立ちで、いつもどおりの作業をおこない、写真を撮影し、手掛かりを捜し、保存し、通し番号をつけた。手間のかかる厄介な仕事だ。ピアは、自分には務まらないと思っていた。鑑識のふたりがすべての階の階段の手すりで指紋の採取をしている。手すりには毎日何十人もの人が手をかける。やっても無意味だ、とピアは思った。しかし口にだしてはいわなかった。バカンスから戻った初日から、クレーガーの機嫌を損ねるのは得策ではない。

集まっていた社員は社屋の外にだした。第一発見者のヴァイダウアーの姿も消えていた。荘厳なくらいの静けさに包まれ、絶えず聞こえるのはカメラのシャッター音だけだった。

「お疲れ」ピアはクレーガーにあいさつした。彼とヘニングは階段の踊り場で死体の横にしゃがんでいた。死臭も、飛びまわるハエも、まったく気にならないようだ。

「やあ、ピア」クレーガーは顔を上げることなく答えた。「見てくれ。ヘニングが発見した」

ピアとケム・アルトゥナイは近くに行ってみた。ヘニングとクレーガーは何年もいっしょに働いてきた。殺人現場でよく顔を合わせる間柄だ。しかしそれでも、ふたりの仲はよくない。お互いの仕事には敬意をあらわしているが、それ以上の付き合いはなかった。

「これだよ」ヘニングは拳を作っている死体の右手をつかんで、指を広げてみせた。「勘違いでなければ、手につかんでいるのはラテックスの手袋の切れ端だ」

「それで?」ピアはわけがわからなかった。「どういうこと?」

「夜の見まわりをするときラテックスの手袋の切れ端をにぎるのが癖なのならいい。一種のフェティシズムだな」ヘニングは、ピアの知識欲に火をつけようとしている教師のような口調でいった。「前にも経験がある。ほら、数年前、銀行頭取が執務室で首を吊っただろう。そいつは母親のブラジャーを……」

「覚えているわ」ピアはいらついていった。

「この遺体となにか関係があるの？」

「いや、ない。ラテックスの手袋は証拠として弱いかもしれないが、こちらはどう思う？」

ヘニングは体を起こして、ピアとケムについてくるように合図すると、階段を五段ほど上って立ち止まった。灰色の花崗岩《かこうがん》の床に乾いた血痕があり、そこに掌大の跡がついていた。

「靴跡だ。ただしグロスマンの靴ではない」

ピアはその靴跡を見つめた。グロスマンが殺されたという証拠になるだろうか。

エントランスホールでは、タイセン社長が受付カウンターに寄りかかり、電話口で声をひそめている。階段での捜査を気にしているが、なにを考えているのかわからなかった。

「ボス！」鑑識官が四階の手すりから身を乗りだした。「こっちに来てください！」

クレーガーは痕跡を壊さないように階段の左側を伝って四階に上がった。

「こっちはいい。搬送してくれ」ヘニングはピアにいうと、つなぎを脱いできれいにたたんだ。

「わかった。あなたのところに運ばせる。司法解剖の許可は取れるでしょう」

「そう願うよ。検察局はだんだんケチになっていけない」ヘニングはトランクを閉め、ジャケットを着た。「バカンスは楽しかったようだな。顔色がいい」

「ありがとう」ピアはびっくりすると同時にうれしかった。ヘニングの口からこんな言葉が出るとは。それだけでやめておけば見直したのに、彼はその好印象を見事にくつがえした。

「いい人が見つかってよかった。わたしより少しはきみを幸せにできているようだ」

それがからかい半分に聞こえたら、ピアも腹が立つことはなかっただろう。

「そんなのむずかしいことではないわ。あなたにはまったくできないことだったけど」

「すてきな住まいに、恰好いい車、馬に、たくさんの法医学的経験。多くの同僚がきみのことをうらやんでいたぞ」ヘニングは眉を上げてピアを見た。「いまさらいっても仕方ないがね」

「ものはいいようね」おしゃれだが、心が通っていない住居がピアの脳裏に蘇った。どれだけ孤独な時間をそこで過ごしたことか。ヘニングは仕事に夢中で、ピアのことを顧《かえり》みることがなかった。ピアはあまりに長く我慢しすぎた。ヘニングがオーストリアで起きたロープウェイ事故の現場になんの断りもなく出かけてしまった日、とうとう限界に達した。ピアは荷物をまとめて、家を出た。ヘニングがそのことに気づいたのはなんと二週間後だ。ピアはこのことに関してもう少しいってやりたくなったが、そのとき携帯に電話がかかってきた。クレーガーだ。

「社長室に来てくれ。四階の左の一番奥の扉だ」それだけいうと、クレーガーは電話を切った。

「じゃあね。ミリアムによろしく」ピアは不機嫌な声でヘニングにいうと、遺体の搬送を携帯電話で依頼していたケムについてくるよう合図した。

社長室は廊下の一番奥にあった。広くて洒落《しゃれ》たしつらえだ。寄せ木細工の床。床まである窓。暗色系の家具。なかなか趣味がいい。しかしピアは部屋を見まわして、眉間にしわを寄せた。腐敗臭がする。廊下側のドアが開いていたので無理もない。暖かい空気は上昇する。それにしても、においがきつかったので、けげんに思った。

「どうなっているの？」ピアはたずねた。

「いやあ」デスクの方を向いていたクレーガーが振り返った。「自分で見てくれ」

吐き気を催す甘いにおいがさらにきつくなった。どういうことだろう。ピアは思わず自分のTシャツの襟をかいだ。かすかに汗と洗濯洗剤のにおいがするだけだ。デスクの前で立ち止まった。腐臭がきつくて、息を止めた。鏡のようにつるつるしたガラスのデスクのど真ん中に薄茶色の毛玉のようなものがある。それからウジ虫が目にとまった。無数の白いウジ虫が小さな死骸をむさぼり食って、天板の上を這いまわっていた。

「ゴールデンハムスターの死骸だ」ケムは顔をしかめた。「これはどういうことだ？」

「社長に訊いてみないと」ピアは答えた。

二分後、社長のタイセンはエレベーターから降りた。仕事がはじめられないことをおもしろく思っているはずはないが、不満を口にすることはなかった。

「どうしたんですか？」タイセンはたずねた。

「来てください」ピアは彼を社長室に伴ってデスクを指差した。

タイセンはハムスターの死骸を見てあとずさった。

「これがなんなのか説明できますか？」ピアはたずねた。

「いいや、さっぱりわかりません」タイセンは顔をしかめた。ピアは社長の顔から血の気が引いて、神経質にひくついていることに気づいた。その瞬間、どよんとしたバカンスモードから、刑事モードに頭が一気に切り替わった。デスクの上のハムスターの死骸がなにを意味するか、タイセンはきっと知っている。彼の最後の言葉は真っ赤な嘘だ。

ペットショップはちょっと込み合ったが、今はまた静かになった。フラウケは月曜日の朝の予約を無事にこなした。クローンベルクから来た客の、躾がなっていないエアデール・テリアと、ヨハニスヴァルトに住んでいる未亡人のヨークシャー・テリア二匹のグルーミングをした。グルーミングは二週間おきにすることになっている。リッキーは配達をすますと、数人の客の相談に乗った。ニカとフラウケは新しく仕入れた商品を棚に並べた。マルクが店に入ってきたとき、近くの聖マリア教会の鐘が十一回鳴った。

「やあ」マルクはフラウケに声をかけると、上着のポケットに入れたiPodにつながっている白いイヤホンの片方を耳からはずして横に立った。リッキーを捜して目を泳がす。リッキーは、ローデシアン・リッジバックのためにダニ駆除用の首輪を買いにきただけの客が、カナダに長期の旅行に行く予定で、飼い犬も連れていくつもりだと知り、高価なキャリーケースを誉めちぎって買わせようとしていた。

「リッキーならなんでも売れるね」マルクはニヤニヤ笑った。フラウケはうなずいた。客はもう断ろうとせず、催眠術にかかったかのように微笑んでいる。リッキーは腕利きの商売人だ。彼女に任せれば大丈夫。男を手玉に取るのも朝飯前だ。三つ編みにした金髪に日焼けした肌。細い上半身を包む民族衣装《ディルンドル》の胴衣から胸の谷間が見える。ケーニヒシュタイン一帯に彼女のファンクラブができるほどの人気だ。だから動物保護施設《ティアハイム》を手伝ってくれる男には事欠かない。彼女はそうした男たちの賛美を享受していた。

「問題が起きたらしいね」マルクがたずねた。フラウケは彼のあとからレジのそばを通って、事務室に入った。マルクは無造作にリュックサックを床に下ろし、デスクに向かってすわった。フラウケは新しい商品を入力するたびにエラーが起きると説明した。マルクは椅子にだらしなくすわると、両足を投げだし、ふたたびイヤホンをつけて、キーボードを引き寄せた。音楽に身を揺らしながら足でリズムを取っている。フラウケは横からマルクを見た。脂ぎったダークブロンドの髪が顔にかかり、何度も目にかぶさった。

「どうかした?」マルクは顔を上げて、フラウケに不機嫌そうなまなざしを向けた。

「なんでもない。頼むわね」フラウケは微笑むと、マルクの肩を軽く叩きたくなる気持ちを抑えて店に戻った。リッキーは、客が大きなキャリーケースを車に積み込むのを手伝い、ニコニコしながら戻ってきた。

「これでやっと片付いたわ」リッキーはうれしそうにくすくす笑った。「二割引にした。ただでもいいから持っていってほしかったんだ」

「おめでとう」フラウケは答えた。「じゃあ、そこの隅、飾りつけを変えられるわね」

「そうね。やっとのことでね」

フラウケは飾りつけが得意だ。リッキーはショップのレイアウトをフラウケに一任してくれている。フラウケもそのことをありがたいと思っていた。

「さあ、みんな、コーヒーを飲みましょう」リッキーがいった。フラウケとニカは彼女のあとから事務室に入った。マルクは集中していた作業を中断すると、イヤホンをはずしてリッキーを見た。ぶすっとした表情が消え、かわいらしく見える。

「あら、そこにいたの」リッキーが顔を輝かせた。「すぐ来てくれてありがとうね」

「べつに」マルクはきまり悪そうにしてささやくと、顔を真っ赤にした。

フラウケは自分とリッキーのカップにコーヒーを注いで、リッキーに差しだした。ニカは自分でカップを手に取った。

「ねえ、マルク」リッキーがさりげなくいった。「ちょっと時間ある？　障害物競走のコースに新しい障害物をこしらえようと思うの。手伝ってくれると助かる」

「だ……だけど、これ、まだ終わってないんだ」マルクはフラウケに視線を向けた。リッキーに心酔しているので、頼まれれば裸足《はだし》でも北極まで走っていくだろう。フラウケはそのことを知っていたし、リッキーも重々承知していた。にきびだらけの十六歳の少年に崇拝されて喜んでいる。普段自立して生きているように振る舞っているが、本音のところではそうでもない。だから自分を無条件に崇めてくれるだれかを無意識のうちに探している。

「コンピュータは逃げないわ」フラウケはいった。

マルクは目をしばたたいた。クールで、ぶっきらぼうだが、目はきらきらしていた。

「いいよ、時間はあるから」マルクはリュックサックをつかんで立ちあがった。

「やったあ」リッキーはコーヒーカップを置いた。「じゃあ、行きましょう」

マルクは彼女のあとから外に出た。外階段のそばで主人を待っていたゴールデンレトリバーとサモエドもついていった。フラウケはその風変わりなふたりと二匹を見送って首を横に振った。

「ええと、社長」ケムはいった。「お願いがあるんですが。どの階にも防犯カメラが設置されていますね。記録された映像を見せてもらえますか？」

シュテファン・タイセンはデスクから視線をそらしてうなずいた。

「もちろんです。警備部長が来ています。すぐに記録映像を提供させましょう。警備部長に入ってもらってもいいですか？　受付担当者もいいでしょうかね。電話の対応をさせたいのです」

「いいでしょう」ピアはいった。「しかし他の人は、現場検証が終わるまで屋外で待機してもらいます」

タイセンとケムが消えるのを待って、ピアはクレーガーにたずねた。「他にもなにかあるんでしょう？」

「なんだいそりゃ？　社長室にハムスターの腐乱死体があるだけじゃ足りないのか？」

ピアはにやっとして、小首をかしげた。

「わかったよ。手前の秘書室のコピー機の下に紙が一枚落ちていた。なんの紙かわからない。秘書が落としたのかもしれないし、そうではないかもしれない」

ピアはクレーガーのあとから手前の部屋に戻り、すでにクリアファイルに入れてあるその紙を手に取って、ざっと文面に目を通した。

「風況調査書の二十一ページ。風力発電会社なんだから、めずらしくもないじゃない」

「全六十三ページのうちの二十一ページ目」クレーガーは答えた。「わたしだったら、念のためその調査書を提出させるな。それから最後にコピー機が使われた時間を確かめる」

「そんなことができるの？」

「この手のコピー機なら可能だ。最後のデータはハードディスクに保存される。コンピュータと同じさ」

「すごい。なんでも知っているのね」

クレーガーはとにかく物知りだ。オリヴァーは彼を捜査課に欲しがっているが、クレーガーは鑑識課課長に満足している。年齢は三十五歳、まだ上をめざしているのかもしれない。

「それじゃ、作業をつづけていいかな？」クレーガーはたずねた。

「もちろん」ピアは腕組みをして社長室のドアにもたれかかり、白いつなぎを着たふたりの鑑識官を観察した。ふたりはハムスターの死骸と元気なウジ虫を袋に入れ、床の指紋や毛髪や皮膚片をシールで採取している。ピアは頭をフル回転させた。

ハムスターの死骸をタイセンのデスクに置いたのはだれだろう。腐敗の状況から、グロスマンが死んだ時期とほぼ重なる。ピアは振り返って、ゆっくり廊下を歩いた。金曜日から土曜日にかけての夜、ここでどんなドラマがあったのだろう。ピアの携帯電話が鳴った。車の中で設定しなおしたので、通常の呼び出し音だった。カイ・オスターマン上級警部だ。

「やあ、中国はどうだった？」カイは陽気にいった。

「久しぶり、カイ」そう答えると、ピアは階段を下りた。「最高だったわ。短すぎたけど。ケムから連絡あった？」

「ああ。検察官に伝えた。司法解剖はオーケーだ」

「よかった。じゃあ、あとで」ピアは階段を下りきると、ケムの姿を捜した。グロスマンは死体袋に入れられていた。エアコンがかかっていた。ガラスの丸天井が開けられて、不快な腐臭はかなり収まっていた。受付カウンターの向こうにぽっちゃりした褐色の髪の女がすわっている。四十代半ばだろうか。顔をこわばらせているところを見ると、自分の職場にあまりいい気がしないようだ。無理もない。すぐそこでロルフ・グロスマンが息を引き取ったのだ。しかも背後の給湯室では白いマスクをつけた鑑識官が証拠保存をしている。愉快な月曜日とは口が裂けてもいえないだろう。

「わたしの同僚はどこかしら？」ピアはたずねた。

「コンピュータ室です」受付担当者は無理して笑みを浮かべ、ぴくりとも動かなかった。「通路を進んで、左のふたつ目のドアです」

「ありがとう」ピアは歩きだそうとして、ふと思いついてたずねた。「そうそう、グロスマンさんのことはご存じよね？」

「はい、もちろんです」

「仕事仲間としてはどうでした？」

受付担当者はほんの少しためらった。「いいほうでした」口だけのように聞こえる。「いっしょに働くことはありませんでしたけど。あの方の仕事時間は夜中と週末でしたから」

「ふむ」ピアはポケットから手帳をだして、メモを取った。受付担当者のターニャ・ジミッチは二年前から基本給四百ユーロをもらって働いていて、四十八人の社員全員とウィンドパーク建設現場で働く外勤職員二十二人をみな知っていた。はじめはなかなか思うように答えてくれなかったが、他言しないと約束すると、ようやく口が軽くなった。

「グロスマンさんの酒癖が悪かったことはご存じ？」

ジミッチはもちろん知っていた。会社では知らない者がいないという。グロスマンが再三、失態を演じていたからだ。それに警備部長ともよくひと悶着起こしていた。というのも、先月だけでも三回、監視カメラのスイッチを入れ忘れ、先々週の水曜日には夜中に原付バイクでガソリンスタンドまで買いだしに出たことが発覚したのだ。

「たぶんタバコと酒を買いにいったんだと思います」ジミッチは目を大きく見ひらいた。「でも鍵を持つのを忘れて、翌朝、裏口の前で酔いつぶれているのが見つかったんです。なにをやっても起きなかったそうです。そして二週間前……」ジミッチは声をひそめ、あたりをうかがった。「……女の人を連れ込んで社長室でパーティをやったらしいです」

グロスマンは社員のあいだで評判がすこぶる悪いことがわかった。デスクの中を覗いたり、盗み聞きをしたり、酔っ払って地下駐車場に止めてある車に小便をかけたり、下品なことをいったりしたらしい。女性社員はグロスマンとふたりきりにならないように気をつけていた。ピアは興味津々で聞きながらメモを取った。タイセン社長から聞いた話とぜんぜん違う。

「ひどい奴でした」話をそうしめくくって、ジミッチは鼻にしわを作った。「なんでクビにならないのか、みんな不思議がっていました」

ピアもそう感じた。社長の忍耐強さは、彼がいったような古い友情とか、社会貢献などという言葉では説明がつきそうにない。どうして本当のことをいわなかったのだろう。ジミッチに礼をいって、ピアはケムを捜した。タイセンが嘘をついた理由をあとで突き止めることにした。急に頭の中がぴりぴりした。大きな事件に発展しそうなときにいつも感じるあの感覚だ。ひとつだけ確かなことがある。もう不幸な事故ではすまされない。犯人捜しがはじまるのだ。


フラウケ・ヒルトライターは事務室の小さな机にテーブルクロスをかけ、チーズを大盛りにした生ハムとアンチョビのピザをボール紙のケースからそっと皿に移した。それなりの雰囲気をださないといけない。もちろんすぐそこのリンブルク通りにある店に食べにいってもいい。しかしひとりで食べるところを人に見られたくなかった。フラウケは満面の笑みを浮かべてピザを見つめた。カリカリの縁《ふち》、黄金色にとろけたチーズ、細切りにして散らした生ハム。さっそくひと切れを切り取ってフォークに刺し、口に持っていこうとしたとき、裏口でだれかがノックをした。なんなの。いったいだれ？　フラウケは食事を邪魔されるのがなにより嫌いだ。ぶつぶついいながら腰を上げ、ドアのところへ行って、鍵を開けた。男がひとり外階段の手すりにだらしなく寄りかかって、不自然な白い歯を見せてニヤニヤ笑っていた。

「ここでなにをしてるの？」フラウケはそっけなくたずねた。

「やあ、姉さん。ごあいさつだね」

フラウケは警戒しながら弟を見つめた。マティアスが顔を見せるときは決まってなにか問題を抱えたときだ。うんざりするほどよく知っていた。

「食事中なの。入って」

フラウケはきびすを返して事務室に戻った。マティアスは中に入ると、ドアを閉め、ズボンのポケットに両手を入れてドア枠にもたれかかった。

「やせたな」マティアスは微笑みながらいった。「きれいだ」

フラウケは鼻で笑ってピザにかぶりついた。

「おべんちゃらはよして」フラウケは口をもぐもぐさせながらいった。「自分の外見くらいわかってるわよ」油が顎を伝った。フラウケは口をぬぐって、弟に視線を向けた。日焼けしていて、明るい色のリネンのスーツを着ている。シャツの第一ボタンをはずし、ベージュの靴がなかなかダンディだ。ボルサリーノをかぶれば一九二〇年代からやってきたタイムトラベラーだ。

「なんの用なの？　たまたま近くに来たなんてはずはないわよね？」

「大当たり」マティアスはデスクチェアを引き寄せ、フラウケと向かい合わせにすわった。

「今日、電話をもらったんだ」

「そう」フラウケは次のひと切れを食べた。最近の情報だと、保安システムや警報装置を扱うマティアスの会社はうまくいっているらしい。子どもたちは私立校に通い、マティアスは顔つなぎのためにライオンズクラブやゴルフクラブなどいくつものクラブに入っている。家族は豪邸で暮らし、金持ちであることを見せびらかしている。

「エールハルテンにウィンドパークを計画している会社があるんだ。耳にしているんじゃないか?」

フラウケはうなずいた。テオドラキスとリッキーがウィンドパークの問題に夢中になっている。ふたりは風車建設に反対する市民運動に参加している。

「それで?」フラウケはたずねた。

マティアスは薄くなった髪をかき上げた。心配ごとがあるのか、若々しい弟の顔にしわが寄っている。

「おやじの農場のそばの草地をとんでもない額で買い取るといっている。二百万ユーロ!」

「なんですって?」フラウケの手がフォークをもったまま宙に止まった。開いた口がふさがらない。「嘘でしょう!」

「嘘なものか。おやじはもちろん俺たちになにもいわない。売る気がないらしい」

「信じられない!」フラウケは食欲を失った。二百万ユーロ! ただの草地に! 「なんであんたが知ってるわけ?」

「その会社の奴がおやじを説得してくれといってきたのさ」マティアスはふっと笑った。「兄貴と俺でおやじのところに行ってきた。あっさり追いだされてしまったけどね」

「いつから知ってたの?」フラウケは疑心を抱いてたずねた。

「数週間前から」

「なんでわたしは今まで知らされなかったわけ?」

「それは、なんだ……姉さんはおやじと仲がよくないからさ。だから俺たち……」

「なにそれ！　わたしには内緒で、ふたりで山分けしようとしたわけね」腹が立って、フラウケは手に持っていたピザを皿に叩きつけた。「あんたたち、本当に汚いんだから！」

「そんなことはない！　本当だ！　とにかく聞いてくれ。ウィンドプロ社はもっと金をだすといっているんだ。だけど、おやじが二十四時間以内に売ると承諾することが条件だ。それでもだめなら土地収用に訴えるそうだ」

フラウケにも、それがなにを意味するかわかった。

「三百万だすといっているんだ！」マティアスは声をひそめて身を乗りだした。「とんでもない大金だ。それだけあったら、大助かりなんだ」

「あらあら。お金ならざくざく持ってると思った」フラウケはニヤリとした。すると、弟がかっとして跳びあがった。

「俺の会社は破産状態なんだ」マティアスは姉を見ずに告白した。「破産手続きを引き伸ばしているところだ。一週間以内に五十万ユーロかき集めないと、会社も家もなにもかも失う」

マティアスが振り返った。急に若さの欠片もなくなった。弟は若さを武器に勢いだけで人生を切り開き、まわりの人を巻き込んできた。仮面がはがれた。そこにあるのは、目の隈《くま》と落ちくぼんだ頬と絶望のまなざしだけだった。

「このままじゃ、刑務所行きだ」マティアスは途方に暮れて肩をすくめた。「妻は出ていくというし、おやじは助けようとしない」

弟とその妻が世間体をどれだけ気にしているか、フラウケは知っていた。ふたりは生活水準を下げることができないのだ。

「グレーゴル兄さんはどうしてるの？」フラウケはたずねた。

「兄貴も似たり寄ったりさ」マティアスは首を横に振った。ふたりは一瞬黙りこくった。フラウケは弟にいくらか同情を覚えたが、心の奥底ではいい気味だとも思っていた。ご立派で、人生バラ色だった輝く星がフラウケと変わらないほど落ちぶれるのだ。ふたりとも借金にまみれ、首がまわらなくなっているとは。だが、みじめな状況になんとか折り合いをつけているフラウケとは違って、兄弟は世間体を必死に取り繕《つくろ》おうとしている。

「これからどうするの？」フラウケはしばらくしてたずねた。「あの人のことは知ってるでしょう。こうと決めたら、梃子《てこ》でも動かないわよ」

「知らんぷりはさせないさ」マティアスは語気強く答えた。「俺は弁護士に相談した。法定相続順位では、俺たちにもおふくろからの相続分がある」

「それは違うわね。あのふたりはお互いを相続人に指定してたのよ。忘れたほうがいい」

「冗談じゃない！」マティアスが激昂した。「すべてがかかっているんだ！　おやじに人生を台無しにされてたまるか！」

「自分で墓穴を掘ったんでしょう」

「ちくしょう。ついてなかったんだ！」マティアスは叫びそうになるのを必死で堪えた。「経済危機の巻き添えさ！　注文が六十パーセントも減って、一番の得意先が倒産した！　損失は百万ユーロになった!」

フラウケは首をかしげて弟を見つめた。

「どうしたいの?」

「もう一度、三人でおやじと話そうと思うんだ。無理矢理にでも売ることを承諾させる」

「どうやるわけ?」

「わからない。なんとかするさ」マティアスはズボンのポケットに両手を突っ込み、なにげなく部屋を見まわした。

フラウケは冷めてしまったピザの残りを折りたたんだ。「いつ?」

「ウィンドプロ社の奴ら、今日か明日の早朝、おやじに新しい提案をして、俺のところにコピーをファックスで送るといっている。行くとしたら、明日の晩だな。いっしょに来るか?」

フラウケはピザを口に押し込んで、ゆっくりかみしめた。三百万ユーロを三人で山分け。信じられない。借金を返しても、おつりが来る。これで自由気ままに暮らせる。十年ぶりにバカンスもできそうだ。保険が利かない腹部の脂肪吸引も受けられるし、もっとましな車が買える。

「いいわよ」フラウケは弟に微笑みかけた。「いっしょに行く。明日の晩、農場で」


「屋内に防犯カメラは六基」ケムが説明した。「各階に一基、地下駐車場とエントランスホールにも一基ずつ。しかし地下駐車場とエントランスホールの防犯カメラしかスイッチが入っていなかった。なぜかはわからないが」

ホーフハイム刑事警察署二階の捜査十一課の会議室にみんなで集まり、ウィンドプロ社のエントランスホールに設置された防犯カメラの映像が再生されるのを待っていた。

「グロスマンは夜勤中にときどき女性を連れ込んでいたそうよ」ピアは受付担当者の話を思いだしながらいった。「最近も社長室で小さなパーティをひらいたらしいわ。もしかしたらまたそういうことをしようとして、防犯カメラのスイッチをオフにしたのかもしれないわね」

「どうかな」ケムは納得していないようだった。

「もうちょっとだ」カイがコンピュータのキーボードを叩いた。「よし、来るぞ」

ピアとケムは壁面に取り付けられた大きなモニターに視線を向けた。モノクロでロビーが映しだされた。

「ウィンドプロ社の監視装置は七十二時間に設定されている」カイがいった。「コピーはできるが、テープを止めないで七十二時間が経つと上書きされる」

「グロスマンはいつも午後六時に仕事をはじめていた」ピアはカイにいった。「金曜日の晩まで巻き戻して」

カイはうなずいた。モニターに人が動く姿が映しだされた。社員が退社していく。午後五時半頃、社員の大半が去り、エントランスホールを通る人はまばらになった。

カトリーン・ファヒンガーが入ってきて、ピアにコーヒーを差しだし、隣にすわった。

「ありがとう」ピアは驚いていった。

「どういたしまして」カトリーンは目配せをした。フランク・ベーンケとアンドレアス・ハッセがいなくなってから、捜査十一課の雰囲気は大幅によくなった。フランクはいつもふてくされていて攻撃的、最後にはカトリーンへの敵意をむきだしにして暴力沙汰にまで発展した。病欠の多かったハッセも、惜しまれることはなかった。

「グロスマンです」ケムは画面内の右端に映っている受付カウンターを指差した。「横の出入口から入ってきて、給湯室を抜けてくる」

午後七時少し過ぎにグロスマンは受付カウンターにすわってから、エントランスホールを横切った。おそらく玄関を施錠するためだろう。清掃員がふたり画面にあらわれ、エントランスホールの床を拭いた。グロスマンはしばらく姿が見えなかった。午後九時、清掃員としばらく話をし、エレベーターの奥の廊下に歩いていった。二時間半にわたってなにも起きなかった。給湯室のドアの奥で光がちらついている。おそらくグロスマンがテレビを見ているのだろう。

「止めて！」ピアがいきなり叫んだ。「だれか来た！　少し戻して」

カイはいわれたとおりにして、また映像を再生した。

「タイセン！」ピアとケムが唖然としていった。

「金曜日の夜、会社に戻ったとはいってなかったわ」ピアはじっとモニターを見つめた。タイセンは左から画面に入ってきた。地下駐車場から来たことになる。タイセンはカウンターの裏にまわって給湯室を覗いたが、グロスマンは姿を見せなかった。

「音声も録音されているのか？」ケムがたずねた。

「ああ、しかしマイクの感度がよくない」カイは音量のボリュームを上げた。「普通の会話までは聞き取れない」

「なにもいわなかったんじゃないかしら。グロスマンが起きているか確認したのかもしれない」ピアは答えた。「妙ね。わたしが社長だったら、夜警が熟睡しているのを許さないけど」

タイセンはエレベーターのところへ行き、中に入った。エレベーターはガラスのカプセルでもあるかのように音もなく上昇した。タイセンは画面から消えた。早送りしていると、午前二時五十四分にグロスマンがあらわれた。伸びをしてあくびをすると、エントランスホールを横切って階段へ向かった。

「一時間の遅刻だ」ケムがいった。「警備部長の話だと、グロスマンは午前零時と二時と四時に巡回して、記録を取ることになっている」

グロスマンは左側の廊下に消え、そのあと右に通っていった。それから階段を上り、二階に上がったところで画面からいなくなった。映像はつづいたが、なにも映らなかった。

「聞こえた?」カトリーンが身を乗りだした。「なにか音がしたわ」

カイが巻き戻して、首を横に振り、これ以上ボリュームが上がらないと合図した。そのとき声が聞こえ、つづいて悲鳴があがった。午前三時十七分。グロスマンは戻ってこなかった。

「タイセンは建物から外に出ていないわ」ピアは声にだして考えた。「グロスマンに姿を見られたくなかったのね」

「まさか、社長がグロスマンを階段から突き落としたというのか?」ケムはモニターから視線をそらさずにたずねた。

「その可能性はあるわ」

「地下駐車場の映像に替える」カイはいった。捜しているところを見つけるまで数分を要した。午後十一時二十六分、タイセン社長が地下駐車場を通った。午前二時四十一分までなにも起きなかったが、それから人影がカメラの前をよぎった。

「こいつね」ピアはそっけなくいった。「ハムスターのお友だち発見」

カイは、侵入者がはっきり見えるところで映像を静止させた。ピアは静止画像を見つめた。黒い服、黒い目出し帽、黒いショルダーバッグ。

「ラテックスの手袋をはめている」ケムが気づいた。ピアは机に身を乗りだすと、電話機をつかんで、担当検察官の短縮電話番号をプッシュして、侵入者がいたことを伝えた。ヘニングの推理はあたっていた。グロスマンの死はやはり不幸な事故ではなく、殺人だったようだ。不思議なのは、タイセンと侵入者がいつどうやって外に出たかだ。少なくとも地下駐車場とエントランスホールを通ってはいない。

「宙に消えたはずはない」カイは椅子の背に寄りかかり、うなじで手を組んだ。「侵入者はなにが目的だったのかな？　死んだハムスターをデスクに置くだけならあっという間に終わる」

「そういえば、ハムスターだが」ケムがいった。「あれは手掛かりになる！　計画が狂ったあと、なんで持ってかえらなかったんだろう？」

ピアはケムを見つめた。ケムの横顔はエロル・ザンダー（トルコ出身のドイツの俳優）に似ていた。

「犯人は人殺しをしたばかりだ」カイが仲間にいった。「相当焦っていたはずだ」

「しかしどうしてグロスマンを殺したんだ？」ケムが疑問を口にした。

「グロスマンに顔を見られたのかも」カイは答えた。「つかみ合いになって、階段から転落した。そんなところだな」

ピアは、カイが事件の心理面に関心が高いことを知っていた。去年の十一月、連邦刑事局が進めているプロファイラー養成課程の受講を申請したが、捜査十一課が人手不足だったために辞退せざるをえなかった。カイは落胆したはずだが、おくびにもださない。また研修を受ける機会に恵まれることを、ピアは祈っていた。

ハッセとベーンケの懲戒処分を招いた事件は、ピアに思った以上の影響を与えた。捜査中に関わった被疑者や証人については多くを知るが、じつは毎日いっしょに仕事をし、いざというときには命を預けることになる同僚たちのことをあまり知らないことに気づいた。ピアはこれを変える決心をした。それまでと打って変わって自分の私生活を話題にするようにしたのもそのときからだ。ケムはチームにうまく溶け込んでいるだろうか。ボスが新入りとうまくいくといいのだが。そのとき他の三人の視線を感じて、ピアははっと我に返った。

「ごめん、まだ休暇ぼけだわ」ピアは詫びを入れた。「なんの話だっけ？」

「担当をどうするかだ」カイがいいなおした。ボスが不在のときは、ピアが指示をだすのが当然の雰囲気になっていた。

「ケムとわたしはウィンドプロ社へ行って、夜中、会社でなにをしていたのかタイセンに事情聴取する」ピアはいった。「カイはもう一度、映像をチェックして。カトリーンはウィンドプロ社に関する情報を集めて。それから死んだグロスマンについてもね。タイセンがただの隣人愛からグロスマンを雇っていたとは思えないわ」

他の三人は文句もいわず担当を受け入れた。以前だったら、決まってひと悶着あった。フランクはピアの提案や指示にいちいち盾突いて、他の仲間はどっちにつくか選択を迫られた。警察学校時代からいっしょだったよしみで、カイはフランクの肩を持ち、カトリーンは原則としてピアに味方した。だがそういう時代は終わった。ピアはせいせいしていた。

「それじゃ、みんな、よろしく」ピアは上機嫌でいった。「四時にまたここに集合して」


「落ち着きなさいよ、ヤニス」一分に十回は時計を見ているテオドラキスに、リッキーはいった。「じきに来るわよ」

リッキーとニカ以外にも、テオドラキスから事前に時間の変更を教えられた市民運動の仲間が渡り鳥のように柵に乗って並んでいた。マルクはひとり草むらにすわって、左右にしゃがんでいる犬をなでた。犬は二匹ともうれしそうに目をつむっている。マルクの横には、テオドラキスが文章を考え、レイアウトして段ボールに貼りつけたプラカードが置いてある。駐車禁止の道路標識のように赤い円に囲まれたタウヌス山地のシルエットと風車の図が、とくに彼のお気に入りだ。

「十分遅刻だ」テオドラキスは腹立ちまぎれにそういって、行ったり来たりするのをやめた。テレビ局の人間は時間にルーズでいけない。彼は気が気ではなかった。カメラの前にしゃしゃりでたヒルトライターに、ろくでもないことをしゃべられたら困る。いうべきコメントはしっかり考えてあった。突き止めたことを世間に広める唯一の機会だ。このスキャンダルはありとあらゆる新聞に載るだろう！　ヒルトライターに台無しにされるのはごめんだったので、ヘッセンニュースの編集部に電話をかけて、撮影時間を一時間半前倒ししたのだ。

太陽が輝いていた。青空に雲がいくつか流れている。この三週間ですっかり緑が芽吹いたが、テオドラキスは茂みにも、花にも、瑞々《みずみず》しい草地にも目をくれなかった。十五分も遅れてようやくヘッセンテレビの空色のステーションワゴンが農道に入ってきた。テオドラキスは車の方に向かって歩きながら両腕を振った。急げ！　ヒルトライターの鴉農場《ラーベンホーフ》は林の向こう数百メートルのところだ。じじいが偶然、窓の外を見たら、車に気づいて、すぐここへやってくるだろう。リポーターが男女のスタッフといっしょにのんびり車から出てきたので、テオドラキスはいらいらした。できることなら、引きずってきたいくらいだ。

「やあ！」リポーターはニヤリとした。「こりゃ長閑《のどか》なところでいいねえ！」

長閑がなんだ、とテオドラキスは思った。もうちょっと急いでくれ。

「やあ」彼は笑みを浮かべた。「ヤニス・テオドラキスだ。昨日、電話で話した」

リポーターが手を差しだし、それから柵から下りたリッキーやニカたちのところへ行って、いちいち握手した。ふたりの連れはラゲージルームから機材やポールをだして待機していた。

リポーターはポケットから手帳をだし、テオドラキスにゆっくり段取りを説明した。

「ああ、いいね、いいね」テオドラキスはまともに聞いていなかった。ただうなずいて、ヒルトライターの農場の方をしきりに気にしていた。じじいが来るまでに終わればいいが！　緊張して、心臓がドキドキした。いよいよだ。女性スタッフがカメラを肩に載せ、録音担当の男がヘッドホンをつけて、ケーブルを機械に挿した。リポーターは放送局のロゴ入りマイクを手にした。光量と音量の調整ができた。テオドラキスは深呼吸して、最初の質問に答えた。

彼は大いに語った。自然破壊、貴重な森の広範囲の伐採、保護対象の動物のひそかな絶滅。ウィンドパーク建設のためにそんな代償を払うなんてとんでもないことだ。リポーターがニコニコしながらうなずき、マイクを突きつけたので、テオドラキスはかなり体がふるえたが、一度も間違えなかった。ようやくのことで彼がもっとも重要だと思っている質問がだされた。これでウィンドプロ社に痛烈な一撃を加えることができる。そのときヒルトライターの緑色のおんぼろジープが丘を上ってくるのが見えた。うまくいった。

五月の太陽が光り輝く青空から笑いかけていた。客の笑いさざめく声とライラックの香り。オリヴァー・フォン・ボーデンシュタインはめずらしく、トルディスは見目麗しい花嫁、ローレンツは絵に描いたような花婿だ。それなのに、オリヴァーは憂鬱《ゆううつ》だった。せっかくの息子の結婚式だというのに。コージマとオリヴァーは以前、長男が結婚するときどんな思いがするだろうと思い描いたことがあった。だがそれは想像とまったく違うものになった。ふたりともたしかにその場にいたが、並びはしなかった。オリヴァーはグラスを持ってバルコニーに立ち、参列者にあいさつし、笑いながら、晴れがましい祝いの席でひとり違和感を覚えていた。心は沈み、心の目は過去に向いていた。コージマはさすがに恋人を連れてくるような真似はしなかった。そのせいで、オリヴァーは祝いの席から早めに退散する理由を失ってしまった。オリヴァーはコージマとも言葉を交わした。ここ数ヶ月あいかわらずの会話だった。言葉少なで、うわべだけのやさしさ。話題は子どもに関わることだけ。

コージマの浮気はオリヴァーにとってまさに青天の霹靂《へきれき》だった。生活はぐしゃぐしゃになり、すっかりだめになってしまった。コージマは他の男のために家庭を破壊したのだ。彼女が俺のことを物足りなく感じていたとは。パートナーとして、そして男として、まったく屈辱的だ。愕然とする。自分はただゾフィアのベビーシッターとして存在しているだけ。夜中に何度そのことを思って悶々としたことだろう。コージマの相手が自分より十五歳も若いという事実よりも、そちらの方がはるかにつらかった。

グラスをあけると、オリヴァーは顔をしかめた。シャンパンは生温《なまぬる》かった。

「せっかくのいい天気なのに、浮かない顔ね」トルディスの母親、獣医のインカ・ハンゼンがニコニコしながら、注いだばかりのシャンパンを差しだした。「ふたりともお似合いよね」

「もちろんだ」オリヴァーはグラスをつかんで、あけた方のグラスを通りかかったボーイの盆に置いた。「きみとわたしも、ああなっていたかもしれない」

インカとはそういう軽口が叩ける。ふたりは幼馴染みだ。付き合ったことはないが、いつか結婚するかもしれないと思った時期があった。ずいぶん昔のことなので、いまさら感傷に浸ることはない。

「そうね。わたしたちの人生、ずいぶん違ったものになったわね」インカは彼とグラスをそっと打ち合わせてニヤリとした。「でもこれでよかったのよ。これからは親戚ね。うれしい」

ふたりはグラスに口をつけた。インカには付き合っている人がいるのだろうか、とオリヴァーはふと気になった。

「きみはすてきだ」オリヴァーはいった。

「あなたはだめね」インカは答えた。単刀直入だった。彼女らしい。

「ありがとう。よくいってくれた」オリヴァーはしぶしぶ表情をゆるめた。

ふたりは二杯目、三杯目とシャンパンを飲んだ。コージマはバルコニーの反対側に立っている。それまでオリヴァーに関心を寄せていなかったが、急にオリヴァーとインカをちらちら見るようになった。そういえば、コージマはしばらくのあいだインカに嫉妬していた時期がある。

義妹が参列者に食事の用意ができたと告げた。花婿の父親として花嫁とその母親のあいだに席が用意されていたので、オリヴァーはほっとした。椅子を引いてインカがすわるのを手伝い、彼が口にした礼の言葉に笑みで応えた。コージマは新郎新婦の反対側にすわった。ちらっと目が合ったとき、オリヴァーはコージマに微笑んで、すぐインカの方を向いた。その日がにわかに楽しくなった。コージマの仕打ちでぱっくり開いた傷口が癒《いや》されそうなかすかな希望が芽生えた。


ピアは電話をかける必要があったので、ケムに運転を任せた。経費削減のため、警察車両にはいまだにハンドフリー通話の装置が取りつけられていなかった。だから車にひとりのときは、走りながら電話をする必要に迫られる。とくに滑稽なのは、走行中に携帯電話で話しているドライバーを携帯電話で交通警察に通報するときだ。

ピアはまずクレーガーに電話をかけ、ウィンドプロ社のドアがひとつも壊されていないことを確認した。侵入者は内部の者に引き入れられたか、鍵を持っていたかのどちらかだ。それからグロスマンが四階の階段から転げ落ちた可能性が濃厚になったという。証拠は階段に残された繊維と血痕だけではない。四階の廊下の床でグロスマンの懐中電灯が見つかっていたのだ。次に電話をかけたのはボスだ。オリヴァーはすぐ電話に出た。ピアは、結婚式は終わったなと思った。そして捜査状況を簡潔に報告した。

「ボスは四時の捜査会議に来るそうよ」通話を終了すると、ピアはケムにいった。

「見事なお手並みだ」

「ありがとう」ピアはニヤリとした。「オリヴァーの見よう見まねよ。彼は最高のボスだわ」

「ああ、俺もそう思う。ここへ異動してよかったと思っている」

「前はどこにいたの？」

「オッフェンバッハで八年、最初は十三課、それから十二課、三年前から十一課」

典型的な配置換えだ。性犯罪、強盗、殺人。刑事ならだれもがあこがれる花形の殺人課にすでに配属されていたのだ。

「なるほど、オッフェンバッハ」ピアは眉を上げた。「キッカースとアイントラハト、どっちのファン？（それぞれオッフェンバッハとフランクフルトのサッカーチーム名）」

「どっちでもない」ケムは口元をゆるめた。「ハンブルガーSVさ！」

「そういうこともあるわね。わたしはどれでもかまわないけど」ピアは興味津々で彼を見た。

「どうしてオッフェンバッハを離れたの？」

「上司とそりが合わなかった。俺が上司のポストを狙っているとかんぐられて、耐えられなくなった。ここのポストが空いていることを知って、応募したのさ」

「うれしいわ」ピアは微笑んだ。「人手が足りなかったから。カイは義足だから外まわりができないのよ。実働が三人だと、けっこうきついの」

ウィンドプロ社へ行く途中、ピアはさらにいくつかケムについての情報を仕入れた。彼はリュッセルスヘイムで生まれ育ち、今はディーツェンバッハに住んでいる。結婚して、七歳の娘と九歳の息子の父親だという。彼の父親と兄弟はオペル社で働いているが、彼は警官になるのを夢見て大学入学資格試験を受けたという。

車が路面電車の線路に乗ってがたがた揺れた。ふたりはケルクハイム市ミュンスターのはずれにある産業パークに着いた。しばらくして、ケムはウィンドプロ社の駐車場に車を止めた。階段の血痕はすでに拭き取ってあった。ピアとケムは受付に寄らず、そのまま四階に向かい、エレベーターを降りると、右に曲がった。だが社長室は素通りして、廊下の端のガラスドアを開けた。

「非常階段よ」ピアはいった。

「近道になるか」ケムはいった。「侵入者はこの建物に詳しいようだ」

「グロスマンが知っている社員かもしれないわね。これで犯人をかなり絞り込める」

ピアは社長室のドアをノックした。ピアとケムが入室すると、タイセンはきれいになったデスクから立ち、ジャケットのボタンをとめた。ピアはていねいにあいさつしてから本題に入った。

「防犯カメラのビデオを見ました。あなたは金曜日の夜この建物の中にいましたね。どうしていわなかったんですか？」

「いいませんでしたか？」タイセンは眉間にしわを寄せた。「興奮していて、いい忘れたようです。会社にちょっと寄っただけですよ。せいぜい十五分」

「なぜですか？」

「必要な書類を忘れたからです」

「なんの書類ですか？」

「出張に必要な書類でした」タイセンはあっさりと答えた。「週末にハンブルクと北海で海浜ウィンドパークを計画している顧客と会うことになっていました」

「来たときは地下駐車場を通りましたね。いつどうやって会社から出たのですか？」

「非常階段から出ました。真夜中前に車に乗っていました。そうそう、ラジオを聴きました」

「放送局は？」

「ＦＦＨ。いつもその放送局を聴いています」タイセンの眉間にしわが寄った。「なぜそんなことを訊くんだね？」

ピアはタイセンの質問を無視した。

「あなたは受付カウンターの裏にまわって、わざわざ給湯室を覗きましたね。そして帰りはエレベーターを使わず、非常階段を使った。どうしてですか？」

「どうしてといわれても」

「夜遅く会社に戻ったことをグロスマンに気づかれたくなかったんでしょう？」

「彼を起こしたくなかったのです」

「夜警を起こしたくなかった？」ピアは皮肉を込めていった。タイセンに対する好意は完全に消しとんだ。「夜警が熟睡していたら、ふつう腹が立つものではないですか？」

タイセンは追い詰められたが、それでひるむ人間ではなかった。

「たしかに、変に聞こえるかもしれませんが、あの夜はロルフに気づかれたくなかったんです。急いでいたので、邪魔されたくなかったものですから」

ピアはその答えに納得しなかったが、そこまでにした。タイセンの態度にはあやしいところがある。ふと受付担当者から聞いたことを思いだした。グロスマンがいくら失態をやらかしてもお咎《とが》めなしなのを不思議に思っていた。昔の旧友というだけではたしかに納得できない。

「会社を出てからどこへ向かったんですか？」ピアはたずねた。

「帰宅しました」

「まっすぐ帰ったのですか？」

それまで協力的だったタイセンが、距離を置くようになった。

「なんでそんなことを訊くんだ？」

返事はしなかった。彼のアリバイは今日のうちに確認する。アリバイがなければ、タイセンは問題を抱えることになるだろう。

「金曜日から土曜日にかけての夜、あなたのところの夜警が亡くなったんですよ」ピアは詰め寄った。「そしてだれかが、あなたのデスクにハムスターの死骸を置いていった。あなた自身でないのなら、他にもだれかが建物の中にいたことになります。おそらく侵入者」

タイセンは腕組みして、じっとピアを見つめた。

「侵入者？　ここに？」

「そうです。だれかがやらなければ、死んだハムスターがあなたのデスクに載るはずがありません。ここでは動物の死骸がよくデスクに載っているというのなら話は別ですけど」

タイセンはピアの皮肉には応じず、黙ってじっとピアの目を見つめた。ハムスターがデスクに載っていたことをどう思っているのだろう。

「ところが鑑識はドアを無理矢理こじ開けた形跡がないといっています。この建物内にいたその侵入者は鍵を持っていたことになります」

タイセンは少ししてピアの推理から正しい結論を導きだすと、首を横に振った。

「まさか」タイセンは力を込めていった。「考えられない。鍵を持っている者はわかっている。人を殺すような者はいない！　絶対にありえない」

ピアはケムと目が合った。タイセンは、旧友グロスマンの評判が社員のあいだで悪かったことを本当に知らないのだろうか。あるいは知ろうとしなかったということか。

「おい、これはなんだ？」ヒルトライターは四輪駆動車のドアをバタンと閉め、テオドラキスとリポーターのところへずんずん歩いてきた。「午後四時半の約束だったはずだぞ！」

テレビクルーはすでにカメラをしまい、機材をステーションワゴンに積み込んだところだった。村の方からも車が列をなし、土ぼこりを上げながら砂利道を上ってきた。市民運動の他の仲間たちも、タンポポが咲く草地に止めた車から続々降りて、持ってきた横断幕を広げた。

「これはどういうことなのか説明してもらおうか」ヒルトライターは腰に手を当てて、テオドラキスをにらみつけた。テオドラキスが答える前に、リッキーがふたりのあいだに割って入って、ヒルトライターの腕に手を置いた。

「携帯に電話をかけたんだけど、つながらなかったのよ」リッキーは無邪気に笑ってみせた。たいていの男はこれでイチコロだ。「時間が急に変更になってね……」

ヒルトライターはリッキーの色仕掛けに免疫があった。

「馬鹿を抜かせ！」と怒鳴ってリッキーの手を払った。「俺の家はここから五分のところだぞ。おまえのそばかすだらけの小僧を寄こせばすむことじゃないか」

マルクは自分に向けられた毒のある言葉を無視した。少し離れたところでリッキーの犬のリードをつかみながら立っていた。二匹はジープの後部座席にすわっているヒルトライターの猟犬と仲が悪いからだ。

「撮影をもう一度やりなおせ」

ヒルトライターはリポーターの方を向いていった。リポーターは申し訳なさそうに微笑んだ。放送は今晩なので、その前に編集作業をする時間が必要だという。

「テオドラキスがなにをいったかわかったもんじゃない！」ヒルトライターは太い声でいった。彼は駐車してある車を指差した。「他の仲間も来ているんだ。どれだけ支持されているか見せたい。さもなきゃ、意味がないだろう！」

「あいにくです」リポーターは肩をすくめた。「撮影を一時間半前倒しにしたのはテオドラキスさんにいわれたからです。打ち合わせをすませておいていただかないと」

「どういうことだ？」ヒルトライターは振り向いた。「どうしてそんなことをした。何様だと思ってやがるんだ？」

ヒルトライターの身長は一メートル九十センチ。がっしりとした体格で、日焼けした顔は角張り、銀髪が肩にかかっている。そんな偉丈夫が怒りを露《あら》わにしたら、だれでも腰が引ける。ヒルトライターの背後に仲間が集まった。みな、撮影が終わったと知って、がっかりしている。

「ちゃんというべきことをいったさ」テオドラキスは答えた。両手をジーンズのポケットに突っ込み、満足そうにした。「そんなにかっかするなよ」

「かっかするのは俺の勝手だ！」ヒルトライターが怒鳴った。首から顔にかけてみるみるどす黒い赤味を帯びた。「おまえのスタンドプレイにはもううんざりだ。他のみんなもそうだ！今回のインタビューについては何度も打ち合わせをした。それを勝手に変える奴がいるか！」

険悪なムードに、リポーターは首を引っ込めた。立ち去りたがっているのが、表情からありありとわかる。しかし車までの道は、目を吊りあげた四十人近い人々にふさがれている。

「カメラを車からだしてこい！」ヒルトライターがリポーターに嚙みついた。

「もう時間がないんです」リポーターは勇気をふるっていい返した。「今晩、放送してほしいのなら、帰らせてもらわないと。すごい内容になります。約束しますよ」

うまい言い訳だ、とテオドラキスは思った。もちろんヒルトライターとその取り巻きは、今晩ニュースになるのを望んでいる。時間との勝負だからだ。あさって、市民集会がおこなわれる。人々がしぶしぶ道をあけた。リポーターは、同僚がエンジンをかけて待つ車のところへ駆けていった。銀行強盗のように逃げ足が速かった。

「おい」ヒルトライターは仲間だけになると、テオドラキスの方を向いた。「この小賢しい奴め、俺たちは同じ目的のために戦っているんだ。肝に銘じておけ。俺たちは民主主義の世の中で生きている。決定はみんなで下す。ひとりで勝手にやることは認めない！」

テオドラキスはニヤリとした。もう出番はすんだ。会心のできだった。ヒルトライターがなにをいおうと、油膜にはじかれる雨滴と変わらない。

「なにをいってるんだ？　証拠の改竄《かいざん》データを手に入れたのは俺だぞ。俺がいなかったら、プラカードをかかげて、木を守れって叫ぶのが関の山じゃないか」

「おい、このガキ」ヒルトライターが歯ぎしりしながらいった。「言葉に気をつけろよ。ただじゃおかないぞ！」

「ルートヴィヒ」リッキーがなだめようとして割って入った。「ヤニスはちゃんとやったわ。放送を見れば、満足するわよ」

「口をだすな、この馬鹿女！」ヒルトライターはリッキーにさげすんだまなざしを向けた。

「おまえはなにもわかっちゃいない。このガキのいうことを真似てるだけだ！」

リッキーの笑みが凍りつき、むっとして口をつぐんだ。テオドラキスもさすがに腹立たしくなった。耄碌《もうろく》した暴君にガキ呼ばわりされるとは。

「おまえらふたりのその病的な自己顕示欲のせいでなにもかも台無しになってしまう！」ヒルトライターは鋭い口調でつづけた。「目的を果たすには事実に基づいて、理づめで立ちまわる必要があるんだ。頭ごなしに論破してもはじまらない。それがおまえらにはわからないのか」

ヒルトライターは手で払う仕草をして背を向けた。

「少なくとも嘘はいってない。あんたと違って重要な情報をだし惜しみしないだけさ！」テオドラキスはヒルトライターの背中に向かっていった。「ウィンドプロ社はあの草地にいくら払うっていってるんだ？　なんでそのことをだれにもいわないんだよ？」

ヒルトライターが振り向いた。市民運動の仲間がひそひそ話し、顔を見合わせた。

「わかるさ」テオドラキスはニヤリとした。「あんたは大金がもらえる。それなのに本気でウィンドパークに反対するなんてだれが信じる？」

「なにがいいたい？」ヒルトライターが血相を変えて近寄った。両の拳を固めていた。

「どうせ売るんだろう。それも……」

テオドラキスは最後までいえなかった。ヒルトライターのフライパンのように大きな手でしたたかに頬を張られたからだ。テオドラキスはよろめいて尻餅をついたが、すぐに立ちあがってヒルトライターに向かっていった。リッキーも加勢して、つかみ合いの喧嘩になった。唖然として見ていた仲間のうち三人が即座に割って入った。

「見下げ果てた糞野郎だ！」ヒルトライターは怒りに任せて怒鳴った。「おまえの復讐心はすべてを台無しにする。おまえの売女《ばいた》といっしょにな！」

「おいおい！」仲間のひとりがなだめようとしたが、焼け石に水だった。ヒルトライターは仲間を振り払って自分の車に戻っていった。数人が見捨てずについていったが、ほとんどの仲間はどうしていいかわからず、そこにたたずんでいた。

「失せやがれ」テオドラキスは頬をこすりながら罵声を吐いた。

リッキーはショックを受けてしゃくり上げた。マルクが犬のリードをにぎったままリッキーのそばに行った。

「ルートヴィヒはなんであんなひどいことをいうの？　わけがわかんない」リッキーは泣きながらマルクを見た。「わたしたちだれよりも一生懸命にやってるじゃない。それなのにいつもひどくいうんだから」

「気にすることないさ」マルクはおずおずといった。「ただの間抜けな老いぼれだ」

リッキーの顔に笑みが浮かんだ。

「そうね」リッキーは手の甲で涙をぬぐい、肩に力を入れた。「ただの間抜けな老いぼれ。本当にそうね」

　ウィンドプロ社の広報とマーケティングも担当する警備部長はとびきり愛想がよかった。施錠プランが載っている保安用図面を率先して見せてくれたし、合鍵の受取証をまとめたファイルもだしてきた。タイセンとその妻がマスターキーを持ち、他には経理部長と営業部長、販売課長、技術課長、法務課長、現場監督、プロジェクト課長、人事部長、そして夜警。もちろん警備部長も持っている。合計十二人。ピアはファイルをめくって、氏名を書き写した。

　ピアはそのあと仕切りカードをめくって古い日付の受取証を数枚見つけた。

「これはなんですか？」ピアはたずねた。

「それは……その……」警備部長は掌ではげ頭をなでた。「うちのシステムは少々古くてですね、いまだに通常の鍵を使っています。電子錠とかＩＣカードではないんです。切り替える計画はあるんですが、まだ着手していなくて。つまり、退職した元社員でまだ鍵を返していない者がいるということです」

「そうなんですか？」ピアは顔を上げた。「何人になりますか？」

　警備部長は咳払いをした。

「それはわたしが着任する前のことでして。ここに受取証が残っている人たちはまだ鍵を持っているはずですから、ええと……」

「九人」ケムが表情を変えずにいった。ピアの肩越しに数えていたようだ。

「すばらしい」ピアは皮肉っぽくいった。「間違いないですか？」

「え、ええ……もちろん。ええと……その、失念していました」

この会社では、忘れることが日常茶飯事のようだ。夜警は勤務中に抜けだしてガソリンスタンドに酒を買いにいって鍵を忘れた。タイセンは殺人が起きた夜に会社にいたことをいい忘れた。警備部長は、刑事警察に大事な情報を伝えるのを忘れた。

「どこかにコピー機はありますか？」ピアは立ちあがった。

「ええ、サイドボードの上にあります」

「俺がする」ケムがいった。ピアはファイルを彼に渡した。警備部長はヤギのような髭と耳たぶを交互につまんでいた。はげ頭には玉の汗が浮かんでいた。

「会社について少し話が聞けますか？」ピアが警備部長にいった。

「なにが知りたいのですか？」

「ここではなにをしているんですか？　なんの会社ですか？」

「風力発電施設の計画と建設をしています。ドイツ全域、ヨーロッパ、最近ではヨーロッパ域外の外国にも手を広げています」警備部長は広報担当に早変わりして、淡々と説明した。ふたたび自分の守備範囲に戻ったということだ。「また、資金調達のアドバイスもしています。大口投資家を通してとか、クローズド・エンド型ファンドとか。つまり一括請負契約と考えていただきたいと思います。顧客はウィンドパークの建設を当社に依頼します。それ以外はすべて当社でおこないます。用地探し、調査書作成、建設許可の取得、プランニング、風車の建設。

どの部署でも有能な専門家を配置していて、業界では高い評価を受けています」

当社。警備部長兼広報担当は雇用主と完全に同化している。

「あの、ここにだれかが侵入するとしたら、なにが狙いだと思います?」そう質問して、ピアはまた相手の虚《きょ》をついた。

「さあ、わかりかねます」警備部長は肩をすくめた。「わたしの知るかぎり、社内にはたいして現金を保管していません。それに当社のノウハウは、同業者が不法侵入までして欲しがるほど秘密ではありませんし」

「鍵を戻していない元社員で、会社ともめて辞めた人はいませんか?」ケムがコピー機のところからたずねた。

警備部長は一瞬、言葉に詰まった。

「ひとりいます。直接の面識はありませんが」警備部長はいった。「この数ヶ月、その人物が当社の活動に横やりを入れているんです。近くこのタウヌスで実現予定のウィンドパークプロジェクトを巡るものです。名前はヤニス・テオドラキス。解雇したとき、鍵を返却していません」

マルクはベッドに横たわっていた。テレビの音を消し、お気に入りのリッキーの写真を携帯電話で見ていた。リッキーは今日の午後、本当に気の毒だった! ヒルトライターのじじいはなんであんなひどいことをいったんだろう。プラカードなどを片付けたあと、リッキーとマルクは市民運動の仲間数人といっしょにケーニヒシュタインのピザ屋に入った。もちろんさっきの平手打ちが話題の中心だった。それからヒルトライターが草地の売却をして得られる二百万ユーロについても。ひとり、ふたりと仲間が去った。気づくと、テオドラキスはニカとばかりしゃべっている。ニカに嫉妬するのはおかしいとわかっていたが、マルクは自分の家族に割り込まれたような気がしていた。

物思いに耽《ふけ》っていて、マルクは階段を上ってくる足音に気づかなかった。いつのまにか父親がドアのところに立っていた。苦虫を嚙みつぶしたような顔をしている。

「先生から電話があったぞ。今日もまた登校しなかったそうだな。どうしてだ?」

マルクは携帯電話を閉じて、なにもいわなかった。いってもしょうがない。どうせ父さんには興味のないことだ。

「俺が話しているときはテレビを消してこっちを向け!」

マルクはテレビを消し、わざとゆっくり立ちあがった。以前は、父親が怒りを爆発させるのを恐れていたが、それももう昔のことだ。過去の話。マルクが臆病でくだらないガリ勉だったときのことだ。

「それで、どうして学校をさぼるんだ? そのあいだ、なにをしている?」

マルクは黙って肩をすくめた。

いけないことをしないと両親が気にかけてくれないなんて、考えたらおかしな話だ。昔はいい成績を取っても、うなずくのが関の山だった。寄宿学校で過ごした四年間、週に一、二度しか電話をかけてこなかった。どうせ気にしているという体裁を取り繕うためだ。マルクははっきりとそう感じた。マルクがつらい目にあっていた時期でも、会うのを億劫そうにしていた。それが急に子どもを気にかける模範的な両親を演じている。マルクのやること、やらないことにいちいち理由を求めてくる。しかもその質問ときたら型どおりのくだらないものばかり。本当は関心がないのだ。父親は仕事しか頭にないし、母親はいかれた骨董品と婦人会と買い物のことしか考えていない。

「納得のいく返事をしろ」父親は声に凄味をきかせた。「三十秒以内に答えろ。さもないと、ただじゃ置かないからな」

「ああそう？　なにをするわけ？」マルクは顔を上げて、父親をにらんだ。「ぼくを殴る？　監禁する？　ぼくのコンピュータを窓から捨てる？」

父親になにをいわれようが、どうされようがまったく気にならなかった。自分に選択権があれば、こんなところに住むものか。こづかいだっていらない。動物保護施設《ティアハイム》で働いたバイト代をリッキーからもらっている。

「そんな真似ばかりしていると将来はないぞ」父親が食ってかかった。「このままだと落第だ。学校から放りだされてしまう。そうしたら大学入学資格試験を受けられない。今はどうでもいいかもしれないが、数年したら、自分をだめにしたことに気づくだろう」

うるさい、うるさい、うるさい。いつものエンドレステープ。癇に障る！

「明日は登校するよ」マルクはささやいた。左目がちかちかする。ストレスがたまると、いつもそうなる。やがてまぶしい閃光を感じ、それから極彩色の縁取りがある亀裂が視野に走り、それが広がっていき、最後にはほとんどなにも見えなくなる。視野が狭くなるのももうすぐだ。トンネルに入ったときのようだ。それから痛くなる。後頭部から顔面にかけて激痛が走る。すぐに消えることもあるが、運が悪いと、その状態が数日つづく。マルクは眉をひそめ、親指と人差し指で鼻の付け根をもんだ。

「どうした？」父親がたずねた。「マルク？　どうしたんだ？」

マルクは肩に手がかかるのを感じて、払いのけた。触られると、痛みが増す。

「なんでもないよ。出ていってくれ」マルクは目を開けた。薄暗い部屋の中なのに耐えられないほどまぶしかった。

足音が遠ざかり、ドアが閉まった。マルクはナイトテーブルの引き出しを開けて、薬を手探りした。タイミングよく服用すれば、かなり効き目がある。リッキーがくれたものだ。二錠を口に入れ、気が抜けたコーラで流し込み、目を閉じて横になった。リッキー。どうしてるだろう？

夜の帳《とばり》が森に下りた。半月が銀色の光を放っている。一番星が夜空にまたたいた。ルートヴィヒ・ヒルトライターは東に視線を向けた。オレンジに染まった光がなかなか消えようとしない。ここフォルダータウヌス地方では、子どもの頃に知っていた真っ暗闇が何年も前からなくなっている。近くの大都市やヘキスト社跡の工業地区、そして眠ることを知らない巨大な空港が明るい光を放ち、夜を昼同然に照らしている。ヒルトライターはため息をつくと、低い猟師用の櫓《やぐら》のベンチで腰をもぞもぞ動かし、すわり心地のいいところを探した。手が届くところに立てかけたスコープ付きの銃に触った。右側にはテルがのんびりすわっている。寝袋を通して犬の温もりを感じる。左側には熱い紅茶をいれた魔法瓶と、サンドイッチが入っているランチボックスがある。あの悪党どもがこのあたりを封鎖して明日また伐採をするかもしれない。ヒルトライターは明日の早朝まで見張りをすることにした。森で夜を明かしたことは数知れない。二年前、妻のエルフィが死んでから、家で眠る理由がなくなった。

エルフィ。彼女のいない人生はつまらない。意見を交換することはもうできない。彼女の賢い助言も、無限の愛情ももう得られないのだ。五十八年前にはじめて出会ったときからヒルトライターは心から彼女の愛情に応えてきた。エルフィは二度癌《がん》になり、摘出手術を受けた。だが治ったのは見せかけだった。リンパ節や脊髄《せきずい》に転移して、彼女の体を蝕《むしば》んだ。彼女は気丈だった！　苦痛を伴う屈辱的な化学療法に愚痴をこぼさず耐え、髪が抜けたときには冗談を飛ばし、口腔粘膜がなくなって食事ができなくなっても泣き言ひとつ漏らさなかった。エルフィは雌ライオンのように健闘した。

壮絶な手術のあと、エルフィは体調を持ち直した。見せかけだけの短い寛解のとき、ふたりは最後の旅に出た。オーバーバイエルンにある彼女のふるさと。ヒルトライターへの愛ゆえに去ったところだ。ふたりはいっしょにカルヴェンデル山脈をハイキングした。これが最後になると感じつつ。ヒルトライターは目に涙が浮かぶのを感じた。そのあとはあっという間だった。

三週間後、エルフィの葬儀が営まれた。息子ふたりと娘も参列したが、ほとんど言葉を交わさなかった。子どもたちとのあいだにできた溝はそれほどに深かった。その機会に三人に手を差し伸べて、心のわだかまりを解くべきだったかもしれない。しかしヒルトライターは妻を亡くした心の痛みに負けて、それどころではなかった。今はもう手遅れだ。悪意のある言葉の応酬しかできない。ヒルトライターは孤独だった。そして孤独のまま生きるのだ。

じっとすわりながら耳をすました。木の間を抜けるそよ風。カサカサと木の葉のこすれる音がする。クルマバソウとラムソンのにおいがする。ミミズクが鳴き、雌のアナグマが淡い月明かりの中、子どもたちを連れて空き地に出てきた。イノシシの群れが下草の中でごろごろしている。勝手知った物音とにおい。引き裂かれた心を慰めてくれる。

ヒルトライターはふと午後のことを思い返した。テオドラキスへの腹立ちはまだ収まっていない。あの男ははじめからうさんくさかった。献身的なようでいて、やることなすこと自分勝手で、やたらとむきになる危険な奴だ。どうしてウィンドプロ社からの申し出を知ったんだろう。会社と今でもつながりがあるのだろうか。もちろんそのことを仲間にいわなければいけなかっただろう。しかし他人にとやかくいわれる筋合いはない。それでも、信じられない金額に物議を醸《かも》す恐れはある。事実そうなった。ヒルトライターは、みんなの前でテオドラキスの横っ面を張ったことを後悔していた。泰然としているべきだったのに、かっとして手が出てしまった。そのうえあの馬鹿な女まで飛びかかってきた！　リッキーを悪くいうのは不当なことだ。そのくらいわかっている。しかしあいつはフラウケを雇って、住む家まで工面した。そのことが気に食わなかった。あいつさえいなければ、フラウケは今でも農場にいたはずだ。

テルは寝返りを打ち、小さくうなった。ヒルトライターは手を伸ばし、ごわごわの被毛をなでた。

「俺たちのことはだれもわかってくれない」と小声でいった。テルの耳がぴくっと動いた。じつをいうと、立地さえ適切だったら、ウィンドパークに反対するつもりはなかった。ところが別個に作成された二通の調査書はどちらも不適切だという判定だった。利潤の追求を目的に森の木が伐採されるだけで、風車はまともに動かないだろう。ヒルトライターは計画を立案した会社の連中と知り合い、市や郡が注ぎ込んだ納税者の金を、連中が軽い気持ちでドブに投げ捨てていることに気づいた。ウィンドパーク予定地の一部である草地をとうとう三百万ユーロで買い取るといってきた。どうかしている。それなのに土地の売却を拒むしかないとは、なんという運命の皮肉だ。しかしこればかりはやるしかない。なんと思われようが、草地は死ぬまでタイセン一味に渡さない。


　あくびをしながら、ピアは残りの汚れ物を浴室にある洗濯機に押し込んだ。四十時間ろくに眠っていない。さすがに疲労困憊《こんぱい》し、頭だけが冴えていた。ドアが開けっ放しの寝室からクリストフのかすかな寝息が聞こえる。どこでもすぐ眠れる彼がうらやましい。洗濯機の作動音で彼を起こさないように浴室のドアをそっと閉めて、リビングルームに戻った。テレビが消音状態でついていた。映画でも観ようと思ったが、ついつい気が散ってしまい、簡単な筋書きの映画なのについていけず、途中でやめた。

シュテファン・タイセンはどうもあやしい。だから不法侵入とグロスマンの死について目下判明していることを事細かく教えるのはやめた。それにしても、なぜタイセンは嘘をついたのだろう。どうせすぐにばれることなのに。金曜日から土曜日にかけての夜のアリバイは信憑性に欠ける。帰宅してからずっと自宅にいたと証言できる者は彼の妻以外いない。ピアはリモコンをつかむと、あくびをしながらチャンネルを替えた。ヘッセンテレビのチャンネルになったとき、いきなりウィンドプロ社の社屋が画面にあらわれてはっとした。今日、死体が発見されたあの奇妙な形のビルだ。ピアは音量を上げた。話題はもちろん死体のことではない。エップシュタインの近くに建設予定中のウィンドパークについてだ。褐色の髪の男が画面にあらわれた。草地に立っている。背後には建設反対のプラカードを持った人たち。

「提出された風況調査書は改竄されています。われわれが独自に依頼した二通の調査書が証明しました」男は無愛想にいった。「それなのにだれもそのことに関心を示しません。予定地は最近まで自然保護区でした。貴重な樹木が伐採されようとしているのです。建設許可に必要な広さを確保するために保護対象の野生ハムスターまで絶滅に追いやられようとして……」

男の名前がテロップに浮かんだ。ピアは毒蜘蛛《ぐも》にでも刺されたかのようにソファから跳びあがった。キッチンに駆けていくと、充電ケーブルから携帯電話をはずして、リダイヤルを押した。タイセンはまたしても嘘をついていた！　ピアはリビングに戻ると、ニュースのつづきを見た。ボスがようやく電話に出た。

一九九七年九月

はじめての出会い。一週間前のような気がするが、十二年も前のことだ。キールで開催されたドイツ地球物理学会の年次総会で、彼女はすぐれた成果を上げた自然科学者に与えられるカール・ツェッペリン賞を受賞した。同時に、若手の自然科学者垂涎《すいぜん》の的であるドイツ連邦環境基金の博士論文作成奨学金をもらえることになった。彼女は自分が誇らしく、幸せだった。苦労の末に得た成果に天にも昇る心地がしていた。

一堂に会した学会の重鎮たちがいっせいに起立して、彼女に惜しみない拍手を送った。最高の気分だった。そのあとバーで、ひとりの男がそばにやってきた。

「じつに輝いている」男は彼女に声をかけ、不遜な笑みを浮かべた。「受賞おめでとう!」

なにを偉そうに、と彼女は思って、相手をよく見た。そのとたん、その男に惹かれた。どういうことだろう。自信に満ちた態度のせい? 彫りの深い青い目のせい? 顎が目立つ角張った顔に不思議なアクセントをつける官能的な口元のせい? 彼女は男を黙って見つめながら驚いた。「官能的」などという言葉は、そもそも自分の辞書にはないはずだ。どうしてしまったのだろう。彼女は冷静な知性を持つ科学者だ。ロマンチストではない。これまでほとんど男に目をくれたことがない。ひと目惚れなんて、ありえないと考えていた。それなのに、目の前の男と視線を交わすなり、そのありえないことが起きたのだ。膝から力が抜けた。

「どうかね」男はいった。「博士論文はうちで完成させないかね？　最高の環境を用意する」

「それはどちらのことですか？」彼女は微笑みを作って聞き返した。

「おお、これは申し遅れた。わたしはドイツ気候研究所のディルク・アイゼンフートだ」

彼女は口をあんぐり開けそうになった。相手に気づかないとは、穴があったら入りたいくらいだ！　しかし男は、それをユーモアと受け止めた。

「引っ越しをする必要はある。海岸からも離れることになるが、後悔はさせない」

彼女は気を取り直した。

「これまで北極圏、シュヴェービッシェ・アルプ、そして南大西洋の船上でも暮らしてきました」彼女は顔をほころばせて答えた。「いい仕事ができるのなら、どこへでも行きます」

彼女は頭の中でさらにこう付け加えた。あなたのようなボスのところなら月へだって行きます。彼女はその場でアイゼンフートの虜《とりこ》になってしまった。

二〇〇九年五月十二日（火曜日）

コーヒーは熱くて苦かった。眠気醒《ざ》ましにはちょうどいい。普段は角砂糖を二個入れるが、今回はやめた。昨日、オリヴァーは少なくとも十キロ減量しようと心に決めた。このままなにもせず太るのはまずい。生来なまけ者な方で、ジョギングパンツをはいて森の中をふうふういいながら走ったり、きついフィットネススタジオ通いをしたりするくらいなら、食事制限の方がましだと判断した。ドアの上の時計が六時半を指していた。父親がキッチンに入ってきた。弟のクヴェンティンが農場と馬場の経営を継いでから、家畜への朝の餌やりは父親の役目ではなくなったが、一番鶏の鳴き声とともに起きる癖をやめられずにいる。

「コーヒーはどう？」オリヴァーは訊いた。父親はうなずいた。この数ヶ月、いっしょに朝食をとるのが習慣になっていた。父親も息子も話し下手なので、黙々と朝食をとるだけなのだが、一日のはじまりにはちょうどよかった。

「今日はなにをするんだい？」オリヴァーは興味があるからというよりも、礼儀として訊いた。

「エールハルテンへ行って、ルートヴィヒと森の番を交替する。明日の夜の市民集会まで、木を伐採されないように見張りを立てているんだ。あいつが夜中、わたしが日中だ」

「市民集会？」オリヴァーはびっくりしてたずねた。「どうして父さんが？」

「母さんとわたしは市民運動に参加している。知っているだろう。〈タウヌスに風車はいらない〉」

父親がコーヒーにスプーンで砂糖を三杯入れるのを、オリヴァーは黙ってうらやましく思いながら見ていた。父親はパンにたっぷりバターを塗り、脂肪分の多いチーズを載せて食べる。午後にはケーキ、夜はワインを一本あける。それなのに二十年前から一キロも増えない。まったく不公平だ。人は歳を取ると、新陳代謝がゆっくりになるはずじゃなかったのか。

「新聞の地方版をしっかり読むべきだな」父親は微笑んだ。「警察報告書ばかりでなく」

「読んでいるさ」オリヴァーは身構えていった。黒パンをひと切れ取ると、カッテージチーズを薄く塗り、がぶりとかんだ。

「エップシュタイン市は明日の夜、ダッテンバッハホールで市民集会をひらく」父親は鍵入れの横のコルクボードの方を顎でしゃくった。「そこの黄色いチラシに書いてある。州環境省の担当者とウィンドパークを計画している会社の人間が来る。もちろんわれわれも出席する」

「本当に阻止できると思っているんだ」オリヴァーは立ちあがって、黄色いチラシをコルクボードから取って、目を通した。

「もちろんだとも。建設許可に関わる不正があったという確かな情報があるんだ。問題の会社は業界のオピニオンリーダーだという触れ込みだが、この業界は世界じゅうに巨大な風車を建てて、自然景観を台無しにしている。スペインの地中海沿岸なんかその典型だ」

「なるほど。そして今度はエールハルテンに風車を建てて、美しいタウヌス地方を台無しにするってことか」オリヴァーは、むきになっている父親がおかしくて仕方がなかった。父親はどちらかというと一匹狼だ。おそらく友人のルートヴィヒ・ヒルトライターに誘われたのだろう。伯爵という肩書きは、運動に箔をつけるのにもってこいだ。

「この地域をだめにするだけじゃない」父親は答えた。「あの場所は不適格なんだ。風況調査書が証明している」

「なんでもうからないものを作るんだ?」オリヴァーは黒パンを無理矢理のみ込んだ。頭の中では、ピアから電話があって食事のあと抜けだした昨日の結婚式のことを考えた。

「金のためさ。きまってるだろう」父親はいった。

オリヴァーはびっくりした。「なんだって？」

「ウィンドパークを作るのは、大儲けできるからさ。市、郡、州、連邦が税金を注ぎ込む。ウィンドプロ社は公募ファンドで資金集めを……」

「待った」オリヴァーは父親の言葉をさえぎった。「だれが公募ファンドで資金集めをするって？」

「ウィンドパークを計画している会社だ。ウィンドプロ社。本社所在地はケルクハイムだ」

「なんて偶然だ」

「どうして？　偶然てなんだ？」父親は眉間にしわを寄せた。

「じつは昨日……」オリヴァーは自分の父親が被疑者になりうることに気づいて途中でいうのをやめた。ウィンドプロ社社長のデスクに載っていたハムスターの死骸はウィンドパーク反対派の仕業である可能性が高い。昨日の夜遅く、計画中のウィンドパーク反対運動がテレビでニュースになっていたといって、ピアが電話をかけてきた。市民運動のスポークスマンによると、ウィンドプロ社は建設許可を得ることで、保護対象のハムスターを絶滅に追いやろうとしているという。

「昨日、テレビでしゃべった男は知っているか？」オリヴァーは答える代わりにたずねた。

「ああ、もちろん。ヤニスだ。なんでそんなことを訊くんだ？」

「ただなんとなく。たまたまニュースを見たんでね」それは嘘だが、父親に疑われたくなかった。「それよりルートヴィヒとどういう関係があるんだ？」

「市民運動を起こしたのはあいつだ。そして今、あいつがキャスティングボートをにぎっている。ウィンドパーク予定地に含まれる重要な土地を所有しているからな。ウィンドプロ社は莫大な金額を提示したが、あいつは首を縦に振らなかった。立地条件的に、その土地なしでは建設ができないんだ」

父親のしわだらけの顔にあざ笑うような笑みが浮かんだ。

「明日の夜はすごいことになるぞ！」父親はキッチンタイマーを見て、椅子から腰を上げた。

「さて、行かないと。七時に行くとルートヴィヒに約束した」

「父さん、ウィンドプロ社で昨日、死人が出た」

父親は振り返った。顔に表情はなかったが、目がきらっと光った。

「本当か？　死んだのはタイセンじゃなかろうな？」

「冗談じゃすまされないぞ、父さん。殺人の可能性がある。いくつか手掛かりが……」オリヴァーはためらったが、本当のことをいうことにした。「他言しないでほしい。犯人がウィンドパーク建設反対派だという手掛かりがあるんだ」

「まさか。われわれは善良な市民だ。人殺しじゃない。ああ、本当に行かないと。じゃあまた今夜」

父親は立ち去った。オリヴァーは黄色いチラシをたたんでしまった。父親は反対運動に本気で取り組んでいるようだ。歳を取っても役に立てるのがうれしいのだろう。人の命をなんとも思わない奴が反対派の中にいなければ、そういう暇つぶしも悪くないのだが。

「嘘だろう！」ヘッセン州環境省次官はテオドラキスを唖然として見つめた。「わたしの名前はださないと約束したじゃないか！」

「すまない、アヒム」といいながら、ヤニス・テオドラキスは毛ほども悪びれていなかった。「それがむずかしくなった。情報の信憑性を証明する必要が出た。さもないと、明日の夜、言い逃れされそうなんだよ」

アヒム・ヴァルトハウゼン次官は不自然に唾をのみ込んだ。高速道路三号線のメデンバッハ・サービスエリアに止めた目立たないシルバーのフォルクスワーゲン車の中。ふたりはいつもこうやって密会している。ヴィースバーデン・ジャンクション方面へ車が次々と走っていった。

「おまえも明日、集会に来るかもしれないと思って、事前にいっておきたかったんだ」テオドラキスはドアハンドルをつかんだ。ヴァルトハウゼンが腕をつかんで引き止めた。

「ヤニス！　やめてくれ」ヴァルトハウゼンは必死だった。「それがばれたら免職になる。妻と三人の子どもがいるんだ。家は三年前に建てたばかりだ！　あの情報を渡したのは、昔のよしみで、おまえがわたしのことを表にださないと信じたからだ！」

ヴァルトハウゼンの目に不安の色が浮かんでいた。テオドラキスは彼を見つめ、なんで友だちと呼ぶほど親しくしたのか不思議に思った。汗みどろの顔、テオドラキスの腕をつかむぶよぶよの指。見ているうちに吐き気を覚えた。

ヴァルトハウゼンと彼は以前、州環境省で再生可能エネルギーと環境保護を担当する同僚同士だった。しかしテオドラキスが安全確実な公務員の職を投げ打って、もっと胸躍る在野の仕事へ転職したのに対して、ヴァルトハウゼンは公務員にとどまり、他人の過失や判断ミスを利用し、おべんちゃらをいって、うまく出世した。

「聞いてくれ、アヒム」テオドラキスはいった。「俺になにもかも話してくれたのは、おまえも我慢ならなかったからだろう。俺が頼んだからじゃない。私利私欲に走る連中を懲《こ》らしめたかったんだろう。それなのに、なにをびびってるんだ」

ヴァルトハウゼンは当時、自分の上司に腹を立てていた。上司が平気で賄賂をつかみ、エネルギー関連企業の取締役に天下りして高給をもらっていたからだ。しかし自分が次官になったらびくつくとは、なんという因果だろう。これでは同士討ちになり、なんの意味もない。しかしヴァルトハウゼンは外見に似合わず、意固地なところがある。テオドラキスの腕をつかむ手に力が入った。下ぶくれの顔を近づけてきた。毛穴がひとつひとつくっきり見えるほど近かった。

「どうせそんな高邁《こうまい》な目的があるわけじゃないだろう」彼はかすれた声でささやいた。「面目をつぶされたことへの安っぽい復讐！　おまえは、自分のためならだれでも利用する奴だ。情報源を明かすなとはっきりいったはずだぞ。もし明かすなら、おまえも痛い目にあうことを覚悟しておけ。俺はすべてを否定する。情報を俺から手に入れたという証拠はなにひとつない」

「脅《おど》すのか？」テオドラキスはヴァルトハウゼンの手を払った。

「よくわかっているじゃないか」ヴァルトハウゼンは冷ややかに答えた。

ふたりは黙ってにらみあった。同僚として働いて八年、そのあいだにバカンスをいっしょに過ごし、バーベキューパーティもやった。だが、これで過去はすべて帳消し、敵対関係になる。

「証拠はある」テオドラキスはしばらくしていった。「俺にEメールを送ったのは軽率だった」

「最低な奴だ」ヴァルトハウゼンは憎しみを込めていった。「いいか、俺の名前が公《おおやけ》になったら、ただじゃおかない。後悔させてやる。本当だ。それじゃ降りろ！　失せやがれ！」


ピアはまたしてもフランクフルト市内の渋滞を甘く見てしまった。予定よりも十五分遅れてフランクフルト法医学研究所に到着した。道路脇の駐車スペースにはまったく空きがない。絶望的だ。最近は学生たちまで車で通学しているようだ。昔は自転車や路面電車を利用していたのに。パウル＝エーアリヒ通りをだいぶ走って、ようやく駐車スペースを見つけ、そこから全力疾走した。解剖室に着くのは、司法解剖の時刻ぎりぎりになりそうだ。ヘニングは遅刻にうるさい。ねちねち文句をいわれるのはかなわない。法医学研究所の玄関にたむろする法学生たちを押しのけ、クローンラーゲ所長の秘書に「おはよう！」と簡単にあいさつして、板張りの廊下を地下に通じる階段へ向けて歩いた。

午前八時ちょうど、第一解剖室に入った。グロスマンの死体は裸にむかれ、解剖台の上できれいに洗浄されていた。ヘニングの助手ロニー・ベーメがすでにそこにいて、ピアに一礼した。

強烈な腐敗臭はにおいに敏感な人間にはきつい。しかしピアは、数分で慣れることを知っていた。ヘニングと結婚していたとき、いったい何時間この地下で過ごしたことだろう。週末といわず、夜といわず、ヘニングは機会さえあればここで頭部を切り開き、内臓を摘出し、爪に皮膚片があるか捜し、骨を分析してばかりいた。夫に会いたいときは研究所を訪ねるほかなかった。ヘニングはまさしく仕事の鬼だ。二十八歳で博士号を取得。専門書も六冊出版し、専門誌に発表した論文は二百編に及ぶ。ピアは一字一句覚えている。それもそのはず、秘書たちがヘニングの悪筆に降参したため、名誉なことだといわれて、彼が書きなぐったメモや判読不能な草稿をはじめはタイプライターで、その後はコンピュータで清書したのはピアだった。

「来たのか」ヘニングが後ろから声をかけてきた。

「おはよう」ピアは脇にどいて、ヘニングを通した。「おはよう」「検察官はどこ？」

「ハイデンフェルダーは渋滞に引っかかったそうだ。いつもの言い訳さ。はじめようか。十時に講義をしなければならない」

ヘニングはさっそく外貌チェックをはじめた。わかったこと、気づいたことを首にかけたマイクに向かってしゃべっていく。ピアはライトボックスの方を向いた。レントゲン写真がそこにかけてある。レントゲン写真は見慣れていたので、ひと目で骨折だと気づいた。階段から転落したときのものだ。胸骨、右の鎖骨と骨盤と上腕骨および左肋骨の二番から七番。しかし命に関わる怪我ではない。後頭部裂傷もそうだ。

「ところで」ヘニングは解剖台のそばからいった。「階段から落ちたとき、酩酊していた。アルコールの血中濃度は一ミリリットルあたり一・七ミリグラム。それからもう一点、きみが興味を持ちそうなことが判明した。遺体の服から大量の繊維痕が見つかった。今、科学捜査研究所で分析している。それから運がよければ、手袋の切れ端から指紋か皮膚片を検出して、DNA鑑定ができるかもしれない」

幸先がよさそうだ。

ヘニングと助手は息がぴったり合っていて、着々と作業している。きまりどおりに、ヘニングはメスで頭皮に正確な切開線を入れて、顔面の方へひらき、頭蓋骨を高速振動鋸で円形に切り取った。

階段から落ちたとき、グロスマンになにが起きたのだろう。死ぬと自覚した瞬間、人はなにを思うのだろう。死ぬのって、どういう感じがするのだろう。苦痛は感じたのだろうか。

ピアの背中に鳥肌が立った。

なんなの。気をしっかり持たないと、と自分にいいきかせた。なんでこんな変なことを考えるのだろう。いつもなら仕事だと割り切って、距離が置けるのに。なぜそれができない？

「これはこれは」ヘニングが突然いった。

「どうしたの？」ピアはたずねた。

「どちらにしても長生きはできなかったな」ヘニングは心臓を手に取ってしげしげと見ていた。「心臓がぼろぼろだ。極度の左心室肥大と多数の瘢痕《はんこん》」

ヘニングは臓器を金属容器に置いた。

「重篤な内出血の原因もこれでわかった。下行大動脈破裂」

「胸を激しく殴られたのかも」ピアは解剖結果に気持ちを集中させようとしたが、うまくいかなかった。吐き気がしてヌッテラ（チョコレート風味のヘーゼルナッツペースト）を塗ったトーストの残りと胃液が食道を上ってきた。

ヘニングの声が遠く聞こえた。

「いいや、それは違うな。心筋梗塞を起こして、階段を転落したんだ。体の右側から落ちたのは、骨折と打撲傷からわかる。しかしそのあと、だれかが蘇生を試みたようだ。胸骨と左肋骨の骨折は圧迫が原因だ。典型的な蘇生時の損傷だ。この場合、下行大動脈破裂……」

突然ピアは膝に力が入らなくなった。ヘニングが切開した腹腔から肝臓を取りだすのを見て、ピアはよろけながら廊下に出た。そのままトイレのドアを押しあけて、かろうじて便座に辿《たど》り着いた。咳き込みながら嘔吐して、冷たい床にしゃがみ込んだ。顔の冷や汗に涙がまじり、全身がふるえ、便座の前に膝をついたまま立ちあがれない。だれかがかがみ込んで、トイレの水を流した。ピアは白いタイル敷きの床にすわり込み、手の甲で口をぬぐった。

「どうしたんだ?」ヘニングがしゃがんで、驚きと心配の表情でピアを見た。

「わ……わからない」ピアはささやいた。こんなことははじめてだ。恥ずかしかった。だが、見られたのがヘニングとロニーだけだったのでほっとした。これが虚勢ばかり張る検察官だったら、すぐいい触らすにきまっている。

「ほら、立つんだ」ヘニングは手袋を脱いでいた。ピアのわきの下に腕を入れて、助け起こしてくれた。ピアは壁に寄りかかって、ふるえながら笑おうとした。

「もう大丈夫。ありがとう。なんでこうなったのか、わけがわからない」

「もういなくてもいい。解剖はほとんど終わった。所見はあとで送るよ」

「だめよ」ピアは異を唱えた。「もう平気」

小さな洗面台にかがみ込むと、ピアは冷たい水を掌《てのひら》に受けて顔を浸した。それからペーパータオルで顔を拭き、鏡に映ったヘニングの愉快そうな目に気づいた。

「笑ってるのね」ピアはへそを曲げた。「ひどい」

「まさか、笑ったりするものか」ヘニングは首を横に振った。「やっぱりわたしのピアだと思っただけさ。普通の女性はメイクを気にするが、きみはさっさと顔を水につけた。さすがだ」

「わたしはもうあなたのピアではないんだけど。それにわたしは化粧なんてしないわ」ピアはヘニングの方を向いた。「口のまわりに吐いたものをつけているのはいやだもの」

ヘニングはニヤニヤするのをやめ、ピアの頰に触れた。

「冷えているじゃないか」

「血行が悪いのかも」ピアは弱いところを見せてしまったことに腹が立った。自分をコントロールできないことがいやでならない。ヘニングはいたわるようにピアを見つめると、手を伸ばし、ピアの額《ひたい》から前髪を払った。ピアはあとずさった。同情なんていらない。別れた夫の同情ならなおさらだ。

「やめて!」ピアはきつい口調でいった。ヘニングが手を下ろした。

「解剖をつづけなくては。気分が落ち着いたら来るといい、いいね？」

「ええ、そうする」ピアはヘニングがトイレから出ていくのを待って、鏡の方を向いた。日焼けしているはずなのに、顔がやつれて見えた。警官になって二十年。捜査十一課の在籍も長い。グロスマンの死体よりもひどいものをいくらでも見てきた。どうして急に耐えられなくなったんだろう。司法解剖でダウンしたなんて、だれにも知られたくない。さもないと市民相談の窓口に異動させられてしまう！

「しっかりするのよ、ピア！」と鏡に映った自分に向かって大きな声でいうと、身を翻《ひるがえ》してドアを開け、解剖室に戻った。


通りの角の大きなセイヨウバクチノキの裏。マルクはそこに立っていた。母親の車が進入路から出てきて、町の方へ左折した。念のため少し待ってからスクーターのエンジンをかけ、自宅に向かった。時間の余裕はあまりない。服装から見て、父の会社やフランクフルトに向かったわけではないようだ。おそらくホームセンターかどこで買い物をするのだろう。毎日のことだ。マルクはスクーターから降りて階段を駆け上がり、玄関のドアを開けた。玄関で投げたヘルメットがビーダーマイヤー期のアンティークのチェストにぶつかった。どこかの家の解体現場で見つけ、自分の工作室で丹念に直したものだ。がっつり傷ついちまえ！　家具の修復は母親が今夢中になっている趣味だ。虫食いだらけのがらくたを生き物でも相手にしているかのように後生大事にしている。病気としか思えない。とはいえ、がらくたに熱中するようになってから、マルクが登校したか見張らなくなったので、ありがたくはあった。書斎のドアは開いていた。ひと目見て、母親のノートパソコンがないことに気づいた。

マルクは地下に下りて、工作室に足を踏み入れた。テレビン油と亜麻仁油と研磨剤のつんとしたにおいが鼻を打つ。照明のスイッチを押して、あたりを見まわした。平らなところには、母親が使っている缶やハケや紙ヤスリといった道具がところ狭しと並んでいる。使い物にならない古い金具を新しいものと交換するために旋盤まである。しかし、ノートパソコンをどこにやったのだろう。マルクは工作室にあるものに触らないようにして見てまわった。やはりここにあった。椅子の上に載せたカタログの下に無造作に置いてある。マルクはカタログを床に置いて、椅子の前に膝をつくと、ノートパソコンをひらいた。パスワードは簡単だ。しかも変更することがない。いつものように会社のサーバにアクセスした。少しして父親のEメールアカウントをひらいて、下にスクロールしていき、捜していた送信者を見つけると、すべての着信メールをチェックして転送し、そのあと父親に気づかれないように、送信済みのフォルダから転送メールをゴミ箱に入れ、さらにゴミ箱をクリックして、完全に削除した。マルクは母親のEメールもちらっと見てみることにした。最新の着信メールの中に教師からのものがあった。学校をさぼったことをまたしても大げさに騒ぎたてている。

「ちくしょう」そうささやいて、マルクはそのEメールをゴミ箱に入れた。これで一丁上がり。思ったよりも簡単だった。ノートパソコンを閉じると、カタログを載せ、ここに入ったという痕跡を残さないように気をつけながら工作室をあとにした。九時半だ！　急げば、三時間目の授業に間に合う。

市民運動〈タウヌスに風車はいらない〉についてカイが収集したインターネットの情報はかなりの量になった。市民運動のウェブサイトにはすでに、昨日のヘッセンニュースへのリンクが張られていた。カイは捜査十一課の会議室にある大きなモニターでその映像を再生した。

「これがヤニス・テオドラキスです」褐色の髪の男が画面にあらわれると、カイはいった。「市民運動のスポークスマンで、ウェブの管理者です」

「それにウィンドプロ社の元従業員」ケムが付け加えた。「テオドラキスはもめごとを起こして会社をクビになり、会社の邪魔をしている。それに会社の合鍵を返していない。あいにく住んでいるところがまだわからない。市民運動の公式住所はエップシュタイン市エールハルテンのヒルトライターのところになっている」

細長い会議机の上座にすわっていたオリヴァーがうなずいた。上着のポケットに入れた黄色いチラシを思いだして机に置いた。

「じつはわたしの父もウィンドパーク反対派なんだ。ヒルトライターは父の旧友でね」

「それはすばらしい！」カイは大喜びした。「それじゃ、内部情報が得られますね」

「それは無理だ。父はあいにく非協力的だ」

ドアが開いて、ピアが入ってきた。

「おはよう！」ピアはみんなに微笑みかけ、オリヴァーの左の定位置についた。「なにか聞き逃したかしら？」

オリヴァーは、タバコ臭と同じようにピアの服や髪にしみついた腐敗臭をかすかに感じた。

「おはよう」オリヴァーは愛想よくいった。「まだそれほど話は進んじゃいない。わたしの父が風車に反対する市民運動に参加していることを話したところだ」

「本当？」ピアは愉快そうにニヤリとした。「ボスのお父さんがプラカードをかかげてデモに参加しているところが想像できません」

「わたしだって想像できないさ。しかし頑固だから、情報提供者にはならない」

「そっちの話をつづけます？　それとも、司法解剖の報告をします？」

「報告を頼む」オリヴァーがピアに話すよう促した。

ピアはバッグを開けて手帳をだした。「どうやらグロスマンは殺害されたとはかぎらないようです」ピアは白いブラウスの袖をまくって、うらやましいくらいに日焼けした腕を見せた。

「そんな馬鹿な」ケムがいった。「靴跡とラテックスの手袋の切れ端はどうなんだ？」

「正確になにがあったか司法解剖ではもちろん明らかにならないけど」ピアは答えた。「グロスマンは心筋梗塞を起こして階段から転落したようね。でも、これからが重要なところ」

みんなが期待のまなざしをピアに向けた。

「だれかがグロスマンを蘇生しようとしたらしいの。胸骨と肋骨が折れていたのはそのせい。死因は転落か、蘇生の試みの結果、下行大動脈が破裂したことによる内出血」

「でも階段が血だらけだったでしょう」カトリーンが異議を唱えた。

「あれは鼻血。なにかに興奮していたようね。心臓病のために抗凝固薬を服用していて、そのせいで出血が止まらなかったのよ。それに後頭部に裂傷を負っていた」

しばらくだれひとり、なにもいわなかった。

「つまり侵入者に驚いて死んだということか。しかし侵入者はグロスマンの命を救おうとした」オリヴァーが話をまとめた。

「そうです」ピアは相槌を打った。「グロスマンの服の前面から大量の繊維痕が見つかっていますが、だれかが彼に馬乗りになり、心臓マッサージをした結果でしょう。あいにくマッサージは功を奏しませんでした。しかしそのおかげで、他にも靴跡やラテックスの手袋の指先の切れ端という遺留品を見つけることができたのです」

「手掛かりがもっと少ないときでも、事件を解決してきましたからね」カイは楽観的にいった。「運がよければ、靴が稀少なものかもしれないし、そいつのDNAが記録されているかもしれないですね」

「今日の昼には暫定的な解剖所見が届くわ。あっ、そうだ。グロスマンは死んだとき、酩酊していた。血中濃度は一・七ミリグラム」

「厳密にいうと、もううちのヤマではないということか?」カイはみんなにたずねた。「事件としては不法侵入。ウィンドプロ社が訴えなければ、このままうやむやになる」

「人がひとり死んでいるわ」ピアは異議を唱えた。「それに今のところ、事件の全貌は見えていないでしょう。侵入者がグロスマンを階段から突き落としたあと、後悔して助けようとしたということもあるわ。ひとついえることは、プロじゃないということね」

「捜査は殺人事件かどうかはっきりするまでつづける」オリヴァーがいった。それからみんなの話題は市民運動とヤニス・テオドラキスに移った。

「ハムスターの絶滅が言及されているのは明確な手掛かりですね」カトリーンは確信を持っていった。「偶然のはずがありません!」

「たぶんそうね」ピアはいった。「そのことをひと晩考えたわ。ウィンドパークを計画している会社の社長のデスクにハムスターの死骸を置いてきて、しかも死人を置き去りにしたら、テレビでハムスターのことをいわないと思うのよね」

「ああ、たしかに」ケムもその意見に同調した。

「あやしいのはタイセンね」ピアはそう付け加えた。「何度も嘘をついている。アリバイの証人は奥さんだけ。口裏を合わせることができる」

「この地域の環境保護団体はどうだ?」オリヴァーが口をはさんだ。「ハムスターの絶滅とか森の破壊には敏感に反応するはずだが」

「ええ。そう思って、ドイツ自然保護連盟《NABU》やドイツ環境自然保護連盟《BUND》やドイツ森林保護協会の支部のウェブサイトを覗いてみました」カイはいった。「それが驚きで、どのウェブサイトも計画中のウィンドパークについてなにひとつ触れていないのです!」

「環境保護団体は再生可能エネルギーに反対しないだろう」ケムは答えた。「原子力反対、風力賛成」

「そういうことだろうね」カイはうなずいて手帳を見た。「しかしここからがおもしろい。ウィンドプロ社は去年、たくさんのプロジェクトのスポンサーになっているんです。ブレームタールの小川の再自然化、フォッケンハウゼンの風害地区の森林化、ニーダーヨッホバッハの野生動物保護施設建設。ウィンドプロ社社長が環境保護団体関係者に寄付金を贈呈するときの写真や、プロジェクトを視察したときの写真なんかがアップされています。社長はドイツ環境自然保護連盟の名誉会員にもなっています。というわけで、これは偶然ではないでしょう。環境保護団体にとって、ウィンドパークはプロジェクトなんですよ。エップシュタインの当該地区のね」

「なにがいいたいんだ？」オリヴァーは眉間にしわを寄せた。

「ウィンドプロ社は環境保護団体を味方につけているってことです。計画中のウィンドパークに反対しないようにね」

「一種の贈賄か。なるほどな」オリヴァーはうなずいた。

「金のために他にもなにかしてそうですね」カイがいった。「ウィンドプロ社は環境保護団体に大盤振る舞いして、口封じしたんです」

「それでも第一被疑者はテオドラキスでしょう」ピアが口をはさんだ。「会社の合鍵をまだ持っているし、裏事情を知っているからウィンドプロ社を困らせることができる。見つけて事情聴取しないと」

「住んでいるところがわからなくてはな」ケムは悔しそうにいった。

「それは突き止められるだろう」オリヴァーはピアに市民集会のチラシを差しだした。「遅くとも明日の夜、集会にあらわれるはずだ。わたしの父もな。そしておそらく問題の侵入者も」

一九九八年十一月

どんよりとした気の滅入る金曜日の夕方。職員はみなとっくに帰宅していた。彼女はひとりでラボにいた。よくあることだ。一連の研究結果を夢中でコンピュータに打ち込んでいた。うまくいけば、その数値が美しい図像になるはず。それを博士論文の表紙にするつもりだ。わくわくする。だが焦ってはいけない。点をひとつ打ち間違えただけで、すべて水の泡になる。

そのとき物音がした。廊下を歩いてくる足音。ドアが開いた。心臓が高鳴った。

「きみがまだここにいるだろうと思ったよ」彼は寒さで赤らんだ顔に笑みを浮かべ、コートのポケットからシャンパンをだした。

「なにか祝いごとですか?」彼女はたずねた。毎日のように会っているのに、彼を見るとアドレナリン濃度が急上昇する。

「もちろんさ。すばらしいニュースがある!」

彼の目を見て、彼女はドキドキした。本当にすごいニュースがあるようだ。こんなに興奮している彼を見たことがない。彼は普段人とは距離を置く。ときには無愛想なくらいだ。

「来たまえ、アンナ。わたしの部屋に行こう。あそこの方が居心地がいい」

アンナと呼んだ！　愛称で呼ばれるのははじめてだ！　どうしたんだろう。どうしてこんな時間に彼女のラボに足を運んだりしたんだろう。

「わかりました」彼女は白い歯を見せた。「あと十分待ってください」

「急ぎたまえ。シャンパンが温《ぬる》くなってしまう」彼は目配せをすると、出ていった。興奮して、胸の鼓動が早鐘を打った。アイゼンフート教授の下で働いてほぼ一年、教授とよくふたりだけになったが、いっしょにシャンパンを飲んだことなど一度もない。彼女は実験用の白衣を脱いで、ポニーテールをほどくと、髪に指を入れてほぐした。エレベーターで八階に上がった。ゴム底の靴が寄せ木細工の床にきゅっきゅっと鳴った。教授の部屋におずおずと入ってたたずんだ。ここにはよく来るが、落ち着けるのは自分のラボだけだった。

「こっちへ来たまえ！」教授が呼んだ。コートとジャケットとネクタイを椅子の背にかけて、食器戸棚からグラスを二客だすと、片目をつむって力を込め、シャンパンの栓を抜いた。

「なにに乾杯するんですか？」彼女はたずねた。外で風が吹き荒れていなかったら、胸の鼓動が教授にも聞こえそうなほど激しく高鳴っていた。

「この研究所が新年から連邦政府の気候問題諮問《しもん》機関になることが決まった」若々しい笑みを浮かべながら、教授はシャンパンを彼女に差しだした。グラスが曇るほど冷えていた。「そのことをわたしの最高の協力者と祝いたい」

彼女は唖然として教授を見つめた。

「そうだ。教授は今日ベルリンに行ってらっしゃいました。すっかり忘れていました。おめでとうございます！」

「ありがとう！」教授は満足そうに頬をゆるめ、彼女とそっとグラスを打ち合わせると、一気にシャンパンを飲み干した。「いやあ、じつにうまい」

彼女はグラスに軽く口をつけた。教授は彼女と乾杯するためにわざわざ研究所に戻ってきたのだ！　興奮して、指がふるえた。教授から目をそらすことができない。風にあおられてぼさぼさになった髪、きらきらしているまなざし、はじめて会ったときから夢にまで見る口元。彼女はシャンパンを飲んで、頬が朱に染まるのを感じた。こんなに心がときめいたことはない。そうでなくても、ボスはすばらしい。仕事熱心で、正しいことをしているという確信に満ちている。それにとてつもない知識の塊《かたまり》で頭が切れる。傲慢《ごうまん》なところまで尊敬に値する。

教授はいきなり勝ち誇るように手をにぎりしめて笑った。それからグラスをデスクに置いて、近づいてきたかと思うと、彼女の両肩に手を置いた。教授が彼女の目をじっと見つめた。「わたしたちはやり遂げたんだ、アンナ！」そうささやくと、教授は微笑むのをやめた。「わかるかい？　なせばなるんだ！」

教授は彼女の顔を両手で包んだ。ふたりは黙って見つめ合った。教授の唇がふるえた。口にしていない教授の問いへの彼女の答えを表情から読み取ったようだ。教授は彼女をきつく抱きしめ、熱い口づけをした。彼女の体が熔岩に包まれたような感覚に襲われた。

マルクが三時間目の授業にぎりぎり間に合って席についたとき、校内放送があった。校長のところへ来るようにという呼び出しだった。生物の教師があきらめきった表情で彼を見て、教室のドアの方を顎でしゃくった。マルクが立って、教室から出ていっても、だれひとり反応しなかった。マルクがシュトゥルムフェルス校長のところに呼びだされるのは、この半年で四、五回目になる。はじめのうちこそクラスメイトたちは耳打ちをして、くすくす笑い、優等生たちはさげすんだ目つきで彼を見たが、今ではもうだれも気にかけなくなった。マルクは教室を出て、人気のない廊下をゆっくり歩いた。高等中学校《ギムナジウム》の九年間、校長を遠くから見たことしかない生徒は多い。だがマルクは頻繁に校長の机の前にすわってきた。そろそろ酒を酌み交わすこともできそうなくらいだ。マルクが秘書室に入ると、秘書が黙ったまま通るように手で合図した。いやいやノックをして校長室のドアを開ける。

「やあ、マルク＝フィリップくん。すわりたまえ」

マルクはおとなしく来客用の椅子に腰を下ろした。これからなにをいわれるか、すべてお見通しだ。父親と同じことしかいわない。順番まで同じだ。第一声。「どうして学校をさぼるのかね？　あとで困るのはきみだぞ」第二声は理性に訴える。「きみは頭がいい。どうして将来を台無しにするようなことをするのだね」次は脅し文句だ。居残り、放校処分。それが脅しになるのかわからないが。

ところが今日はすぐには口をひらかず、校長はコンピュータのモニターから目をそらさなかった。まるで部屋に自分しかいないかのように、黙ってキーボードを叩いている。そのうえ電話までかかってきた。校長は個人的なことをのんびりしゃべった。数分が過ぎた。これは新しい作戦だろうか。焦らすつもりか。マルクはいっそのことiPodをだして、音楽でも聴こうかと思った。しかし、わずかに残っていた慎ましさがそれをさせなかった。

「さて、また話し合うことになったね」校長がいきなりいった。「ご覧のように、そう簡単に投げだしたりはしない。今日はなにか話したいことがあるのではないかね？」

マルクはちらっと校長を見てから目を伏せた。校長は椅子の背にもたれかかり、腕を組んでじっとマルクを見つめている。その視線が、人には見せたことのないマルクの心の扉を無理矢理こじ開けた。

「話すことなんて」そうささやいて、マルクは自分の両手を見た。いやな思い出が蘇《よみがえ》る。別の学校、別の教師の記憶。髪の毛が顔にかかる。カーテンの代わりに髪の毛で本心を隠した。

「きみは興味がない。わかっているとも」校長はいった。「しかし、きみがどういうつもりなのか知りたくてね」

マルクは唾をのみ込んだ。脅されたり、怒鳴られたりする方がまだましだ。理解を示されたりすると、かえって調子が狂ってしまう。気に入らない。校長室から出たくなった。今すぐ。

けれども手遅れだ。ほんのわずかだが、過去の扉が開いてしまった。そこから心の痛みが細い水流となって流れだした。マルクは両手を上着のポケットに突っ込んで拳を固めた。放っておいてほしいだけなのに、どうしてわかってくれないんだ。

「そうやって拒絶して損をするのはきみ自身だ」校長はいった。「きみのご両親から、寄宿学校でなにがあったか聞いている。気持ちは……」

「やめろ！」マルクは怒鳴りながら立ちあがった。「あんたにわかるもんか。みんな、わかったふうなことをいうけど、嘘ばっかりだ」

「ではどうやったらわかるのかな？」校長は静かにゆったりマルクを見つめた。彼の激しい反応も軽く受け流したようだ。「きみのような頭のいい青年が学校をさぼって、ゴルフクラブで車を壊すなんて、どうしてなのかね？」

マルクは心の扉を開けまいとして必死に押さえたが、ひらこうとする圧がますます強くなった。思いだしたくもない記憶が脳内で炸裂した。なにがあったのか話したまえ。わたしたちが助ける。だれにもいわない。ここだけの話にする。嘘ばっかりだ！　自分自身にはいい言い訳になるだろう。だがマルクの助けにはならない。最初は理解を示すが、結局は見捨てる。いつだってそうだ。マルクはうわべだけの同情やわかったふうなカウンセリングにうんざりしていた。馬鹿校長はさっさといつもの説教をすればいいのに、なんでそうしないんだ。

「先生にはわからないことです」マルクは突き放すようにいって、校長に背を向けた。怒りが血管を駆けめぐり、体が苦しいほど熱くなった。すぐここを出ないとキレそうだ。

リッキー、とマルクは思った。頭の中がざわざわして、校長の声が遠く聞こえるようになった。マルクは逃げた。校長にどう思われようとかまいやしない。

話し合いは終わった。プロジェクト担当者と担当技師が社長室から出ていった。暖房された室内の空気は、三時間にわたる会議のあいだに男たちの体臭でむせ返るほどになっていた。タイセン社長は窓を開け、秘書が空のコーヒーカップとグラスと瓶を片付けてドアを閉めるのを待った。昨日、徹底的に清掃させたのに、いまだに不快なにおいが残っている気がする。タイセンは机に戻った。そこにはまだ営業部長のエンノ・ラーデマッハーとラルフ・グレックナーがすわっていた。グレックナーには昨日、急遽《きゅうきょ》来てもらうことにした。タイセンはこれまでに二、三度、彼に協力を求めたことがある。今回の取るに足らないタウヌスのプロジェクト程度なら、彼がうまく解決してくれるだろう。オーストリア人のグレックナーは仲裁のプロだ。高い報酬を要求するが、あくどいやり方でじつにうまく仕事をこなす。彼に依頼して、頑固な相手を軟化させ、なんとか合意にこぎつけたことがある。エンジニアとしてヨーロッパからパキスタン、アフリカ、中国のダム、発電所、橋、トンネル、運河の建設に関わった経験を持つ。むずかしい状況のときには、いい助っ人だ。

「ではよろしく頼む」ラーデマッハーがいった。「遅くとも木曜日には建設用地の伐採をはじめたい。これ以上の遅延は許されない」

「どういう手を使うつもりだ？」グレックナーはいつでもなれなれしい口の利き方をする。

「地権者の家族と交渉している。交渉成立は目前だ。あんたの支援があれば、遅くともあさってには決着するだろう」

グレックナーは片方の眉を上げてニヤリとした。

「ではさっそく様子を見てこよう。問題は解決するためにある」

「そのとおりだ」ラーデマッハーはネズミを捕まえた猫のように満足そうな笑みを浮かべた。

タイセンはふたりの会話を聞いていて、心穏やかではいられなかった。本当にこれでいいのだろうか。好対照のふたりを見比べた。身長二メートルのがっしりしたグレックナーの顔は日に焼けて、しわだらけだ。髪は後ろで結び、革ジャンを着ている。それに対してラーデマッハーは軟弱な会計係のように見える。もちろんそう思ったら大間違いだが。

「では、失礼」グレックナーは椅子から腰を上げて、ラーデマッハーの肩を叩いた。こういうなれなれしさが、玉に瑕《きず》だ。グレックナーはそれからゆっくりとした足取りで社長室から出ていった。

「ヒルトライターが急に考えを変えて、あの草地を売るとは思えないがな」タイセンはラーデマッハーの方を振り返った。地権者の家族と交渉をはじめるなんて、そんなに大事なことをついでのように知らされたことが気に入らない。

「あいつにその気はないだろう」そう答えて、ラーデマッハーは足を組んだ。「しかし息子たちは違う。あいつらがなんとかすると思うよ。いざとなったら法に訴えて、強制収用すると脅した。そうしたら掌を返したように動きだしたよ」

ラーデマッハーはニヤニヤした。それから真面目な顔でたずねた。

「それより、例の不法侵入はどういうことだ？　なにをするつもりだったのかな？　あのネズミの死骸はどういう意味なんだ？」

「ハムスターだ。ゴールデンハムスター」タイセンは肩をすくめ、一瞬、遠くを見てから掌で机を叩いた。「あの馬鹿女め、警察に通報する前になんで俺に連絡をしなかったんだ？」

「そうすれば、どうにかなったというのか？」

「ハムスターをトイレに流して、ノートパソコンを数台隠して、ガラスを一枚くらい割ることができた。そうすればただの物盗りに見えただろう！」タイセンは立ちあがって、部屋の中を歩きまわった。「とにかく監視カメラの映像を警察に渡したのはまずかった」

「どうしてだ？」ラーデマッハーはたずねた。

「あの夜、もう一度会社に来ていたからだよ。ちくしょう。おかげで質問攻めにあった」

タイセンは気に入らなかった。警察に嗅ぎまわられるのは厄介だ。エールハルテン・ウィンドパークはたいしたプロジェクトではないが、じつは社運がかかっている。ウィンドプロ社が創業したときはまだこの業界の草分け的存在だったが、雨後の筍のようにライバル会社があらわれ、価格競争になった。会社の赤字をひとまず解消するため節減に節減を重ねた。しかしそれでもまだ充分ではなかった。ウィンドパークの建設に失敗したら、資金繰りのめどが立たなくなる。経済危機のときにはラーデマッハーが八面六臂《ろっぴ》の働きをして投資家を見つけ、銀行から融資を取りつけた。ウィンドパークの資金源となる風力エネルギーファンドは、はるかに大きなプロジェクトの立ち上げや数百万ユーロに達する連邦、州、都市レベルの補助金獲得につながることを織り込んでいて、銀行側の融資の条件にもなっていた。あの頑固な農夫が草地を売らなければ、これらの条件が満たされず、すべてが水泡に帰してしまう。

「不法侵入した奴の目星はついているのか？」ラーデマッハーがたずねた。

「もちろん」タイセンは吐き捨てるようにいった。「テオドラキスだ。他にいるか？　しかし今回、あいつはやりすぎた」

「あいつがグロスマンを殺したとでも？」

「顔を見られたんだろう。はっきりとはわからないが」

「書類は確認したか？」

「最初に確認した。全部揃っている」

「それならいいが」ラーデマッハーは気がかりなようだ。

「心配いらない」タイセンは自信ありげにいったが、本音はそうでもなかった。侵入者の目的がなんだったのか気になって仕方がない。本当にハムスターの死骸をデスクに置くことだけが目的だったのだろうか。アメリカのマフィアは口を割りそうな証人には死んだカナリヤや魚を送って口止めをするというが、ハムスターをそういうものと考えるのは無理がある。

「山場は越えた」タイセンは声に力を入れていった。「納期に間に合わせるために木曜日には伐採をし、建設をはじめる。それですべて丸く収まる。秋までにウィンドパークは完成する」

　ドアをノックする音がして、秘書が覗き込んだ。

「刑事がふたり来ています」

なんてことだ！　タイセンは腕時計に視線を向けた。二時間後に、ファルケンシュタインのケンピンスキーホテルで金曜日の夜におこなわれるフォルダータウヌス経済クラブのイベントの打ち合わせがあるというのに。

ラーデマッハーはタイセンを見つめた。

「警察にばれる前に、グロスマンのことを正直に話したほうがよくないか？」

「冗談じゃない」タイセンは語気強く答えた。「早くこの悪夢が終わってくれるといいんだが」


店の呼び鈴が鳴った。フラウケは作業台の拭き掃除をやめて、手を拭きながらペットショップに出てみた。十四、五歳の女生徒たちがおしゃべりをしながら店に入ってきた。アイシャドーが濃く、脚の長いガゼルのような子がフラウケに犬用ブラシのことで相談をした。

「犬の種類は？」フラウケはたずねた。

「イビサ島にバカンスに行ったときに拾ったからわからないの。皮膚が敏感で」

フラウケはブラシをいろいろだしてみた。女の子がひとつひとつじっくり見るので、フラウケは驚いた。犬をよほど気に入っているんだろう。

「ちょっと、あんた！　見たわよ！」

突然ニカの声がして、フラウケはあたりを見まわした。他の子たちがペットショップから飛びだし、ガゼルのような子もあとにつづいた。

「どうしたの……」フラウケはびっくりしてたずねた。

「Tシャツを万引きしたのよ」ニカは目を吊りあげていうと、あっという間に消えた。フラウケはうまく気をそらされたことに気づいて首を横に振った。この二、三週間、万引きが増えている。人気のあるメーカーのTシャツと乗馬用具がとくに狙われている。

フラウケはニカのあとを追って外に出ると、店のドアを施錠した。太っているので、盗んだ子を捕まえるのは無理だ。二、三メートル走っただけで息が切れた。一方、ニカはなだらかな上り坂を足取りも軽く走って、歩行者天国になる角で少女に追いついた。

下校時間で、生徒の一団が歩行者天国を通ってバスターミナルへ向かっていた。ニカはピンクのリュックサックを背負った褐色の髪の少女を捕まえた。他の少女たちが大きな声でわめいた。すると、仲間らしい体の大きな若者がふたり背後からニカに襲いかかった。ひとりがニカを羽交い締めにすると、いったん捕まった少女が逃げようとした。そのとき、フラウケは信じられないものを見た。ニカが一瞬にして若者の腕からすり抜け、しなやかな身のこなしで体をまわした。若者は宙を舞い、どさっと石畳に落ちた。もうひとりの若者がニカにぶつかっていったが、同じ目にあった。少女たちがたじたじとなってニカを見つめた。

「盗んだものを返すなら警察は呼ばないわ」ニカがそういうのが、フラウケにも聞こえた。少女は異議も唱えずピンクのリュックサックの口を開け、くしゃくしゃに丸めたTシャツをだして、ふてくされた顔をしながらニカの足元に投げ捨てた。若者ふたりは起きあがると、足を引きずりながら、野次馬をかきわけて姿を消した。

「拾いなさい」ニカは命じた。少女がかがんで、盗んだTシャツを拾いあげるのを見て、フラウケはびっくりした。ニカは古着と色褪せたカーディガン、はき古したテニスシューズという出で立ちなのに威厳があった。彼女のそんなところを見るのははじめてだ。少女はニカにTシャツを渡した。

「いいでしょう。じゃあ、とっとと失せなさい。二度とうちの店に顔を見せないこと。また来たら、警察に突きだすわよ」

少女たちはうなずいて逃げ去り、野次馬も散った。フラウケは絶句した。自分の目で見なかったら、あの華奢《きゃしゃ》で物静かなニカが若者ふたりを投げ飛ばしたなんて絶対に信じないだろう。

しかしニカは、その大立ちまわりを話題にしたくないらしい。黙ってフラウケの脇を通って、教会通りを下った。フラウケは早足になって、ニカの歩調に合わせた。

「若者をふたりも投げ飛ばすなんて！」フラウケはすっかり感心していた。「どこで空手を習ったの？」

「あれは柔道よ」

「すごい！　あんなことができるなんて！　リッキーに話さなくちゃ……」

ニカがいきなり立ち止まった。フラウケはあやうくぶつかるところだった。

「リッキーには話さないで」ニカはぼそっといった。笑みは一切なかった。「約束して」

「ええ、いいけど……」フラウケは戸惑った。

「約束よ」ニカは念を押した。頼むというより、脅しているように聞こえた。

「ええ、いいわ」フラウケはおどおどした。「約束する」

「お願いね」ニカはまた歩きだした。

フラウケは立ち止まって、唖然としながらニカの後ろ姿を見た。ニカは通りを横切ると、店に入った。


「ハムスターの悪ふざけは元社員の仕業でしょう」タイセン社長はいった。

「悪ふざけ？」ピアは眉を上げた。「悪ふざけにしては、度がすぎるでしょう」

オリヴァーは、社長と営業部長への事情聴取をピアに任せて、背後に控えた。広い社長室を見渡し、ふたりの男の様子をうかがった。タイセンは自信家で、落ち着き払っているように見える。刑事と話すとき多くの人はそわそわするが、社長も、もうひとりの部長も、そんなそぶりは一切見せなかった。オリヴァーはタイセンの衣服を注視した。デザイナーズスーツとシャツ。控え目な柄のネクタイは大量生産品だが、値段は高めの方だ。靴は手縫い。タイセンは身だしなみを大事にしているらしい。

「だれがあやしいと思いますか？」ピアがタイセンに質問した。

「ヤニス・テオドラキスという男がいます。以前うちで働いていました」タイセンは答えた。

「あら」ピアは驚いたふりをした。「テオドラキスといえば、市民運動の人ですね。昨日、テレビで見ました。悪ふざけをするような人物には見えませんでしたが。あなたの会社をずいぶん悪し様にいっていましたね」

タイセンとラーデマッハーがさっと顔を見合わせた。

「誹謗中傷です」ラーデマッハーがいった。「九ヶ月前に解雇しました。その腹いせでしょう。そのためにあらゆる手を使っていまして、わが社は彼を訴えています」

ラーデマッハーはタイセンより年齢が少し上だ。五十代半ば。頬のたるんだ顔は無表情で、薄い金髪からピンクの肌が透けて見える。タイセンに負けず劣らず自信家のようだ。口をひらくと、口髭の下に並びの悪い黄色い歯があらわれた。しわだらけのスーツはタバコ臭い。オリヴァーは額入りの写真が立ててあるサイドボードに近寄った。風車。建設現場で笑うスーツ姿の男たち。家族写真。ハンサムな父親ときれいな母親に三人の子ども。スーツと蝶ネクタイという出で立ちでヴァイオリンを持つ生真面目そうな金髪の少年。ゲレンデで笑いながらスキーに興じるふたりの少女。山で日の入りを迎える父母。

「根拠のない邪推です」タイセンが部長に同調した。「環境保護団体がどこも懸念を示していないのに、すべておかしいということにされましてね」

オリヴァーは咳払いをしてたずねた。

「テオドラキスさんはあなたの会社でどういう仕事についていたのですか?」

「プロジェクト責任者でした」タイセンは答えた。「風力発電プロジェクト全体を取り仕切っていました」

「なぜクビにしたのですか?」

「意見の相違というやつです」

「どういう?」

「それは社外秘です」タイセンはそういって逃げた。

「円満退社ではなかったわけですね」オリヴァーはタイセンの顔を見て、やはりなにかあると思った。

「テオドラキスは勤務態度が悪く、社内の雰囲気を壊したのです」ラーデマッハーが口をはさんだ。「約束を守らず、顧客の心象を悪くしました。彼のせいで大口の依頼を失いそうになったのが決め手になりまして。彼はわれわれのお荷物になったんです」

「あなたは先ほど腹いせといいましたね」オリヴァーがいった。「テオドラキスさんはどうして復讐しようとしているのですか?」

「解雇されたあと、彼は労働裁判所に訴えたのです。しかし敗訴しました」ラーデマッハーは咳払いをした。「われわれの業界は狭い世界でして、そのことがあってからだれも彼を雇わなくなりました。自業自得なのに、わたしたちの責任だといい張っているのです」

「テオドラキスさんはエールハルテン・ウィンドパークの計画にも関わっていたのですか?」

「まだ初期の段階でした。去年の八月に解雇しましたので」

ピアはバッグを開けて、一枚のコピー用紙を取りだした。クレーガーの部下が秘書室のコピー機の下で見つけたものだ。ピアはそれをタイセンに差しだした。

「これは?」とたずねて、タイセンは眉間にしわを寄せた。

「それはこちらが聞きたいことです」

タイセンはコピーを見つめてから何食わぬ顔でそのコピー用紙をラーデマッハーに渡した。

「調査書の一部のようですね」ラーデマッハーは腕組みした。「これをどこで？」

「秘書室のコピー機の下に落ちていました」オリヴァーはタイセンから目を離さなかった。

「とくにおかしいところはないと思っていたのですが、コピー機を最後に使用した時間が気になりまして。記録によると五月九日土曜日の未明二時四十三分から三時十四分のあいだでした」

「意味がわから……」そういいかけて、タイセンは黙った。どうやら意味のないコピーではなさそうだ。落ち着きなく目を動かし、下唇をかんだ。一方ラーデマッハーは、にがにがしげな顔をしながら微笑んでみせた。

「これでテオドラキスがなぜ侵入したかわかったではないですか」ラーデマッハーはいった。

「企業スパイ。ただではすまないでしょうな」

オリヴァーはじっと営業部長を見つめた。ラーデマッハーは、タイセンが事件の夜ここにいたことを知っているのだろうか。

「あなたは金曜日の夜、何時に会社を出ましたか？」オリヴァーはタイセンの方を向いた。

「真夜中になる直前」タイセンが答えた。オリヴァーがなにをいおうとしているかわかっていないようだ。「それはこのあいだ話したじゃないですか」

「だれもあなたに会っていないのですよね。アリバイの証人はあなたの奥さんだけ。残念ながら家族の証言は信用度が低いのです」

ラーデマッハーは顔色を変えなかったので、驚いたかどうかわからなかった。役者か、グロスマンが死んだ夜にタイセンがなにをしていたか知っているかのどちらかだ。ラーデマッハーは静観している。いや、おもしろがっているようだ。それに対して、タイセンの感情は万華鏡のように次々と変わった。状況を理解し、信じられない思いに取り憑かれ、不安に駆られ、怯《おび》えている。一番強い感情は怯えだ。気を取り直しても、目に不安の色が残っていた。

「いったいどういう……」タイセンがいいかけた。

「よくわかっていると思いますけど」ピアがタイセンの言葉をさえぎった。我慢ならなくなっていた。「だれかと会社で会う約束をしていたのではないですか？」

「そ……そんな馬鹿な！　な……なんでわたしが侵入者と会う約束をしなければならないんだ？」タイセンは驚いて口ごもった。無茶な推理なのはピアも承知していた。しかしすでに一度、タイセンの嘘を見破っている。追い込めば、うっかり口をすべらすかもしれない。

「とにかく」オリヴァーはいった。「奥さんのアリバイでは証拠になりません。あなたは社屋の中に入りながら、夜警と会わないように避けた。そしていつ会社を出たのかわかっていない。したがって金曜日の夜の事件に関係していると疑われても仕方がないでしょう。そういうわけで、しばらく旅行は控えてください。いつでも連絡が取れるようにしていただきます」

「まさかわたしがあの事故に関係しているというのか？　ロルフは友人だった！」タイセンの顔が紅潮した。ラーデマッハーは彼の腕に手を置いたが、タイセンはそれを払いのけた。

「わたしはこの部屋に忘れた書類を取りにきただけだ。ロルフを避けたのは、話をしたくなかったからだ。わたしが彼になにかしたなんて、ひどい言い掛かりだ！」

タイセンは本気で怒ったが、ピアの言葉に腹を立てているだけではなさそうだった。

「テオドラキスならやりそうです」ラーデマッハーが自信満々にいった。「彼は短気で浅はかな激情家です。たぶんグロスマンがあいつに気づいて、話しかけたんでしょう。まだなら、ぜひあいつに会ってみてください。わたしがいったことに納得されるはずです。あの男は見境がなく、憎悪の塊のような奴です」


サーモンのラザニアが電子レンジのガラスプレートの上でまわっている。テオドラキスは食卓に書類を広げて、そこに載っているデータを、しばらく前に入手した調査書のデータと丹念に比べていた。表に比較した数値を記入して、首を横に振った。

「あきれたぞ」

その瞬間、チンと鳴って電子レンジの庫内のライトが消えた。それと同時に玄関が開いた。時計を見るまでもない。ニカはいつも午後一時半に帰ってくる。彼女は昼休みをフラウケやリッキーといった女友だちと過ごすことがない。そもそも女友だちがひとりもいなかった。

「こんにちは」ニカはキッチンに入ってきていった。

「やあ」そう答えて、テオドラキスは表と数値を見た。

他の女がこんなみっともない恰好をしていたら閉口するが、ニカだとエキゾチックで節度を感じる。花柄のロングスカート、オリーヴ色のブラウス、型崩れしたかつては緑色だったはずのカーディガン。そしてはき古したテニスシューズ。この奇妙な衣服を脱いだらどんな姿か知ってしまった今、彼女がどんな恰好だろうが気にならなかった。

「食べてきたのか?」テオドラキスは胸が高鳴ったが、そんなそぶりは見せずにたずねた。

「いいえ。なにかある?」

「サーモンのラザニア。それとポテトサラダ」

ニカはラザニアのパッケージを見た。

「いらないわ。安売りスーパーのなんてごめんよ」

リッキーはファストフードが好みだったので、テオドラキスは近くにあるスーパーの冷凍食品と惣菜の味に慣れて、今では冷蔵庫はそういう食材でいっぱいだった。

「ポテトサラダも安売りスーパーのさ」テオドラキスは答えた。

ニカが微笑んだので、彼は言葉を失った。最近よくそうなる。テオドラキスはニカの前では気後れする。だがニカは彼の思いに気づいていないようだ。

「パンをいただくわ」そういって、ニカは冷蔵庫を開けた。

テオドラキスはラザニアとポテトサラダを皿に載せると、カトラリーを引き出しからだしてテーブルに向かい、資料を脇にどかした。

「それはなに?」ニカはトマトを切りながら、資料に興味を示した。

「調査書さ」テオドラキスは頬張りながら答えた。「今夜ははっきりとした論拠をあげないとならないからな」

「ああそう」ニカは興味をなくした。水をグラスに注いで、食卓に向かってすわると、トマトとキュウリのサンドイッチを食べはじめた。

「ありがとう」とか「ええ」とか「いいえ」というそっけない返事以外の言葉を引きだしたくて、テオドラキスは必死に話題を考えた。

「店の方、今日は忙しかったか?」そうたずねて、ニカを見た。

「火曜日にしてはよかったわ。オンラインショップの動きがよくて」

テオドラキスはこの話題が功を奏したと思い、ネット売買の長所と短所について滔々《とうとう》としゃべった。ニカはいちいちうなずいて、ふっと微笑んだ。だが、心ここにあらずという風情《ふぜい》だ。食べ終わると、皿を脇にやって身を乗りだし、彼が今朝置きっ放しにした新聞を引き寄せた。

テオドラキスは脇からぼんやり彼女を見つめた。惚れてしまったと告白したら、ニカはどういう反応をするだろう。思い切っていってみようか。ふられるのはみじめだが、今の状態をつづけるのも耐えられない。どうしよう、なんていおうか、と考えていると、ニカが新聞をめくって、幽霊でも飛びだしてきたかのようにぎくっとした。グラスを持った彼女の手が激しくふるえている。いつもおっとりすましている彼女の顔がほんの一瞬、恐怖に引きつった。

「どうした?」テオドラキスは心配になってたずねた。

ニカはグラスを置くと、ごくんと唾をのみ込んで首を横に振った。愕然としている。それからすぐ目を伏せた。

「なんでもない」ニカは気を取り直して、急いで新聞をたたむと、腰を上げた。「それじゃ。

出かけるところがあるから」

ニカはそういって、地下に下りていった。テオドラキスは驚き、ぶすっとしながら彼女の後ろ姿を見送った。さっきのはなんだったのだろう。身を乗りだして、新聞を取ると、めくってみた。しかしニカがなにに驚いたのかさっぱりわからなかった。黒枠の死亡告知にでもびっくりしたのだろうか。だとしたら、どの名前だ。ニカの姓はなんていうんだ。地下の賃貸契約を彼女と交わしたのはテオドラキスではない。ニカは母親が再婚して離ればなれになるまでリッキーの親友だった。テオドラキスは眉間にしわを寄せた。もう半年近く同じ屋根の下で暮らし、しかも首ったけになっているというのに、彼女のことをろくに知らない。状況を変える潮時だ。

「タイセンがグロスマンの死に関わっているとは思えませんね」ピアはいった。オリヴァーとふたりで廊下を歩いていた。「それより、あのコピー用紙を見たときの彼の顔を見ました?」

「ああ、見たとも。なにかあるようだな」オリヴァーはちらっとエレベーターの方を見て、階段を下りることにした。階段を歩いて下りたところで、たいして脂肪を燃やせはしないが。

「テオドラキスは昔の雇用主に遺恨がある。私恨というべきかな。感情が先行している。それでも、アリバイを妻以外のだれかが証言しないかぎり、タイセンへの嫌疑は解けない」

「ウィンドプロ社に対するテオドラキスの批判は意外と的外れではないかもしれません」ピアは階段の踊り場で立ち止まった。「タイセンとラーデマッハーを叩けるなにかを持っていますね。さもなかったら、テレビに出て、改竄《かいざん》とか贈賄とかいうことはできないでしょう」

「引っかかるのはハムスターだ」オリヴァーは首をひねって考えた。「どうも腑《ふ》に落ちない。タイセンへの警告かなにか知らないが、テオドラキスが不法侵入してハムスターの死骸をデスクに置いたというのか？　そしてなにかの書類をコピーし、グロスマンと鉢合わせして、顔を見られ、もみ合いになって、グロスマンを階段から突き落とし、そのあと蘇生を試みた。ありえない。そのまま逃げるだろう」

「そうですね。ハムスターの死骸を置いたのがテオドラキス本人なら、その絶滅についてテレビで話さないでしょう」ピアもボスに相槌を打った。ふたりは途方に暮れて互いの顔を見た。

「テオドラキスとなんとしても話してみなくては」オリヴァーは携帯電話をだして、また歩きだした。カイに電話をかけた。カイによると、テオドラキスの住所がわかって、ケムとカトリーンがすでにグロース＝ゲーラウ郡へ向かっているという。

「どうしてグロース＝ゲーラウに？」オリヴァーは驚いてたずねた。

「奴の住民票がそこにあるんです。グロース＝ゲーラウ郡のビュッテルボルン」

　ふたりは一階に下りてエントランスホールを横切った。ピアが手を伸ばして、玄関の扉を押しあけた。丸天井から射す日の光に当たって、ピアの左手になにかきらっと光った。なんだろう。指輪か？　オリヴァーはピアといっしょに働いて四年になるが、アクセサリーを身に着けているのを見たことがない。

「ふたりが戻ったら連絡をくれ」オリヴァーは、いっしょに建物から出ようとしている男に道をあけ、話を聞かれないようにした。男はちらちらオリヴァーを見た。「ウィンドプロ社の社員全員からテオドラキスについての話が聞きたい」

オリヴァーは通話を終了して、携帯電話をしまった。車へ向かう途中、ピアに指輪のことを訊こうかと思ったが、ピアが険しい顔をしていたのでやめることにした。話はあとでもできる。


「そこでクラッチを切るの……そうよ……おっと！」リッキーは笑った。「ちょっと早すぎたわね」

マルクはリッキーの顔を見るなり、気持ちが落ち着いた。いやな記憶は消え去り、麻痺《まひ》していた感覚もしだいに戻った。リッキーは根掘り葉掘り質問したりしない。マルクの具合が悪いと気づくと、すぐなにか気分転換を思いつく。車がノッキングして止まった。

「ごめん」マルクはささやいた。どうしてもうまくいかない。クラッチ、シフトチェンジ、アクセル。車なんてどんな阿呆でも運転してるのに！

「いいのよ」リッキーはいった。「はい、もう一度！」

マルクはエンジンをかけるとクラッチを踏み、シフトノブを一速に入れた。汗でぬれた手でハンドルをつかむ。そのときリッキーが身を乗りだして、彼の左膝に手を置いた。マルクの動悸が激しくなった。ドキドキして呼吸を忘れそうなほどだ。

「そこでゆっくりクラッチを切るのよ」そういって、リッキーはそっと手の力を抜いた。「同時にアクセルを踏む。でも踏みすぎてはだめ」

マルクはうなずき、舌で唇をなめて、農道をじっと見すえた。リッキーの手が膝に乗っていては、運転に集中できるわけがない。右腕にあたっている彼女の胸がやわらかい。シャンプーのにおいがした。

クラッチをゆっくりと戻す。それからアクセルを踏む……いいぞ！　走った！　車が走りだした。リッキーは彼の膝から手を放し、にこっと微笑みかけた。

「やったじゃない！」リッキーが誉めてくれた。彼女の口元が三十センチくらいのところにある。「クラッチを踏んで、アクセルを戻す。二速にシフトチェンジ」

うまくいった。しかしシフトチェンジのあとアクセルを踏み忘れた。またしてもエンスト。

「運転を替わった方がいい」マルクは肩を落としていった。「これじゃ、今日のうちに店に着けないよ」

「なにをいってるの」リッキーは首を横に振った。「なにごとも練習あるのみ。村の入口まであなたが走るのよ。そこで運転を替わりましょう」

マルクはまたエンジンをかけ、二速まではなんとかなった。二、三週間前に、リッキーははじめて車を運転させてくれた。ただなんとなく。

「はい、もう一度」リッキーはそういって、にやっとした。「自動車学校に入る頃には完璧に運転できるようになってるわよ」リッキーらしい言い方だ！　彼女はさっぱりした性格で、マルクを子ども扱いしない。彼はリッキーに心酔していた。彼女には不得手なことなんてなにもない。鞍をつけていない馬にだって、だれの助けも借りずに乗れるし、英語は堪能だ。カリフォルニアのエリート大学で宇宙工学を専攻したという。しかも専攻していた女性は七人だけ。

リッキーは男並みによく働くし、動物の扱いに慣れていて、恐れ知らずで、なにかあるといつでも助言してくれる。それにとても美人だ。はじめて会った日は、マルクにとって人生の転換点となった。彼女のようになりたいと思った。強くて、誠実で、率直で、悩みを知らない。リッキーは口先だけの大人とは大違いだ。約束を守るし、嘘をつかない。甘いことをいって丸め込もうとすることもない。それになんといってもうれしいのが、だれよりもマルクを優先してくれることだ。もちろんテオドラキスは除く。彼はリッキーの恋人なのだから、当然だ。

「シフトチェンジ！」リッキーにいわれた。タコメーターが四千回転に近づき、エンジンが悲鳴をあげている。

アクセルを戻し、クラッチ、シフトチェンジ、またアクセル。ステーションワゴンはリンゴや桜の花が咲く舗装道路をすいすい走った。開け放った窓から暖かい空気が入ってきた。

「できた！」マルクはニコニコした。「車が運転できる！」

「当然よ。その気になればできるものよ」そう答えて、リッキーは微笑むと、CDプレイヤーのボタンを押した。しばらくしてキッド・ロックの「オール・サマー・ロング」が鳴り響いた。マルクはひどい曲だと思ったが、リッキーは気に入っていた。カリフォルニア時代を思いだすというのだ。だからマルクもクールな曲だと思うことにしていた。

「運転がうまいじゃない！」リッキーはうるさい音楽に負けじと声を張りあげた。「運転免許を取ったら、いっしょにパシフィック・コースト・ハイウェイをサンディエゴからサンフランシスコまで走りましょう！」

マルクはうれしくなってうなずいた。

リッキーが「オール・サマー・ロング」の歌詞を歌いだすと、マルクもそれに合わせた。リッキーの金色の三つ編みがほどけて、風になびく。なんて美しいんだろう。マルクは見とれた。ふたりは顔を見合わせてにこっとした。運転交替まであと三キロ。マルクはその三キロが永遠につづいてほしいと思った。


金曜日の夜は失敗した。しかし気にやんでもはじまらない。テオドラキスはゆっくり螺旋《らせん》階段を上った。屋根裏部屋は彼の隠れ家だ。ここにはあの毛むくじゃらの犬どもは入ってこない。リッキーもめったに来ない。テオドラキスは屋根窓を二枚とも開け放って風を入れると、コンピュータを起動した。デスクは窓際の西向きに置いてあった。そこからは動物保護施設《ティアハイム》のある谷が望める。遠くにケーニヒシュタイン城跡も見える。テオドラキスは気がかりなことを頭から振り払った。酒場の〈クローネ〉で今晩、市民運動の仲間と事前の話し合いをし、明日の市民集会で登壇するのをヒルトライターではなく、自分にする段取りをつけなければならない。

開け放った窓から暖かい日の光が射し込み、グレーの絨毯《じゅうたん》を敷いた床を四角く照らした。ハエが彼のまわりをしつこく飛びまわってコンピュータのモニターに止まった。無意識にハエを払い、Eメールソフトをひらいて満足の笑みを浮かべた。マルクが約束を守った。あいつはうざったくて、癇に障るが、この件に関しては大助かりだ。

テオドラキスは十一通のメールをプリントアウトしてから、インターネットに入り、グーグルで〝ウィンドプロ社〟を検索した。このところ日課にしている。敵の情報を押さえるのは戦いのイロハだ。最新情報にざっと目を通していて、ある名前に目がとまった。気になってその記事をひらき、記事の横の写真を見た。「ディルク・アイゼンフート教授、ドイツ気候研究所所長。五月十五日金曜日、ケーニヒシュタインで講演予定。フォルダータウヌス経済クラブ会長シュテファン・タイセン博士が出迎える」

テオドラキスの頭の中で歯車が動きだした。アイゼンフートという名前に聞き覚えがある。どういうつながりだっただろう。少し考えながらモニターの写真を見つめるうちに気がついた。そうだ！　テオドラキスはデスクの一番下の引き出しを開けて、数ヶ月かけて収集した貴重な資料を取りだした。この資料で、明日の夜は大騒ぎになるだろう。その分厚いファイルを急いでめくって、捜していたものを見つけた。エールハルテン・ウィンドパークの建設許可に寄与したふたつの肯定的な調査書の一通はドイツ気候研究所が作成したものだ。これは偶然じゃない！　アイゼンフート教授は友人の片棒を担いだ。おそらく金も動いただろう。

テオドラキスはニヤリとした。明日、この資料がだれの手中にあるか知ったとき、タイセンがどんな顔をするか楽しみだ。明らかに改竄された風況調査書。この動かぬ証拠をメディアに公表したら、ウィンドパークの計画は吹っ飛ぶだろう。ウィンドプロ社の終わりのはじまりだ。ここでぬかるみに足を取られれば、タイセンの奴は簡単には抜けだせなくなるだろう。

テオドラキスは頭の後ろで手を組み、窓の外を見た。他にもなにかある。なんだろう。顔に止まろうとしているハエを手で払った。突然あることを思いだした。タランチュラにでも刺されたかのように跳ねあがり、階段を駆けおりると、玄関を開けて青いゴミコンテナーに駆けていった。昨日の新聞は古紙の山の一番上にあった。テオドラキスはゴミコンテナーの蓋を閉めて、新聞を広げた。もどかしい思いで、地方版までめくった。やはりそこに載っていた。『気候の教皇アイゼンフート教授、新刊を紹介』という見出しの下に、教授の写真があった。「来る《きた》金曜日、ドイツ気候研究所所長がファルケンシュタインのケンピンスキー・ホテルでベストセラーの最新刊『怒れる青い惑星』の紹介をする。フォルダータウヌス経済クラブは、連邦政府の気候問題顧問でもあるアイゼンフート教授による朗読とディスカッションに招待する……」

テオドラキスはそのページを引きちぎると、新聞の残りをゴミコンテナーに捨てて書斎に戻った。〝ディルク・アイゼンフート〟とグーグルの検索窓に打ち込んでから、そこに〝ニカ〟と加えた。ヒット数は悪くない。テオドラキスは読みはじめた。

「だめだ！　断固ことわる！」ルートヴィヒ・ヒルトライターは三十年前から玄関のチェストに置いてある時代遅れの黒い電話機に受話器を叩きつけた。前脚に頭を乗せていたテルがドアの脇に置いてある毛布に寝そべったまま、琥珀《こはく》色の目で主の動きを追っていた。ヒルトライターは足音を響かせながらリビングに入っていき、絵が描かれた戸棚を開けて果実酒をだした。普段は昼日中に酒を飲んだりしないが、さすがに飲まずにいられなかった。手がかすかにふるえる。酒をグラスに注いで、一気にあおり、顔をしかめた。アルコール度数の高い酒に喉がひりひりし、胃が熱くなったが、よく効く。二杯目を注いで、リビングの窓辺に立った。椎骨と鎖骨がぽきぽき鳴るまで背筋を伸ばし、何度か深呼吸した。どうしてこんなにしつこくいってくるんだ。もう放っておいてほしい。リハビリを受けたとき、興奮すると心臓によくないと何度も注意された。もう一度心臓発作を起こせば助からないという。しかし息子たちはフラウケまで巻き込んだ。心穏やかでいられるものか。リビングのテーブルにウィンドプロ社からの新しい書類がある。あの不愉快なタイセンの奴がじきじきに届けたものだ。三百万ユーロ！　二十四時間以内に決断しろという。

ヒルトライターは、庭に咲く桜のピンクの花霞《はながすみ》の向こうに見える問題の草地に視線を向けた。なんの変哲もない緑地。二千五百平方メートルのその草地は兼業農家が年に二回牧草を刈るだけの休耕地だ。そんなところが油田並みの価値があるとは。ヒルトライターはパタパタという足音に気づいた。タイルの床に爪がこすれる音もした。手を下げると、掌に濡れた鼻先を感じた。

「みんな、俺たちにご執心だな」ヒルトライターがいうと、愛犬は尻尾を振って答えた。憤《いきどお》っている場合ではない。二時間後、代表の集まりがある。明日の市民集会も控えているし、気持ちを落ち着けて、冷静に考えられるようにしておかなくては。もしかしたら問題は自然に解消するかもしれない。ウィンドパーク建設が中止になれば、ウィンドプロ社があの草地に大金を払う理由がなくなる。そうすれば死ぬまでのんびり椅子にすわり、草地と森を眺めて暮らせる。四十年以上そうしてきたように。

パスタをゆでるための湯がぐつぐつ沸いた。ピアはオリーヴオイルを少し注いで、チリをひとつまみと塩をたっぷりふり入れ、最後にスパゲティーニを入れた。もうひとつのコンロにはフライパンをかけ、バターをひとかけ溶かしてある。ピアはグラスに注いだ赤ワインを口にふくんだ。ちょうどいい温度だ。

「いい物件を見つけたぞ」クリストフが背後でいった。「かなりよさそうだ」

クリストフは食卓にノートパソコンを置いて見ていた。読書用メガネをかけ、インターネットで新しい売地を探していた。フランクフルト市の建築課から去年、白樺農場《ビルケンホーフ》の家を撤去すると通達された。申し立てをしてしばらく猶予期間が与えられたが、いつまでもこのままではいられない。

「母屋、納屋、厩舎《きゅうしゃ》つきの農場」クリストフが読み上げた。「所有地二ヘクタール、借地十ヘクタール……」

「どこ?」ピアはニンニクをひとかけ薄くスライスしながら訊いた。

「ウージンゲンだ」

「遠すぎるわね」ピアは首を横に振って、フライパンを載せたコンロを弱火にした。溶けたバターに松の実とニンニクを加え、軽くキツネ色になるのを待つ。それからサイコロ状に切ったパルメザンチーズを加え、窓台にあるハーブコーナーからセージの葉を三枚摘んだ。いいにおいがして、よだれが出た。

「だけどなかなかいい」クリストフはいった。「写真を見てみなよ」

ピアはそばに行って、クリストフの肩越しにちらっと写真を見た。

「毎朝通勤に一時間かかるけど、本当にいいの？」ピアはたずねた。

クリストフはぶつぶついって、次の物件をクリックした。ここ数ヶ月、ヴェッテラウからフォーゲルスベルクまで売地を見てまわったが、希望に合う物件がなかった。価格が高すぎるか、敷地が広すぎるか、狭すぎるか、遠すぎるかした。絶望的だった。ピアは生ハムとニンニクと松の実にマルサラワインをかけ、パスタを一本鍋からすくってゆで加減をみた。あと二分。そのときベルが鳴った。食卓の下と横でうたた寝していた二匹の犬がぱっと跳ね起きて吠えだした。

「静かに！」ピアが叫ぶと、犬は吠えるのをやめた。「だれかしら？」

ピアはインターホンの受話器を取った。モノクロのモニターに顔が映った。ミリアムがなんの用だろう？　ピアは門の解錠ボタンを押した。

「だれだい？」クリストフがたずねた。ひとまず農場の物件探しはあきらめて、ノートパソコンを閉じた。

「ミリアムよ。パスタをざるに上げておいてくれる？」

ピアは空色のクロックスをはいて玄関を開けた。黒塗りのＢＭＷカブリオレが進入路を走ってきて、ピアのニッサン車の横に止まった。ミリアムは車から降りた。

「ねえ！」ピアは微笑んだ。「急にどう……」

ミリアムの様子がおかしいことに気づいて、その先がいえなかった。家を飛びだしてきたようだ。ジョギングパンツをはき、化粧をしていない。いつも身だしなみを気にする上品なミリアムらしくない。

「どうしたの?」なにかあったと直感してピアはたずねた。

ミリアムはピアの前で立ち止まった。大きな褐色の目に涙をたたえている。

「ひどいのよ。信じられる? レープリヒが電話をかけてきて、子どもが生まれたというの。ヘニングはすべて投げだして……あの女のところへ行っちゃった!」

ピアは耳を疑った。ヘニングは正気だろうか?

「信じられない!」ミリアムは肩をすくめた。声がふるえている。涙が血の気の失せた顔を伝ってぽろりぽろりとこぼれた。「あの女とは縁を切ったといっていたのに。電話があったらあの人すぐ……」

ミリアムは泣きながらピアの腕に飛び込んできた。

「ひどくない?」ミリアムが涙声でいった。

ピアも答えようがなかった。もう何年も前に、前の夫を理解するのをあきらめていた。

「とにかく家に入って」ピアはミリアムにいった。「ちょうど食事ができたところなの。そのあとまた話しましょう」

フラウケは窓の外の暗闇を何度見たかしれない。もうすぐ午後十時。〈クローネ〉での代表者会議はすでに終わっているはずだ。父親はどうしたのだろう。

「俺たちの車に気づいたんじゃないかな」マティアスが勘を働かせた。

「まさか」フラウケは答えた。「あなたたち、納屋の裏に止めたでしょう。気づくはずないわ」

フラウケは父親の習慣をよく知っていた。夜、帰宅すると、車をガレージに入れ、犬と連れだって森の縁《ふち》に足を向ける。厩舎、食肉処理場、鶏小屋、工房の戸締まりを確かめてまわるが、敷地の反対側にある納屋までは行かない。

「おやじは今朝、電話中に切りやがった。まったく頑固なんだから」マティアスは、父親が酒を入れている戸棚の扉を開けると、グラスを取って、酒瓶を見た。果実酒、穀物酒、シュトロー社のラム酒。まともな酒はひとつもありはしないのか？ それからコニャックを選ぶと、グラスになみなみ注いだ。

「飲みすぎないでよ」フラウケがいった。「あの人、鼻がいいから話が面倒になるわ」

「どうせひと筋縄じゃいかないさ」マティアスは吐き捨てるようにいうと、コニャックを一気に飲み干してぶるっと身ぶるいした。「一杯どうだ？」

「いらない」

犬小屋で吠え声がして、飼っている大鴉が鳴いた。しばらくして玄関のドアが開き、グレーゴルが暗い面持ちで家に入ってきた。

「やっぱりこの農場には反吐《へど》が出る」グレーゴルはiPhoneを切って、ズボンのポケットに入れた。「なにを飲んでるんだ？」

「コニャック」マティアスは顔をしかめた。「他はろくでもない」

グレーゴルは弟のそばを通って戸棚に立ち、自分で酒を注いだ。ふたりは黙って並んで立った。ふたりとも、自分たちのみじめな行く末を思って落胆している。

フラウケはまたシュナイトハインに通じる道路に視線を向けた。テオドラキスたちが署名を集めてウィンドパーク建設をうまく中止させるかもしれない。父親が草地の売却を承諾するのは今夜しかない。さもないと売買は成立しなくなる。金さえ入るなら、風車が建とうがどうでもいい。

家具式テレビの横の古い箱時計が十時を打った。犬は吠えるのをやめていた。グレーゴルがまた iPhone を見て、ぶつぶついっている。マティアスはキッチンへ行った。

フラウケは今日、家を出てからはじめて父親に会うことになる。じつに二年ぶりだ。なつかしさなど欠片《かけら》もない。喧嘩別れした。頑固で口うるさいせいで母親は癌《がん》になったと父親を責めた。絶対に許してくれないだろう。

小さい頃、フラウケは父親を愛していた。尊敬もしていた。父親について森に入るのが好きだった。父親はどんな質問にも答えてくれた。自然と動物への愛に目覚めたのは父親のおかげだ。狩猟に夢中なのも、父親の影響。しかし思春期になって、フラウケはひどく太った。はじめのうち父親はからかい、人前で小熊ちゃんと呼んだ。「ちょいと太っただけだ。すぐにやせる」と父親はいったが、太る一方だった。そのうち父親はフラウケの体重をチェックするようになった。毎朝ブラジャーとスリップだけの姿で両親の浴室にある体重計に乗るようにいわれた。父親は眉間にしわを寄せながら体重を表に記入した。フラウケは父親を憎みはじめた。十六歳の誕生日にとうとう体重が百キロに達し、食事が制限され、食事カウンセラーのところに連れていかれた。十七歳のとき、膝の靭帯《じんたい》を損傷して学校で体操の授業を受けられなくなった。フラウケは自分の尋常でない体を恥じ、ぶかぶかのノルウェイセーターで隠そうとした。その後も毎朝、自分を貶《おとし》める日課をこなさなければならなかった。三十年以上経った今も、体重計に乗れといわれたときのやり場のない気持ちが忘れられない。

闇の中、ヘッドライトの光が細い道を上ってきた。農場を通りすぎ、森の縁の駐車スペースで止まった。「車よ」フラウケはいった。「電気を消して！」

マティアスがドアの横のスイッチを押した。カチッと音がして天井の照明が消え、真っ暗になった。聞こえるのは三人の息遣いだけになった。

「おやじは絶対にうんとはいわないぞ」マティアスは元気のない声でいった。「しつこくしたら、遺産相続権を剝奪されるかも」

「縁起でもないことをいうな」グレーゴルは弟を怒鳴りつけた。「どうやるか話し合っただろう。あとはやり遂げるだけだ」

二〇〇九年五月十三日（水曜日）

はっとして眠りから覚め、闇の中を見まわした。どうして目が覚めたのだろう？〈クローネ〉で飲んだリンゴワインのせいで尿意を覚える。ニカはナイトテーブルのライトのスイッチを探って、カチッと押した。午前三時二十七分。犬が吠えた。リッキーの声が聞こえて、犬が吠えるのをやめた。リッキーが眠っていないなんてありえない！　昨夜の代表者会議でヒルトライターは信じられないほどひどいことをいった。テオドラキスでさえリッキーを慰《なぐさ》める言葉が見つからず、そのまま車に乗って姿を消した。マルクとニカはリッキーといっしょに店を出た。リッキーはケーニヒシュタインまで車の中で泣きどおしだった。

ニカは一瞬ためらってから、毛布を払った。トイレに行かないと。さもないと眠れない。浴室に通じる狭い廊下に出ると、上からまたリッキーの声がした。家の中は声が筒抜けだ。それでも声をひそめる気などさらさらないようだ。

「こんな時間までどこに行ってたのよ？」リッキーはいつになく言葉がきつい。

ニカは浴室のドア口に立って、上の物音に耳をすました。いっしょに暮らすようになってから、リッキーがテオドラキスに唯々諾々としていることに気づいていた。ニカは違和感を覚えた。リッキーらしくないと思ったが、そのうちに慣れた。しかし今の彼女はまったく抑えがきかず、罵倒のオンパレードだ。彼女がテオドラキスに浴びせかけた悪態は、数時間前にヒルトライターが彼女に向けて投げつけた罵声と大差ない。テオドラキスがどう返事したかは聞こえなかった。彼は声をひそめ、リッキーの反応はますます常軌を逸《いっ》していった。物がぶつかり、転がる音。なにかが壊れたようだ。

「おい、気は確かか?」テオドラキスが叫んだ。「なにをそんなに騒いでんだよ?」

「こんな時間までどこに行ってたのか訊いてんのよ!」リッキーが食ってかかった。「それに、なんなのその恰好? その血はどうしたのよ?」

ニカは裸足《はだし》だったので、タイルの床が冷たかった。寒気がした。テオドラキスはこの数週間、朝帰りが多い。リッキーも夜中によく出かける。テオドラキスを捜しに出かけているのだろう。リッキーは、人生順風満帆というふりをしているが、じつはいろいろ悩みを抱えているのだ。

「浮気してるってわかったら、ただじゃ置かないから!」リッキーは金切り声になった。それからいきなりすすり泣いた。ニカは息をのんだ。リッキーが疑いを抱くのも無理はない。テオドラキスと地下でばったり出くわしたときのことを思いだすと、背筋が寒くなる。あいつに浴室の前で待ち伏せされた。もの欲しそうな目つきだった。あいつはワインを取りにきただけだと言い訳したが、信じられない。あれからじろじろ見られている。気持ち悪いったらない。ニカはテオドラキスが好きになれなかった。なにをするかわからないところがある。愛想はいいし、口達者だが、傍若無人だ。それにあいつが勝手に思いを寄せたせいで、リッキーとの関係をこじらせたくない。ニカは静かに浴室のドアを閉めると、照明をつけ、便座にすわった。リッキーはなぜあんな奴とくっついているのだろう。以前は体を鍛えたスポーツマンが好みだったはずだ。見た目だけで、頭は少々空っぽだが、冗談が好きで、愉快で、やさしい男。テオドラキスはそのどれにも当てはまらない。あまりに頭が切れ、政治的で、複雑な性格だ。四十二歳になるのに相手がいないことに、リッキーは焦りを覚えたのだろうか。七年も付き合っていた恋人に突然愛想をつかされ、あわてて手近な男に手をだしたということか。テオドラキスに極端に甘いのは、失う不安ゆえということか。ねえ、あなた。そうなのよ、あなた。口論になったことなど一度もないし、悪口が飛びだすことさえなく、異様なほど仲睦《なかむつ》まじかった。テオドラキスがアメリカのことを悪し様にいうので、リッキーもカリフォルニアでポニーホテルを経営したいという若い頃の夢をまったく口にしない。男をつなぎとめるために夢を捨てたということか。似合いの相手でもないのに。事実、テオドラキスはリッキーをひそかに見下している。リッキー本人はそのことに気づいていない。

ニカは数分待った。しばらくしてから冷え冷えとした暗い廊下に出て、自分の部屋に向かった。どうやら上の喧嘩は終わったようだ。そのとき、あえぎ声と押し殺したうめき声がした。そういうことか、と理解して部屋に入ると、ベッドにもぐり込んで暗い天井を見つめた。急に涙があふれてきた。体を丸めて、なにも聞こえないように頭まで毛布をかぶった。リッキーは正しいのかもしれない。ひとりでいるよりは、愛してくれない男でもいっしょにいる方がまし。孤独はぞっとする。テオドラキスは今夜、精力を使いはたしていないことを、声をあげながら証明している。そのせいか、ニカはめずらしくひとりぼっちなのを痛感した。

午前七時少し前、オリヴァーの父ハインリヒ・フォン・ボーデンシュタイン伯爵は〈クローネ〉の前を通りすぎて舗装された農道へハンドルを切った。鴉農場《ラーベンホーフ》へ通じる道だ。昨夜の代表者会議には忸怩《じくじ》たる思いが残った。あれはひどすぎた！　割って入って、その場を収めるべきだったのに、ヒルトライターとテオドラキスの口論がどうしようもないほどエスカレートしたとき、臆病風に吹かれて口をつぐんでしまった。代表者会議のあと、ヒルトライターとしばらく〈クローネ〉に残ったが、口論については話題にしなかった。ウィンドプロ社が提示した金額を打ち明けるようにすすめたのに、彼は結局、黙っていた。みんなのために拒絶しているといえば、納得してもらえたはずなのに。しかし今となってはもう手遅れだ。どうやったのか知らないが、テオドラキスは提示された金額を調べだし、市民運動のメーリングリストを通してその途方もない金額を公《おおやけ》にした。そのせいでメンバーのあいだに亀裂が生まれてしまった。激しい議論になり、ヒルトライターは癇癪《かんしゃく》を起こし、その場は収拾がつかなくなった。テオドラキスとリッキーが去ったあと、気まずい空気が流れ、他の議題をさっさと議決して、会議を終えた。とんだ会議になってしまった。責任があるのはテオドラキスだけとはいえない。伯爵はため息をついた。ヒルトライターはここ数年、本当に人が変わってしまった。

空が白んできた。どんよりとした空模様。今日は一日、こんな天気がつづくらしい。天気予報では雨になるという。鴉農場《ラーベンホーフ》の手前で林間駐車場に入ろうとして、ヒルトライターの家に明かりがともっていることに気づいた。奇妙だ。夜中に森に行かないのなら、なぜ電話でそういってくれなかったのだろう。なにかあったのでなければいいが。農場に入ったところでランドローバーから降り、家に向かった。玄関のドアがわずかに開いている。伯爵はノックをした。返事がない。玄関に入ってみた。

「ルートヴィヒ？　いるのか？　いっしょに朝食を食べようと思って持ってきた！」

やはり返事がない。ヒルトライターは昨夜、ひどいありさまだった。子どもたちとの諍《いさか》い、テオドラキスとの軋轢《あつれき》、ウィンドパークのもめごと。本人が思っている以上にまいっているようだった。しかし、彼になにかあったとしても、テルが反応するはずだ！　伯爵は散らかし放題のリビングルームに視線を向けた。テーブルには汚れたコニャックグラスが二客置いてある。客が来ていたのだろうか。

「ルートヴィヒ！」

伯爵は寝室を覗いてみた。ベッドは乱れているが、だれも寝ていなかった。ヒルトライターは浴室にもキッチンにもいなかった。最後に食堂を覗き、銃器保管庫も見てみた。トリプルスレッド猟銃とモーゼルM98ライフルがない。やはり森に行っているのか！　ふたりは〈クローネ〉でビールとシュナップスも数杯飲んだ。森に出かけるときに、玄関を閉め忘れたのだろう。伯爵は家の外に出て、庭を横切り、ガレージの小窓から中を見た。古いメルセデス・ベンツがある。犬といっしょに車で出かけたわけではないということだ。次に庭のマロニエの木の下に立ってあたりを見まわした。鳥が梢《こずえ》の中でさえずっている。先ほどよりわずかに明るくなった。家の裏手の果樹園と納屋のあたりでなにか気配がした。薄暗い朝の光の中、赤いものが目に入った。キツネだ！　伯爵はそっちへ歩いていって、パンと手を叩いた。キツネが頭を上げて、伯爵を一瞬見つめたかと思うと、すぐ林の下草に姿を消した。どうやら食事の邪魔をしたらしい。いやな予感がして、伯爵は駆けだした。ヒルトライターが庭と呼んでいる大きな池のある草地は森の縁《ふち》まで広がっていた。伯爵は腰高の木戸を抜け、エルフィが死んでから荒れ放題の菜園とバラの生け垣のそばを通った。右手に池がある。ちょっとした湖くらいの大きさがあり、畔《ほとり》には大きな柳が生えている。水面は鏡のようになめらかで、雲が垂れ込めた朝の空を映していた。キツネを見かけた池の対岸に着くと、伯爵は足を止めた。三メートルも離れていないところにある瘤《こぶ》だらけの桜の木に友がもたれかかっていた。ラムソンとクルマバソウに囲まれて、池を見下ろしている。露《あら》わになった白い髪が濡れて肩にかかっていた。

「ルートヴィヒ！」伯爵はほっとして声をかけた。「そこにいたのか！　心配……」

言葉が喉に引っかかって最後まで出なかった。一瞬、心臓が止まり、吐き気を覚えた。

「なんてことだ」伯爵は愕然として膝をついた。


　夜通し雨が降って、灰色の朝を迎えた。瑞々《みずみず》しい緑に霧がかかっている。ピアは汚れたラバーブーツをはきながらミリアムのことを考えた。白樺農場《ビルケンホーフ》にひとり残していいか悩んでいた。昨夜、サン・ニコラ・ド・ブルグイユワインを一本半飲んで少しは憂さを晴らしたものの、それでもミリアムはひどく落ち込んだままだ。ヘニングはどうしてこんなひどい仕打ちをしたのだろう。ピアはヘニングに腹を立てていた。何度も連絡を取ろうとしたが、応答がない。携帯電話も固定電話もだめだった。半年間、彼は浮気の罪滅ぼしにあらゆることをしていた。二、三週間前、ようやくミリアムと仲直りしたというのに、レープリヒからの電話一本で元の木阿《もくあ》弥《み》にするとは！　あきれてものがいえない！

「ミリアムのことはそんなに心配しなくてもいいだろう」いっしょに庭に出たクリストフがい

った。ピアは立ち止まって、眉間にしわを寄せた。

「心配してないわ。もめごとに巻き込まれるのはもううんざり。でもミリアムは親友なのよ」

「いいとも。そばにいて、話を聞いてあげるといい」

いいや、いいわけがない。クリストフがいるところで、前の夫のことを何時間も聞かされるのには閉口した。これが逆の立場だったら、たまらない。

「あなたまでいっしょに話を聞かなくてもいいのに。ごめんなさい」

「わたしのことを気にしているのか？」クリストフはそばに寄ってピアを抱き寄せ、キスをした。クリストフは笑みをこぼした。「まあ、たしかにちょっと嫉妬を感じている。それじゃ、罪滅ぼししてもらうかな」

「えっ？」ピアはニヤリとした。「どうやって？　すぐに罪滅ぼしする」

「いっしょに外食しよう。ベルリンとヴッパータールから同業者が来ている。きみもいっしょに来てくれるとうれしい」

「むずかしいわね」ピアは残念に思いながら答えた。「今夜、エールハルテンで市民集会があるのよ。そこへ行かなくてはいけないの。ボスが目をつけている奴とその前に話ができれば別だけど」

「わかった。仕事が大事だ」クリストフは一瞬、眉を上げ、ピアを放した。

まずい。バカンスの前に喧嘩というほどではないが、しばらく険悪な状態になった。研修と待機任務で週末を二回連続でつぶした上に、彼の仕事上の会食に付き合う約束までキャンセルしてしまった。クリストフは文句をいわなかったものの、よりによって獣医のインカ・ハンゼンを伴っていった。ピアはうれしくなかった。

「同僚に代わってもらえないか訊いてみる。そうすれば付き合えるわ。約束する」

「わかった。それじゃ今晩七時に園長室で。園内のレストランを七時半に予約している」

「すてき。楽しみだわ」

クリストフの笑みに、ピアの心がぽっと暖かくなった。バカンスに行ったとき、ヘニングのような失敗はしまいと心に決めていた。彼は仕事しか頭になく、結婚をだめにした。仕事より、クリストフの方がはるかに大事だ。

ピアは別れのキスをし、クリストフが車に乗って方向転換し、出ていくのを見送った。それから馬を牧草地にだしたとき、携帯電話が鳴った。ディスプレイを見ると、オリヴァーだった。

「ピア！」オリヴァーの声がおかしい。「……来てくれないか……緊急事態だ……エールハルテン……鴉農場《ラーベンホーフ》」

接続が悪いが、聞き取れた言葉に衝撃を受けた。「……もう来ている。父が……見つけた……射殺されて！」

ピアはうなじの毛が逆立つのを感じた。

「よく聞こえないんですけど！」携帯電話に向かって叫んだが、通話はすでに切れていた。

ピアはハンドルを指で叩いていらいらしていた。ウンターリーダーバッハとツァイルスハイムから高速道路六六号線へ向かう車がひっきりなしに走ってきて合流するすきがない。そのうちの一台がようやく速度を落として、手を振りながらパッシングした。のろま、早く入れと思っているのが表情から見え見えだった。ピアは感謝の意思表示をしなかった。五十メートル先でドライバーの大半はフランクフルト方面の高速道路に入った。ピアはアクセルを踏んだ。オリヴァーに連絡を取っても応答がない。ヘニングも電話に出なかった。

「ヘニングのばかっ」ピアは腹が立った。

新刊の宣伝ツアーでは、列車であれば一等車が、飛行機であればビジネスクラスが使えるが、ドイツ国内なら車でまわる方が好きだ。高速道路を走っていると、考える時間がたっぷり取れる。それに時間に縛られず、あくせくせずにむ。駅や空港の人込みも苦手だ。外国に出かけるときなら仕方ないが。研究所では、飛行機恐怖症ではないかと噂されている。別になんといわれようが平気だ。どうせ立場上、太鼓持ちやねたむ奴、イエスマンに策士といったいろんな輩《やから》が群がってくる。ドイツ気候研究所所長として大きな影響力を持ち、気候政策に懐疑的な者たちから目の敵にされている。ディルク・アイゼンフートはボルボXC90のエンジンをかけた。夕方には講演会。高速道路一〇号線に向かって走りながら、ナビシステムに目的地を入力した。最初の目的地はハンブルクだ。昼にショッピングモールのヨーロッパ・パサージュでサイン会、距離は二百八十四キロ、到着予定時刻は午前十一時四十三分。目下のところ渋滞はなし。ベッティーナと十二月三十一日の夜のことがまた脳裏に蘇《よみがえ》った。もともと郵便やインターネットを介して、匿名の脅迫状が何度も届いていたため、ポツダムの邸《やしき》の放火事件については上からの指示で、徹底的な捜査がおこなわれた。テロの可能性まで検討され、敵がいるかどうか質問された。もちろん敵は山ほどいる。世界じゅうの気候変動懐疑論者にとって、悪の権化、ペテン師、気候変動への不安を煽《あお》って儲けている人間なのだ。同業者の中にも敵はいる。成功をねたんでのことだ。彼の人脈と影響力は国連の上層部にまで及び、ドイツ連邦政府も何年も前から気候政策の基本方針を彼に提案させて、事実上彼のいいなりになっている。

といっても、捜査は結局、暗礁に乗りあげ、不幸な事故として扱われた。

アイゼンフートは、犯人がだれかわかっていた。だが証拠がない。二度も過ちを犯してしまった。それもこの二十五年間こつこつと築きあげたものをすべて失うほどの痛恨の過ち。あの大晦日《おおみそか》の夜からあらゆる手を尽くし、多くの縁故を辿《たど》り、合法的とはいえない手まで打って調査した。その結果は深刻なものだった。事態は思った以上に進行していて、危険を感じるほどになっていた。それなのにはっきりとした手掛かりがない。

アイゼンフートは速度を落とし、ハーフェルラント・ジャンクションで高速道路二四号線ハンブルク／ロストック方面に乗った。自動車電話が鳴った。親指で多機能ハンドルの通話ボタンを押して通話をはじめた。

「もしもし、先生ですか」緊張した声だ。まもなく相手がわかった。「今お邪魔でしょうか？」

「大丈夫だ。車で移動中だ。なにかあったのかね？」

まっすぐつづく高速道路から目をそらさずにアクセルを踏んだ。二百四十三馬力でまたたく間に速度を上げ、ノロノロ走るトラックを一気に抜き去った。

「電話では話しづらいことでして。こちらで少々問題が起きました」

問題はいつでも困る。口調からすると、「少々」というのは相当割り引いた言い方のようだ。

「どういう問題だね？」

「先生のところで作成していただいた調査書のことです。会社に侵入した者がいまして、まずい相手に調査書が渡ったようなのです」

アイゼンフートは眉根を寄せた。「もっとはっきりいいたまえ」

「死者が出ました。刑事警察の捜査を受けています」

「それで？　わたしとどういう関係があるのかね？」

「直接はありません。しかしもしかすると……面倒なことになりそうなんです」相手はしどろもどろだった。「面倒なことになったといったほうがいいかもしれません」

「明後日会うじゃないか。そのときゆっくり話そう」

「それでは手遅れかもしれません」

「きみの抱えている問題がなんなのか、わたしにはわかりかねるが。鑑定結果に問題はない。わたしの部下が、きみから届いたデータを元に作成し……」

「そこが問題なんです。そのデータが……なんといいますか……正しくないので」

アイゼンフートは事情を察した。なんということだ。知り合いにささやかな便宜を図ったことがつまずきの石になるとは。新しい本が公刊されて話題になっているときに、まったく間の悪いことだ！

「なにか聞き違えたようだ」アイゼンフートは冷ややかにいった。「あとでホテルから電話する」

テオドラキスはベッドに寝そべってニカとリッキーが玄関を閉めるのを待ち、地下に下りた。ニカの部屋に鍵がかかっていたのでがっかりした。板張りの安い扉の錠を調べた。ハンガーをテコに使えば簡単に開くが、二度と鍵がかけられなくなる。窓には格子が張ってある。今回はあきらめて、次の機会を待とうと思ったが、ニカのことをもっと知りたいという欲求が、他人のプライバシーを覗くのはよくないという良識に優った。彼女が何者かわかってしまってはなおさらだ。彼女が身元を隠していたことが腹立たしかった。

テオドラキスは少しのあいだドアを見つめ、それから上階の寝室に駆け上がってワードローブを開け、頑丈そうな木製ハンガーを選んだ。うまくやれば、ニカは気づかないかもしれない。数分後、ドアを開け、もともとフィットネスルームにする予定だった部屋に立った。

部屋の隅にジョギングマシーンと目が飛びでるほど高価な自転車エルゴメーターがあり、その横の壁際にはウェイトトレーニングベンチが置いてある。数ヶ月前からリッキーは、このガラクタをeBayで売るといっているが、ずるずる先延ばししていた。テオドラキスは、きれいにしてあるベッド、野草の花束が載っている机、本棚を見た。本の背表紙にさっと目を通す。小説、おもに推理小説、それから伝記。ベストセラーになったタイトルが並んでいる。ニカは本の虫のようだ。ここに引っ越してきてから買ったらしく、まだ真新しい。

白く塗った壁には、リッキーがＤＩＹショップでよく買ってくる絵が何枚もかかっていた。トスカーナの風景画、名画の安い複製画だ。その手の絵が家じゅうの壁にかけてあり、テオドラキスは辟易《へきえき》していたが、それがリッキー好みのスタイルだった。吊り戸棚のところへ行って、扉を開けた。奇妙な花柄ドレスとスカートとカーディガンがていねいにかけてある。テオドラキスは引き出しを開け、かまわず中を漁った。地味な白いコットンの下着、ベージュのブラジャー七十五Ｂ、白と灰色のソックス。ストッキングも色気のあるランジェリーもない。思ったとおり、ニカはあか抜けた女性ではない。

テオドラキスは次の戸棚の方を向いた。中にはスーツケースが二個入っているだけだった。ここにあらわれたときに持っていたスーツケース。他にはなにもない。がっかりして扉を閉めようとしたとき、たたんだ毛布の下から覗いている革製のバッグを見つけた。テオドラキスはかがんでそのバッグを抜いた。びっくりするほど重い。中身が詰まっているようだ。革はすり切れている。その道のプロではないが、なにか重要なものが入っていると直感した。二本の革紐についている留め金をもどかしい思いではずして、バッグを開けた。

「これは、これは」

ノートパソコンが出てきたのだ。MacBook だ。iPhone もある。まったく謎めいた間借り人だ！　他にも鍵束、アクセサリーのケース、財布があり、財布には免許証、身分証明書、パスポート、キャッシュカード、クレジットカードが入っていた。

ニカはどうしてリッキーとテオドラキスに身元を隠すのだろう。一瞬手を止めて考えた。リッキーは事情を知っていて、話を合わせているのだろうか。だがなんでだ？　奇妙きわまりない。テオドラキスはバッグに入っていた服を見てみた。ジーンズ、ブラウス、ブレザー二着、パンプスが二足。テオドラキスは突然、火傷《やけど》でもしたかのようにぎくっとした。バッグを覗き込んだまま息をのんだ。まさかこんなものが入っているとは。

ピアは二台用ガレージの前に止まっているパトカーの手前でブレーキを踏み、車から降りてあたりを見まわした。鴉農場《ラーベンホーフ》はエールハルテンからさらに二キロほど坂道を上った森の縁にあった。草地には早くも草が生えだし、朝霧が漂っている。砂利道は離れの納屋までしかつづいていない。舗装された農道は農場の前で大きくカーブし、森の方へ延びていた。ピアは農場に足を踏み入れ、立ち止まった。オーバーバイエルン風の母屋の壁板は傷んでいて見た目が悪かった。切り妻のすぐ下には大鹿の角がかけてあり、ベランダが母屋をぐるっと取り巻いていた。そのベランダに通じる階段にボスの父親がすわっているのを見つけて、ピアはほっと胸をなで下ろした。顔が蒼白だが、怪我はしていないようだ。よかった、生きている！　ピアはおっとりしたボスの父親を品のある老人だと思っていた。しかし白い髪をかき乱して、じっと階段を見ている人があの伯爵だとはなかなか思えなかった。

ボスには荷が重すぎるのか、いつもと違う父親の姿に困惑しているようだ。棒立ちになったまま、父親を慰める言葉も見つからないらしい。かといって、父親をただ抱きしめることもできずにいる。ボーデンシュタイン家の厳しい家風が自制心と謙虚さを求めるあまり、そういうやさしさや共感は軽んじられて育ったのだ。オリヴァーが途方に暮れているのも、無理はない。

「ピア」オリヴァーはほっとした様子でピアを出迎えた。「死んだのは父の親友なんだ。一時間ほど前に発見し、ひどいショックを受けている」

「仕方ないでしょう」ピアは答えた。「それで、なんといっているんですか？」

「なにもいわないんだ」オリヴァーは肩をすくめた。「な……なんといったらいいか」

「わたしが聴取します」

ピアは離れたところに立っているふたりの巡査にいって砂利道を封鎖して、タイヤの痕を保存させた。ふたりが立ち去ると、もう一度オリヴァーの父親の方を向いた。

「具合はどうですか？」ピアは伯爵と並んで、じめじめした木の階段にすわり、伯爵の腕にやさしく手を置いた。

伯爵はため息をつくと、顔を上げ、うつろな目でピアを見た。

「旧友だったんだ」声がかすれている。「こんな死に方をするなんて」

「お気の毒です」ピアは伯爵の骨張った手をそっとにぎった。「あとで家まで送らせますね」

「ありがとう。しかしわたしの車が……」声がふるえだした。「テルも死んでいる。ルートヴィヒの横に。キ……キツネが……キツネが……」

伯爵は口をつぐむと、あいている方の手で目をおおい、気をしっかり持とうとした。顔を上げたピアは、ボスの怒った目つきに気づいた。父親が感情を露わにしているのが気に入らないようだ。ピアは黙ってうなずいて、ふたりにしてくれるように頼んだ。オリヴァーは理解して、遺体のところへ行った。

「亡くなったのはだれなのですか?」ピアはボスが遠くに行くのを待って小声でたずねた。「それからキツネってなんですか? 話してくれませんか?」

伯爵は黙ってうなずいた。体がふるえている。しばらくして訥々《とつとつ》と話しはじめた。

「ルートヴィヒが死んだ。その横にテルも横たわっている。彼の飼い犬だよ。なにもかも……血だらけだ」声がふるえていた。

「すまない」伯爵はかろうじて聞き取れるくらいの声でささやいた。一瞬、自制心を取りもどしたが、悲しみとショックが心の防波堤を打ち砕いた。ピアはやさしく手を取り、伯爵が殺された友を悼《いた》んで泣くに任せた。


遺体は草むらの中、すでに花がほとんど散ったごつごつした桜の木に背を当ててすわっていた。濡れた銀髪が頭部に張りついていなかったら、オリヴァーには父親の旧友だとわからなかっただろう。顔は黒ずんだ肉と砕けた骨と血の塊《かたまり》と化している。もう一発がヒルトライターの下半身をぐしゃぐしゃにしていた。遺体は花びらでおおわれている。ピンクの死に装束。ぞっとする光景だ。ヒルトライターの横には、大きな灰茶色の猟犬が主人の膝に頭を乗せて息絶えていた。犬の胸が半分吹き飛ばされている。引きずった血の痕から、瀕死の犬が最後の力を振り絞って死んだ主人の元へ這っていったことがわかる。

「ふう」ピアは息を吐いた。「これはひどいわ。お父さん、かわいそうに」

オリヴァーはピアの言葉には反応せずにしゃがんだ。

「五メートルくらいの近距離から撃ったようだな」オリヴァーはできるだけ淡々といった。遺体よりも、父親の状態にショックを受け、オリヴァーは慰めの言葉をかける気持ちの余裕すらなかった。だからルーティンワークに逃げたのだ。父親にとってはその方がいいはずだ、とオリヴァーは自分にいいきかせた。ボーデンシュタイン家の者は弱音を吐いてはいけない。

「ええと……父はなにかいったか？」ピアが黙っていたので、オリヴァーがたずねた。

「あまり話してくれません。相当にまいってます。亡くなった人とはボスも知り合いだったんですか？」

「もちろん」オリヴァーは立ちあがった。「父の親友だった」

オリヴァーは子ども時代を思いだした。姉や弟も鴉農場《ラーベンホーフ》が好きだった。ルートヴィヒおじさんはおもしろい話をしてくれたし、エルフィおばさんはいつもケーキを焼いてくれた。おじさんが変わったのはエルフィが死んでからだ。いつも渋い顔をして、機嫌が悪くなった。オリヴァーの父親まで、無礼な態度にあきれて首を横に振るほどだった。

「家族に連絡しないと」ピアはウィンドパーカーのファスナーを上げた。このところ夏のような陽気がつづいたが、今日は冷え冷えとしている。草についた朝露で、靴がびしょ濡れになり、ピアはぶるっとふるえた。一陣の風が吹き、遺体と犬の上にピンクの花びらを降らした。オリヴァーは母屋の方を見た。パトカーが二台、門を通った。つづいて鑑識チームの紺色の人員輸送車が到着した。

「連絡はわたしがする」オリヴァーはうなずいた。「奥さんは数年前に死んだ。子どもたちに連絡するよ」

ピアは大きく突きだした庇《ひさし》の下の外階段の一番上にすわってタバコを吸った。霧雨になり、鑑識官たちの気分は最悪だった。オリヴァーの父親は緑色のランドローバーの鍵をピアに預けて、パトカーで家に送ってもらった。

真ん中にマロニエが生えている庭を見渡しながら、クリストフがここを見たらなんていうだろう、とピアは思った。きっと同じように感激するだろう。農場は手入れが行きとどいているとはいえないが、荒れ放題ではない。クレーガーは部下を遺体のところへ案内したあと、草地を横切って戻ってきた。ピアはもう一度タバコを吸った。

「吸い殻を投げ捨ててはだめだぞ」そう小言をいって、クレーガーは玄関の様子を見るため、外階段を上がり、ピアのそばを通り抜けた。

「機嫌が悪いようね」ピアは首を横に振り、かかとでタバコを踏み消した。ピアもミリアムに付き合って寝不足だったため、機嫌がよくなかった。「鍵はツゲの植木鉢の下よ」

スペアキーをこういうお粗末なところに隠す人が多い。あまりに軽率だ。

「ありがとう」クレーガーはうなるようにいった。その瞬間、シルバーのメルセデス・ベンツのステーションワゴンが勢いよく農場に入ってきた。フランクフルトナンバーだ。

「なんだい、やっぱり来たのか。病気だって聞いていたが」クレーガーが不満そうにいった。

「わたしにはちょうどよかったわ」ピアはタバコの吸い殻を上着のポケットに入れて別れた夫の車の方へずんずん歩いていった。車が止まるなり、ピアは運転席のドアを開けた。

「ねえ、あなた、どうかしてるんじゃないの？」ピアはあいさつもせず、ヘニングに食ってかかった。「どういうつもり？」

「やあ、ピア」ヘニングはニヤニヤしながら車を降りた。寝不足のようだが、上機嫌らしい。信じられないことに、みんなが見ているところでいきなりピアを抱いて、キスをした。

「気は確か？」ピアはかっとしてヘニングを突き飛ばした。「昨日の夜からずっと連絡していたのよ！　どうして電話に出なかったの？」

「なにかあったのか？」ヘニングは突き飛ばされても気にしなかった。ピアは啞然とした。どうしたんだろう。自分の子に会って、ミリアムを失念するほど有頂天なのだろうか。

「レープリヒのところへ行くなんて……」ピアがいいかけると、ヘニングがさえぎった。

「聞いてくれ！」ヘニングはもみ手をした。「ああ、病院に行ってきた。赤ん坊に会ったさ。だけど、それがうれしいんじゃない。こっそり赤ん坊の毛を抜いて、口腔粘膜も採取してきた」

　ヘニングはうれしそうに鼻歌を歌った。ピアは、ヘニングの頭は大丈夫だろうかと心配になった。こんなに陽気なヘニングを見たことがない。

「夜中に科学捜査研究所で親子鑑定をしたんだ」ヘニングは声を押し殺して漏らした。

「それで？」

「父親は九九パーセントわたしじゃない」ヘニングはうれしそうに宣言した。

「それはおめでとう。その代わりミリアムを九九パーセント失うわね」ピアは両手を腰にやり、ありのままにいった。「昨日の夜、取り乱してうちに来たのよ。大泣きされちゃったわ」

ヘニングの顔からすっと笑顔が消えた。

「なんだって？」ヘニングは愕然としていった。

「せめてミリアムに電話をかけるか、わたしが電話をかけたときに出るかすべきだったわね」

ピアはぴしゃりといった。クレーガーが家の角をまわって姿をあらわした。濡れたつなぎが第二の皮膚でもあるかのように張りついている。相当にへそを曲げているようだ。

「おい、そろそろ仕事にかかってくれ」クレーガーはいらいらしながらいった。「日が暮れちまう」

「別れた妻と話しているところだ」ヘニングもつっけんどんに答えた。「わたしよりも先に現場に着けたことを喜ぶんだな。死体をまたしても台無しにしていないだろうな」

クレーガーの顔がさらに曇った。

「またしてもってなんだ？」クレーガーが食ってかかった。

ヘニングは車のハッチバックを開けた。

「以前、雨の中で現場検証をしたとき、あんたの部下のど素人《しろうと》が死体にビニールシートをかけたじゃないか。おかげで体温は証拠にならなくなった」ヘニングは振り返っていった。

「うちのチームにど素人はいない」クレーガーは顔を紅潮させた。

「いいかげんにしてくれない？」ヘニングがまた悪態をつきそうだったので、ピアが口をはさんだ。「あなたたち、まったくガキなんだから」

クレーガーは鼻から息を吐いて、首を横に振った。

「どうしてこんな奴に……長いあいだ……我慢していられたのか、俺にはわからない」クレーガーはピアに向かってそういうと、背を向けて家に入っていった。

「クレーガーは頭はいいが、少々野蛮だ」そういって、ヘニングは白いつなぎを着た。「感情に走りやすい。困ったものだ」

ピアは恐い目をしただけで、なにもいわなかった。クレーガーのことは気に入っている。たしかに気むずかしいときもあるが、いっしょに捜査をするのは楽しい。

「ミリアムに電話しなさい」ヘニングにいうと、ピアはクレーガーのあとを追って家に入った。巡査が道に張った立入禁止テープの手前で赤いライトバンが止まった。側面に〈クローネ〉と書かれている。はげ頭の男は窓を下ろして、ピアの方をしきりに見ながら巡査のひとりに話しかけた。ヒルトライターの死が早くも村で噂になり、野次馬を引き寄せたのか。はげ頭の男はライトバンを後退させて走り去った。ブラードル上級巡査がピアの方へやってきた。

「キルヒホフ上級警部！」上級巡査が叫んだ。「ちょっといいですか？」

「どうしたの？」

「〈クローネ〉のゲオルクが来たんです。ほら、下の幹線道路で店をやっている。興味深いことをいっていました。話を聞きにいってはどうかと思いますが」

「すぐに行くわ。先に家の中を見ないと。それで、なんていっていたの？」
「ヒルトライターは昨夜、〈クローネ〉で大げんかをしたそうです。それで撃ち殺されたんじゃないか、と」
「そうなの」ピアは眉を上げた。それは興味深い。「五分で行く」

浴室の洗面台に立ち、ヤニス・テオドラキスは腕と両手をブラシでこすった。肌が真っ赤になったが、血のにおいがどうしても消えない。リッキーとの仲ももう終わりだ。はじめはリッキーに惹かれたが、今は気に入らないことだらけだ。機嫌がいいとしつこくするし、行動的だが落ち着きがない。やさしさも、うわべだけだ。最悪なのは、色気を感じなくなったことだ。他の男はいざ知らず、彼女の日焼けした肌にも、引き締まった体にも嫌悪を覚える。夜中の騒ぎにはほとほと嫌気が差した。リッキーは嫉妬の塊になってかかってきた。復讐の女神フリアさながらだった。服が血で汚れ、頭にきて、真夜中まで車を走らせたこともあって体にアドレナリンがあふれ、リッキーを殴り返しそうになった。

テオドラキスは温水を止めて、タオルをつかんだ。まだやることがいっぱいある。今夜の集会で登壇することになった。完璧に準備しておきたい。ヒルトライターは昨日、墓穴を掘って、代表者たちの信頼を失った。もちろん民主主義的な決定にも異を唱え、みんなを口汚くののしった。テオドラキスは鏡に映った満足そうな自分の顔を見た。ヒルトライターがとうとう痛い目を見た。いい気味だ。

しばらくしてテオドラキスはガレージから自転車をだした。雨が降っていたが、頭をすっきりさせるのに運動が必要だった。ルッペルツハインへ向かう森の道を走りながら、ニカのことを考えた。昨夜、リッキーと寝ながら、考えていたのはニカのことだった。なぜ本名を隠しているのだろう。なにか秘密があるに違いない。疑問がどんどん湧いてくるが、ここは好奇心を抑えてうまく立ちまわる必要がある。ニカには疑われないようにしないといけない。身を隠しているのには、それなりの訳があるはずだ。たぶんバッグの中にその答えがあるのだろう。雨が顔にあたった。行くあてもなく自転車を漕いだが、気づくと〈動物の楽園〉の前に来ていた。自転車を立てかけて中に入った。ペットショップにはニカしかいなかったので、ほっとした。

「ヤニス」ニカは蒼い顔をしていた。「大変よ。ハインリヒがフラウケに電話をかけてきたの。ルートヴィヒが夜中に撃ち殺されたそうよ！」

「なんだって？」体が感電したようにびくっとした。「撃ち殺された？」

「そうなのよ。ハインリヒが今朝、森の見張りを交替しにいって遺体を見つけたんですって。ショックよね」

「気の毒にといったら嘘になるな。今夜の集会が中止にならなきゃいいが」

「なんてことをいうの？」ニカはぎょっとした。

テオドラキスはニカのそばをすり抜けて小さな事務室に入ると、どさっと椅子にすわって、雨で濡れた髪を手でかき上げた。ニカがついてきた。

「その手、どうしたの？」ニカはたずねた。

「アレルギーさ。春になるといつも出るんだ」

ニカは戸口に立ち、妙な顔つきでテオドラキスを見ていた。おまえがだれか知ってるぞといってやりたかった。しかしこの時点で手の内を見せるのは得策ではない。リッキーがあらわれなければいいのだが。

「協力してくれないかな」テオドラキスはいった。

「協力？」ニカは驚いて眉を上げた。「なにに？」

「木を見て、森が見えないって状況なんだ。昨日、俺が見ていた調査書を覚えているだろう？」

ニカはうなずいた。

「ウィンドプロ社が建設許可を得るために提出した調査書さ。七年前ヘッセン州の依頼でユーロウィンド社が作成した古い調査書とぜんぜん違うんだ。俺たちが依頼した調査書とも違う。どうも臭いのさ」

「わたしにどうしろというの？」ニカはおずおずとたずねた。「なにもわからないわ」

ぬけぬけといいやがって、とテオドラキスは思った。調査書を読み取れる奴がいるとしたらおまえじゃないか。

「かまわないさ」テオドラキスは大きな声でいった。「データの比較をして、違いをメモしてくれればいいんだ。そうすればデータのどこがおかしいかわかる。俺には根拠が必要なんだ。本当だ、ニカ。協力してくれ！」

協力を求めるというのは、その場の思いつきだった。実際にはそのような協力は必要ない。調査書を読み解いて評価することくらい自分でもできる。

「ウェールズ大学気候研究ユニットとドイツ気候研究所のアイゼンフート教授がそれぞれ作った調査書の数値を比較してくれ」

アイゼンフートの名をだしたとき、ニカの目に一瞬、驚きの色が浮かんだ。これではっきりした。ニカが本当はだれか確定した。これは使える。

「タイセンの頭にあるのは金だけさ。風車が動くかどうかなんてどうでもいいんだ」テオドラキスは声をひそめて訴えた。「残念ながら力のある仲間がいて、鼻薬を利かしている。俺は知ってるんだ。何年にもわたって政界と財界にコネを作る手伝いをしたからな。俺は……」

「わかった。いつすればいいの？」

テオドラキスはニヤリとした。ニカが食いついた。店の呼び鈴が鳴った。

「今日のうちにできるかな？」テオドラキスは素早くたずねた。「集会の前に」

「やってみる。一時半には家に帰るから」そういうと、ニカは向き直って店に戻った。アウディが店の前に止まった。リッキーだ。あいつには会いたくない。ウィンクをニカに無視されたが、テオドラキスはかまわず裏口から通りに出た。自転車に乗る前に、一度深呼吸した。完璧だ！　ニカの協力があれば、タイセンの一味に鉄槌《てっつい》を下してやれる。それも痛烈な鉄槌を。

ずっと換気していないのか、家の中は甘くこもったにおいがした。タイル張りの床は元の色がわからないほど汚れていて、窓ガラスは曇り、廊下に古新聞、ジャケット、靴、空き瓶が積み上げてあった。死人の背景を知るために必要なことであっても、ピアは他人のプライバシーを覗くのが好きではなかった。ひどく散らかっているのを見て、気分が悪くなった。数年前、拉致されて、自宅を捜索されてから、整理整頓と掃除を心がけていた。馬鹿げているかもしれないが、汚れた下着を知らないだれかに触られ、鼻にしわを寄せられ、話題にされるかと思うと、ぞっとする。

「よくこんな豚小屋に住めたな」オリヴァーはあきれていた。「以前は床で食事をしても平気なくらいきれいだった。エルフィが亡くなって、思った以上にひどい暮らしをしていたようだ」

ボスが急に同情を抱いたことに、ピアはそれほど驚かなかった。それについてはなにもいわず、家の中を歩き、部屋を順に見ていった。リビングルームも廊下と大差ない惨状だ。足の踏み場がない。カウチのそばのテーブルには使ったグラスが二客載っていて、古い戸棚の扉が開けっ放しだった。昨夜、来客があったのだろうか。

「これをちょっと見てください」ピアはいった。「なんでしょうね?」

古くさいブラウン管テレビの横に奇妙なものが落ちていた。シーソーを固定する金具のようだ。鳥の糞で汚れた新聞がその下に敷かれていた。

「フギンを家に入れていたのか」オリヴァーはため息をついて首を横に振った。「以前は犬といっしょに犬小屋で飼っていたのだが」

「なんのこと?」

「フギンだよ。大鴉。オーディンの肩に乗っているとされる鴉の名から取った」オリヴァーはふっと笑みをこぼした。「北欧神話はルートヴィヒの道楽だった。わたしが子どもの頃、よく話してくれたものだ。だからうちの二匹の犬の名はフレイヤとフェンリスなんだ」

ピアは他人の家でなにを目にしても驚かなくなっていた。大鴉をリビングで飼うくらい、まだいい方だ。

室内には紙や雑誌や空き瓶や服を入れた青と黄色のゴミ袋が積んであった。ヒルトライターは妻を亡くしてから家事が手に余っていたようだ。寝室のベッドは乱れていて、白かったはずのシーツが黄ばんでいた。浴室のバスタブには何週間分もの汚れ物がたまっていて、洗面台は割れて、縁が黒ずんでいて、尿のにおいがした。キッチンもひどいありさまで、大量のワインと水の瓶が隅に立ててあった。

「郵便物もまともに見ていなかったようですね」ピアは開封した書簡や未開封の書簡の束をテーブルから取って、ざっと目を通し、それからカビたり腐ったりした食材が入っている冷蔵庫と食器棚の中を見た。作業台もべとべとしていて、汚かった。天井には蜘蛛《くも》の巣が張っていた。

「オリヴァー! ピア!」クレーガーが廊下から叫んだ。ピアは書簡をビニール袋に入れた。ふたりは隣の部屋へ行った。ピアは壁に目を泳がせた。額入りの賞状とほこりをかぶったたくさんのトロフィー。鹿やカモシカや大鹿といった野生動物の角。

「これはなに?」ピアは違和感を覚えてたずねた。

「狩猟部屋さ」オリヴァーはそう説明して、クレーガーの方を向いた。「どうした?」

「銃器に関してはきちんとしていたようだ」クレーガーは銃器保管庫を指差した。「保管庫の外側に銃器のリストが貼ってある。それによると、モーゼルM98ライフル、クリークホフ・トルンプフのトリプルスレッド猟銃、シグ・ザウエルP226の三丁がない」

「トリプルスレッド?」ピアはたずねた。

クレーガーは、ピアが知らないことにあきれて首を横に振った。

「銃身が三本ある猟銃のことさ。散弾用銃身と異なる口径の単体弾用銃身を合体させている」

「散弾で動けなくして、単体弾で止めを刺すというわけさ」オリヴァーがいった。

鴉農場《ラーベンホーフ》から村へ下りるあいだに、アロイス・ブラードル上級巡査が地元ならではの裏情報を教えてくれた。エールハルテンで生まれ育った彼はヒルトライター家の諍いに詳しかった。ふたりの息子ははるか以前に父親に背を向け、村に姿を見せたことがないという。ただこの二週間ほど、ふたりの姿が何度か目撃されていた。草地の売買の話と相俟《あいま》って、噂の種になっているらしい。

娘のフラウケも理不尽な父親に長く苦しめられたひとりだという。彼女と母親は村人の同情を買っていた。最後にブラードル上級巡査は重要なことをいった。フラウケが昨夜、鴉農場《ラーベンホーフ》にいたというのだ。ブラードルの姪の夫の妹が、車で走りすぎるフラウケを見かけたらしい。そしてフラウケは若い頃、射撃協会の看板射撃手で、のちにヘッセン州選手権、そしてドイツ選手権で優勝し、狩猟許可証と銃砲所持許可証を取得している。あいにく上級巡査はグレーゴル、フラウケ、マティアスの三人がどこに住んでいるか知らなかった。だがそれはオリヴァーが父親から教えてもらえるだろう。

上級巡査は駐車場に入り、赤いライトバンの後ろにパトカーを止めた。ピアは車を降りて、裏口からすり減ったタイル張りの狭い廊下を抜け、酒場に入った。魚と古い油のにおいがした。冷蔵庫のステンレス扉が開いていて、白くなった冷気にまかれたおかみらしい小太りの女があとずさりしながら廊下に出てきた。女の手には木枠のケースに入ったレタスがあった。

「やあ、ヘルダ」ブラードル上級巡査はいった。「ゲオルクは?」

「あら、アロイス」おかみはブラードルにあいさつをした。「ルートヴィヒを見たの? 伯爵が教えてくれたのよ。頭を吹き飛ばされて、犬も撃ち殺されていたって……」

「ま、まあな」上級巡査は咳払いをした。

おかみはがっしりした小柄な女で、歳は六十くらい。短い髪は灰色だった。顔は酒焼けしていた。おかみはピアに気づいて口をつぐんだ。ピアはあとで上級巡査に捜査中の箝口令《かんこう》を敷かなければいけないと思った。このままでは村にさまざまな憶測が広がってしまう。

「こんにちは」ピアはいった。「ご主人はどこですか?」

おかみは廊下の奥に見えるドアの方を黙って顎でしゃくった。

「案内して」ピアは、上級巡査におしゃべりをする暇を与えず、先に行かせた。いっしょに店内に入ると、はげ頭の男がカウンターに立って、グラスを食洗機から棚に戻していた。

「彼がゲオルク・キルプです」上級巡査が耳打ちした。

酒場の主人はタオルで手を拭き、うさんくさそうにピアの頭のてっぺんからつま先まで見た。

「あんたが刑事さん?」がっかりしているようだ。

「ええ。キルヒホフ上級警部です。身分証を見せますか?」

「いや、いい。信じるよ」酒場の主人はタオルを肩にかけて、シャツの袖をまくった。「なにか飲むかい?」

「いいえ、けっこうです」ピアは微笑んで、いらいらしているのを隠した。「ブラードル上級巡査から聞いたのですが、なにか話すことがあるそうですね」

「ああ、そうなんだ。じつはさっき伯爵から電話をもらって、ルートヴィヒが死んだって聞いた。射殺されたんだってな」

沈黙。酒場の主人は目を光らせながら返事を待ったが、ピアには村の酒場の主人にそういう情報を流す気など毛頭なかった。そんなことをしたら、一気に噂が広まってしまう。

「ルートヴィヒの奴は村のみんなとなにかと問題を起こしていた。自分の子どもたちともだ」

「本題に入れよ、ゲオルク」ブラードル上級巡査もじれったくなっていった。「なにも村の裏話をくどくどしなくたって」

ゲオルク・キルプはかまわず話をつづけた。「昨日うちの店でひと悶着あったんだよ。それを話した方がいいと思ってね」

ピアは話してくれというようにうなずいた。

「風車に反対している市民運動の連中がここで会合をひらいたんだ。あっちの常連席でね。ルートヴィヒの奴、ケーニヒシュタインから来た奴と喧嘩になった。本気でつかみ合いをはじめてね。ケーニヒシュタインから来た奴が連れてきた女も巻き込まれた。すごかったよ」

「なるほど」ピアは答えた。「ケーニヒシュタインから来た奴というのはだれですか？」

「名前までは知らないなあ。変な名前だった。外国の名だったな」酒場の主人は肩をすくめ、眉間にしわを寄せて考えた。

「ヤニス・テオドラキスという人ではないですか？」ピアはふと思ってたずねた。

「そうだよ。テオドラキス！」酒場の主人の丸い赤ら顔がぱっと明るくなった。カウンターから身を乗りだして、声をひそめた。「あのふたり、口汚くののしり合った。くそったれ、くず野郎ってそんな感じでね。トラキスって奴がいったことに、ルートヴィヒは相当腹を立てていた。重要かどうかわからないけど、あんたにいっておこうと思ったのさ」

酒場の主人は満足して胸元で腕を組み、大きくうなずいた。

「ありがとう」ピアは微笑んだ。「調べてみます。何時頃のことか覚えていますか？」

「八時四十五分頃だった。トラキスと連れの女は店を出ていって、他の連中は残った。ルートヴィヒと伯爵は十時半までいたよ」

これはすごい情報だ！　新しいパズルに目安ができた。これでヘニングはより正確に死亡時刻が割りだせる。

オリヴァーとピアは、オリヴァーの父親が厩舎《きゅうしゃ》のはき掃除をしているところを見つけた。やらなくていい仕事だが、父親はじっとしていられなかったのだ。

「父さん、ルートヴィヒの子どもたちの住所を知っているかい？」オリヴァーがたずねた。

「グレーゴルはグラースヒュッテンに住んでいる。マティアスはケーニヒシュタイン、フラウケは〈動物の楽園〉で働いている」父親は作業をつづけながら答えた。「ケーニヒシュタインの教会通りにあるペットショップだよ。所有者はヤニスのパートナーだ。しかし……」

「所有者はヤニスのなんだって？」オリヴァーはそういうと、まわり込んで父親の行く手をさえぎった。

「リッキー。ヤニス・テオドラキスのパートナーだ」

「なんてことだ。なんでそれをもっと早くいってくれなかったんだ？」

「なんのことだ？」父親は啞然として息子を見た。

「ああ、もう！　月曜日からテオドラキスを捜していたんだよ！　テオドラキスがどこにいるか、どうして教えてくれなかったんだ？」オリヴァーは父親に食ってかかった。

「おまえの仕事のことなんか知るか。テオドラキスの住んでいるところなんて訊かれたことないぞ。そこをどいた。掃除を終わらせなくちゃ」

オリヴァーはほうきの柄をつかんで押さえた。

「父さん、頼む。知っていることがあったら、教えてくれ！」

父親は息子をじろっと見た。

「話すことなんてない」父親は冷ややかにいった。「ほうきを放せ」

「いやだ。先に……」

「テオドラキスのパートナーの住所をご存じですか？」見ていられなくなって、ピアが口をはさんだ。

「行ったことはあるが、住所は知らない。シュナイトハインに住んでいる。だが日中は〈動物の楽園〉の方が捕まるだろう」

「ありがとうございます」ピアは微笑んだ。

「ああ、そういえば、昨日の夜のことだが」父親は息子を無視して、まっすぐピアの方を向いた。「ルートヴィヒとわたしは遅くまで〈クローネ〉でしゃべっていたんだが、店を出たとき、ルートヴィヒに話しかけた男がいる。ルートヴィヒを家まで送っていくつもりだったが、あいつはそこに残った」

最初の手掛かりだろうか？

「それは知り合いかい？」オリヴァーは訊いた。「どんな奴だった？」

「いいや、知り合いじゃない。顔はよく覚えていない」父親は首を横に振った。

まったく配慮をしないボスに、ピアはしだいに腹が立ってきた。父親は落ち着いているように見えるが、相当ショックを受けているはずだ。あとでもっといろいろ思いだすかもしれないが、今は体験したばかりの悪夢で頭がいっぱいのはずだ。

「その男はどこで待っていましたか？」ピアは慎重にたずねた。

「ふむ」父親は眉間にしわを寄せ、ほうきに体を預けた。「わたしたちは〈クローネ〉を出て駐車場に向かった。わたしの車は少し奥の方に止めたので、鍵を開けて先に乗り込んだ。そのときルートヴィヒがついてこないことに気づいた。バックミラーで通りの方を見ると、だれか男と話していた。わたしは車を走らせて、そばに止まると窓を開けた。ルートヴィヒはその男と少し話してから帰るといった。そ……それが彼を見た……最後だ」

オリヴァーの父親は顔をゆがめた。ピアは父親が気を取り直すのを待った。

「ヒルトライターさんは危険を感じていたと思いますか？」

「いいや。そんな様子はこれっぽっちもなかった。むしろ決心は……固かった。決着をつけるといっていたからな」

「決着をつけるといったんですか？　それは間違いないですか？」

父親は真剣に考えてからうなずいた。

「他に気づいたことはありませんか？　たとえば見たことのない車とか。思い返してみてください。意識に残っていないことでも、無意識に気づいていることがあるものです」

「暗かったし、酒も飲んでいたからな。しかし……」

「酒気帯び運転したのか？」オリヴァーが口をはさんだ。ピアはボスのすねを蹴飛ばしたくなった。自分の父親だとしても、積極的に話してくれる目撃者を追い詰めるようなことをするなんてとんでもないことだ。

「そういうな」父親はきまり悪そうにした。「シュナップスを三杯、ビールを二杯。たいしたことはない」

「血中濃度が一・三ミリグラムにはなる」オリヴァーがかっとなっていった。「酒場の主人にはきつくいっておかなくては。客に酒を飲ませたら、タクシーを呼ばなくてはだめだ」

「そんな固いことをいうな、オリヴァー」

「固いことってなんだ！　もしも飲酒運転の取り締まりに引っかかったら、免停だぞ。父さんの年齢ではすぐには再発行してもらえない」

「もしも、もしも、もしも。なにもなかったじゃないか」父親はあきれたという顔をして、ピアに視線を向けた。「息子が警官だと、こういう目にあう」

「わたしも警官ですけど」そういって、ピアは目配せをした。

「これだからな」オリヴァーはじろっとピアをにらんだ。父親とピアの気持ちが通じ合っているのが気に入らないようだ。「とにかく、その謎の男のことを思いだしてくれ、父さん。今晩、また話をしよう」

「今夜、母さんとわたしはエールハルテンの集会に出る」父親は馬房の戸を開けて、わらをその中にはき入れた。「そのあとかな。わたしにあとがあればだが」

「もちろんそれでいいさ。それじゃ」そういって、オリヴァーは背を向けた……。

「そうだ、オリヴァー」厩舎の扉に手をかけようとしたオリヴァーに、父親が声をかけた。「グレーゴルとマティアスに電話をかけた。なにが起きたか伝えたかったからな」

オリヴァーは身をこわばらせた。十数えてゆっくり振り返った。

「すばらしい、父さん。じつにすばらしい」オリヴァーは賢明に気持ちを抑えた。「〈クローネ〉の主人にも話しただろう。他にだれに話したんだ？　新聞社とテレビ局か？」

ピアは、ボスが爆発寸前なのに気づいた。

「なにかいけないことをしたのか？」父親は驚いてたずねた。

「なにもしていないさ」オリヴァーは目を吊りあげていうと、携帯電話をだした。「来るんだ、ピア。急ぐぞ。口裏を合わせられたら困る」


雨が納屋の屋根を叩いている。リッキーはそこを作業場にしていた。マルクは開け放ったドアから外を見た。ひどい天気だ。五月も半ばだというのに！　いらいらしながら携帯電話を見た。リッキーからは、なしのつぶてだ。もう十時半！　どうなってるんだろう？　忘れてるんだろうか？　大至急リッキーと話をしなくてはいけない。それなのに電話に出ない。〈動物の楽園〉には行くわけにいかない。教師か母親に出くわしたら、学校をさぼっていることがばれてしまう。

マルクはiPodのイヤホンを耳に挿して、リストをスクロールしながら、今の気分にぴったりの曲を探した。あった！　ブラッドハウンド・ギャングの「アイ・ホープ・ユー・ダイ」。古い曲だけど、いかしてる。マルクは開け放したドア口にスツールを置いてすわり、ドア枠に足をかけて、人気《ひとけ》のない通りを見た。ベースの音が鼓膜に響く。

ヤニス・テオドラキスはこういう曲やもっと激しい曲ばかり聴く。彼の書斎の壁面はCDでいっぱいだ。マルクは彼の影響でハードロックとヘビーメタルに目覚めた。聴くと気持ちが高ぶる。狂気じみたギターソロ、ベース、ドラムス。胸の鼓動が速くなり、血が流れ、力がみなぎるのを感じる。クールで無敵だ。ジューダス・プリーストの「ブレイキング・ザ・ロウ」が耳の中に響き渡っていたとき、リッキーの車が角を曲がってきた。

心臓が早鐘を打った。車の音を聞いてさっと立ちあがり、イヤホンを耳からはずした。

「やあ、リッキー」マルクはいった。「どうしても話したいことが……」

彼女の顔を見て、マルクは口をつぐんだ。顔が真っ青だ。目に隈《くま》ができている。

「ルートヴィヒが死んだのよ」そうささやくと、リッキーはふるえながら息を吸った。「夜中に……撃ち殺されたの」

そしてマルクにとっては思いがけないことが起きた。しっかりしていて、いつも元気なリッキーが泣きながら抱きついてきたのだ。マルクは彼女がガラスででもできているかのようにそっと腕をまわし、背中をさすった。リッキーはマルクにすがるようにして声をあげて泣いた。頭に血が上り、気持ちがジェットコースターのように乱高下《らんこうげ》して、腹で炸裂した。体が熱くなった。するといきなりリッキーがマルクを放した。

「ごめん」リッキーはむせび泣き、片手で涙をぬぐった。アイラインとマスカラが涙で流れて、頬を汚した。「あまりにショックで。あたしがちょうど出ようとしていたら、店にいたフラウケのところに電話があったの」

リッキーはスカートのポケットに手を入れ、ティッシュをだして洟をかんだ。マルクは彼女を見ないようにした。民族衣装《ディルンドル》の胴衣がずれて、ブラジャーの紐が見えた。日焼けした肌に真っ赤な紐。すごい。なんてセクシーなんだ。

「……作業は明日にしてもいい？」

「えっ……なに？」リッキーに声をかけられたと気づいて、マルクはぎくっとした。

「障害物は明日組み立てることにしたいの」リッキーは気を取り直したのか、笑みを浮かべていた。マルクがなにを思っていたか気づいていないようだ。マルクは放心してうなずいた。

「他の人に電話をしなくちゃ」リッキーは意を決したようにいうと、髪の毛を直した。「今晩どうしたらいいか相談しないとね。ルートヴィヒが……いなくなっちゃったわけだから」

マルクは彼女の言葉をまともに聞いていなかった。真っ赤なブラジャーと彼女のにおいと温もりで頭がいっぱいだ。リッキーが片手でマルクの頰に触れた。

「ありがとう、マルク」リッキーはささやいた。「あなたがいなかったら、あたし、どうしたらいいかわからなかったわ。また会いましょう」

リッキーはマルクにキスをして立ち去った。マルクは激しく心を揺さぶられたまま、彼女を見送った。車のエンジン音がやがて聞こえなくなった。口がからからに乾き、顔が火照《ほて》り、股間がいきり立っていた。どうしてしまったのだろう。リッキーは友だちだ。欲情してしまった自分に吐き気がした。

〝あなたがいなかったら〟といわれた。マルクはまたiPodの電源を入れた。頭がくらくらする。厩舎の中に移動して空いている馬房に入り、ズボンを下ろした。リッキーを抱いた。頰に残り香がある。温かく日焼けした肌に赤いブラジャー。マルクは自分を恥じたが、やめることができなかった。膝ががくがくする。壁に寄りかかって目を閉じ、押し寄せる快楽の波を味わった。そのうち恥じる気持ちは消え失せ、喜びに浸った。

白塗りの天井とそこまでとどく壁の板張り、赤味を帯びた床のタイルに敷かれた細い絨毯《じゅうたん》、身の引き締まる静けさ。フラウケは、法医学研究所といえば寒くて殺風景な部屋と緑色の手術着とゴム長靴をはいた気むずかしい医者ばかりだと思っていたので、面食らうと同時に強い印象を受けた。小糠《こぬか》雨に煙る木の間に見える古い邸は外見だけでも古風でおしゃれだ。どこか謎めいていて、翳《かげ》りのある英国風な感じがした。フラウケはイギリスの作家ロザムンド・ピルチャーのファンで、イギリスに憧れていた。もうすぐ移住できそうだ。兄弟と廊下で待ちながら未来に思いを馳せた。小さな家でいい。コーンウォールのどこかの海辺。百万ユーロあったら、仕事につく必要がなくなるだろう。グレーゴルの携帯に着信があった。少し離れたところへ行き、声を押し殺して話をしている。

「いつまで待たせるのかな?」隣のマティアスがいらいらしながら腕時計を見た。「はじめはあんなにせっついておいて、こんなに待たせるなんてな。四時に大事な用事があるんだ」

もう少なくとも十回は聞いている。今度は彼の携帯が鳴った。電話で話している兄弟のあいだに立って、フラウケは白昼夢に浸っていた。長いあいだ、運命を自分の手でつかむ努力をせずに生きてきたが、昨日の夜、そうした人生に終止符を打った。昨日から自分の人生は自分で切り開くことにしたのだ。気分爽快だ。

親の家から帰ったときは最悪の状態だった。もうだめだと思った。母親が死ぬまでの二年間、身を粉にして世話をした。突然心にぽっかり穴があいた。人生の目標もないし、なにより収入がなかった。ケーニヒシュタインの週刊ミニコミ誌でリッキーの求人広告に救われたのはそんなときだった。

フラウケはすぐ仕事につけた。父親はありったけの罵声を浴びせた。いつもどおりだった。ペットショップに家だぞ。そんなどしどし歩く、デブでみっともない奴に勤まるわけがない。しかしフラウケは生まれてはじめて口答えした。売り言葉に買い言葉。口にした言葉はもう取り消せない。その夜のうちに鴉農場《ラーベンホーフ》を出て、〈動物の楽園〉の上の空き室に入居した。

どっしりした木製の玄関扉を大きく押しあけて、オリヴァーが階段を上ってきた。フラウケたちは小さい頃、オリヴァーと遊び友だちだったが、もう昔のことだ。記憶に残っているオリヴァーはひょろりとした、口数の少ない少年だった。そのままなにごともなく育ったようだ。ハンサムだ。それも目を奪われるほどに。

「フラウケ！　三人ともすぐに駆けつけてくれて感謝する。お気の毒に」暗い声とまなざしは思いやりに満ちていた。

「ありがとう、オリヴァー。こんなことで再会するなんてね」フラウケは微笑みそうになるのを抑えた。父親を殺されて、ニコニコするなんて不謹慎だ。オリヴァーはフラウケの兄弟にも声をかけた。

「こちらへ」そういうと、オリヴァーは地下に通じる扉にまっすぐ向かった。

「どういうことだ?」マティアスが文句をいった。「なんで呼んだんだ?」

「訳がある」オリヴァーは顔をしかめた。

グレーゴルは馬鹿にしたような目つきでオリヴァーを見た。

「来いよ」グレーゴルは弟にいった。「早く片付けたい」

しばらくして四人は、フラウケが法医学研究所や死体安置所としてイメージしているものに近い部屋に立った。フラウケは不安になった。ここでなにをするんだろう。身元確認なら、死体を見ることになる。金属のストレッチャーが押されてきたのを見て、フラウケはぎょっとなった。背中にオリヴァーの鋭い視線を感じた。だれひとり、なにもいわなかった。法医学研究所のスタッフは、思ったとおり緑の手術着を着ていたが、ゴム長靴ははいていなかった。その男が死体をおおう緑色の布を少し下げた。

顔がない、とフラウケは思った。マティアスはうっと声をだして、廊下に飛びだした。じっと身じろぎせずにいたのはグレーゴルだけだった。

「ひどい死に方だ」満足そうな声だ。フラウケがあとで思いだせたのは、それだけだった。光を失った父親の目が耳のあたりにあるのを見て、気を失った。

ニカは食卓についていた。ローズヒップティーをそばに置き、ユーロウィンド社が二〇〇二年にヘッセン州の依頼で作成したという調査書に目を通した。エールハルテンの尾根筋の風量と風速を分析したものだ。ウィンドプロ社が作成した調査書が、他の三つの調査書と異なるデータに基づいていることはすぐにわかった。テオドラキスのいうとおりだ。ドイツ気候研究所とウェールズ大学気候研究ユニットは改竄《かいざん》データを元にその建設用地を推薦している。測定データはどこから来たのだろう。だれが算出したのだろう。それとも、すべてが改竄されたものなのだろうか。そもそもテオドラキスはどうやってこの調査書を入手したのだろう。ニカはカップからティーバッグをだして絞り、受け皿に置いた。考えが横道にそれた。ニカはカップに口をつけ、昨夜、孤独感に襲われたことを考えた。もう一生ひとりでいる運命なのだろうか。ニカははっとした。この焦燥感、心の中の空虚感はどこから来るのだろう。以前はなんとも思わなかったのに。

玄関のベルが鳴った。ニカはぎくっとした。あわてて書類を脇にやり、その上に新聞を置いて立ちあがった。またベルが鳴った。少したためらってから玄関を開けた。

「なんでしょうか？」

男と金髪の女が立っていて、女の方が緑色の身分証を呈示した。警察！　ニカはぎょっとした。ふるえているのを隠すため、急いで胸元で腕を組んだ。

「刑事警察の者です」女は無愛想にいった。「テオドラキスさんに会いたいのですが」

「今はいません」ニカは急いで答えた。

「どこにいますか？　いつ戻ってきますか？」

「わかりません」

「あなたは？　ここに住んでいるのですか？」

「え……いいえ。わたしは……ただの家事手伝いです」ニカは驚いてしまい、思いつくままにいった。着ている服を見れば、嘘とは思わないだろう。

「テオドラキスさんの連絡先はわかりますか？」男の方がたずねた。やさしく微笑んでいるが、騙されはしない。警官は表情をごまかすのがうまい。

「仕事だと思いますけど」そういって、ニカは肩をすくめた。「携帯の番号は知らないんです。すみません」

「ではわたしの名刺を渡してもらえますか？」女の刑事が名刺を差しだした。「大至急、電話が欲しいんです。大事な用件です」

「わかりました。伝えます」

ふたりの刑事は、それ以上質問せずに立ち去った。ニカは膝の力が抜けそうになるほどほっとした。あぶなかったと思った。ニカは玄関を閉めると、ドアの横の小窓から様子をうかがった。ふたりは車に乗り込んで走り去った。どうして刑事警察がテオドラキスと話したがっているのだろう。あいつはなにをしたんだろう。脳裏を飛び交っていたパズルのピースが急にまとまりだした。テオドラキスは未明に帰宅した。さっき店で会ったとき、ルートヴィヒが射殺されたことを話しても驚かなかったし、ショックを受けた様子もなかった。ニカは、洗濯カゴに入っている彼のTシャツとジーンズに血がついていたことと、彼がヒルトライターを憎悪していたことを思いだした。それから皮がむけて赤くなった手と腕。警察は硝煙反応で銃を発砲した者を特定できる。だから手と腕をごしごしこすったのだろうか。なんてこと！　ニカは階段にすわり込んだ。テオドラキスがヒルトライターを射殺したのなら、警察はまた来て、家宅捜索するだろう。姿をくらまさなくては。

空はどんよりしていて、やがてどしゃ降りになった。寒くもあった。五月というより十一月の天気だ。ピアとケムは鴉農場《ラーベンホーフ》を見てまわった。機動隊が広大な敷地と隣接する森に入り、消えた銃を捜索していた。

ふたりは、元は牛や豚を飼っていた家畜小屋を覗いた。作業場には冷気を入れるためのパイプが天井に這わせてある。小さな納屋には積み重ねた木箱があり、腐ったリンゴの甘いにおいがした。そこには果実圧搾機もあり、三つあるポリタンクのひとつにはリンゴワインが詰めてあった。工房も散らかっていた。古いトラクターが入れてあり、タイヤが一本はずされたままで、新品のタイヤがその横に立てかけてあった。ほこりをかぶっているところを見ると、かなりのあいだほったらかしのようだ。それから工房の壁には二〇〇二年のカレンダーがかかっていた。農場の仕事がヒルトライターの手に余っていたのは明らかだ。

ふたりは少し離れたところにある、ツタの絡《から》まる納屋を覗いてみた。母屋と納屋のあいだの草地は以前、芝生が張られ、シャクナゲなどの観賞用の花木が植えられて、手入れが行きとどいていたようだが、今は荒れ放題で、花木が通り抜けられないほど密生していた。

「広大な敷地だな」ケムはそういうと、草地を横切って、壊れかけたこけら葺《ぶ》きの屋根がかかった井戸のところへ歩いていった。「一見したときは、これほどと思わなかった」

「銃二丁、拳銃一丁を隠す場所には事欠かないわね」ピアはぶすっとしていった。ヒルトライターを殺した犯人が銃を隠さず、池にでも投げ込んでくれていればいいのだがと思っていた。ピアの携帯電話が鳴った。池を捜索するふたりの潜水夫が到着した。ケムとピアは立て付けの悪い納屋の扉を力任せにスライドさせた。

「なんだ、これは！」ケムは声を張りあげた。古いトラクターの横に、ほこりをかぶったクラシックカーが二台並んでいたのだ。深緑色のモーガン・ロードスターとシルバーのメルセデス・ベンツ。ベンツはガルウィングドア方式で、レザーシートが真っ赤だ。

「価値があるの？」ピアは車については素人だ。クラシックカーやスポーツカーについてはまったく無知だった。

「そう思う」ケムは目を輝かせて二台の車をひとまわりした。「とくにこの300SLはすごい値段がつくだろう」

ケムは携帯電話をだして二台の車をいろいろな角度から撮影した。

「ヒルトライターの子どもたちが薄情だったのがわかるわね」ピアはいった。「遺産のことしか頭になかったんでしょう」

ピアはオリヴァーからの電話で法医学研究所でのことを聞いていたのだ。ピアとケムは納屋の扉をいっしょに閉めて、池に向かった。現場指揮官からはまだ見つかったという連絡がない。遺体発見現場の周辺と近くの森では金属探知機で大量のくず鉄が発見されたが、銃と拳銃は影も形もなかった。機動隊はさらに捜索範囲を広げて、少し上にある林間駐車場や、農場全体と村に通じる道まで捜索した。

ふたりの潜水夫はフィンをつけて短い木製の渡り板を歩き、腰かけてから水に入った。雨足が強くなった。ピアは野球帽の上からウィンドパーカーのフードをかぶり、水面を叩く雨を見ていた。ジーンズが濡れて、足に張りつき、ウィンドパーカーもうたい文句どおりには水をはじいてくれなかったが、ピアは黙って池を見つめた。十五分後、ふたりの潜水夫は断念した。

「水中は視界ゼロです」潜水夫のひとりがいった。「水底は泥の層で、重いものは深く沈んでしまいます。すみません」

「協力ありがとう」ピアが礼をいった。「試すだけの価値はあったわ」

そのときなにか黒いものが低空で飛来して、ケムの背後の藪《やぶ》の中に舞いおりた。

「なに？」

「鴉かなんかだ」ケムはあたりを見まわした。真っ黒な大鴉が、ヒルトライターの死体があった桜の木の枝に止まり、不遜な様子でピアたちを見下ろすと、口をひらいて羽ばたき、かあと鳴いた。ピアは鳥肌が立った。

「大鴉よ」ピアは同僚の間違いを直した。「大鴉はただの鴉より体が大きくて、くちばしが黒いの。くちばしが尖っている鴉とは違うわ」

「鴉、大鴉。どっちでもいい」ケムは肩をすくめた。「さあ、行こう。寒くていられない」

「ちょっと待って。ヒルトライターは大鴉を飼っていたのよ」ピアは、枝に止まったまま、ピアの目を見返す大鴉を見つめた。「どうしてあそこに止まったのかしら?」

「偶然だろう?」ケムがいった。

「そんなはずはないわ。偶然とは思えない」

「まさか、大鴉が証言してくれるとでもいうのか?」からかい半分の言い方だった。

「そうよ」ピアは真剣な顔でうなずいた。「じつはそう思ったところなの。大鴉はとても頭がいいのよ。ヒルトライターは長年飼っていた」

「証人になるのは無理だろうな。たとえ面通しで犯人を特定できてもな」

ピアは、ケムが笑いを堪《こら》えているのに気づいた。

「茶化さないでよ」そういって、ピアはにやっとした。「もっといかれたことだってあったんだから」

「ごもっともです、スカリー特別捜査官（テレビドラマ「X-ファイル」の登場人物）」ケムはまた混ぜっ返した。「テレビ番組ではそうだろうが、現実にはそうはいかない。さもなかったら、地味な捜査をする意味がない」


「どうして?」ニコラ・エンゲル署長は首を横に振った。読書用メガネをかけてデスクに向かっていた。オリヴァーには椅子をすすめず話をつづけた。「ヒルトライター家の弁護士に激しく抗議されたわ。刑事訴訟法第百三十六条aで認められない尋問方法だといってね。どうして遺体を見るようにしむけたの?」

「三人とも動機がある」オリヴァーは答えた。「三百万ユーロは強い動機になる。残念ながらキルヒホフとわたしが父親の死を伝えにくることを事前に知っていた」

「どうして？」

オリヴァーはため息をついた。

「遺体発見者はわたしの父だ。被害者の親友で、遺族に連絡した。止めることはできなかった」

「アリバイの裏は取ったの？」

署長は来客用の椅子にすわるように合図した。上下関係をはっきりさせるお決まりのデモンストレーションは終わった。オリヴァーは腰を下ろした。

「まだ正確な死亡時刻を特定していない。だから今のところアリバイの確認ができない。ただ少なくとも娘は事件の夜、父親の農場を訪ねている。姿を見られていたと知って認めた。様子を見にいっただけだという。父親には会えずじまいだったが、進入路の前にエンジンをかけたまま数分間止まっている知らない車を見たと一応いっている」

「一応？」

「彼女と兄弟は何年も前から父親と喧嘩していた。三人は問題の夜、土地を売るように父親を説得しようとした。ヒルトライターは断固として聞き入れず、子どもたちはなんとしても土地を売らせようとした。そのうえフラウケは銃器の扱いに慣れている。はるかに少額でも、殺された人はたくさんいる」

署長はじっとオリヴァーを見た。

「わかった。これからどうするつもり？」

「他にも被疑者がいる。グロスマンの件でも引っかかっている人物だ。まだ話ができていないが、今晩、会えると思う。解剖所見が出て、犯行時刻を絞り込めれば、ヒルトライターの子三人とその被疑者のアリバイの裏を取る」

「あなたのお父さんは今回の事件にどう絡んでいるの？」

「無関係だ」オリヴァーは驚いて眉を吊りあげた。「被害者と父は今朝、約束をしていた。ヒルトライターが姿を見せなかったので捜して、父は遺体を発見した」

デスクの固定電話が鳴った。署長は液晶画面を見てからオリヴァーにいった。

「ありがとう。ひとまずいいわ。新しくわかったことがあれば、知らせてちょうだい」

「わかった」オリヴァーは話が終わったと理解して腰を上げた。署長は受話器を取って、相手になにかいった。

「そうそう、オリヴァー」

オリヴァーは振り返った。署長が受話器に手を当てて微笑んだ。

「お父さんが事件に絡んでいることは報道機関にいわない方がいいわね」

父親は事件に絡んでいないし、報道機関にいうつもりもない、とオリヴァーがいおうとしたが、署長はもう受話器を耳に当てていた。オリヴァーはうなずいて、署長室をあとにした。

腹が鳴った。オリヴァーは朝からなにも口にしていなかった。署に戻る途中、ピアのためにドネルケバブの店に寄ったときも、誘惑に負けなかったし、署長の誕生日だといって秘書がだしてくれたチーズクリームケーキにも手をつけなかった。ダイエットしてはじめて意識したことだが、みんな絶えずなにか口にしている。部下の部屋に入ると、カイがちょうどチョコバーをかじっていた。カトリーンはコーヒーメーカーのそばで皿を持ち、さっきの誕生ケーキをぱくぱく食べていた。オリヴァーはよだれが出た。カトリーンがボスの物欲しそうな目に気づいた。

「ケーキはまだ二個、冷蔵庫にありますよ、ボス。ひとつ、持って……」

「いいや、いい。食べ終わったら、会議室に集まってくれ」

最近、オリヴァーは新聞で、三十年ものあいだ絶食したというインド人の記事を読んだ。それと比べたら、二、三週間の食事制限くらいたいしたことはない。やる気の問題だ。

「ボス！」カイが口をもぐもぐさせながらいった。「おもしろい情報を手に入れましたよ」

「会議室で聞く！」オリヴァーは背を向けながらそういうと、そそくさと部屋を出た。

エールハルテンのダッテンバッハホールはすでに満席だったが、それでもまだ開け放った玄関から人が流れ込み、案内係の指示で二階席に誘導されていた。計画中のウィンドパークへの関心の高さがうかがえる。ヒルトライターが殺害されたという知らせがエールハルテンの住民に知れわたり、好奇心を刺激したことも手伝っているだろう。

オリヴァー、ピア、カトリーン、ケムの四人はロビーで、ヤニス・テオドラキスを捜した。

彼はフランクフルトの大手銀行のIT部門で働いているはずだが、そこにもいないし、パートナーのペットショップでたずねても、居場所を知ることができなかった。だが、この集会にはかならずあらわれるはずだ。

タウヌス山地の尾根に十基の巨大風車が立っている、実物そっくりの合成写真の大きな立て看板が立ててあった。市民運動〈タウヌスに風車はいらない〉のブースのまわりには人だかりができ、ビラを配る者や、ウィンドパーク建設差し止めを求める行政区長官宛の署名を集める者もいる。並んだ机のひとつに喪章をかけたヒルトライターの額入り写真が飾ってあった。

「タイセンが来た」ケムがいった。「ずいぶん度胸があるな」

ウィンドプロ社の社長はエップシュタイン市の市長と連れだってホールに入り、フラッシュとブーイングの嵐にさらされた。

「テオドラキスです」ピアがいった。

「なんだ、家事手伝いを連れてきたぞ」ケムは驚いた。

「家事手伝いのはずがないでしょう」ピアがいった。「嘘にきまっているわ」

オリヴァーは、ホールの玄関へずんずん歩いてくる褐色の髪の男の行く手をふさいだ。

「こんばんは」といって、身分証を呈示した。「あなたに連絡を取るのは教皇よりもむずかしい。ボーデンシュタイン、ホーフハイム刑事警察署の者です」

自称家事手伝いの女は俯《うつむ》いてそばを通りすぎ、ヤニス・テオドラキスとそのパートナーが立ち止まった。ピアとケムは鴉農場《ラーベンホーフ》から署に戻る途中、そのパートナーの家に立ち寄っていた。

パートナーはピンクの民族衣装《ディルンドル》から全身黒ずくめの服に着替えていた。まるで葬儀に参列するかのように。

「こんばんは」テオドラキスは不快そうに答えた。ジーンズにグレーのジャケット、ワイシャツという出で立ちで、黒いネクタイでかろうじて弔意をあらわしていた。ファイルを小脇に抱え、ホールの玄関をそわそわしながら見ている。「明日の朝早く連絡しようと思っていた。今日はいろいろとやることがあるもので」

「明日の朝では遅すぎです。今すぐ話がしたいのですが」オリヴァーは何食わぬ顔でいった。テオドラキスが壇上の議論に加わるのを邪魔するつもりはないが、少し焦らすことにしたのだ。テオドラキスは汗をかいた。

「一時間だけ待ってもらえないか？　登壇することになっている。もうすぐはじまるんだ」

「待てません」オリヴァーが冷淡にいいはなったので、相手はたじたじとなった。

「この人は今夜、あたしたちを代表して話すのよ。本当に重要なの」パートナーが口をはさんだ。「ルートヴィヒがいない今……だから」声をふるわせ、青い目に涙を浮かべた。

「わたしたちの用事は重要ではないというのですか？」オリヴァーは答えた。「遊びでここに来ているわけじゃないんです」

「頼むよ！」テオドラキスは額《ひたい》に玉の汗を浮かべた。「今夜のために何ヶ月も準備してきたんだ。それがすめば、どんな質問にも答える」

オリヴァーは眉間にしわを寄せて、思案するふりをした。それからうなずいた。

「いいでしょう」オリヴァーは大目に見るといわんばかりにいった。「しかし集会が終わったらすぐわたしのところに来てもらいます」

「もちろんそうする」テオドラキスは見るからにほっとしている。「理解してくれて感謝する。行くぞ、リッキー」

黒ずくめのパートナーはオリヴァーに一礼して、あとにつづいた。

「わたしたちも中に入ろう」オリヴァーは歩きだしたが、案内係が首を横に振った。

「ホール一階は満席です。空いているのは二階席だけです」

オリヴァーは案内係に身分証を呈示した。

「そういうことなら二人だけ認めます。それ以上はだめです。あとで叱られてしまうので」

ケムとカトリーンは二階席に上がり、オリヴァーとピアはすし詰め状態のホールに入った。市長とタイセンはすでに壇上の席についていた。その横には州環境省の女性の役人がいる。テオドラキスは悠然とステップを上ってタイセンを無視し、市長に一礼してから、州環境省の役人に手を差しだして、もうひとりの市民運動代表の隣にすわった。

客席が期待に満ちた静寂に包まれた。まずラインホルト・ヘルツィンガー市長が主催者として口火を切った。市民の関心の高さに感謝し、ヘッセン州環境省のノイマン＝ブラント博士、ウィンドプロ社のタイセン博士、市民運動の代表であるヤニス・テオドラキスとクラウス・ファウルハーバーを紹介した。

「今夜の集会は悲しい事件に見舞われました」市長は神妙な声でいった。「長年、市議会議長を務め、わたしの大切な友人であったヒルトライター氏が昨夜、非業の死を遂げました。あまりのことに茫然自失しています。みなさん、起立いただき、ルートヴィヒ・ヒルトライター氏に一分間の黙禱《もくとう》を捧げたいと思います」

三百人にのぼる人々が咳払いをし、がさごそ音をたて、ひそひそ耳打ちしながら立ちあがった。連結された椅子が床をこすり、静かになるまでしばらくかかった。

「いい気味だ」だれかが静けさを破った。

たしなめる声もあったが、くすくす笑う声の方が多かった。


心配だ。さっきリッキーはひどく落ち込んでいた。ヒルトライターのくそったれが死んだからって、なんであんなに衝撃を受けているんだろう。あいつのひどい仕打ちを考えたら、いい気味だと喜んで当然なのに！

マルクはドッグトレーニング場で犬のリードを外して遊ばせ、手押し車にいっぱいのゴミをコンテナーに運んだ。フラウケは用事があるといって帰り、リッキーはエールハルテン《ティアハイム》の市民集会に出かけた。マルクは集会に顔をださない方がいいといわれたので、動物保護施設の当番をすすんで引き受けた。これまでもよく手伝っているので、仕事の段取りはわかっている。犬、猫、カメ、モルモット、ウサギに新鮮な水と餌を与え、犬を檻に入れ、ドッグトレーニング場の整備をした。

朝、新たな仲間が加わった。歳を取って、心ない飼い主に捨てられたジャック・ラッセル・

テリアだ。マルクはもう一度、犬小屋へ行き、檻を開けた。毛布に寝転がってうつらうつらしていたジャック・ラッセル・テリアが、さっと頭を上げた。飼い主が来たと思ったのだろうか、マルクに気づくと、がっかりした様子でまた頭を下ろした。かわいそうに、途方に暮れている！　いきなり檻に入れられて、まわりは知らない犬だらけ。長年いっしょに暮らしてきたペットにどうしてこんな仕打ちができるのだろう。

マルクは灰色の樹脂の床にすわって、手を伸ばした。犬はうさんくさそうにマルクを見つめたが、なでられてもじっとしていた。犬の目は白く濁《にご》っていて、鼻先は灰色だった。

「おまえ、たぶん車から放りだされたんだよな」マルクは小声でいった。「ちょっと歳は食っていても、かわいいのに」

犬は耳を立てて、軽く尻尾の先を振った。やさしく声をかけられたことがわかったのだ。そばに寄ってきて、マルクの太腿に体をこすりつけた。マルクは憐《あわ》れみを込めて微笑んだ。歳を取って、それほど美しくない犬がとくに好きだった。そういう犬に必要なのは愛情に満ちた居場所とやさしさだ。マルク自身と同じだ。ジャック・ラッセル・テリアは目を閉じて体を伸ばし、うれしそうにうなった。

飼い主は今頃なにをしているだろう。バカンスにでも出かけたか。それとももっと若い犬を家に迎え入れたのだろうか。すやすや眠れたりするものだろうか。

「すぐにすてきな新しいわが家を見つけてやるからな」マルクは犬に約束した。「ここには長居しなくてすむぞ」

できることなら、自分の家に連れて帰りたかったが、姉がアレルギーなので無理だった。

マルクはため息をつき、壁に頭をもたせかけて、またリッキーのことを思った。あのことを思いだすと、胸が苦しくなる。リッキーに性欲を感じているわけじゃない！　彼女はちょうど……母親ではないが……いかした姉貴だ。ヤニスがリッキーのパートナーだなんて。彼女がどんなに意気消沈しているか、ヤニスにはわからないんだ。彼女が背中の痛みに苦しんでいるのを知らないのか。マルクはできるだけ彼女の仕事を肩代わりして、重いものを持たせないようにしていた。リッキーが恋人だったら、仕事なんてさせないのに。彼女が幸せになるためならなんでもするつもりだ。昨日車の運転を教えてくれたときのように笑うところが見たい。

マルクは心が重かった。なにもかも思うようにいかない。十八歳で成人になり、家を出られさえすれば！　ニカはいつまでもリッキーとヤニスのところにいるはずがない。彼女がいなくなれば、マルクが住み込めるだろう。その思いつきが気に入って、頰がゆるんだ。なんでそのことを思いつかなかったのだろう。リッキーとひとつ屋根の下で住めたら最高だ。

犬が濡れた鼻先でマルクを突《つつ》いた。なでるのを忘れていたからだ。

「ああ、ごめん。いっしょに事務室に行こう。あそこなら居心地のいい籠がある。きっとなにかおいしいものも見つかるぞ。どうだい？」

マルクは立ちあがった。犬はあとについて、事務室と餌用キッチンのある平屋の建物へ移動した。八時半。動物保護施設《ティアハイム》のウェブサイトを更新して、リッキーの馬の様子を見る時間はまだ充分にある。それに、リッキーがそのうち集会から戻ってくるかもしれない。

ヘルツィンガー市長はほんの四十二秒で黙禱を終えた。

「ありがとう!」市長はいった。全員が着席。そのとたんテオドラキスがマイクをスタンドからはずして立ちあがった。

「きれいごとを聞かされる前に、計画中のウィンドパークについて、市長たちが口をつぐんでいることをいくつか話しておきたい」

市長は想定外の攻撃に一瞬戸惑ったが、黙ってはいなかった。市長の合図で音響担当者がテオドラキスのマイクを切った。すぐにブーイングが起こった。オリヴァーは心配しながら様子をうかがった。興奮した聴衆を落ち着かせるのに、市長は手こずりそうだ。オリヴァーは、隣で腕組みをしながら壁にもたれかかり、下唇をかみしめているピアの方を向いた。

「なんかいやな予感がする」オリヴァーはいった。

「だいぶ熱くなっていますね」ピアがいった。「応援を呼んだ方がいいかもしれませんよ」

市長は苦笑した。ウィンドパーク建設反対派との公開討論を受け入れたことを早くも後悔しているようだ。

「あとで充分話す時間をあげます。礼儀をわきまえていただきたい」

テオドラキスは肩をすくめて一礼した。会場に笑いが沸き起こった。それから十五分ほど市長とタイセンが交互に計画中のウィンドパークを誉めちぎり、質問が飛んできても無視した。聴衆はしだいに腹を立てた。テオドラキスもそのあいだずっと首を横に振り、何度もあざけり笑った。ホールは騒然となった。立ちあがって質問を浴びせる者があらわれ、口笛やブーイングが飛び交った。

「黙れ！」だれかが怒鳴った。

市長は仕方なくテオドラキスに発言を許した。

「われわれ市民運動〈タウヌスに風車はいらない〉の見方はだいぶ違う。みんな、目を曇らされているようなので、反証となるデータや事実を披露したいと思う。二〇〇六年に人口密集地であるライン＝マイン地方の六十六の場所が風力発電の候補地になり、所定の評価規準に従って調査された。その結果、二〇〇九年一月に五ヶ所が有力な候補地になった。ところがフォルダータウヌス地方は風向きが頻繁に変わるため、その中に数えられなかった」

「それなのになんで建設許可が下りたんだ？」だれかが叫んだ。「役立たずのウィンドパークじゃ利益を生まないぞ！」

賛同する声があがった。市長と州環境省の役人がタイセンを見た。タイセンは動じなかった。テオドラキスは、ヘッセン州と市民運動が独自に依頼した風況調査書によると今回の予定地は非効率だと判定されたといった。

「ウィンドプロ社が提出した二通の風況調査書はもちろん逆の結果だった」

タイセンがはっとして顔を上げた。クレーガーの部下が秘書室のコピー機の下から見つけた書類のことがオリヴァーの脳裏をかすめた。

「あれのことを思っているでしょう？」ピアが小声でいった。

「ああ」オリヴァーも声を押し殺して答えた。「調査書の一枚だった」

「不法侵入の目的がそれなら、テオドラキスは被疑者リストのトップに躍りでますね」

「そうだな。やりすぎたようだ」

「ウィンドパークが役に立たないとわかるまで数年かかる」テオドラキスの声がスピーカーから響いた。「それまでに、計画を立案した会社は建設資金調達のために募ったファンドで二倍か三倍の利益を得ていることだろう。さらにEU、連邦政府、州政府がだす百万ユーロレベルの補助金というおまけまでつく。これは問題だ。気になるのは州環境省がどうして……」テオドラキスはそこでわざと間を置いた。会場にいるみんなが彼を見た。「……突然、態度を変えたのかという点だ。またタイセン社長にぜひうかがいたい。どうしてこの地域の環境保護団体に多額の寄付をしているのか、と」

「憶測でものをいってはいかんな」市長はおっとり構えて笑みを作ったが、声は引きつっていた。

「憶測じゃない!」テオドラキスは答えた。「証拠がある。裏取引のEメールを入手した。金が流れるべきでないところに流れた証拠だ。ウィンドプロ社が建設許可を得るために州環境省とエップシュタイン市の決定権のある者に賄賂を贈った証拠もある」

市長は笑ってごまかし、手を横に振った。

「でたらめだ!」タイセンが発言した。「こいつはわが社をクビにされたことを根に持って復讐を企んでいるだけだ!」

「証拠はどこだ?」客席からだれかが叫んだ。

「証拠などない!」タイセンがただちにいい返した。「どうせ偽物だ」

「それはあいにくだ!」テオドラキスは勝ち誇って、机に置いていたファイルを高々とかかげた。「ここにすべてファイルしてある!」

タイセンと市長は、まだ序の口だと気づいて、ちらっと視線を交わした。

「みなさん、テオドラキスさんは長年、ウィンドプロ社のプロジェクト責任者でした」タイセンも立ちあがって、攻勢に出た。「いくつか過ちを犯したため……」

「嘘だ!」テオドラキスが叫んだ。

「今はわたしが話している」タイセンは冷ややかに答えた。

「嘘をついてる!」

「だれが嘘をついているかは自《おの》ずとわかるだろう」

テニスの試合でも見ているように、聴衆は右に左に首をまわした。ホールの中は熱気でむんむんしてきた。多くの人が市民運動のチラシで顔を煽《あお》いだ。タイセンは微笑みながらふたたび聴衆の方を向いた。

「みなさん、ひどい口をきくのは本意ではありませんが、ただの復讐心からプロジェクトを邪魔されるのを、手をこまねいて見ているつもりはありません」タイセンの声の方が、テオドラキスよりも少し落ち着いていて、確信に満ちていた。「テオドラキスさんは解雇されたあと、労働裁判所に何度もわが社を訴えては敗訴を繰り返し、個人的な事情から今、報復をしようとしているのです。彼に根も葉もないことを語らせないでいただきたい！」

ひそひそ声が大きくなった。労働裁判所が雇用主に分があると判断したのなら、テオドラキスはよほど悪いことをしたに違いないというわけだ。タイセンは、どうぞという仕草をしてテオドラキスに発言権を渡し、椅子にすわった。

騒ぎが静まるまでしばらくかかった。

「それでもいくつかの事実を述べさせてもらう」テオドラキスは内心憤《いきどお》っていたが、そのようなそぶりは見せずにいった。「だれを信じるか、判断はみんなに任せる」

うまく打ち返したな、とオリヴァーは思った。市民運動はなにを目論んでいるのだろう。テオドラキスは市、郡、州環境省および計画立案した会社がいったいどのような悪事を働いたか数えあげた。

「ありえない」タイセンはいちいち口をはさんだ。ホールは静寂に包まれた。針を落としたら聞こえそうなほどだった。

「口をはさむな」再三、茶々を入れられたテオドラキスは、むっとした様子でいった。

「きみこそ、口をつぐんだらどうかね」タイセンは鷹揚《おうよう》に微笑んだ。「公衆の面前でそんなとんでもないことをいうとは。何度も敗訴しているくせに」

テオドラキスは笑っただけで肩をすくめた。

「個人攻撃をするとは、あなたらしいね、社長」テオドラキスは落ち着きすましていった。

「俺はプロジェクトを阻止しようとしている市民の代弁者だ。それもウィンドプロ社だけが得をする無意味なプロジェクトのね。俺をこき下ろしたいのなら、勝手にどうぞ。ここで発言する内容は、どちらにせよわれわれのウェブサイトに掲載されるので、ご心配なく」

タイセンがなにかいおうとしたが、テオドラキスはしゃべりつづけた。

「この集会で既成事実にするべく」そういって、テオドラキスは人差し指でタイセンを、それから市長を指差した。「ウィンドプロ社と市当局は月曜日の朝、約束を無視して伐採業者に樹木を伐採させようとした！　したがって、金の亡者であるこのおふた方は信用できない！」

これには市長もタイセンも黙っていなかった。激しい口論になり、聴衆も口笛を吹いたり、ブーイングをしたりした。冷静に議論できる状況ではなくなった。突然、どこからともなくトマトが飛んできて、市長の肩に当たってはじけた。

オリヴァーは携帯電話をつかんで、ケムに電話をかけた。

「下りてこい。応援を呼べ！　案内係に非常口を開けるようにいうんだ！　すぐに！」

「嘘つき！　嘘つき！」数人の若者が騒いだ。

「静かにしろ！」それまで議論に加わっていなかったもうひとりの市民運動代表がマイクに向かって叫んだ。「落ち着け！　静かに！」

「嘘つき！　嘘つき！」若者たちは騒ぐのをやめなかった。生卵とトマトが次々と市長とタイセンに投げつけられた。テオドラキスにも命中したが、まったく動じなかった。まだ一度も発言していない州環境省代表が机の下に隠れた。

「いいかげんにしろ！」市長は顔を真っ赤にして一喝し、マイクを机に叩きつけた。耳をつんざくハウリングがテオドラキスとタイセンの声をかき消した。聴衆の騒ぎが大きくなった。市長が演壇から跳び下り、真ん中の通路をずんずん進んだ。聴衆が立ちあがって、通路の方へ押し寄せてくる。オリヴァーは会場の前の方にすわっている両親の身を案じた。またもやどこからともなくトマトが飛んできて、市長の顔に命中した。市長はかんかんになって、トマトを投げた男に向かっていき、だれかが止めに入るより先に平手打ちを食らわした。オリヴァーは唖然とした。そのとたん通路で殴り合いがはじまり、席が狭かったので、他の聴衆は逃げることもままならず、大混乱になった。

「市長の気は確かですか？」ピアが壁から離れた。「外にださないと。もみくちゃにされてしまいますよ」

「ここにいろ！」オリヴァーはピアを止めようとしたが、群衆に押されて離ればなれになり、あっという間にピアを見失った。怒号の中、さまざまな野菜が投げつけられ、市長は両手を上げて頭をかばった。床はすぐにどろどろになり、ネジでつないであった椅子がいっせいに倒れたかと思うと、悲鳴とともに人々が駆けだし、足をすべらせ、転倒した。

「助けて！」女の金切り声がした。「ここからだして！」

大騒ぎになった。聴衆は顔を引きつらせて出口に殺到した。椅子が投げ飛ばされ、ホールは魔女の厨《くりや》のような様相を呈した。オリヴァーは壁に押しつけられ、一瞬、息が詰まった。必死にピアを捜しながら、両親のことを心配した。冷静にその場から動かずにいるといいのだが。

「なんとかしろ！」クラウス・ファウルハーバーはテオドラキスの腕をつかんだ。「もう収拾がつかないぞ！　事故が起きる！」

「俺にどうしろっていうんだ？」テオドラキスは肩をすくめてニヤリとした。「あの馬鹿が挑発に乗ったからいけない。自業自得だ」

ホールの奥の方が騒がしくなった。百人からの群衆が外に出ようともがいたが、二枚扉の出入口は片側しか開いていなかった。

「まずいぞ」テオドラキスは愕然としていった。案内係が少なくて、どうにもならないことに気づいたのだ。彼の隣で州環境省代表が急に立ちあがったかと思うと、演壇の階段をつまずきながら駆けおりて非常口を開けた。タイセンはそのあとにつづいて闇に消えた。前の方にすわっていた聴衆はそれまでじっとしていたが、とうとう立って非常口に殺到しだした。もちろんホールの後ろのヒステリックな連中よりは落ち着いていた。

テオドラキスは金髪の女刑事を見た。市長を非常口の方へ引っ張っている。女刑事と市長よりも先に姿をくらました方がよさそうだ。事情聴取なんてごめんだ。まだやることがある。リッキーとニカはどこにも見当たらないが、きっとなんとかして外に出るだろう。とっさにファイルをつかんで逃げだした。ようやく外に出ると、上着のポケットから車のキーをだした。

「テオドラキス！」

声をかけられて振り返った。いつのまにかタイセンが立っていた。してやったりという高揚感に舞いあがっていたテオドラキスは臆することがなかった。

「時間がないんだ」頭ごなしにいってタイセンのそばをすり抜けようとした。

「時間はあるさ」タイセンはかんかんに怒っていた。こいつ、キレてる、とテオドラキスは思った。逃げようとしたが、タイセンに肩をつかまれた。

「おまえにはもううんざりだ、この糞野郎」タイセンが力任せに押した。テオドラキスはよろめいて駐車してある車にぶつかった。

「おい！」テオドラキスはうろたえた。「なにするんだ？」

「つけあがりやがって」タイセンは両手でテオドラキスの胸ぐらをつかんだ。「きさまのような負け犬に俺の会社と評判を台無しにされてたまるか！」

テオドラキスは不安を感じてさがった。タイセンの怒りを甘く見ていたのだ。

「今夜のことでは落とし前をつけてもらうからな。覚悟しておけよ！」タイセンは押し殺した声でいった。「示談したときに署名したことを忘れたようだな。きさまを告訴する！　立ち直れないほどこてんぱんにのしてやるからな！」

タイセンはなにをするかわからないような形相だった。

「脅《おど》しには屈しない！」テオドラキスはもらしてしまいそうなほどびくびくしたが、かまわずいい返した。「俺は本当のことをいっているだけだ！」

「ふざけるな」タイセンはテオドラキスの腕をつかんで背中にねじった。そのとき青色警光灯とサイレンが近づいてきた。消防車、警察車両、救急車が広い駐車場に入ってきたのだ。こううるさくては助けを呼んでもだれにも聞こえない、とテオドラキスは焦った。

「ピア！」オリヴァーは怒鳴った。しかし見えるのは知らない顔ばかりだ。死の恐怖に目をむき、口を開けている。目の前で年輩の女性が倒れた。助け起こそうとしたが、群衆に押されてしまった。だれかが彼のジャケットを引っ張り、鳩尾《みぞおち》にひじが入った。なにか柔らかいものを踏んだ。オリヴァー自身もパニックに襲われた。

落ち着けと自分にいいきかせたが、機動隊時代のかすかな記憶が脳裏をかすめた。踏みしだかれた体、死者や重傷者の姿。まだ可能だったうちにどうして外に出なかったのだろう。うかつだった！　体じゅうから汗が噴きだす。必死に息を吸った。ピアはどこだ？　両親は？　男の頭が顎にぶつかった。オリヴァーは押し寄せる人に逆らったが、流れに耐え切れず押され、床に転がった。さっきまで人の頭が見えていたのに、今は服や腕や、むきだしの肌が見えるだけになった。それから足と靴。肋骨と顔を踏まれたが、苦痛はなかった。感じたのは恐怖だ。死の恐怖が他の感情を遮断して、思いがけない力を与えた。死にたくない。こんなところではいやだ。ダッテンバッハホールの汚れた床でなんて死ねない。

四つんばいになって、オリヴァーは出口のある方へ向かった。急に息がつけた。新鮮な空気を胸いっぱいに吸い込んだ。とにかく外に出なくては！

だれかがいきなりオリヴァーの腕をつかんだ。

「フォン・ボーデンシュタイン刑事！」霧の向こうから呼びかけられたかのように、知らない女の声が意識に届いた。オリヴァーは困惑しながら顔を上げ、心配そうに見ている緑色の目と目が合った。なんとなく見覚えがあるが、どこで会ったのか思いだせない。どうして名前を知っているのだろう。

なんとか立ちあがったものの、体がふるえ、オリヴァーはその華奢《きゃしゃ》な金髪女性に支えてもらわなかったらそのまましゃがみ込んでしまうところだった。女性は彼の腕を放さず、人込みの中、まっすぐ出口に向かった。

「わ……わたしの同僚はどこだろう？」

「きっと外です」女性は答えた。「深呼吸して」

オリヴァーはいわれたとおりにした。ピア！ 彼女はどこだ。市長のところへ走っていったのを最後に、見失ったことを思いだした。あれからどのくらい時間が経っただろう。何時間も過ぎたような気がする。地面にしゃがみ込む人や、横たわる人。すすり泣いたり、顔をこわばらせ、茫然としたりしながら、よろよろとそばを通りすぎる人もいる。制服警官や救急隊員や救急医がロビーを駆けていた。道路の前には青色警光灯が光っていた。

「わたしの両親がまだ中にいる。行かなくては」オリヴァーは立ち止まって、自分の時計を見た。午後九時五分。パニックが起きてからせいぜい数分しか経っていない。オリヴァーはきびすを返してホールに入り、身をこわばらせた。目をおおわんばかりの惨状だった。壊れた椅子、ちぎれた服の切れ端、脱げた靴があたり一面に転がり、扉のすぐ横で救急医が女性の手当てをしていた。二、三メートル先にも、女性がふたりと男性がひとり倒れている。男性の服はずたずたに破れていた。オリヴァーはその先を眺めた。なんとか気を取り直し、体のふるえも収まりつつあった。ひっくり返った椅子の中にかがみ込んでいる女性がいる。ジーンズ、ブラウスだったらしい服。金色の髪が顔をおおっている。一瞬、心臓が止まった。

「大変だ。ピア！」オリヴァーは叫んで、その女性の横に膝をついた。

警察は玄関を立入禁止にしていた。だがいっこうにかまわない。別の入口を知っている。狭いが、そのおかげで見つからずにすんでいた。

フラウケは金目当ての兄弟を信用していなかった。ふたりはウィンドプロ社から声をかけられたとき、二百万ユーロをふたりで山分けするためフラウケをのけ者にしようとした。そもそも太っていることをさんざん馬鹿にされてきた。ふたりのおしゃれな邸に招待されたことはないし、子どもができても、代母になってくれと頼まれたこともない。無理もない。子どもたちにすてきな贈りものをする余裕などないし、そのためには母方の気取り屋のおばたちが適役だ。

「吠え面かかせてやる」フラウケはささやいた。

日が暮れはじめていた。あと三十分もすれば真っ暗になるだろう。フラウケには好都合だ。遠くからサイレンが聞こえる。なにかあったようだ。どうだっていい。重たいツルバラの格子垣を横にどかし、壁にどんと立てかけた。細い、錆《さ》びついたドアがあらわれた。上着のポケットから潤滑剤のスプレーをだした。鍵穴に二度しっかりスプレーをかけた。鍵はすんなり入って、まわすことができた。扉は固かった。がたがた揺すって、すさまじい音をたてて開くまで引っ張った。ほこりや錆《さび》が宙に舞った。髪についた汚れを払い、昔の納戸に入った。小さな部屋はカビ臭く、ネズミの糞のにおいがする。フラウケは照明のスイッチを手探りした。天井の裸電球に明かりがともった。キッチンに通じるドアは施錠されていなかった。外から射し込む日の光で、なんとか家の中が見えた。フラウケはほこりをかぶった木の階段を上ってまっすぐ階上に向かった。どこを捜せばいいかわかっていた。五十年にわたる習慣はそう簡単に変えられるものではない。フラウケは父親の風変わりな習性を熟知していた。

二階の小さな部屋に足を踏み入れた。彼女の体重が乗ると、床がきしんだ。そこは客室だが、この数十年、客を泊めたことなどない。フラウケは壁紙を貼った戸棚を開け、一番上の棚からむっとするにおいを放つ寝具を引っ張りだした。指がブリキの箱に触れた。それを取りだすと、また寝具を戸棚に戻して閉めた。箱の鍵は寝室にある聖母マリア像の台座に隠してある。

フラウケは一階に下りることにした。緊張して汗だらけだったが、有頂天になっていた。このことを知ったときの兄弟の顔が見たいと思った……フラウケは立ち止まった。変な音がする。さっきドアを閉めるのを忘れたことを思いだした。だれかが家に入り込んだようだ。階段の踊り場で息をひそめ、暗闇に耳をすました。そのとき不意打ちを食らった。なにか黒いものが飛びかかってきたのだ。

フラウケはびっくりして箱を落とし、足を踏み外して、体のバランスを失った。腕を振りまわしたが、結局、急な階段を転げ落ち、古い手すりを壊して、寝室のドア枠に頭をぶつけた。

ピアはあえぎながら壁に片手をついて、息を吸った。必死になって引っ張ってきた男は地面にしゃがみ込み、ひどく出血している頭の傷を押さえていた。

「大丈夫ですか？」ピアはたずねた。

「ああ、ありがとう」市長はもうろうとしていた。「なにが起きたんだ？」

「数人の若者を殴ろうとして、逆にやられてしまったんです」

市長は顔を上げてピアを見た。

「おかげで……命拾いした」声がふるえている。玄関からはまだ人があふれだしていた。懸命に息を吸っている者もいれば、よろよろと闇の中を歩く者もいる。サイレンが聞こえた。ホールの反対側に青色警光灯が見える。スーツ姿の男がふたり近づいてきた。あたりを見まわして、地面にしゃがんでいるふたりに気づいた。

「よかった、市長。そこにいたんですか！」ひとりが市長を見つけて叫んだ。

「市長をよろしく」ピアは言葉遣いから、トマトを投げた連中ではないと判断した。「医者を呼んでください」

「わかりました」若い男が答えた。ふたりは傷ついた市長を助け起こして連れていった。ピアは集会にやってきた理由がそもそもテオドラキスだったことを思いだした。突然の騒ぎですっかり失念していた。ピアは自分のいる場所を確かめた。背後に非常口がある。タイセンと州環境省代表もそこから避難した。ふたりはどこへ行ったのだろう。あたりを見まわす。市長を外に避難させたとき、テオドラキスはまだ壇上にいた。ホールの反対側にも出口があるのだろうか。すっかり暗くなり、舗装された広場をかろうじて照らしているのはホールの屋根の下の照明だけだった。ピアは携帯電話をポケットからだすと、走りながらオリヴァーの番号にかけた。応答がない。いくつものサイレンが近づいてきた。ピアは携帯電話をしまった。ホールの中のあの騒ぎでは、携帯が鳴っても聞こえないだろう。どうしてこんなことになってしまったんだろう。ピアは表玄関へ向かった。そのときふたりの男が目にとまった。駐車場の車のそばで争っているように見える。照明でメガネがきらりと光った。

テオドラキス！　あいつ、オリヴァーに事情聴取されるのを嫌って逃げる気だ。ピアは歩く速度を上げた。その瞬間、もうひとりの男がテオドラキスの腕を背中にねじ上げた。仲よく話しているようには見えない。ピアは走りながらホルスターから拳銃を抜いた。

「警察よ！」ピアは大声で叫んだ。「その男を放しなさい！」

男は声に気づいて振り向いた。そいつがだれかわかって、ピアはびっくりした。

「タイセンさん、なにをしているんですか？」ピアは鋭くいった。

「あんたには関係ない」タイセンは鋭い口調でいうと、スーツとネクタイを直した。

「このままにはしないからな」テオドラキスに捨てゼリフを残すと、タイセンは駐車している車のあいだをぬって姿を消した。

テオドラキスは四つんばいになっていた。鼻血が出て、顎を伝って滴《したた》っている。ピアは拳銃をしまった。

「逃げるつもりだったの？」ピアがたずねた。

「まさか」テオドラキスは地面を手探りした。「あいつ、俺を殺そうとした！　あの暴力男を訴えてやる」

テオドラキスはメガネを見つけてかけなおすと、ため息をつきながら立ちあがった。痛みに顔を引きつらせ、車のトランクに寄りかかって鼻に触った。

「鼻の骨が折れてる。あいつが暴力をふるった証人になってくれ！」

「だれがだれを殴ったか、はっきりとは見えなかったわ。あれだけひどいことをいわれたら、腹にすえかねるのも当然ね」

「本当のことをいったまでだ」テオドラキスは大げさに答えた。「しかしこの国じゃ、それが危険なことなんだな」手の甲を鼻の下に当て、手についた血を見つめた。

ピアはこの状況をうまく使うことにした。ショック状態の人間はとっさに嘘をつけるものではない。

「改竄されたという調査書はどうやって手に入れたの？」ピアはたずねた。

「〝されたという〟ってどういうことだ？」テオドラキスはいきり立った。ショックを受けた様子など微塵もなかった。「俺には手づるがあるんだ。ウィンドプロ社にも仲間がいる」


ぼさぼさの金髪を払うとき、手がふるえた。鍛冶屋のハンマーのような激しさで心臓が鼓動を打った。ピアではなかった！　オリヴァーは若い女性の首に手を当てて脈を診《み》るなり振り返った。「こっちへ来てくれ！」オリヴァーは、椅子のあいだに横たわる怪我人を探している救急隊員をふたり呼んだ。「意識がない！」

オリヴァーは立ちあがると、ふたりが近寄れるように一歩さがった。左右を見渡す。いまだにすわり込んでいる人や立っている人がいる。茫然とし、絶句し、愕然としている。オリヴァーは転がっている椅子をかきわけた。今夜の体験は決して忘れないだろう。これまで何度も危険な目にあってきたが、命の危険を感じたのははじめてだ。ストレスや危険な状況には慣れているつもりだったが、さっきはすっかり気が動転してしまった。なにがなんでも生き延びたいという強烈な本能が働いた。

「オリヴァー！」

母親の声に気づいて、オリヴァーは振り返った。母親は蒼い顔をしているが、気はしっかり持っていた。オリヴァーはほっとして母親を抱いた。両親はホールの前から三分の一くらいのところにすわっていた。パニックが起きたとき、ふたりは賢いことにその場から動かなかった。そのとき、父親がいないことに気づいた。

「父さんは？」オリヴァーはたずねた。

「仲間の様子を見にいったわ」そう答えて、母親は奇妙な目つきをしたが、オリヴァーはその意味に気づかなかった。

「クヴェンティンを呼んで、迎えにきてもらう」

「いいのよ」母親は彼の腕に手を置いた。「わたしたちは平気だから、自分の仕事をしなさい」

「いいや、待った。ここにいちゃいけない」オリヴァーは答えた。

「そんなことはないわ」母親は頑固にいった。「手伝えるわよ」

オリヴァーは肩をすくめた。いい争っても無意味なことはわかっていた。それに母親はホスピスでボランティアをしていて、悲惨な状況には慣れている。強い女性だ。自分のすべきことがわかっている。だから母親をロビーに連れていく必要性は感じなかった。

非常口から出ると、オリヴァーは目を閉じて深呼吸した。心地よい風が、火照った皮膚を冷ましてくれた。そこでも人々がたたずみ、ひそひそ話していた。女性がひとり、放心してタバコを吸っている。顔は涙で濡れていた。オリヴァーは当てもなく人をかきわけた。立ち止まるな。なにも考えるな。ホールの前はひどいことになっていた。闇の中、青色警光灯が灯台のように光っていた。そのとき、自分のあとについてくる女性に気づいた。

「同僚の方はホールにいました？」女がたずねた。「いませんでした」

「いいや」オリヴァーは首を横に振った。

ふたりは顔を見合わせた。女性は目鼻立ちの整った蒼白い顔をしている。美しいというより、魅力のある顔だ。ポニーテールにしていた明るい色の髪はほどけ、光輪のように顔を包んでいる。少しインカ・ハンゼンに似ている。それから、どうして見覚えがあるのか思いだした。ボーデンシュタイン家に来たことがある。父親を家まで送ってきた。オリヴァーはそのとき驚いたが、母親は知り合いだといった。

「最近うちに来ましたね？」オリヴァーはたずねた。「名前はニコレでしたっけ？」

「ニカです」彼女は微笑んだ。闇の中、彼女の歯が光った。それからまた真面目な表情になった。「さあ。ちょっとあそこにすわってください」

オリヴァーは大きなコンクリート製プランターのところに連れていかれ、おとなしく腰を下ろした。ニカは隣にすわった。

ふたりは黙って目の前の地面を見た。彼女が側にいることに戸惑いつつも、心地がよかった。オリヴァーは彼女の温もりと穏やかさを感じて、気持ちが落ち着いた。

「助かりました」オリヴァーはしわがれた声でいった。「本当にありがとう」

「どういたしまして」

ニカが急に顔を向けて、探るような目で見た。オリヴァーは顔が火照った。

「友だちを捜さないと」ニカは小声でいった。「もう大丈夫ですか?」

「ああ、大丈夫です」オリヴァーは手を差しだした。だが彼女は握手をせず、立ちあがった。

「じゃあ」

オリヴァーは彼女の方を見た。その瞬間、ヘッドライトに照らされて、消えたように見えた。そのときピアが非常口から出てきてあたりを見まわし、オリヴァーに気づくと、足早にやってきた。彼女の白いブラウスに黒いシミがついている。ジーンズもだ。オリヴァーは立ちあがって、飛びついてくるピアを抱きとめた。彼女が無事だったので本当にうれしかった。ピアはオリヴァーをしげしげと見て、首をかしげた。

「なんて恰好?」

オリヴァーは自分を見下ろした。シャツがズボンからはみだし、ジャケットの袖が破けている。靴が片方脱げていることにも気づいていなかった。オリヴァーはやっと現実に戻った。

「わ……わたしは巻き込まれてしまった」と力なくいった。「きみは？　どこにいたんだ？　突然見失ってしまって」

「市長をホールから連れだしたんです。市長はずたずたにされるところでした。それからテオドラキスを確保しました。逃げようとして、タイセンに殴られたんです。なんとか途中で止めましたけど」

「今どこにいる？」

「人員輸送車の中です」

靴が片方脱げていることに気づくと、急に石畳の冷たさを薄い靴下を通して感じるようになった。アドレナリン濃度が下がって、凍《こご》えだした。突然、激しい疲労感を覚え、コンクリート製プランターの縁にまたすわり込んだ。

ピアがオリヴァーの腕に触れた。「服をなんとかして、署に戻りましょう」

「なんでこんなことになったんだ？」オリヴァーは両手で顔をぬぐった。力が抜けてしまい、体じゅうが痛かった。丸一日、なにも食べず、恐ろしい目にあい、ピアのことが心配で気が気ではなかった。ピアはバッグからタバコをだして差しだした。

「吸いますか？」

「ああ、ありがとう」

ピアが火をつけた。オリヴァーはタバコを何度か吸った。

「署の近くのファストフードはまだやっているかな？」オリヴァーは唐突にたずねた。「ドネルケバブを食べたい。フライドポテトはマヨネーズとケチャップ付きだ」

ピアがオリヴァーを見つめた。

「よほどショックだったんですね」

「群衆に踏みつけられた」そういって、オリヴァーはタバコを吸った。「これで一巻の終わり、死ぬかと思ったよ。そのときなにを考えたと思う?」

「あとで聞きます」ピアは、なにか気恥ずかしい告白をされると思ったようだ。オリヴァーは笑いだした。まったくむちゃくちゃだった! 九死に一生を得た。靴をなくし、服を破かれたというのに、食欲を感じるなんて! オリヴァーは腹を抱えて笑った。

「じ……じつは……わたしの葬儀で司祭がなんていうだろうと考えたんだ。オリヴァー・フォン・ボーデンシュタインはダッテンバッハホールで天に召された。トマトと卵の中で!」

オリヴァーは両手で顔をおおった。笑いが止まらなかった。泣きたいくらいなのに。


ハインリヒ・フォン・ボーデンシュタイン伯爵は途方に暮れていた。船長が逃げだした沈没寸前の船にでも乗っているような気分だった。すべて台無しだ。どんな悪夢でもこれほどひどくはないだろう。ルートヴィヒのいったとおり、テオドラキスを演壇に上げるべきではなかった! あいつの挑発で、ただでさえ険悪だったホールの雰囲気がさらに悪化し、大混乱を引き起こした。そしてあいつは姿をくらましてしまった! 息子と市民運動の同志たちを探すうちに、伯爵は消防車と技術救援隊の車両が放つまばゆいヘッドライトの光の中に迷い込んだ。警光灯をつけた救急車とパトカーがいたるところに止まっている。

若者たちはテオドラキスの差し金で騒いだり、トマトを投げたりしたのだろうか。そうとも思えないが、認められたいというテオドラキスの欲求は極端すぎて危険だ、とルートヴィヒがいっていたのを思いだす。

伯爵は角を曲がった。ホール前の広場を見て目を疑った。規制線の向こうに物見高い野次馬と報道関係者が群がっている。

伯爵はロビーに入ったが、だれにも咎《とが》められなかった。署名集めに使った机の横に赤十字の毛布がかけてあり、人の形にふくらんでいた。狩猟仲間でもある消防団長が顔を真っ青にしてやってきた。

「見ない方がいい、ハインリヒ」

「だ……だれなんだ？」伯爵はたずねた。

「マルガだ。転倒したのだろう。後ろから来た人たちが……そのまま彼女の上を……」

消防団長は途中で言葉を詰まらせ、首を横に振って、涙を流すまいと必死に堪えた。犠牲者を個人的に知っているのはきついことだ。

「なんてことだ」伯爵はささやいた。このときはじめて事件の重大さに愕然とした。一日にこれほどの死と苦痛を味わうことになるとは。伯爵は消防団長の肩を叩いてから、負傷者と救急隊員の中にわけ入った。友人や家族を捜す人の姿があった。蒼白い顔、血に染まった顔。服も汚れ、破れている。救急隊員が怪我をした女性を外に運びだそうとしていた。知り合いだった。

「ケルスティン！」伯爵は叫んだ。彼女の腕には点滴が打ってある。救急隊員が高くかかげもつバッグから静脈に生理食塩液が投与されていた。ケルスティンは伯爵に気づくと顔を上げ、手を伸ばした。

「リッキーが」ケルスティンがかすれた声でささやいた。手が氷のように冷たかった。「リ……リッキーが……なにもかも……」

「すみません」救急隊員が口をはさんだ。「話はあとにしてください。病院に搬送します」

伯爵は脇に追いやられ、ケルスティンの手を放した。リッキーがどうしたというんだ。他のみんなはどこだ。ルートヴィヒはもうこの世にいない。仲間や友人の面倒を見るのは伯爵の役目だ。だれかに会うたびリッキーとヤニスのことをたずねたが、だれもふたりを見ていなかった。ロビーにほとんど全員が集まってきた。ケルスティン以外の仲間が無傷だったので、伯爵はほっと安堵した。みんな、伯爵と同じように前の方の席に陣取っていたのだ。だれひとり、ろくに口がきけなかった。市民運動が勝利を収めるはずだったのに、悲劇で幕を下ろした。

「リッキーはどこだ？」伯爵はたずねた。「テオドラキスは？」

「騒ぎが起きたとき、リッキーは市民運動のブースにいた」市民運動の支持者である案内係のひとりがいった。「だがそれっきり姿が見えない」

ピアの携帯に着信があって、画面が明るくなった。クリストフだ！

「ラジオで聞いた。エールハルテンは大変なことになっているそうだな！」クリストフが叫んだ。「なんで電話に出なかったんだ?」

「それどころじゃなかったのよ。さっき電話をしたんだけど……」

「心配したんだぞ」クリストフがピアの言葉をさえぎった。「我慢にもほどがある! きみは約束を破ってばかりだ!」

彼のきつい言葉にピアは一瞬、言葉を失った。こんな言い方をされるのははじめてだ! バカンスに出かけたのが嘘のようだ。のんびりしたすてきな数週間を過ごしたのに。

「七時に来るといったじゃないか」クリストフはピアを非難した。「七時半まで待ってあきらめた。家に帰ってもいなかった。そしてラジオでニュースを聞いた。どうなっているんだ?」

ピアもかっとなった。

「いっしょに食事に行きたかったわよ。だけど、ひとり勝手に持ち場を離れるわけにいかないでしょう。市長を魔女の厨から救いだしたところよ。さもなかったら、市長は死んでいたかもしれない」

クリストフはなにを考えているんだろう。楽しくてやっているとでも思っているんだろうか。人が死にそうな目にあっているときに、携帯電話に出られるものか。しかしクリストフはまったく理解を示さなかった。

「いつ帰れる?」クリストフは冷ややかにたずねた。ピアは腹にすえかねた。

「こっちがすんだら帰るわ」そう叫んで、通話を終わらせた。なんてこと! 喧嘩なんてしたくないのに。急に自分の仕事とテオドラキスのような人間がうらめしくなった。こいつらのせいで家に帰れないのだ。

「どうした？」オリヴァーがそばにやってきた。

「クリストフがかんかんなの。電話をかけ忘れたものだから」ピアは苛立ちを隠さなかった。

ボスは横からピアを見た。

「帰ってもいいんだぞ。取り調べはアルトゥナイとやる」

「ケムとカトリーンは十分前に先に帰ったわ。気にしないで。さあ、テオドラキスの取り調べをしましょう。帰りが一時間早かろうと、遅かろうと、いまさら関係ないわ」


ヤニス・テオドラキスは警察の人員輸送車に乗っていた。痛めつけられた鼻がじゃがいも大に腫れ上がっていた。彼の横にパートナーがいて、すすり泣いていたが、テオドラキスはパートナーに慰めの言葉をかけようとしなかった。

オリヴァーとピアは向かい合わせのシートに体を押し込むようにすわった。ピアは手帳とボールペンをリュックサックからだして時計を見た。午後十一時四十五分。

「名前と現住所を教えてください」ピアはテオドラキスにたずねた。「それと、いつどこで生まれたか？」

「イオアニス・スタヴロス・テオドラキス。一九六六年五月十二日、グロース＝ゲーラウ生まれ。現住所はシュナイトハインのアイヒェン通り二六番地」

ピアはあとで報告書に書くためにメモした。

「あなたは？　名前は？　生年月日と住所も」

「だれのこと？　あたし？」テオドラキスのパートナーが自分を指差した。

「ええ、もちろん。他にいますか？」きつい一日にクリストフとのひと悶着が相俟って、ピアはめずらしく機嫌が悪かった。天井のまばゆい光の中だと、パートナーは午後、ペットショップで会ったときほど若くは見えなかった。四十代はじめ、いや、もっと上かもしれない。首まわりのしわ、上唇の上の深いしわ、張りをなくした褐色の肌。極端な日光浴をした代償だ。

「フリーデリケ・フランツェンよ」女はささやいた。「住所はシュナイトハインのアイヒェン通り二六番地。一九六七年八月十一日生まれ」

「もう少し大きな声でいってください」ピアがいらいらしていった。「一九五七年？」

「六七年よ」フランツェンはマスカラが涙でにじんだ目でピアをにらみ、鼻をつんと上に向けた。

「さて、手短にしましょう、テオドラキスさん」オリヴァーがはじめた。「もう夜も遅い。家に帰りたい。五月八日から九日にかけての夜中、あなたがウィンドプロ社に侵入したと見ています」

「なんだって？」テオドラキスは面食らった。蒼い顔をしていたが、目つきが変わった。

「まだ鍵を持っているでしょう」

「だからなんだい？　ウィンドプロ社になんて用はない」

「申し訳ない。質問しているのはわたしです」オリヴァーはいった。「五月九日の午前一時から四時のあいだ、どこにいましたか？　それから昨日の夜、エールハルテンの〈クローネ〉を出たあと、どこに行きましたか？」

「なんでそんなことを訊くんだ？」テオドラキスは聞き返した。

「質問に答えてください。簡潔で正確に答えてもらえれば充分。どうぞ」

　テオドラキスはためらった。

「俺は昨日、おやじとおふくろを訪ねていた」

　フランツェンが驚いてテオドラキスを見た。オリヴァーもピアも見逃さなかった。テオドラキスはパートナーにも隠しごとをしているようだ。おもしろい。

「そうですか。それはまたなぜ？」

「おやじはアルツハイマー症候群とパーキンソン病だ。数日前、薬を変えたばかりで、それがよくなかったんだ。昨日の夜、おふくろを敵兵だと思い込んで、襲いかかった。おふくろが、手に負えないと電話をかけてきた」

「なんで教えてくれなかったの？」フランツェンはむっとしてたずねた。

「俺の両親には一度も興味を持ったことがないじゃないか」テオドラキスはパートナーを見ずにいった。「午後十一時頃、ビュッテルボルンに着いた。おやじは地下にすわり込んでいた。血を流して、小さなガキのように怯《おび》えて泣いていた。ひどいもんだった。おふくろも泣いていた。俺にも手に負えないと思って救急医を呼んだ。救急医は三十分後に来て、おやじをリートシュタットの精神科病院に搬送した。俺はおふくろといっしょにその病院へ行って、医者と話をした。それからおふくろを家に送りとどけて、午前三時半頃、家に帰った」

出任せとも思えなかった。それに救急医と病院に問い合わせればすぐはっきりする。

「金曜日から土曜日にかけての夜は？」フランツェンがいったが、テオドラキスはすぐには答えなかった。「ひと晩じゅう！」

「彼は家にいたわ」

「それは違うな」テオドラキスはため息をつき、片手で褐色の巻き毛をかき上げた。「そのときも、おふくろのところにいた。おふくろは今、食堂をひとりで切り盛りしていてね。あの夜は、手伝いがふたり休んでしまったんだ。おふくろは厨房に立たなくちゃならないんで、俺がカウンターに立って注文を聞き、給仕した。おやじがなにもできなくなってからよく手伝っている」

ピアはフランツェンをじっと見つめた。彼女はそのことも知らなかったようだ。しかしテオドラキスにアリバイを与える必要があると思ったらしい。なぜだろう？

「ビュッテルボルンに向かったのは何時ですか？　それから帰ったのは何時ですか？」オリヴァーがたずねた。

「食堂に着いたのは午後八時半で、午前三時頃、帰宅した」

「あなたは？」ピアはフランツェンの方を向いた。

「だれ？　あたし？　どうして？」フランツェンは面食らった。

「一晩じゅうパートナーが家にいたといったでしょう。もしかしたら、あなたも出かけていて、テオドラキスさんが午前三時に帰宅したことを知らなかったのではないかと思いまして」

「早くベッドに入ったのよ。疲れていたので」フランツェンは答えた。「ちょっとのあいだテレビを見たわ。目が覚めたら、ヤニスはベッドに寝ていた」

「テレビではなにを観ましたか？」

フランツェンは親指の爪で下唇に触れた。ダークレッドのマニキュアは、節だらけの手には似合わなかった。

「古い番組の再放送。たしか『事件現場』だったと思うわ。ときどきザッピングしたけど」

オリヴァーとピアは顔を見合わせた。

「いいでしょう」オリヴァーはニコニコしながらいった。「ありがとうございます。ひとまずこのくらいにしましょう。明日、ホーフハイム刑事警察署に寄っていただけますか。おふたりの供述記録を確認していただきたいので」

オリヴァーはふたりに名刺を渡した。テオドラキスとフランツェンは驚き、それからほっとした。なにを恐れているのだろう？　そして、なぜ？

ピアは自分の持ちものを手に取って立ちあがり、ふたりを外にだすため、人員輸送車のスライドドアを開けた。

「そうだ、テオドラキスさん、さっきの駐車場の件ですが。タイセンさんのことを訴えますか？　警察であなたを保護しますが」

テオドラキスはピアにいわれたことを考えたようだ。パートナーがけげんな顔をしたが無視した。どうやら鼻骨をタイセンに折られたことも黙っているつもりらしい。

「いいや」テオドラキスは手を横に振った。「その必要はない」

「お好きにどうぞ」ピアは肩をすくめた。「念のためにいったまでです」

「ありがとう。さっきもいったように必要ない」

ふたりは人員輸送車から降りた。ピアはふたりを見送った。ふたりは抱き合うことも、慰め合うこともなかった。触れ合うことなく並んで歩いていく。オリヴァーがピアの横に立った。

「少し横柄な奴だな」

「とんでもなく横柄ですよ。あのふたり、変な組み合わせですね」ピアは首を横に振った。

「女の方がパートナーのことをなにも知らないなんて」

「たしかに親のことをなにも話していないなんてな」オリヴァーは人員輸送車のドアを閉めた。

「明日、あいつのアリバイを確認する。たぶん間違いないだろう」

「つまり振りだしに戻ったということですね」ピアはため息をついた。「残念です。あいつがあやしいと思ったんですけど」


ヴァラウにあるマクドナルドのドライブスルーから刑事警察署までの移動中に、オリヴァーはチキンナゲットを十二個とビッグマック二個、フライドチキンの大を平らげ、コーラの大を飲んだ。今度は胸焼けがして、自己嫌悪を覚えた。指が油でべとべとになったが、少なくとも頭は冴えた。

「トマトと卵を投げなければ、あそこまでエスカレートしなかったはずです」運転中ほとんど口をきかなかったピアがいった。「さっきの騒ぎ、仕組まれていたような気がしますね」

ピアはウィンカーをだして、刑事警察署の駐車場に曲がった。

「だれが仕組んだっていうんだ？」オリヴァーはゴミを紙袋に詰めた。

「最初はテオドラキスかなと思ったんですけど、彼にはなんの得にもならないですよね」

「市長がホールから立ち去ろうとしたときにはじまった」

「いいえ。その前でした」ピアは自分の四輪駆動車の横に車を止めた。「テオドラキスが市長とタイセンを金の亡者とののしった直後です」

ピアはオリヴァーを見た。

「たぶんちょっと混乱させたかっただけでしょう。あんなことになると思わなかったはずです」

「それ以上はいうな」オリヴァーは歯が痛くなったかのように顔をしかめた。「そのことを考えまいとしていた」

「一万カロリーも摂取したのにですか？」ピアはニヤリとした。

「明日からまたダイエットする」

ピアはまだ車から降りようとしなかった。

「カオスになった方が都合がいいのはだれでしょうね？」ピアは声にだして考えた。「市民運動側ではないです」

「タイセンか。署名名簿がなくなったらしいが、それもあいつの仕業か。あれがなければ、行政区長官を動かせないからな」

「コピーくらい取っているでしょう」

「取っていなかったらしい」

ピアは上着の内ポケットからタバコをだし、火をつけて窓を少し下ろした。

「これは警察車両だぞ」オリヴァーが注意した。

「いいじゃないですか。明日、芳香剤を買ってきますよ」ピアがタバコの箱を差しだすと、オリヴァーも一本取った。ふたりはしばらく黙ってタバコを吸った。

「ホールには三百人からの人がいた」オリヴァーが状況を整理した。「そのうちのだれかはわからない。ウィンドパーク建設反対派だけではなかったはずだ。しかしあれがタイセンの狙いだったのなら、トマトを投げるようだれかに依頼したはずだ。そうだとしたら罰を受けることになる」

「なんだかわけがわからなくなりました」ピアはそう白状してあくびをかみ殺すと、ドアを開けた。「さあ、家に帰りましょう」

オリヴァーはうなずくと、車を降りてまわり込んだ。

「そういえば、プランターのところにいっしょにすわっていた女性はだれだったのですか？」

ピアが立ち止まってボスを見た。オリヴァーはためらった。ピアに見られていたとは驚きだった。

「なんでそんなことを訊くんだ？」オリヴァーは時間を稼ぐためにたずねた。

「ケムとわたしにはテオドラキスのところの家事手伝いだといっていました。ボスの知人とは思いませんでした」

「テオドラキスのところの家事手伝い？」オリヴァーは面食らって聞き返した。「うちの両親の知り合いだ。市民運動にも参加している。突然、出会ったんだ……四つんばいでホールから出たときに。だれだっていいじゃないか」

ピアは吸い殻を落として踏み消した。

「そっちから攻めるのもいいかもしれませんね」

「どういう意味だ？」

「あの人に協力してもらってテオドラキスとフランツェンについて聞きだすんですよ」

ニカに事情聴取することに、オリヴァーは抵抗があった。

「それはどうかな」オリヴァーは言葉を濁した。「それよりきみの動物園長をなだめた方がいい。人間関係で問題を抱えた仲間はこれ以上欲しくない」

熱いシャワーがオリヴァーの顔、肩から血腫《けっしゅ》や打撲傷だらけの体全体を流れ落ちた。頭のてっぺんからつま先まで二度も石鹼で洗ったが、それでもまだ汚れているような気がした。グロスマンとヒルトライターが同一犯人に殺されたという確信が揺らいでいた。グロスマンの場合は絶命した結果、傷を負ったことがわかっている。侵入者が彼を階段から突き落としたというのは今のところ推測の域を出ない。他方、ヒルトライターの場合は明らかに処刑だ。息子たちには強い動機がある。タイセンも同じだ。それにヒルトライターのことをさまざまな理由から心底憎んでいる人が多い。

ヒルトライターの司法解剖は明日の午前八時におこなわれる。そうすれば、なにかわかるだろう。オリヴァーはため息をついて、生温《なまぬる》くなったシャワーの蛇口を閉めた。狭いシャワールームから出た。ケルクハイムの家の床暖房つきの大きな浴室がなつかしいが、そのことを考えまいとした。ここはなにもかも狭くて小さい。天井が低く、ドア枠によく頭をぶつける。古い暖房は絶えず効かなくなる。オリヴァーはぶるぶるふるえながら濡れた体を拭いた。

ホーフハイムから帰宅する途中、体験したことをコージマに電話で話したいという欲求を感じなかった。代わりに脳裏に浮かんだのはニカのことだった。あいにく彼女の電話番号を知らない。さもなかったらさっきの礼をいうため、電話をかけていただろう。

オリヴァーは急いでトランクスと寝間着のズボンをはき、Tシャツを着て、浴室から出た。しかし気が高ぶって眠れず、リビングへ行ってテレビをつけた。

前日に放送されたソープオペラの再放送、トークショウ、料理番組、そしてまた料理番組。つまらないものばかりだ。最低だ。オリヴァーは自分がスウェーデンの推理小説に登場する刑事の戯画のような気がしてきた。老いぼれて鬱《うつ》になった孤独な人生。妻に逃げられ、冷蔵庫は空っぽ。人生に意味が見いだせない。この世にはひとりでも平気な人間がいる。しかしオリヴァーはそういう人間ではない。居場所を、日中の体験を分かち合えるだれかを必要としている。

日が落ちてからだれとも話さず、ひとりぼっちでいると頭がおかしくなりそうだ。

突然、玄関をノックする音がした。こんな夜中にだれだろう。もう午前一時十五分だ。まさかと思ってドキッとした。ニカだったりして。彼女は住んでいるところを知っている。オリヴァーは息んで腰を上げると、グレーのクロックスをはいて玄関に行き、ドアを開けた。

「父さん」オリヴァーは驚くと同時にがっかりした。「どうしたの？」

「どうもしないさ。年甲斐もなく眠れなくてな」父親はそっけなく答えた。「明かりが見えたから、おまえも眠れないのではないかと思ったんだ」

父親は背中に隠していた瓶をだした。

「ワイン蔵から持ってきた。シャトー・フィジャックの一九九〇年物だ。年老いた父親に付き合う気はないかな」表情はしっかりしていたが、声に元気がない。「一九九一年、ルートヴィヒといっしょにフィジャックで猟に招待されたときに二箱買ったものだ。最後の一本だ。おまえと飲みたいと思ってな」

「それはいいね」そういって、オリヴァーは父親を家に入れた。いろいろ意見交換するのは悪くないかもしれない。キッチンからワイングラスを二客とコルク抜きを取ってきて、父親のあとからリビングに入り、瓶を受け取った。コルクをポンと抜いた。オリヴァーはにおいをかいだ。完璧だ。ダークレッドのワインをグラスに注いで、一客を父親に差しだした。

「ありがとう、オリヴァー」父親がかすれた声でいった。「おまえはいい奴だ。さっきはひどい口の利き方をして悪かったな」

「いいさ」オリヴァーは困惑してささやいた。「こっちも悪かった。ルートヴィヒに献杯だ」

「ああ」父親は頬をゆるめてグラスを上げた。目があやしく光っていた。「ルートヴィヒに献杯。そしておまえが犯人を見つけられることを祈って」

ふたりはワインを酌み交わし、クッションのへたったソファにしばらく黙ってすわっていた。父親がふいになにか思いだしたように、上着の内ポケットから封筒をだした。

「それは?」オリヴァーはたずねた。

「二、三週間前、ルートヴィヒからもらったものだ」そう答えて、父親は悲しげに微笑んだ。「あいつが先に逝ったら、この封筒を公証人に渡せといわれた。おかしいだろう。なんだかこうなることを予感していたみたいだ」


テオドラキスは眠れなかった。エールハルテンから帰る途中、リッキーと口論になった。リッキーはさんざん文句をいって、泣き叫んだ。家に帰ると、すぐ鎮痛剤と睡眠薬をのみ、今はリビングのカウチで冬眠中のモルモットのようにすやすや眠っている。さっきはなんであんな嘘をついたんだろう。アリバイは確実だ。母親なら百パーセント任せておける。それにうまく信用させた。最初に戸惑ってみせ、それから正直にいう。警察はこれでいつも信じる。リッキーがあんなおかしなことをいいださなければ完璧だった! あいつはすぐ口をだすから始末に悪い。あの女刑事は疑いを抱いてしまった。

テオドラキスは階段を上って書斎に入った。留守番電話が点滅していたが無視した。あの女刑事があらわれなければ、タイセンにもっとこっぴどく殴られていただろう。奴は完全にキレていた。あの騒ぎに乗じて署名名簿を盗んだのも、奴の手下かもしれない。あれにはまいった。二万人以上の署名。何ヶ月もかけてやっと集めたものが、一瞬にして消えてしまうとは！　行政区長官との面会は明日の予定だが、キャンセルするほかない。

テオドラキスはため息をついてデスクチェアにすわり、そっと鼻に触れた。ものすごい激痛が走った。そのとき、コンピュータのキーボードに貼ってあるピンク色のポストイットが目にとまった。テオドラキスはそこに書いてあることを読んだ。信じられず二度、三度と読み直した。口が乾き、心臓が高鳴った。どういうつもりだろう。テオドラキスはポストイットをくしゃくしゃに丸めて、ジーンズのポケットに入れた。

急いで立ちあがると、テオドラキスは明かりを消し、忍び足で階段を下りた。二匹の犬は籠の中で身じろぎもせず眠っている。リッキーはリビングで口を開けていびきをかいている。テオドラキスは地下へ通じる扉を開けた。蝶番《ちょうつがい》がきしんだので、息をのんだ。ニカの部屋の前でわずかにためらった。ドアが少し開いている。深呼吸して中に入った。街灯の光が部屋に射し込んでいた。ニカはベッドに横になっていた。

ニカが彼を見つめた。ほどいた髪が肩にかかっている。

「メ……メッセージを見た」テオドラキスはかすれた声でささやいた。車が家の前を走り抜け、ヘッドライトの光が窓をかすめた。数秒が経った。ニカは横たわったままなにもいわなかった。

「なにがしたいんだ……」いきなり毛布を払ったニカを見て、テオドラキスはその先がいえなかった。ニカは裸だった。彼は心臓が破裂するかと思った。わけがわからない。どういうつもりだ。

「話がしたいんじゃないの」ニカは小声でいった。「あなたが欲しいの」

二〇〇八年五月　ドーヴィル

ノルマンディのリゾート地ドーヴィルのカジノで開催された五日間にわたる気候変動会議も、余すところあと二日となった。午後の講演は喝采を浴びた。これから教授と夕食をとり、いっしょに夜を過ごせる。話すことが山ほどある。彼女は興奮していた。

食事のあと、教授は彼女の両手を取って、海のような青い目でじっと見つめた。ここで結婚を申し込まれるのかもと彼女は思った。待ちに待ったプロポーズ。人知れず交際をつづけること十年。もう充分だろう。それにポツダムの家はすぐにも入居できる。

「きみは最高の同僚だ、アンナ。わかっているだろう」教授はいった。彼女は教授の口元に期待のまなざしを向けた。「きみがいなければ、わたしは今の地位にいなかっただろう。本当に感謝している。だからきみに最初に知ってもらいたいと思う」

教授は深呼吸した。教授の親指が彼女の両手をやさしくなでた。

「九月はじめにベッティーナと結婚する」

その言葉に彼女は打ちのめされた。わけがわからず、彼を見つめた。ベッティーナ？　なんの取り柄もない女じゃない。去年、彼女がシュヴァルツヴァルトから研究所を訪ねてきたときはとくになんとも思わなかった。ベッティーナは教授の人生となんの関わりもない。ベルリンに住んでもいない！

わたしはどうなるの、と彼女はたずねたかったが、なにもいえなかった。

怒ってもよさそうなのに、おぞましい屈辱を覚え、思い違いに気づいて、数秒間、胸が苦しかった。足元の地面に穴があいたような感じだ。その穴に落下する。ハイリガー湖の畔に建つ白亜の邸を見つけたのは彼女だ。改装を主導したのも。建築家や職人との打ち合わせにも長い時間を費やした。教授といっしょに暮らせると思ったからだ。それなのに、教授は別の女と結婚するという！

長年、相手は自分しかいないと思っていた。勝手に熱を上げて、そう思い込んでいたのだ。教授にとって、彼女はただの同僚。厩舎に囲った一番いい馬。熱心に働き、研究所の金庫に大金をもたらし、ついでに教授個人の懐《ふところ》も暖めてくれる存在。いっしょに連れ歩き、気が向いたらセックスもする便利な愛人。

突然、耐えられなくなった。言い訳をして、レストランから出た。ここにはいられない。こんなところにいたくない！　なにも聞こえないし、目に入らない。あまりに苦しくてホテルから飛びだした。走ってくる車に身を投げようとしたとき、だれかが立ちふさがった。彼女はその人の腕に抱きとめられた。

「放して！」彼女はささやいたが、男は放さなかった。彼女はそれがシアラン・オサリヴァンだと気づいた。教授に厳しい批判を加えているジャーナリストだ。だから話をしたことはないが、さまざまな会議で姿を見かけていた。数ヶ月前には名刺を渡された。彼女はすぐ破り捨てたが、オサリヴァンのいうとおりだったのだ。

二〇〇九年五月十四日（木曜日）

「わかりました。ありがとう」ピアはメモ帳に電話番号を書きとめた。「助かりました」

ピアは受話器を置いてメモを見つめた。テオドラキスの父親は火曜から水曜にかけての夜、たしかにリートシュタットの精神科病院に搬送されていた。それでも、確かな証拠が必要だ。無理をいって、当直医から搬入された正確な時間を聞きだした。水曜日の未明二時十五分。〈クローネ〉の主人の証言によると、テオドラキスはヒルトライターと喧嘩をしたあと午後九時少し前に出ていき、ヒルトライターとボスの父親は午後十時半頃まで店にいた。駐車場で知らない男がヒルトライターを待ち受けていた。ブラードル上級巡査の親戚の目撃証言によれば、フラウケ・ヒルトライターが鴉農場《ラーベンホーフ》を訪ねている。フラウケはどのくらいの時間、そこにいたのだろう。

ピアは考えながら頭をかいた。農場でなにがあったのだろう。喧嘩のあと、テオドラキスは鴉農場《ラーベンホーフ》へ車を走らせ、ヒルトライターを待ち伏せしたのだろうか。テオドラキスはそこでフラウケと出会い、ふたりしてコニャックを飲んだのだろうか。それともフラウケはすでに帰っていて、テオドラキスとヒルトライターでコニャックを飲み、そのあとまた喧嘩になったのだろうか。テオドラキスは頭に血が上って銃器保管庫を開けさせ、銃と拳銃を奪って、ヒルトライターを草むらに連れていき、撃ち殺したのだろうか。それからでもビュッテルボルンには充分行ける。ふうむ。エールハルテンからビュッテルボルンまで車でどのくらいかかるだろう。

ピアはあれこれ考えてから、グーグルマップをだし、ふたつの地名をルート検索に入力した。高速道路三号線を通るコースの予定所要時間は三十九分。だめだ。間に合わない。これではテオドラキスの捜索令状を取れそうにない。次に金曜日の夜のアリバイについて調べることにした。

「どうだい？」カイが入ってきて、ピアのデスクの横の椅子にすわった。「なんとかなっているか？」

「だめ。テオドラキスが出頭したら、指紋と唾液を採取する。なにかわかった？」

「銀行に問い合わせたところ、ヒルトライターの兄弟はふたりとも破産寸前だ。担当の裁判所執行官と電話で話をした。マティアス・ヒルトライターはあと数日で強制執行される可能性があるそうだ。兄の方も溺《おぼ》れる寸前らしい」

「これ以上の動機はないわね」

「まあな。ふたりのアリバイも取り調べで揺らいでいる」

今朝はみんなで仕事を分担した。ピアはテオドラキスのところ、カイはヒルトライター家の三人のところ、カトリーンとケムは法医学研究所に向かった。ピアはヘニングの顔を見たくなかったし、解剖室でまた気分が悪くなるのを恐れたからだ。オリヴァーがドアから顔を覗かせた。

「おはよう。ちょっとわたしの部屋に来てくれ、ピア」

ピアはうなずいて立ちあがった。オリヴァーは今朝七時頃にショートメッセージで、出勤が遅れるといってきた。昨日あれだけの目にあったのだから、欠勤しても理解できた。エールハルテンでの集団パニックはラジオやテレビでさかんに報道され、死者ひとりと負傷者四十四人という凄惨な結果が日刊紙の見出しを賑《にぎ》わした。ピア、ケム、カトリーンの三人はそれほどひどい目にあわなかったが、オリヴァーは身をもって集団パニックを味わった。相当に応えたはずだ。

ピアはオリヴァーの部屋に入って、ドアを閉めた。ボスの顔色を見て、心配が的中したことがわかった。かなりやつれている。顔が蒼白く、目の下に隈《くま》ができている。それでも身だしなみは整っていた。スーツにネクタイ姿だ。

「父が最近ヒルトライターから封筒を預かっていた」そういうと、オリヴァーはデスクに向かってすわった。「ヒルトライターが死んだら、それを公証人に渡すよういわれたというんだ」

「遺言状？」ピアは興味津々でたずねた。

「おそらく」

「内容は？　覗いたわけじゃないんでしょう？」

「信書の秘密というのがあるからな」オリヴァーはそう答えて、眉を上げた。「それにその封筒は昔ながらのやり方で封印されていた。封蠟で」

電話が鳴った。オリヴァーはため息をついて、受話器を取った。「ああ、クローンラーゲ教授。おはようございます」オリヴァーはピアを手招きして、オンフックボタンを押した。

「あら、教授」ピアはヘニングの上司であるクローンラーゲ教授にいった。

「やあ、ピア」教授が答えた。「元気かね？」

「ええ、元気です。教授は？」

「まあまあだ。さて、死亡推定時刻は比較的正確に絞り込めた。午後十一時から午前零時のあいだだ。死因は顔の銃創」

「発砲の順番はわかりましたか？」ピアがたずねた。「最初に顔ですか、下半身ですか？」

「おそらく後者だ」クローンラーゲは答えた。「大量に失血しているからな。下半身の銃創で、内腸骨動脈と外腸骨動脈が切断されていた。興味深いのは、上半身正面と上腕に打撲傷があり、肋骨が折れていることだ」

ピアはボスと視線を交わした。「打撲傷？」

「殴られたか、蹴られたかしたようだ。あるいは銃床のような鈍器で殴打された。相当に強い打撃があったはずだ。肋骨はそう簡単には折れない」

「生前ですか、死後ですか？」

「そこがむずかしい。死ぬ直前か、死んだ直後だ」

過剰暴力。感情に走ったことを意味する。

「犯人は相当力があったはずだ」クローンラーゲはいった。

「あるいは怒り」そういって、ピアはテオドラキスのことを頭に思い浮かべた。タイセンが彼のことを激情家といっていた。

「それもありうるね。怒ると馬鹿力が出る」

「被害者に防御創はありましたか？」オリヴァーはたずねた。

「いいや、まったくなかった。死体の顔面と顎にわずかに動物に食われた痕と動物のDNAが見つかった。死亡前にアルコールを摂取していた。朝の時点で血中濃度は一・三ミリグラム。火曜日の夜には一・七ミリグラムはあったと推定できる」

「ありがとう、教授」オリヴァーはいった。「これで大いに前進できます」

「どういたしまして。務めを果たしたまでだ。あとは任せる。そうだ、ピア」

「はい？」

「ヘニングが昨日、研究所に来て、数日休暇を取るといって姿を消した。それで、今日の解剖をわたしが執刀したわけだが、彼はどうかしたのかね？」

「それですが」ピアはヘニングがどこへ向かったか予想がついた。「カノッサの屈辱ですよ」


朝方、〈動物の楽園〉に数人の客がやってきた。市民運動のメンバーもいた。もちろんダッテンバッハホールの騒動とルートヴィヒ・ヒルトライター殺人事件で話は持ち切りだった。フラウケは仕事にあらわれなかった。車も庭に止めていなかった。父親の葬儀の手配と遺産問題で出かけたのだろう。そこでニカはドッグサロンの予約をすべて電話でキャンセルした。ニカが家を出たとき、リッキーはまだカウチで寝ていた。ニカにとっては都合がよかった。昨夜のことでは良心が咎《とが》めていた。テオドラキスと寝たことは後悔していない。彼がいないときにコンピュータを覗いて、心配していたことが的中した。だからあえてそうしたのだ。

ＩＴ専門家というわりに、テオドラキスは驚くほど不注意だ。インターネットブラウザーの履歴をまったく消去していなかった。だから彼がひらいたページを確認することができた。彼が密かにニカのことを調べていたのはショックだった。

遅くとも一昨日から、あいつはニカの正体と本名を知っている。どうしてそれを正面切っていわないのだろう。なにか企んでいるに違いない。あいつには本能的に嫌悪を覚えるが、それが不安に変わった。あいつを押さえ込む手はひとつしかなかった。欲求不満だったあいつはすぐ餌に食いつき、地下へ下りてきて、上でパートナーが寝ているのをいいことにニカを抱いた。

ニカはあたりを見まわした。注文は早朝のうちに確認して、他にすることがないので、ガラス製の玄関ドアの拭き掃除をはじめた。たいていの客はどうも不作法でいけない。ちゃんとドアハンドルをつかめばいいものを、なぜかガラスの部分を押して店に入ってくる。

ニカは昨日、刑事警察がなぜテオドラキスを追っているのか聞きそびれてしまった。というより、ほとんどなにも話さなかった。口をきかなかったといってもいい。テオドラキスはすぐに眠ってしまい、その隣でニカは別の男のことを思った。

ニカがちょうどガラスドアを拭き終わったとき、リッキーの車が教会通りを曲がるのが見えた。しばらくしてリッキーが裏口から入ってきた。二匹の飼い犬が彼女を追い越し、ニカのところへ来て、うれしそうにあいさつをした。リッキーは顔色が悪かった。顔がむくんでいて、ふさぎ込んでいる。ヒルトライターが死んだことで、相当まいっているようだ。あれだけ口汚くののしられたのに、心を痛めるなんて驚きだが、リッキーはやさしい心の持ち主だ。

「コーヒーを飲む?」ニカはたずねた。リッキーは暗い面持ちで首を横に振り、タバコに火をつけて、椅子にすわった。ニカはコーヒーをいれて、ミルクを少々加えた。

「ヤニスが浮気をしているみたいなの」リッキーが唐突に沈黙を破った。ニカはぎくっとした。

「どうしてまた?」ニカはリッキーから目を離さず、カップに息を吹きかけた。

「警察が昨日、金曜日の夜と火曜日の夜、彼がどこにいたかって質問したのよ。そしたら、彼ったら、父親を精神科病院に連れていった話をしたの。あんなのでたらめにきまってる。でも、家にいなかったのも事実。金曜日も、火曜日もね」

リッキーは吸い殻が山になった灰皿でタバコをもみ消した。

「彼の父親が病気だなんてぜんぜん知らなかった。金曜日はね、母親の食堂を手伝っていたっていうのよ。なんであたしに話してくれなかったわけ? なんで内緒にしていたの?」リッキーは泣きそうだった。「あんな話、信じられるもんですか。他の女のところに行っていたのよ。ああ、ニカ、考えただけで耐えられない……彼が他の女のところへ行っちゃったらどうしよう。

ヨッヘンのときも、こんな感じではじまったのよね。あんな目にあうのは二度といや！」

ニカは良心の呵責を押し殺して、あえてなにもいわないことにした。あれはただのセックス。テオドラキスがあのせいでリッキーを捨てるはずがない。

「ねえ、ニカ」リッキーは目をうるませ、涙声でささやいた。「あなたがいてくれてよかった！　あなたは信用できるから」

「ええ」ニカはそういったが、内心忸怩《じくじ》たるものがあった。

「ウィンドパークの騒ぎはもうすぐ終わる。ほっとするわ」リッキーは涙で流れたマスカラを人差し指でぬぐった。「そうすればヤニスとあたし、もっといっしょにいる時間ができる」

市民集会でのあの騒ぎについてひと言もない。刑事警察がテオドラキスに目をつけていることについても。しかしリッキーが自分のことしか頭にないのは助かる。はじめから事情を訊かなかった。他人のことなど興味がないのだ。好奇心旺盛なフラウケの方がはるかに危険だ。だけど、彼女は今それどころではない。

店の呼び鈴が鳴った。高齢のベックマンがレジの方へ歩いてきた。彼はリッキーが応対しないと機嫌が悪い。

「あなたはいないっていう？」ニカはたずねた。

「いいえ、いいわ」リッキーは立ちあがって胴衣をなでると、笑顔を作った。「あたしが出る」

リッキーはニカを見て、短いがしっかり抱きしめた。

「ありがとう、本当に」

リッキーはニコニコしながら店に出て、客が有頂天になり、たくさん買い物をして出ていくまでお世辞を連発した。この魅力的な女性に自我がなく、隠しごとをしている男にすがりついているなんて、だれが想像するだろう。テオドラキスが騙しているかどうかなんて関係ないんだ、とニカは思った。捨てられなければいいということだ。

ピアはダッテンバッハホールの前を通った。駐車場は立入禁止になっていた。ノネンヴァルト通りに曲がった。数百メートル先で鴉農場《ラーベンホーフ》に通じる農道になる。もう一度〈クローネ〉の主人と市民運動の代表ふたりに話を聞き、それから鴉農場《ラーベンホーフ》を訪ねたい衝動に駆られた。玄関のドアの鍵はクレーガーから借りた。森へ向かうゆるやかな上り坂を走りながら、昨夜のことを考えた。未明の一時過ぎに帰宅すると、クリストフがキッチンにすわっていた。ピアは喧嘩になると身構えたが、驚いたことにクリストフはピアを抱きしめて、ひと言も非難がましいことをいわなかった。クリストフは心配したといった。ピアが危険と隣り合わせなのを想像すると耐えられないというのだ。クリストフの最初の妻は脳卒中で亡くなり、三人の娘を彼に遺した。ピアをいきなり失うことを恐れるのも当然だ。クリストフはピアの仕事が気に入らないのだ。はっきり口にだしていわないものの、ピアにはわかっていた。昨夜は議論にならなかったが、ピアは寝つけず、しゃべる鴉やクリストフやインカ・ハンゼンやボスが出てくる夢を見た。

ピアは鴉農場《ラーベンホーフ》の入口でボルドーレッドのアウディQ7の後ろに車を止めた。驚いたことに、母屋の窓がいくつか開け放たれている。ピアは車から降り、外階段を上って、閉まっている玄関のドアを見つめた。立入禁止テープは破られていなかった。鍵を挿してドアを静かに開けた。リビングにヒルトライター兄弟がいて、家の中を探っている最中だった。

ピアはドアのところに立って、ふたりをしばらく見ていた。

「どこかにしまってあるはずだ」兄の方がそういって、バールでクルミ材のライティングビューローをこじ開けようとしていた。「ちくしょう！」

弟は玄関に背を向けてリビングのテーブルに向かってすわり、ファイルをめくっていた。

「ここにもないぞ。くそったれ！」弟はファイルを床に投げ捨てた。「ガラクタばかりだ。見ろよ、この一九八六年のガソリンの領収書！」

遺族が聞いてあきれる、とピアは思いながら咳払いをした。

「おふたりはなにを捜しているのかしら？」

兄弟が振り返って愕然とし、おどおどした。グレーゴルはバールを持つ手を下げた。最初に口をひらいたのもグレーゴルだ。嘘をつこうともしなかった。

「父の遺言状ですよ」

「家は立入禁止よ」ピアはふたりを見つめた。「あなたたちに、ここに入る権利はないわ」

「そんなことはどうだっていい」グレーゴルは答えた。「大至急、土地登記簿が必要なんだ」

「ウィンドプロ社にせっつかれたの？」

マティアスは俯《うつむ》き、グレーゴルは肩をすくめた。

「嘘をいってもはじまらない。ああ、そうさ。期限を切られた」グレーゴルが認めた。「子ども三人、みんな、金がいるんだ」

「お父さんが亡くなったのは好都合だったわね」ピアはいった。

グレーゴルは眉を上げた。

「おやじは意固地なエゴイストだった。子どもや孫よりもどこかの動物の方が大事だった。あの草地だってどうでもよかったんだ。ただ俺たちに嫌がらせがしたくて、ウィンドプロ社に売らなかっただけさ。まったくおやじらしいよ。反吐《へど》が出る。傲慢《ごうまん》でいけすかないサディストさ。おやじが死んだからって涙一滴でない。だけど殺しちゃいない」

「では殺したのはだれ？」

「ここの村民の半数に動機があるさ」グレーゴルは答えた。「おやじは道徳を守る使命に駆られて、さんざん夫婦仲を壊し、おおぜいを村八分にした」

「おもしろいわね。名前をあげられる？」

「電話帳をひらいたらいい。そこに名前が載っている。AからZまで」マティアスは吐き捨てるようにいった。

「ではあなたたちからはじめましょうか」ピアはいった。「お父さんが射殺された夜はどこにいたの？」

「ずっと働いていた」マティアスは答えた。「そのあと軽食をとった。ケーニヒシュタインの〈ル・ジョナール〉で」

「そこには何時までいたの？　だれか目撃者はいる？」

「閉店までいた。未明の一時から一時半頃。女主人が証明してくれる。最後の客がいなくなってから、いっしょにワインを一杯飲んだ」

「ふうむ。ではあなたは？」ピアは兄の方を見た。

「家内といっしょに家内の両親を訪ねていた。義父が六十五歳の誕生パーティを大々的にやったんでね」

「どこで？　そこには何時までいたの？」

「家内の実家だよ。ヘフトリヒだ。家内とわたしは七時頃着いて、真夜中過ぎに帰宅した」

ヘフトリヒならエールハルテンまで十分とかからない。誕生パーティなら一時間くらい抜けだしても気づかれないだろう。ピアはグレーゴルの義理の両親の氏名と住所をメモしてからたずねた。

「あなたの妹さんはどこ？　あなたたちがここでしていることを知っているの？」

「姉貴に電話したけど、出なかった」弟のマティアスがいった。「携帯電話もだめだった」

「あら、そう。それで、どうやって家に入ったの？」

兄弟がまた顔を見合わせた。

「裏口があるんだ」グレーゴルがしぶしぶいった。

ピアは彼について薄暗い廊下を歩いた。そして突然はっとした。

「これはなに？」

ピアは明かりをつけた。グレーゴルが振り返った。屋根裏に通じる階段の手すりが壊れ、金属質に輝く黒い羽根が散らばっていた。ピアはしゃがんだ。

「血痕だわ」そういってから、ピアは寝室のドア枠を指差した。「ここにも」

ピアは上着のポケットからだしたラテックスの手袋をはめて、人差し指でその黒々した滴《しずく》に触った。血に間違いない。新鮮ではないが、まだ乾き切ってはいなかった。

「さっきここを通ったとき、気づかなかったの？」

「気がつかなかった」グレーゴルは認めた。弟もピアの背後にあらわれた。

「この上はなに？」ピアはたずねた。

「客間。古い子ども部屋。それから納戸」

「あなたたちはここにいて。上を見てくる」

ピアは用心しながら階段を上がり、いきなり一九七〇年代に迷い込んだような錯覚に陥《おちい》った。三室ある子ども部屋のうち二室と客間は傾斜壁で、パイン材が壁に張られ、調度品が揃っていた。壁にはポップグループの黄ばんだポスターが貼ってある。ドラッグであの世行きになっていなければ、メンバーの中には、老人ホームの世話になっている者がいそうだ。家具には何十年分ものほこりが積もっていた。小さな浴室も見事な一九七〇年代スタイルを維持していた。ベージュの花柄タイル、トイレ、バスタブ、褐色の磁器でできた洗面台。ただ一室だけはその後、リフォームされていた。板張りと絨毯《じゅうたん》は撤去され、床は積層床材で、壁は白いラウファーザークロスだ。ピアは奥へ進んだ。廊下の端の納戸の開け放った扉につっかい棒がしてある。天窓も開いていて、廊下に黒い羽根が落ちていた。窓の下には鳥の糞がびっしりこびりついている。ヒルトライターが飼っていた大鴉はここから出入りできるようになっていたようだ。あの大きな鳥が家の中をばたばた飛びまわっているところを想像して違和感を覚えたが、階段下の血痕の説明にはならない。大鴉は家の中にいた。きっと格闘になったのだろう。大鴉がだれに襲いかかったかだいたい察しがついた。一階に下りる途中でピアは携帯電話をだし、クレーガーの短縮ダイヤルをクリックした。クレーガーがすぐ電話に出た。

「クレーガー、すぐに来てほしいんだけど」

「おお、そういってくれるのを一日千秋の思いで待っていたよ」クレーガーがずいぶん機嫌よく答えた。「ただしこれが仕事なら……」

「大当たり」ピアはそっけなく答えた。「エールハルテンの鴉農場《ラーベンホーフ》よ。ここが血だらけなの。ここで待っている。ああ、そうそう。ケーニヒシュタインの教会通りに住んでいるフラウケ・ヒルトライターのところにパトカーを向かわせて」

　手掛かりを壊さないようにしながら、階段を下りると、グレーゴルと弟について曇りガラスのドアを通って、天井までタイルが張られた薄暗い小部屋に入った。

「ここから入ったんだ」グレーゴルは錆《さ》びついたドアを顎でしゃくった。「鍵がかかっていなかった」

「いつ頃？」ピアはドアと床を見た。黄色い床のタイルにも血痕があった。

「いつ頃だったかな。二時間くらい前だと思う」

「妹さんと最後に話したのはいつ？」

「さあ。昨日だけど」

「そのあと、妹さんがここへ来た可能性はない？」

「ありえる」グレーゴルは苦虫を噛みつぶしたような顔をしてうなずいた。「あいつならやりそうだ」

ピアたちは荒れ放題の庭に出て、あたりを見まわした。水をたたえた雨水桝《うすいます》。その横には錆びついたツルバラの格子垣が壁に立てかけてある。満開に咲いたライラックの茂みからは濃厚な香りが漂っていた。草むらに踏みしめた跡がある。

「さて」ピアはいった。「おふたりには刑事警察署まで同行願うわ」

「これから？　冗談でしょう」グレーゴルがあわてだした。

「事件がらみで冗談はいわないわ」ピアは冷ややかにいった。「お父さんの殺人事件に関して他にもいろいろ聞きたいことがあるの。納得のいく返事がまだもらえていないので」

「人と会う約束があるんだ……」マティアスが文句をいった。

「それなら立入禁止になっている家に忍び込むような真似はすべきではなかったわね」ピアが言葉をさえぎった。「さあ、行くわよ」

他の課の応援も受けて、ケムとカトリーンは午前中、市民運動の代表者たち全員に事情聴取した。全員、〈クローネ〉の店主がピアに話したことを裏付けた。テオドラキスとヒルトライターは火曜日の夜、つかみ合いの喧嘩をした。テオドラキスがテレビ局の取材の予定時刻を勝手に変え、ヒルトライターを蚊帳《かや》の外に置いたため、すでに月曜日からふたりのあいだは険悪だったという。火曜日の大喧嘩は、問題の草地にウィンドプロ社がどれだけの買値をつけたか、テオドラキスがばらしたのが主たる原因だった。ヒルトライターはそれまでそのことを仲間に黙っていたのだ。

「みんな、五、六万ユーロと思っていたが、まさか三百万ユーロとはね」ケムはいった。「これで、ヒルトライターが草地を売らないとはだれも信じなくなった。彼への信頼は失われ、テオドラキスが演壇に上がることになった」

ヒルトライターの横暴なやり方に納得している者はひとりもいなかった。異なる意見に耳を貸さず、人を傷つける言動が多かった。とくに女性メンバーへの言動は目に余るものがあった。ヒルトライターがエールハルテン一の嫌われ者だったのは間違いない。この地区のあらゆる団体の代表にいすわり、後進の者に道を譲ろうとしなかった。二、三週間前、スポーツ団で彼を排除しようとする動きがあった。しかし失敗に終わり、二十三人のメンバーがその夜のうちに退団するという事件が起きたばかりだった。

「被害者を本気で憎んでいた人も何人かいますね」カトリーンはそういってしめくくった。

「彼が代表なのがいやだというだけで命を奪うことはないだろう」オリヴァーは異議を唱えた。

「ヒルトライターは村人に相当ひどいことをしていますね」ケムが口をひらいた。「浮気を公《おおやけ》にして夫婦仲を壊し、ミサの侍者を務める子どもに色目を使ったといって、カトリックの主任司祭の評判を貶《おとし》めたこともある。かなりの村人にいやな思いをさせていますね」

捜査課の面々が黙り込んだ。

「あの草地をウィンドプロ社に売れば、三百万ユーロが手に入ります」ピアはいった。「息子たちが、父親を排除してくれるようだれかに依頼したのかもしれません」

「殺し屋？」

「突飛な話ではないと思います。金のためならなんでもやる人間はいます。殺し屋を雇うことだって」

「駐車場でヒルトライターを待っていた男のことか？」オリヴァーは眉間にしわを寄せた。

「ええ、その可能性はあります」ピアはうなずいた。「フラウケ・ヒルトライターが見かけたという車は作り話かもしれません。でも、駐車場にいた男のこと、ボスのお父さんが嘘をついているとは思えません」

「残念ながら他に目撃者はいません」ケムはいった。「そのことで片っ端から聞き込みをしました」

オリヴァーはボードを見た。ロルフ・グロスマン、ルートヴィヒ・ヒルトライター、そして遺体発見現場の写真が貼ってある。被疑者リストの一番はテオドラキスだ。タイセンや市民運動のメンバーが彼のことを激情家といっている。自分とパートナーを侮辱され彼がヒルトライターを待ち伏せして、二時間後に殺害したということだろうか。あまりぴんとこない。激情家はかっとして殺人を犯すものだ。何時間も待ち伏せをすることはない。それにテオドラキスには決定的な動機がない。ヒルトライターが死んでも、なんの得にもならない。すでに市民運動内部でヒルトライターの面子《メンツ》をつぶしたあとだ。

たしかにピアのいうとおりだ。犯人は憎しみを抱いている者か、プロの殺し屋だろう。〈クローネ〉の駐車場で待っていたという男を見つけなくては。

「ケムとカトリーンは、もう一度エールハルテンへ行ってくれ」オリヴァーは少し考えてから決断した。「〈クローネ〉の近所に住む人間全員に事情聴取しろ。とくに犬を飼っている人間を捜せ。夜、犬の散歩に出るだろう。だれか、問題の男を見ているはずだ」

ピアは腕時計に視線を向けた。ヒルトライター兄弟をかれこれ三時間、取調室で待たせている。指紋を採り、唾液を採取したから、ふたりともかなり怖じ気づいているはずだ。だが取り調べる前に、鑑識の結果を待つことにした。フラウケが自宅にも、ペットショップや動物保護施設《ティアハイム》にもあらわれていないことが判明している。彼女の車も行方がわからない。携帯電話を持ってでていないので、位置を割りだすこともできなかった。ピアは、フラウケも兄弟と同じ方法で家に忍び込み、鴉と格闘したと見ていた。〝大鴉が証人になるのは無理だろうな。たとえ面通しで犯人を特定できてもな〟というケムの皮肉を込めた言葉が脳裏に蘇《よみがえ》った。もし大鴉がそのとおりのことをしたとしたらどうだろう。ピアの背中に鳥肌が立った。

「ピア?」

オリヴァーの声に、ピアははっとして、馬鹿な考えを追い払った。

「ヒルトライター兄弟をどうするつもりだ?」ボスはたずねた。

「プレッシャーをかけるつもりです。あのふたり、自分たちだけで遺産をぶんどろうとして、フラウケになにかしたかもしれません。そのくらいやりそうな連中です」

「ふたりのアリバイは確認したのか？」

「もちろんです。一見したところ穴はないですね。しかしふたりがいった時刻は正確ではありませんでした。弟の方は六時二十分に事務所を出て、そのまま戻っていません。彼の経理係から聞きました。経理係は夜の十時三十分まで税理士と事務所にいたそうです。ふたりはマティアスを待っていたのですが、あらわれなかったということです。ケーニヒシュタインの〈ル・ジョナール〉にはたしかに未明の一時半までいましたが、店にあらわれたのは夜の十一時四十五分でした。空白の時間は五時間半。そのアリバイがありません」

「兄の方は？」

「いろんなところに電話をかけてみました。とくにケーニヒシュタイン警察署のブラードル上級巡査。彼はグレーゴルの義父のパーティに招かれていて、パーティに顔をだしたとき、車に乗って走り去るグレーゴル・ヒルトライターに出会ったそうです。グレーゴルはタバコを買いにいくといったらしいのですが、彼は喫煙者ではありません」

「ケーニヒシュタインの上級巡査に電話をかけるなんて、どうしたわけだい？」カイは啞然として首を横に振った。ピアはにやっとして答えた。

「簡単よ。グレーゴル・ヒルトライターから義父の名前がエルヴィン・シュミットマンだと聞いたの。パーティは義父の会社のホールでひらかれた。それでぴんときたのよ。わたしはヘフトリヒにある農産物直売所に馬の餌やおがくずなどをよく買いにいくんだけど、あそこはシュミットマンが経営しているのよ。しかもそこで何度かブラードルに会うことがあって、そういうときは立ち話をするでしょう。そのとき、シュミットマンとは近所づきあいをしていて、何年も前からシュミットマンのところの収穫祭に顔をだし、非番のときに倉庫の作業を手伝っているって聞いていたの。シュミットマンの六十五歳の誕生パーティなら、ブラードルもきっと招かれているとにらんだわけ。大当たりだった」

「脱帽だ」ケムはいった。他のみんなも感心していた。

「キルヒホフに星ひとつだな」カイはニヤリとした。「すばらしいよ、ピア。それで、ブラードルはグレーゴルが戻ってきた時間も偶然知っていたりしたのか？」

「そうなのよ」ピアは椅子の背に寄りかかって微笑んだ。「真夜中になる十分前。タバコは持っていなかった。それから、服を着替えていたそうよ」

「動機、手段、機会、すべて揃っている！」カイは有頂天になった。「捜索令状は取れる。どうですか、ボス？」

　オリヴァーは返事をしなかった。新しいiPhoneを夢中になっていじっていた。そしてだれもしゃべっていないことに気づいて、ようやく顔を上げた。

「それで着替えたっていうのはどういうことなんだ？」オリヴァーはしっかり話を聞いていたのだ。「あの兄弟が犯人なら、凶器は自宅に持ち帰っていないだろう。ピアとカイは取り調べをしてくれ。あの夜どこにいたのか、信憑性のある説明ができなかったら逮捕状を請求する」

「ボスは取り調べに同席しないのですか？」ピアはたずねた。

「ケーニヒシュタインに行って、ペットショップでフラウケ・ヒルトライターのことを聞き込みしてくる」オリヴァーは、ピアの眉が一瞬ぴくっと吊りあがったことに気づかなかった。「フラウケ・ヒルトライターと彼女の車の捜索要請をだしてくれ。なにかあったら、電話を頼む。じゃあ、明日の朝会おう」

オリヴァーが教会通りのペットショップ〈動物の楽園〉に着いたのは午後五時少し前だった。車の移動に十五分。そのあいださんざん迷った。

フラウケ・ヒルトライターについての聞き込みが口実だとニカは気づくだろうか。それでもかまわなかった。会うことに多少の恐れはあったが、どうしても彼女の顔が見たかった。昨日はみじめな姿をさらしてしまった。ニカはどう思っているだろう。オリヴァーは沈着冷静を信条にしているのに、昨日はぼろぼろだった。ニカの存在はあの恐ろしい体験の記憶と不即不離だ。もう一度彼女と話をして、混乱した気持ちをすっきりさせたかった。感謝の気持ちかなにか知らないが、無意識に翻弄《ほんろう》されているのかもしれない。

ガラスのドアの前で深呼吸してからオリヴァーは中に入った。店の呼び鈴が鳴った。しばらくしてニカがカウンターにあらわれた。彼女の顔にうれしそうな笑みが浮かんだ。勝手な思い込みではない。ふたりのあいだになにかある。ニカもそれを感じているはずだ。

「やあ」オリヴァーは心持ち沈んだ声でいった。化粧をしていない彼女の顔は美しいというよりも素朴な感じだ。鼻は少し大きすぎるし、口も理想より幅がある。それでもなにか独特なものがあった。オリヴァーはほっとした。日中の光で見たら惹かれないのではないかと心ひそかに心配していたのだ。そんなことはなかった。洗いざらしのデニムと型が崩れたグレーのスウェットシャツ、そして裸足《はだし》のままはいているスニーカー。彼女のそういう風変わりな服装にも好感を覚える。恰好を気にする性格ではないようだ。

「あら」ニカは控え目に応対した。「お元気?」

「ああ、ぴんぴんしていますよ」道々考えておいた言葉がいえなかった。〝きみは命の恩人だ。一生恩に着る。きみには大きな借りができた〟なんだか大げさ。歯の浮く言葉だ。

「それはよかったわ」まごついているオリヴァーに気づいたのか、ニカも真面目な顔になった。

「なにかご用?」

オリヴァーは気を取り直した。

「フラウケ・ヒルトライターさんを捜しています。なにか聞いていませんか?」

「いいえ、なにも」ニカは首を横に振った。「彼女の車がまる一日なくて連絡もないんです」

「昨日、あなたになにかいいませんでしたか? 最後に会ったのはいつですか?」

「昨日の昼前。あなたのお父さんが電話をかけてきて、ルートヴィヒが亡くなったといったんです。そうしたら、フラウケは店から出ていって、車で走り去ったんです。それっきり会っていません。リッキーならなにか知っているかもしれませんね」

オリヴァーがきょとんとしていることに気づいて、ニカはいい直した。「リッキーというのはフリーデリケ・フランツェンのことです。ここのオーナーです」

ニカはなにも質問しなかった。警察がフラウケを捜していることを気にもしていない。なにか隠しているのだろうか。それとも無関心なだけか。じつはフラウケの居場所を知っているのかもしれない。なんで人を疑ってばかりいるんだ！

「ああ、そうだ。ヤニス・テオドラキスさんのパートナーですね」オリヴァーはうなずいた。

「ところで、うちの刑事はあなたがテオドラキスさんの家事手伝いだと思っていましたよ」

ニカはに微笑んだ。目元に笑いじわができた。

「なんであんなことをいったのかしら。突然、刑事さんがあらわれて焦っちゃったんです。めったにないことなので」

「わかります」そう答えて、オリヴァーも笑みを浮かべた。

「わたし、二、三ヶ月前からリッキーたちの家に間借りしているんです」ニカは自分からすすんで話した。「リッキーは旧友で、いっしょに学校に通っていました。この冬に、わたし、体調を崩して、ええと……燃え尽きてしまったというか。それで、しばらくいっしょに住んで、店で働かないかといってくれたんです」

「それでわたしの両親と知り合ったのですね」質問というより、事実確認だった。それでも、ニカは答えた。

「そうです。リッキーとヤニスは市民運動に肩入れしていますから。ヤニスなんか、口をひらくとそのことばかりで」ニカは目を大きく見ひらいてため息をついた。「耳にタコができてしまいました」

急に肩の力を抜いて話せるようになった。ニカは自然体で、刑事であるオリヴァーにまったくびくつかない。オリヴァーはもうひと押ししてみることにした。

「コーヒーでも飲みにいきませんか？」

ニカがびっくりして彼を見つめ、満面に笑みを浮かべたので、オリヴァーは心が躍った。ニカはインカに似ている。笑みは目元からかわいらしい笑くぼ、口の端へと移った。

「いいですよ。どうせもうお客は来ないでしょう。少し早く店じまいします」

しばらくして、ふたりは歩行者天国にあるコーヒーショップ〈チボー〉に入り、脚が長いスツールにすわった。オリヴァーはラテ・マキアートを二杯注文し、ニカに自分のことを話した。知らない女性に離婚したことを打ち明けるとは。普段はなかなか打ち解けず、自分の私生活をすぐ話したりしないのに。しかしニカが耳を傾けてくれるのがうれしかった。ニカはときどき質問をしたが、アドバイスをするとか、彼女自身の体験を例にあげるとかすることもなくじっと話を聞いてくれた。彼女に惹かれるのはどうしてだろう。彼女の目はあまり見たことのない不思議な色合いで魅力的だ。耳を傾けているときの小首をかしげた仕草もいい。控え目で、少し感心しているような笑み。それでいて、オリヴァー好みのタイプとは違う。そもそも正反対だ。繊細で少女っぽくて内気。コージマやニコラやインカやハイディが持つ自意識は欠片《かけら》もない。

オリヴァーはフラウケのことも、ピアのことも、仕事のことも忘れた。店員に閉店だと、丁重にだがきっぱりいわれてはじめて我に返った。

「こんなに遅い時間になっていたなんて気づきませんでした」ニカはきまり悪そうにはにかんだ。ふたりは歩行者天国に立ち、別れを告げるために近寄った。「わ……わたしとコーヒーを飲んでいる暇なんてなかったでしょうに」

やるべきことはたしかに山ほどある。だがこれ以上重要なことはなかった。いつもは最優先にしている仕事も、今日は後まわしでいいと思った。この二時間、iPhoneが十回は振動した。しかしオリヴァーは無視して、罪悪感を押し殺した。

「幸い同僚がいますので」オリヴァーは軽く答えた。「よかったら家まで送りましょう」

「それはありがたいわ」ニカはふっと頬をゆるめた。「でも……スーパーで買い物をしないと。冷蔵庫が空なんです」

「それはいい。わたしも買い物をする必要がある」オリヴァーはニヤリとした。「どうですか、ごいっしょに」

鴉農場《ラーベンホーフ》の現場検証は思いのほか手間どった。グレーゴル・ヒルトライターの取り調べ中、クレーガーから電話がかかってきて、ピアはエールハルテンへ来るようにいわれた。ヒルトライター兄弟に対する嫌疑はあまりにぜい弱で、それ以上引き止めることができなかった。

オリヴァーは電話に出ない。カトリーンは歯科医の診察を受けている。ケムは妻の誕生パーティがあるといっていた。わたしの私生活はだれも気にしないのよねと思って、ピアは腹が立った。

ヘニングとミリアムもあれっきり音沙汰がない。知らせがないのはいい知らせということか。それにしても、あのふたりにはよく振りまわされる。問題を抱えると、夜昼かまわずやってきて、愚痴をこぼすのに、調子のいいときには音信不通だ。

それにオリヴァーまでおかしい。四年前に知り合ったときは、杓子定規《しゃくしじょうぎ》で、打ち解けず、なにごとにも動じなかった。杓子定規で、打ち解けないのは今も同じだが、気が散ってばかりいる。妻が浮気をして結婚が破綻《はたん》してから、人が変わってしまった。最近は捜査の責任をピアに丸投げしてしまったり、ミスをしたりすることが多い。以前は絶対にしなかったことだ。ケーニヒシュタインのペットショップへ向かったのも、フラウケについての聞き込みが目的でないことくらい先刻承知だ。家事手伝いだと嘘をついたあの金髪の女性が目当てにきまっている。あの女性とオリヴァーのあいだにはなにかある。ピアは、ふたりが並んですわり、顔を見合っているところを思いだした。彼女に協力してもらってテオドラキスとそのパートナーについて聞きだしてみてはどうかと提案したとき、オリヴァーはためらった。ボスがあの女性のことをどう思っているのかまだわからないが、コージマの代わりにボスを励ます存在が必要なのは確かだ。

ピアはため息をついて、リダイヤルボタンを押した。またしてもオリヴァーの音声メッセージが応答した。気分を変えて、クリストフに電話をかけたが、結果は同じだった。〝ただいま電話に出られません〟なんなの、男たちは。クレーガーがなにか重要なものを発見していればいいが、さもなかったらキレてしまいそうだ。夜の七時半に捜査関連で車を走らすなんて目も当てられない。

十五分後、ピアは鴉農場《ラーベンホーフ》に到着し、農場の美しさと長閑《のどか》な環境にあらためて圧倒された。日中は雲が垂れ込めていたが、今は雲が切れて、空がピンクから緋色のグラデーションに染まり、息をのむほど美しい。沈みゆく太陽が建物を金色に染め、ツバメが虫を追って、穏やかな空中を飛び交っていた。こんなところで暮らせたら最高だ。この静けさが信じられなかった。ピアは何年も前からドイツでも一番混雑する高速道路の近くに住んでいたからだ。

農場に足を踏み入れ、あたりを見まわした。だれも見当たらない。鑑識の連中はどこだろう。しょうがないと思いながら上着のポケットから携帯電話をだし、クレーガーの番号にかけた。文句をいってやる！　わざわざ呼びだして、仕事終わりのひとときを台無しにするなんてどういう了見だ。遠くで携帯電話の呼び出し音が鳴った。そのとたんクレーガーが家の角からあらわれた。

「やあ」クレーガーがいった。

「どういうこと？」そういって、ピアは携帯電話を閉じた。

「部下はもう帰した。血痕のサンプルを科学捜査研究所にだす必要があったからな」クレーガーは肩をすくめた。「きみが来れば、ホーフハイムまで送ってくれると思ったわけさ」

「ああ、そう。かまわないけど」ピアは腹の虫を抑えた。鑑識もピアと同じように一日じゅう骨を折っていたことに気づいたのだ。「なにか見つけたの？」

「まあな。来てくれ」

ピアはクレーガーについて、草むらを踏みしめてできた道を抜けて母屋へ向かった。太陽が山の向こうに沈み、あたりがひんやりしてきた。青紫色の薄闇にコウモリが飛んでいた。ふたりは玄関から母屋に入り、階段を上がった。

「この部屋にだれかがいた」板張りの小部屋に入ると、クレーガーがいった。「そこの戸棚のほこりの中に、ついたばかりの指紋があった」

クレーガーは戸棚を開けた。

「一番上の棚の寝具が出し入れされている。だれかここでなにかを捜したようだ」

ピアはうなずいた。フラウケは兄弟の先を越したということだ。彼女も立入禁止テープを無視して裏口から家に入り込んだ。しかもただ闇雲に戸棚を探ったわけではない。欲しいものがどこにあるか知っていたに違いない。それはいったいなんだろう。

痕跡から推理するに、フラウケは階段で転んで、もろくなっていた手すりを壊し、頭をドア枠にぶつけて怪我をした。

「それからドア枠の血痕から推察するところ」クレーガーはいった。「その女性と思われる人物は髪が長く、褐色らしい。そしていったん寝室に入ったようだ。床とベッドに血痕がある。それから聖母マリア像を持っていった」

「どうしてわかるの？」ピアは啞然としてたずねた。

「これから説明する」クレーガーが思わせぶりに微笑んだ。「そのあと激しい格闘があったようだ。鳥の羽根がシーリングライトにも載っている。大きい羽根だけじゃない。小さな羽毛もだ。格闘は相当激しかったようだ」クレーガーは廊下の天井を指差した。「そこの壁にも血が飛び散っている。いたるところだ。おそらく動物の血だが、まず抗ヒトヘモグロビンテストにかける必要がある」

ピアはじれったくなったが、クレーガーの邪魔はしたくなかった。彼は事件の経過を再現するプロだ。正確無比なその仕事ぶりは低く見られがちで、彼は賞賛の声に飢えている。困難な事件が解明されると、捜査十一課の株は上がるが、鑑識に光が当てられることはまずない。

「大鴉との格闘は階段から転落したあとに生じた。その証拠はこっちにある……」クレーガーはさっき来た廊下を通って家から出ると、ドアの横に立って雨水枡を指差した。ピアは中を覗いた。

「証拠はどこ？」ピアはわけがわからずたずねた。「なにも見えないけど」

「もちろん科学捜査研究所に搬送中さ」クレーガーは答えた。「この雨水枡の中に大鴉の死骸と木造の聖母マリア像があった。像の重さは二キロくらい。犯人はまず大鴉を壁に叩きつけ、それから大鴉の頭をかち割って、雨水枡に沈めた」

「ひどい」ピアは顔を引きつらせて怖気をふるった。

「殺すだけでは気がすまなかったんだろうな」クレーガーは事務的な声でいった。「この世から抹殺したかったのだろう」

ピアは雨水枡から目をそらしてクレーガーを見た。薄闇の中、彼の顔がうっすらとしか見えなかった。クレーガーのいったことを理解して、ピアは寒気を覚えた。

「ヒルトライターを殺害した犯人と同じということね？」ピアはたずねた。

クレーガーはうなずいた。

「そうだ。彼もただ撃ち殺されるだけではすまなかった。蹴飛ばされ、銃床で殴られている。そのうえ、愛犬まで射殺された。大鴉の場合と同じ過剰暴力だ」

これでプロの殺し屋説は消えた、とピアは思った。金で雇われた殺し屋が殺した相手を銃床で殴ったり、蹴ったりすることはまずない。仕事がすめば、さっさと姿を消すものだ。しかし女性がここまでひどいことをするだろうか。

ピアは両手をジーンズのポケットに突っ込んで肩をすくめた。フラウケと母親は、父であり夫である横暴なヒルトライターに何年も苦しめられてきた、とブラードル上級巡査が話していた。女が殺人を犯すとしたら、それは耐えがたい状況を終わらせるためだ。それに対して、男は怒りや嫉《ねた》み、あるいは捨てられるという不安から人を殺す。

「クレーガー、お手柄よ」ピアはゆっくりいった。「本当にあなたのいうとおりね。そうだとすると、わたしたちはとんでもない勘違いをしていたことになる」

「なんでだい？」

ピアは答えなかった。フラウケは父親に気に入られたくて銃の腕を磨き、すぐれたハンターになった、とブラードルがいっていた。フラウケは父親に認められたかったが、父親の方は肥満体になった娘をさげすみ、ゴミ扱いした。フラウケは殺人があった夜、鴉農場《ラーベンホーフ》にいた。銃の扱いに慣れていて、父親を憎んでいた。ようやく確かな手掛かりが見つかったということか。

ピアは腹が鳴るのを無視した。

「ねえ、鍵を開けることはできる？」ピアはクレーガーにたずねた。

「たいていはな。どうしてだ？」

「フラウケのアパートを覗いてみたいのよ。協力してくれたら、そのあと夕食をおごるけど」

「そこまでやるか」

「協力してくれないの？」

「もちろんやるよ。だけど、女におごられるのはごめんだ」クレーガーはニヤリとした。「夕食代は自分で払う」


雨は上がっていた。太陽はタウヌス山地の向こうに沈み、暗くなった。マルクは午後いっぱい動物保護施設《ティアハイム》で過ごし、そのあとあてもなくスクーターを走らせ、ガソリンを使い切った。ショートメッセージを三通送ったのに、リッキーから返事がない。どうしても話すことがあるのに。午後になってペットショップに寄ったが、ニカしかいなかったのでがっかりした。ニカの話では、リッキーの具合が悪いらしい。マルクは心配でたまらなくなった。

放牧地の柵にスクーターを立てかけると、マルクはしばらく厩舎《きゅうしゃ》で待つことにした。リッキーは毎晩、自分の愛馬の様子を見にくる。舗装された農道の反対側の庭からバーベキューのにおいが漂ってきた。マルクは何度も携帯電話を確認したが、連絡はなかった。今日のうちにリッキーに会うことも話すこともできないかと思うと、気が変になりそうだった。電話をくれと念じた。マルクは彼女の名前をつぶやき、厩舎の横の濡れた砂に書いてみた。それでも音沙汰がない。テレパシーは通じないようだ。リッキーとヤニスを知る前はどうしていただろう。ふたりのいない人生なんて空虚だ。

ようやく携帯電話が鳴った！　胸が高鳴り、指がふるえた。しかし、かけてきたのが母親だったので、がっかりした。ヒステリーを起こされるのも面倒なので、マルクは電話に出た。母親のがみがみいう声。一気にまくしたてるなんて、信じられない。

「もうすぐ帰るよ」マルクはぼそっといった。「じゃあ」

九時半。なんてことだ。もう耐えられない。リッキーの家は二分と離れていない。大丈夫かどうか様子を見にいってみようか。ヤニスは留守かもしれない。そうしたら、リッキーを慰《なぐさ》めてあげられる！　マルクは通りに沿って歩き、低い庭木戸を飛び越え、シャクナゲの茂みをかきわけた。胸の鼓動が速くなった。グリルの煙が上がり、テラスのテーブルには食事の用意がしてあるが、まだ手をつけていなかった。マルクは近寄ってみた。ヤニス・テオドラキスが鍵の束を手にして、いきなり家から出てきた。

「もうやめろよ！」テオドラキスはいらついている。

マルクは少し失望した。ふたりとも家にいる。帰った方がよさそうだ。

「やめるもんですか！」リッキーが戸口にあらわれた。「毎夜どこかに出かけていて、あんたのお父さんが病院に入ったことを偶然知らされるなんて。どうして隠していたわけ」

テオドラキスは目を丸くして、グリルにステーキ肉を二枚載せた。

「昨日、店でニカといっしょだったでしょう。そしてあたしが来たら、出ていった！　どういうこと？　なんなのよ」リッキーは泣きそうな声でいった。

「おいおい！」テオドラキスはリッキーの方を振り返った。「いちいち断らないといけないのか？　俺の両親なんて興味なかったじゃないか。それなのに、急になんだよ、この騒ぎは？」

「騒ぎたくもなるでしょう！　刑事の前で恥をかいたんだから」

「口をはさまなきゃ、あんな馬鹿を見なかった。阿呆め」テオドラキスは冷ややかに答えた。

　ステーキがじゅうじゅういって、うまそうなにおいがしてきたが、マルクは食べ物のことを考える心の余裕をなくしていた。ふたりの口論に愕然とした。ヤニスとリッキーがこんな口の利き方をするなんて。

「あんた、正気？　なんでそんな言い方をするわけ？」リッキーは腰に手を当てた。「なんであたしがそんなことをいわれなきゃなんないのよ？　あんたのために、どれだけ協力してると思ってんの？　あんなウィンドパークなんて、本当はどうだっていいんだからね！　あんたによかれと思って付き合ってるんじゃないの。それなのに嘘をつくなんて！」

　マルクはドキッとした。一日じゅうリッキーのことを心配していたのに、彼女は元気だった。たぶん馬鹿なガキであるマルクになど連絡する気がなかったんだろう。リッキーには悲嘆している様子も、病気の気配もない。

「俺だって、ウィンドパークなんかどうだっていい！」テオドラキスはフォークを振りまわしながらいった。「タイセンの糞野郎を懲《こ》らしめたいだけさ！　知ってるだろうが！　それなのに、署名を集めてきてくれてありがとうって、毎日おまえの足にキスをしろってのかよ？　肝心の名簿が消えてなくなっちまったしな！」

マルクは口をあんぐり開けた。どうなってるんだ？　ウィンドパーク、気候問題、市民運動。この数ヶ月明けても暮れてもそのことばかり話題にしてたのに、どうだっていいというのか。

「足にキスしてくれなくたっていいわ。ただあたしは……」

「黙れ！」テオドラキスがいきなり怒鳴ったので、マルクはぎくっとした。「がみがみうるせえんだよ！　もううんざりだ！　なにもかも反吐が出る！」

二匹の犬が尻尾を巻いて家に入った。

マルクは体がふるえ、目の奥がずきずきした。リッキーとヤニスを中心にまわっていた彼の世界が崩れだした。ふたりに憧れ、尊敬していたのに。完全無欠なそのイメージが木っ端微塵になった。もしふたりが別れたら、どうすればいいんだ。

「やめてよ。もうやめて！」マルクは絶望してささやいた。

リッキーは膝をつき、両手で顔をおおって泣きだした。テオドラキスは無視して、ステーキを裏返した。

リッキーの不幸せな姿なんて見ていられない。彼女のそばへ行って抱きしめて、やさしく慰めたい。ヤニスはなんでこんなに冷淡になれるんだろう。喧嘩の目撃者になんかなりたくない。けれども今立ち去ったら、リッキーを見捨てたことになるような気がした。リッキーが立ちあがってテオドラキスのところへ行き、後ろから抱きついて、怒らないでと懇願した。こんなみじめな彼女を目《ま》の当たりにするなんて最悪だ！

「よせよ」テオドラキスは不機嫌そうにいって、彼女の方を向いた。「今はそんな気分になれない……ちくしょう！　なんなんだよ」

マルクは啞然とした。リッキーがテオドラキスの前にひざまずいたのだ。胸の鼓動が早鐘を打った。目を白黒させた。もう立ち去るべきなのにできなかった。なにか不思議な力で足がすくみ、ヒマラヤスギの大木の陰から動けず、のぞき魔のようにじっとテラスを見つめた。マルクは息をするのも忘れ、樹液でべとつく、ざらざらした幹に指を立てた。テオドラキスはグリル用のフォークを脇に置くと、リッキーを黙ってデッキチェアに押し倒した。マルクは汚らわしいと思いつつ、獣のように交わるふたりに見とれた。グリルの網の上ではステーキが黒焦げになっていた。情愛とかロマンチックとかいう幻想が消し飛ぶような荒々しい光景だった。それを見て興奮してしまった自分が憎らしかった。がさつで下品なテオドラキスが憎らしかった。嘘をつき、本性を隠していたリッキーが憎らしかった。悪態をつき、屈辱に甘んじる低級な娼婦だ。頭がおかしくなるほどずきずきする。目に涙があふれた。

「ああ、ああ、愛してる！」リッキーが声を漏らした。あれだけ邪険にされて、どうしてそんなことがいえるんだろう。マルクはもう耐えられなかった。背を向けて無我夢中で駆け去った。熱い涙で顔がぐしゃぐしゃだ。あとであのふたりに会ったら、今見たことを思いだし、恥を知れといってしまいそうだ！　ふたりとも裏切り者だ。マルクをあざむき、騙した。他の大人と同じだ。

フラウケ・ヒルトライターに住居を貸している大家が合鍵を持っていた。おかげでピアとクレーガーは不法侵入せずにすんだ。捜索令状なしの家宅捜索は合法ではないが、抗議されても、緊急事態だったことを盾に取ることは可能だ。

オリヴァーがあいかわらず電話に出ないので、ピアはすっかり腹を立てていた。午後四時半から音信不通。iPhoneにも、自宅の固定電話にも出ない。クリストフも同じだ。これが昨日の夜の仕返しだったら、ただじゃ置かない！

ピアは呈示した身分証を大家にじろじろ見られたあと、バッグにしまった。大家は七十代のしわだらけの老婆で、白髪をボブカットにし、息がニンニクくさかった。

「ヒルトライターさんを最後に見たのはいつですか？」

「昨日の午後六時頃ね。あの方、例の集会に出るといって、いつもより早く帰ってきたんですよ。それにしても、ひどいことが起きたじゃありませんこと」

「ええ、ひどかったです」ピアは忍耐強く対応した。

「ここで起きたことはなんでも知っているんですのよ。この貸店舗付きアパートはあたくしのものですので。お若い方々が一階にペットショップをひらいてから、ここも活気が出ました」

大家は微笑み、目を輝かせた。「主人は十五年前に死んだのです。一階の店舗スペースには以前、うちの電気店が入っていましたの。でも閉めるほかありませんでした」

夜の十時に大家の人生を語られても困る。しかし孤独な老人は、どんなに短いあいだでも注目されることがうれしいのだ。

「フラウケさんは、車で出ていったフランツェンさんと入れ替わりに帰ってきました。すぐに自分の住居に入りました。あたくし、お悔やみがいいたかったんですの。フランツェンさんからなにがあったか聞いていましたので。ですからベルを鳴らしました」

クレーガーが住居の中でなにをしているのか気になるらしく、大家はしきりに首を伸ばした。

「ヒルトライターさんはどんな様子でしたか？」

「様子？」

「悲しんでいたとか、ショックを受けていたとか」

「いいえ」大家は首を横に振った。「そんな様子は少しもありませんでしたわ。少々驚きました。お父さまが撃ち殺されたわけですものねえ。でもどちらかというと……いらいらしていました。いつもはおしゃべりなのに、ほとんどなにもいわなかったくらいですから」

「でも、なにかいったんですね？」ピアの背後で、クレーガーがごそごそやっている。

「はっきりとは覚えていません。あっ、そういえば！　家を数日留守にするので花に水をやってほしいといわれましたわ」

フラウケは午前中、オリヴァーの父親から自分の父親の死を知らされ、そのあと兄弟といっしょにフランクフルトの法医学研究所を訪れている。午後六時には父親の家の客室にある戸棚でなにかを見つけて、この時点で逃亡を計画したことになる。

「ピア、ちょっといいかな？」クレーガーが住居の中から声をひそめて呼んだ。

「どうもありがとうございます、ええとお名前は……」ニンニクのにおいが顔を包んだので、ピアは一瞬、息を止めた。すきっ腹にこのにおいは耐えられない。

「ああ、そうそう」ピアは名刺を渡して微笑んでみせた。「他になにか思いだしたら電話をください。ヒルトライターさんが戻ってくるか、連絡をしてきたときにもどうかよろしく」

マイヤーなにがし夫人は熱心にうなずいた。ピアはフラウケの住居に入った。ろくに家具もない室内を見た瞬間、みすぼらしいという言葉が脳裏をよぎった。システムキッチンはきれいに片付いているが、古くて傷だらけだった。リビングにはオンボロのソファと小さな時代遅れのアンテナ付きブラウン管テレビがあった。あとは、開けたらそのまま扉が取れてしまいそうな吊り戸棚くらいしかない。壁には絵もかかっていないし、本や置物も見当たらない。じつに殺風景だ。リビングの窓台に鉢植えの花がいくつかあるおかげで、かろうじて刑務所の監房でないことだけはわかった。自分からすすんで住みたがる者はいないだろう。フラウケはたしかにウィンドプロ社の金が喉から手が出るほど欲しいに違いない。

「クリスティアン？」ピアはたずねた。「どこにいるの？」

「こっちだ。寝室にいる」彼の声が隣の部屋から聞こえたので、ピアはそっちへ行った。絨毯が敷かれていない明るい色のラミネートフロア。ベッド、ワードローブ、オープンラック。どれも比較的新しい。ホームセンターで買いそろえたようだ。

クレーガーは扉の開いたワードローブの前に立って、携帯電話のカメラ機能で内部を撮影していた。

「いい勘している」クレーガーが振り返った。「これを見てみろ。隠そうともしていない」ピアはワードローブを覗き込んだ。ハンガーに吊るした衣服のあいだに銃が立てかけてあった。

二〇〇九年五月十五日（金曜日）

遺体が二体、消えた被疑者、そして答えの出ていない山のような疑問。どこを進んでも袋小路だった。フラウケ・ヒルトライターと彼女の車についてはなんの情報も入ってこない。フラウケは忽然と姿を消したままだ。彼女の兄弟は昨日の取り調べであっさり嘘がばれ、火曜日の夜いっしょに農場にいたことを自供した。午後九時に三人は合流し、父親には会えぬまま十時半頃に立ち去ったという。兄弟も車を見かけたと主張した。暗色系の高級車。ＢＭＷかアウディだったという。その車は午後十時頃に来て、五分ほどアイドリングしたまま路上に駐車して、走り去ったらしい。本当かもしれないし、いもしない人間に嫌疑をかけさせ、捜査を攪乱《かくらん》しようとしているのかもしれない。

義父の誕生パーティに戻ったときにどうして着替えたのかという質問に、兄のグレーゴルは父親の犬に飛びかかられたからだといった。

弟のマティアスは十時半に農場を出て、十一時四十五分に〈ル・ジョナール〉に着くまでの空白の時間について、国道四五五号線がエップシュタインとフィッシュバッハのあいだで通行止めになって迂回したからだといった。ふたりの手には硝煙反応がなかった。逃亡や証拠隠滅の恐れがないので、逮捕状は発付されなかった。携帯電話の移動履歴を提出させるのも無理だ。犯人であるという証拠はない。皆無だった。

ピアは嘘だという感触を持ちながら、ヒルトライター兄弟を帰すほかなかった。

「それでも捜索令状をだしてもらえるよう粘ってみるよ」カイが粘り強さを見せた。「最初に嘘をついたわけで、それだけでも疑わしい」

破けたラテックスの手袋からDNAを検出するのはやはりうまくいかなかったが、科学捜査研究所の検査で判明したことにかすかな希望はあった。ルートヴィヒ・ヒルトライターの服に付着していた繊維はグロスマンの遺体にあったものと違ったものの、特殊なコンピュータプログラムによって不法侵入者のおおよその身長が突き止められたのだ。

ピアはカイの報告を上の空で聞きながら手帳にいたずら書きをしていた。昨夜はクレーガーとリンブルク通りにあるメキシコレストランに入り、激辛のエンチラーダを食べ、カイピリーニャをたっぷり飲んだあと、未明の零時半に家に帰りついた。クリストフがへそを曲げているだろうと覚悟していたが、意外なことに家に帰っていなかった。やさしいことに、キリンの出産で帰りが遅くなるというメモが残してあった。

「テオドラキスの身長は一メートル八十センチか?」ケムがいった。

「あいつには不法侵入する動機があるわね。調査書を手に入れたかった」ピアはあくびをして、手帳に鴉の絵を描いた。「会社の鍵を持っているし」

「昨日あいつと話した」ずっと議論に加わっていなかったオリヴァーが口をだした。

ピアは、ほったらかしにされた恨みが残っていたが、無視するわけにもいかなかった。オリヴァーはボスだ。それに、昨夜なにをしたのか知らないが、メンタル的にはよかったようだ。いつになく上機嫌だ。

「どこで会ったんですか？」ピアはたずねた。

「うちに来たんだ。わたしの父に話があるといっていた。ウィンドプロ社の調査書をどうやって手に入れたのかたずねた」

「そうなんですか？　それで、どんな話をしました？」ピアはボールペンの芯を二、三度カチカチと出し入れした。カイがいらついた目つきでピアを見た。

「州環境省の元同僚から手に入れたといっていた」

「テオドラキスは州環境省で働いていたんですか？」ケムは驚いてたずねた。

「ああ。再生エネルギー・環境保護課。そこでタイセンと知り合って、引き抜かれたそうだ。ウィンドプロ社にとって、テオドラキスの人脈が何年にもわたって金のなる木だったんだろう。逆にいえば、あいつはウィンドプロ社の内情に通じている」

「とくに侵入の仕方についてね」ピアはそっけなくいった。「州環境省の役人が調査書を横流ししただなんて！」

「ありえると思う」オリヴァーはいった。「ウィンドパーク建設申請書に添付されていたはずだ。カイ、これがテオドラキスの元同僚の氏名と電話番号。連絡して、出頭してもらえ」

カイはうなずいた。

「侵入したのはテオドラキスにきまってます」ピアはこだわった。「タイセンを痛い目にあわせたがっていますから」

「あいつにはアリバイがある」ケムがいった。

「やめて。真夜中まで母の店を手伝っていたっていうんでしょう？　そのあとでも不法侵入する時間くらいあったはずよ」

「そして偶然、ポケットにハムスターの死骸が入っていたってわけか？」

ハムスター！　ピアは数秒のあいだケムを見つめた。

「あいつのパートナーはペットショップを持ってる」ピアは声にだして考えた。「ペットショップでは生きたハムスターを売っているわ。伝票を見せてもらった方がいいかも。ハムスターを何匹仕入れて、何匹売ったか」

それからしばらく議論がつづき、ケムとカトリーンが他の捜査官たちを連れてエールハルテンへ行き、〈クローネ〉周辺の住人に、問題の人物について聞き込みをすることになった。並行して、新聞雑誌、ラジオ、テレビを使ってフラウケ・ヒルトライターの情報提供を呼びかけることになった。


調子が悪かった。最悪だ。世界じゅうが嘘の塊《かたまり》だ。みんな、笑みを浮かべながら、口でいったこととは正反対のことを考えている。なんでだ？　なんでだれも正直にならないんだ？　マルクはベッドに横たわって、天井を見つめた。頭が割れそうだ。夜が明けてみると、頭痛が一段とひどくなっていた。

外では太陽が輝いている。日の光がブラインドの隙間から射し込み、床に光の模様を描いている。窓の下のテラスで両親の声がする。食器が当たる音。朝食をとっているようだ。母親がけたけた作り笑いをした。笑うべきところでなくても、いつも笑う。人に見られているうちは幸せな主婦を演じる。だがだれも見ていないところでは、声をだして泣く。あるいはこっそりウォッカを飲む。自分に嘘をついているんだ。ぼくと同じだ、とマルクは思って、体を丸めた。

隣の家の犬が吠えた。

「うるさい！」父親が犬に向かって怒鳴った。父親も人前では笑みを絶やさない。表向きは陽気に見せているが、じつは不満をため込み、ときどき怒りを爆発させる。もちろんだれにも見たり聞いたりされないときだけだ。ついこのあいだの夜も、両親はまた怒鳴り合った。それもものすごい剣幕で。そのあと母親は泣き叫びながら自分の工房に逃げ込んだ。それなのに、翌朝にはなにごともなかったかのようにニコニコし、別れのキスをして、いってらっしゃいという。しかしドアを閉めると、夫を呪ってウォッカを飲む。まったく反吐《へど》が出る。

「マ〜ルク！」母親が下から声をかけてきた。「起きなさい！」

いいや、起きるもんか。リッキーが電話をかけてきたって起きない。リッキー！　彼女の姿、声、うめき声が打ち返す波となって襲ってきた。本当に嫌になる。マルクは枕を顔にかぶせ、彼女のあえぎ声を打ち消したい一心で耳をふさいだ。

昨日はどうしてすぐ家に帰らなかったんだろう。あんなリッキーは見たくなかった。よそよそしくて、見苦しくて、下品だった。そのせいでマルクは苦痛にあえぎ、憤慨していた。ミヒャ先生に見捨てられたときと同じだ。あんなに信頼してたのに、ある日突然いなくなった。ハゲタカどもが自分たちの気持ちを台無しにして、口汚くののしったとき、ミヒャ先生はなにひとつ抵抗しなかった。マルクは根掘り葉掘り訊かれたが口をつぐみ、ミヒャ先生が戻ってくるのをひたすら待った。事情を話してくれて、すべて元どおりになるはずだったのに、ミヒャ先生は二度とあらわれず、なにひとつ元どおりにならなかった。

携帯電話の着信音が鳴った。マルクは携帯電話を取って、ショートメッセージをひらいた。

〝おはよう、マルク〟リッキーからだ。〝昨日は連絡をしないでごめんね。具合が悪いの。背中が痛くて。早く寝たの。あとでドッグトレーニング場に来る？　じゃあ。リッキー〟

背中が痛い？　なんだそれ？　リッキーがなにをしてるか自分で見なかったら信じるところだった。胃がきりきり痛くなった。リッキーは今までに何度嘘をついたんだろう。それより、なんで嘘をつくんだ。そんな必要ないのに！　突然気持ちが悪くなった。マルクは飛び起きると、よろめきながらトイレへ行って盛大に吐いた。

「マルク！」母親が戸口にあらわれ、心配そうに声をかけてきた。「どうしたの？　病気？」

「ああ」マルクはトイレの水を流した。「なにかにあたったみたいだ。今日は寝てるよ」

マルクはふらふらしながら母親の脇をすり抜けて部屋に戻り、ベッドに倒れ込んだ。母親がついてきて話しかけたが、マルクは目を閉じて、母親が立ち去るのを待った。

ちくしょう、自分まで嘘をついてしまった！　これではリッキーやテオドラキスと変わらない。嘘つきめ。

リッキーの二通目のショートメッセージ。〝マルク！　返事をちょうだい！〟

返事なんてするものか。失望が大きく、すっかりへそを曲げていた。リッキーはマルクが抱いていたイメージに取り返しのつかない傷をつけてしまった。リッキーは普通の人間であってはいけなかった。憧れ、尊敬する存在であることを望んでいたのに、嘘をつき、騙していることがわかった。

携帯電話からまたメールの着信音がした。リッキーの三通目のショートメッセージ。今度は返信した。〝学校にいる。あとでメールする〟それだけ。リッキーにはじめて嘘をついた。

ケムとカトリーンは出発し、カイは書類を抱えて部屋にこもった。オリヴァーはピアとふたりだけで会議室に残った。昨日の夜、父親と酒を酌み交わしてからもやもやしていた。喉元まで出かかっているのに声にだしていえないときの感じに似ている。もどかしくて仕方がない。

「そういえば、ヒルトライターに話しかけたという男のことを、父が思いだしたよ」オリヴァーはしばらくして沈黙を破った。「残念ながらタイセンでも、ラーデマッハーでもなかった。その男はヒルトライターと同じように大柄で、身長が一メートル九十センチはあったらしい」

「殺し屋だと思います？」

ピアは顔を上げず、手帳にいたずら書きをつづけた。ピアが怒っているのはオリヴァーにもうなずけた。電話に出なかったのはまずかった。

「いいや。殺し屋なら、目撃されやすい駐車場でヒルトライターに声をかけたりしないだろう」オリヴァーは頬杖をついた。「手配するには根拠に乏《とぼ》しいな」

「ケムとカトリーンがなにを聞き込んでくるかにかかっていますね」ピアはボールペンを指でくるくるまわした。指にはめた指輪がシーリングライトの明かりできらっと光った。その瞬間、思いだせずにいたことがひらめきかけた。同時に携帯電話が鳴った。そのせいでまたその記憶が意識の底に沈んだ。なんてことだ！

「ボーデンシュタイン」オリヴァーは腹立ちまぎれに応じた。

「こっちもだよ。今どこにいる？」父親の声だった。

「警察署だけど、どうして？」オリヴァーはいやな予感がした。「なにかあったのか？」

「まあな。ケーニヒシュタインに来られるか？〈カフェ・クライナー〉にいる」

「ピアとすぐに行く」オリヴァーは立ちあがって通話を終了させようとした。

「ひとりで来てくれ。ちょっと……微妙な……話なんだ」

「わかった。すぐ行く」オリヴァーは通話を終えた。

「なにかあったんですか？」ピアがたずねた。

「そのようだ」オリヴァーはうなずいた。「ケーニヒシュタインに行ってくる。あいにくひとりで」

「いいですよ」ピアは椅子の背にもたれかかって腕組みをし、意味ありげな表情でオリヴァーをじっと見た。ピアの機嫌を損ねてしまったことはよくわかっているが、水曜日の夜から自分に起こっていることを説明するのは無理だ。自分でもよくわかっていないのだから。数ヶ月前、ハイディと交際したときとはまったく違う。ハイディは慰《なぐさ》めを得る対象でしかなかった。それに対してニカは心の琴線に触れた。オリヴァー自身、そんなものが自分の心にあるとは思っていなかった。ニカのことを考えると、というか絶えず考えているのだが、そうすると不安になる。こんなことははじめてだ。そんな気持ちに支配されている自分に当惑し、混乱していた。

ピアは首をかしげてボスを見上げ、当然あるべき説明を待った。沈黙がつづくと、ピアも立ちあがった。

「じゃあ、あとでまた会いましょう」ピアは冷ややかにいった。「ああ、そうそう。フランツェンのペットショップに寄るなら、ハムスターのことを訊いてくださいね」

ピアはリュックサックを肩にかけ、オリヴァーを見ることなく会議室を出ていった。

ヘッセン州環境省次官アヒム・ヴァルトハウゼンが出頭する時間の余裕はないというので、ピアはヴィースバーデンへ出向くことにした。

ピアはオリヴァーのことが理解できなかった。まさか本当にペットショップのあの女にひと目惚れしてしまったのだろうか。ボスの好みの女性とはどうしても思えない。水曜日の夜のショックの余波かもしれない。トラウマの後遺症はなにを誘発するかわからないものだ。ピアはオリヴァーの私生活などどうでもいいと自分にいいきかせたが、彼の態度がどうにも気にくわなかった。カーラジオの音量を上げ、タバコに火をつけると、窓を少し開けた。オリヴァーのことで頭を悩ませても意味がない。これから事情聴取する相手のことを考えた。幸いあの傲慢《ごうまん》なテオドラキスへの嫌疑を深める手掛かりがつかめそうだ。

ヴァルトハウゼンは執務室でピアを待っていた。ピアが突《つ》かなくても、自分からすぐに話しだした。テオドラキスはたしかにかつての同僚で、友だち付き合いもしていたが、今では彼の本性がわかったという。州環境省から民間企業に移ったとき、彼は人脈を悪用して、雇用主に有利に働くよう元同僚に賄賂を贈った。

「となりますと」ピアがしゃべりまくる次官をさえぎった。「だれが賄賂を受け取ったかうかがいたいのですが。わたしたちは殺人事件を捜査しています。ウィンドプロ社がエールハルテン・ウィンドパークの建設許可を受ける根拠になった二通の調査書を、だれがテオドラキスに渡したのか知りたいのです」

「渡すわけがないでしょう」ヴァルトハウゼンは驚いて答えた。

「テオドラキスはあなたの名前をだしたんですよ。あなたがタイセンとつながっているといっています。あなたは審査通過を確約したということですが」

「あいつらしい」ヴァルトハウゼンは苦笑した。「省としてはあくまですべての調査書と環境負荷調査を詳しく査定し、通常の審査を経てウィンドパーク建設を認可しました。申請を却下する理由はありませんでした」

「市民運動の主張をどう思われますか？」

ヴァルトハウゼンは目を丸くした。

「よろしいですか。だれもが再生可能エネルギーに賛成し、原子力に反対している。しかし自分の玄関先にはウィンドパークやバイオマス（動植物由来の再利用可能な資源）を欲しがらない。市民の反対運動は審査過程を長引かせて、投資家に負担をかけさせるだけでなく、納税者に何百万ユーロもの損害を与えているのです。しかもそういう反対運動の多くが個人的なエゴから来ている」

「エールハルテン・ウィンドパークの場合も？」

「もちろんですとも」ヴァルトハウゼンは足を組んだ。「テオドラキスはウィンドパークになど興味ないですよ。前の雇用主に一矢を報いたいだけです。しかも手段を選ばず」

「ふうむ。タイセン社長を個人的に知っていますか？」

「もちろん。あの会社がヘッセン州に風力発電施設を建設するのは、これがはじめてではないですから」

「ウィンドパークの建設許可に大きく寄与した風況調査書が本当に改竄《かいざん》されていると判明したらどうなりますか？」

ヴァルトハウゼンはためらった。

「どうして調査書を改竄する必要があるのですか？　稼働しないウィンドパークなど作ったら大損害でしょう」

「だれにとって？」

「事業主です」

「エールハルテン・ウィンドパークの場合、事業主はだれなのですか？」

「よく知りません。わたしはこのプロジェクトの詳細を知る立場にありませんから。それは各課の専門家の仕事です。それになぜそのような質問をされるのか解せないのですが」

「出入口がない状態で、どうしてプロジェクトの建設許可が認められたのか不思議でしたので。建設現場へのアクセスがいまだにはっきりしていませんね」

「なにをいいたいのです？」

「建設許可を与えるとき、省内のどなたかが申請書をよく見なかったのではないかと思うのです。こうした審査は詳細におこなわれるものですよね。とんでもない見落としだと思います。建設許可があろうとなかろうと、建設できないのですから」

「建設許可をだすにあたっては、さまざまなケースがあるのです」ヴァルトハウゼンは突然、細部を思いだしたようだ。「ケースAは地権者との仮契約が結ばれている場合で、ウィンドプロ社はこれにあたります。ケースBは比較的高くつきますが、追加投資は必要なくなります。予定地が州や市の所有地である場合です。それから自然保護の観点から問題があるケースもあります。これは解決不能です。したがってケースAしかありえません」

ピアはハムスターのことを考えた。

「問題の土地は突然、自然保護地域からはずされましたね？」

「その過程はわたしの知るところではありません」ヴァルトハウゼンはすらすら答えた。「条件が満たされていたので、建設申請を却下する理由はありませんでした」

どうやらひどい裏取引があったようだ。それも州環境省だけでなく、エップシュタイン市、それどころか郡や州ぐるみかもしれない。タイセンは要所要所に賄賂を贈ったのだ。テオドラキスはそれを知っていた。ピアは突然、テオドラキスが危ない橋を渡っていることに気づいた。秘密を暴露するかつての社員。水曜日の夜、血が上ってテオドラキスに暴力をふるったタイセンのことがピアの脳裏をかすめた。ウィンドパークの建設が失敗に終われば、ウィンドプロ社は明らかに破綻《はたん》する。タイセンは邪魔をされて黙っている男ではないだろう。ヒルトライター殺害に直接関わっているとは思えないが、彼にとっては好都合だった。テオドラキスは危険に身をさらしているのに、得意になってそのことに気づいていない。

ピアはヴァルトハウゼンに礼をいって、州環境省をあとにした。一階に下りる途中、消音モードにしていた携帯電話を設定しなおした。電話が二件かかってきていた。まずカイに折り返した。ヒルトライター兄弟の捜索令状が発付され、自宅や事務所の家宅捜索ができるという。捜索開始は午後一時。

「それで？」カイがたずねた。「ヴァルトハウゼンはなんていっていた？」

「テオドラキスにはなにも渡していないそうよ。あいつのことをかなり毛嫌いしているわね」

ピアは遠まわりをしたくなかったので立体駐車場の手前数百メートルのところに車を駐車していた。手を抜いたせいで、駐車違反切符を切られてしまった。

「タイセンは賄賂で建設許可を得たのよ」ピアは青い駐車違反切符をフロントガラスから取っ

て、ズボンのポケットに突っ込んだ。「どうやら蜂の巣を突いてしまったようね」

「しかしスズメバチが襲いかかる相手はきみじゃないだろう」カイは答えた。

「まあね」ピアは運転席に乗り込んだ。「でも、まずいのはわたしたちの被疑者よ」


オリヴァーはゲオルク＝ピングラー通りの駐車スペースに車を止め、駐車券発券機を無視してそのまま歩行者天国へ歩いていった。昨日、ニカとコーヒーを飲んだ〈チボー〉の斜め前に、〈カフェ・クライナー〉はある。父親は蒼い顔をして店から張りだしたオーニングの下の席にすわっていた。テーブルにはストロベリーケーキが載っているが、手をつけていなかった。

「どうしたんだ？」オリヴァーは心配になってたずねた。「幽霊にでも出くわしたみたいな顔をしているけど」

オリヴァーはすわって、コーヒーをブラックで注文した。

「わ……わけがわからなくて」そう答えて、父親はコーヒーカップをつかんだ。手がふるえて、カップを受け皿に下ろした。オリヴァーも昨日の夜から食欲がなく、父親が手をつけていないストロベリーケーキにも食指が伸びなかった。ウェイターがコーヒーを運んできた。

「それじゃ、話してくれるかい？」オリヴァーはいった。

父親は深呼吸した。

「公証人を訪ねてきたところだ。今朝電話があって、立ち寄るようにいわれたんだ」

「へえ、それじゃルートヴィヒの遺言状は本物だったということか」

「ああ。正式な手続きはまだだが、息子たちにせっつかれて、公証人が遺言状を読み上げた」

オリヴァーは興味津々で父を見た。「それで？　なにかもらえるのか？」

「ああ」父親は消え入りそうな声で答えた。「農場以外の所有地すべてだ。例外なく」

「まさか、あそこも……？」オリヴァーは唖然とした。

「ああ」父親は肩を落としてうなずいた。「問題の土地もだ」

「なんてことだ！」それがなにを意味するか理解して、オリヴァーは息を吐いた。ウィンドプロ社が三百万ユーロだすといっている草地が父親の所有になる！

「信じられない」オリヴァーはいった。「母さんには話したのか？」

「まだだ。一時間前に知ったばかりだ」

「それでヒルトライターの息子たちはどうした？　フラウケもいたのか？」

「いなかった。そのことが不思議でならなかった。ルートヴィヒはあの子に農場を遺贈した。グレーゴルとマティアスはもちろん大騒ぎしたよ。現金とバート・テルツにあるエルフィの実家しか受け取れないとわかってな。裁判に訴えるとふたりはいったが、公証人は勝てる見込みはないといった」

オリヴァーは興奮し、腰をもぞもぞさせた。

「あのふたりの顔をおまえにも見せたかった」父親は深いため息をついた。「憎しみを込めた目でにらまれた。わたしのせいだといわんばかりに」

「気にすることはない。あの土地をウィンドプロ社に売るのか？」

「気は確かか？」父親はあきれてオリヴァーを見つめた。「ルートヴィヒはウィンドパーク建設を阻止しようとしていたんだぞ！　あの土地をわたしに遺したのは、あいつが望んでいないことを絶対にしないと信じたからだ。遺産を受け取るかどうか悩んでいる」

「もちろん受け取るべきだ！」隣に年輩の夫婦がすわったので、オリヴァーは声をひそめた。「ルートヴィヒはあの草地を父さんに渡したかったんだ。だけど、父さんがその土地をどうするか押しつけることはできない。たとえ遺言状に書かれていてもね」

三百万ユーロ！　迷うことがあるだろうか。

「オリヴァー！　わからないのか？」父親はいらいらしてあたりを見まわしてから身を乗りだした。その目には今まで見たことのないものが浮かんでいた。むきだしの不安だ。

「ルートヴィヒは六週間前に遺言状を変更したんだ。なにか予感していたかのように！　あいつはあの草地のせいで殺されたのかもしれないんだぞ。その土地がわたしに渡った！　今度はわたしが狙われる」

「あの馬鹿どもはなんで遺言状を開けさせたんだ？」タイセンは叫びそうになった。そのくらい腸《はらわた》が煮えくりかえっていた。「待つようにいったはずだ！」

「金銭欲には際限がない」ラーデマッハーは肩をすくめた。

とんでもない話だ。昨晩、ヒルトライター兄弟がやってきて、草地売買の仮契約書に署名した。シャンパンまで酌み交わした。ところが、父親が問題の土地を子どもに遺さず、ウィンドパーク反対派であるうるさい友人に遺贈したことが判明した。

「仮契約はどうなる？」タイセンは窓から目をそらした。頭をフル回転させた。本当はこんなことに煩わされている暇はなかった。急いでファルケンシュタインへ向かう必要がある。アイゼンフートはすでに到着していて、いっしょに昼食をとり、調査書の問題をどうするか相談することになっていた。

「微妙だ」デスクに向かってすわっていたラーデマッハーが緊張した顔つきで首を横に振った。手元の灰皿からタバコの煙が上がっていた。「だれにかけ合えばいいというんだ？　所有者が死んだ。遺産分与された土地の新名義人はまだ土地台帳に記載されていない。所有者がいない状態だ。時間がかかる」

遺言状が発効するまでたしかに時間がかかる。ヒルトライターの遺族が異議を申し立てれば、所有者が確定するまで何年とはいわないまでも、数ヶ月はかかることになる。

「まずいぞ。じつにまずい！」タイセンは髪の毛をかきむしった。「受遺者と仮契約を結べ。金を積んで、なんでもいいから圧力をかけるんだ！　金で買えない奴はいない。われわれにはもう時間がない。六月一日までに着手しなければ、建設許可が期限切れになる」

「わかっている」ラーデマッハーは咳き込んだ。「しかし他にも問題がある」

「なんだ？」

「ヒルトライターはハインリヒ・フォン・ボーデンシュタイン伯爵に土地を遺贈した。その息子は、よりによってグロスマンの件を捜査している刑事だ」

「なんてことだ」タイセンは息をのんだ。すべてをかけたプロジェクトだ。中止するわけにはいかない。ウィンドパークが建設できなければ、ウィンドプロ社は一巻の終わりとなる。あんな虫けらのようなテオドラキスに勝ちどきをあげられてたまるか。そのときいいことを思いついて、タイセンはラーデマッハーの方を向いた。

「一度うまくいったのだから、もう一度やってみる価値はある。その伯爵とやらと話してみよう。首を縦に振らなかったら、その息子にあたる。警官も官僚だ。官僚は基本的に安月給で働かされていると思っているものだ」

「警官に賄賂をつかませるのか?」ラーデマッハーはまた咳の発作を起こし、タバコをもみ消した。

「いけないか?」タイセンは眉間にしわを寄せた。「われわれの友人の三分の二は官僚だ。そしてひとりとして、説得に手こずったことはない」

ラーデマッハーは懐疑的な目つきをした。

「なにか手があるはずだ。とにかく行って、伯爵に話をしてみろ。断れるはずがない」

タイセンは自分がいったことが気に入ってにやっとした。それから時計を見た。そろそろ行かなくては、アイゼンフート教授がますますへそを曲げてしまう。

父親が公証人のところで気付けに洋梨の蒸留酒ウィリアムズ・クリストを二杯飲み、〈カフェ・クライナー〉でもコニャックをダブルであおったため、オリヴァーが代わりに緑色のおんぼろランドローバーを運転してヴィースバーデン通りを走った。シュナイトハインから出ようとしたとき、ポルシェがエンジンをうならせ、猛烈なスピードで追い越した。オリヴァーは口座に三百万ユーロあれば、あんな車が簡単に買えるんだなと思った。

そのとき、金さえあれば成就する夢がたくさんあることに気づいた。たとえば新車。去年の十一月、事故を起こし、BMWをくず鉄にしてしまってから、警察車両を使っている。いつまでもそのままにしておけない。両親の敷地にある御者の家にだっていつまでも住んでいられない。そこに移り住んでかれこれ六ヶ月になる。しかし小ぎれいなアパートはそれなりに……金がかかる。金の持ち合わせが今はないし、これからも持てる見込みはない。父には目をつぶってもらい、ウィンドプロ社の申し出を受ければ話は別だ。名誉が傷つく心配はない。ただの取引じゃないか。需要と供給だ。二度とこんな幸運には恵まれないだろう。

三百万！　新車、おしゃれなキッチンのある自宅。サンクトペテルブルクまでのバルト海帆船クルーズ。テッシンの別荘……いや、そこまでだせるかな。テレーザとクヴェンティンと分ける必要がある。だが、その必要はあるか？　テレーザは金に困っていないし、クヴェンティンは農場と城を受け継いだ。弟夫婦は都合のいいことに生前贈与を受けていることになる。弟に商売の才覚があれば、農場と城は金の成る木のはずだ。

ボーデンシュタイン農場への道を曲がったとき、オリヴァーは弟たちに遺産を放棄させようとしている自分に気づいて愕然とした。オリヴァーは小さい頃から節約こそ美徳だと教え込まれて育ち、贅沢を望まない質なのを自負していたのに。義母が大金持ちだったので、間接的に援助してもらってコージマと彼は生活に困ることがなかったが、スポーツカーを買ってもらったり、バカンス費用を補ってもらったりしようなどと思ったこともない。

オリヴァーは、助手席で悄気《しょげ》返っている父親をちらっと見た。弟夫婦にしても、オリヴァーにしても、両親が死なないと、金の恩恵には与《あずか》れない。金目当ての自分勝手な考えをすぐに恥じた。どうしてこんなひどいことを！　駐車場を目前にしたところで、父親が沈黙を破った。

「ルートヴィヒがいっていた。火曜日の午前中、タイセンとラーデマッハーが農場にやってきたそうだ。契約書と小切手をだして、署名を迫ったらしい」

「小切手？」オリヴァーは、父親がそのことをいい忘れていたのを悪くとらなかった。あれだけひどい体験をしたあとでは仕方がない。

「ああ、考えてみろ。三百万ユーロの小切手だぞ」

「それで、ルートヴィヒは？」

「小切手を破って、ふたりにテルをけしかけたそうだ」蒼白い父親の顔にふっと笑みが浮かんだが、すぐに消えた。「タイセンは無事車に逃げ込んだが、ラーデマッハーはズボンを食い破られたそうだ」

タイセンは出かけていたが、ラーデマッハーに会うことができた。ラーデマッハーはヒルトライターを火曜日の午前中にたずねたことを否定しなかった。

「冷静に話ができると思ったんです」とオリヴァーにいった。「二年前、ウィンドパークがはじめて計画されたとき、あの土地を購入するか、長期にわたって借地する方向で交渉をしていました。ところがなぜか急に態度を硬化させて、聞く耳を持たなくなったんです」

ラーデマッハーはデスクに向かってすわった。彼の部屋はタイセンの社長室よりも小さく、暗かった。壁一面に天井まで届く棚があり、穴蔵のようだった。

「タバコを吸ってもいいですか？」

「どうぞ」オリヴァーはいった。「話をつづけてください」

「草地に道を作っても、それほどの破壊にはならないことを説明しました」ラーデマッハーはひと息でフィルターまで吸ってしまいたいとでもいうようにタバコを吸い、それからタバコを灰皿に置いた。「作るのは高速道路じゃない。工事中に出入りするための細いアスファルト道路だと。完成後はときどき技術者が点検のために通るだけだ。往来があるわけでもないし、迷惑をかけることはない。また風車は尾根に建てるので、ヒルトライターさんの農場から見えることはない、とも。それでも彼は首を縦に振らなかった」

「あなたたちは三百万ユーロを支払うといったんですね？」オリヴァーはたずねた。「別の道を通った方が簡単だし、安くすむのではないですか？　どうしてあの草地なのですか？」

「もちろん可能性は探りましたよ。別に大金を払いたいわけではないです。しかし土地はすべてヒルトライターさんの所有でした。他の案もあるにはありますが、すべて環境保護団体や自然保護局が絡む場所で、森を通り抜けるほかなく、これまた経費がかさむわけです」

「ヒルトライターさんの死はあなた方には都合がよかったわけですね」

「なにがいいたいんですか？」ラーデマッハーが険しい目つきをした。

「遺族たちとはたいして問題を抱えていないわけですから」オリヴァーは答えた。

「それはそうです。ご遺族はすぐ売却することを承諾しました。ところが」

「ところが？」オリヴァーはたずねた。

ラーデマッハーはもう一度タバコを吸ってから、灰皿でもみ消して立ちあがった。

「フォン・ボーデンシュタイン刑事」そういって、ラーデマッハーはズボンのポケットに手を突っ込んだ。「お遊びはやめましょう。事情が変わったことは知っています。あなたもご存じなのでしょう？」

オリヴァーは驚いたが、そのようなそぶりは見せなかった。公証人が遺言書を朗読したのはわずか二時間前だ。

「ええ、知っています」オリヴァーは少しためらってから認めた。

「それは好都合です」ラーデマッハーはデスクをまわり込んで、その角に腰かけた。「それではまわりくどいことはやめましょう。時間がないのです。残念ながらあなたのお父上が新しい地権者として土地台帳に記載されるまで長い時間がかかります。そこで、仮契約を提案します。購入価格はヒルトライターに提示したものと同額です」

「やめてもらいたい」オリヴァーは鋭い口調で答えた。

「提案するなというのですか？　なぜです？」ラーデマッハーの顔から親しげな表情が消えた。いやなほど計算高い目つきになった。「あなたのお父上は……」

「父は高齢です。友人の死に衝撃を受けているのです」オリヴァーは相手の言葉をさえぎった。「思いがけない遺産に動揺しているのはわかるでしょう」

「ええ、よくわかりますとも。心中お察し申しあげます。しかし計画中のウィンドパークはわれわれにとって最優先事項なのです。大金がかかっているんです。失敗すれば多くの人が職を失います」

ラーデマッハーは考え込むふりをして、オリヴァーの顔を見つめた。

「そうだ」彼は急に思いついたようにいった。「あなたからお父上に話してくれませんか。損はないでしょう」

オリヴァーの頭の中で警報が鳴り響いた。ラーデマッハーは似合わない茶色のスーツに趣味の悪いネクタイを締めていて、掃除機の訪問販売員のように見えるが、じつは外見に似ず危険な男らしい。

「待った」ラーデマッハーがその先をいう前にオリヴァーはいった。「よく考えていった方がいい」

「よく考えましたとも」今日は一日、そのことに取り組んでいましたから」ラーデマッハーは力を抜いて微笑み、腕組みをして首をかしげた。「あなたの弟さんがお父上から引き継いだ領地ですが、屋内馬場の改修でかなりの借金がありますね。馬場の経営と農業、もうかっていないようだ。収益を上げているのは古城レストランだけ。あそこだけはうまくいっている」

オリヴァーは相手を見つめながら気が気ではなかった。なにがいいたいんだ。

「それで、もしもですよ」ラーデマッハーは軽い口調でつづけた。「レストランが急にうまくいかなくなったらどうなるでしょう。ちょっとした食中毒。メディアは食いつくでしょう。あるいは料理長が辞めてしまうとか。評判というのは築きあげるよりも、失う方が速いものです。あなたの安月給でその苦境を救えると思いますか？」

オリヴァーは一瞬、絶句して、頭に血が上った。

「脅迫だ」オリヴァーはかすれた声でささやいた。

「とんでもないです、フォン・ボーデンシュタイン刑事、そんなつもりはありませんよ」相手はまた微笑んだが、目は笑っていなかった。「正直いって、そんなことになってほしくないですが、起こらないという保証はありません。しかし三百万ユーロあれば心配ないでしょう。わたしたちも助かります。お互いにとっていい取引です。ゆっくり考えて電話をください」

家族はみんな出かけていた。マルクは午後遅く起きて、家を出た。錠剤を二錠服用して、頭痛はなんとか耐えられるくらいに収まった。目を開けても、気分が悪くならなかった。

リッキーのところへは行かないと決心したのに、無性に会いたくなった。十数分後、スクーターを厩舎《きゅうしゃ》の横のドッグトレーニング場に止めた。そこは賑《にぎ》わっていた。舗装された農道の左右にたくさんの車が路上駐車していた。子犬の調教中だ。リッキーの姿を見て、胸がときめいた。リッキーが微笑みながらマルクに手を振った。いつもと変わらない。

マルクはフェンスに寄りかかってリッキーを見た。彼女は子犬の飼い主たちに躾《しつけ》の仕方を懇切丁寧に説明している。いつもどおりだ。マルクはほっとすると同時に失望した。目の隈《くま》とか、かき傷とか、青あざといった目に見える痕跡が残っているのではないかと思っていたのだ。彼女の口元を目にして、マルクはぞくっとした。

リッキーはいつもよりもきわどい胴衣を身に着けていて、日焼けした胸の谷間がはっきりと見えた。ボクサーの子犬を連れた初老の男がリッキーにくっついてばかりいる。リッキーはニコニコ笑って、色っぽく首をかしげた。マルクは嫉妬を覚えた。そのすけべじじいがなにを考えているかわからないのだろうか。そいつはリッキーの胸と尻しか見ていない。リッキーがパートナーだったら、そいつはそういう服装を禁じるだろう！　すけべじじいがリッキーの肩に手を置くのを見て、マルクはフェンスの柱をぎゅっとつかんだ。もう耐えられない。すけべじじいはなにを考えてるんだ。そのとき、だれかに背中を突かれ、はっとして振り返った。

「よう」マルクの前にリーヌスが立っていた。学校でいかれた連中を率いるリーダー格だ。ろくに言葉を交わしたこともない。

「ここでなにをしてんだ？」

「ここで働けって裁判所にいわれてね」マルクはとっさに嘘をつき、そんな自分に腹を立てた。

「えっ、まだやらされてんの？　ひでえな」リーヌスはマルクの隣に寄りかかった。「俺はじいさんのお供さ。母親が新しい犬を買ってね。だけど、母親は犬の躾ができない」リーヌスはボクサーを連れた男の方を顎でしゃくってくすくす笑った。

「だけど、じいさんはあの女が目当てみたいだな」リーヌスは声を押し殺していった。「すっかりのぼせあがってんな」

マルクは目を白黒させた。

「だれのこと？」マルクは鈍感なふりをした。「リッキー？」

「そうとも。セクシーだよな。そう思わないか？　ちょっと老けてるけど、俺のじいさんももう若くないからね」

マルクはもともとリーヌスが好きではなかったが、憎しみを覚えた。怒りで胃が引きつった。なんでリッキーのことをそんな悪くいうんだ。できることならリーヌスを片付けて、それからすけべじじいを叩きのめしたいと思った。

「だけど、ここで働けるなんてついてるじゃないか。バカンスに来てるようなもんじゃん」リーヌスは悪気のないまましゃべりつづけた。「俺なんか幼稚園のキッチンだったからな。最低だったぜ。二度とごめんだ。なんだよ、おまえもあの女がいいのか？」

「なにをいってんだよ！」マルクはあわててリッキーから目をそらした。「変なことをいうよな。年増じゃないか。気があるわけないだろ」

マルクはすぐ自分を恥じた。なんて意気地なしなんだ。

ようやく講習会が終わり、犬の飼い主たちはもう少し犬を走りまわらせた。リーヌスの祖父がなにか話しかけると、リッキーはおもしろがって笑い、腰を振った。マルクは嫉妬と自己嫌悪でどうかなってしまいそうだった。いっそのこと、リーヌスにいってしまいたかった。〝ああ、リッキーは最高さ！　世界一すばらしい人だ。彼女が好きだよ〟しかしいうことはできなかった。リーヌスにからかわれると思ったからだ。

「来いよ、じいちゃん！　トレーニングがあるんだからさ」リーヌスはそう叫んでからマルクの肩を叩いた。「じゃあ、またな！」

「ああ、じゃあな」マルクは心中、二度と顔を見せるな、糞野郎とののしりながら背を向けた。

「マルク！」そのときリッキーが声をかけてきた。「マルク、待って！」

リーヌスはまだそばにいて見ている。だから、マルクはわざとかったるそうに向き直った。

「なに？」マルクはたずねた。リッキーがフェンスのそばにやってきた。

「急いで動物保護施設《ティアハイム》に行かなくちゃいけないの。あの年老いたジャック・ラッセル・テリアの飼い主が連絡を寄越したのよ。入院中に愛犬がいなくなっちゃって、絶望していたんですって。預けておいたドッグホテルから抜けだしたようね」

彼女は青い目をきらきら輝かせていた。

「それはよかった。いっしょに行って、餌やりを手伝う？」

「ううん、ひとりで大丈夫。でもあたしの犬たちが今日はあまり運動していないのよ。よかったら、ぐるっと散歩して、こっちに連れてきてくれないかしら？」

マルクは少々がっかりしたものの、うなずいた。

「ああ、いいよ」

「助かるわ」リッキーはマルクの腕に少しだけ手を置いた。「じゃあね！」

蒸し蒸しする。この数日、雨がつづき、急に暖かくなったからだ。これから嵐になりそうだ。キッチンからテラスに通じる二枚の掃き出し窓が大きく開け放ってある。風はやんでいた。物思いに沈みながら、ニカはコンロに向かって子牛のすね肉を焼いていた。強火で焼いて焼き色がついたところでひっくり返した。換気扇は強に設定してある。そのため玄関のドアが開いたことに気づかなかった。彼女はぎくっとした。テオドラキスに後ろから抱きつかれたからだ。

「やめてよ！」ニカは彼の腕の中で振り返った。「どうかしてるんじゃないの？」

「俺たちしかいないじゃないか」そう答えて、テオドラキスはキスをしようとした。ニカは身をよじって離れた。

「今はいや。肉が焦げちゃうでしょう」

「いいにおいだな。なにをこしらえてるんだ？」テオドラキスは興味を抱いてなべを覗いた。

「オッソ・ブッコよ」ニカは前髪を払った。

テオドラキスは冷蔵庫から炭酸水の瓶をだして開けた。シュッと炭酸が抜けた。

「昨日見たぞ。スーパーの駐車場で刑事と話していただろう」テオドラキスはさりげなくいった。「おまえに何の用だったんだ？」

ニカはびっくりした。見られているとは思わなかった。必死で言い訳を考えた。オリヴァーといっしょにスーパーで買い物をしたあと、車の中でおしゃべりをした。そして雨が上がったので散歩をした。しかしそんなこと、テオドラキスには口が裂けてもいえない。

「買い物をしていたときに偶然出会ったのよ。フラウケに最後に会ったのがいつか訊かれたの」まんざら嘘でもない。オリヴァーはそのことで店にやってきたのだから。

「なんでだ？」

「姿を消したらしいの」ニカは肩をすくめて彼の方を振り返った。「今日も一日店にあらわれなかったわ」

「フラウケはおやじを心底毛嫌いしていたからな。撃ち殺したのは、あいつかも」テオドラキスは炭酸水をラッパ飲みして、そのまま瓶を冷蔵庫に戻した。まったくひどい癖だ。

「まあ」テオドラキスは軽くいった。「だれにも秘密はあるってことだ」

とくにあなたにはね、とニカは彼の服についていた血を思いだした。テオドラキスはルートヴィヒと喧嘩をしたあと車に飛び乗り、夜中に帰宅した。あのときは人を殺しても不思議ではないほど怒り狂っていた。

しかしニカはなにもいわず、タマネギとトマトと赤いパプリカを小さくきざんだ。

「秘密といえば……」テオドラキスはげっぷを我慢しながら、キッチンチェアにすわった。

「このあいだ新聞を見ていてぎょっとしたよな。俺は気になってさ」

ニカは彼の視線が背中に刺さるのを感じた。掌《てのひら》に汗がにじんだ。

「あのあと新聞をよく見てみた。一面ずつ」テオドラキスは話をつづけた。

ニカは振り返った。テオドラキスは足を組み、両手を頭の後ろで組んで、ニカから目をそらさずニヤニヤしていた。「アイゼンフート教授の新刊紹介の記事に目がとまった。教授の名前とさ、おまえの名前をグーグルで複合検索すると二、三百件はヒットする。知ってた？」

「当然でしょう。アイゼンフートは何年もわたしの上司だったのだから」頭の中は混乱しきっていたが、ニカは動じないふりをした。そんなことを知っても、テオドラキスにはなにもできはしない。いや、そうだろうか。「わたし、あいつの助手だったの」

「なんにも話してくれないなんて水くさいよな。何ヶ月も、俺がおまえの専門分野の話をしていたのに知らんぷりとはね。なんでだ？」

突然、彼の目つきが変わった。ニカは冷たい不安に心臓をがんじがらめにされ、頭が働かなくなった。言葉に気をつけないと。テオドラキスはなにも知らない。ただ本名と教授の助手だということを突き止めただけだ。彼の顔から笑みが消え、褐色の目が彼女の目をにらみつけた。

「今晩、あいつの講演会にいっしょに行かないか、ゾマーフェルト博士？」テオドラキスは邪気のない笑みを浮かべた。「顔を見せたら、教授は喜ぶんじゃないかな」

六時半を少し過ぎていた。オリヴァーはゆっくり階段を上って廊下を曲がった。そこが捜査十一課だ。開け放ったドアから声が漏れている。ホーフハイム刑事警察署の署員がほぼ全員、会議室に詰めかけている。オリヴァーはそのまま自分の部屋に入りたかったが、ピアは目敏《めざと》く見つけると、目を吊りあげて彼のところへやってきた。

「一日じゅうどこに行っていたんですか？」オリヴァーが覚悟していたとおり、ピアが非難がましくいった。「何十回も連絡したんですよ。なんで返事をしてくれなかったんですか？　こっちは大変なことになっていたのに！」

オリヴァーもヒルトライターのとんでもない遺言状とラーデマッハーの脅迫で大変だったが、それを話すことはできなかった。立ち話で話せる内容ではない。

「すまない」オリヴァーはいった。「わたしは……」

廊下の奥の署長室のドアが開くのを見て、オリヴァーは口をつぐんだ。ニコラ・エンゲルが出てきて、ヒールをこつこつと鳴らし、すさまじい形相で近づいてきた。

「雷が落ちますよ」ピアがオリヴァーに耳打ちした。「フラウケ・ヒルトライターの車……先に伝えておこうと思ったのに、電話に出ないから」

「ああら、首席警部。会えてうれしいわ」署長がねちっこくいった。明らかにご機嫌斜めだ。

「では、はじめましょう……」

オリヴァーとピアは人でごったがえす会議室に入った。他の課からも十八人の応援が来て、大きなテーブルを囲んですわっていた。

署長を見て、みんな話をやめ、その場はしんと静まりかえった。オリヴァー以外の全員が、雷が落ちることを覚悟しているようだ。

署長はテーブルの上座にすわった。オリヴァーはピアと並んでその横に腰かけた。

「いったいどういうことなの？」署長は冷たくいい放った。「キルヒホフからゆゆしき失態があったという報告を受けたわ。どうしてそうなったのかここで聞きたいわね。大々的に捜索中の被疑者が捜している車に乗っていないことに、どうしてだれも気づかなかったのかしら？」

オリヴァーはわけがわからなかった。硬い表情のまま、エンゲル署長の発言から状況を把握しようとした。

「捜査十一課の仕事を支援するため十八人も応援をまわしたのに、このていたらくはなに？　大きな所帯は、全体をうまく束ねる者がいてはじめて機能するものよ。しかし今回はそれがうまくいっていないようね」

エンゲル署長はX線のようになんでも見抜く鋭い視線で、その場にいる捜査官たちをねめまわした。ほとんどの者が俯《うつむ》いたり、非難するようなまなざしでオリヴァーを見たりしていた。

「今回の捜査は支離滅裂！」署長は目の前に置かれた二冊のファイルを人差し指で叩いた。「脈絡のない推理ばかりではないの。確かな証拠がひとつもない。そのうえ、こんな醜態をさらして！　わたしたちは、グロスマン事件とヒルトライター事件の解明にはほど遠いわね。わたしはここであえて〝わたしたち〟といわせてもらうわ。こんなお粗末な捜査をしていたら、警察はよく思われないでしょう！」

気まずい沈黙。咳払いひとつない。みんな、息をひそめている。

「クレーガー、説明してもらいましょうか。どうしてあなたの部下のだれひとりとしてガレージを覗いてみようとしなかったの？」署長がそういいだしたところで、オリヴァーが割って入った。

「失敗があったら」オリヴァーは署長がなにを怒っているのかいまだにわからないままいった。「責任はわたしが取ります。捜査を指揮しているのはわたしですから」

署長は彼の方を向いた。

「あら。捜査を指揮しているのはあなただったの？　そうとは知らなかったわ。一日じゅうどこにいたのかしら？」

皮肉たっぷりなのは聞き逃しようがなかった。

「捜査に出ていました」オリヴァーは署長の目を見返した。公然と力と力がぶつかり合った。オリヴァーは尻尾を巻きたくなかった。謝罪する気もないし、言い訳をするつもりもない。今ここではできない。

「そのことはあとで話しましょう」署長はじろっとにらんだ。面子《メンツ》をつぶしたくない署長は先に視線をそらした。そのときオリヴァーは署長の歯ぎしりが聞こえたような気がした。

「キルヒホフ上級警部、どうぞ、報告をはじめて」署長がピアにいった。署長にまたじろっとにらまれると、オリヴァーは眉を吊りあげて応じた。ピアの報告をしっかり聞くつもりだったが、いつのまにか物思いに耽《ふけ》っていた。

警察に身を置いて二十年以上、金で抱き込もうとする者が何人かいたが、オリヴァーは誘惑に負けることはなかった。潔白であることの方が大事だったからだ。それなのに、どうしてラーデマッハーの申し出には道義的な怒りを覚えないのだろう。しかも、考えようによっては、あいつにそんな意図はなく、勝手にオリヴァーが空まわりしただけともとれる。あいつは草地を売却するよう父親を説得しても損はないといっただけだ。それだけでは、どんなに容赦ない内部捜査でも、贈賄の試みとは認定できないだろう。

しかし今晩、父親にはなんといったらいいだろう。クヴェンティンとマリー＝ルイーゼのふたりにも、ラーデマッハーが思わせぶりになにをいったか伝えなければならない。そうすれば、ふたりはすぐ、問題が起きる前に草地を売れと父親にいうだろう。

父親にその気がないのに、子どもたちがせっついてウィンドプロ社に草地を売却させたら、脅迫に屈したことになるだろうか。それでも、三百万ユーロは賄賂とみなされるだろうか。

オリヴァーは内心ため息をついた。そうできれば一番簡単だ。大金が転がり込むわけだし。しかし父親が考えを変えるとは思えない。ヒルトライターに負けず劣らず頑固だ。しかしそうなったら、ラーデマッハーも黙っていないだろう。あいつはなにをするかわからない。

「それで？」テオドラキスは彼女を見た。「なんで過去を隠すんだ？」

ふたりは食卓をはさんで向かい合わせにすわっていた。オッソ・ブッコはオーブンにかけ、じゃがいももコンロでゆでている。ニカは気を取り直して、テオドラキスに本当のことを打ち明けるべきか考えた。そうすれば状況がどんなに深刻かわかるはずだ。だがそれでも彼は今晩、アイゼンフートの講演会に行くだろう。タイセンを困らせることが狙いだ。しかしそれですむだろうか。テオドラキスは時限爆弾も同じだ。復讐心と傷ついた自尊心に目が眩《くら》んでいる。

「十一年間、わたしは一日も休みを取らず働きずくめだった。それで急に疲れ切っちゃって」

ニカは嘘をつくことにした。テオドラキスは信用できない。「燃えつき症候群というやつね。なにも手につかなくなってしまったわ。上司はわたしを理解してくれなかった。それでクリスマスの直前にすべてを投げだして辞職したの」

テオドラキスはニカを見つめた。納得していないのは目を見ればわかる。

「おい、ニカ」テオドラキスがいきなりニカの手をつかんだ。「おまえと俺、俺たちが組めばすごいことができる。おまえはドイツの気候の教皇アイゼンフートの助手だった。正真正銘の関係者だ！　俺だってクビになる前まではちゃんと仕事をしていたんだ。それがどうだ、この業界ではもうどこにも居場所がない」

テオドラキスは彼女の手を放して立ちあがった。

「タイセンは金しか頭にない糞野郎だ。あいつはエコになんてまるで興味がない。あいつがライン・ヴェストファーレン電力会社の重役だったたって知っていたか？　原子力エネルギーの責任者だったんだぞ。あいつら原子力のロビイストは一九八〇年代にすごいことを思いついたんだ。気候問題のでっちあげさ。原発を新設するためにな。原子力は二酸化炭素の排出削減のための切り札だといいだしたんだ」

テオドラキスは両手をジーンズのポケットに突っ込んで、キッチンの中を歩きまわった。ニカは不安を感じながらその様子を観察した。

「世界じゅうの政治家が喜々としてそれに乗った」テオドラキスは話をつづけた。「森の枯死とオゾンホール問題では人間を脅《おど》かして、誘導することがうまくできなかったけど、人間が作りだした気候変動は都合がよかった。環境保護といえば、なんでも通るようになった。どんなことでも禁止することができるし、増税だってできる。世界の権力者たちは、全人類をおびやかすすばらしい敵を見つけたんだ。それはロシアでも、核兵器でもない。二酸化炭素だ」

ニカは黙って聞いていた。世界規模の気候政策は誇張しすぎだと断じる人々をよく知っている。そして九ヶ月前からは、彼らの主張が正しいことも。懐疑論者の声はどんどん大きくなっている。著名な科学者まで、人為的な世界的気候変動は眉唾だといいだし、証拠となる数値と事実を提示した。二酸化炭素削減という法的拘束力を持つ戦いに対して抗議の声が強まっているのに、政治家たち、そして国連まで方針を変えようとしない。ニカも自分の研究の正しさを確信していた。ドーヴィルでシアラン・オサリヴァンに出会うまでは。

テオドラキスは食卓の前に立ち止まり、ニカにかがみ込んでいった。

「お利口なわれらが友タイセンは再生可能エネルギーに乗り換えたパイオニアのひとりさ。あいつの会社とあいつのプロジェクトは、世界じゅうで石油や石炭を採掘している奴らに資金を提供しているんだ。ひどいジョークだよな。だけど、だれひとりそのことに気づいていない。それに気候変動問題が世界じゅうに広まることで懐《ふところ》を暖めているのが気候学者とメディアと産業界と政界だってことにもほとんどだれも気づいちゃいない。俺が戦っているのはそこなんだ！　嘘で塗り固められ、タイセンやおまえの元上司のようなひと握りの人間を肥え太らせている世界規模のエコ独裁に反対しているんだ。あのくだらないウィンドパークなんて取るに足らないもんさ。だけどああいうやり方をすれば、マフィアどもの手口を公《おおやけ》にできる」

キッチンは蒸し暑かったのに、らんらんと光る目を見て、ニカは背筋が寒くなった。テオドラキスが最後にいったことは真っ赤な嘘だ。オサリヴァンと違って、こいつにそんな覚悟はない。悪事をあばく意志などこれっぽっちも持ち合わせていない男だ。こいつの頭にあるのはタイセンへの仕返しだけ。そのために市民運動を動かしてきた。そして今度はニカの名前を利用する気だ。冗談じゃない。そんなことをされてたまるか！

「ヤニス」ニカはいった。「どんなに危険なことをいっているかわかっていないでしょう」

「俺のことなんて、どうだっていい」テオドラキスは苛立たしそうに手を横に振った。「だれかが勇気をふるいおこして、いいださなくちゃいけない。恐いことなんてあるもんか」

「恐れた方がいいわ。あなたが攻撃している連中は権力があるのよ。手ぬるいことはしない。連中がどういうことをするか、わたしは知っている。連中と事を構えるのはやめて」

テオドラキスは首をかしげて、ニカを探るように見た。

「うちの地下に間借りしているのは、仕事に燃え尽きたからじゃない。そうなんだろう？」

ニカは答えなかった。コンロに立ってじゃがいものゆで具合を見た。テオドラキスが背後に立って、彼女の肩に手を置いて振り向かせた。

「俺が正しいってわかってるんだろう。手伝ってくれ！　俺を支えてくれ！」

「いやよ！」ニカは語気強く答えた。「もう関わりたくないの。それに、あなたが前の雇い主に復讐するための道具にされるのはごめんよ！」

テオドラキスがニカの目を食い入るように見つめた。

「おまえを利用するなんて」テオドラキスはショックを受けているふりをした。

もちろん利用するつもりにきまっている。こいつを近づけたのはやはり失敗だった。こいつは怒りっぽい。要求をはねつけたら、腹いせになにをするかわからない。

リスクを背負うしかないか。どんなにまずい状況か理解してもらうために、本当のことをいうべきだろうか。だめだ。それはできない。そんなことをしたら、こいつにがんじがらめにされてしまう。

緊張したせいで手がふるえた。じゃがいもはゆですぎになり、水がなくなって鍋がじゅうっと音をたてた。だがニカはそれどころではなかった。外で犬が吠えた。もう一匹も吠えだした。

「あなたが今夜、講演会に行くなら」ニカはささやいた。「絶対にわたしの名前をださないと誓って」

テオドラキスも、ニカが困ることはしないだろう。好きだといわれた。だが本当だろうか。口だけではないだろうか。欲望によって理性を失った男は本当のことをいわない。テオドラキスが例外のはずがない。

「約束するよ」テオドラキスは答えた。信じるには返事が早すぎた。突然、ニカは耐えられなくなった。しつこくくっついてくるな。奴の手が腕に触れた。汗で濡れた手が気持ち悪い。それでもぐっと我慢して、テオドラキスの顔を両手で包み、キスをした。欲求が抑えられなくなったのか、テオドラキスが舌を入れてニカを抱きしめ、自分の下半身をニカの腰に押しつけた。ニカはできることなら突き飛ばし、股間に膝蹴りを食らわして包丁を胸に突き刺したい気分だ。こんなに吐き気のする男ははじめてだ。しかし拒否したら、逆恨みされる。思いがけない力でニカは抱き上げられ、流し台にすわらされた。彼の手がスカートをたくしあげ、無理矢理引っ張られたスリップが破れた。

「ああ、ニカ、ニカ！　おまえに惚れちまった」テオドラキスはそうささやいて、彼女の股の間に体を入れ、固くなった腰のものをすりつけてきた。こんなことを喜ぶと思っているのだろうか。興奮するとでも。ニカは顔をそむけ、目を閉じて唇をかんだ。もとはといえば、こいつに火をつけたのは自分だ。ここは合わせるしかない。ろくなことにはならないだろうが。

ピアがテーブルの下でオリヴァーのすねを軽く蹴った。オリヴァーははっとして顔を上げた。エンゲルの冷たいまなざしが目にとまった。これ以上にらまれるとまずい。個人の問題は後まわしにしなければ。

「……フラウケ・ヒルトライターのアパートで発見された銃に関しては、あいにくまだ線条痕検査の結果が出ていません」クレーガーの言葉が、オリヴァーの耳に入った。「しかし雨水枡《うすいます》の中から見つかった死んだ鳥は明らかにヒルトライターの大鴉です」

クレーガーは、大鴉がどんなに残酷な方法で殺されたか淡々と報告した。

「まだ明白な証拠はありませんが、立入禁止の家に入り、大鴉を殺したのはフラウケ・ヒルトライターだとにらんでいます。そのあとフラウケ・ヒルトライターは自分の車をガレージに入れ、父親の車で逃走したのです」クレーガーはそういって報告をしめくくった。

オリヴァーもようやく、エンゲル署長がなにを怒っているのか合点がいった。フラウケ・ヒルトライターの捜索はラジオ、テレビ、新聞を通して国内全域で大々的におこなわれている。ただし彼女がフィアット・プントに乗っていることを前提にしていた。その車が鴉農場《ラーベンホーフ》のガレージに止めてあったとは。これはたしかに大失態だ。それと同時に、フラウケが犯人である可能性が高まった。署長と違って、オリヴァーはフラウケの容疑が充分固まったと思っていた。彼女には強い動機があり、犯行をおこなう機会と手段があった。

だがその日の午後、さらに別の事実が浮かびあがっていた。兄のグレーゴル・ヒルトライターの自宅を家宅捜索した際、草地の売買に関するウィンドプロ社との仮契約書が見つかったのだ。契約書には彼と弟、シュテファン・タイセンとエンノ・ラーデマッハーの署名があり、昨日の日付になっていた。グレーゴルにアリバイがなく、火曜日の夜、義父の誕生パーティに戻ったときになぜ服を着替えてきたのか納得の行く説明ができなかったため、ピアは緊急逮捕させた。

「マティアス・ヒルトライターはどうだ？」オリヴァーはたずねた。数人の捜査官が苦笑した。家宅捜索の際、マティアスが虚脱状態に陥《おちい》るのを目《ま》の当たりにしていたのだ。

「彼にはできないでしょう」ピアはいった。「軟弱者です」

刑事警察と同時に裁判所執行官がマティアスのところを訪れ、差し押さえをした。はじめは警察などどうでもいいという態度だったが、絵画や家具、アクセサリー、さらには妻のスポーツカーまで差し押さえられるのを見て、子どものように泣きじゃくった。

「駐車場の男についてなにかわかったか？」オリヴァーはみんなにたずねた。

「近所に住む住人がふたり、たしかにその男を目撃していた」ケムは答えた。「ひとりは〈クローネ〉で料理をテイクアウトした女性。もうひとりは犬を連れて森から出てきた男性」

「男の人相風体は？」

「背が高くがっしりした体格。灰色の髪、ポニーテール。サングラス。車はミュンヘンナンバーの黒塗りのBMW5シリーズ」

そのときオリヴァーの頭の霧が晴れ、記憶がまばゆい閃光となって脳裏に蘇《よみがえ》った。

「そいつを見たことがある」似顔絵の作成を提案したケムをさえぎって、オリヴァーはいった。

全員がオリヴァーの方を向いた。

「覚えているか、ピア。火曜日にウィンドプロ社を訪ねたときだ。あいつは、わたしたちといっしょに社屋から出て、駐車場に向かった」

記憶力がいいはずのピアが首を横に振った。張りつめた静寂が会議室をおおい包んだ。リーダーが間違えれば、どう頑張っても部下はなにも達成できない。

だがオリヴァーは確信していた。革ジャンを着た灰色のポニーテールの大男。奴はオリヴァーをじろじろ見た。駐車場へ向かうときのゆっくりした足取りが妙に気になった。

「タイセンとラーデマッハーに例の調査書のコピーを見せたときだ」オリヴァーはピアが記憶を取りもどす手伝いをした。「よく覚えている。あのとき気づいたんだ、きみの……」

オリヴァーは口をつぐんだ。みんなの前でいうのははばかられた。

「なにに気づいたというんですか？」ピアがたずねた。眉に深いしわが寄った。

二十四人の面々がオリヴァーの説明を待った。

「指輪だ」オリヴァーは答えた。「きみが指輪をはめていることに気づいた。それでよく覚えている」

二十四人の目がリモコン操作されたかのようにいっせいにピアの左手を見た。ピアは拳を固めてまたひらいた。薬指にはめた細い銀の指輪を見つめて、額《ひたい》をなでたが、表情は変わらなかった。

「ごめんなさい」すこししてからいった。「本当に思いだせない」

ピアは顔を上げて、エンゲル署長の方を見た。署長がうなずいた。

「今日はここまでにしましょう」ピアは一同を見た。「みんな、ありがとう。これで上がって。それから非番の人にはよい週末を」

ささやく声と、椅子の脚が床をこする音がして、みんな解散した。捜査十一課の面々だけがそこに残った。

「明日の朝、署長室に来るように」エンゲル署長はオリヴァーにいってから、威厳を持ってうなずき、立ち去った。

オリヴァーは署長が会議室から出ていくのを待った。

「時間を十分くれないか？」オリヴァーはピアにたずねた。

「もちろんです、ボス」ピアはボスを見ることなく答えた。まだ腹を立てている。

「指輪って、なんなんだ？」カイが興味津々でたずねた。

「どうだっていいでしょう」ピアはリュックサックをつかんだ。

突然、ガラスドアが椅子にぶつかり、二匹の犬が尻尾を振り、はあはあいいながらキッチンに飛び込んできた。ヤニス・テオドラキスはびっくりしてニカを放し、数歩さがった。拳骨が飛んできた。テオドラキスはかろうじてよけた。

「豚野郎!」マルクがすごい剣幕で怒鳴り、テオドラキスにぶつかってきた。椅子が倒れ、犬が吠えた。ニカはスカートを下ろした。

「なんなんだ?」テオドラキスは叫んで、両手で顔を守った。「いきなりなんだよ?」

だがマルクは狂ったようだった。むきになって殴りかかり、両手で頑丈な食卓にテオドラキスを押さえつけた。顔が涙でぐしゃぐしゃだ。椅子がまた一脚、バタンと倒れ、二匹の犬はキッチンから逃げだした。テオドラキスはようやくマルクの手首をつかんだ。

「やめろ!」テオドラキスはあえぎながらいった。「やめるんだ!」

「あんた、あいつとキスしてただろう! そこの……女と」マルクはそう怒鳴ると、コンロのそばで固まっているニカの方を向いた。マルクは手を振りほどこうとしたが、テオドラキスはがっちりつかんでいた。マルクはいつからテラスにいたのだろう? この登場の仕方からすると、しばらく前からいたようだ。まずい。本当にまずいぞ。

「おまえ、勘違いしているぞ!」テオドラキスはそういったが、マルクは聞いていなかった。

「嘘つき! 嘘つき! 嘘つき!」我を忘れて叫んだ。「あんた、興奮してたじゃないか! そこの女に目をつけていたのは気づいてたんだ。リッキーを裏切るなんて」

「もうやめろ!」テオドラキスは怒鳴って、マルクを揺すった。「気は確かか?」

マルクはしゃがみ込んだ。

「なんでこんなことをするんだよ?」マルクはしゃくり上げた。「どうしてニカといちゃいちゃするんだ? あんたにはリッキーがいるじゃないか!」

マルクはテオドラキスの脚にかじりつき、小さな子どものように泣きわめいた。テオドラキスはニカとさっと視線を交わした。ニカはなにもいわず背を向けると、地下に姿を消した。

「おい、マルク」テオドラキスはマルクの頭をなでた。リッキーはすぐ帰ってくるかもしれない。そうしたら面倒なことになる。「落ち着けよ。ほら、立て」

テオドラキスはかがんで椅子を起こし、それから食卓の位置を直した。

「本当に誤解だ」テオドラキスはいった。「なんでもなかったんだから」

テオドラキスはマルクの肩に手を置こうとしたが、マルクは汚らわしいものを見るような顔をしてあとずさった。

「嘘つくな!」マルクはまた声を押し殺していった。「クソ野郎! ちゃんと見たんだからな。あんたはニカとキスをして、舌を入れ、あいつにのしかかったじゃないか! ぼくが偶然入ってこなかったら、リッキーのキッチンであいつとやったにきまってる!」

テオドラキスはマルクを見つめた。このガキはどういうつもりだ。道徳を説こうっていうのか。良心に訴えるっていうのか。頭に血が上った十六歳に弁解するなんてごめんだ。しかしなにか作り話をこしらえて納得させないと、リッキーのところへ行って、ばらすかもしれない。まずいことになったと気づいて、テオドラキスは焦った。マルクがあらわれるのがもう少し遅れて、ニカとセックスの最中を目撃されていたら万事休すだった。

「いいかげんにしろ！　ああ、わかったよ。俺はあの女にキスをした！」

「なんでだよ？」マルクが詰問した。「あ……あんたはリッキーを愛してるんだろう？」

「マルク」テオドラキスは諭《さと》すような声でいった。「もちろんリッキーを愛してる。さっきのは、俺が悪いんじゃない。本当だ。リッキーにはいうな。苦しめるだけだ」

マルクは激しく首を横に振った。

「話し声がはっきり聞こえた。ウィンドパークなんてどうでもいいんだな。だけど、ぼ……ぼくは……あんたに協力した！　いわれたことはなんでもした！　あんたが本気だと思ったから」

今マルクを失うのはまずい。テオドラキスは尻を蹴飛ばしてやりたかったが、我慢してマルクの肩に腕をまわした。マルクがキレたことにびっくりしていた。物静かで、ほとんどなんでもいうことを聞くガキだと思っていた。こいつの頭の中はどうなっているんだ。

テオドラキスはマルクを椅子にすわらせ、前にしゃがんでマルクの両手を包んだ。

「いいよってきたのはニカだ」テオドラキスは訴えた。「何週間も前から俺に色目を使っていた。リッキーがいないとき、裸でうろついたこともあった。やめろって何度もいったんだ。だけど今日は……ちくしょう。おまえがあらわれてくれて本当によかった。あのままだったら、どうなっていたことか。リッキーに隠しごとをする羽目に陥ってたかもしれない」

テオドラキスは両手で顔をぬぐった。

「マルク、おまえも男だろう！　恋人の友だちが抱きついて、キスをしてきたらどうするよ？　お……俺は……魔が差しちまったんだ！　わかるだろう？」

男同士の気持ちに訴えたのは功を奏した。マルクはまだ険しい顔でにらんでいたが、多少は信頼する気持ちが芽生えたようだ。

「いいか、女なんてろくでもない。リッキーが親友だろうとニカにはまったく関係ないんだ」

テオドラキスはしゃべりつづけた。ニカにどう思われようが、もはやどうでもよかった。もうマルクを家に入れるな、と今夜リッキーにいわなくてはいけない。こいつは頭がおかしい。まあ、あんな過去があるんだから無理もないが。

玄関のドアが開くと、犬がうれしそうに吠えてリッキーに飛びついた。彼女はキッチンに入ってきて、買い物袋をふた袋、食卓に置いた。あいかわらず鈍感だ。なにも気づいていない。

「ただいま、あなた！」リッキーはテオドラキスにキスをしてから、マルクの方を向いた。

「マルク、犬の散歩をしてくれたのね、ありがとう」

リッキーは袋の中身をだして、冷蔵庫にしまい、ジャック・ラッセル・テリアの飼い主の話をはじめた。飼い主はうれし泣きして、動物保護施設《ティアハイム》に小切手で千ユーロも寄付してくれた、と。そのとき、テオドラキスとマルクのふたりが黙っていることに気づいた。

「どうしたの？」そうたずねて、リッキーはふたりを順に見た。

「なんでもないさ」テオドラキスは屈託なく微笑んだ。「ちょっと考えごとをしていたんだ。ファルケンシュタインである講演会、おまえも来るだろう？」

「もちろん。だから早く帰ってきたんじゃない」リッキーは口元をゆるめた。テオドラキスは彼女を腕に抱いた。そしてマルクに鋭い視線を向け、出ていけと顎でしゃくった。マルクはごくんと唾をのみ込んだが、慕っているリッキーにさっきのことをいうことはできなかった。

「ぼ……ぼくは帰るよ」そうささやいて、マルクはキッチンのドアを抜けて庭に姿を消した。

政財界の錚々《そうそう》たる人々が集まっていた。その場の雰囲気は上々で、期待にあふれていた。ホールの最前列には市と郡と州の名士が席を占め、その後ろには報道陣がひしめき、フォルダータウヌス経済クラブの招きでたくさんの人が詰めかけていた。

タイセンはフォルダータウヌス経済クラブ会長として開会のあいさつに立ち、気候変動が環境、経済、政治に及ぼす影響に関するアイゼンフート教授の講演がはじまった。教授は数値や起こっている現象に触れ、わかりやすい例をあげ、またたく間にベストセラー一位になった新著から一部分を読み上げた。聴衆はみな、じっと耳を傾け、講演は万雷の拍手で終わった。タイセンはそれでも気が気ではなかった。このあとは質疑応答の時間だ。タイセンは演壇に上がって、教授のそばへ行った。準備しておいた質問や好意的な意見がつづき、気候の教皇アイゼンフート教授も言葉巧みに答えた。タイセンはほっとした。しかし安堵するのは早かった。

「ではみなさん、ありがとうございます。そろそろ……」教授がそういいかけると、真ん中の席で男がひとり立ちあがった。タイセンは自分の目を疑った。どうして奴がこのホールに？

「いくつか質問がある」テオドラキスがいった。「といってもタイセン社長に」

前の席にいる人々が興味を抱いて振り返った。

「ディスカッションはこれをもって終了いたします。ありがとうございました！」

「なんでだ？　質問させたらいいじゃないか！」他の客が叫んだ。

タイセンは汗が噴きだすのを感じた。困ったことに、テオドラキスは聴衆のど真ん中にいる。無理矢理追いだしたら、かえって注目を浴びてしまう。

「水曜日のダッテンバッハホールでは最後まで話せなかった」テオドラキスはいった。「あんたも知ってのとおり、市民集会が大変なことになって、死傷者が出た。それでもタイセン社長に訊きたい。エールハルテン・ウィンドパークの建設許可をどうやって取得したんだ？　みなさんに説明しておく」彼は聴衆の方を向いた。「ウィンドプロ社はエールハルテンの尾根筋に巨大な風車十基からなるウィンドパークを建設する予定だ。ところがあそこは風況が不充分な土地だ。そのために州環境省を賄賂で抱き込み、貴重な野生のハムスターが絶滅することに目をつむり、調査書を改竄した」

タイセンはアイゼンフートをちらっと見た。教授は顔をこわばらせている。

「これはなんだ？」アイゼンフートがささやいた。「あいつは何者だ？」

聴衆がざわざわしだした。みんな、テオドラキスの方を向いている。タイセンは途方に暮れながら、会を無事に終わらすにはどうしたらいいか知恵を絞った。一方的に終わらせるべきだろうか。

「教授」テオドラキスはいった。「気候変動についてあなたがいったことはすべてナンセンスだが、それよりも、教授とウェールズ大学のブライアン・ファラー教授がなぜお偉いタイセン社長のために調査書を改竄したのか、そっちの方が気になる」

聴衆が口笛を吹くか、テオドラキスを黙らせるかするのではないか、とタイセンは心密かに期待したが、驚いたことに会場はしんと静まりかえってしまった。講演中ほとんどメモを取らなかった記者の面々がスキャンダルのにおいを嗅ぎつけて、手帳をだした。

「教授たちが作成した計画中のエールハルテン・ウィンドパークに対する風況調査書がいんちきだという確かな証拠がある。あんたたちは重要なデータをわざと計算に入れなかった。ゾマーフェルト博士という名を教授は当然知っていると思う。ゾマーフェルト博士は俺たちの市民運動のために教授の調査書と二〇〇二年に作成されたユーロウィンド社の調査書を比較して、食い違いを指摘している」

タイセンは、教授の顔から一瞬にして血の気が引いたことに気づいた。

「本当に申し訳ない」タイセンはささやいた。「これで閉会にしたいと思います。さあ、行きましょう」

ところが教授は身じろぎひとつせず、椅子をつかんだまま立とうとしなかった。

「あの男と話さなければ」教授は声を押し殺していった。タイセンが驚くほどだった。「なんとしても！」

テオドラキスは、みんなの注目を浴びているとわかってほくそ笑んだ。

「教授は力不足だったのか、それとも調査書をわざと美しく見せたのかどっちだ？　あなたが設立を進めているフランクフルトの新しい気候研究所にタイセン博士の会社が資金援助しているから便宜を図ったのかな？　それとも昔のよしみ、それとも……金のためかな？」

とうとう抗議する声があがった。立ちあがる者もいた。タイセンは絶望した。経済クラブのメンバーたちも、収拾がつかなくなったことに気づいた。メンバーがふたり、椅子のあいだをぬって、テオドラキスのところへ向かった。他のメンバーがホールから出て、警備員を三人連れて戻ってきた。テオドラキスを甘く見ていたことを思い知らされて、タイセンは怒りに我を忘れた。復讐心に駆られた大言壮語野郎は、なにもかも台無しにする気だ。

「いいかげんにしろ」タイセンは立ちあがると、テオドラキスを止めるために演壇から飛び下りた。だが手遅れだった。二百人からの人がアイゼンフートの発言をいまかいまかと待っている。報道陣も、これはおもしろくなったと節度を忘れ、席を立ってマイクやボイスレコーダーをだして、テオドラキスに群がろうとした。いっせいにストロボをたき、思い思いに声をあげた。静まれという叫び声も聞こえた。

タイセンはもう、どう思われようがかまわなかった。相手を殺したいくらいの気持ちで、テオドラキスの前まで行き、シャツをつかんだ。

「警告したはずだ！」タイセンは歯がみしながらいった。テオドラキスのシャツが破け、ボタンがはじけ飛んだ。テオドラキスはニヤリとした。

「どうぞやってくれ。明日の新聞に載る」

その言葉と、ホールの喧噪に、タイセンははっと我に返った。両手を下ろし、とんでもない過ちを犯したことに気づいた。会場がしんと静まりかえった。アイゼンフート教授が顔面を蒼白にしてマイクをつかむのが目に入った。

「その男を捕まえろ！」教授はいった。みんながいっせいに教授の方を向いた。「その男を帰してはならない！」

警備員たちがいつのまにか包囲の輪を狭めていた。目の端でそのことに気づくと、テオドラキスから不敵な笑みが消えた。みんな、身じろぎもせず、この茶番の終幕を見逃すまいとしている。その静寂の最中、いきなり雷が轟《とどろ》き、大粒の雨がホールの大きな窓を叩いた。

突然、テオドラキスが身を翻《ひるがえ》した。聴衆を隠れ蓑にして、タイセンの脇をすり抜け、金髪の連れを盾のように自分の前に押し立てて進んだ。

「見てみろ、こいつら、俺の口を封じようとしている！」彼の金切り声が響いた。警備員たちがタイセンを見て、指示を仰いだ。タイセンは小さく首を横に振った。テオドラキスはタイセンが捕まえようとしないことに気づいたが、用心のためあとずさりしながらホールの外に出た。

「また会おう！」彼は大声で叫んだ。「タイセン、風を蒔《ま》く者は嵐を刈り取ることになる！（『旧約聖書』ホセア書第八章七節。自業自得の意）」

オリヴァーがボーデンシュタイン農場の空っぽの駐車場に車を止めたのはもう夜更けだった。ピアとの会話にはまいった。覚悟しておくべきだった。ピアはオリヴァーのことをよく知っている。そのうえ相手の精神状態を正確に嗅ぎとる才能がある。彼女が優秀な警官であるゆえんだ。いったいどうしたのかという質問に、オリヴァーは返答できなかった。ピアが気分を害したのが手に取るようにわかった。遺言状のこと、ラーデマッハーのこと。どうしてそのことを話せなかったのだろう。ヒルトライターが例の草地をだれに遺贈したか、いずれピアの耳にも入る。黙っていたのは、やはりラーデマッハーの提案に乗る気持ちがあるからだろうか。

オリヴァーは下唇をかんで考え込んだ。すぐピアに電話をしたほうがいい。暑くなったので脱いでいた上着のポケットに手を入れて電話を探した。風が凪《な》いでいて、いまだにうっとうしいほど蒸し暑かった。街灯のまわりを数匹の蛾が飛びまわっている。遠くで雷鳴が轟き、稲光が走った。嵐が温度を下げてくれそうだ。

オリヴァーはピアの電話にかけたが、留守番電話になっていた。何時でもいいから電話をくれるように頼んで、iPhoneをしまった。腹が鳴って、今日なにも食べていないことを思いだした。オリヴァーは車を降りた。なんで鉄の門が閉まっているんだろう。普段はいつも開けっ放しなのに。小声でぶつぶついいながら、ポケットからだした鍵で門を開けて敷地に入った。敷地の奥に立つ両親の家に明かりがともっていた。冷蔵庫になにか食べるものがあるかもしれない。それに父親がどこにいるか訊かなくては。オリヴァーは大きなマロニエの木のそばを通り、三段ある外階段を上って玄関まで行き、そこのドアも施錠されていたので、首をかしげた。ベルがないので、オーク材の重いドアを拳骨で叩いた。しばらくして父親がやってきて、チェーンをかけたままドアの隙間から緊張した面持ちで顔を覗かせた。

「ああ、おまえか」そういうと、父親はドアをいったん閉めてチェーンをはずし、また開けた。

「どうして立てこもったりしているんだ？」オリヴァーはワックスのにおいがする廊下に立った。父親は暗い敷地をじろじろ見まわしてからチェーンをはめ、錆《さ》びついた差し錠をかけ、鍵をまわした。薄暗がりの中、母親が姿を見せた。あの気丈な母親が怯《おび》えた表情をしている。オリヴァーは同情すると同時に激しい怒りを覚えた。ルートヴィヒ・ヒルトライターはあの草地を遺贈して、両親になんという負担を残したのだろう。オリヴァーは両親のあとからキッチンに入った。ここの裏戸にも鍵をかけ、古いよろい戸まで閉めてある。しかもシーリングライトをつけずに、ロウソクを二本だけともして、薄暗くしていた。

「どうしたんだ？」オリヴァーは心配になってたずねた。ニンニクとセージのにおいがして、腹が鳴ったが、なにか食べるものをだしてくれと頼める状況ではなかった。

「例の奴があらわれた」父親は怯えた声でいった。

「例の奴？」

「駐車場でルートヴィヒと話していた奴だ。手紙を渡された。レオノーラ、持っているか？」

母親はうなずいて、たたんだ紙をオリヴァーに渡した。それを読んで、彼の指がふるえた。

やはりラーデマッハーはぐずぐずしていなかった。父親に三百万ユーロであの土地を買い取るといってきたのだ。信じられなかった。

「同じ奴って確かなのか？」

「間違いない。いきなり目の前にあらわれた。そのとき思いだした。声も訛《なまり》も」

「訛？」

「オーストリア訛だ。申し出には期限が切られているといった。すぐに決断しないと困ったことになるだろうといわれた」

「脅迫してきたのか？」オリヴァーは信じられない思いで確かめ、極力落ち着いているふりをした。

「そうだ」

父親はじゃがいも貯蔵庫に通じるドアの横のベンチに力なく腰かけた。母親は父親の横にすわって手を取った。このような状況でラーデマッハーに脅《おど》されたなどといえないし、草地を売却しろと説得することもできない。両親は手を取り合って、怯えた子どものようにすわっている。それを見て、オリヴァーは心が張り裂けそうだった。そのとき雷鳴が轟き、家が揺れた。

「どうしたらいいの、オリヴァー？」母親は声をふるわせながらたずねた。「あの男がわたしたちを殺しにきたらどうしようかしら？」

ニカはそわそわしながら家の中を歩きまわった。テレビを見ても、なにひとつ頭に入らない。おまけに暑くていらいらする。テラスに出て、プラスチックの椅子にすわり、闇に沈んだ庭を見つめた。かすかに風が吹きだしている。雨のにおいがした。

アイゼンフートは五キロと離れていないところにいる。ニカがこんな近くにいるとは夢にも思っていないだろう。会いたい気持ちがふくれあがる。そのうち苦しくなって、目に涙が浮かんだ。ニカは歯を食いしばった。心臓がしめつけられる。絶えず怯えて暮らすなんてもう無理。

身を潜めて数ヶ月。始終びくびくし、ひどい孤独に苛《さいな》まれてきた。この状況に出口がないことはとっくにわかっている。後戻りはできない。しかし前進するのも命がけだ。この家での時間は終わりに近づいている。マルクはさっき見たことをいつかリッキーに話すだろう。それに自分の素性を知ったテオドラキスが放っておくはずがない。

稲光が真っ黒な夜空に走った。その数秒後ものすごい雷鳴が大地を揺るがした。同時に廊下の明かりがともって、犬たちが籠から飛びだした。ニカは立ちあがってキッチンに入った。ヤニス・テオドラキスとリッキーが戻ってきたのだ。手をつなぎながら、笑っている。

「ニカ!」リッキーがニコニコしながらいった。「あなたも来たらよかったのに! すごかったのよ! この人が立ちあがって、みんなの前で発言したとき、タイセンたら、おろおろしちゃって!」リッキーはニカのそばをすり抜けて冷蔵庫のところへ行った。「乾杯しなくちゃ!」

ニカは血が凍った。テオドラキスは約束を破ったのだ。渋い表情と口元の照れ笑いを見れば、なにが起きたか察しがつく。

ニカが口を開く前に、テオドラキスはキッチンから出ていった。リッキーはいつものようになにも気づいていない。食器戸棚からシャンパングラスを三客だし、スパークリング・ワインの栓を抜いて、大成功とかなんとか叫んだ。ニカはリッキーを押しのけて廊下に出ると、いきなりトイレのドアを開けた。小便をしていたテオドラキスはびっくりして振り返った。良心の痛みが顔に刻まれていた。

「ヤニス、なんてことをしたのよ」ニカは彼に食ってかかった。リッキーになんと思われようがもうかまわない。「約束だったでしょう！」

「おい、ちょっと……」テオドラキスはなにかいいかけたが、ニカに激しく肩を揺すられ、ズボンと靴が小便でびしょ濡れになったのを見て、罵声を吐いた。

「わたしの名前をだしたのね？」

リッキーが背後にあらわれた。スパークリング・ワインの瓶を片手に、もう一方の手には火のついたタバコを持っていた。

「どうしたの？」そうたずねて、リッキーはふたりを交互に見た。テオドラキスは顔を真っ赤にして、一物をズボンに戻そうとしていた。

「なんてことをしたのよ。約束だったでしょう！」

「なんだよ。そんなに騒ぐことないだろう！」困った状況に追い込まれて、テオドラキスはうなった。「おまえがそんなに心配することはないさ！」

「いったいなんの話？」リッキーが割って入った。

ニカはリッキーを無視して、テオドラキスをにらみつけた。注目を浴びたいがばかりにニカの本名を最高のタイミングで利用したのだ。こっちの身など毛ほども案じていない。

「ヤニス、あんたって人は」ニカは怒鳴った。「あんたは血も涙もないエゴイストよ。自分のことしか考えない糞野郎！　新聞に載るためなら、なんでもするってわけね。今夜、自分がなにをしたかまったく知らずに！」

テオドラキスは謝ろうともしなかった。

「大げさなことをいうなよ」彼は頭ごなしに答えた。

またしても嘘をつかれ、利用された。その衝撃にニカは目が覚めた。なにをいっても無駄だ。もう取り返しがつかない。まわれ右をして、地下に消えた。

奴らが街灯の下にあらわれた。二、三メートル離れたところに青色警光灯を明滅させたパトカーが止まっている。だれにも気づかれていない。銃を構え、狙いすまして発砲した。ズドン！　命中！　頭がカボチャのようにはじけ、血と脳漿《のうしょう》が飛び散った。すぐにまた照準器の十字線に次の奴の頭が重なった。今度はいくらか下を狙う。胸だ。引き金を引く。命中！　断末魔の叫びを聞いて、鼓動が速くなった。集中して、舌で唇をなめる。左右に目を配る。またひとりあらわれた！　マルクは掌の汗をジーンズでぬぐって発砲した。銃弾が男の腕を吹き飛ばした。腕の付け根から血が噴きだす。

ヤニスのクソ野郎。あいつはニカを押し倒し、腰をこすりつけて口に舌を入れた。ちゃんと見ていたんだからな。リッキーと付き合っていながら、ニカといちゃいちゃするなんて。それからウィンドパークについてなんていってた。自然保護なんてどうでもいい。妄想としか思えない世界的陰謀がどうしたとか。とんだ嘘つきだ！　マルクは涙があふれるのを必死で堪《こら》え、邪魔する者たちを片っ端から撃ち殺した。コンピュータのモニターに、ヴァーチャルな血の海を残した。

いつもなら、高ぶった気持ちを静めるためにコンピュータゲームをやる。しかし今日はだめだ。すっかり頭に血が上って腹の虫が治まらない。それに頭痛がひどくて冷静に考えられない。目撃したことをリッキーにいうべきだろうか。きっとテオドラキスを追いだすだろう。いい気味だ。そうすれば自分がリッキーのところに住める。自分ならリッキーをちゃんと愛せる。それも永遠に。自分ならリッキーを騙したり、裏切ったりしない！　ショップは二人で経営すればいい。ドッグスクールも動物保護施設《ティアハイム》も。こっそり猫をいじめるヤニスとは違って、マルクは動物が好きだ。リッキーと同じように。

マルクはキーを押して、ゲームを終わらせた。すごいぞ。リッキーに本当のことをいえば、すべてが変わるだろう。この世で友だちと呼べるのはヤニスとリッキーだけだったのに！　とはいっても、前にも一度、人を信じて、失望させられた。

〝この世で友と呼べるのはきみだけだ〟ミヒャ先生にそういわれた。あれは先生の本心だった。あのときの温かい気持ちを思いだすと、つらいばかりだ。つらさがどんどん大きくふくらみ、息が詰まる。先生は寛容で、いつもマルクのために時間を作ってくれた。ふたりはいっしょに庭いじりをしたり、散歩をしたり、夕方にはカウチに寝そべってテレビを観たり、本を読んだり、おしゃべりをしたりした。週末、他の寮生が家に帰るときも、マルクの両親は帰ってこいとはいわなかった。そういうとき、先生はココアをいれてくれた。そのあと先生のところに泊めてもらった。四人部屋にひとりで寝るよりもずっといい。両親には話さなかった。週末、寄宿学校にひとりぼっちでいるのがどれだけ寂しいことかなんて、どうせ父親にはわかりっこなかったから。先生が突然いなくなったのが、いまだに釈然としない。授業中に先生は呼ばれて、校長に連れていかれた。マルクの両親も来ていた。他にも顔も知らない大人たちがいた。いろいろ変な質問ばかりされてショックだった。女の心理学者がマルクにあれやこれや話しかけて、なにか異常な話をしゃべらせようとして鎌をかけてきた。人形を渡されて、先生がマルクのどこに触って、どんなことをしたか教えろともいわれた。マルクはなにもいわなかった。わけがわからなかったが、とにかくいやだった。

数ヶ月経ち、テレビで偶然、児童虐待の番組を見て、それがどういうものか認識した。そして裁判がはじまる二日前に教師ミヒャエル・Sが拘置所で首を吊って自殺したことを知った。

父親のゴルフクラブを持ちだしたのはその日だった。そのゴルフクラブで路上駐車中の車の窓を割り、ミラーをはじき飛ばした。警報装置が鳴った。胸のすく思いがしたのを今でもよく覚えている。ゴルフクラブでなにかを叩き壊すたびに、胸の重しが取れ、頭がすっきりした。せいせいすると、マルクは路上に横たわって星空を見た。そのうち警官に引っ張り起こされた。

しばらくはいい感じだったが、その重苦しい思いがまたぶりかえした。以前よりもずっと耐えがたく、きつい。マルクはまた耐えられなくなった。取り除くしかない。なんとかして。

マルクは頭をデスクに叩きつけた。何度も何度も、鼻血が出るまで。顔が腫れ、皮膚が裂けた。苦痛が必要だ。血を流さないと。たくさんの血を！

アイゼンフート教授はいらいらしながら、スイートルームを歩きまわっていた。講演会を企画してくれたタイセンとその妻のふたりと夕食をとる約束になっていたが、心がざわついて、とおり一遍の会話などする気になれなかった。氷の上に載ったシャンパンにも、ホテルの厨房から届けられたつまみにも、手をつけなかった。

五ヶ月も経って、こんな形で彼女の足跡がつかめるとは。二〇〇九年のドイツで人が行方をくらませられるとは思わなかったが、実際にそれが起きた。はじめは彼女がいつかまたどこかにあらわれるだろうと確信していた。あらゆる手を使い、人脈を総動員した。それだけでも大がかりだったが、さらに有名な探偵事務所にも自費で依頼をし、少しでも手掛かりが見つかると、研究所の警備員をそこに向かわせた。しかし、すべて徒労に終わった。二月上旬、彼女の車がシュパイヤー近郊のアルトライン（ライン川の古い流れが残って泥沢地になったところ）に水没しているのを警察が見つけた。ただし彼女が車に乗っていて溺死したのかどうか確証がえられなかった。それっきり彼女の行方は知れず、シュパイヤーでなにをしていたのかも皆目わからなかった。

アイゼンフートは窓辺で足を止め、暗い公園を見つめた。外は猛烈な嵐になっていた。初夏の嵐。雨が大洪水のように空から降ってくる。大木が暴風にあおられて大きく揺れる。まるで踊り狂っているように見える。アニカの名前は連邦刑事局の行方不明者リストに載ったが、目撃者はあらわれなかった。目立ちたくて通報する者すらいなかった。絶望的だった。

ノックの音がして、彼は振り返った。胸の鼓動が早鐘を打ったが、すぐにがっかりした。タイセンと経済クラブの役員ふたりが入ってきた。三人のスーツは雨でずぶ濡れだった。

「それで？」アイゼンフートは緊張した面持ちでたずねた。「あいつを捕まえたのか？」

「いえ、すみません」タイセンは両手を上げた。「嵐になって……見失いました」

「なんてことだ！」アイゼンフートは我を忘れて罵声を吐いた。「信じられない！　なんのために警備員を雇っている？」

　三人が弱ったというように顔を見合わせた。

「本当に申し訳ありません」ひとりが平謝りした。「あいつがどうやってホールに入り込んだのかさっぱりわからないのです」

「たぶん偽の報道パスを持っていたのでしょう」もうひとりがいった。いつもは自信満々の企業家がいじめられっ子のように小さくなっていた。講演会がとんでもない展開になってしまい、頭が上がらないのだ。

「でもあの男のことは気にしなくて大丈夫です。あなたに噛みついたわけではありませんから」タイセンはなんとかいい繕《つくろ》おうとした。しかしアイゼンフートは失望を押し隠そうともしなかった。

「あいつのいったことなどどうでもいい。毛ほども興味はない。それより……」

　アイゼンフートは口をつぐんだ。タイセンたちが面食らっているのを見て、自分の失言に気づいた。あの男が公の場で口にした非難がどれだけ重いものか自覚した。タイセンの会社にとっても厄介なことであり、経済的損失もあるだろう。とくに目新しくもない講演会であれだけ目立つことをやられたのだ、メディアが食いつくにきまっている。

　アイゼンフートは深呼吸した。

「失礼なことをいってしまった。すまない。少し混乱している。あの男があげた名だが、長年、わたしの下で働き、数ヶ月前から行方不明になっている所員なのだ。あの男がその所員の居場所を知っているのではないかとちょっと期待してね」

ホテル・ケンピンスキーのスイートルームがしんと静まりかえった。聞こえるのは、風のうなる音だけだった。雨が窓ガラスに叩きつけていた。タイセンはアイゼンフートを見つめ、それから他の役員ふたりに場をはずしてくれと頼んだ。

「じつをいうと、彼女はただの所員以上の存在だ」そういうと、アイゼンフートは椅子にすわって両手で顔をぬぐった。「十一年間、わたしの助手だった。わたしが信を置いたただひとりのスタッフだった。わ……われわれはあるときひどい口論をし、そのあと彼女は姿を消した。それからわたしの妻が事故にあった。それ以来……アニカを見つけるため八方手を尽くしている」

アイゼンフートは顔を上げてタイセンを見た。

「わかります」タイセンはいった。「たぶんお力になれるでしょう。あの男を知っています」

「本当かね?」アイゼンフートはびくっと反応した。

「ええ。かつてうちのプロジェクト責任者でした。今はわが社を逆恨みして、ウィンドパーク建設の邪魔をしているのです。名前はヤニス・テオドラキス。住所も知っています」

タイセンは携帯電話を上着のポケットからだし、電話をかけた。アイゼンフートはじっとしていられなくなり、ふたたびスイートルームを歩きまわった。彼女にもうすぐ会えると思うだけで、複雑な思いに駆られる。タイセンは小さな声で話し、電話を耳に当てたまま、クルミ材の瀟洒《しょうしゃ》なライティングビューローのところへ行って、ホテルの便せんになにか書きつけた。

「あいつのパートナーの名前と住所です」タイセンはその紙をアイゼンフートに差しだした。

アイゼンフートは興奮して、紙を落としそうになった。「その女のところに住んでいるらしいです。役に立つといいのですが」

「感謝する」アイゼンフートは微笑んで、タイセンの肩にさっと手を置いた。「道がひらけそうだ。さっきはひどい物言いをしてすまなかった」

「気にしていませんよ。教授のお手伝いができてうれしいです」

タイセンはドアを閉めた。アイゼンフートは携帯電話をだし、登録した番号にかけた。相手が出るのをじりじりしながら待った。

「わたしだ」アイゼンフートはいった。「あの女が見つかった。すぐにこっちへ来てくれ」

そのあとミニバーからウイスキーの小瓶を取りだして、一気に飲み干した。アルコール度数の高い酒で気持ちが落ち着いた。何度か深呼吸すると、ふたたび窓辺に立つ。ガラスに息がかかって白くなった。

「こんなところに隠れていたとはな」アイゼンフートは歯を嚙みしめてつぶやいた。彼女が生きているのをひしひしと感じる。今度こそ見つけてみせる。覚悟するがいい。

みんな、暗い面持ちできれいに片付いた食卓を囲んでいた。だれひとり、口をひらかなかった。嵐は通りすぎたが、まだ雨が降っていた。オリヴァーは立ちあがって、窓とよろい戸を開けた。湿った空気が顔に当たった。雨と土のにおいがする。雨水が樋《とい》を伝ってキッチンのドアの横にある雨水枡にぴちゃぴちゃ音をたてて流れ込んでいた。

「そいつが脅しを実行に移すのを黙って見ているわけにはいかないわ」マリー＝ルイーゼは不機嫌そうにいった。「レストランのために何年も汗水垂らして働いてきたのよ。その苦労を水の泡にされるのはいや」

オリヴァーは弟夫婦に電話をかけて、すでにヒルトライターの遺産とラーデマッハーの脅しについて話してあったのだ。一時間半前から、善後策をいっしょに考えているところだ。

「父さんはなんで迷っているんだよ」さっきからほとんどなにもいわなかったクヴェンティンが口をひらいた。「そんな草地、売ってしまえばいいじゃないか。せいせいする」

オリヴァーは弟をちらっと見た。クヴェンティンは実利を取るタイプだ。道義的なことで悩むことなどほとんどない。

「そういうわけにはいかない」父親が元気のない声で次男に反論した。「そんなことをしたら、他の仲間に顔向けができない」

この三日間で父親はめっきり老けてしまった。頬がこけ、目が落ちくぼんでいる。

「父さん！　そんなこと、どうだっていいじゃないか！」クヴェンティンは首を横に振った。「はっきりいって、父さんはそういうことにこだわりすぎだ」

「だからルートヴィヒはあの草地をわたしに遺したんだろう」父親は答えた。「わたしなら、あいつの遺志を継ぐと思ったのさ」

「お義父《とう》さんの心意気はすばらしいわ」マリー＝ルイーゼが刺のあるいい方をした。「でもその結果、わたしたちがひどい目にあうのは納得できません。多数決にしましょう。それも……」

玄関を叩く音に気づいて、マリー＝ルイーゼは押し黙った。全員が身をこわばらせ、おどおどと互いの顔を見た。真夜中になろうとしている。こんな時間にだれだろう。

「あなたたち、門を閉めなかったの？」オリヴァーの母親が不安げな目をしてささやいた。

「閉めなかった」クヴェンティンは認めた。「あとでまた通るから」

「でも、閉めるようにいったでしょう……」

「あの門は四十年前から、昼も夜も開けっ放しじゃないか」クヴェンティンは母親の言葉をさえぎった。「母さんは幽霊でも見たんだよ！」

だれも玄関を見にいこうとしなかったので、オリヴァーは椅子を引いて立ちあがった。

「気をつけて！」母親が声をかけた。

廊下に出ると、外灯のスイッチを押し、差し錠とチェーンをはずし、鍵をあけた。ポニーテールの大男がこんな夜更けにやってきたのだとしたら、ただじゃ置かないつもりだった。オリヴァーはドアをぱっと開けた。壁の外灯が放つ淡い光の中にたたずんでいたのは大柄の男ではなく、華奢《きゃしゃ》な女だった。この一日、なにかというと思いだしていた人だ。うれしさに、オリヴァーの胸が激しく高鳴った。

「ニカ！　驚いた」そういうなり、オリヴァーはニカの姿に気づき、喜びは気がかりな気持ちに一変した。「どうしたんだ?」

ニカはびしょ濡れだった。髪が頭に張りついている。足元には旅行カバンがあった。

「ごめんなさい、こんな夜ふけに」ニカはささやいた。「わ……わたし……どこへ行ったらいいかわからなくて……」

オリヴァーの父親が廊下に出て、近づいてきた。

「ニカ!」父親も息子と同じ質問をした。「どうしたんだね?」

「わ……わたし、ヤニスとリッキーのところを出てきたんです」声がふるえている。「シュナイトハインから歩いてきたの。どこへ行ったらいいかわからなくて……」

ニカは黙ると、肩をすくめた。涙を必死に堪えている。

オリヴァーの父親が濡れた上着を脱ぐ手伝いをし、それからキッチンに通した。ニカは全身をふるわせた。ショック状態にあるようだ。あわれな様子を見て、オリヴァーの母親の生気が蘇り、立ちあがって椅子を引き寄せた。

「ここにすわるといいわ」母親はいった。「待って。タオルと乾いたセーターを取ってくる。それからなにか体が温まるものをね」

これでもう、ただじっと殺し屋を待たずにすむ。母親はほっとした様子でキッチンを出ていった。オリヴァーはニカを見つめた。自分の腕を体にまわしたまま身をこわばらせ、蒼白い顔で椅子にすわっている。オリヴァーは本気で心配した。相当のショックを受けていることは顔を見ればわかる。絶望のまなざしだ。なにがあったのだろう。猛烈な嵐の中、森を抜けてここまで歩いてきた。なぜだ。昨日いっしょにおしゃべりし、笑っていたニカが脳裏に浮かんだ。みじめな姿で両親のキッチンにすわっているのがあのニカとはとても思えない。父親が毛布を抱えてきた。母親はタオルとコニャックを一杯持って戻ってきて、ニカの手にそっと渡した。

「どうやら自分たちの境遇を嘆いている場合じゃなくなったな」クヴェンティンが茶化して、兄の肩を叩いた。「家に帰ることにする。さっきの件は任せるよ、兄さん」

「ええ、そうして」クヴェンティンの妻もそういって、目配せをした。「それだけあったら、ホテルを拡張できるし」

マリー＝ルイーゼらしい。まったく仕事の鬼だ。オリヴァーは眉を上げただけで、なにもいわなかった。弟夫婦が立ち去るのを待って、ニカと向かい合わせに食卓についた。ニカは両手でグラスを包み、じめっとした冷たいすきま風にカーテンが揺れるだけでびくっとした。ロウソクが落ち着きなく揺れていた。

「窓を閉めようか？」オリヴァーはたずねた。

ニカは黙って首を横に振った。オリヴァーはニカの顔を見つめた。弱々しく、はかなげだ。困り果てて自分を頼ってきたのかと思うと、心を動かされる。ニカはオリヴァーを頼ってきたのだ。オリヴァーは、ニカがふるえながらグラスを口に近づけるのを見た。コニャックをひと口飲んで、わずかに口をゆがめた。目に落ち着きがない。それでも少しずつショックが和らいだようだ。

「気分はどうだい？」オリヴァーは小声でたずねた。ニカがオリヴァーの目をじっと見つめた。

廊下の箱時計が三十分を打った。

「なにがあったのか話してくれるかい？」オリヴァーは思いやりを込めてたずねた。できることなら立ちあがって、彼女を腕に抱いて慰めたかった。ニカは大きな目でオリヴァーを見ながら額にかかった濡れた前髪を払った。

「こんな遅い時間に。明日……仕事があるんでしょう？　ごめんなさい……」

そういうことを気にするところに、オリヴァーは胸を打たれた。

「大丈夫だ」オリヴァーは急いでいった。「明日は土曜日。いくらでも時間はある」

ニカは頬をゆるめた。だが感謝に満ちた短い笑みはまたすぐに消えた。蒼白かった顔に少しだけ血色が戻った。グラスを脇に置くと、ニカは両手を重ねて深呼吸した。

「わたしの本名はアニカ・ゾマーフェルト」彼女は息を殺していった。「十一年間、ドイツ気候研究所でアイゼンフート教授の助手をしていた。教授はわたしの命を狙っているの」

二〇〇八年八月ベルリン

彼女はタへレスの前でタクシーから降りると、道端にたたずんであたりを見まわした。まだ午後九時になっていない。着くのが少々早すぎた。二十世紀初頭に建てられたデパート、タへレスの廃墟にはカフェやアトリエやクラブが入り、いかれた芸術文化が好きな外国人観光客の人気スポットになっている。

シアラン・オサリヴァンが選んだ待ち合わせ場所は完璧だった。夏のフリードリヒ通りとオラーニエンブルク通りがぶつかるこの界隈には無数のバーやレストランがあり、路上はいくつかのパーティ会場と化していた。教授がまず来そうもないところだ。

お祭り気分の観光客と若者たちがタヘレスの前にたむろし、だれかが邪魔だと文句をいっている。彼女は二、三メートル進んで、横断歩道で立ち止まり、すでにかなり酔っぱらっているティーンエイジャーの一団にまじって通りを横断した。レストランの厨房からは料理のにおいが漂ってきた。ニンニク、魚、フライドポテトを揚げる油、そして肉を焼くにおい。切れ切れの音楽、タイヤがスリップする音、クラクション、笑い声。ドーヴィルでのぞっとする一夜以来、孤独だという気持ちから抜けだせずにいる。愉快に笑う人たちを目の当たりにすると、その気持ちが余計に募る。オサリヴァンとの出会いは運命的だった。彼は彼女の目をひらかせてくれた。自分がやってきた研究の正しさを疑うきっかけになった。だがそれだけではない。教授に仕返しをする機会に恵まれたのだ。

「やあ、アニカ」オサリヴァンの声に、彼女ははっと我に返った。オサリヴァンが彼女の頰に軽くキスをした。

「こんばんは、シアラン」アニカは物思いに沈んでいて、彼が来たことにまったく気づかなかった。オサリヴァンの様子が変だ。不安に駆られ、疲れ切って、ストレスを抱えているようだ。笑いジワが消え、このあいだ会ったときよりもやせている。どこか体が悪いのだろうか。

「どこへ行く？」オサリヴァンはたずねた。

「さあ。このあたりは、あなたの方が詳しいのでしょう。でも、カクテルが飲みたいかな」

オサリヴァンは眉を上げた。

「赤ワインよりも？　そうだ、いいところがある……」彼の頰がゆるんだ。一瞬の笑み。だがすぐにまた消えた。「ベリーニ・バーに行こう。あそこなら外にすわれる」

オサリヴァンはさりげなく彼女の肩を抱いた。彼女はオサリヴァンに歩調を合わせ、まわりから見たら、カップルに見えるように振る舞った。アイゼンフートは人の目があるところでは決して腕を組んだりしない。理由は明白。愛してくれていないからだ。彼女はいつもついてまわる苦い思いを押し殺し、オサリヴァンに気持ちを集中させた。空いている席を見つけると、彼は自分にビールを頼み、さらにカイピリーニャを二杯注文した。ウェイターが飲み物を持ってくるのを待って彼女の方に顔を寄せ、話をはじめた。彼女は信じられないという表情をしながら黙って話に耳を傾けた。アイゼンフートへの憎しみと怒りがますます大きくなった。オサリヴァンの話に熱中するあまり、カメラを持った男に気づかなかった。

二〇〇九年五月十六日（土曜日）

「ニカが出ていったわ！　なにもいわないで消えた。あきれてものがいえない！」

テオドラキスは明るい日の光にまばたきした。リッキーはすごい形相で彼のベッドの前に立ち、書き置きをひらひらさせた。

「なんだって？」テオドラキスはまだ寝ぼけていた。

「ニカが出ていったのよ！　荷物を片付けて、これを食卓に置いていった！」リッキーは激怒していた。「フラウケもいないっていうのに。ひとりで店をどうしたらいいのよ」

テオドラキスは目が冴えて、なにが起きたか理解できるまで数秒を要した。ニカが姿を消したとは。

「よかったじゃないか」テオドラキスはいった。

「うれしいわけないでしょう！　店と家事をひとりでこなさないといけないのよ。代わりをどうやって見つけたらいいのよ？　あたしの手伝いをしてくれる？」

リッキーはすごい剣幕で部屋から出ていった。テオドラキスはため息をついて目をこすった。

昨日の夜、リッキーをなだめすかすのに骨が折れた。ニカが大騒ぎしたので、リッキーは疑り深くなり、ニカになにを約束したのか教えろとしつこかった。なんとか納得してくれる作り話に投げたをでっちあげたが、書き置きを読んだ。まずい状況だ。マルクのこともあるし。テオドラキスはリッキーがベッドに投げた書き置きを読んだ。

リッキー、出ていくことにする。助けてくれてありがとう。あなたのところに住まわせてもらってありがたかった。いつか理由を説明する。体に気をつけて。ニカテオドラキスは毛布を払いのけると、起きあがって、Tシャツとトランクスを身に着け、郵便受けに新聞を取りにいった。昨夜のことが記事になっているかもしれない。新聞を食卓に置くと、コーヒーを注いですわった。テラスの扉が大きく開け放ってあった。リッキーは庭で犬たちに餌をやるところだ。犬がテラスにしゃがんで、じっとリッキーを見ている。テオドラキスは急いで地方版をめくってみた。

ニカが出ていったのは自分のせいだ。それはわかっている。ニカには、名前をだすなときつくいわれたが、それでも口にしてしまった。彼女が心配性すぎると思ったからだ。彼女が恐がるのにも、それなりの訳があるのだろう。あの有名な気候の教皇アイゼンフートがゾマーフェルトの名を聞いて固まっていた。その一方で、タイセンは完全に我を忘れて、二百人の聴衆と報道陣の前で醜態をさらした。

テオドラキスはニヤリとした。新聞をめくって、アイゼンフートとタイセンと数人の人が並んだ写真を見つけてやったと思った。わくわくしながら記事に目を通したが、一行読むごとに顔が曇った。彼のさっそうとした登場も、タイセンの醜態も、一切言及されていない。ちくしょう！　タイセンと経済クラブの連中が手をまわしたに違いない。メディアが報道しなければ、あんな騒ぎを起こしても意味がない！　そのときリッキーがキッチンに戻ってきた。

「タウヌス新聞は俺のことをなにひとつ書いていない。最低だ！　編集部に電話をかけて、タイセンの息がかかっているか確かめてみる！」

「勝手にしたら」リッキーは口を尖らせて答えた。「フラウケは警察に追われ、今度はニカまで姿をくらました！　ひとりでどうしたらいいかわからないのに、あなたのくだらない復讐に付き合ってられないわ」

リッキーは騒々しい音をたてながら汚れた犬の餌皿を食洗機に入れた。

「店の手伝いをしてくれない？」リッキーがたずねた。「さもないと店が開けられないわ」

「じゃあ、開けなきゃいいだろう」そうささやいて、テオドラキスは立ちあがった。

リッキーが抱えている問題など興味がなかった。フランクフルター・ルントシャウ紙やフランクフルター・アルゲマイネ紙が昨日のことを記事にしているかもしれない。土曜日、ヴィースバーデン通りのキオスクは九時に開店する。あと一時間半。それにニカがどこにもぐり込んだかだいたい見当がついていた。とにかく見つけだし、戻ってきて協力するよう説得しなければ。ニカはタイセンを倒す最終兵器だ。昨日、そのことに気づいた。今度は堕落したメディアなんか相手にするものか。

他の新聞を買ってきてから、改竄《かいざん》された風況調査書をインターネットにアップロードすることにした。ついでにニカの本名も載せる。そろそろタイセンとアイゼンフートの闇取引をばらしてスキャンダルにしてやる頃合いだ。世界じゅうに張り巡らされた気候変動懐疑論者のネットワークで野火のように広まることだろう。

オリヴァーとアニカは夜通し話をした。彼女から聞いた話は信じがたかった。本当の身元を知らされたのはショックだったが、信用に足る証拠を持っているという。オリヴァーは頭を悩ませた。どうやったら助けられるだろう。そもそも助けようなどと考えていいのか。彼女が持つ書類は、すでに三人の命を奪った代物だという。ホーフハイム刑事警察署の捜査十一課長である彼が彼女を家に匿《かくま》っていることが知れたらどうなるだろう。オリヴァーの手に余る案件だ。地方政治、贈賄、裏取引といった程度ではすまされない。はるかに危険で、人の死もいとわない連中を相手にすることになる。しかしアニカは無実だ。ふたつの陣営の板挟みになっている。問題の書類を持っているかぎり、命の危険にさらされるだろう。

「アイゼンフートに書類を渡したらどうかな」オリヴァーは静かにいった。「そうすればきみを追う理由がなくなる」

「そんな簡単な話ではないのよ。シアランは書類をスイスの銀行の個人保管庫に隠してあるの。そこを開ける鍵と資格は持っているけれど、スイスへ行く手立てがなくて」

「どうして？」

「ベルリンを急に飛びだしてきて、パスポートも身分証明書も置いてきてしまったのよ」アニカはため息をついた。「恐ろしい悪夢だわ。わたしの人生は終わり！」

絶望する彼女にオリヴァーは胸が痛んだ。

「警察に出頭しようと何度も考えたわ」アニカは話をつづけた。「なにもかも話してしまおうと。本当のことを全部いえば、きっと信じてくれるはずと！」

オリヴァーの中の警官がささやいた。〝ああ、出頭した方がいい。きみは無実だ。真実が明らかになるだろう〟しかし警官になりたくて大学で法学を学んだときの理想を迷わず脇に押しやった。

「それはだめだろうな。アイゼンフートが本当に連邦憲法擁護庁とつながっていて、あそこがジャーナリスト殺害の背後にいるのだとしたら、問題の書類をきみが持っているという事実からだけでも殺人の動機をでっちあげるだろう。いまさら出頭しても、勝ち目はない」

ふたりは御者の家の小さなキッチンにすわっていた。この夜、ふたりのあいだに生まれた信頼関係は、夜明けとともに戸惑いへと変化した。アニカは疲れ切っているように見える。だが彼女の目から不安の色は消えていた。アニカは頬をゆるめた。

「このまま身を隠していろというのね？」

「しばらくのあいだは」オリヴァーは答えた。

オリヴァーは夜中に、両親の住まいから自分のところへ来るようアニカを誘った。幸いアニカはその言葉を変な誘いだと誤解せず、ただこくりとうなずいて、少し離れた御者の家までついてきた。キッチンの窓から前庭が見渡せる。厩舎係《きゅうしゃ》が数頭の馬を引いて牧草地へ連れていくところだ。激しい雷雨で濡れたアスファルトに蹄鉄《ていてつ》の音が響いた。空は青く晴れ、美しい日になることを告げている。

「どうしたらいいの？」アニカは嘆息した。「あなたを巻き込むわけにはいかないし」

「しかし話を聞いてしまった。きみを助けられないかやってみる」

ふたりは顔を見合わせた。アニカ・ゾマーフェルト。それが本名だ。家事手伝いでもなければ、ペットショップの店員でもない。深刻な問題を抱えてしまった著名な学者だ。彼女の雲をつかむような話を信じるのは間違いだろうか。どうやって助けたらいいだろう。彼女に好意を寄せたことで客観的な判断が鈍っていないだろうか。アニカがもしペテン師で、オリヴァーを操っているとしたらどうする。しかし、こんなに怯《おび》えて絶望しているふりができるだろうか。

「わたし、なんでこんなにお人好しだったのかしら。わたしは研究に命をかけていた。教授はわたしに思いがけない可能性をひらいてくれた。まさかあんな人だったなんて」

「教授を信頼していたんだね。愛していたのか」

「ええ、そうなの」アニカは急に吐き捨てるような声に変わった。「わたしは何年も研究に勤しみ、教授はわたしの研究成果を自分の業績にした。彼の新著は……わたしの教授資格取得のための論文の盗用だった」

アニカが暗澹《あんたん》たる様子で視線を向けたので、オリヴァーはドキッとした。

「わたしにはもう未来がない」アニカは意気消沈していった。「すべてを盗まれた。わたしの名声は地に堕ちた。考えたら、もうどうなってもいいんだわ」

「そんなことをいってはいけない！」オリヴァーは彼女の手をしっかりにぎりしめた。「なにか方法があるはずだ。それを見つけなくては」

「だめよ、オリヴァー。あなたは関わりにならないで。これはわたしの問題なの。ここへ来るべきではなかったわ」

夜のあいだ一滴も涙をこぼさなかったアニカが目をうるませた。

「わたしはミスを犯したの。とんでもないミスよ。その代償を払うしかないの」

アニカはうなだれてすすり泣いた。オリヴァーは彼女を見つめた。やさしい気持ちになって、胸の鼓動が速くなった。なぜそうしたのかうまくいえないが、あえて信頼することにした。普通の倍の高さに張られたセーフティネットのない危険な綱を渡ることにしたのだ。

「きみはひとりじゃない、アニカ。わたしがついている」オリヴァーは約束した。人生で一度だけ、理に合わないことをしようと決心した。そのくらい彼女に惚れてしまったのだ。


テオドラキスは、リッキーが怒りながら出ていくのを待った。あれからまだちくちく小言をいわれ、最低のエゴイストとののしられた。テオドラキスは服を着て、携帯電話と財布をしまい、自転車をガレージからだした。キオスクが開く前に森を抜けて、ボーデンシュタイン農場まで行ってみることにしたのだ。刑事をやっているハインリヒの息子とニカがスーパーの駐車場にいるのを見た。きっとあいつのところに逃げ込んだに違いない。

なんとかして戻ってくるようニカを説得しなければ。せめて数日でいい。いよいよとなったら平謝りして過ちを認める。女なんて、それでイチコロだ。

テオドラキスはそのことばかり考えて、白いライトバンに気づかなかった。二軒先の路上に止まっていたそのライトバンが走りだした。空気が冷たく、澄み切っていた。嵐が湿気と熱気を洗い流していた。ツーリングにはもってこいの日和だ。ニカとの散歩にも絶好だろう。新聞になにも記事が載らなければ、かえって好都合かもしれない。あいつの秘密主義と追われているという妄想は、いくらなんでも大げさだ。

テオドラキスは力強くペダルを踏み、下り坂のブルーメンヴェーク通りにカーブを切った。一気に加速する。向かい風が顔にあたって、涙目になった。そのとき目の端で近づいてくる車を捉えた。すぐ後ろをついてくる。道幅はあるのに、どうして追い越さないんだ。

サドルにすわったまま振り返って、テオドラキスは愕然とした。ライトバンのバンパーがすぐそばに迫っている。激しい衝撃。とっさにハンドルが少し曲がった。前輪が縁石をかすってねじれ、テオドラキスはもんどりうって転倒した。メガネが飛び、肩と頭を縁石にぶつけ、掌《てのひら》とひじをアスファルトでこすった。自転車のハンドルが太腿をえぐって、激痛が走った。一瞬目の前に星が飛んだ。自転車はそのまま坂をすべり落ちていき、駐車中の車の下にもぐり込んだ。

ライトバンは停車していた。今度はバックして、まっすぐ彼の方へ走ってくる！　ちくしょう。俺が転んでいるのに、見えないのか。テオドラキスは必死に道から離れようとした。パニックになり、助けを呼ぼうとしたが、体の自由がきかない。車の後輪に左足がひかれるのを見ているしかなかった。ぼきっといやな音がした。テオドラキスは痛みを感じる前に驚愕した。

気づくと、男がふたり立っていた。ズボンと黒光りする靴が見えた。

「助けて」テオドラキスはもうろうとする意識の中でつぶやいた。「助けてくれ！」

しかし助けられるどころか、手袋をはめた手に首をつかまれ、濡れたアスファルトに乱暴に押しつけられた。メガネがないため、サングラスをかけている男の顔がおぼろげに見えるだけだった。

「アニカ・ゾマーフェルトはどこだ？」男がいった。「さっさと吐け！　それとも、もう片方の足もひいてやろうか？」

「お……お……俺は知らない」テオドラキスは息も絶え絶えにいった。いまにも顔から目が飛びだしそうな気がした。これは事故じゃない！　ニカの話は誇張でもなんでもなかった。彼女はこんな連中に追われていたんだ。

「は……放してくれ。息ができない！」

喉をしめる力が強くなり、いきなりテオドラキスの顔に拳骨が炸裂した。鼻骨を折られるのはこの四日間で二度目だ。鼻血が噴きだした。生まれてはじめて死ぬほどの恐怖を味わった。こいつら、日中堂々と追突してきた。ただではすみそうにない。

「そんな答えじゃ満足できないな。あの女はどこにいる？」

「お……俺は……知らない」テオドラキスは涙声でいった。「やめてくれ！」

次の一撃で歯が何本も折れた。なすすべもなく殴られるほかなかった。あまりの恐ろしさに思考が停止した。

「アイゼンフート教授がよろしくとのことだ。また会おう」そう捨てゼリフを吐くと、男はテオドラキスの肋骨をひと蹴りして視界から消えた。車のドアが閉まった。襲撃は終わったのだ。テオドラキスはなんとか体を横にして首に手をやった。苦しくて咳き込んだ。メガネはどこだ？　携帯電話は？　テオドラキスは腹ばいになった。エンジンがうなりをあげた。迫ってくるバンパーが目に入り、最後の力を振りしぼって横に転がった。

ピアは携帯電話を耳に当てながらホーフハイム刑事警察署前の駐車場をしきりに行ったり来たりした。三十分前にエンゲル署長から電話があり、せっかくの朝の気分が台無しになった。ピアが髪を洗い、バスタブにたまった抜け毛の多さにショックを受けて取り除いていたとき、クリストフが携帯電話を持って浴室に入ってきた。禿《は》げるかもしれないという恐怖に駆られている最中に、オリヴァーに連絡がつかないとかんかんに怒っている署長からの電話を受けることになった。ボスがパートナー探しの邪魔が入らないように携帯電話を切っているのが、ピアの責任だとでもいうように。

オリヴァーとはいまだに連絡がつかない。昨夜、彼の音声メッセージが残されていた。何時でもいいから電話をくれとメッセージを残しておきながら、いざ電話をかけてみると、オリヴァーは一向に出ない。いったいどうしてしまったんだろう。コージマの浮気が発覚して落ち込んでいたときでさえ、これほどおかしな行動は取らなかった。

ピアは孤軍奮闘している気がした。昨日の捜査会議のあと、捜査十一課のみんなはさっさと帰宅してしまった。ピアはもう一度ウィンドプロ社を訪ねた。ポニーテールの男を見たというオリヴァーの言葉が気になったからだ。

ピアは駐車場で、帰ろうとしている人事部長に会った。オリヴァーのいうとおりだった。目撃情報にある人物はウィンドプロ社の関係者だった。名前はラルフ・グレックナー。もっとも殺し屋ではなく、計画中のウィンドパークに関わっていて、ケルクハイム市ミュンスターにあるホテル〈黄金の獅子〉に滞在しているという。ピアはその足でホテルを訪ねてみた。あいにくグレックナーは二時間前にいったんチェックアウトをして、来週の月曜日の夜まで戻らないという。ただしホテルのオーナーから興味深い話が聞けた。火曜日にグレックナーはホテルレストランでだれかと夕食を共にしたというのだ。夜の八時半頃ふたりはグレックナーの車で出ていき、真夜中を少し過ぎてから戻ってきたらしい。連れの男の人相風体ははっきりしなかったが、食事中、少なくとも三回タバコを吸いに外に出たとウェイターが証言した。ヘビースモーカーといえばラーデマッハーだ。グレックナーといっしょに月夜のドライブとしゃれ込んだというのだろうか。

ピアは、このことについてオリヴァーと相談したかった。タイセンからグレックナーの携帯の番号を訊くべきだろうか。それとも心の準備をさせないために課員に捜索させたほうがいいだろうか。フラウケもあいかわらず行方知れずだ。十分前、フラウケの自宅で見つかった銃がルートヴィヒ・ヒルトライター殺害に使われたものだと科学捜査研究所から連絡があった。

それから火曜日の夜のアリバイが崩れ、テオドラキスがふたたび被疑者に仲間入りした。彼はたしかに両親を訪ねていたが、到着したのは本人がいっていた時間より二時間もあとだった。

グレーゴル・ヒルトライターは、弁護士にしつこくせっつかれて、釈放するほかなかった。それ以上、引き止めておくには証拠不十分だった。そのうえ、エンゲル署長がスーツ姿の男たちを三人伴ってきて、あいさつもせずものすごく不機嫌にいった。

「ボーデンシュタインはどこ?」

ピアは同じような口調で、わたしはボスのお守りではないといい返したかったが、ぎりぎりのところで思いとどまった。パトカーをボーデンシュタイン農場に行かせようかと考えていたとき、オリヴァーが使っている警察車両が駐車場に入ってきた。ピアは追いかけた。

「なにをしていたんですか?」ピアは車のドアが開くなり質問した。ボスはせっかちなのが嫌いだ。それはわかっているが、今朝はそんな悠長なことをいっていられない。「どうして携帯電話を切っていたんですか?」

「おはよう」そう答えて、オリヴァーは小さなオペル車から体をねじって出てきた。「充電が切れていた。どうした?」

オリヴァーは徹夜でもしたような顔つきだ。ボスの奇妙な行動の原因を二度もたずねる気はない。昨日は答えをはぐらかされ、気分を害した。だからそこに踏み込むことはしなかった。

「こっちはとんでもないことになっているんですよ! 署長のところにあやしい三人組がやってきて、ボスと話がしたいといっているんです」

「そうなのか? なんの話かな?」

「それがわかったら世話ないです! でもわたしだったら、これ以上待たせないですね」

ふたりはいっしょに署に入った。ピアは二階に上がる途中、新しい情報をすべて話そうとしたのに、オリヴァーは上の空だった。

「オリヴァー!」ピアは階段で立ち止まり、ボスの腕をつかんだ。「凶器が見つかったんです！　それにラーデマッハーがなにか隠しています！　テオドラキスのアリバイも崩れました！　もうどこから手をつけたらいいかわからないくらいなんですよ。聞いてるんですか？どうしたらいいんです？」

オリヴァーは振り返った。石を削ったかのように表情が硬かった。目を見れば、平常心を失っているのがわかる。気もそぞろで、心が揺れ、憔悴《しょうすい》しきっている。こんなボスを見るのははじめてだ。ピアはびっくりしてボスの腕を放した。

「すまない、ピア。本当だ」オリヴァーは深呼吸して、髪をかき上げた。「あとでなにもかも説明する。一度にいろいろあって……」

そのとき署長室のドアが開いた。エンゲル署長がものすごい形相で廊下に出てきた。

「オリヴァー、あなた、正気なの？　電話に出ないで」署長はオリヴァーを怒鳴りつけた。とてつもない剣幕だ。「もう一時間も待っているのよ。お客が……」

オリヴァーのすぐ後ろにピアがいることに気づくと、署長は口をつぐんで、さっときびすを返した。オリヴァーはあとにつづいた。ドアが大きな音をたてて閉まり、土曜日の人気《ひとけ》がない廊下に銃声のような音が響いた。

ふたりは普段、名前で呼んだりしないのに。ふたりがていねいな口をきくのがただの演技だということを、ピアは署内でただひとり知っていた。オリヴァーとニコラ・エンゲルは若い頃、コージマがあらわれるまでしばらくいっしょに暮らしていたことがあるのだ。オリヴァーがコージマと婚約すると、エンゲルは身を引いて数年後に結婚した。それに去年の冬にオリヴァーの結婚が破綻したあと少なくとも一夜ふたりだけで過ごした形跡がある。証拠はない。問いただしても、オリヴァーは絶対に口を割らないだろう。しかしその日から、オリヴァーと署長の話し方が変わった。

ピアは首を横に振りながら階段を上り切って、廊下を左に曲がった。その先に捜査十一課がある。数日前までボスのことをそれなりに知っているつもりだったが、今はまったく自信がなくなった。

目の奥がどくどくと痛い。耐えられないほどではないが、もうなにもかもおかしくなったという悔しさと同じくらいの痛さがあった。ニカへの憎しみで腸《はらわた》が煮えくりかえっていた。ニカがすべてをだめにした。すべて、すべて、すべて！　あいつがやってきてから、なにもかも変わってしまった。あいつはリッキーとヤニスのあいだに割って入って、ヤニスにいいよった。リッキーの親友だというのに最低だ。罪のないふりをして、控え目に振る舞っているが、本当はぜんぜん違う。それにヤニスの軟弱なことといったら。大嘘つきだ。ずっと利用されていた。奴のことが、ニカと同じくらい憎らしかった。

マルクは浴室の鏡に映った自分の顔を見つめた。左のこめかみから目元、頬骨にかけて血腫ができ、眉にもかさぶたがある。そのかさぶたを爪でいじっていたらはがれて、また血が出た。うっすらとした赤い血の筋。痛みを静めるには少なすぎる。

今日こそはっきりさせないと。昨日、見聞きしたことをリッキーにいうしかない。友だちとしての義務だ。そうしなければ、共犯になってしまう。ニカとヤニスがどんな奴らかリッキーに知ってもらわないと。ヤニスはきっとあの女と寝ている。間違いない。そうでなくても、寝るのはそれほど先のことではないはずだ。ヤニスはあの女を抱きたがっている。リッキーはあの嘘つきに平謝りさせるべきだ……。

マルクは不愉快なことを思いだして顔を引きつらせた。どうやってもあの光景を頭から追い払うことができない。しかも自分にまでその嫌悪感を覚えてしまうのだから始末に負えない。たまにだれを憎んでいるのかわからなくなることがある。ニカかヤニスか自分か。頭がかきまわされ、パンクしそうだ。

マルクはそんなことを望んでいない。リッキーを抱きたいなんて思ったこともない。ただときどき彼女の体に惹かれるだけだ。赤いブラジャー、ヤニスに抱かれているときの恍惚《こうこつ》とした表情。

すべて元どおりになればいいのに！　楽しくて、仲がよく、なんの屈託もなかったときに。リッキーの友だちでいたいだけなのに、絶えずあの汚らわしく醜い、唾棄すべき思いに駆られる。それをしばらくのあいだ忘れさせてくれる唯一のものが苦痛と血だ。生々しく鋭い痛みと、噴きだす真っ赤な鮮血。

マルクは洗面台の引き出しを開けてかみそりを探した。姉が脚の毛をそるのに使うかみそりだ。これで傷を広げて、痛みを加えることができる。ミヒャ先生を思いださせる痛み。あれは本当に痛かった。泣きわめいたこともある。だけど先生はそのあといたわってくれた。やさしくなでて、ココアをいれてくれた。それはとても楽しくて、その前の苦痛などすっかり忘れられた。

浴室のドアをノックする音がして、マルクはびくっとした。手をにぎりしめて、かみそりを隠す。きわどいところで母親が入ってきた。

「どうしたの、マルク！　なにがあったの？」母親はマルクの顔を流れる血を見て気が動転した。

「シャワーを浴びてて、足をすべらせたんだ。たいしたことはないさ」しだいに嘘をつくのがうまくなる。「絆創膏はないかな」

「そこにすわって」母親は便器の蓋を閉じた。マルクはいうとおりにした。ミラーキャビネットの中を探って、母親は絆創膏を見つけた。

「また頭が痛いの？」母親は探るような目でマルクを見ると、彼の頬に手を当てた。マルクは顔をそむけた。

「ちょっとだけ」

「やっぱり医者にかかった方がいいわ」

母親はかがみ込むと、舌をだして意識を集中させながら傷口に絆創膏を貼った。目の前に母親の首があった。青い血管が白い肌をとおして透けて見える。そこを深々と切り裂くだけでいい。血が噴きだすだろう。白いタイルに、床に、マルクの手と腕に。考えただけでそそられる。興奮する。気持ちが落ち着く。

母親が体を起こし、絆創膏の具合を見た。マルクはまるで吸血鬼のように母親の首に目が釘付けになった。かみそりを人差し指と親指で持つ。

「ちょっと横になりなさい」母親がやさしくいった。「脳しんとうを起こしているかもしれないわ。やっぱりすぐ病院に行った方がよさそうね」

マルクは返事をせず、便器から腰を上げた。口の中が乾いていた。深呼吸する。やろうと思えば、簡単にできたのに。

「母さん?」

母親はドアのところで振り返って首をかしげた。そのとき玄関のドアが開いて、話し声がした。姉がジョギングから戻ったのだ。マルクは無理して微笑み、唾をのみ込んだ。

「助かったよ、母さん」

やっとの思いで目を開けた。湿った黒い鼻面がぼんやり見えた。離れたところから話し声とサイレンが聞こえる。なにがあったんだ。ここはどこだ。

「動いちゃだめよ!」女のヒステリックな声。「救急医がすぐ来るわ!」

救急医? どうしてだ? テオドラキスは頭を上げようとして、思わずうめき声をあげた。

男がかがみ込んだ。顔が遠くに見えるのに、やけに大きい。

「聞こえますか? もしもし! わたしの声が聞こえますか?」

耳は不自由してない、とテオドラキスは思った。どうやら死んでいないようだ。

「痛みはありますか？」

あるような、ないような。わからない。

テオドラキスは目を動かし、女を見た。はあはあ息をするボーダー・コリーを連れている。しかし角度がおかしい。女が逆さに見える。口が温かい液体でふさがっている。飲み込もうとしたが、うまくいかなかった。

「氏名は？　氏名がいえますか？」

白いポロシャツに赤いベストの男たちがまわりでなにか作業している。救急隊員のようだ。だれかが体を触診した。気持ち悪い。拒もうとしたが、聞き入れられなかった。

「ムガネ」テオドラキスはささやいた。メガネがないと、モグラ並みに見えない。メガネを探してくれと頼むつもりだったが、激痛が走り、吐き気がした。生温《なまぬる》いものが口の端から漏れて、頬を伝った。こいつらなにをしてるんだ。なんでそっとしておいてくれない。

急に体がふわっと浮いた。青い空と流れる小さな白い雲がちらっと見えた。鳥のさえずりが耳に痛い。〝ツーリングにはもってこいの日和だ。ニカと散歩するのに絶好だろう〟

ニカ、ニカ。なにかが起きた。だがなんだったろう。思いだせない。どうして道路に横たわっているんだ。テオドラキスはひじ関節の内側になにか射し込まれるのを感じた。金属がこすれる音。なんだかわからない。カチッ、シャー。なにかが組み合わさったようだ。空が消え、白い天井に変わった。

テオドラキスはひからびた唇を舌で湿らそうと思った。変な感覚がする。まるで……ちくしょう。歯がない。歯がなくなっている！

そのとたん記憶が戻って、それと同時にすべてをのみ込む不安が湧きあがった。車、自転車の転倒、サングラスの男たち！　奴らにいきなり追突されて、片足をひかれた！　そして今、体を固定されて救急車の中にいる！　テオドラキスは愕然として息をのんだが、むせてしまい、咳き込んだ。

「落ち着いて」そういって、だれかが鼻にチューブを挿し込んだ。くそっ、痛いじゃないか！　もうちょっと気をつけろ。

「けいはつをよはないと！」テオドラキスは必死にささやいた。「タイヘンがやった！　おれをころほうとひた！」


オリヴァーが署長室に入ると、会議机に向かってすわっていたふたりの紳士が顔を向けた。三人目は硬い表情で窓の外を見ていた。

「やあ、ハイコ。久しぶりだな」エンゲル署長がなにかいう前に、オリヴァーが口をひらいた。

「どうも、みなさん」

コニャック色の三揃いのスーツを着た男は、再会の喜びを笑顔で示すことも、互いの手を叩き合うことで表現することもなかった。椅子の背にもたれかかって、見下すようにオリヴァーを見つめた。オリヴァーも目で応え、笑みは浮かべなかった。ハイコ・シュテルヒと彼は警察学校の同期だ。三年の間いっしょに過ごしたが、友情は生まれなかった。時が流れた痕がしっかりうかがえる。シュテルヒは以前、小柄で筋肉質だったが、今ではその筋肉が脂肪に変わっていた。しもぶくれになった赤ら顔。髪は真っ白だ。スーツは似合わないし、サイズもあまりに小さすぎる。だが鼻にかかった、尊大な物言いは、昔と少しも変わっていなかった。

「フォン・ボーデンシュタイン」オリヴァーの名前に貴族の称号がついているのが今でも気に入らないようだ。「同僚のヘアレーダーだ」

「それからアイゼンフート教授」エンゲルが窓辺にいる男を紹介した。男が振り返った。

オリヴァーはドキッとした。夜中に聞いたばかりの名だ。まさか本人とこんなに早く面と向かい合うことになるとは。

アイゼンフートの身長はオリヴァーと同じくらいだ。年齢は五十代半ば。角張った生真面目そうな顔立ち、こけた頰、彫りの深い青い目。これが、アニカの愛した男。そして今、彼女はこの男から身を隠している。

「本題に入ろう」シュテルヒは咳払いをした。「われわれはある女を捜している。最新情報では今、市民運動に関わっている。おまえたちがそのメンバーを巡って捜査している市民運動だ。名前はアニカ・ゾマーフェルト博士」

「はあ」オリヴァーは素直に驚いた顔をするよう努めたが、頭の中は猛回転していた。これはどういうことだ。連邦刑事局の人間がふたり、どうしてよりによって今日ここにアニカを捜しにきたんだ。シュテルヒは連邦刑事局の国家保安部門を指揮している。通常、国際捜査と国際指名手配が担当だ。おそらく昨夜の講演会でテオドラキスの口からアニカの名を聞いて、アイゼンフート教授が自分の人脈を動員したということだろう。しかもその人脈は指折りの連中だ。この三人があらわれたというだけで、アニカが本当のことをいっている証になる。

「首席警部？」エンゲル署長がいらついて声をかけた。

「グロスマン事件とヒルトライター事件に関係する人物の名をざっと思いだしていたのです」オリヴァーはすかさず答えた。「アネッテ・ゾマーフェルトなる人物は知りません」

「アニカ。アニカ・ゾマーフェルトだ」シュテルヒが訂正した。「ドイツの気候学者を代表するひとりで、最近までドイツ気候研究所でアイゼンフート教授の助手をしていた」

それまでだんまりを決め込んでいたもうひとりの男がアタッシェケースをテーブルに載せて蓋を開け、封筒をだして、ぞんざいにオリヴァーの方へ差しだした。

「なんですか？」

「手配写真だ」ヘアレーダーが答えた。やせていて、日焼けしている。とがった顔、黒い瞳が攻撃的だ。ドーベルマンを連想させる。「写真をよく見たまえ。別の名でこの人物に会っているかもしれない」

オリヴァーはテーブルにかがむと、封筒から写真の束をだしてぺらぺらめくった。アニカだ。iPhoneを耳に当てているアニカ。赤毛の男といっしょにいるアニカ。同じ男と車の中にいるアニカ。人通りが多い通りを歩くふたり。バーのラウンジチェアにすわるふたり。写真のアニカは若く見えた。顔がふくよかで、柔和だ。この数ヶ月、大変な目にあったことがわかる。

「この女性が手配されている理由は？」オリヴァーはたずねた。鋭い四つの目がオリヴァーに向けられていたが、鉄の自制心を働かせてなにも表情にださなかった。しかし鼓動は速くなり、掌に汗をかいていた。

「写真の男を殺害した容疑だ。氏名はシアラン・オサリヴァン。イギリスとアメリカの新聞に寄稿しているフリーランスの経済記者だった」

オリヴァーは聞き間違えたかと思った。アニカがオサリヴァンを殺した？　理由はなんだ？

「それからスイスでオサリヴァンの仲間を殺害した疑いもかけられている」

なんてことだ。オリヴァーは焦った。ポーカーフェイスが崩れそうになるのを必死で堪《こら》えた。

「どうしてこの人を監視したんだ？」オリヴァーは興味なさそうに写真をデスクに戻した。この質問がシュテルヒとドーベルマン男には予想外だったらしい。

「ゾマーフェルトではない。オサリヴァンを監視していた。それから監視していたのはわれわれではなく連邦憲法擁護庁だ。その過程でゾマーフェルトの存在が浮上した」シュテルヒは答えた。「オサリヴァンは国際的な気候変動懐疑論者グループのメンバーだった。彼は連邦政府や国連の仕事をしているドイツ気候研究所の所員ゾマーフェルトに接触を図ったのだ」

シュテルヒがいったことは本当らしい。ふたつの殺人事件の被疑者になっていることを、アニカはなぜ黙っていたんだろう。彼女の話と食い違うじゃないか。これでは人殺しを家に匿っていることになる。

「オサリヴァンはドイツ気候研究所が諮問機関を務める連邦政府の気候政策に批判的な記事を多く書いていた。そのことについて本も出版していた。おそらく懐疑論者グループの依頼でゾマーフェルトに接触し、内部情報を入手しようとしたのだろう」

オリヴァーには興味がなかった。

「その男はいつどこで殺されたんだ？」オリヴァーはたずねた。

「去年の十二月三十日の夜」シュテルヒはいった。「死体はベルリンのホテルの客室で発見された。凶器はその後、ゾマーフェルト宅で発見された。あいにく逃走したあとで、逮捕に至らなかった」

オリヴァーは胃がもやもやした。アニカの話とまるで違う。どちらが本当なのだろう。

「死因は？」オリヴァーはたずねた。

「四十ヶ所以上ナイフで刺された」ドーベルマン男がいった。「なおゾマーフェルトは十二月三十日の午後、精神科病院を退院している。十二月二十四日、アイゼンフート教授殺人未遂事件を起こしたため、その病院に収監されていた」

ここはアニカの話と一致する。もっとも殺人未遂には触れなかったが。彼女は去年のクリスマスイブの夜なにがあったか思いだせないといっていた。オリヴァーは教授を探るように見つめた。

「いまだに信じられない。彼女は十一年以上、わたしの下で研究をしていた」アイゼンフートは小声でいった。「彼女のことはわかっているつもりだった。しかしどうやら思い違いだったようだ」

表情は変わらなかったが、その目を見れば、落ち着き払うのにひと苦労しているのがわかる。

アニカから聞いたことが正しければ、教授は大きな賭けに出ている。それも人を殺すことも厭《いと》わぬほどのものすごく大きな賭けに。

「捜査中にわかったことだが、クリスマスの直前、チューリヒでアメリカ人が刺された」ドーベルマン男は話をつづけた。「やはりホテルで。オサリヴァンと同様、好戦的な気候変動懐疑論者グループのメンバーだった。ゾマーフェルトはこのときチューリヒにいた」

「連邦憲法擁護庁はなぜそれらの事件に関心を持っているのかな?」オリヴァーはたずねた。

「これは警察の案件だろう」

シュテルヒとヘアレーダーはちらっと視線を交わした。

「いろいろ事情があるんだ」シュテルヒはそれ以上話す気がないようだった。「ここでの話は極秘事項だ。いわなくてもわかっていると思うが」

「わかっているとも」オリヴァーは答えた。「役には立てそうにないが、気にしておく」

「気にするのはおまえだけでいい」シュテルヒが鋭い口調でいった。「これは極秘事項だ。これ以上は知る必要がない、ボーデンシュタイン。女の居場所がわかったら、すぐに知らせろ」

オリヴァーは黙ってうなずいた。いったいどういう騒ぎだ。連邦憲法擁護庁と連邦刑事局はどうしてこの件を公《おおやけ》にしない。それにアイゼンフート本人がいるというのはどういうわけだ。そしてなにより気になるのは、オサリヴァンたちを殺したのがだれなのか、そしてなぜかだ。

刑事警察署は死んだように静まりかえっていた。例外は捜査十一課だけだ。州刑事局科学捜査研究所からカイのデスクにEメールやファックスで次々と情報が送られてきた。

「ピア！」カイが開け放したドアから声をかけた。「大当たりだ！　グロスマン事件で採取したDNAがシステムに記録されていた！」

ピアは感電したようにデスクチェアから跳びあがり、彼の部屋に入った。捜査はすっかり行き詰まっていたが、これが突破口になるかもしれない。

「名前は？」

「ちょっと待った」カイはキーを叩き、目をすがめて画面をスクロールした。「手袋の切れ端はだめだった。だがグロスマンの遺体に付着していた毛髪と皮膚片がヒットした」

カイは顔を上げてニヤニヤした。「イオアニス・スタヴロス・テオドラキス」

やはりピアの勘が当たっていた。カイのデスクの横にある椅子にすわって手に拳を作った。

「やっぱりね！」ピアは怒っていった。「ただじゃ置かないわ、あの嘘つき！」

カイは電話をつかんだ。「逮捕状を請求する」

「ええ、頼むわ。捜索令状もね。血痕に残っていた靴跡に合う靴が見つかるかもしれない。そうしたら、あいつもぐうの音も出ないでしょう」

「わかった」

「ラーデマッハーを呼び出す件はどうしよう？　火曜日の夜、例のグレックナーといっしょだったのに、そのことを黙っていた」

ピアの携帯電話の呼び出し音が鳴った。ズボンのポケットから携帯電話をだして応答した。

「わたくしですけど」女のふるえる声だった。「なにか気づいたら電話をするようおっしゃったでしょう」

電話をかけてくる者はなぜかみんな、声で自分がわかると思っている！

「どちら様ですか？」ピアは不機嫌な声をだした。

「イングリート・マイヤー・ツー・シュヴァーベディッセンです。ケーニヒシュタインの教会通りに住んでいる」

ピアはぴんときた。ペットショップが入っている貸店舗付きアパートの大家、あのニンニク婆さんだ。

「フラウケ・ヒルトライターさんが帰ってきました。ついさっき階段を上がったところです。今、自宅にいます」

ピアはいきなり立ちあがった。カイがびっくりして受話器を落とした。

「どうしたらいいですか？」

「なにもしないでください。どうかなにもしないで」ピアは念を押した。カイが興味津々でピアを見つめた。「そこから動いてはだめです。すぐに警官を向かわせます」

「わかりました」少々がっかりしているように聞こえる。「ああそうそう、刑事さん」

「なんですか？」ピアはもう別のことを考えていた。

「報奨金をもらえます？　役に立つ通報でしょう？」

信じられない。みんな、お金のことしか頭にないとは。

「それはわかりません」ピアは冷ややかに答えた。「電話をありがとうございます、ええと」最後に名前をいおうと思ったが忘れてしまった。すかさず通話を終了させて、ケーニヒシュタインの教会通りにパトカーを二台向かわせるようカイに頼んだ。ちょうどそのとき、オリヴァーがドア口に姿をあらわした。

「フラウケ・ヒルトライターがあらわれました」ピアは興奮して報告した。「それから州刑事局から分析結果が出て、グロスマンの遺体からテオドラキスのDNAが検出されました」

ピアはボスの脇をすり抜けて、自分の部屋に入り、引き出しから拳銃をだした。オリヴァーがあとから入ってきてドアを閉めた。

「どうしたんですか？」ピアはボスをちらっと見て、デスクの上の書類トレーからフラウケ・ヒルトライターの逮捕状を取った。

「あとで行く」オリヴァーはいった。「用事ができたんだ。ちょっと家に寄る。たいして時間はかからない」

声の調子が切羽詰まっていたので、ピアは顔を上げ、体を起こした。

「本気ですか？　もうちょっとで……」

「クレーガーを連れていけ。部屋にいる」オリヴァーは頭ごなしにいった。ボスらしくない。

「どこにいるか電話をくれ。あとから行く」

オリヴァーはすでにドアノブに手をかけていた。

「あら、充電が切れているんじゃなかったんですか」そう嫌味をいうと、ピアはリュックサッているわ」

クをつかみ、ボスに一瞥《いちべつ》もくれず脇をすり抜け部屋を出た。「あとで会いましょう。そう願っ

「彼女、電話に出ない」マルクはいらいらしながらいった。「ニカも来ないんだ。一時間前からここで待ってる」

「おかしいわね」フラウケは鍵束をだして、店の裏口を開けた。マルクはフラウケの脇を通って先に店に入り、倉庫と事務室を覗き、それから店じゅうを見てまわった。やはりいない。リッキーの姿は影も形もなかった。土曜日の午前中に店が閉まっているなんて、今までなかったことだ。ニカはなぜいないのだろう。携帯電話にかけても、自宅の固定電話にかけても、リッキーはなぜか応答しない。動物保護施設《ティアハイム》にもだれもいなかった。天気がよかったので朝早く、馬で遠乗りをして、落馬したとかいうことはあるだろうか。あるいはニカのことで、ヤニスと喧嘩になったとか。マルクの脳裏に恐ろしい光景が浮かんでは消えた。事務室に戻ると、フラウケがコンピュータを起動して、コーヒーをいれていた。とくに心配していないようだ。

「なにかあったんだよ」マルクがささやいた。「リッキーが気づいたのかも……」

「なにを?」フラウケがすぐ興味を示した。

マルクはためらった。おしゃべりなフラウケは信用ならないが、だれかに話さないと、心臓がつぶれそうだ。

「昨日の夜、見ちゃったんだ。ヤニスとニカが……いちゃいちゃしてるのを」フラウケから目

をそらしていった。「リッキーの家のキッチンで！」

「そんなに騒がなくても！　いつかそうなるのは目に見えていたじゃない」フラウケは答えた。おもしろがっているような、馬鹿にしているような言い方だ。「あのすけべなヤニスが女ふたりとひとつ屋根の下。そうならないはずがないわ。リッキーが悪いのよ」

「どうして？　リッキーはなにも悪くないよ！」リッキーが少しでも批判されると、マルクは弁護せずにいられなくなる。

「あなたがリッキーを崇拝しているのはわかってる。でも、彼女、あなたが思っているほど完璧ではないのよ」

「ど……どういう意味だよ？」木曜日の夜の記憶が蘇《よみがえ》る。

「リッキーみたいに嘘ばっかりついてると、だれからも信用されなくなるものよ」フラウケはため息をつきながら椅子にすわった。

「リッキーは嘘をつかない！　ぼくに嘘をついたことなんて一度もない！」

「本当？」フラウケはマルクが取り乱しているのを見て意地悪く笑った。マルクはドキッとして口をつぐんだ。リッキーに送ったショートメッセージを思いだしていた。一時間後、ヤニスと口論をし、抱かれるのを見た。翌朝具合が悪いという返信がきたのに、実際は元気そのものだった。

「まあ、信じる方が悪いって話もあるけどね」フラウケはさらにつづけた。「わたしは間抜けにも本気にしちゃったわ。それでも、嘘はいつかばれるものなのよね」

「なんでそんなことをいうんだよ」マルクの怒りの炎が下火になった。「あんたもリッキーが好きだと思ってたのに」

「好きよ。だけど雇われてるだけだし。友だちではないわ。わたしがヤニスなら、嘘をつかれて、黙っていたりしないわね。親は金持ち！　アメリカのエリート大学で学んだ？　よくいうわ！　通信大学でマーケティングを三学期学ぶのが精一杯だったのに。嘘がすぎるから前の彼氏はあいそをつかして逃げたんじゃない。それでも彼女は心を入れ替えなかった。そういう人よ。いつも自分を飾ることしか考えていない」

「ど……どういう意味だよ？」マルクは困惑していった。

「本当の過去はぱっとしないから、リッキーは履歴を詐称してるの」フラウケは肩をすくめた。

「そういうことをする人ってけっこういるのよね。たいていの人は、嘘で塗り固めていることを自覚してるけど、リッキーは自分の作り話を自分でも本当だと思ってる」

「スタンフォード大学で宇宙工学を専攻していないっていうの？」マルクは啞然としてささやいた。フラウケは目を丸くし、それから笑いだした。

「宇宙工学？　スタンフォード大学？」フラウケは笑い転げ、丸い顔に涙が流れた。「あきれた。あなたにそんな話をしてたの？　それで信じたわけ？」フラウケは腹をよじりながら、机を叩いた。「それって、わたしがボリショイバレエ団のプリマだっていうのと同じよ！」

マルクは腹が立った。

「笑うな！　自分がデブで醜いから、リッキーに嫉妬してるんだ！」

マルクはフラウケに話して失敗したと思った。かっとして、ヘルメットをかぶると、外に飛びだした。ふざけんな！　フラウケに助けてもらわなくてもリッキーを見つけてみせる！

ピアは左折のウィンカーをつけて教会通りに曲がった。初夏の陽気に誘われて、多くの人が家族連れで戸外に出ていた。小さな町の短い商店街に群がっている。駐車スペースが見当たらないので、ピアは〈動物の楽園〉の前に車を乗りつけることにした。するといきなりスクーターが目の前にあらわれた。

「あぶない！」ピアは急ブレーキをかけた。クレーガーが前のめりになった。スクーターに乗った若者はハンドルを切ってアクセルをかけたまま、車のフェンダーをこすって走り去った。

「なんて奴！」ピアは怒るよりも先にあきれてつぶやいた。クレーガーは車から飛びだし、道を走って追いかけた。ピアは車から降りてフェンダーを見た。赤い傷がしっかりついていた。分厚い始末書を書かされる！

「逃げられた」クレーガーが隣に立っていった。「ナンバーを見た。中央車両情報システムで所有者を調べる」

ピアはうなずいて、あたりを見まわした。カイが応援要請した巡査たちはどこだろう。とっくに来ているはずだが。ガレージの前に赤い四駆とヒルトライターのシルバーのベンツが止まっている。ピアはドキドキした。フラウケはまだいる。もうすぐ事件が解決しそうだ。運がよければ自供も得られるかもしれない。

玄関のドアが開いた。大家が飛びでてきた。アパートの外壁に張りつくようにして移動し、興奮しているのか丸い顔を紅潮させている。

「刑事さん！」そうささやいて、大家は細い腕を振った。「店にいますわよ！　あそこ！　あの中！」

「家に入っていてください」ピアはいった。「あとでうかがいます」

マイヤーなにがし夫人はうなずいて、物陰に隠れた。クレーガーは電話を終えていた。

「どうする、ピア？」クレーガーがたずねた。

「応援を待っていられないわ。いつ来るかわからないし。行くわよ」

クレーガーは小さな階段を上がり、〈動物の楽園　通用口〉という看板が横にある灰色の金属扉をノックした。鍵を開ける音がした。ピアとクレーガーはちらっと視線を交わした。ドアが開いた。ドア口にフラウケ・ヒルトライターが立った。

「あら、こんにちは」暢気《のんき》にそういうと、フラウケはピアからクレーガーへ視線を移し、またピアを見た。「なにかご用？」

「こんにちは」ピアは緊張を解いていった。「あなたに逮捕状が出ています」

「えっ？　どうして？」驚いた表情をした。さもなかったら相当の役者だ。まさかこの二日ドイツじゅうで指名手配されていたことに気づいていなかったというのだろうか。ピアはピンクの逮捕状をデニムのベストのポケットからだして広げ、フラウケに渡した。

「同行していただきます」ピアはいった。「あなたには父親殺害の容疑がかかっています」

黒っぽいステーションワゴンが庭木戸の真ん前に止まっていた。マルクはブレーキをかけた。スクーターはスリップして止まった。イラクサの茂みにスクーターを押し込み、ヘルメットを脱いで、収納ボックスに入れた。キャリーケースの中にいる二匹の犬がマルクに気づいて、うれしそうに吠えだした。車にはキーが挿してあり、リッキーのバッグが助手席に載っている。どうやらリッキーはいったん家に入って、戻ってくるつもりらしい。リッキーは犬を長時間、車に残すのを好まない。太陽が照りつけているときはなおさらだ。車の内部はすぐに暑くなる。マルクは、犬が新鮮な空気を吸えるように後部ドアを開けた。

それからいつものように軽い足取りで低い庭木戸を抜け、足早に芝生を横切った。ヒマラヤスギの下の犬小屋をちらっと見た。テラスのテーブルと椅子が壁際に寄せてあり、黄色と白の縞《しま》柄の敷物がきれいに重ねてある。マルクはバーベキューの道具を見て、ごくんと唾をのんだ。リッキーを心配する気持ちが優って、忘れていたテオドラキスへの怒りがまた沸きあがった。しかしマルクを利用し、騙したヤニスに腹を立てているのか、なにもかもだめにしたニカに苛立っているのか、よくわからなかった。頭に鋭い痛みが走って顔をしかめ、額《ひたい》に手を当てた。なんでこんなときに！　タイミングが悪すぎだ！　まずリッキーがどうしているのか調べないと。テラスのガラス扉から家の中を覗いてみる。扉がいくらか開いていた。

「リッキー？」そう声をかけて、マルクは散らかったままのキッチンにおずおずと足を踏み入れた。汚れた皿とグラスが流し台に置いてあり、食洗機の扉が開いている。コンロには大小の鍋が載っている。テーブルの上には栓を抜いたスパークリング・ワイン。マルクはもう一度リッキーを呼んで耳をすました。返事はない。自分の鼓動以外なにも聞こえない。目の端で気配を感じ、あわてて振り返る。赤毛のネコが寝室と浴室に通じるドアから飛びでてきた。

「なんだ、おまえか」マルクはささやいた。「どうなってるんだ？　リッキーはどこだ？」

猫は近寄ってきて、マルクの脚にまとわりついた。マルクはさっとかがんで、シルクのように柔らかい被毛をなでた。猫は喉をごろごろ鳴らして、背中を丸めると、ミャアとひと鳴きして稲妻のように消え去った。ついてこいというのだろうか。マルクは深呼吸して、廊下に出ると、ちらっと寝室を覗いた。ベッドはくしゃくしゃで、床に服が投げだしてある。全身がふるえたが、そのまま進んで、浴室に通じるドアを開けた。猫はバスタブの横のタイル張りのコーナーに乗り、古代エジプトの石像のようにすわって、大きな琥珀《こはく》色の目でマルクを見ていた。

マルクは足を一歩前にだして、身をこわばらせた。バスタブの中になにかある。猫が見守っているのがなにか知って、血が凍った。

パトカーがやってきて、ピアの警察車両の後ろに止まった。巡査がふたり、のんびり降りてきて、あたりを見まわした。それを見て、ピアはかっとした。

「どこで油を売っていたの？」ピアは詰問した。「三十分前に応援要請したのよ、まったく！」

「グラースヒュッテンからちょっと距離があったもので」巡査のひとりが答えた。「そっちで起きた万引きに対応していたんです。パトカーは二台しかないんですよ」

「ああ、もういいわ」ピアは首を横に振った。フラウケはすでに警察車両の後部座席にすわっていた。逮捕されるときも銃を持ちだすことはなく、ただ肩をすくめておとなしく逮捕状をピアに返した。手錠をかけられるときも抵抗しなかった。

「コーヒーメーカーのスイッチを切って、バッグを取ってきたいんですけど」フラウケは手錠をかけられる前にそういった。ピアが代わりにスイッチを切り、店の裏口を施錠して、事務室からフラウケのバッグを持ってきた。

「あなたたちの他にパトカーをもう一台、逮捕のためにシュナイトハインへ寄こして」ケーニヒシュタイン署の巡査たちにそういうと、ピアはテオドラキスの住所を教えた。「その前にヒルトライターをそちらの署の留置場に入れておいて」

逃走する恐れはほぼないと判断していたが、念には念を入れた方がいい。ここでまたミスを犯せば、エンゲル署長に首を引きちぎられそうだ。フラウケはピアの警察車両から出され、店の中庭にバックしてきたパトカーの方へ連れていかれた。

クレーガーは電話をしながら歩きまわっている。ピアは、玄関の陰で手をこまねいて待っている大家のことを思いだした。

「あの人、本当に父親を殺したんですの？」大家は興味津々でたずねた。自分のアパートで人殺しが捕まり、最新情報を持っているとなれば、隣近所でしばらく人気者間違いなしだ。

「まだわかっていません」ピアは相手をがっかりさせた。「電話をくださったことに感謝します、ええと……マイヤーさん。本当に助かりました。またなにかありましたら、ぜひ連絡をください。よろしいですか？」

老女はうれしそうに顔を輝かせた。いつもの灰色の日常が、興奮するものに一変したようだ。

「ええ、そうしますわ。喜んで」大家は熱心にうなずいた。

ピアは微笑んでみせてから自分の車へ向かった。電話を終えたクレーガーがあとにつづいた。

「それで？」ピアはシートにすべり込んでシートベルトをしめた。「スクーターについてなにかわかった？」

「ああ、だがちょっと妙なんだ」そう答えながら、クレーガーも車に乗り込んだ。「じつはあのスクーター、俺たちが扱っている死人の名で登録されていた」

「なんですって？」ピアは驚いてクレーガーを見た。「ヒルトライター？」

「違う」クレーガーはシートベルトに手をかけた。「ロルフ・グロスマンだ」


二台のパトカーは前方の路上で待っていた。テオドラキスが庭から逃げる恐れがあるので、パトカーを一台、農道に待機させてはどうか、と土地勘のある巡査が提案した。ピアはうなずいて、テオドラキスとその恋人が住む家へ車で向かった。一九六〇年代の飾り気のない家だ。その界隈はそういう住宅ばかりだった。クレーガーは自分の課に電話をかけて、応援を呼んだ。テオドラキスを逮捕したあと徹底的に家宅捜索するために。捜索令状と後先逆だが。

向かいの家のガレージの前で、父親らしい男性と、大人になりかけの息子ふたりが車を洗っていた。隣の前庭では、やせた老人が正確無比な芝刈りをしている。超のつく郊外型ライフスタイルだ。パトカーがピアの車の後ろに止まると、老人が芝刈り機を止めて、柵のそばまでやってきた。

「お隣は今日、ずいぶん騒がしいね」老人は聞かれもしないのにいった。「警察がまた来るなんてね……」

「どういう意味ですか？」ピアはたずねた。

「だって、一時間前にも警察が来て、家宅捜索していったから」

「本当？」ピアは驚いた。「警察が？」

「ええ、私服警官でしたけど。わたしは聞いたんだ。知らない人間が段ボールを家から運びだしていたら、隣人としてはどういうことなのか気になるでしょう」老人はコーデュロイパンツのポケットからハンカチをだし、赤く日焼けしたはげ頭に浮いた玉の汗をぬぐった。

「そうですか。それで、テオドラキスさんとフランツェンさんはなんといっていました？」

「ふたりは見なかったね。でもテオドラキスさんは家にいるはずだよ。彼のオンボロ車は止めてあるからね」老人は黒塗りのBMW3シリーズを顎でしゃくった。「みんな、見ていた。あの人はいつもていねいにあいさつするけど、どうもあやしいと思っていたんだ」

老人は柵から少し身を乗りだして声をひそめた。

「家内は鼻が利くんだ。テロリストじゃないかといってる。潜伏中のテロリストだって。アメリカでハイジャックをした連中みたいにね。実際アラブ人のような顔立ちだし」

ピアは、クレーガーが笑いを嚙み殺しているのがわかった。老人に反論するのはやめた。それより一時間前にここでなにがあったのだろう。警察の手入れというのは嘘にきまっている。玄関にチェック柄のバミューダパンツとポロシャツという出で立ちのテロリスト専門家があらわれて、じっとピアたちを観察していた。洗車をしていた男たちもじろじろ見ている。

クレーガーはホルスターから拳銃をだした。

「家に入っていてください」真剣な表情でクレーガーがいった。「テロリストが抵抗して銃撃戦にならないともかぎりません」

老人はぎょっとしてあとずさり、芝刈り機をそのまま置き去りにして、そそくさと撤退した。ピアはくすくす笑った。

クレーガーは目配せをすると、ニヤニヤしながら拳銃を戻した。

「すまない。我慢できなくて」

太陽が雲ひとつない空から照りつけていた。芝刈り男が周囲に警報を発令したようだ。まわりの家で、週末の活動がいっせいに停止された。通りは死んだように静まりかえった。洗ったばかりの車はワックスを塗られないまま太陽にさらされ、ホースとバケツが投げだしてあった。

クレーガーの言葉で、野次馬が一掃された。そのときピアの携帯電話が鳴った。

「こちらは庭にいます」巡査がいった。「裏の庭木戸の前に犬を二頭乗せた車が止まっています。それ以外は静かです」

「わかった」ピアは答えた。「物陰で待機していて。家の中に入るわよ」

クレーガーと巡査をひとり連れて前庭を抜け、ピアは二段ある外階段を上った。玄関が開いている。ピアはドアを軽く押して、薄暗がりに足を一歩踏み入れた。目の前に広い廊下があり、キッチンに通じていた。右側に扉と二階に通じる階段がある。左側にも細い廊下が延びていて、その横に掃き出し窓と暖炉のあるリビングがあって、さんさんと日が射し込んでいた。

「こんにちは」ピアは緊張して叫んだ。「だれかいますか？　警察です！」

ピアはさらに一歩足を踏み込んだ。クレーガーがすぐ後ろからつづいた。芝刈りをしていた老人が、家宅捜索がどうのといっていた。そのうえ、玄関に鍵がかかっていない。どうなっているのだろう。ピアのうなじがびりびりした。

「テオドラキスさん？　フランツェンさん？」神経が切れそうだ。クレーガーとアイコンタクトをすると、ピアは軽くうなずいて拳銃を抜き、安全装置をはずした。他人の家に踏み込むのははじめてではない。それでも毎度、複雑な気持ちになる。ピアは今回、防弾チョッキを身に着けていない。クリストフのことがちらっと脳裏をかすめた。彼はピアの職業を気に入っていない。ピアはそのことを考えまいとしたが、緊張のあまりこの状況では役に立たない感情が沸き起こった。恐怖だ。

「どうした？」ピアが逡巡《しゅんじゅん》していることに気づいて、クレーガーが声をかけた。「先に行こうか？」

「いいえ」ピアは意を決して廊下を進んだ。左が寝室。右は……ピアは息をのんだ。アドレナリンが一気に噴きだし、心拍数が急上昇した。バスタブの前の白いタイルの床に若者が膝をついている。ピアがドア口に立つと、若者がはっとして顔を上げた。両手に包丁を持っている。

その手と白いTシャツが血で真っ赤だ。年齢はせいぜい十六、七歳。子どもではないが、大人ともいえない。まだ童顔で、ダークブロンドの髪が垂れて、その顔が半ば隠れていた。

「包丁を置きなさい!」ピアはしっかりした口調でいうと、銃口を若者に向けた。若者は数秒ピアを見つめてから跳ね起きて、包丁を落とした。カチャンとタイルに当たる音がした。ピアはまさか飛びかかってくるとは思っていなかった。体当たりされて、後ろのクレーガーにぶつかり、頭をドア枠に強打した。クレーガーも不意をつかれて、すぐには反応できなかった。若者はイタチのようにすばしっこくクレーガーの手からすり抜け、玄関に待機していた巡査のこともかわして、開けっ放しのキッチンのドアから庭に飛びだした。

「くそっ」クレーガーが歯ぎしりをした。「なんてことだ」

「巡査たちが捕まえるわよ」ピアは頭をこすりながら拳銃をしまって振り返った。クレーガーはすでに消えていて、ピアは浴室にひとり残された。血のついたナイフが目にとまった。

「まいったわ」そうささやいて、ピアは深呼吸した。「これでまた減点一ね」

ピアは少したためらってから気を取り直し、バスタブを覗き込んだ。


厩舎の干し草の上はむしむしして息苦しかった。それでもマルクは全身がふるえていた。奥にもぐり込むと、干し草の上に横たわって両手で顔をおおい、すすり泣いた。リッキー! バスタブに倒れていた。蒼い顔で身じろぎもせず! その光景が目に焼きついている。警察は、マルクが殺したと思うだろう。包丁を持っていただけなのに! マルクは縮こまった。リッキーの家でなにか恐ろしいことが起きた！　ニカといっしょになりたいがばかりに、リッキーが邪魔になったテオドラキスがやったに違いない！　あるいはリッキーはふたりがいちゃついているところに出くわして、喧嘩になり、ふたりに襲われて……殺されたのかも。だからニカも店に姿を見せなかったんだ！　マルクはふるえを止めようとしたが、体がいうことをきかなかった。すんでのところで警官から逃げた。庭にも警官がふたり隠れていた。なぜだろう。あいつら、なにをしに来たんだ。頭痛がひどくなり、考えることができなかった。

マルクはまばたきした。ほこりで目がかゆい。逃げるときにサンザシの薮《やぶ》を抜けて、傷だらけだ。傷口がひりひりする。指の切り傷は思ったよりも深く、ひどく出血していた。仰向けになると、手を頭の上にあげて傷口を押さえた。血が手首を伝って流れ落ち、顔にしたたる。いい感じだ。ようやく息がつけ、鼓動が静かになった。激しい頭痛が、ずきんずきんという鈍い痛みに変わった。

リッキーがどうなったかわからないうちは、気持ちが落ち着かない。四つんばいになって干し草の山を上った。屋根に小さな明かり取りがある。そこからなら通りを見渡せる。突然、すねになにか固いものが当たった。

「いてて」マルクは動きを止めた。淡い光の中、両手でその固いものを探った。長くて、干し草にしっかり刺さっている。引っ張ってみた。抜けるまで強く引っ張りつづけた。抜けたと思ったとたん、低い梁《はり》にぶつかった。マルクは一瞬息をのんだ。手にしていたのは銃だった！

最悪の事態を覚悟していた。ばらばら死体かと思ったら、ミイラのようだった。フリーデリケ・フランツェンは小包のように縛りあげられてバスタブに横たわっていた。だれかが銀色の布テープで口に至るまで体全体をぐるぐる巻きにしていた。目は閉じている。

ピアは前かがみになって、頸動脈に触れた。脈はゆっくりだが、安定している。ほっとためきをついて包丁を取り、布テープを切りはじめた。だが粘着力が強く、思うように切ることができなかった。これで家宅捜索をしたのが警察ではないことは明らかになった。警察が家主の口をふさぎ、縛りあげることなどない。そうしたい気持ちになったことはピアにもあったが。

家の中で大きな声がして、クレーガーがドア口にあらわれた。

「逃げられた。だが奴のスクーターが道に止めてあった。さっき車にぶつかってきた奴だ。いったいだれだったんだ？」

クレーガーは十分前よりは多少息が上がり、汗をかいていたが、落ち着きを失ってはいなかった。

「これ、家主よ」ピアは歯を食いしばりながらいった。両手がふるえていることに腹が立った。布テープがしつこくて、ひとつ間違えたら家主を傷つけてしまいそうだ。

「手伝おうか？」クレーガーが見かねていった。

「ひとりでできるわ。とにかく解放しなくちゃ。これはひどすぎ」

クレーガーはピアから包丁を取った。ふたりで意識不明の女性をなんとかバスタブからだし、床に横たえた。

ピアは前腕で額の汗をぬぐった。かがんでいたせいで、背中が痛い。クレーガーはフランツェンの顔のそばで包丁を慎重に動かした。口を塞いでいた布テープをそっとはがした。

「ミイラの意識が戻ってきたぞ」クレーガーはピアに包丁を渡して、フランツェンの頬を叩いた。「おい！　聞こえるか？」

顔を左右に揺らしてから、フランツェンは目を開けた。

「こ……ここは……どこ？」フランツェンは混乱しているのか、口がうまくまわらなかった。

「だ……だれ？」

「ホーフハイム刑事警察署のキルヒホフです。前に会っていますね」

フランツェンはもうろうとしながらピアを見つめ、急にはっと目を見ひらいた。上体を起こそうとしたが、まだ腕が上体に貼りつけられていた。

「ちょっと待った」そういって、クレーガーは急いだ。

足を自由にすると、クレーガーとピアは彼女を立たせた。フランツェンはぐらっとふらついた。

「すわった方がいいですよ」ピアはいった。「なにがあったんですか？」

「お……襲われたのよ」フランツェンは曖昧に答えた。驚いているようだ。額に手を当てて首を横に振った。「あたし、外に出ていたの……そのときバッグをキッチンに忘れてきたことに気づいて。そしたらいきなり……男がふたりあらわれて。な……なにかスプレーを顔にかけられて……そして……」

声が途切れた。ショック状態は収まった。マスカラが涙で溶けて、頬に黒い筋を作っている。ピアは洗面台の横にあったティッシュの箱を差しだした。

「人相はわかりますか？」ピアはたずねた。

フランツェンはすすり泣きながら首を横に振り、化粧が崩れた顔を拳でこすった。

「いいえ。あ……あいつらマスクをかぶっていたから。それに一切口をきかなかった」フランツェンはティッシュをつまんで洟をかんだ。

これまでピアはフランツェンに対して好意を覚えなかったが、今は気の毒に感じていた。自分の家で襲われることほど恐ろしいことはない。自分の体験からよくわかった。隣にすわると、肩に腕をまわして、涙を堪えているフランツェンを慰めた。

「パートナーはどこですか？」ピアはテオドラキスを逮捕しにきたことを黙っていることにした。「家に戻るよう電話で連絡しましょうか？」

フランツェンは肩をすくめた。巡査がドア口にあらわれた。

「家の中をちょっと見てみました。他にだれもいません。しかし屋根裏を見てもらった方がいいかと」

「屋根裏？　どうしたの？」ピアがたずねた。

「屋根裏部屋はヤニスの書斎だけど」フランツェンは声をふるわせながらいった。「他になにもないわ」

「書斎だったといった方がいいでしょう」巡査は答えた。「ほとんどなにもないので」

二〇〇八年十二月　チューリヒ

教授はなにも気づいていない。どんな企みが進行しているか知るよしもない。自分はあれだけの仕打ちをされたのだ。慈悲を与える気になどなれない。いい気味だ。多少は気が晴れる。そのあとは時間が解決してくれるだろう。研究所には新しい所長が必要になる。彼女が任されるかもしれない。

教授はフランクフルト経由でニューヨークへ向かった。数人の研究者仲間と戦略会議をおこなうためだ。彼女は関係者に配られたメモで会合の参加者を知っていた。気候変動に関する政府間パネルの代表者が参加することになっている。ボルティモア大学のノーマン・ジョーンズ博士、ウェールズ大学気候研究ユニットのジョン・ピーボディ博士。他にも、気候変動に関する政府間パネルの去年の報告書で虚偽に関わった著名な科学者の名があがっていた。彼女は教授を空港まで送ったあと、研究所には戻らず、飛行機でチューリヒへ飛んだ。

午後二時少し過ぎに、チューリヒの小さなプライベートバンクのロビーでシアラン・オサリヴァンとその友人ボビー・ベネットのふたりと落ち合った。銀行員は個人保管庫に案内すると、三人をそこに残して立ち去った。彼女ははじめのうちはオサリヴァンの主張に懐疑的だったが、今はそんな気持ちも消えていた。気象データが操作された証拠をオサリヴァンたちは何年もかけて調べ上げていた。それには反論の余地がなかった。

ベネットはウェールズ大学気候研究ユニットの元所員で、メールサーバをクラッキングして、一九九八年まで遡《さかのぼ》る数千通のEメールのバックアップをダウンロードして持ちだした。気候変動に関する政府間パネルで採択される報告書の基礎となるデータと気象事象の測定結果を提供する四つの研究所の所長たちが交わしたEメールだ。彼女はその四人を個人的によく知っていたので、十年以上もうまく騙されていたことに愕然とした。四人は手を組んで、世界じゅうの気象データを地球温暖化へと操作していたのだ。人為的気候変動という仮説に信憑性を与える偽りの布石。利益と影響力を欲しいがばかりに数十億の人類の恐怖心を意図的に煽《あお》ったのだ。

「いつやるの？」彼女はたずねた。

「二月上旬」オサリヴァンは答えた。彼の目がきらりと光った。高揚感を味わっている。冷静な実用主義者にしてはめずらしいことだ。この詐欺行為が発覚すれば、とんでもないスキャンダルに発展し、気候変動を信じる者たちにあとあとまで痛手を与えるだろう。

「どうしてもっと早くしないの？」彼女はたずねた。

ベネットはテーブルにすわって足をぶらぶらさせた。彼も期待に胸をふくらませている。

「大きな魚が釣れそうなんだ」ベネットがいった。「政府間パネルの議長がなにに関心を持っているか証明する具体的な情報が手に入るところでね。議長は何十億ユーロにもなる投資が絡《から》む仕事に手を染めていて、それが政府間パネルで推奨される内容にかかっているんだ」

「本当？」

「ああ。信じられないだろう」オサリヴァンはうなずいた。「もう二、三ヶ月調査すれば、もっといろいろ明らかにできると思う。だが時間がない」

オサリヴァンの指がベネットの横に置かれた黒いパイロットケースを叩いた。

「ここにすべて入っている。全部本物だ。電話の録音テープ、わたしの草稿」オサリヴァンは真剣な顔をした。「わたしたちはきみを信じる。わたしたちになにかあったら、このことを知っているのはきみだけになる」

「なんでそんな心配をするの？」彼女は神経が高ぶっていたが、内心ぞっとした。とんでもなく重い責任を背負うことになる。そしてとんでもない誘惑にもさらされる。

「なにがあるかわからないということさ。これからは電話連絡を断つ」オサリヴァンは小声でいった。「Eメールもよこすな」

「でもなにかあったとき、どうやって連絡をすればいいの？」彼女はたずねた。

「直接会って話す。連絡はショートメッセージでする。そこまで調べることはできないだろう」

彼女はうなずいた。「本当に危険だと思う？」

オサリヴァンは彼女を見てからベネットと視線を交わした。

「ああ。公にするまでは命の危険があるだろう。そのあとは大丈夫だ」

ベネットは、彼女が急に落ち着きをなくしたことに気づいたらしく立ちあがって彼女の肩を叩いた。

「いいかい、わたしたちは世のため人のために活動しているんだ。奴らはきみを騙し、利用した。全世界に嘘をついている。そのことを忘れてはいけない。いいね？」

たしかにわたしは騙され、利用された、と彼女は思った。

「忘れるものですか」と大きな声でいった。

理想に燃えたオサリヴァンとベネットは、彼女が自分たちと同じように環境問題の背後にある真相に失望し、無私の心で協力していると信じている。しかしそれは違う。彼女は憎しみを原動力に、アイゼンフート教授の足をすくい、破滅させる地崩れを起こしたいだけだ。

「奴らは全員、辞職するしかなくなる」ベネットはニヤリとした。

そうだ。教授も辞職すればいい。白亜の邸《やしき》に住めなくなり、ベッティーナと共に彼女の人生から消えるのが望みだ。オサリヴァンがパイロットケースを保管庫に入れ、蓋をして鍵を抜き、彼女に渡した。彼女は冷たい鍵をしっかりつかんだ。

「待ち遠しいわ」そういって、彼女は微笑んだ。


先が見えないのは、永遠につづくかくれんぼよりもつらかった。テオドラキスを信用するなんて、なんてうかつなことをしてしまったのだろう。あいつに身元を知られたとき、どうしてすぐに姿をくらまさなかったのか。おかげで今はにっちもさっちもいかない。教授はあきらめないだろう。今頃、追っ手を差し向けているはずだ。

ニカはその小さな家の中で刑務所にいるような気分を味わっていた。けれども、逃げることはできない。オリヴァーは残された最後の希望だ。彼女は好かれているとすぐに気づいた。こんな状況でなかったら、自分も彼に恋をしたかもしれない。しかし今はそのような感情を抱いても意味がない。彼はまったくもって間の悪いときにニカの前にあらわれた。彼は、彼女がまだ眠っているあいだに入ってきたのだろう。ローテーブルにメモが残してあった。

〝あとで話し合おう。家から出ないでくれ。だれにも見られないように！　オリヴァー〟

どういう意味だろう。ニカは歩きまわるのをやめ、キッチンの窓辺に立ち止まって外を見た。草原と城が見える。身元を隠し、無慈悲な過去の亡霊に怯えているのでなければ、こういうところで暮らしてみたいと思った。

ニカはキッチンチェアにすわって、オリヴァーのそばで過ごす生活を想像してみた。買い物、掃除、料理。彼の帰りを待つ。以前の自分だったら考えられないことだが、この半年で自分も変わった。他の女と結婚すると教授にいわれたドーヴィルでのあの日に、野望はついえた。朝から晩まで働くことしかしなかったなんて、まったくどうかしていた。人間の狂気から世界を救えるなんて、本気で信じていたのだろうか。いいや、自分に嘘をついていただけだ。研究に勤しめば教授の心が手に入ると何年も密かに思いつづけたなんて、泣けてくる。セックスの相手と研究、教授にとって彼女が役に立つのはそこまでで、結婚の相手とは見られていなかった。

そのことを思うと、また怒りが沸きあがり、激しく煮えたぎった。教授は嘘をついた。わざと期待させた。あんな奴のために十一年間も無駄にしてしまうとは！　あいつを這いつくばらせたい。世界じゅうから罵声を浴びせられ、憎まれればいいんだ！　あいつにはそれがふさわしい。ニカは立ちあがって深呼吸した。時間はあまり残されていない。早く書類を取りにいかないと。

フリーデリケ・フランツェンは階段を上がったところで凍りついた。

「なんなの！」愕然として声をだした。「ヤニスが知ったら、かんかんになって怒るわ。彼のCDが全部なくなってるじゃないの！」

ピアとクレーガーは彼女の横をすり抜けて、書斎として使われていた屋根裏部屋に足を踏み入れた。棚もデスクも空っぽだった。液晶モニターがぽつんと置いてあるだけだ。はずされたケーブルが何本もぶらぶらしている。グレーの絨毯《じゅうたん》が敷かれた床の、コンピュータ本体が置いてあったところに四角い痕がついていた。フランツェンは階段にすわり込むと、頭を手すりにもたせかけて涙を流した。「あいつら、本当になにもかも持っていっちゃった！　どうして？」

ピアにはいろいろな答えが思い浮かんだ。テオドラキスには敵が山ほどいる。これまで無事だったのが不思議なくらいだ。

クレーガーはラテックスの手袋を一組ジーンズのポケットからだしてはめると、デスクの引き出しを順に覗いた。すべて空だ。戸棚もキャスター付きキャビネットも同じだ。紙一枚、ぺン一本ない。床には青いゴミ袋のロールが落ちていた。侵入者が残していったものだろう。

「徹底しているな」クレーガーは淡々といった。「なにも残っていない」

フランツェンはすすり泣いた。

「テオドラキスさんはどこですか?」ピアはたずねた。

「わ……わからないわ。電話をしなくちゃ。怒るにきまってる! でも、あたしにはどうしようもなかった」

ピアはまだ逮捕状について触れなかった。フランツェンが電話をかければ、テオドラキスは帰ってくるかもしれない。捜す手間が省ける。

「ひどいことになりましたね」ピアは彼女の横に膝をついて、腕に触れた。「わたしになにかできることはありますか?」

「いいえ……気にしないで。店に行かないと。それから動物保護施設《ティアハイム》にも」フランツェンはすわったまま、一瞬うつろな目をした。それから階段の手すりに手をかけて立ちあがり、放心状態で螺旋《らせん》階段をとぼとぼと下りていった。

ピアとクレーガーは彼女についてキッチンに入った。

「最低の日だわ」キッチンペーパーで鼻を拭くと、フランツェンはささやいた。声が心なしかしっかりしている。最初のショックを乗り越えたようだ。「店の手伝いをしているニカは夜中に姿を消したし、フラウケも行方知れずのまま」

「フラウケ・ヒルトライターさんは姿を見せました」ピアはいった。「ついさっき逮捕したところです」

フランツェンはピアを見つめた。ぽかんと口を開けている。

「フラウケが姿を見せたの？　で……でも、どうして逮捕なんか？」

「父親を殺害した容疑です」ピアは答えた。

「嘘」フランツェンは愕然としてささやいた。「そんな、ありえない！」

フランツェンの目が泳いだ。これまで彼女が体験したことを考えると、じつに普通の反応だ。しかしピアは犯罪の被害にあった人の反応をたくさん見てきた。ショックを受けたあとはたいてい狂乱状態になり、それから虚脱状態に陥《おちい》るものだ。

「あたしひとりでどうしたらいいの？」

開け放った玄関のベルが鳴った。白いつなぎを着た鑑識官が三人入ってきた。まるで宇宙飛行士のように見える。クレーガーは部下を二階に案内してからキッチンに戻ってきた。

フランツェンはきょろきょろあたりを見まわした。

「タバコはないかしら？」

「バッグに入っているんじゃないかな」クレーガーがいった。「バッグをキッチンに忘れたといっていたが」

フランツェンは彼を見つめて微笑んだ。「ええ、そうだったわ」

クレーガーの鑑識チームは屋根裏部屋で作業に入った。フランツェンは、タバコを吸うよりも、パートナーに電話をする方が優先だと思ったようだ。廊下にあるチェストに置かれた電話の受話器を取り、親指で短縮ダイヤルの一番を押した。眉間に深いしわが寄った。

「出ないわ。音声メッセージだけ」

フランツェンが苛立った。

「いつもなにもいわずにいなくなるんだから、もう！」フランツェンは受話器を電話機に叩きつけた。しばらくぼんやり遠くを見つめていたが、突然タランチュラに刺されたかのようにびくっとした。

「大変！　犬たちが！　車に入れたままだわ！　こんな暑い日に！」

「待ってください」ピアが引き止めた。「わたしたちが家に入ったとき、若者が浴室にいました。包丁を持っていました。あいにく逃げられましたが、だれか心当たりはないですか？」

フランツェンはキッチンのドア脇に置いてあった、はき崩したバレエシューズをはいた。

「きっとマルクです」

「マルク？　名字は？」

「タイセン」

ピアはクレーガーと目を見交わした。ふたりとも驚いていた。

「タイセン？」ピアは念押しした。「ウィンドプロ社社長と同じ姓？」

「ええ。マルクの父親ですから」フランツェンは急いでいた。「すみません。犬を急いで車からだしてやらないと」

フランツェンは庭に飛びだした。

「テオドラキスの家にタイセンの息子がいるってどういうこと?」ピアがいった。「わかる?」

「さあ。彼女を殺そうとしたとか」クレーガーは肩をすくめた。「部下を指図しないと」

ピアはひとりキッチンに残って、考え込みながら庭を見た。そのとき携帯電話の呼び出し音が鳴った。ケムだった。どこにいるのかたずねられた。

「テオドラキスのところ。でも、ここにはいなかった」ピアは答えた。「どうして?」

「こっちも大変なことになっている。ラーデマッハーがエンゲル署長に面会して、署長が烈火のごとく怒っている。ボスはそっちかい? 署長がボスと話したいそうだ」

「いいえ、ここにはいないわ。携帯電話にかけてみたら。わたしはもうすぐ戻る。フラウケ・ヒルトライターを連れていく」

ピアは通話を終えた。テオドラキスの仇敵の息子が包丁を持ってこの家の中にいたという事実に胸騒ぎがしていた。テラスに出て芝生を横切り、満開のシャクナゲの陰に庭木戸があることに気づいた。舗装された農道に通じている。すぐそこにアウディのステーションワゴンがあり後部ドアが開いていた。さっきピアの車にぶつかった赤いスクーターがその数メートル先に止めてある。その向こうには馬の放牧地が森の縁《ふち》までつづいていた。少し離れた谷間に厩舎があり、その横の草地はドッグトレーニング場だ。ライラックとサンザシにミツバチが群がっている。若者は影も形もなかった。巡査たちの姿も消えていた。

フランツェンはピアに背を向けて、放牧地の柵に寄りかかっていた。柵の一番上の横板にひじをついて、電話をかけている。

「……ふざけないでよ！」彼女の声を聞いて、ピアは立ち止まった。「いくらなんでもやりすぎじゃない！　こんなの……」

ラゲッジルームから解放された二匹の犬が、放牧地の丈の高い草の中を駆けまわっている。ピアに気づくと、犬が大きな声で吠えながら走ってきた。フランツェンはすぐに口をつぐんで振り返り、携帯電話を閉じた。

「どうしたんですか？」フランツェンが眉間にしわを寄せてピアを見つめた。メイクが崩れていなければ、十五分前に縛りあげられてバスタブの中で気を失っていたとはとうてい思えないだろう。ショックのあとは微塵もないし、普通感じるはずの安堵感もなかった。ピアはフランツェンを知ってからはじめて、彼女の本性を見た気がした。

「さっきの若者のことですが」ピアはいった。「なにをしに来ていたんですか？」

「マルク？　どうして？」

「タイセンの息子なんですよね。親しいんですか？」

「ええ」フランツェンはうなずいた。「マルクは動物保護施設《ティアハイム》で働いているの。彼の両親は気に入らないようだけど、でも裁判所がそういう判決をしたから」

「裁判所が？」

「ええ。あの子、馬鹿なことをして、社会奉仕を義務づけられたのよ」

「ははあ。ところで、そのマルクが乗っている赤いスクーターの持ち主がウィンドプロ社の死んだ夜警のロルフ・グロスマンだとご存じでした？」

「いいえ、知らなかったわ」フランツェンは肩をすくめた。彼女の携帯電話が鳴った。ディスプレイに視線を向けてボタンを押した。呼び出し音が消えた。「いろいろ問題を抱えているの。マルクのスクーターのことなんて知ったことじゃないわ」

「そうでしょうね。パートナーとは連絡がつきました？」

「いいえ！　電話に出ないんです。もうどうかしちゃいそうよ！」

　フランツェンは拳を固め、放牧地の柵を叩いた。

「鑑識があなたの家を調べて、侵入者の手掛かりを捜しています」ピアはいった。「テオドラキスさんから連絡があったら電話をくれますか。大至急、話がしたいのです」

「ええ、わかったわ」電話がまた鳴った。

　谷の方から緑色のジープが近づいてきた。ピアは車が通れるように、うっそうとしたイラクサの茂みに一歩さがった。そのときフランツェンの車の助手席に目がとまってあっと思った。だが驚いた理由を意識する前に、携帯電話が鳴った。カイからの電話で、家宅捜索のための捜索令状が発付されたという連絡だった。

　フランツェンは緑色のジープのドライバーをちらちら見ていた。ピアは彼女にうなずいて、家に戻った。変な態度を取るものだ。フラウケ・ヒルトライターのことを気にしているふうもないし、そもそも死ぬ思いをした人に見えない。なにか腑《ふ》に落ちない。なにかがおかしい。ピアはそれがなにかうまくいえないし、どうしてそう思うのか自分でもはっきりしなかったが、いぶかしむ気持ちは消えなかった。

オリヴァーは車をガレージの前に止め、刑事警察署に向かって歩いた。フラウケ・ヒルトライターの取り調べをする前にピアにすべてを打ち明けなければならない。父親に残された土地のことからアニカ・ゾマーフェルトの秘密まで。ぐずぐずしていては、ふたりのあいだの亀裂が広がるばかりだ。コージマとの場合と同じように越えられない溝ができてしまう。越えられない溝か、とオリヴァーは思った。変な言葉だ。昨夜、アニカと話していたとき、コージマのことが何度も脳裏をよぎった。彼女を恨む気持ちはなくなっていた。急に、新たな展望がひらけた。アニカのことはよく知らない。知っているのはふたりに共通の未来などなさそうだということだけだ。しかし……もはやあとには引けない。オリヴァーは彼女にひと目惚れしてしまった。あれから不安でたまらなくなり、食欲が減退していた。こういう感覚を昔感じたことがある。インカ・ハンゼンに対してだ。ずいぶん昔の話だ。ニコラ・エンゲルは、心を癒《いや》してくれる存在でしかなかった。コージマのときはもっと単純だった。彼女に屈して、獲物として彼女のベッドに誘われた。思い返してみると、自分がコージマの気性に合うわけがなかった。彼女といっしょのときはいつも彼女がしきっていた。彼女は洗脳の達人だ。オリヴァーが自分で望んでいることだと信じるようにうまく自分の意志を押しつけていた。彼女の不実を知ってつらかったのは、じつは彼女がオリヴァーをそんなに必要としていなかったという事実に気づかされたからだ。旅の道連れでもなければ、食い扶持《ぶち》を稼ぐ者でも、愛する人でもなかったのだ。コージマはオリヴァーの面子《メンツ》をつぶした。それも公然と。それがなにより腹立たしかった。

アニカは違う。インカを彷彿《ほうふつ》とさせる。もっともインカのときはいくつもの誤解が原因でハッピーエンドにならなかったが。今度はそんな終わり方をしたくない。

警備についている巡査にオリヴァーが会釈すると、巡査はボタンを押した。ジーッと音がして、オリヴァーはガラス扉を開けた。廊下でケムに出会い、署長がすぐ来いと呼んでいると教えられた。オリヴァーは署長室のドアをノックした。ドアがすぐに開いた。デスクの前の椅子にすわっているラーデマッハーが目にとまった。足を組み、ニコチンで黒くなった歯をむいてニヤニヤしている。オリヴァーはいやな予感がした。

「少し外で待っていてください、ラーデマッハーさん」ニコラ・エンゲル署長はいった。「キルヒホフがすぐに来ます」

ラーデマッハーはオリヴァーをあざけるように見て、署長室から出た。エンゲルはドアを閉めると、すぐ本題に入った。

「あなたのお父さんが、死んだルートヴィヒ・ヒルトライターから草地を遺贈されたというのは本当なの？」彼女はデスクの向こうに歩いていくと、窓を開けてすわった。

オリヴァーは認めた。どういうことだ。ニコラはなにがしたいんだ。

「その草地はヒルトライター殺人事件の捜査に関係しているわね？」

「ああ。ラーデマッハーとタイセン社長はあの草地に数百万ユーロ支払うとヒルトライターに持ちかけていた。ヒルトライターはずっとあの草地の売却を拒んでいたので、殺人の動機になりうると見ている」

「なるほど。そしてあの草地があなたのお父さんの所有になるというわけね」

「遺言によれば、そうだ」

「ウィンドプロ社があなたのお父さんに同様の額で買い取ると提案したというのは本当？」

「ああ、本当だ」オリヴァーはうなずいた。「ラーデマッハーは、父が売買契約書に署名するよう説得しろとわたしに要求してきた。弟夫婦のレストラン経営の邪魔をすると脅迫した」

ニコラ・エンゲルはじろっと見た。

「ラーデマッハーの話と違うわね」

「だろうね」

「あなたは昨日、ウィンドプロ社の提案を父親に受け入れさせるのは大変だから報酬として現金で十五万ユーロ寄こせといったそうね」

「なんだって？」オリヴァーは息をのんだ。

「それから、払わなければ、証拠を改竄して、ヒルトライター殺人事件の責任を彼に負わせると脅《おど》したそうね」

「ふざけているのか？」

「とんでもない。まずいことになったわね。ラーデマッハーはあなたを訴えたわ。恐喝未遂、強要、職権乱用」

「全部嘘だ、ニコラ！」オリヴァーはあわてた。「わたしを知っているだろう！　父は遺贈を拒否するか、だれかに贈与するつもりだ。数時間前にそういってきた」

「ラーデマッハーはそれを知っているの？」

「いいや。あいつには訊きたいことがあったんだ。あいつは、殺人があった夜、ヒルトライターを訪ねているのに黙っている。今のところ、あいつとは殺人事件についてなにも話していない。そもそもあいつがヒルトライターのところを訪ねていたということも今朝まで知らなかった！」

エンゲル署長はため息をついて椅子の背にもたれかかった。

「とにかくあなたを信じるわ、オリヴァー。でも予断が入る恐れがあるので、捜査担当からははずれてもらう」

「それはないだろう！」

そうはいったが、捜査担当からはずされることは覚悟していた。今の状況ではただでも捜査結果に悪影響を及ぼす。予断の恐れがあると疑われれば、訴訟が不利になりかねない。

オリヴァーは途方に暮れて腕を上げ、また下ろした。なんでこんなことになってしまったんだ。刑事になって二十年以上、行動に疑いをかけられたことなど一度もない。それが罪もないのに、こんな厄介な目にあうとは。

「申し訳ないわね。数日休職して」エンゲルは忍びない様子でいった。「キルヒホフならなんとかするでしょう」

それは心配ない。だがピアの怒りは収まらないだろう。

「別の件はどうする？」オリヴァーは用心しながらたずねた。「連邦刑事局の連中と、連中が捜している女性だが？」

「あんな高慢な奴ら、勝手に捜させておけばいいのよ」エンゲルはせせら笑った。「わたしたちの仕事じゃない。陰謀の話も、ナンセンスにしか思えなかったし」

オリヴァーはほんの一瞬、アニカ・ゾマーフェルトの居場所を打ち明けたくなったが、やめておいた。まずアニカと話をして、本当はなにがあったのか明らかにしてからの方がいい。

「わたしもそう思う」オリヴァーはそれだけいって、署長室をあとにした。


「マルク？　マルク、そこにいるの？」リッキーの声が夢の中で聞こえた。マルクは目を覚ますのを拒んだ。今は起きたくない。今は……「マルク！」

マルクはあわててきょろきょろした。ズボンのポケットに入れた携帯電話が鳴っている。どうして干し草の上にいるんだろう。なにがあったんだ。いつからここで寝ていたんだろう。携帯電話をだしたが、そのときには呼び出し音が鳴りやんでいた。それから記憶が戻った。バスタブの中のリッキー、警察、逃走。マルクはあわてて起きあがった。

「リッキー？」マルクは叫んだ。皮膚が火照《ほて》って、汗びっしょりなのに、体がふるえる。さっきの声はやはり夢だったんだろうか。二階の床にあいた穴まで這っていくと、いきなり彼女の顔が目の前にあらわれた。

「やっぱりここだったのね！」リッキーがいった。「なんて顔をしているのよ？」

マルクはほっとしてまた体がふるえだし、穴に身を乗りだしてリッキーの首にかじりついた。

「気をつけて！」リッキーはマルクに注意した。「梯子から落ちるじゃない！」

「ああ、リッキー！」マルクはすすり泣いた。「よかった！　てっきり……もう……」

死んだという言葉がいえなかった。リッキーはマルクの手首をつかんで、体を離した。

「血を流しているし、ひどい汚れ方ね」リッキーはそういって、梯子を下りた。マルクも下りた。リッキーが無事だと知ってほっとしていた。

「た……助けようと思って、包丁で自分を切っちゃった」マルクはいった。「そしたらいきなり警察があらわれて、ぼくに拳銃を向けた。だから逃げたんだ。いったいなにがあったの？」

「襲われたのよ」リッキーは答えた。腰をかがめて、バケツをひっくり返すと、そこに腰かけた。「だれかがヤニスの書斎にあったものをすべて持ちだした。悪夢よ！」

「襲われた？　だれに？」

「知るもんですか」リッキーは両手に顎を乗せて、首を横に振った。「あの人、事故にあったらしいわ。林務官が教えてくれた。救急車に乗せられるところを見たらしいの」

マルクはリッキーを見つめた。ヤニスが。それは大変だ。

「病院に行かないと」リッキーは話をつづけた。「家のことは話せないわ。コンピュータと書類がすべてなくなったなんて知ったら、体によくないから！」

「コンピュータ？　市民運動の資料も全部？」マルクはたずねた。

リッキーはため息をついてうなずいた。

「だれがやったんだろう?」

「だれだろうとかまわない。全部失った。風況調査書もなにもかも。骨折り損だったわね。あなたのお父さんはウィンドパークを建設する」

マルクは頭をさすった。痛みはほとんど消えていた。そのとき、さっきここで見つけたものを思いだした。

「ちょっと待って」マルクは素早く梯子を上り、さっき見つけたものを持って、リッキーのところに戻った。

「これを見てよ」そうささやいて、マルクは銃を差しだした。「干し草の中にあったんだ」

リッキーがバケツからぱっと立ちあがった。

「どういうこと?」リッキーは少しためらってから、銃を受け取った。

「奥の干し草に刺さってた」

マルクは体についた干し草を払い、Tシャツとジーンズについている草のくずをはたいた。

「よくわからないけど、本物みたいね。すごく重い」リッキーは銃を体から離した。「だれが隠したのかしら?」

「ヤニスじゃないかな?」マルクがいった。リッキーは目を瞠《みは》って彼に視線を向けた。

「なんてこと。これってルートヴィヒを撃った銃?」

リッキーは銃をそっと地面に置いて、毒蛇ででもあるかのように見つめた。

「なんであの人がこれをここに隠したと思うの?」リッキーがけげんそうにたずねた。

「嘘ばっかりついてるからさ」マルクは強い口調で答えた。「ぼくにはウィンドパーク建設に反対するのは、あの場所が不適切で、自然保護地域として保護するべき場所だからっていってた」

「それがどうしたの？　そのとおりじゃない」

リッキーの青い目に見られて、マルクは急に泣きたくなった。まずい！　なんでいってしまったんだろう。

「でもそれは、ヤニスが反対している本当の理由じゃない。このあいだテレビでいったことは嘘だ。ヤニスはぜんぜん関心がない。本当は、自分をクビにしたぼくの父さんに仕返しをしたいだけなんだ。ヤニスがこのあいだニカにいってた。リッキーにもいってたじゃない」

リッキーはマルクを見つめた。それから身をかがめて銃をつかみ、梯子を上った。マルクはリッキーを黙って見つめ、またそばに戻ってくるのを待った。

「あの人に訊いてみる」リッキーはきっぱりいった。「これから病院に行って、直接訊いてみるわ。銃をあたしの厩舎に隠したのがヤニスだったら、ただじゃ置かない」


ピアは腕組みをして黄色いペンキが塗られた廊下の壁にもたれかかっていた。オリヴァーが出てくると、壁から離れ、彼のところへやってきた。

「フラウケ・ヒルトライターを逮捕しました。ずいぶん落ち着いていました。大騒ぎして、怒鳴りちらすと思っていたんですが。逮捕状を読んだあとも、おとなしいものでした。テオドラキスは捕まえ損ねましたが、まあ問題ないでしょう。フラウケの自供がえられれば、テオドラキスは被疑者からはずれます。ラーデマッハーも同じくです。彼の取り調べはカイといっしょにやってもらえますよね。ケムとわたしはフラウケを取り調べます」

「ピア……」オリヴァーがいいかけても、ピアは話しつづけた。難航した捜査も大詰めになった。高揚感に目を輝かせている。

「テオドラキスのところに今朝、だれかが侵入し、書斎にあったものを片端から持ち去りました。フランツェンは侵入者に襲われ、ミイラのようにがんじがらめに縛られて、バスタブに横たえられていました。そのとき、テオドラキスの家でだれに出会ったと思います？ 絶対に当たらないでしょうね！」ピアは短い間を置いて、オリヴァーを見つめた。「シュテファン・タイセンの息子ですよ！ 包丁を手にして、バスタブのそばに立っていたんです。クレーガーは、フランツェンを襲おうとしていたといっていますが、どうでしょうね。なんか様子が変でした。その若者は〈動物の楽園〉の前で、スクーターに乗ってわたしが運転していた車にぶつかったんです。クレーガーがナンバーから所有者を調べたら、ロルフ・グロスマンのものでした。偶然にしてはおかしいと思いませんか？ 移動中にその若者がなにをしたか考えたんですけど、たぶん……」

「ピア！」オリヴァーはとめどもなくつづくピアの言葉をさえぎった。「話すことがある」

「それはあとでも……？」

「いや、今すぐ話す必要がある」オリヴァーはズボンのポケットに両手を突っ込み、ため息をついた。「捜査から離れ、休職することになった。予断を排除するためだ」

「えっ？」ピアはきょとんとしてオリヴァーを見つめた。「予断？　どういうこと？」

オリヴァーはゆっくり首を横に振った。

「もっと早く話しておくべきだった」

「どういう話ですか？」

ヒルトライター兄弟から父親の遺言状について聞いていないのだろうか。それとも、鎌をかけているのか。

「ラーデマッハーとフラウケ・ヒルトライターが待っている」オリヴァーは曖昧にいった。

「ちょっと待ってください」ピアの眉間に深いしわが寄った。「思わせぶりなことばかりいって、そろそろちゃんと話してくれてもいいんじゃないですか？　なにがどうなっているのか知りたいんですけど！」

ピアは怒っていた。傷ついてもいる。当然のことだ。オリヴァーは心を落ち着けた。

「簡単に話せることではない。もしよければ、今夜きみのうちに寄る」

ピアはボスを冷ややかに見つめた。オリヴァーが断られると思ったとき、ピアはうなずいた。

「わかった」はっきりさせるときだ、とピアの目が語っていた。「今夜八時にうちで。都合が悪くなったら、電話をちょうだい」

ピアは背を向けた。すり減ったリノリウムにスニーカーがキュッキュッと鳴った。捜査十一課の方へ廊下を曲がる直前、ピアは振り返った。

「待ちぼうけさせないでくださいね」

「移動中、ラジオをかけず、CDばかり聴いていましたから。あのベンツには、わたしのぼろ車と違ってCDプレイヤーがついているので」ドイツじゅうで手配されていたのにどうして知らなかったのかというピアの質問に、フラウケは答えた。「携帯電話も持っていませんでした」

だれとでもすぐ連絡が取れる時代に携帯電話も持たないとは。信じられないが、本当だった。

「どうしていなくなったりしたんですか？　水曜日の夜、なにをしに農場へ行ったんですか？大鴉を殺しましたね。なぜですか？」

「あいつが襲ってきたからです。母を看病した二年、あの汚らわしい鳥にはうんざりさせられました。家の中を飛びまわるから、糞や羽根の掃除をさせられましたし。夜になると、父はいつもあの鳥といっしょにテレビを観て、わたしと話したり、母を看《み》たりすることなんてなかったんです。あいつに襲われて、階段から落ちたとき、すっかり頭にきちゃって」

「あなたのお父さんを殺害するのに使われた凶器があなたの住居のワードローブから見つかりました」ピアはクレーガーが携帯電話で撮影した写真を取調室の机に置いた。ピアが弁護士を呼ぶかどうかたずねたとき、フラウケは断っていた。「あなたは五月十二日の夜、鴉農場《ラーベンホーフ》にいましたね」

フラウケはじっと聞いていた。おどおどすることも怯えることもなかった。机にひじをついて、傷だらけの手を重ねて顎を乗せていた。

「五月十三日、立入禁止のテープを張った家に侵入し、二階の部屋の戸棚からなにか持ちだしましたね」ケムが打ち合わせどおりにいった。「わたしたちはお父さんの遺言状ではないかとにらんでいます。だから姿を消したのでしょう」

遺言状！　ピアは、オリヴァーがそんな重要なことを黙っていたことにいまだに愕然としていた！　オリヴァーが立ち去った直後、エンゲル署長に呼ばれて、当分のあいだ捜査十一課を指揮するようにいわれた。ボスがなぜ休職させられたのか、ピアがたずねると、署長がヒルトライターの遺言状の話をした。ピアはかっとして、ボスに電話をし今夜の約束をキャンセルしようかと思ったが、結局はそうしなかった。実際には怒るというより、がっかりしていたのだ。

四年前から、ふたりは組んで仕事をして、難事件を解明してきた。そのうち気心が知れ、信頼も生まれ、互いに頼りにしていた。それがすべて台無しになった。

オリヴァーが個人的問題を抱えて、鋭い勘と思慮深さを欠くのを見るのはつらかった。これからはひとりでやるしかない。相談をするために電話をかけるわけにもいかない。エンゲル署長にははっきりとクギを刺された。

「あのう」フラウケにいわれて、ピアは我に返った。「凶器の銃がどうしてうちにあったのか、わたしには見当もつきません。でも父とテルを殺してはいません。どうしてわたしが殺さなくちゃならないんですか？」

「お父さんを憎んでいたでしょう？」ケムがいった。「お母さんとあなたは何年も苦しめられてきましたね。それにあなたはすぐれた射撃手で、銃器の扱いにも慣れています」

フラウケは苦笑した。

「猟銃で至近距離から人を撃つなんて、すぐれた狙撃手とはいえませんね」

ケムはその言葉には踏み込まなかった。

「水曜日に農場へ行ったのはなぜですか?」ケムはたずねた。

「わたしの兄弟はご存じでしょう」フラウケはため息をついた。「ふたりとも破産同然なのもご存じですよね。母が愛して大事にしていたものをあのふたりから守りたかったんです。ふたりの手に渡ったら、お金にするだけでしょうから」

「信じられませんね」

「そうでしょうね。思い出の品ってだけではないんです。それとあの二台のクラシックカーの書類が入った箱。遺言状の写しも。それにわたしが農場、兄弟がバート・テルツにある母の実家を遺贈されることが書いてありました。自分のオンボロ車で長距離を走る気になれなかったので、父のベンツを使ったんです」

「バート・テルツに行っていたのですか?」

「ええ。その夜のうちに」

「そこでなにをしていたんですか?」ピアはまた取り調べに意識を切り替えた。

「母のものを片付けに行ったんです。母が死んでから空き家になっていて、父は行きたがらなかったんです。母方の祖父はミュンヘンの裕福な実業家で、美術コレクターだったんです。当時無名の画家の作品を大量に買い込んで、そのせいで貧乏になりました。ほとんどの絵は母が美術館に売り払って、気に入っていた三枚だけ残しました。シュピッツヴェーク、カール・ロットマン、青騎士時代のヴラディミル・フォン・ベヒティェフ。今では大変な価値があります。屋根裏から取ってきてベンツのトランクに入っています」

「なるほど」ピアはいった。「兄弟より先に自分で売るつもりだったんですね」

「いいえ、そのつもりはないです。持っているつもりです。大事なものなので」

一瞬、静かになった。窓のない取調室に迷い込んだハエが三人の頭のまわりを飛びまわっていた。

ピアはフラウケを見つめた。これまでたくさんの人を取り調べてきた。罪を犯した人、無実の人、謀殺者、故殺者、興奮した人、嘘つき、馬鹿な警官よりも頭が切れると思っている者。いらつく者、いきがっている者、泣きだす者。フラウケはどのタイプだろう。静かにすわり、穏やかにピアの目を見返している。役者が上ということか。

ピアは相手の態度と表情に罪の意識がないか探したが、見つからなかった。神経質な目元も、落ち着きのない目つきもないし、口ごもることもない。返答は正確で、ためらいがなかった。

その瞬間、ピアは読み間違いに気づいて衝撃を受けた。それにしても銃はどうしてフラウケのワードローブにあったのだろう。父親と犬を撃ち殺したのはこの人ではない。取り調べをつづけても時間の無駄だろう。

ピアは立ちあがって、ケムについてくるよう目配せして取調室を出た。休暇から戻ったあといろいろありすぎて、どこで読み間違えたかもわからなくなっていた。オリヴァーはこういう場合、作戦タイムを取って、ゆっくり考えを巡らすために散歩をする。ピアも同じことをすべきのようだ。それもすぐに。

「どうした？」ケムがドアの前でたずねた。ピアは壁に寄りかかった。

「犯人じゃないわね」ピアはため息をついた。「まいったわ。自信があったんだけど」

「そうらしいな。釈放するのか？」

「いいえ、まだよ。でもちょっと息抜きをする」

ケムはうなずいた。ピアは掌を合わせ、人差し指で唇を叩いた。マルク・タイセンがフリーデリケ・フランツェンのところにいた。あの若者はどうしてあそこにいたのだろう。テオドラキスはどこだ。どうして彼のDNAがグロスマンの遺体に付着していたのだろう。マルクはなぜグロスマンのスクーターに乗っていたんだ。フランツェンの車でなにか気になることがあったが、あれはなんだったろう。ラーデマッハーはなぜ火曜の夜グレックナーと鴉農場《ラーベンホーフ》を訪ねたのだろう。考えれば考えるほど、混乱するばかりだ。

「フラウケにマルク・タイセンのことを訊いて。それからフランツェンとテオドラキスのことも」ピアは時計に視線を向けた。午後二時十五分。「四時に戻るわ。それからタイセンの自宅へいっしょに行きましょう。それまでにテオドラキスが姿をあらわすかもしれないし」

パトカーは駐車場でオリヴァーを降ろした。オリヴァーは礼をいって、巡査がいなくなるのを待った。休職したので、警察車両が使えなくなった。去年の十一月、自分のBMWを廃車にして、今は自分の車がない。精神状態も当時と変わらない。殺人容疑がかかっているアニカをいつまでも匿うのは無理だ。しかし心は逆のことをいっている。

これからどうしたらいいだろう。彼女を信じても大丈夫だろうか。彼女のことをよく知らない。彼女への強い感情がこの複雑な状況を客観的に見る力を削いでいた。彼女は逃亡する理由をなぜ黙っているのだろう。話すのを遅らせても意味がない。確かなことが知りたい。今すぐ。

オリヴァーは御者の家へ行き、玄関のドアを開けた。アニカはまだカウチで眠っていた。膝を抱え、左腕を枕代わりにしている。今日の昼に残したメモは同じ場所にあった。オリヴァーはドア口から彼女の様子をうかがった。Tシャツが少しめくれている。雪花石膏《せっこう》のような肌を見て温かい気持ちになった。

この人が冷酷な人殺しのはずはない！　彼女についての嫌疑は、彼女の主張を信用できないようにするためのものだ。彼女は大変な騒ぎを起こしうる危険な秘密を知っている。

アニカはオリヴァーに気づいたようだ。体を動かし、目を開けると、窓から射し込む明るい日の光にまばたきした。アニカは寝ぼけ眼《まなこ》をオリヴァーに向け、魅力的な笑みを浮かべた。

「あら」アニカはささやいた。

「やあ」オリヴァーは真顔で答えた。「話がある」

アニカは微笑むのをやめて、背筋を伸ばした。両手で髪をなでつけた。頬にクッションの痕がついている。オリヴァーは部屋に入って、アニカの横にすわった。

「なにかあったの？」アニカは警戒してたずねた。

どういうふうに切りだしたらいいだろう? 別の件であればシュテルヒとヘアレーダーの言葉を疑わなかったはずだ。なぜいやな奴だと思ったのだろう。いや、敵とすら見なした。間違いを犯してしまったのだろうか。

彼女の緑色の目がじっとオリヴァーに向いていた。両手を膝にはさみ、背筋を伸ばしていた。

「今朝、アイゼンフートが署に来た」オリヴァーはいった。

アニカはびくっとした。

「連邦刑事局の捜査官をふたり連れてきた。きみがこのあたりに潜伏していると聞きつけたそうだ。きみの居場所を知らないかと訊かれた。知らないと嘘をついた」

アニカは顔の緊張がほぐれたが、オリヴァーが話をつづけたので、また顔をこわばらせた。

「奴らによると……」オリヴァーはいいよどんだ。アニカがどんな反応をするかわからない。もし嘘をついていたら、どうすればいいだろう。「きみには人をふたり殺害した嫌疑がかかっているそうだ。ひとりはチューリヒ。もうひとりはベルリンで」

沈黙。木を揺らす風の音だけが半開きの窓を通して聞こえてきた。オリヴァーは、アニカが愕然としたことに気づいた。息をのんでいる。

「だ……だけど……そんな馬鹿な」彼女は口ごもった。「わたしが……人殺しをしたというの? 生まれてこのかた、ハエも殺したことがないのに!」

「シアラン・オサリヴァンはベルリンのホテルの一室で殺された。きみの家から凶器が見つかったといっていた」

アニカはオリヴァーを見つめた。

「なんてこと」アニカは唾をのみ込んでぱっと立ちあがり、口と鼻を両手でおおった。彼女の視線があてもなく部屋を泳いだ。オリヴァーも立って、彼女の肩に両手を置いた。

「アニカ、頼む。なにを信じたらいいかわからないんだ。本当のことをいってくれ！　オサリヴァンを殺したのはきみなのか？」

アニカはオリヴァーを見つめた。顔面蒼白だ。

「そんなはずがないでしょう！」アニカは声を張りあげた。「なんで彼にそんなことをする必要があるの？　彼が死んだことは、あとでインターネットを通して知った。彼は射殺されたと書いてあった。でも死体がどこで見つかったかはわからなかった」アニカは、オリヴァーが疑っている様子だったので、彼の前腕にしがみついた。「オリヴァー、銃なんて手にしたこともないわ！」

オリヴァーは捜査中に、犯人しか知りえない情報が知られてしまわないようにわざと嘘の情報を流すことがある。シュテルヒもそれをしたのだろうか。一発の銃弾は、四十ヶ所の刺し傷とは心理的に次元が違う。

「オサリヴァンが命の危険を感じていたことは知っていたわ」アニカは声を押し殺してつづけた。「クリスマスの朝、わたしたちはもう一度電話で話した。そのとき、友人のひとりが大学の校舎の屋上から転落死したといっていた。自殺だという報道を疑っていた。そして数日前には、ボビー・ベネットの死体がチューリヒ空港の立体駐車場に止まっていたレンタカーのトランクから見つかっていた。その前日わたしたちは……」アニカはふるえながら息を吸った。

「その前日？　どうしたんだ？」

オリヴァーはじっと見つめた。

「あの人、ずっと前から知っていたんだわ」アニカはふるえながら息を吸った。「わたしたちがチューリヒで会うことも、わたしたち以外に詳しいことを知っている人間がいないことも。なんてこと。これでなにもかもわかった」

「なんの話だ？」オリヴァーは困惑してたずねた。「だれがなにを知っていたっていうんだ？」

シュテルヒは、アメリカ人の死体がスイスのホテルで発見されたといわなかったか。

「わたしを罠にかけたのよ」オリヴァーがなにもいわなかったので、アニカがつづけた。「わたしにこんな仕打ちをするなんて。教授を信用していたのに……」

アニカは凍えているかのように自分の体に腕をまわした。目を瞠ったまま、じっと立っていた。

「わ……わたし、これからどうしたらいいの？」彼女の絶望のまなざしが、オリヴァーの心を刺し貫いた。演技じゃない。本当に恐れおののいている。オリヴァーは彼女に二歩近寄って、抱きしめた。アニカも彼にすがりついた。オリヴァーはさらに強く抱いて、やさしい言葉をかけ、彼女をカウチにすわらせると、自分も腰を下ろして寄りそった。

「すべて計画されていたんだわ」アニカはオリヴァーの胸元でささやいた。「教授はクリスマスイブの午前中、わたしを所長室に呼んだ。クリスマスを祝いたいといって。わたしたち、シャンパンを飲んだ。わ……わたし、そのあとなにがあったか覚えていないの。だ……だけど、目が覚めると、窓に鉄格子がはめられた部屋にいた。あいつはわたしを精神科病院に閉じ込めたのよ！」

アニカは顔を上げた。目がうつろだった。

「数日して、わたしは退院した。なんの理由も告げられず。誤解だったので、家に帰っていいといわれて」アニカは体をぶるぶるふるわせた。「iPhoneや車のキーとか持ちものを返してくれて、駐車場に立った。そこがどこで、何曜日かもわからなかった。わたしはすっかり混乱していた。そのときオサリヴァンからショートメッセージがあった。ベルリンに来ていて、大至急話があるという内容だった。わたしは指定された住所に向かった。ヴェディング地区のホテルだったから、なんでそんなところを指定したのか不思議だった。でも、ベルリンのことは彼の方が詳しかった。それに彼が身辺に注意する必要があることも知っていた。ショートメッセージが彼からだと一瞬たりとも疑わなかった。わたしは電話番号を新しくしていたの。まさか……わたしが入院させられているあいだに、教授がそのiPhoneを使ったなんて考えてもみなかった。わたしのいいたいことがわかるわよね？　あいつら、わたしたちふたりを罠にかけたのよ！」

アニカは手を口に当てて、すすり泣いた。オリヴァーは彼女の背中をさすって抱き寄せた。アニカは声を詰まらせながら話しつづけた。なんとしても秘密を守ろうとするとき、人がどんなことまでやれるか、オリヴァーは思い知らされた。

慣れた手つきで雌の黒鹿毛《くろかげ》に鞍を乗せ、ベルトをしめて、鞍にまたがる。馬に乗るのは数週間ぶりだ。今夜はひどい筋肉痛になるだろう。しかし今はそんなことなどどうでもよかった。頭を空っぽにするなら、馬を早駆けさせるにかぎる。

雌馬がうれしそうに足踏みをした。並足《なみあし》では我慢ができないようだ。高速道路に沿って延びる舗装された歩道を二、三百メートルほど進み、ピアは野原に出た。散歩する人、ジョギングをする人、ローラースケートをする人、サイクリングをする人が散見されるだけだ。これが日曜日の朝ならフランクフルト一のショッピング街並みに人でごったがえすことだろう。晴天の週末に誘われて、フランクフルト市民の半数が近郊のタウヌスに足を伸ばすことになる。ピアはもう一度鞍をしめなおしてから、手綱を短く持つ。馬は速歩《はやあし》になった。

油菜の黄色い花が紺色の空と絶妙なコントラストをなしている。背後から聞こえる音が消え、まもなく耳に入るのは蹄《ひづめ》の音と空を突っ切って飛ぶヒバリの鳴き声だけになった。まっすぐ走れるようになると、馬は勝手に駈歩《かけあし》になった。昨夜の嵐で地面はかなりぬかるんでいるが、馬の足取りは確かだった。ピアは駈歩で大きく弧を描きながらケルクハイムとホーフハイムをつなぐ国道へと斜面を駆け上がった。そこで馬を並足にすると、分かれ道で遠まわりのコースを取ることにした。

オリヴァーはなぜ父親が遺産を相続することをいわなかったのだろう。彼は約束どおり、白樺農場《ビルケンホーフ》に来るだろうか。

手綱を長く持って並足になった馬の蹄がコンクリートを叩いた。背後からインラインスケートをはいた女性が機動性のある最先端の三輪ベビーカーを押しながら近づいてきた。ベビーカーの中に赤ん坊が寝ている。ピアはその女性を見た。すらっとして、よく引き締まった脚がうらやましかった。年齢は四十代はじめだろうか。その年齢でそのスタイルを維持するのは容易《たやす》くない。ピアは経験上よくわかっていた。ふとフリーデリケ・フランツェンのことが脳裏をよぎった。彼女も年齢のわりにびっくりするほどスタイルがいい。日焼けした肌には一グラムたりとも無駄な脂肪はない。あるのは引き締まった筋肉だけ。今朝、彼女の腕をつかんだときに気づいた。

ピアはサイクリングをする人をふたり追い越させてから左に折れて、白樺農場《ビルケンホーフ》へ通じる野道に曲がった。馬をまず速歩にし、それから駈歩に移った。耳元で風を切る音がした。顔を照らす日の光を味わった。

そのとたん頭の中でこんがらがっていたものがほどけた。バッグだ！　変だなと思ったのはそれだ！　フランツェンはバッグをキッチンに忘れて、取りに戻ったといった。ところが助手席にあった！

ピアは馬を並足にして、ポケットから携帯電話をだした。メニューを選んで登録した電話リストをひらき、ケーニヒシュタインの市外局番ではじまる番号を探した。呼び出し音が二度鳴っただけで、フラウケ・ヒルトライターが住むアパートの大家が出た。

「ええ、そうです」大家はピアの質問に答えた。「フランツェンさんは今朝、来ましたわ。朝の八時頃でした。しばらく車の中で電話をしていました。結局、車からは降りませんでした。変だなと思って、窓から見ていたんです」大家は誇らしげにいった。どうやら夜が白む頃からずっと見張っていたようだ。記憶は分単位の正確さだった。理想的な証人だといえる。「あの若者は十時頃に来ましたわ。普段はその時間に〈動物の楽園〉は開店するんですけど、今日はニカも来ませんでした。若者は階段に腰を下ろして電話をしていました。というか、相手が出ないので、いらいらしていましたね……あの若者の名前は、ええと」

「マルクじゃないですか？」ピアが助け船をだした。

「そうそう、マルク！」大家はうれしそうにいった。「歳を取ると、忘れっぽくなっていけませんわね」

「すばらしい記憶力だと思いますよ」ピアはおだてて、礼をいうと、フランツェンの一日を頭の中で反芻《はんすう》した。八時頃ペットショップ到着。車の中で電話をかけ、降りることなく走り去る。そこから自宅に向かったはずだ。なぜだろう。なにか忘れものか。辻褄が合わない。それから、ピア自身が耳にした電話での通話。〝いくらなんでもやりすぎじゃない！　こんなの……〟どういう意味だろう。だれと話していたんだ。テオドラキスはどこだ。タイセンの息子は父親と敵対する者の家になんの用だったのだろう。ウィンドプロ社に侵入したのがマルクだった可能性はないだろうか。彼なら内部の様子もわかっているはずだ。テオドラキスとフランツェンにそそのかされて、改竄した風況調査書を手に入れるために侵入したのかもしれない。

疑問に次ぐ疑問！　答えを得るまでもうすぐだ、とピアは感じた。鍵はマルクという若者だ。

テオドラキスはうとうとしていた。口の中は綿を詰め込まれたような感覚がしていた。腫れた唇がひび割れているが、幸い痛みはない。痛いのは左腕に刺された点滴の針だ。夕方の検診で、医者から不幸中の幸いだったといわれた。歯を五本失ったが、顎は無事だった。左脚は複雑骨折していたため、手術して、ボルトが入っていた。それに体じゅう、打撲傷と挫傷と擦過傷《さっかしょう》で、少し触っただけでも地獄の苦しみを味わった。

麻酔が醒《さ》めてしばらくしてから、自分がどこにいるのか理解した。事故のことは断片的にしか思いだせないが、連中が本気だと気づいたときの死の恐怖ははっきり覚えている。日中堂々車ではねて、狼藉を働いた。冷酷で容赦ない奴らだった。テオドラキスの中でなにかが変わった。あの恐ろしい体験は決して忘れないだろう。あのときの恐怖が消えることはなさそうだ。

犬を連れた女性が通りかからなかったら、連中はどこまでやるつもりだったかわからない。テオドラキスは深く息をついて身ぶるいした。ニカのいうとおりだった。事態を甘く見てしまった。状況判断を見誤った。口は禍《わざわい》の元ってことだ。ちくしょう。

テオドラキスは顔を左に向けた。リッキーはもちろん替えのメガネを持ってきてくれなかった。無理もない。メガネが壊れたことなど知らなかったのだから。リッキーは泣きわめき、大騒ぎした。こんなことをいうと罰当たりかもしれないが、彼女が帰ってくれてほっとした。彼女の声にいらつくし、いるだけで落ち着かない。

白く塗られた壁に沈みかけた太陽の光が少しずつ動いていく。テオドラキスはもうろうとしながらそれを見ていた。外では美しく晴れた五月の一日が暮れようとしているのに、彼はベッドに横たわり、身動きできない。ノックの音がしてびくっとした。最初に見えたのは大きな花束だった。

「お見舞いですよ」アジア人のぴちぴちした看護師が陽気な声でいった。「お父さまとお兄さま」

テオドラキスはえっと思った。兄などいないし、父親は今でもリートシュタットの精神科病院のゴム張りの病室にいるはずだ。ドアが音もなく開いた。男がふたり。視点が定まらず、顔がぼんやりとしか見えない。背の高い方がテレビの下の机に花束を無造作に置き、もうひとりがベッドに近づいた。

テオドラキスはそいつがだれか気づいて息をのんだ。悪寒が走り、不安におののいた。捨てゼリフでいったように、奴らがまたやってきたのだ。

ケーニヒシュタインのエルミュール通りにあるタイセン邸は、出窓や塔やバルコニーのあるユーゲントシュティール様式の美しい家だ。大きな樅《もみ》の木を通して射す夕日に土色の壁が照り映え、桟付き窓が輝いていた。ピアはベルを鳴らして玄関のドアから一歩さがった。ドアはガラス部分にサンドカラーの模様が入り、芸術品のようだった。小走りに階段を下りてくる足音がして、ドアが開いた。二十歳くらいの娘がたいして関心もなさそうにピアを見た。瞳が黒く、髪が褐色で、ホリスターの派手なオレンジ色のTシャツを着ている。

「こんにちは」娘はピアからケムへ好奇のまなざしを移した。

「こんにちは。ホーフハイム刑事警察署のピア・キルヒホフです」そういって、ピアは身分証を呈示した。「それから同僚のアルトゥナイ。お父さんかお母さんに会いたいのですが」

「いいですよ」娘はなにか恥ずかしいところを見られたかのように頰を赤らめた。「両親に伝えてきます」

娘はその場からいなくなった。家の中でだれかがピアノを弾いている。

「ショパンだ」ケムがいった。「演奏会ができるほどではないが、悪くない」

ピアは驚いてケムを見たが、それからあたりを見まわした。家は内部も美しく、趣味がよかった。骨董品がモダンな家具と同居し、クリーム色の高い壁面に表現主義の絵が何枚もかけてあった。垣間見えるリビングには、天井まである本棚があった。居心地のいい家であることは間違いない。ピアノの演奏が中断して、しばらくするとシュテファン・タイセンが玄関にあらわれた。

「入りたまえ」タイセンは手を差しださなかった。警察を歓迎していないのは明らかだ。「妻もすぐに来る」

ピアとケムは彼のあとからリビングに入った。タイセンはふたりに席をすすめなかった。

「ピアノを弾いていたのはあなたですか？」ケムはたずねた。

「ああ」タイセンは答えた。「いけなかったかな？」

「とんでもない」ケムは微笑んだ。「ショパンですね。お上手だ」

意外だったのか、タイセンの頬がわずかにゆるんで緊張が解けた。彼がなにかいおうとしたとき、夫人がリビングにやってきた。さっき玄関を開けたホリスター娘の母親なのはひと目でわかった。同じようにやせている。もう若くはないが、娘の平均的な顔を美しくしたような顔立ちだ。

「こんにちは、タイセン夫人」ピアは身分証を呈示した。「息子さんはどこですか？　大至急話がしたいのですが」

「なぜですか？」夫人は眉間にしわを寄せて、夫をちらっと見た。「あの子、またなにかしたんですか？」

「二件の殺人事件に関係している可能性がありまして」ピアはまどろっこしい言い方をする気になれなかった。

「どういうことだ？」タイセンはいきり立った。

「根拠があるのです」ピアは曖昧に答えた。「どこですか？」

「わかりません」夫人は肩をすくめた。「いつ帰るかいわないので」

「今日の午前中どこにいたかはわかっています」ピアはいった。「ちなみにフリーデリケ・フランツェンとヤニス・テオドラキスの家です。少々驚きました」

「当然でしょう。マルクはフランツェンさんの動物保護施設《ティアハイム》で働いているのですから」夫人は答えた。「車を壊す事件を起こして……」

「息子をどうするつもりだ?」タイセンは妻の言葉をさえぎっていった。「あいつがなにをしたというんだ?」

ピアは、はじめにどうしてこのタイセンに好意を持ったのか不思議だった。

「いいですか」ピアは力を込めていった。「あなたはあまり関心がないようですが、一週間前、あなたの会社に侵入した者がいて、夜警が亡くなりましたね。息子さんがこの事件に関わっているとにらんでいるんです。ですから息子さんに事情聴取したいのです」

「でもマルクはロルフの死とは関係ありませんよ」夫人が口をはさんだ。「あの子は……」

夫ににらまれて、夫人は口をつぐんだ。

「そうはいっていません」ピアはタイセンを見つめた。「しかしテオドラキスがどうして改竄した風況調査書や個人のEメールを入手できたのか気になりましてね。テオドラキスが息子さんを焚《た》きつけてあなたの会社に侵入させた可能性があるのです」

タイセンは表情を変えなかった。

「息子はそんなことはしない」タイセンは冷ややかにいった。「帰ってもらいましょう」

「息子さんはなぜロルフ・グロスマンの名で登録されたスクーターに乗っているんですか?」ピアもかまわず質問した。「顔の怪我はどうしたのですか? 先週の金曜日の夜、息子さんはどこにいましたか? 今どこにいるんですか? 息子さんは十六歳ですね。知らないというのなら、あなたは子どもを監督する義務を怠《おこた》っていることになります」

「マルクのスクーターが盗まれて」夫人が答えた。「わたしの弟が貸してくれたんです」

一瞬、沈黙が生まれた。

「あなたの弟？」ピアが驚いて聞き返した。「グロスマンはあなたの弟だったんですか？」

夫人はおずおずとうなずいたが、まずいことをいってしまったと気づいたようだ。

「今日の午前中どこにいましたか、タイセンさん？」

「うちにいた。それから数時間、会社に出た。午後三時頃帰宅した」

「ありがとうございます」ピアはうなずいた。「では、ごきげんよう」

「きみをどうこうしたいわけではないんだ、テオドラキスさん」アイゼンフート教授は小声でいうと、来客用の椅子を引き寄せて、ベッドのそばにすわった。「きみには関心がない。しかしわたしがゾマーフェルトを捜しているのは知っていると思う」

テオドラキスは教授を見つめた。心臓が喉から飛びだしそうだ。ナースコールのボタンをちらっと見たが、それは電話に引っかけてあって、とても手が届かない。

「彼女の名前を口にしたね。居場所を知っていると思うが」教授は両手で顔をぬぐい、髪をかき上げてため息をついた。「騒がれるのも、面倒も好まない。もう一度訊く、彼女はどこだ？彼女とはどういう関係だ？」

もうひとりの男がベッドの足元に近いところに立った。サングラスをかけていないが、今朝、襲ってきた奴に間違いない。

病室がしんと静まりかえった。閉じたドアからかすかに話し声や笑い声が聞こえる。助けてくれと叫べば、きっとだれかやってくるだろう。だがそれがなんの役に立つ。逃げることも、身を隠すこともできない。教授たちには必ず見つかってしまうだろう。こいつらは甘くない。「いいかね、テオドラキスさん」教授はしばらくしていった。「わたしは野蛮人ではない。暴力は嫌いだ。だから取引をしよう。きみが手伝ってくれるなら、わたしはきみを助ける」

教授の声があまりに小さかったので、テオドラキスは聞き取るのに苦労した。

「きみの元雇い主は、計画中のウィンドパークに反対するきみのことをおもしろく思っていない。彼の法務部は示談の際に取り決めた守秘義務違反できみを告訴する準備をしている。タイセンはさらに、名誉毀損でも訴えるつもりだ。結果がどうなろうと、きみは痛い目にあうだろう。今の職も確実にクビになる。銀行はそういうことに敏感だ。しかしタイセンはわたしに借りがある。わたしなら、彼を思いとどまらせることができるかもしれない。その一方で、きみが職を失い、二度とまともな仕事につけないようにすることもできる。わたしは、影響力のある人物をたくさん知っているからね。だから取引はこうだ。きみはわたしが知りたいことを話す。そうすれば、わたしは二度ときみの前にはあらわれない」

テオドラキスはドキッとした。脅迫だ。選択肢はない。

太陽が梢《こずえ》の向こうに消えた。病室が暗くなったが、教授も連れも気にしていないようだ。

「どうかね？」

「ニカはひばらく前に俺たちのところにあらわれた」テオドラキスは訥々《とつとつ》と話しだした。歯がないせいで、うまく発音できなかった。「俺のパートナーはニカの旧友なんだ。ニカは、燃え尽きて、ひごとをやめたといってた」

テオドラキスはニカについて知っていることを洗いざらいしゃべった。彼女を追い詰めることになるのはわかっていたが、もうどうでもよかった。急に彼女に怒りを覚えた。こんな目にあうのもあいつのせいだと。どうしてリッキーを頼ってきたりしたんだ。教授が彼女を捜している理由など興味がない。ニカについて知っていることを話せば、もうほっといてくれる。怯えて暮らさずにすめばそれでいい。

「たぶんボーデンフタインのところだと思う」話すことに疲れて、テオドラキスは最後にそういった。「あいつは夜中に出ていった。車も自転車も使わず。歩きで森を抜ければ、ボーデンフタインのところまで三十分だ。最近、あのふたりがいっひょのところを見た」

「息子がなにをしているかなにも知らないわね」ピアはそういって、車に乗り込んだ。「息子は絶対に不法侵入とグロスマンの死に関係しているわ」

「それにしても、グロスマンがタイセンと姻戚関係だったとはな」ケムがいった。

「それはたいした問題ではないわ」ピアはシートベルトをしめてエンジンをかけた。「違う？」

だれかが車の窓を叩いた。ピアはびくっとした。そこに若い娘がいた。ピアは窓を下ろした。

「ちょっと乗ってもいいですか？」そうたずねると、マルクの姉は不安そうにあたりを見まわした。「あなたたちといっしょのところを父に見られたくないんです」

「いいですよ」ピアは驚いて答えた。「乗ってください」

マルクの姉は後ろのドアを開けて、後部座席にすべり込んだ。

「ところでわたしはザーラ」そういってから、彼女は深呼吸した。

「マルクのことなんです。昨日の夜、完全にキレちゃったんです。頭をデスクに叩きつけて、血だらけになりました。なにかあったんだと思います。行動がまたおかしくなったんです」

「またってどういうことですか？」

「寄宿学校に入っていたときにいろいろありまして」ザーラはいわくありげに眉を上げた。

「弟はあれから人が変わってしまいました」

「寄宿学校でなにがあったんですか？」ピアはたずねた。

「教師から二年以上、性的虐待を受けていたんです。両親は世間体を気にして、そのことを絶対に話題にしません。でも、警察や心理学者の報告を読んだので、よく知っています」

ピアとケムは視線を交わした。「いつのこと？　弟さんは当時、何歳だったんですか？」

「二年前です。事件が発覚したとき、弟は十四歳でした」

「マルクになにがあったんですか？　本人からなにか聞いたんですか？」

「いいえ」ザーラは首を横に振った。「一度も聞いたことはないです。完全に引きこもってました。友だちはひとりもなく、いつもコンピュータに向かってばかりいました。母は弟を連れてよく心理学者のところに行きましたけど、絶対に口をひらきませんでした。心理学者は治療をあきらめました。そして半年前に教師のシュットが裁判にかけられることになりました。あいつが手をつけたのは弟だけじゃなかったんです。あの変態」

ザーラは顔をしかめた。

「シュットの奴、牢屋で首を吊ったんです。テレビでも報道されました。それでマルクも知っちゃったんです。夜中に完全におかしくなって、父のゴルフクラブを持ちだして、車を十台壊したんです。それからフランクフルト通りに横たわって、サツ……ええと……警察に捕まったんです。それで社会奉仕を命じられて、動物保護施設《ティアハイム》で働いたんですよ。そして弟はリッキーとその恋人になついて、それからはずっと調子がよかったんです。数日前まで。でもまたコンピュータゲームをやりだしたんです。何時間も」

「コンピュータゲーム？」

「カウンターストライク。ソルジャー・オブ・フォーチュン。ローグスピア。そういうのです」ザーラは前髪を払った。「両親は弟がどうなっているかぜんぜん知りませんでした。自分のことしか頭になかったんです」

「マルクは今でも学校に通っているんですか？」ケムがたずねた。

「よくさぼってます。先生が四六時中電話をかけても、効き目がないです」

「今どこにいると思います？」

「リッキーのところですよ。間違いないです」ザーラはためらった。「さっきリッキーとその恋人がマルクを焚きつけたって両親にいっていたでしょう。あたしもそう思います。憎んでいるとまではいいませんけど、マルクは両親にそれに近い感情を抱いているようです」

「マルクはどうして寄宿学校に？　学校はいくらでもあるのに」ピアがたずねた。

「両親は忙しかったんです」ザーラは肩をすくめた。「ウィンドパークがうまくいきだしたばかりだったから。姉とわたしは抵抗しましたけど、マルクにはその力がありませんでした。いうとおりにするしかなかったんです。両親は毎週末、家に帰れると約束したんですけど、結局そうしませんでした。わたしたちのことなんか二の次だったんです」

ピアは今日の午前中にちらっと見かけた若者を思いだそうとした。顔はよく思いだせないが、絶望した表情だった。マルクはフランツェンが死んだと思い込んでいた。よほど心配したのだろう。フランツェンは、マルクを幸せな気持ちにしてくれる唯一の人なのだ。

「ありがとう、ザーラ」ケムは微笑んだ。「参考になりました。名刺を渡しておきます。なにか思いつくことがあったら電話をくれますか。マルクが帰ってきたときも連絡をもらいたい」

「わかりました。そうします」ザーラも微笑んで、頬を赤らめ、きまり悪そうに目を伏せた。

「そうだ、ザーラ」ピアはいった。外に出ようとしていた娘が動きを止めた。

「ロルフ・グロスマンはあなたのおじさんでしたよね？」

「ええ。なんでですか？　マルクがおじさんのスクーターに乗っているから？」

「いいえ、そのことではないんです。あなたのお父さんはなぜグロスマンを夜警として雇っていたんですか？」

ザーラは一瞬考えた。

「それもお金絡《がら》みです。ロルフおじさんはなにか発明して特許を取ったんです。ウィンドプロ社は以前、おじさんの会社でした。というか、祖父の会社だったんです。その頃は普通の機械を作っていました。父は学生時代にアルバイトをして、母と知り合ったんです。祖父が死んだとき、母とロルフおじさんが会社を継ぎました。でもふたりとも、商才がなかったんです。そこに父が加わって、本当に大きくしたんです。ロルフおじさんは分け前を求めました。つまりお金です。スペインに移住することを夢見ていたんです。でも父はそれに応えなかったので、ずいぶん喧嘩をしてました」

「わかりました。ありがとう」

「どういたしまして。それじゃ！」ザーラは車を降りて、ドアをバタンと閉めた。ピアとケムは去っていくザーラを見て、姿を消すのを待った。ピアは車を発進させ、少し先で方向転換した。タイセンのユーゲントシュティール様式の邸を見ながら、その前を通りすぎた。

「家の中を見たときは、幸せな家族が住んでいると思った」ピアはいった。「温かい感じがしたんだけど、とんだ勘違いだったわね」

「すべて書き割りさ」ケムがいった。「あの少年が本当に気の毒だ」


ピアはシャワーから出て、洗面台にかけたタオルをつかんだ。熱い湯を浴びて凝った筋肉が弛緩《しかん》した。ほっと緊張が解け、二件の事件を一時忘れることができた。オリヴァーに電話をかけて、約束を断りたくなった。疲労困憊《こんぱい》していて、クリストフとふたりだけで静かな夜を過ごしたかったのだ。三週間の中国旅行が終わったと思ったら、仕事つづきで、クリストフとまともに話をしていない。ピアは濡れた髪を梳《くしけず》って、髪留めでとめてから、タオルを体に巻いて寝室へ行った。

「ピア？」

クリストフがドアのところに顔を見せた。

「グリルに火を入れた。きみのボスも到着している」

「ありがとう。すぐ行く」ピアはワードローブを覗き込んで、着ようと思っていたTシャツを探したが、見つからなかった。どうやら洗濯機の横の洗濯籠の中にあるようだ。

「女性を連れてきている」

「えっ？」ピアは驚いて顔を上げ、頭を棚にぶつけてしまった。オリヴァーがあの嘘つき女を連れてきたというのか。あきれてものがいえない！　ピアは腹立たしくなった。だがクリストフに八つ当たりしたくない。彼にはなんの落ち度もないのだから。

「急がなくていいぞ」そういって、クリストフはピアにキスをした。「ワインを開けておく」

「安いのでいいわよ。九五年物のポメロールなんてもったいないから」

「うちにそんな高級ワインがあるなんて知らなかった」クリストフは愉快そうに答えた。

ピアはニヤリとした。

「それがあるのよね。でも安売りスーパーの赤ワインで充分よ。見た目よりはおいしいから」

「わかった」クリストフは目配せをして出ていった。ピアはTシャツを選び、明るい色のジーンズをはき、トップスを重ね着し、グレーのフード付きセーターを着た。バスルームで髪にドライヤーをかけ、目元に化粧をほどこした。鏡に映った自分の姿を確かめて、深呼吸すると、リビングを抜けてテラスに出た。

オリヴァーとクリストフは赤ワイン用のグラスを手にして歓談していた。オリヴァーの連れはその横に立っていた。いかにも居心地が悪そうだ。

それでいい、とピアは思った。歓迎するつもりは毛頭ない。

「こんにちは」そういって、ピアは笑みを作ったが、オリヴァーと握手しようとはしなかった。昔のよそよそしい関係に戻った感じだ。あくまで仕事上のボスで、会えば頰にキスをする家族ぐるみの友人ではないとでもいうように。

「やあ、ピア」オリヴァーも無理して笑みを作っているようだ。緊張しているのが顔に出ている。よく知った顔なのに、ピアははじめて会うような気がした。「紹介しよう。アニカだ。アニカ、同僚のピア・キルヒホフだ」

ふたりはうなずき合った。クリストフはグラスにワインを注いでピアに差しだした。今回はいろいろ事情があることをピアは前もって伝えておいた。

「話があるんだろう。わたしは席をはずす。ステーキとソーセージを焼いているよ」

「どうぞ」ピアはふたりをテーブルに誘った。本当はオリヴァーとふたりだけで話ができると思っていた。オリヴァーと連れはチークのベンチにすわった。ピアはふたりの向かい側の椅子に腰かけた。テラスの横の茂みでツグミが二羽喧嘩をしていた。家の裏側だったので、高速道路の単調な喧噪はほとんど聞こえなかった。

「ピア、せっかくの週末をわれわれのために犠牲にしてくれて感謝する」オリヴァーが話しはじめた。ピアはその言い方にかちんときた。

「感謝なんていらないわ」ピアはきつく答えた。「あなたならいつでも歓迎よ。それにあなたといっしょに過ごすことは犠牲でもなんでもない。さっそく本題に入りましょうか」

ピアはわざとオリヴァーの連れに声をかけなかった。オリヴァーもそのことを理解して、咳払いをした。

「この数日、変な行動ばかりしてしまった。申し訳ないと思っている。ルートヴィヒが父に土地を遺贈したと聞いて、わたしも衝撃を受けたんだ。あの……水曜日の夜の体験も尾を引いていた」オリヴァーは弱みを見せるのが苦手だ。ピアも承知している。しかし気持ちを軟化させはせず、オリヴァーが言葉を探すのをじっと見た。

「父はすっかりまいってしまった」オリヴァーがまた口をひらいた。「昨日、父から遺言状開封の話を聞いたあと、ラーデマッハーに会った。火曜日の午前中、あいつがなぜヒルトライターを訪ねたのか聞くためだった。あいつはそのことに触れたあと、あの草地と遺言状のことを話題にした。あいつが早耳なことにびっくりした。あいつはヒルトライターのときと同じ条件で父に売買の話を持ちかけるといった。わたしが無駄だというと、脅迫してきた」

「脅迫？　どういう？」

「弟の資金繰りのことを知っていて、うまくいっているのはレストランだけだといったんだ。そしてわたしが父親を説得しなかったら、レストランの評判が落ちるようなスキャンダルが起きるかもしれないと」

「それって本当に脅迫じゃない」

「ああ、わたしもそういった。しかしラーデマッハーは甘くなかった。その夜、ラルフ・グレックナーといっしょに両親を訪ねた。わたしが帰宅したとき、両親は家に閉じこもって闇の中にすわっていた。殺されると本気で怯えていた！」

「あなたのお父さんがあの草地を遺贈されたから、署長はあなたを捜査からはずしたの？」

「違う。父を説得したときの成功報酬としてわたしが十五万ユーロを要求した、とラーデマッハーが主張したからさ。あいつはそう訴えたんだ。恐喝、強要などなどで休職させられた」

オリヴァーは苦笑した。ピアは指でワイングラスをまわしてからテーブルに置いた。

「なんですぐ話してくれなかったの？」ピアはたずねた。

「話したかったが、立ち話できる内容じゃなかった。夜、わたしたちは両親のうちのキッチンに集まった。クヴェンティンとマリー＝ルイーゼも来て、わたしたちは話し合いをした。そのときノックする音がして、アニカがドアの前に立っていたんだ」

表情に変わりはなかった。だが他の者はいざしらず、ピアは引っかからない。微妙に声の調子が変わった。やはり連れの女性に特別な感情を抱いている。

「ラーデマッハーと遺言状の件の他にも話したいことがある」オリヴァーは声を押し殺して話をつづけた。「少々複雑な話だ。昨日の朝、署長室にやってきた三人の男を覚えているか？」

「もちろん」

「ふたりは連邦刑事局国家保安部門の人間だ。もうひとりはドイツ気候研究所所長ディルク・

アイゼンフート教授。アニカの元上司だ」

ピアは困惑してオリヴァーと連れを交互に見た。国家保安部門？　気候研究所？　オリヴァーがつづける前に、ピアがペットショップの店員だとばかり思っていた女性が口をひらいた。

「わたしは生物地球化学の研究者です。ハンブルクの海洋化学研究所で学びました。一九九七年からアイゼンフート教授の下で研究をし、気候研究を専門にしました。本名はアニカ・ゾマーフェルトです」

ピアは女性ののっぺりした蒼白い顔を観察してから、オリヴァーの方を見た。こんな話を信じているんだろうか。この嘘つきが気候学者？

「事情があって潜伏しなくてはならなくなって、フランツェンのところに隠れていたんです。わたしは一時期ここで育ち、フランツェンとわたしはその頃、友だちでした」

「なるほど」ピアはいった。アニカ・ゾマーフェルトがどこで育ったかなど興味はないが、ルートヴィヒ・ヒルトライターを殺した犯人がだれか知っているかもしれない。だからオリヴァーは連れてきたのだろうか。

肉が焼けたおいしそうなにおいに鼻をくすぐられ、ピアは今日ほとんどなにも口に入れていないことを思いだした。

「仕事に疲れて辞めたといったら、フランツェンは信じてくれたんです。でもテオドラキスが興味を抱いて、わたしの身元を突き止めました」アニカは話をつづけた。「昨日、アイゼンフート教授がファルケンシュタインで講演をしました。テオドラキスはそこでウィンドプロ社の改竄をなじったときにわたしの名前をだしたんです。絶対に名前をださないように頼んだんですけど」

「なぜだしたくなかったんですか？」

「わたしは教授にとって都合の悪いことを知っているんです。教授をはじめとした著名な気候学者が何年も前から政治家と結託して体系的にデータをごまかし、国連の気候予測を改竄しているという証拠をにぎっています。その証拠が公《おおやけ》になれば、世界規模の気候政策に強い衝撃が走り、これまで主導してきた研究所の信頼性が揺らぐことになります。そうなれば、アイゼンフートたち研究者と、気候変動への不安を利用してきた政治家たちは破滅します。ですからアイゼンフート教授はなんとしてもその証拠を手に入れようとしているのです」

ピアは首を横に振った。捜査中の事件とどういう関係があるのだろう。オリヴァーに懐疑的な目を向けたが、彼はアニカしか見ていなかった。

「わたしの名前は気候研究ではそれなりに通っています」アニカはいった。「しばらく前に、わたしたちの研究を批判している人たちが接触してきて、疑惑の根拠を語りました。わたしはそのとおりだと思いました。彼らの側に立って見ると、気候研究者たちのロビー活動と政治が見えるようになったのです。その証拠書類をわたしに預けた人は殺されて……」

「ちょっと待って」ピアが口をはさんだ。「なんでそんな話をわたしにするんですか？」

オリヴァーの視線を感じたが、ピアはそっちを見なかった。オリヴァーは恋に目がくらみ、こんな荒唐無稽な話を信じたのだろうか。

「あなたはロルフ・グロスマンあるいはルートヴィヒ・ヒルトライターを殺した犯人を知っているんですか?」ピアはたずねた。アニカは首を横に振った。

「ではなぜここにいっしょにいるのか、わたしにはわからないのですが」ピアは冷ややかにいって立ちあがった。「わたしは二件の殺人事件を追っていて、ものすごい重圧を受けているんです。今のところ、他のことには興味がありません。それにおなかがすいていています」


姉がショートメッセージを送ってきた。警察と父親が捜しているという。リッキーからは、動物保護施設《ティアハイム》の空き部屋に一泊しようと誘われた。家を襲われていい気がしないとリッキーはいったが、マルクは彼女が自分のためにそうしてくれていると思った。

マルクはリッキーを守ると心に誓った。だれにも彼女に手だしはさせない。ふたりで犬の散歩をしてから、冷めたピザを食べ、赤ワインを飲んだ。自分が大人の男になれた気がしていた。リッキーは一度もマルクを子ども扱いしたことがない。ちゃんと大人として扱ってくれる。それがうれしかった。しばらく頭痛に苦しむこともなかった。

マルクはリッキーが寝ている古い折りたたみ式のソファベッドの横にマットレスを敷いて横たわった。寝つけず、闇の奥を見つめた。今日は一日とんでもなかった。バスタブに横たわるリッキーを見て気が動転し、それから厩舎で銃を見つけた。それにフラウケの嘘八百! おまけにテオドラキスが事故にあって入院した。信じられない!

「マルク？」

マルクは、リッキーが眠っていると思っていた。ふたりは赤ワインを一本あけていた。

「あなたがいてくれて本当によかった。あなたがいなかったら、不安で死んでしまうわ」

「なに？」

マルクは笑みを浮かべた。うれしくて心がほんわか暖かくなった。

「あなたってすてき」リッキーは小声でいった。「本当に頼りになる」

「ぼくも楽しい」声がかすれた。どんなにうれしいか、リッキーにはわからないだろう。リッキーはこの世で一番大事な人だ。そばにいられるだけでいい。

動物保護施設《ティアハイム》の細長い平屋が静けさに包まれた。リッキーの規則正しい息遣いが聞こえる。テオドラキスの怪我はかなりひどい、とリッキーは話していた。脚を車にひかれたらしい。いい気味だ、嘘つきの糞野郎！　当分家に帰ってこられそうにない。このまま永遠に帰ってこなければいいのに。

古いソファベッドがかすかにきしんだ。

「マルク？」

「なに？」

「そっちへ行ってもいい？」

マルクの動悸が激しくなった。夢だろうか。そっちへ行ってもいい？　前にもそういわれたことがある。触ってもいいかな？　ほんのちょっとだけ。気持ちがいいぞ。

マルクはドキッとした。

「ああ、いいけど」と小声でいった。ソファベッドのバネがきしんで、彼女の重みでマットレスが沈んだ。マルクは少し脇にずれた。リッキーが毛布の中に入ってきて、体をすりよせた。彼女の温もりを感じて、マルクの体がしびれた。別の人をふと思いだす。待て。リッキーはミヒャ先生じゃない。痛いことをするはずがない。ひとりでは恐いから、そばにいたいだけだ。

耳元にリッキーの息が当たる。太腿に彼女の手を感じて鳥肌が立った。リッキーは小さなため息をついて、なでるのをやめた。マルクは目を閉じて唇を引き結んだ。赤いブラジャー。金色の産毛。マルクの息遣いが速くなった。手をどけてよ、といいたかった。だけど気持ちいい。人にやさしく触られるのは、ミヒャ先生以来だ。リッキーはマルクの腹部に手をすべらせ、トランクスの中に指を入れた。マルクはなにもできず、そのまま横たわっていた。校庭で他の生徒から聞いたいろんな話が脳裏をかすめた。みんな、ふざけ半分で、馬鹿にするようにあのことを話題にした。エッチ、初体験、卒業。汚らわしい。テオドラキスがテラスでリッキーとしたことだ。愛とはまったく関係ない。一番大事なのは愛なのに。リッキーが今なにをしたいのか、マルクにはまったく見当もつかなかった。胸がドキドキして、口の中が乾く。これをしたせいで、ミヒャ先生は裁判にかけられることになり、首を吊った。

「だめだよ」マルクはささやいた。「いけないよ」

「どうして?」リッキーはささやいた。「いいじゃない。仰向けになって」

マルクはためらったが、しぶしぶ仰向けになった。突然、リッキーが馬乗りになり、彼女の息が顔にかかったかと思うと、唇が重なった。彼女の舌がやさしく口の中に入ってきた。マルクははじけそうな感覚に襲われた。

そのままやっちゃえ、と体が叫んだ。体は正直だ。やっちゃえ、やっちゃえ！

しかしマルクは両手で彼女の肩を押しのけた。

「ぼくのこと好き？」マルクは声をふるわせながらたずねた。

「ええ、もちろん」リッキーは闇の中でいった。彼女も息遣いが荒い。太腿をマルクの腰に押しつけてきた。火傷《やけど》するかと思うほど、彼女の肌は火照っていた。

「いってよ！」マルクがいった。興奮して体がふるえ、熱いものが体を駆け抜けた。「ぼくを愛してるっていって」

「愛してる」そうささやくと、リッキーは吐息を漏らしながら体を沈めた。

マルクは息をのんだ。目を閉じて、しだいに速くなる彼女の動きを受け止めた。不安な気持ちは小さくなり、霧散した。テオドラキスのことも、両親のことも忘れた。怒りや不安、痛みや失望を忘れた。思いがけない幸福感に包まれて、体が爆発した。いるのはリッキーとマルクだけ。彼の夢が叶った。これこそ愛だ。

腹が立ち、がっかりしていた。知らないあいだに、オリヴァーはそんなことに関わっていたのか！　気候学者の世界的陰謀。荒唐無稽もいいところだ！　アニカという女の狙いはなんだ。そんな眉唾な話にオリヴァーを巻き込もうというのか。

クリストフがピアの皿にステーキを載せた。「ずいぶんとご機嫌斜めだね」

「あのふたりの話を聞いた？」ピアは首を横に振った。「オリヴァーがあんなことを信じるなんて、あきれてものがいえないわ」

「アニカ・ゾマーフェルトという気候学者は本当にいるよ」クリストフはフォークでステーキをひっくり返した。脂が炭に落ちて、煙が上がった。「その名を何度も目にしている」

ピアはクリストフに後ろからナイフで刺されたかのような顔をした。

「あなたも信じるわけ？」

クリストフは答えなかった。オリヴァーが立って、近くにやってきたからだ。

「ピア、すべて本当だ。アニカが気に入らないのはわかる。しかし……」

「気に入る、気に入らないの問題じゃないでしょう」ピアが激しい口調でいった。「わたしには他にやらなきゃならないことがあるのよ。あなた、どうかしてる！　殺人事件が二件、それでも足りないわけ？　まさかジェームズ・ボンドを気取るつもり？」

クリストフは険悪なのに気づいて場をはずし、アニカ・ゾマーフェルトのところへ行った。オリヴァーは両手をジーンズのポケットに突っ込んで深呼吸した。

「話を聞いて、どう思うか意見が聞きたかった。きみの判断力を高く買っている」

「わたしがどう思っているか知りたいのなら教えるわ。なんとも思っていない」

オリヴァーは黙ってピアを見た。

「アニカは、身に覚えのない殺人の嫌疑をかけられている。彼女を助けることにした。オサリヴァンとベネットが殺される前に保管したという証拠書類をチューリヒから取ってくる。連邦刑事局のシュテルヒと交渉して、アニカが公平な裁きを受けられるよう約束させる」

「オリヴァー、気は確か?」ピアは皿をグリルの横のテーブルに置いた。「いいかげんにしてよ。あの人をどのくらい知っているの? あの人が無実だって、どうしてわかるの? 利用されていたらどうするのよ」

すっかり暗くなった。テラスのランプでオリヴァーの顔がほんのり照らされていた。

「きみがクリストフと知り合ったときのことを覚えているか?」オリヴァーは小声でたずねた。

「もちろん。そんなに昔のことではないもの」

「知り合ったときの状況だ。そのときの……きみの勘だよ」

「それがどうしたっていうのよ」ピアは、オリヴァーがなにをいいたいかわかったが、それでも食ってかかった。

「同じだ。きみはクリストフをろくに知らなかった。わたしはパウリー殺しの犯人ではないかと思ったが、きみは彼を信じた。彼の無実を信じて疑わなかった」

ピアは腕組みして、暗くなった庭を横切ってバラのアーチの下のベンチへ向かった。あれは同じではない。いや、そうでもないだろうか。ピアは立ち止まって、闇を見つめた。タウヌス山地の頂《いただき》がまだうっすらと赤く光っている。真っ黒な空には星がまたたいている。花を咲かせたバラの甘いにおいが漂ってきた。湿った土と初夏のにおいもした。

責任を全部押しつけるなんてひどすぎる。はじめから遺贈について正直に話していれば、こんなことにはならなかったはずだ。休職はオリヴァーにとってはかえって好都合なのかもしれない。アニカのために動く時間がたっぷり作れる。

「コージマとの関係はゆるぎないと思っていた」あとからついてきたオリヴァーがいった。

「二十六年間。しかし彼女のことをちゃんとわかっていなかったと思い知らされた。ハイディの場合はちょっと火がついただけだ。たいしたことはない。しかしアニカ……たしかによくは知らない。にっちもさっちもいかない状態に陥っていること以外、なにも知らないといってい い。わたしは今、冷静に考えられないのかもしれない。しかし助けなくては」

ピアは背を向けた。そんなことをして、失敗すれば、クビが飛ぶことを、どうすれば納得させられるのかわからなかった。

「少々大げさかもしれない、ピア。しかしここ数ヶ月、きみは落ち込んだわたしを支えてくれた。だからわかってほしい。わたしには重要なことなんだ」

オリヴァーへのピアの怒りが消えた。オリヴァーの抱えているジレンマが理解できる者はピア以外にいないからだ。この数日、オリヴァーを襲った出来事がどういうものかわかった。ヒルトライターの残酷な殺害と落ち込んだ父親、それだけでもきついはずなのに、ダッテンバッハホールのパニックで自分の命も落としかけた。そこにアニカがあらわれ、思いがけず心を揺さぶられた。精神が安定している人間でもまいるだろう。だがオリヴァーの精神状態はコージマの一件以来ぼろぼろだった。

ピアはため息をついて、振り返った。

「ひどい受け答えをしてごめんなさいね」ピアは矛《ほこ》を収めた。「ストレスがたまっているのかもしれない。ボスのことが心配なの」

ふたりは顔を見合わせた。暗くてオリヴァーの表情がしかとは見えない。

「わかっている。仕事を丸投げすることになって申し訳ないと思っている」

「なんとかする」ピアは下唇を噛んでいった。「それで、なにをしてほしいの？」

「とくになにも。きみを巻き込むつもりはない。わたしひとりでなんとかする。なにが起きているのか知っていてほしかったんだ」

「いざとなったらすべて自分で背負うつもりね」

「きみもクリストフのときにそうしたじゃないか」

ピアは微笑んで首をかしげた。

「ではくれぐれも気をつけて」ピアはかすれた声でいった。「わたしは今回の捜査にかぎって捜査十一課を指揮する。ボスの後釜なんて狙っていないから」

二〇〇八年十二月二十四日

「アニカ！」教授はうれしそうに微笑んで、席を立った。「よく来てくれた。きみと乾杯しなければ、クリスマスを祝った気分になれない」

彼女は感情を抑える自信があった。さもなければ、来なかっただろう。教授の目に悪意はない。彼女の心がふるえた。彼女が今、どれだけの力を持っているかまったく気づいていない。教授が応接セットのテーブルに載せたワインクーラーからシャンパンを取り、栓を開けた。十年前の夜のデジャヴのようだった。あのときはシャンパンを飲んだあと、はじめて夜を共にした。否応もなく、昔の熱い気持ちが心に蘇る。どうして教授は愛してくれないのだろう。

掃き出し窓に、昔から少しも変わらない所長室が映っている。そして自分自身の姿も。若くやる気満々だった科学者の姿ではなかったが。彼女も歳を取ってしまった。顔にはしわが刻まれている。魅力ゼロの灰色ネズミ、間違った男を愛して人生を棒に振った馬鹿な女。

「メリー・クリスマス！」教授は微笑んで、グラスを差しだした。いいや、近くで見ると、教授にももはやパワーにあふれた若々しさはない。髪は薄いし、目元がたるんでいる。腹も出ているし、口臭も不快だ。彼女は気分がよかった。ベッティーナは老いぼれと結婚するのだ。

「メリー・クリスマス！」彼女は彼の笑みに応えてグラスを打ち合わせ、ひと口飲んだ。シャンパンはおいしくなかった。いっそのこと、グラスの中身を教授の顔にぶちまけて怒鳴りつけたい気分だ。なんでこんな仕打ちをした？　どうして嘘をついた？　なぜ別の女と結婚する？

「どうした？」教授がたずねた。「なんだか元気がないな」

同情するような口調がナイフのように彼女の胸をえぐった。彼女は涙が出そうになるのを堪えた。所長室でシャンパンをグラス一杯。クリスマスに教授からもらえるのはそれだけだ。教授の邸でクリスマスツリーを飾るのは別の女。ベッティーナ。教授は明日、彼女を連れて親のところへ行き、クリスマスのガチョウを食べるのだろう。教授とあの家に住む女。考えただけで身もだえしそうだ。だが都合もよかった。教授の仕打ちを忘れなければ、それを原動力にして計画をやり遂げられる。くらっとめまいがした。酒を飲む前になにか食べておけばよかった。

「アニカ？　どうした？　気分でも悪いのか？」

教授の声が遠くに聞こえる。心配そうな表情がかすんで見える。アニカは頭を抱えた。教授が彼女の手からグラスを取った。気づくと彼の腕の中にいた。教授の顔がすぐそばにある。しかしとても遠く感じた。意識がもうろうとして、立っていられなくなった。がしゃんという音がした。教授はどこだろう。なにが起きたんだろう。

アニカは床に倒れていた。教授はデスクの向こうに立って、手で頭を押さえながら受話器を耳に当てていた。教授の頰に血がついている。声がうわずっている。アニカはまばたきをして、教授がいったことを理解しようとした。切れ切れの言葉が霧のかかった意識に届く。

「……襲われた。怪我をした！　急いで来てくれ。ゾマーフェルトが逆上した……瓶を割って、わたしに襲いかかってきたんだ……」

アニカは体の自由が利かなかった。手足の感覚がない。口の端からよだれが垂れている。

「教授」アニカは呂律《ろれつ》がまわらなかった。そして意識が闇に落ちた。

二〇〇九年五月十七日（日曜日）

マルクは携帯電話の呼び出し音で目を覚ました。目を開け、明るい日の光にまばたきした。ほんの一瞬、どこにいるのかわからなかったが、すぐ思いだして、完全に目が覚めた。リッキーはすでに起きたようだ。マルクはマットレスにひとり横たわっていた。はじめてふたりで夜を共にした。マルクは有頂天だった。立ちあがって、小さな浴室に歩いていった。便器の蓋を上げて、小便をした。洗面台に立つと、鏡に映った自分を見つめた。夜のうちに外見も変わったのではないかと思ったが、いつもと変わりなかった。リッキーはキッチンにいた。マルクに背を向けて窓辺に立ち、タバコをくゆらせている。マルクが背後から彼女を抱きにいこうとしたとき、携帯電話が鳴って、彼女は出た。

「おはよう、あなた」リッキーは声を押し殺していった。「元気？　ちょっとは眠れた？　まだ痛いの？」

マルクは数歩あとずさった。おはよう、あなただって？　昨日の晩、ヤニスのことをあんなにひどくいっていたのに！

「ええ、元気よ。マルクがうちに泊まったの……やめてよ！　あの子はカウチで寝たわ」リッキーは笑った。あざけるような響きがある。「なに考えてんのよ……ええ、わかってる……もちろん……すぐに行く。なにか必要なものはある？……わかった。ええ、そうする。愛してるわ。早く会いたい。あなたがいないとどうも調子が狂っちゃう」

マルクは息をのんだ。突然くらくらした。視界に不快なゆらぎを感じる。頭痛になる前触れだ。マルクは前かがみになって、両手でこめかみを押さえた。リッキーは数時間前、愛しているといった。それなのに、ヤニスにも同じことをいうなんて！　どうなってるんだ。

「あら、マルク」リッキーは通話を終えていた。「起きてたの？」

マルクは顔を上げて彼女を見つめた。

「どうしてヤニスに嘘をついたの？」マルクはたずねた。

「どういうこと？」

「今のを聞くと、ぼくらはリッキーの家にいるみたいじゃないか。それに、ぼくがカウチに寝ただって？　それ、違うじゃない」

「だから、なんなの？」リッキーは微笑みながら肩をすくめた。「怪我をしてるんだから、興奮させちゃだめでしょう」

マルクは耳を疑った。

「ぼ……ぼくとのことは、どうだっていいの？」マルクは言葉を絞りだすようにいった。「愛してるっていったじゃない。口だけだったの？　それとも、ヤニスにいった方が口だけ？」

リッキーは微笑むのをやめた。

「あんた、ちょっとおかしいんじゃないの。ヤニスはあたしの恋人よ。彼になにをいおうと、あたしの勝手でしょう。盗み聞きして気分を害したのなら、それはあんた自身の責任よ」

リッキーはマルクの脇をすり抜けて浴室に入った。マルクはあとを追った。

「だけど……なんでぼくと、その……寝たんだよ？」

「あんたがずっとそうしたがっていたからよ」リッキーはマルクを見つめ、ニヤリとした。「あんたを喜ばせたかったの。楽しかったでしょう？」

言葉を失った。かっと頭に血が上った。唯一無二の体験を、心ない言葉でどうでもいいものにされてしまうなんて。マルクと寝ることなんて、なんとも思っていなかったのだ。

「ヤニスはもうリッキーを愛してないよ。金曜日、あいつはキッチンでニカといちゃついてた！　ぼくが犬の散歩から帰らなかったら、最後までいったんじゃないかな。あの女にめろめろだった」

リッキーが身をこわばらせた。

「でたらめをいわないで」

「でたらめじゃないさ」そういうと、マルクは目の奥の刺すような痛みを無視した。自分のいやらしい言い方が気に入らなかったが、もう止めようがなかった。こめかみがどくどくと痛くなり、頭がおかしくなった。十五分以内に錠剤をのまないと、手遅れになる。「ヤニスはわけのわからないことばかり口走ってた。それからニカを押さえ込んで、スカートの中に手を入れたんだ。だからニカはいなくなっちゃったんじゃないかな」

リッキーは腰に手を当てた。

「どうして今頃になっていうのよ？」

「愛してるからだよ」マルクはおずおずと答えた。もっと違う反応が返ってくると思ったのだ。涙。そうしたら慰《なぐさ》めて、自分がついてる、愛してるというつもりだった。「いっしょに暮らそうよ、リッキー。ぼくらには共通の秘密があるわけだし」

リッキーが目を吊りあげた。

「脅迫するつもり？」リッキーは人差し指でマルクを指した。「あたしだって、あんたのことをいろいろ知ってるんだからね！」

マルクは、リッキーの冷たい言い方にショックを受けた。目を覚ましたときに感じた幸福感は跡形もなく消え去った。すべて台無しになってしまった！

「脅迫するつもりなんてないよ！　絶対にない！」

リッキーは鋭い目でマルクを見つめた。

「お願いだ、リッキー。怒らないで」マルクは絶望して懇願した。「ぼ……ぼくはリッキーが好きなんだ！　リッキーのためならなんでもする！」

リッキーは顔をそむけた。

「ヤニスを見舞いに行かなくちゃ。父親が警官を連れてあらわれる前に、あんたは家に帰ったほうがいいわね。あとで話しましょう。ほら、出ていって。トイレに行きたいのよ」

マルクはいわれたとおりにした。リッキーはあとで話そうという。なんとかなった。これでおしまいじゃない。マルクはがっくり肩を落として、寝ていた部屋に脱ぎ散らかした服を拾って身に着けた。リッキーが電話をしているときは、もう二度と盗み聞きはすまいと思った。マルクはキッチンに入って、昨日無造作に椅子に投げたリュックサックを開けた。運よく薬があった。マルクはグラスに水道水をなみなみ注いで、薬を二錠のんだ。そのときテーブルに置いてあるリッキーの携帯電話に目がとまった。そういえば、ヤニスから電話がある前も電話が鳴った。リッキーはだれと話していたんだろう。

マルクは携帯電話を覗くのを一瞬ためらってから、ずきずきするこめかみを拳でもんだ。結局、好奇心に負けて、電話の通話記録を呼びだし、愕然とした。なんで自分の父親が日曜日の朝七時十分にリッキーと電話で話す必要があったんだろう。自分のことが話題になったのなら、リッキーはなにかいったはずだ。違うだろうか。マルクは手にした電話を見つめた。なにかいやな予感がして、膝の力が抜けた。

トイレの水を流す音がした。マルクは携帯電話をテーブルに戻した。

外の犬小屋で犬が吠えはじめた。きっとロジーが来たんだ。日曜日は彼女が早番だ。

「ちょっと急いで」リッキーがキッチンにあらわれた。「ふたりしてここから出るところをロジーに見られたくないわ」

どうして父親とこっそり電話をしているのか、マルクは訊いてみたくて仕方がなかった。だが、どういう答えが返ってくるか恐くもある。

「なんなの？」リッキーはマルクを見た。

マルクは黙って彼女を見つめた。目に涙がたまっていた。ハンマーで叩かれたみたいに頭が痛い。するとリッキーは彼の腕を取って、キスをした。

「ああ、マルク、悪かったわ。さっきはあんな言い方をするつもりなかったの。いろいろあってどうかしてたのよ。あなたとの一夜はすてきだったわ。あとで会いましょう。ね？」

リッキーは彼を放して、ドアへ向かった。マルクの鼓動が高鳴り、幸福感が戻ってきた。リッキーはひどいことをいうつもりじゃなかったんだ。これでまたうまくいく。

「わかったよ」彼女に声が届かないのはわかっていたが、マルクはぼんやりと答えた。「よくわかった」


ピアとの会話が心残りだ。夜中は一睡もできなかった。眠れなかった理由がコージマでないのは数ヶ月ぶりだ。オリヴァーは隣で寝ているアニカを起こさないように静かに起きた。〝きみは落ち込んだわたしを支えてくれた〟とっさに口をついて出た言葉だが、よく考えたら、実際そうだった。ピアは頼りになる有能な同僚から人生でもっとも大切な人に変わっていた。そのピアに、わけのわからない行動でいやな思いをさせてしまった。フェアじゃなかった。

オリヴァーはみしみしいう木の階段を裸足《はだし》のまま下りてキッチンに入った。ピアが難色を示したことで、オリヴァーも冷静に考えられるようになった。ピアのいうとおりだ。アニカを助けたい一心で法に触れることをすれば、未来を棒に振る危険がある。アニカが提案したものとは違う解決策はないだろうか。休職は一時的な措置だ。ラーデマッハーの訴えは空振りに終わるだろう。草地をウィンドプロ社に売らないと父親が決断すれば、三百万ユーロは夢と消える。

もしかしたらニコラ・エンゲルに電話をかけるべきかもしれない。ふたつの事件の捜査をピアに押しつけるのはあまりに無責任だ。それに、アニカが嫌疑をかけられているふたつの殺人事件についてももっと情報が欲しい。ニコラなら調書を見ることができる。

あくびをしながらコーヒーの粉をコーヒーメーカーに入れた。七時二十分！　窓の外を見た。今日はいい天気になりそうだ。草地にうっすらと漂う靄《もや》の上に青空が見える。自由な日曜日。アニカと長い散歩でもして、ゆっくりと相談しよう。コーヒーメーカーのタンクに水を入れてスイッチを押したとき、オリヴァーは身をこわばらせた。

黒塗りの大型乗用車が二台、空っぽの駐車場に入ってきて、農場の門の真ん前に止まった。背広姿の男が四人、車から降りて、あたりを見まわした。オリヴァーはとっさに一歩さがった。心臓がドキドキした。シュテルヒとドーベルマン男がいっしょだ。日曜日の朝早く、ここでなにをしているんだ。アニカがここに隠れているという情報をどこかで仕入れたのだろうか？　だがどうやって？　知っているのはピアだけだ。気分が悪くなった。リビングルームに走っていって、ローテーブルに置いてあったiPhoneをつかんだ。ふるえる指で両親に電話をかけた。

四人はいまだに車のそばにいて、なにか相談している。シュテルヒが電話をかけている。だれと話しているのだろう。

「早く出ろ」オリヴァーは歯を食いしばり、いらつきながら小さな部屋の中を歩きまわった。ようやく父親が電話に出た。

「父さん！」オリヴァーは小声でいった。「連邦刑事局の連中があらわれた。アニカのことを質問すると思う。市民運動で顔見知りだといってくれ。だけどそれ以上はなにもいうな。アニカはここに来たことがない。できるかい？」

電話の向こうから聞こえるのは、父親の息遣いだけだった。よく考えたら、アニカが本当は何者で、どういう嫌疑がかけられているか両親は知らない。

「警察に嘘をつけというのか？　おまえの同僚だろう？」

「父さん、頼むよ。理由はあとで説明する！　アニカが大変なことになっているんだ。だけど、彼女は悪くない」

父親は筋を通す人で、法に反することはしない。嘘をつかれるのは嫌う。あとで説明するといっても、どう説明したらいいか、オリヴァーにはわからなかった。アニカに殺人の嫌疑がかかっているというのか。とんでもない！　なんでこんなことになってしまったんだ。

「自分のしていることがわかっているんだろうな、オリヴァー」父親は不愉快そうな声でいった。「わたしはそういうことに賛同できない」

駐車場にいる四人の男が歩きだし、中庭に通じる大きな門の方へ向かってきた。

「すぐそっちへ行く」オリヴァーはいった。「話はわたしがする。頼むよ、父さん……」

ツーツーと音がした。父親が電話を切ったのだ。

オリヴァーはカウチにすわり、両手で顔をおおった。助けるとアニカに約束したとき、自分の両親やピアを巻き込むということまで考えが及ばなかった。玄関までわずか五歩。家から出て、アニカが二階のベッドに寝ていると、シュテルヒにいわなければいけないのか。連中がアニカを連行し、それで問題は解決する。どうしてそうしないんだ。

物音がして、オリヴァーは顔を上げ、開けっ放しのドアの向こうを見た。アニカが階段の一番下のステップに立っていた。

「電話で話しているのを聞いたわ。見つかっちゃったのね」アニカは小声でいった。「ここへ来てはいけなかったんだわ。あなたたちにまで面倒を背負い込ませてしまった」

オリヴァーは黙ってアニカを見つめた。ピアのいうとおりだろうか。アニカを信じるのは間違いか。アニカはオリヴァーの目を見返した。蒼白い細面《ほそおもて》のせいか、目がやけに大きく感じる。走ってくる車のヘッドライトに驚いて脚が止まった鹿の目にそっくりだ。その瞬間、オリヴァーは決心を固めた。後悔しないことを祈りつつ。

「まだ見つかったわけじゃない」声がかすれていた。「わたしに任せてくれ」

「夜中にもう一度よく考えたんです」フラウケ・ヒルトライターはデスクの前の来客用の椅子にすわるといった。「ろくに眠れませんでした。狭い寝床の居心地が悪くて」

フラウケは拘置所で夜を過ごしたにもかかわらず疲れを見せなかった。「ワードローブにあったという銃ですけど、父を撃ち殺すのに使われたものに間違いないんですね?」

「ええ。線条痕が一致しました」ピアはうなずいた。オリヴァーのデスクに向かってすわることに違和感があった。そこから見えるものにまだ慣れていない。なんとなく居心地が悪かった。

「なぜそんなことを訊くんですか?」

「わたしが持っている銃は一丁だけです、トリプルスレッド猟銃。父と喧嘩をして、鴉農場《ラーベンホーフ》を出たとき持って出ました。許可されていないことですけど、猟銃は寝室のワードローブに置いていました。でも銃弾は装塡《そうてん》していませんでしたし、人がうちに訪ねてくることは一度もありませんでした」

「ちょっと待ってください」ピアはファイルをめくって、クレーガーの報告書を見つけた。そこにあるリストによると、ルートヴィヒ・ヒルトライターの銃器保管庫からは銃が三丁なくなっている。モーゼルM98ライフル、クリークホフ・トルンプフのトリプルスレッド猟銃、拳銃のシグ・ザウエルP226。線条痕検査で凶器と断定されたのはモーゼルM98ライフルだ。フラウケがいったことが正しければ、何者かが銃をすり替えたことになる。いったいだれだ？　そしてなぜ？　フラウケを被疑者に仕立てあげるためか？

「あなたの兄弟は家の鍵を持っていますか？」ピアはたずねた。

「兄弟？」フラウケは驚いてたずねた。「どうして……」

　フラウケは口をつぐみ、眉間にしわを寄せた。

「ふたりがわたしを陥《おとしい》れたっていうんですか？」

「そういうことです」

「いいえ、それは信じられません」フラウケは首を横に振った。「兄は、わたしがどこに住んでいるかも知りませんし、弟が……咄嗟《とっさ》にそんなことを考えるとは思えません」

「他に疑わしい人はいますか？」

「一度、うっかり鍵を持たずに出て、閉めだされたことがあります。鍵屋を頼んで、百ユーロ取られました。それからは自宅の合鍵を〈動物の楽園〉の事務室にかけていました」フラウケはゆっくり答え、自分がいったことを理解して目を大きく見ひらいた。「なんてこと！」

「被疑者は相当絞り込めますね。事務室に入れる人は？」

「リッキー、ニカ、ヤニス、わたし。なんということ！　それって、つまり……嘘っ！」

「嘘じゃないです」ピアはうなずいて椅子の背に寄りかかった。「フランツェンさん、テオドラキスさん、ニカさん。あなたでなければ、三人のうちのだれかが犯人です」

フラウケが犯人であるという想定はもうしていなかった。フラウケが昨日、供述したことはすべて徹底的に調べて嘘ではないとわかっていた。ベンツのトランクに絵画があった。父親の家から持ちだしたという箱もそこにあった。グローブボックスには高速道路八号線上のいくつものガソリンスタンドのレシートが入れてあった。バート・テルツのレンググリース通りにあるガソリンスタンドのレシートも見つかった。

「だれなら、やりそうかしら？」ピアはたずねた。

「わかりません」フラウケは首を横に振った。「ヤニスはかっとなりやすい質で、わたしの父のことを相当怒っていました。リッキー？　まさか。彼女は動物好きですから、テルを射殺するなんてできないと思います」

「あとはニカですね。彼女のことはまったく知りません。話してくれますか」

「ニカ」フラウケはため息をついて、首を横に振った。「かわいそうな人なんです。半年ほど前にリッキーを訪ねてきました。ふたりは昔、親友だったそうです。ニカは結婚に失敗して、仕事を失ったとかで。本当に気の毒な感じでした」

「なぜですか？」

「人とまじわらないで、いつもひとりぼっちです。ほとんど話をしませんし。リッキーとヤニスにいいようにされています。彼女は地下の部屋にただで住まわせてもらう代わりにふたりの家や店の掃除をしたり、店の帳簿をつけたりしているんです。でもニカは愚痴をこぼしたことがありません。そういう暮らしが気に入っているようです。でも頭が悪いわけではないです。ただ欲がないんです。役立たずじゃないですし、よく働いています」

世界規模の陰謀に巻き込まれ、人を襲ったり殺害したりした人物には思えない。アニカ・ゾマーフェルトはやはりボスの関心を買うためにお伽噺《とぎばなし》でもしゃべったのだろうか。それともフラウケに人を見る目がないだけだろうか。

「彼女の過去についてなにか知っていますか？　家族のこととか？」

フラウケは一瞬考えてから、首を横に振った。

「そのことを話題にすると、いつもはぐらかされました。たいした人生ではない、話すだけの価値はないって」

「でも、なにかに関心があったはずですよね」ピアはしつこく食い下がった。「趣味。好きなもの。知り合い」

「いいえ、なにもありませんでした。変ですよね。何ヶ月も毎日顔を合わせていたのに、どういう人かほとんどなにもいえないなんて。本当にたいしたことはなにもありませんでした」

目立たないことは身を隠すときの基本だ。ピアはますます心配になった。捜査中や拘置所や法廷で出会った殺し屋は数少ないが、連中は映画の中と違って、現実には目立つ存在ではなかった。アニカ・ゾマーフェルトのように目立たない存在だ。

「そういえば」フラウケは思いだしながらいった。「最近おもしろい体験をしました」

フラウケは、ニカが万引きをした少女を追って、邪魔に入った若者ふたりをまたたく間に倒したという話をした。ピアは聞き耳を立てた。

「柔道」被疑者から証人に変わったフラウケがいった。「そこまでは、とくにたいしたことはないです。本当に変だったのはそれからです。そのことをリッキーに絶対にいうなっていわれたんです。そのときの……目つきの鋭さといったら。本気で脅《おど》されて、一瞬、彼女のことが恐いと思いました。わたしと比べたら、ずっと華奢《きゃしゃ》なのに」

興味深い。アニカは見た目とまったく違う人物かもしれない。とはいっても、ルートヴィヒ・ヒルトライターを射殺する動機がない。フランツェンとテオドラキスへの忠誠心だろうか。それとも、彼女の過去を二人が知っていて、彼女を脅して、あの厄介な老人を排除させたのか。しかしフランツェンにも動機は見当たらない。やはりテオドラキスが一番あやしい。彼が身を隠したという事実に、その思いはより強くなっていた。ドアをノックする音がした。ケムが中を覗いた。

「ちょっといいかな?」

ピアは立ちあがって廊下に出た。

「ザーラ・タイセンから電話があった。弟が帰宅したそうだ」

ピアはケムを見つめた。頭の中で歯車がまわりだした。この数日、あやしい人物を割りだし、逮捕状を取り、家宅捜索をし、犯行過程を再現し、アリバイを確認し、動機を探ってきた。それなのに重要参考人を完全に見落としていたとは。

「どうしたんだ?」ピアが反応しなかったので、ケムが心配そうにたずねた。「大丈夫か?」

返事の代わりに、ピアは振り返った。

「ヒルトライターさん、いっしょに来てくれますか? まだいくつか質問がありますが、車の中で話したいと思います」

「なんだって……?」ケムはわけがわからないようだった。

「マルク・タイセンよ」ピアがいった。「彼のことはノーマークだった! どうして見落としたのかしら?」

「警察にいうべきよ」リッキーはベッド脇の椅子にすわって心配そうな顔をした。「それってひき逃げじゃない」

「馬鹿をいうな。あのくほったれニカのへいだ」

「ニカ?」リッキーはびっくりしてヤニスを見つめた。「彼女となんの関係があるの?」

「あいつがどうひて隠れていたかちゃんと聞いておくべきだったんだ。そうふりゃ、こんな目にあわなかった」

「よくわからないんだけど……」

「くほっ！　歯がないから、うまく話へねえんだよ」ヤニスは怒りだした。

「ごめん」フランツェンは身を乗りだして、彼の手にやさしく触れた。「でもニカがどうしたっていうの？」

ヤニスはリッキーを見つめた。リッキーが持ってきた替えのメガネのおかげで、ようやく鮮明に見えるようになった。こいつは本当に馬鹿なのか、そういうふりをしているのか、一瞬わからなくなった。

「あの女は人をころひて、ボフのところからなにか盗んだらひい」ヤニスは答えた。「辞めちまってな！　今、警察から逃げている。ほれにこんなことをひた連中からもな」

リッキーの顔色が一変した。

「それなら、自分が悪いんじゃないの」リッキーは手厳しく答えた。「なんとしても名を上げたかったのはあなたじゃない。本物の気候学者と知り合いだって自慢したかったんでしょう。ニカは警告したんじゃなかったの？」

ヤニスは険しい目つきでリッキーをにらんでから目をそむけた。アイゼンフートとその子分どもはもうニカを捕まえただろうか。そう願いたい！　あんな奴、二度と顔も見たくない。すれっからしの、嘘ばっかりつく女め。蚤《のみ》の市で買った古着なんか着ていながら、ノートパソコンとiPhoneの他、数十万ユーロの金までバッグに隠していた！　リッキーにももううんざりだ！　退院したら荷物をまとめて、新しい住まいが見つかるまで母親のところに住むつもりだ。

「あなたのいうとおりね」リッキーは立ちあがって、ヤニスの着替えを棚に入れた。「ニカがいなくなってほっとしてる。とってもね」

「急にどうひて？　店を手伝ってもらって、たふかってるといってたじゃないか」歯が欠けていても、嫌味はいえた。

「まあね」リッキーは冷たく答えた。「でも、あなたが彼女に目をつけてるってわかったから」

ヤニスは、マルクが絶好のタイミングでばらしたなと思った。

「ほれは逆だ」と嘘をついた。まだ数日はリッキーに介抱してもらわなくてはならない。リッキーが怒ったら、なにをされるかわかっていた。きっとヤニスの私物をすべて捨ててしまうだろう。「あいつがひつこくへまってきたんだ。俺にはおまえひかいない、リッキー。本当だ。おまえは俺がひる最高の女だ」

リッキーは疑うような目つきでヤニスを見つめ、ため息をついた。ヤニスはうめいて、もう少し寝心地のいい位置を探した。

「ウェブの更新をマルクに頼んでくれないか。ルートヴィヒの追悼文はもう書いてある。デフクの上にあるはずだ。トップページに載へてほひいんだ」

「いいわよ」リッキーはまたにこっとした。「頼んでおく。なんでもするわよ。心配しないで早く元気になって」

「もうふこひで退院ふる」ヤニスは答えた。「ベッドで寝るのなら、家でもできるからな」

ホーフハイムからケーニヒシュタインへの移動中に聞いたフラウケの話に、ピアは背筋が寒くなった。どうやらマルク・タイセンはフランツェンとテオドラキスを親代わりと思って心酔しているようだ。トラウマを抱え、情緒不安定な若者が大いなる勘違いでだれかに忠誠を誓い、考えられないことをしてしまうことはよくある。大好きな人を喜ばせたいがばかりに。ピアは数年前のパウリー殺人事件を思いだした。ルーカスとターレクには大変な思いをさせられた。

ザーラはふたりが来たことに気づいて、玄関で待っていた。「二階の自分の部屋にいます」とささやいた。

「お父さんとお母さんは？」ピアはたずねた。

「母は教会。父は会社。いつ帰ってくるかは知りません」

両親がいない方がいいかもしれない。それでも、話をするとき、成人した家族にいっしょにいてもらった方がいいと判断した。

「わたしたちが弟さんと話をするときにいてくれますか？」ピアはたずねた。ザーラは意を決してうなずいた。先に立って階段を上ると、ドアの前で立ち止まってノックした。

「マルク？　警察の人が来て、話がしたいそうなの」ザーラはいった。なんの反応もないので、ドアを開けた。部屋は家の張りだし部分にあり、床は寄せ木細工で、大きな桟《さん》付き窓とバルコニーがついていた。そのバルコニーに通じる扉が開いていた。十六歳の部屋にしては広くて、よく片付いている。若者はベッドに横たわって、目を閉じ、腕枕をしていた。耳に iPod の白いイヤホンを挿している。ザーラは弟のところへ行って肩を揺すった。若者ははっとして目を開け、上体を起こしてイヤホンを耳からはずした。

「こんにちは、マルク」そういって、ピアはやさしく微笑んだ。「ピア・キルヒホフ。刑事警察の者よ。昨日フランツェンさんの家でちらっと会ったわね」

マルクは無表情にピアを見つめて、ベッドの角にすわった。右目まで届くこめかみの血腫が、姉の語っていた一昨日の出来事の激しさを物語っていた。部屋の中を見まわしているケムをちらっとうかがってから、マルクは自分の両手を見た。

「昨日はどうして逃げたりしたの？」ピアはたずねた。

マルクは肩をすくめると、下唇を突きだし、脂ぎった前髪で顔を隠した。

「さあね」マルクはぼそぼそといった。「あんたに驚いたのさ」

「なるほどね。フランツェンさんの家にはなにをしに行ったの？」

マルクはまた一瞬考えた。「朝、店に行ったけど、リッキーが来なかったんだ。電話をしても出ないものだから、家に行ってみたのさ」

「……そしてバスタブの中にいるフランツェンさんを見つけたのね」

マルクは黙ってうなずいた。

「夜はどこにいたの？」

返事はなかった。

「マルク、あなたのお父さんの会社に不法侵入した者のことであなたと話がしたいの。もしかしたら……」

「ぼくだよ」マルクは挑みかかるようにいった。「ぼくがやった。でもロルフおじさんを殺したのは、ぼくじゃない」

ザーラが息をのみ、口に手を当てた。マルクは気にもかけなかった。

「おじさんは急に倒れて、頭を手すりにぶつけたんだ。それから階段を転げ落ちた。助けようとしたんだけど……そのときはもう息をしてなかった」

マルクはピアを見ようとせず、手をもみ合わせ、気づくと膝にはさんでいた。

「会社に侵入したのはあなたのアイデアではないわね？」

「そんなのどうだっていいだろう」

「いいえ、そんなことはないわ」

マルクは垂れた前髪の奥から目をしばたたかせ、肩をすくめた。

「本当はハムスターを父さんのデスクに置いてきたかっただけなんだ。父さんに嫌がらせをしたかったんだよ。そのとき風況調査書のことを思いだしたんだ。ヤニスがその調査書のことをさかんにしゃべってた。金庫のパスワードは知ってた。母さんが住所録に書き込んでたから」

「でも、科学捜査研究所ではロルフおじさんの死体からあなたのDNAを検出できなかったわ。見つかったのはヤニス・テオドラキスのDNAよ。あの人をかばっているの？」

「かばうつもりなんてないさ。そんなことをする義理はないし。だけど黒い服を持ってなかったからあいつのセーターを着ていったんだ。リ……」マルクは途中でいうのをやめ、眉の上のかさぶたをいじった。口をすべらせたことに気づかないよう祈っているのだろうがピアは気づいていた。ピアにはまわりくどいことをいっている時間がなかった。

「フランツェンさんがテオドラキスさんのセーターを貸してくれたのね？」

「違うよ」マルクは首を横に振った。「あの人は関係ない」

ピアは嘘だと思った。フラウケのいうとおりだ。マルクはテオドラキスとそのパートナーのためならなんでもするだろう。それでも、人と犬を撃ち殺すことまでできるだろうか。

「わたしがどう思っているか話しましょうか。あなたはフランツェンさんとテオドラキスさんにいわれてしたのよ。あのふたりのいうことを聞いた。ところが間が悪いことに、おじさんとはち合わせしてしまった」

「違う！」マルクは興奮した。「そうじゃない！」

「じゃあ、どうだったの？　ふたりもそこにいたの？　あなたが汚れ仕事をやり終えるまで、ふたりは外で待っていたとか」

マルクは激しく首を横に振った。蒼白い顔がすべてを物語っていた。

「マルク、あなたがなんといおうが、おじさんが心筋梗塞を起こした責任はあなたにあるのよ」

「違う！　そうじゃないんだ！」マルクは口をはさみ、激しいまなざしでピアをにらんだ。

「あんたはわかってない！」

「そうね。わたしはわかっていない。でも嘘をついたって無駄よ」ピアは冷ややかに答えた。

「嘘なんてついてない！」

「マルク、あなたはまだ未成年でしょう。あなたはそそのかされたのよ。ちゃんと告白すれば、それほど大きな罪にはならないわ」

ピアは、マルクが歯を食いしばっているのを見つめた。マルクはひどい圧力を受けている。フランツェンとテオドラキスへの忠誠心をなんとかして崩さなくては。ヒルトライター殺害はともかく、マルクがふたりにいわれてウィンドプロ社に侵入したのは確実だ。

「フランツェンさんが昨日の朝、店に来ていたことは知っている？　車からは降りず、電話で話をして走り去ったそうよ。その二時間後、あなたはフランツェンさんを発見した」

「それで？」マルクはささやいた。

「フランツェンさんは家にバッグを忘れて取りに戻ったとき、男たちが踏み込んできたといっているの。でも、あの人は嘘をついている。あの人のバッグは車の助手席にあった。それからあの人が電話でだれかと話しているところを耳にしたんだけど、いくらなんでもやりすぎじゃないといっていた」

マルクは肩をすくめただけで、目を上げなかった。

「だれと電話で話していたと思う？　テオドラキスさんの書斎にあったコンピュータや書類などを全部かっさらっていこうなんて、だれが考えるかしら？　テオドラキスさんの狂言かもしれない」

「まさか」マルクは答えた。「ヤニスは事故にあったんだ。入院している」

「いつから？」ピアはびっくりした。この新情報で状況は一変した。

「知らない。昨日のいつかさ」マルクはうなだれて、両手でこめかみを押さえた。「もうわけがわからない。ぼくにどうしろっていうのさ？」

ピアは話をいったん終えることにした。

「刑事警察署に来てもらおうかしら」

「どうして？」マルクはようやくピアをまっすぐ見た。目が異様に光っている。

「まだ訊きたいことがあるからよ」

「いきなり連行するなんてできるわけがない！」

「いいえ、それができるのよ。わたしたちは警官だから」

「あら、母が帰ってきたみたいです」戸口に立って黙って話を聞いていたマルクの姉がいった。ほんの一瞬、ピアが気をそらした。マルクはその隙をついた。あっと思ったときにはもう開いているバルコニーの扉のところにいた。

「ケム！」ピアが叫んだ。デスクのそばに立って、部屋を見ていたケムがとっさにマルクの腕をつかんだ。

「放せよ、くそっ！」マルクは怒鳴った。こうやって怒りを爆発させてゴルフクラブを振りまわしたのだろう。マルクはケムに頭突きをした。ごつっと音がして、ケムが膝をつき、手の力をゆるめた。マルクはさらに膝蹴りをして、バルコニーに駆けだし、手すりを飛び越えた。

「マルク！　やめて！　逃げないで！」マルクの姉が金切り声をあげ、ピアのそばをすり抜けて、弟を追った。

「これはどういうこと？」タイセン夫人が戸口にあらわれ、鼻血をだしているケムを愕然として見つめ、それからバルコニーにいるピアと自分の娘を見た。「マルクはどこなの？」

「バルコニーから飛び下りて逃げました」と答えて、ピアは部屋に戻ると、険しい顔つきで携帯電話をだした。「腕のいい弁護士を依頼することですね。わたしたちが捕まえたら、彼には弁護士が必要になるでしょう」


庭を駆け抜け、垣根を跳び越え、生け垣をくぐり抜けた。森の縁《ふち》に達すると、マルクはうっそうと茂った下草に飛び込んだ。去年の秋に積もった枯れ葉が靴の下でカサカサ音をたて、枝がボキッと折れた。苔むした倒木の横の地面にあえぎながら身を投げ、息が整うのを待った。すっかり焦っていた。クソ女刑事！　なんであんなくだらない質問をしたんだ。リッキーがだれと電話をしていたかなんてわかるわけないじゃないか。あいつら、なにが望みだったんだ。

ちくしょう！　ヤニスとリッキーは、絶対にばれないといったのに。マルクは仰向けになってびくっとした。バルコニーから花壇に飛び下りたとき足をくじいたことに気づいたのだ。左のくるぶしが死ぬほど痛い。罵声を吐きながら上体を起こし、ソックスを少し下げてみた。足首が腫れている。逃げだすなんて、なんて馬鹿なことをしたんだ！　ヤニスみたいにクールに構えて、すべて否認すればよかったのに。ヒルトライターのじいさんを情け容赦なく撃ち殺して銃を厩舎《きゅうしゃ》に隠したのはヤニスに違いない！　それに引き替え、自分はみすみす疑われるようなことをしてしまった。いずれ警察の網に引っかかるだろう。永遠に森に隠れているわけにはいかない。それに、そのつもりもない。マルクはリッキーのところへ行くことにした。彼女に会いたい。話がしたい。

マルクは深呼吸して、また体を横にした。頭が痛くて頭蓋骨が吹き飛びそうだ。どうにも我慢できない。それに喉が渇いた。ズボンを探ってポケットの中に携帯電話があったのでほっとした。リッキーに電話をすれば、迎えにきてくれるだろう。ゆっくり相談すればいい。そうだ、それが一番いい。マルクは携帯電話をだした。圏外だ。まいった。やっとの思いで立ちあがると、足を引きずりながら斜面を登った。ずんずん登りつづけた。ようやくアンテナが立った。マルクは木にもたれかかると、痛めた足から力を抜いて、リッキーの電話番号にかけた。はるか下に森をぬって延びるエルミュール通りが見える。ときどき車が走っているが、おもちゃのように小さかった。ここから自然愛好会の施設までそれほど遠くない。リッキーにいって、あそこに迎えにきてもらえばいい。リッキーが電話に出るのをじっと待つうちに、割込通話があった。発信者番号は非通知。マルクはリッキーの呼び出しを中断して、そちらに出た。

「マルク、ピア・キルヒホフよ」さっきの女刑事の声だ。「どこにいるの?」

「いうわけないだろう」マルクは答えた。

「隠れてもむだよ」ピアの声はとげとげしくはなかった。「どこにいるのかいってちょうだい。迎えにいく。あなたにはなにも起きないわ。約束する」

そんな約束、信じられるか。いつだって約束は破られた! ミヒャ先生は、ふたりのことはだれにもわからないと約束したのに、結局、みんなに知られてしまった。先生も、生徒も、その両親たちも、いや国じゅうで知らぬ者がいないほどだ！　テレビや新聞でも話題になった。〝マルク・T（十四歳）、少年愛好者ミヒャエル・Sの最後の犠牲者！〟ヤニスはできもしない約束をして、やれ風況調査書を手に入れてこい、やれウィンドプロ社のサーバにあるEメールをコピーしてこいと要求し、ニカとのことはリッキーにばらすなと口止めした。「約束する」という両親の言葉はいうまでもない！　みんな、年じゅうなにかを約束して、だれもそれを守らないじゃないか！　マルクはぎゅっと目をつむった。強烈な頭痛に耐えられなくなった。

「マルク！」女刑事の声が電話から聞こえた。「聞いているの？　マルク？」

もしかしたら携帯電話で居場所を特定しているのかもしれない。そういうことができると、テレビでやっていた。「NCIS～ネイビー犯罪捜査班～」だ。電話の相手が回線につながっているあいだに、コンピュータが発信場所を正確に探知するという。

「ルートヴィヒを撃ったのはヤニスだ」マルクは食いしばった歯の間から絞りだすようにいった。「銃はリッキーの厩舎の干し草の中に隠してある。ぼくは関係ない！」

マルクは突然みじめな気分を味わった。ヤニスを裏切った。もう後戻りはできない。終わりだ。マルクは寄りかかっていた幹に背中をすべらせながらしゃがみ込み、頭を抱えて泣きだした。

「成功したら払うといったはずだ」男は冷ややかに微笑んだ。「だが成功しなかった」

「なんですって？」

「そうだろう。こういう事態になってうまくいったといえるかね？」

シュテファン・タイセンは、車の前で腰に手を当てて立っている女をじっと見つめた。いらついている。ひどくいらついている。無理もない。

「いわれたことは全部したでしょう！」女は鋭い口調でいった。「署名の名簿だって隠した。ヤニスの持ちものを運びだすのも協力した。あたしを気絶させて、縛ったことは目をつむる。だから報酬はもらわないと」

はじめのうち、あの小賢しいテオドラキスのパートナーをこっちに抱き込むのはいいアイデアだと思った。造作もないことだ。公式の交渉の陰で裏工作をする。べつに非合法ではない。こちらに都合よく話を進めるためだった。

電話をかけてきたのは女の方からだった。はじめは名を名乗らなかった。厄介な市民運動をつぶしてみせると持ちかけてきた。報酬はいくらだと訊くと、女は笑った。あなたが納得できる額でといった。二日後、高速道路五号線のサービスエリア、タウヌスブリックではじめて会った。女はうまく立ちまわっているつもりのようだが、電話口で聞いた声でだれかわかっていた。ちょっと聞いた感じでは、電話口の声は男のようだった。はずむ声で、ハスキーだった、しかしどこか色っぽかった。聞き間違えようがなかった。

最初の密会で、ふたりはコーヒーを飲んだ。タイセンは女の本性をすぐに見抜いた。とくに頭が切れるわけでもない。生意気で計算高く、不誠実。テオドラキスが痛い目にあおうが女にはどうでもいいのだ。女は自分のことしか考えていなかった。今の人生にうんざりしたからアメリカに移住したいと、ぬけぬけといってのけた。

そのために支度金が欲しいの。二十五万ユーロではどうかしら、と。

タイセンは鼻で笑い、首を横に振った。二度目の密会で、女は報酬の額を二倍に吊りあげた。タイセンは内心、悪態をついた。女はルートヴィヒ・ヒルトライターが草地の売却を断ることを事前に知っていたのだ。ふたりはさっそく手打ちをして、ラーデマッハーが形ばかりの顧問契約を結んだ。だがタイセンは、女にいっさい支払うつもりはなかった。女は市民運動の動向を逐一報告してきたが、それでも意見を変える気はなかった。書面による契約を盾に女に圧力をかけられると高《たか》をくっていた。だがそれは大間違いだったようだ。なんとも皮肉なことに、結果を見るとタイセンは騙すつもりが逆に騙されていたのだ。

「コーヒーでも飲まないか？」断られるとわかりつつ、タイセンは誘った。

「お断りよ。ヤニスが入院中だから、時間がないの」

「あいつが入院？」

「知らばっくれないで。あんたの部下がやったんでしょう。でも、どうでもいいわ。首を突っ込んだのが悪いってことね。それで、あたしの報酬は？」

タイセンは女に少し感心してしまった。自分の意志を貫徹する人間に出会うと、いつも畏怖の念を覚える。

「部下がやったことじゃない」タイセンは時間を稼ぐためにそういった。

「やったのがだれでもかまわないわ」彼女の冷たい青い目が瞬《まばた》きもせずタイセンの目を見つめた。「約束どおり報酬が欲しいだけ。あたしは決めたことを守ったでしょう」

「期待以上だった。息子をわたしにけしかけろとは要求しなかったがな。わたしの会社に侵入して、義理の弟を殺すとは。警察を呼ぶとするか？　おまえがどれだけ卑怯な真似をしているか息子にいうかな？」

女は笑った。いらつくどころか、鼻息が荒い。

「やめておくのね。こっちの方が上手なんだから。それにグロスマンが死んだのは、あんたにとっても好都合だったじゃない。ボーナスをもらいたいくらいよ。それにあたしは社長室に入っていない。車の中で待っていただけ。マルクが戻るのをね」

「なんだと？」タイセンはその言葉の意味を理解して女を見つめた。

「そういうこと」女はニヤリとした。「マルクはヤニスのために金庫から風況調査書を盗みだしたのよ。会社のサーバからEメールをコピーしてヤニスに渡したのもマルク。でも、おじさんが目の前であの世行きになったのには、あの子も相当まいったみたいだけど。情緒不安定だからなおさらよね」

金髪の三つ編みに空色の民族衣装《ディルンドル》。外見に騙された。タイセンは女を甘く見ていたことに気づいた。とんだ毒婦だ。

「それで、どうなの？　報酬は振り込み？　それとも小切手？　早くすれば、それだけすぐにあたしと縁が切れるわよ」

タイセンは息をのんだ。

「払わないといったら？」

女は険しい目つきをした。

「ただでは置かないわ」

「どうするというんだ。はっきり聞かせてもらおう」

タイセンは彼女の方へ足を一歩だした。ところが女はじっと立ったままだった。一ミリたりともさがらなかった。女の背はタイセンよりも頭ひとつ分低いが、女のわりに体が大きくがっしりしていた。度胸もすわっている。こいつにとっては一か八かなのだ。この女にはかなわないと気づいて、心穏やかでいられなくなった。車を二台のトラックのあいだに止めたのはまずかった。運転手は日曜日の走行禁止（日曜日にトラックの走行を規制する制度）が解けるのをどこかで待っている。近くに人気《ひとけ》はない。高速道路の騒音が大きく、助けを呼んでも聞こえないだろう。

「ヒルトライター殺害で刑務所暮らしになっても、マルクなら最長でも十年ですむ」女は軽いノリでいった。「未成年でよかったわね」

タイセンは腹立たしかった。かっと頭に血が上った。こいつ！　女は思いがけず、タイセンの痛いところをついた。

「今なんていった？　おまえ、なにをしたんだ？」

「あたし？　なにもしてないわ。でもマルクがね」女はにやっとした。「二十四時間以内に報酬を払わないと、マルクが大変なことになっちゃうわよ」

機動隊はフリーデリケ・フランツェンの厩舎を捜索し、周辺の草地も徹底的に捜したが、なんの成果もえられなかった。日曜日の午後のうだる暑さの中、干し草の片付けをさせられて、機動隊員たちはぶつぶつ文句をいった。マルクがいった銃は影も形もなかった。テオドラキスはたしかに入院していた。あれだけ大口を叩いていたのが嘘のように、一夜にして牙をなくした虎になっていた。おどおどして、口が軽かった。

ああ、ウィンドプロ社に忍び込むようマルクを焚《た》きつけた。ああ、アリバイも事実と違う。火曜日の夜、両親のところに着いたのは十一時ではなく、午前一時だった。その前はクリフテルに住む元恋人を訪ねていた。テオドラキスはあっさり白状したが、ピアの期待とは違っていた。フラウケのアパートで見つかった銃について、彼はなにも知らなかった。厩舎にあったという銃についても覚えがなかった。それどころか、〈動物の楽園〉のキーケースにフラウケのアパートの鍵がかかっていることなんて知らないと主張した。

ピアはやり切れない思いで病室をあとにした。ケムもいらついていた。鼻が腫れ上がり、頭痛に苦しんでいた。

「あの糞ガキ。脳しんとうを起こしたようだ」ケムは日を浴びながらがっくり肩を落として病院の前のベンチにすわり込んだ。これからどうしたらいいか頭を悩ませている。

ピアはタバコに火をつけて足を伸ばした。マルクはあれっきり居場所がわからない。フリーデリケ・フランツェンも行方不明だ。

「ヤニスがヒルトライターと飼い犬を射殺したというのは、マルクの思い込みかしら？」ピアは声にだして考えた。

「おそらく」ケムは鼻に触って、顔をしかめた。「ニカって女が犯人かもしれないな。だから雲隠れしたんじゃないか？」

ピアは困っていた。ニカの居場所を知っている。もし彼女がルートヴィヒ・ヒルトライター殺害に関わっていたらどうする。オリヴァーに電話をかけるべきだろうか。もう一度タバコを吸ってから、ピアは立ちあがり、病院の玄関ドアの横の灰皿の砂でタバコをもみ消した。

「あのね」ピアはケムにいった。「今日はもう限界。あとは明日にしましょう」

「そうだな。なにかあれば、連絡があるだろう」

フランツェンの家には見張りをつけた。厩舎の近くの農道にも。マルクが帰宅すれば、タイセン夫人が連絡を寄こすはずだ。彼の捜索はケーニヒシュタイン市とその周辺の警官全員に通達してある。今のところなにもすることがない。ピアが車に乗り込もうとしたとき、携帯電話が鳴った。

「なんなの！」そう悪態をついて、ピアは天を仰いだ。電話を無視しようか迷ったが、義務感の方が強かった。夜勤の刑事からだった。大至急ピアと話がしたいという来訪者がいるという。

「だれ？」そうたずねながら、ピアは断る言い訳を考えていた。

「ディルク・アイゼンフート」

どういうことだ。なんの用だろう。公式にはアニカ・ゾマーフェルト捜索と無関係だ。その件には巻き込まれたくない。しかしその一方で興味はあった。オリヴァーの新しい恋の行方が気になるし、アイゼンフートの話も聞いてみたかった。

「わかった」ピアは夜勤の刑事にいった。「少し待つようにいってくれる？　十五分で行く」

沈みかけた太陽がまぶしい。フロントガラスには蚊《か》の死骸がこびりついていた。シュトゥットガルトの手前で高速道路八号線を下り、ロイトリンゲンとプフリンゲンを抜け、シュヴェービッシェ・アルプ街道をジクマリンゲンめざして走った。オリヴァーは左右の風景がまったく目に入らなかった。今朝シュテルヒとその同僚があらわれた。もはや待ったなしの状況だった。追っ手がアニカを見つけるのは時間の問題。彼女を家に置いておけなかった。連中はなにか手掛かりをつかんだのだ。シュテルヒはボーデンシュタイン家の敷地を監視させるだろう。それでもオリヴァーが御者の家に住んでいることを知らなかったようだ。さもなければ捜索令状がなくても家に踏み込んで、アニカを見つけただろう。シュテルヒたちが立ち去ったあと、オリヴァーはクヴェンティンに車を借りて、昼下がりに出発した。

アニカは三十分前からうとうとしている。オリヴァーにとっては都合がよかった。ゆっくり考えをめぐらすことができる。ピアたち部下がなにをしているかも気になった。勝手に責任を放棄するなど考えられないことだ。それも、捜査が山場にさしかかったときに。ピアの客観的で冷静な判断が聞きたかった。現実から切り離されたような感じがする。普通の倍の高さに張られたセーフティネットのない綱を渡っている綱渡り芸人にでもなった気分だ。

疑う気持ちをどうしても払拭できない。アニカを助ける気は満々だし、他に選択肢はないように思えるのだが、出発してから正しいことをしているという自信がじわじわとなくなりつつあった。

カーナビの指示どおりジクマリンゲンとボーデン湖をつなぐ国道三一一号線を走る。目的地まで二十八キロ、予定到着時刻午後六時十七分。

オリヴァーはため息をついた。このような状況でなければ、旅を楽しめるのに。何年も前からボーデン湖を訪ねてみたいと思っていた。もちろんコージマといっしょに。コンピュータの音声がバート・ザウルガウを通るように指示し、それから細い田舎道に入って、小さな集落をいくつか通り抜けた。家畜小屋や家畜の糞の山、トラクターなどが散見されたが、車は一台も見かけなかった。南のこのあたりはタウヌス地方よりもはるかに田舎だ。瑞々《みずみず》しい草地、黒々した森。農地では農作物がもう膝の高さまで伸びていた。

ヘラーツキルヒで左折。道は一車線だった。ひと握りの農家が集まった寒村が見えてきた。ヴォルフェルツロイテ村。

「アニカ」オリヴァーは彼女の腕に触った。彼女ははっと目を覚まして、オリヴァーを見つめた。「すまない。もうすぐ到着する」

アニカはまばたきをして、窓の外に視線を向けた。

「その先を右折して、ミルピスハウスへ向かって」そういって、アニカは少し身を乗りだした。

「何時？」

「六時十五分」

「母さんがひとりだけだといいけど。雌牛を家畜小屋に戻す時間だから」

アニカは日除けを下ろして裏面の鏡をちらっと見た。緊張しているようだ。オリヴァーは彼女の手に自分の手を置いた。

「心配はいらない」オリヴァーはいった。

「義父を知らないから。わたしを毛嫌いしているの」アニカは元気のない声をだした。「顔も見たくないわ」

二分後、車は大きなマロニエの木が生えた大きな農家に入った。

村には農家が三軒しかなく、その中で一番大きいのがアニカの義父の農家だった。母屋は赤レンガ造りの二階建てだ。いかめしい砦《とりで》のような構えで、屋根が張りだし、その下に家畜小屋がある。オリヴァーが車を止めると、アニカは降りた。牛糞のにおいが漂っていた。毛色が暗褐色のごつい体をしたロットワイラー犬が二匹、囲いから身を乗りだした。犬の真っ白な牙を見て、オリヴァーは知り合いにはなりたくないと思った。腰を伸ばしてあたりを見まわす。夏ならシュヴェービッシェ・アルプの僻地で暮らすのも悪くない。しかし冬に町から何キロも離れたところに暮らすのはどうだろう。

「母はきっと牛舎よ。搾乳機が動いている」アニカが隣でいった。「来て」

オリヴァーは少しためらってから、彼女について牛舎へ向かった。扉が開いている。アニカは茶と白の斑模様の雌牛の尻に向かってまっすぐ歩いていった。雌牛は餌を頬張っている。よく見ると、頭巾をかぶり、エプロンをつけた年輩のやせた女性が飼槽に刈り取ったばかりの草を慣れた動きで入れていた。

「母さん」そういって、アニカは立ち止まった。

女性が体を起こして振り返った。赤ら顔が信じられないというような表情に変わり、オリヴァーをちらっと見てから娘に視線を戻し、それからフォークを落として腕を広げた。


「このようなお願いをしていいものかどうか。あなたには迷惑かもしれませんね。そのうえ日曜日の午後。しかし緊急の用事なのです。あなたは市民運動のメンバーを捜査していますね。そのメンバーのひとりでもある女性のことなんです。名前はアニカ・ゾマーフェルト」

アイゼンフート教授は来客用の椅子に腰を下ろした。今朝、フラウケ・ヒルトライターがすわっていた椅子だ。ピアはオリヴァーのデスクに向かってすわった。教授の話にじっと耳を傾け、教授のことを見極めようとした。角張った顔立ち、やせた頰、青い目。じつに魅力的な男性だ。つい振り返ってしまいそうだ。しかも権力のオーラを身にまとっている。多くの女性の心を虜《とりこ》にするに違いない。あの地味なアニカが心酔するのも無理はない。アイゼンフートの話ではまさにそういうことが起きたのだ。

「わたしの態度が彼女にとんでもない幻想を抱かせてしまったようで、なんといったらいいか」教授は小声でいった。品のあるバリトンだ。「長いあいだ気づきませんでした。もっと早く対処していたら」

教授は顔を上げた。苦渋に満ちた目つきをしていた。

「こんなに人を見誤ったのははじめてです。彼女の狂気じみた思い込みで、わたしは人生を狂わされました」

ピアは少し驚いた。オリヴァーの話では、まだなにも起きていないはずだ。危険な書類は銀行の個人保管庫で明るみに出るときを待っていると聞いた。

「彼女はすぐれた学者でした。知性は高いですが、残念ながら視野が狭い、社会病質者だったのです。考えてみれば、彼女の行動には以前からおかしなところがありました。彼女には研究所の外での生活がなく、友人もろくにいませんでした。友人はわたししかいなかったのです」

教授のひと言ひと言が、ピアを不安に駆りたてた。オリヴァーが心配だ。実際のアイゼンフートはアニカから聞いていたイメージとまったく違っていた。野心に満ちた、他人を顧《かえり》みない出世の鬼かと思っていたが、ぜんぜん違う。好感の持てる人物じゃないか。

「彼女がオサリヴァンのグループと接触していることは知っていました。連邦憲法擁護庁がすでに何年も前からこのグループを監視していたのです。しかし心配はしていませんでした。わたしを裏切ると思わなかったのです。それに彼女の過剰な愛情がオサリヴァンに向けられるのも悪くないと思いまして」

ずいぶんお人好しだ、とピアは思ったが、口にだしてはいわなかった。

「クリスマスイヴの朝、彼女は研究所にいました。シャンパンを持ってわたしの部屋にやってきました。めったにないことですが、とくに変だとは思いませんでした。十一年来の付き合いですからね。こんな目にあわされるとは思ってもみませんでした」

教授は間を置き、親指と人差し指で鼻の付け根をもんだ。

「どんな目にあわされたのですか？」ピアはたずねた。

「わたしはシャンパンの栓を抜いて、二客のグラスに注ぎ、クリスマスを祝って彼女と乾杯しました。すると突然、彼女がシャンパンの瓶をつかみ、テーブルの角で割って、わたしの目の前に振りあげたのです」教授は声を押し殺していった。「いつもの彼女ではありませんでした。目が……うつろでした。わたしは恐くなりましたが、電話から離れていたので、警備を呼ぶことができませんでした」

「その人はなにをしようとしたのですか？」ピアはたずねた。

教授はすぐには答えなかった。

「離婚して、自分と再婚しろと迫ったのです」教授はかすれた声でいった。「異様でした。その場で妻に電話をかけろといいだしたのです。そのあといっしょにわたしの両親のところへ行ってクリスマスを祝うといいました。ベッティーナとわたしは九月に結婚したばかりでした。そのせいでアニカの……病状が悪化したのでしょう。深い屈辱を味わったのだと思います。その結果、彼女は憎しみの権化と化したのです」

ピアは教授が話をつづけるのを待った。高い知性を持つ社会病質者。うなじに鳥肌が立った。

「わたしは彼女をなんとか押さえつけて警察を呼びました。そのとき、怪我をしました。彼女は精神科病院に送られることになり、あまりにひどく暴れたので、鎮静剤をのまされました。

アニカがどうやって病院を逃げだしたのか、今もって病院側からはっきりとした説明を受けていません。しかし捜査はされています。そのとき起きたミスで、ふたりが被害者になったからです。ひとりはオサリヴァン……もうひとりはわたしの妻です」

「あなたの奥さん？」ピアは驚いてたずねた。

「ええ。ベッティーナはなんの疑いもなく彼女を家に迎え入れたはずです。アニカを知っていましたから。ただ、妻は日頃、アニカの様子がおかしいといっていました。しかしわたしは妻の心配を真に受けなかったのです」

教授は口をつぐみ、手で顔をぬぐった。話をつづけるのがつらそうだ。

「なにが起きたのか正確に知る者はいません。大晦日《おおみそか》の午後のことでした。アニカが精神科病院を抜けだし、わたしの妻を殴り倒して、そして……」教授は深呼吸した。「わたしの家から出ていくとき、彼女は放火しました。午後五時半頃帰宅すると、家は炎にのまれていました。消防隊はすでに到着していましたが、消防用水が凍結していたのです」

「それで奥さんは？」ピアは気になってたずねた。

アイゼンフートが遠くを見る目をした。

「命は助かりましたが、煙を吸い、酸欠になって脳損傷を起こしました。それ以来、植物状態です。医師団は匙《さじ》を投げてしまいました」

「アニカ・ゾマーフェルトが犯人だとどうしてわかったのですか？」

「手掛かりがたくさん残されていました。ベ……ベッティーナの手にアニカの毛髪が見つかりました。防犯カメラにも彼女の姿が写っていました」

教授は咳払いをした。

「前の夜、彼女はオサリヴァンと会ったに違いありません。ナイフを四十回以上も刺して彼を殺しました。警察はその後、彼女の自宅で凶器を発見しました。オサリヴァン殺害に使った包丁です。あいにくこのときも、彼女に逃げられました。そしてわたしの家に放火して行方をくらましたのです。彼女は自殺したと思っていました。金曜日の夜、彼女の名前を耳にするまでは」

一瞬、静寂に包まれた。太陽が沈み、部屋が薄暗くなっていた。ピアは身を乗りだして、デスクランプをつけた。

「どうしてわたしにそのことを話すのですか?」ピアはたずねた。

「連邦憲法擁護庁の人間は、二件の殺人事件を解明したいだけです」教授は顔を上げることなくいった。「あなたは捜査課課長からこのことについて聞いていると思いますが、アニカがどれだけ危険か課長に伝わっていないからです。連邦憲法擁護庁の人間に、課長が休職し、あなたが捜査を引き継いだという報告が行っています。ですから、きっと明日の早朝、あなたに会いにくるでしょう」

ピアに向けられた教授の顔は絶望に満ちていた。

「じつは連邦憲法擁護庁の人間より先にアニカを見つけたいのです」教授は小声で訴えるようにいった。「彼女となんとしても話さなければなりません。ベッティーナになにが起きたのか、どうしても知りたいのです。お願いです、キルヒホフさん。助けてほしい！」

マルクは足を地面につけるのもつらかったが、激痛が走るのを堪《こら》えて歩きつづけた。リッキーの家から二、三メートル離れたところにパトカーが一台止まっていた。警官がふたり乗っている。農道と厩舎も監視されているに違いない。家に帰るわけにもいかない。両親は警察に電話をかけるだろう。唯一の希望は動物保護施設《ティアハイム》だ。足の手当てをしなければ。

森の中で、マルクは携帯電話の電源を切った。両親にとやかくいわれるのは癪に障るし、警察に位置を割りだされたら大変だ。ただ厄介なのは、リッキーからの電話も受けられないことだ。何度も電源を入れては、彼女の番号にかけてみた。しかしリッキーは電話に出ない。マルクは頭がおかしくなりそうだった。あれからどんな状況なのかまったくわからない。ヤニスは逮捕されただろうか。警察は銃と拳銃を干し草の中から見つけただろうか。

暗闇迫る中、マルクは草地の道に沿って森の縁へと足を引きずっていた。動物保護施設《ティアハイム》はシュナイトハインから延びるバンゲルト通りに沿った谷間にある。夜中にやってくる人はいない。マルクは森の中の細い散歩道を進んだ。木の根につまずきそうだったので、ゆっくり歩かなければならなかった。動物保護施設《ティアハイム》に着いたときには真っ暗になっていたが、目は闇に慣れていた。高さ三メートルのフェンスに囲まれた敷地の様子をうかがって、かれこれ十五分になる。なんの気配もない。管理棟の窓から漏れる明かりはないし、車の影もない。谷の反対側にケーニヒシュタインの明かりが見える。右手にはシュナイトハイン。しかし谷はルッペルツハインへ通じる州道まで暗い闇に沈んでいた。

マルクはほっと息を吐いて、今朝リュックサックに入れておいた鍵を探った。まるで必要になると予感していたかのようだ。くじいた足ではたしてフェンスを乗り越えられるだろうか。正門を通るのはまずい。あそこには人感センサー付きの照明がある。管理棟のドアの前もそうだ。中に入ってしまえば、スイッチを切れるのだが。

雲ひとつない夜空に三日月が白々と浮かんでいる。フクロウが一羽、頭上を滑空していった。マルクはあたりを見まわしてからリュックサックをフェンスの向こうへ投げ、怪我をしていない方の足先を金網に差し込み、よじ上った。歯を食いしばってフェンスのてっぺんにまたがると、一瞬ためらってから反対側に下りた。痛みを感じずに下りることができたが、フェンス全体がぐらぐら揺れた。犬小屋の中で犬が一匹吠えた、さらに二匹が呼応し、また静かになった。マルクは足を引きずり、人感センサーに気をつけながら敷地を横切った。裏から管理棟に辿《たど》り着き、裏口の鍵を開けて中に入った。疲れ切って床にしゃがみ込むと、数分のあいだ冷え切ったタイルの上にじっと横たわった。そのあと薬剤室へ向かった。明かりが外に漏れないようにブラインドを完全に下ろす。グレープフルーツくらいに腫れ上がった足首に塗るため、戸棚でクールジェルと伸縮包帯を探した。ドアの上の時計は十時四十分を指していた。マルクは事務室に入り、受話器をつかんだ。今回は呼び出し音が三回鳴っただけで、リッキーが出た。

「マルク！　やっと電話をくれたのね！　警察が来て、あなたを捜してるっていったわ。心配したのよ！　元気なの？」

リッキーのやさしい言葉がうれしかった。

「動物保護施設《ティアハイム》でなにをしてるの？」

マルクはびっくりした。どうしてわかったのだろう。発信元の電話番号を見たんだなと思った。マルクは午後の出来事と、なぜ身を隠しているか話した。どうやら今朝のことで怒ってはいないようだ。

「こっちに来られない？」マルクがたずねた。

「警察が家の前にいるのよ。この時間に動物保護施設《ティアハイム》へ向かったら、あやしいと思われて、あとをつけられるわ」リッキーは深いため息をついた。「それに大問題が起きちゃったの。もう大騒ぎよ。父が死にそうなの。今日の午後、母から電話があってね。ハンブルクへ行かなくちゃいけないの。まったく間が悪いわよね」

「どのくらい行ってるの？」マルクはたずねた。リッキーがいないと思っただけで不安になった。

「そんなに長くはならないわ。さあ、ちょっと眠った方がいいわよ。明日の早朝、電話で話しましょう。いいわね？」

「ああ、わかった」

「おやすみ、マルク。もうすぐなにもかもうまくいく。約束する」

「信じるよ。おやすみ」

マルクは電話を切ってから、しばらくのあいだ暗い部屋でデスクに向かってすわっていた。

ニカはいなくなった。テオドラキスが刑務所に入れば、リッキーを独り占めできる。楽しみになってきた。マルクは立ちあがり、足を引きずりながら狭い廊下を歩いて、昨夜リッキーと過ごした部屋に向かった。はじめていっしょに過ごした夜だった。うめきながらマットレスに倒れ込み、枕に顔をうずめた。リッキーの香水のにおいがまだ残っていた。気持ちが二十四時間前に戻った。警察と両親のことを忘れ、もっとうれしい思い出に浸った。

ピアは薄暗いオリヴァーの部屋で相手の暗い表情を見つめた。アイゼンフート教授があげた事実は納得のいくものだった。しかし本当にそれが理由でここへ来たのだろうか。大晦日の晩、家でなにがあったか警察よりも先に本人から聞きたいだけだというのは本当だろうか。オサリヴァンが教授にとって不都合な資料をまとめていたという話だが、そのことについてはなにも知らないのだろうか。それとも、そんな資料は最初から存在しなかったりして。

問題の全体像をつかむにはピースが足りなすぎる。ピアはいつになくいやな気分がした。情報が断片的すぎて、予断が入りやすいところが気に入らない。嘘をついているという印象はないものの、教授の話はどうも腑《ふ》に落ちなかった。絶望しているのは間違いないが、だからといって、いきなり刑事警察署にあらわれるところがどうもおかしい。いくらでも人脈があるはずの人物が、名もない上級警部に助けを求めるだろうか。

教授の話はピアになんの関係もなかった、興味すら覚えなかった。しかし、二件の殺人事件と一件の傷害事件の被疑者と行動を共にしているとなると、ボスが本当に心配だ。

突然、教授の携帯電話が鳴った。

「ちょっと失礼」そういって、教授は電話に出た。生返事しかしなかったが、途中で急に背筋を伸ばした。教授の緊張した面持ちに影が差した。

「よくない知らせですか？」ピアはたずねた。

教授は通話を終えて、携帯電話をしまった。

「そうともいえません」教授ははじめて微笑んだ。人当たりのいい笑みだ。ピアはますます複雑な気持ちになった。アニカ・ゾマーフェルトの運命はどうでもいい。しかしオリヴァーがあの女性とチューリヒへ向かっている、と教授にばらしたら、オリヴァーはきっと許してくれないだろう。そのときピアはジレンマから救われた。教授が椅子から立ちあがったのだ。

「話を聞いてくれて感謝します」教授はいった。ピアも席を立った。部屋を消灯して、廊下を歩き、階段を下りて玄関まで案内した。

すてきな初夏の夜だった。空気が穏やかで、いいにおいがする。教授の握手は力強かった。

「なにかわかったら、電話をください」

「そうします」ピアはうなずいた。外階段の横で足を止め、複雑な気持ちのまま、教授が玄関を抜け、来客用駐車場に止めた黒い車へ歩いていくのを見送った。なにもかも自分には関係のないことなのに！　ピアはオリヴァーにショートメッセージで警告してから帰宅することにした。

オリヴァーは仰向けになって、軽く開けた口からかすかに寝息をたてていた。月明かりがすり減った絨毯《じゅうたん》敷きの床に細い光の筋を落としている。母親から小さな箱を渡された。義理の父であるヘルベルトにはなにも話していないという。アニカがすぐに発つというと、母親はがっかりした。オリヴァーは客室に泊めてもらおうといったが、アニカは朝八時発のフェリーなら通勤通学の人で混雑するので目立たないから、その時間まで車の中で仮眠しようといい張った。そして押し問答の末、ふたりはメアスブルクの小さなホテルに部屋を取った。

アニカはオリヴァーの横顔を見つめ、申し訳ない気持ちになった。オリヴァーはなんて人がいいんだろう！　彼の職業を考えると衝撃的なくらいだ。だがやさしくされるのは決してはじめてではない。華奢な体つきのおかげで、途方に暮れているように見えるからだろう。

アニカは、オリヴァーに愛されているとわかったので、寝床を共にした。テオドラキスのときのようにいやいやではなかった。こんな状況でなかったら胸がときめいただろう。寝心地の悪いベッドにもかかわらず、オリヴァーは夢中でキスをし、愛してくれた。だが教授と手下のことが脳裏から離れなかった。朝はきわどいところだった。彼女の怒りを、オリヴァーは絶頂を迎えたと勘違いしたかもしれない。彼女にはどうでもいい。大事なのは彼が幸せになれたことだ。早くすんでくれという考えまで脳裏をかすめたが、オリヴァーはそのことに気づかなかった。五分後、彼は果てて、満足しながら眠りについた。今頃、いっしょに暮らす夢でも見ているのだろう。決してかなわぬ夢なのに。

アニカは両手を頭の後ろで組み、板張りの天井を見つめていた。そのときテーブルに置いたオリヴァーのiPhoneから着信音が鳴った。アニカはそっちに顔を向けた。音量を下げてあるのか、ショートメッセージの着信を知らせるライトが明滅していた。アニカは体を起こして、忍び足でテーブルのところへ行った。ラミネート加工の床を裸足《はだし》で踏むと、みしっと音がした。しかしオリヴァーの寝息は静かで、規則正しかった。アニカはiPhoneを手に取って、小さな浴室に入った。ピア・キルヒホフからのショートメッセージだった。

〝アイゼンフートが訪ねてきた。教授の話は納得がいく。Aの話はあやしい。あなたのことが心配だわ！　至急電話をちょうだい！　何時でもいい！〟

馬鹿な奴。アニカは腹が立った。オリヴァーはあのキルヒホフを信頼しすぎだ。はじめから気に食わなかった。お互い様ということだ。ショートメッセージを消去すると、アニカはiPhoneの電源を切ってテーブルに戻した。だれにも邪魔はさせない。

二〇〇八年十二月三十日　ベルリン・ヴェディング地区

彼女は目を開けて、部屋の隅にあるスタンドライトの淡い光に目をしばたたいた。知らない部屋だ。どこだろう。なにがあったんだ。頭がずきずきして、喉がからからだ。寒い。頭を上げようとしてうめき声が漏れた。ホテルの客室に違いない。どうやってここへ来たんだろう。必死に思いだそうとしたが、記憶がぼんやりして、起きたときに思いだせない悪夢でも見たかのようだ。クリスマスだったので、母親を訪ねるつもりだった。そのとき教授から電話があり、研究所に呼ばれた。所長室。シャンパン。気分が悪くなり、それから記憶がない。そしてホテルの一室。おそるおそる首をまわす。ナイトテーブルの上のデジタル目覚まし時計が午後十時十一分を指している。自分の体を見てぎょっとした。裸だ。右手につかんでいるのは……ナイフ！　刃に血糊がついている。手にも、腕にも。なんとか体を起こし、ナイフを放した。手にも足にも力が入らない。頭がくらくらする。トイレに行きたい。その知らない部屋を見まわす。扉の横の椅子に彼女の衣服がかけてあり、バッグが口を開けた状態でテーブルに載っていた。携帯電話と車のキーがその横に置いてあった。だがよく見ると、紳士靴と旅行カバンもある。ジーンズが左の方の床にあわてて脱いだかのように脱ぎ捨ててあった。胸の鼓動が早鐘を打った。わけがわからない。やっとの思いで立ちあがった。頭が割れそうに痛い。

「教授？」アニカはベッドをまわり込んだ。絨毯敷きの床がざらざらしていた。いきなり金髪の女が目の前にあらわれたので、びくっとしたが、鏡に映る自分の姿だった。顔と裸の上半身に奇妙なシミがついている。なんだろう。

アニカはふらふらしながら浴室に向かい、ドアを押しあけて、体をこわばらせた。血だらけだ！　天井にも、タイル張りの壁にも血が飛び散っている。奇妙にねじれた男の死体がシャワーコーナーとトイレのあいだの黒々とした血の海に沈んでいた。腰が抜けそうになり、気持ちが悪くなった。アニカは倒れまいとして、ドア枠にすがりついた。

「なんてこと」と愕然としてささやいた。「シアラン！」

二〇〇九年五月十八日（月曜日）

ろくに眠ることもできず、夜が白みはじめた頃から電話を待っていた。警察が家を見張っているのでは、軽々しく訪ねていくわけにもいかない。そう思っただけで狂おしい気持ちになった。もうすぐ朝の七時だ！　ロジーがいつ動物の餌やりにあらわれてもおかしくない。携帯電話の電源を入れても大丈夫だろうか。数秒なら大丈夫だろう。リッキーが携帯に電話をかけてきているかもしれない。四桁のパスコードを打ち込んだ。

マルクは留守番電話をチェックした。父親からの電話が二十回以上。非通知の電話はたぶん警官からだ。しかしリッキーからの電話はなかった。ショートメッセージすらない。がっかりだ。ハンブルクにいる両親のところへ行く前に連絡をくれると約束したのに。マルクはもうこれ以上待てなかった。クールジェルと包帯のおかげでくるぶしの腫れはいくらかひいていた。薬剤室で新しい包帯を巻き、スニーカーをはくと、リュックサックを肩に担いで管理棟を出た。

外の空気はすがすがしかった。朝露が草むらで光っている。深呼吸して、怪我をした足を二、三度そっと地面につけてみた。なんとかなりそうだ。ロジーはケーニヒシュタインから通っている。シュナイトハインの方へ下っていけば、出くわすことはないだろう。マルクが動物保護施設《ティアハイム》から出たとき、ジョギングをしている女性がふたり、門の前を走っていったが、マルクには目もくれなかった。十分後、一番近くにある住宅に辿《たど》り着いた。ここで道は二股になっている。厩舎《きゅうしゃ》とドッグトレーニング場に人影はない。馬の姿もなかった。昨晩、リッキーが馬を別の放牧地に連れていったのだろうか。マルクはちらっと考えてから、きっとそうだと思うことにした。昨日、近所に止まっていたパトカーはいなかった。だれにも見られずにリッキーの家に着くことができた。テオドラキスのBMWがガレージ前のカーポートに止めてある。家のブラインドがすべて下ろしてあって、妙に人気《ひとけ》がなかった。

マルクは家とガレージのあいだの低い庭木戸を乗り越えて、地下へ通じる外階段を下りた。階段の踊り場にある植木鉢の下から錆《さ》びた鍵をだし、地下室に入って階段を上った。家の中は暗かった。廊下で足を止め、あたりをうかがう。なにかいやな予感がした。いつもと違う。だけど、なにが違うのだろう。

「リッキー?」

マルクは寝室に入った。ベッドがきれいになっている。足を一歩前にだすと、なにかにぶつかった。暗くてよく見えない。照明のスイッチを手探りした。部屋の真ん中にスーツケースが三個に旅行カバンが一個置いてあった。ワードローブを開けてみて、びっくりした。リッキーの服が入っている方のワードローブが空っぽだ。両親のところへ行くのに、服を全部持って出るはずがない! ついさっき妙だと思ったことを思いだした。急いで廊下に戻る。やはりそうだ! 犬の籠もキャットタワーもなくなっている! 茫然と立ち尽くし、それがなにを意味するか理解してパニックになった。

深い靄《もや》が湖にかかっている。その先のアルプスの頂《いただき》が朝日を浴びて赤く焼けている。すばらしい景色なのに、眺めているのは彼ひとりだった。フェリーの所要時間は十五分。他のドライバーは車内にとどまるか、上部甲板の食堂に上がるかしている。乗客のほとんどがスイスで働く通勤客で、この見事な風景も日常と化しているのだ。

オリヴァーは濡れて輝く欄干に腕を乗せて、泡立つ湖面を黙って見つめた。四機のディーゼルエンジンが起こす振動が足に伝ってくる。アニカは寄りそうように立っていた。寒さにふるえていたが、食堂に行くより、外の方がいいといった。

三十分前、ふたりはプチホテルを出た。コーヒーを一杯飲んだだけで、なにも口にしなかった。話もはずまなかった。早く一日が終わってほしいと朝から思うなんてめったにないことだ。すべてが自分にかかっている。しかもこれから行くのは知らない町だ。アニカはドイツ側のコンスタンツでオリヴァーを待つほかない。パスポートを持たずにスイスに入国するのはあまりに危険すぎるからだ。銀行に着いたら、自分の名ではなく、アニカ、オサリヴァン、ベネットの三人で決めたパスワードを告げる。それから保管庫のロッカーからパイロットケースを取ってくる。ロッカーの鍵はズボンのポケットに入っている。誤算が生じる恐れはないはずだ。不法行為ではないのだし。オリヴァーは休職中だから、スイスに行ってもなんの支障もない。

「うまくいくわよ」アニカはそういうと、オリヴァーの頬に手を触れた。「心配しないで」

「心配はしていない」オリヴァーは答えた。彼女の髪が向かい風にあおられた。瞳が湖水の色と同じ緑色だ。「もうすぐ片がつく。そうしたら……」

オリヴァーは口をつぐんで、彼女の額《ひたい》にかかった前髪を払った。

「そうしたら？」アニカは小声でたずねた。

なにもかも現実感がなかった。ローレンツの結婚式でインカ・ハンゼンに会い、結婚が破綻《はたん》したことを話してからまだ一週間しか経っていない。もう半年は経ったような気がする。そのくらいにいろいろあった。アニカが突然、彼の人生に飛び込んできた。遅くとも昨日の夜からすべてが変わったと実感していた。今の気持ちを口にするのはまだ早すぎるだろう。たったひと言でいえることなのだが。

「……そうしたらじっくり時間をかけてお互いを知ることができる。昨日はすばらしかった」

アニカは微笑んだ。その上品な笑みを見て、オリヴァーの胸が高鳴った。

「本当にすばらしかったわ」アニカは小声でいった。「あなたのことをもっとよく知りたい」

「わたしもだ」オリヴァーは答えた。満たされた気分。ずっと探し求めていたものが見つかったような気がした。今日一日を乗り切れば、すべてが明らかになるだろう。

オリヴァーは彼女の顔を両手で包み、長くやさしい口づけをした。


ひと晩じゅう一睡もできなかった。マルクはあれっきり行方知れずだ。夫妻は息子がいそうなところを虱潰《しらみつぶ》しに訪ね、何度も息子の携帯に電話をかけてみた。

シュテファン・タイセンは社長室の窓辺に立ち、芝生と畑の向こうに見えるフランクフルトの街並みを眺めた。五月の朝の淡い光の中、手を伸ばせば届きそうだ。

タイセン夫妻はマルクの担任やクラスメイトにも電話をかけて、マルクが話題にしていた友人が存在しないことを知った。いっしょにサッカーをしたり、映画に行ったりと十六歳の若者がしそうなことをいっしょにする仲間などひとりもいなかったのだ。タイセン夫妻ははじめ、互いに責任をなすりつけ、怒鳴り合い、とうとう口をきかなくなった。もはや話すべきことなどなにもなかったからだ。マルクはほぼ完璧な二重生活をしていた。タイセン夫妻は親として失格だった。息子をないがしろにし、自分から嘘に乗せられた。ふたりとも、マルクがリッキーとそのパートナーとの友情にどれほど依存していたかわからなかったのだ。
二、三週間前からマルクの様子がおかしいことに気づいていたのに、夫妻はうわべを繕《つくろ》うことしかせず、息子がなぜ頭痛に苦しみ、学校をさぼっているのか知ろうとしなかった。マルクがかつて体験したことを考えたら、取り返しのつかない失敗だ。許されることではなかった。
ノックの音がして、タイセンは我に返り、窓から目をそらした。秘書が入ってきた。

「ボーデンシュタイン伯爵がいらしています」秘書はいった。タイセンはしばらくきょとんとして、それからうなずいた。そんな気分ではなかったが、あえて笑みをこしらえた。仮契約書はすでに会議用テーブルに置いてある。あとは署名するだけだ。もうすぐウィンドパークの建設がはじめられる。ウィンドプロ社の資金繰りにも目処が立つ。次はマルクのことを気づかう番だ。これまでの埋め合わせをしなければ。なんとしても。

ボーデンシュタイン伯爵はタイセンが差しだした手を無視した。

「タイセンさん、手短にいいます」伯爵は硬い表情でいった。「あなたとあなたの仲間がやったことはあまりに卑劣だ。わたしの友人ルートヴィヒの家族に不道徳な話を持ちかけて、反目させた。脅《おど》しをかけて不安と恐怖をばらまいた。だからわたしの家族とわたしは、あの忌まわしい草地を別の人間に売り払うことにした」

タイセンは老伯爵を見つめ、笑みを消した。

「草地をあなたに売却することはできない」伯爵はつづけた。「二百万積まれようが、三百万積まれようがな。友人のルートヴィヒはあの谷と森の自然をそのままにしておきたいと望んだ。わたしは彼の希望に添う。わたしの良心にかけて、それ以外の答えはありえない。すまない」

タイセンはうなずいて、深いため息をついた。これでおしまいだ。ウィンドパーク計画は消えた。もうどうでもよくなった。疲れが出た。どっと疲れが出た。儲けと名声を得るために道徳心などとっくの昔にかなぐり捨てていた。合法だろうが、非合法だろうが、目的のためには手段を選ばなかった。それが今、みすぼらしいツイードのジャケットを着た老人によって幕を下ろさせられるのだ。三百万ユーロよりも良心を大事にする老人によって。

タイセンは、伯爵が社長室から出ていくのを待って、サイドボードの前に立ち、そこに立ててある写真を手に取った。元気だった頃のマルクの写真だ。金髪の少年。ふたりの姉よりもはるかに感受性があり、生真面目だ。愛情と温もりを家族の中で見つけられず、絶望して他人に求めた若者。それも、求める相手を間違えた。マルクがヒルトライター殺害に関わっていたらどうしよう。本当にそうなら、息子に愛情を注がなかった父親の責任だ。

しばらくのあいだ茫然として廊下にたたずんでいた。冷静に考えをまとめることができない。自分の息遣いが聞こえる。ときどきキッチンで冷蔵庫がうなった。荷物を詰めたスーツケース、消えた犬の籠、空っぽのワードローブ、玄関の横の青いゴミ袋。リッキーは嘘をついたのだろうか。リッキーに捨てられるのだろうか。なぜだ、という思いが募った。〈動物の楽園〉やヤニスはどうなるんだろう。ウサギやモルモットや犬や猫の世話はだれがするんだろう。リッキーが頼りなのに。きっと勘違いだ。マルクは深呼吸して、こみ上げる吐き気を堪《こら》えた。寝室に戻ると、スーツケースを引き寄せて開けてみた。真偽を確かめる必要がある。

三つのスーツケースには衣服しか入っていなかった。旅行カバンにはリッキーのノートパソコンがあった。ためらう気持ちを押し殺して、パソコンをカバーからだして、開けてみた。リッキーのパスワードは母親の場合と同じで単純だった。前に教えてくれたまま変えていなかった。マルクは薄暗い寝室の床にすわり、ノートパソコンを膝に載せて、リッキーのEメールを開けた。新着メールの一通はロジーからだった。

〝預かってもいいわよ。毛むくじゃらたちをうちに連れてきて。あなたの家に出かけていくよりは簡単だから〟

毛むくじゃら！　なんて言い方だ。ロジーらしい！　マルクはさらにスクロールして、ロジー宛のリッキーのEメールをひらいた。

〝ロジー、数日家を空けることになったの。ヤニスは入院中だし、うちのペットの世話をしてくれると助かるんだけど。馬は早朝に移送するけど、他のことまで手がまわらないの。やってくれると大助かり〟

マルクにはわけがわからなかった。どうしてマルクにではなく、ロジーに頼むんだろう。今まで犬たちに餌をやったり、犬小屋の掃除をしたりしたのはマルクなのに。それに、なんで馬を移送するんだろう。数日、両親を訪ねるだけなのに。マルクはモニターを見つめた。

きっとリッキーはマルクに負担をかけたくなかったんだ。まだ十六歳だし、学校がある。リッキーはマルクによかれと思って、気を使っているんだ。父親が危篤。非常事態。ヤニスとニカもいないし。混乱するのも無理はない。

マルクは無意識に自分が納得できる理由を探していた。リッキーがおかしな行動を取るときはいつもそうしてきた。リッキーがなにもいわずに去っていくはずがない。

マルクは他のEメールを覗いた。突然、身をこわばらせた。「お客様のチケット予約に関して」という件名の格安航空券の案内だった。

彼はメールをひらいて文面を読んだ。一度。もう一度。愕然とする内容だった。青天の霹靂《へきれき》。怒りは覚えなかった。ただどん底に突き落とされただけ。すべてが砕け散ったような失望。

二〇〇八年十二月三十一日　ベルリン

夜が白んだ。林間駐車場に曲がってエンジンを止めた。目を閉じて、熱を持った額をハンドルに押しつける。オサリヴァンが死んだ！　彼女は素っ裸で血に染まり、ナイフを手にしてベッドに横たわっていた。殺したのは自分だろうか。だけど、なんでそんなことをする必要があるだろう。それより、彼はベルリンでなにをしていたのだろう。

彼女は落ち着いて考えるために深呼吸して、規則正しく息をするように努めた。今日は大晦《おおみそ》日《か》。カーラジオでいっていた。六日間の記憶が飛んでいる。教授からシャンパングラスをもらい、乾杯した。メリー・クリスマス！　それから気分が悪くなった。教授が電話口で話していた。「襲われた」といっていた。そんな馬鹿な。どうなっているんだろう。

「なんなの？」彼女はささやいた。「思いだすのよ、アニカ！」

研究所の警備員がふたりやってきた。まばゆい光、温もり。ひじの内側になにか注射されたのを思いだした。彼女は体を起こして、ジャケットの袖をまくった。早朝の淡い光の中でも右の前腕に内出血が見えた。針を刺された痕だ。カニューレを固定するための絆創膏の痕も残っている。麻酔をかけられたんだ！　それにこの車！　教授を訪ねたとき、研究所に駐車したはずだ！　ホテルの前にこの車を止めたのはだれだろう。自分で運転して、オサリヴァンを殺したというんだろうか。あのナイフはどうしたんだろう。そもそもなんで彼を殺す必要があるのか。

ダッシュボードの時計が目にとまった。八時一分前。ラジオの音量を上げて、ニュースを聞いた。ヴェディング地区のホテルで殺人事件があったというニュースはなかった。奇妙だ。客室で遺体が発見されたというニュースがラジオで流れてもいいはずなのに。どうもおかしい。ごくんと唾をのみ込んだ。逃げるとき、オサリヴァンの iPhone を持ってでた。バッグに入れてある。電源が入ったままだ！　ふるえる指でホームボタンを押す。なぜかパスコードが設定されていない。保存されたショートメッセージを急いで開けて、オサリヴァンが受け取った最後のメッセージを信じられない思いで読んだ。最後のショートメッセージはアニカの名で送信されていた。しかし書いた覚えがない。


ハイコ・シュテルヒのことははじめから気に入らなかった。傲慢《ごうまん》な声、ぎらぎらと脂ぎった顔。

「きみのボスが、二件の殺人事件で手配されている人物に接触したという情報を得た」彼にいきなりそういわれて、ピアはもう少し言い方があるだろうにと思いながら、彼の鼻先を見つめた。シュテルヒは、格下の人間の前で下手に出るのは沽券に関わるとでも思っているようだが、それでもピアに問い質《ただ》すほかない。ふたりの連れはピアなど眼中になかった。連邦刑事局員たちが署長室の常連になったのを、エンゲル署長はおもしろく思っていなかった。

「そうですか」ピアは無表情に答えた。オリヴァーと同じようにポーカーフェイスが得意になっていた。

「単刀直入に訊く」シュテルヒがいった。「あいつは今どこにいる?」

「知りません」ピアは正直に答えた。「今はボスの私生活に構っている暇などないので」

「アニカ・ゾマーフェルトという名に聞き覚えは?」

「捜査中の事件に関わっていませんよね。知りません」

さげすむような冷たいまなざし。

「警部」シュテルヒは埒《らち》があかないと気づいて、態度を変えた。「ボーデンシュタインは学生時代からの旧友なんだ。自力ではどうにもならない案件に巻き込まれている。あの女にまんまと騙されているらしい。彼のためだ。これ以上過ちを犯させないようにさせないと」

「なにをしろと?」

「彼に電話をかけ、われわれに連絡をするようにいうんだ」

「わかりました。そうします。それで終わりですか?」

「今、電話をかけたまえ」シュテルヒがせっついた。

ピアはエンゲル署長と視線を交わしてから、肩をすくめて電話をつかんだ。

「あいつにあやしまれないようにしろ」シュテルヒが命じた。「それからハンズフリー機能にするんだ」

ピアはいうとおりにした。予想どおり、オリヴァーの音声メッセージが聞こえた。

「もしもし、ボーデンシュタイン課長」ピアはシュテルヒを見すえたまま、留守番電話にメッセージを残した。「こちらでちょっと問題が起こりました。相談したいと思います。急ぎです。できるだけ早く電話をください」

ピアは受話器を置いた。そのときエンゲル署長と目が合った。今の留守番電話がオリヴァーへの警告であることは、署長も気づいているらしい。ピアがボスをオリヴァーと呼んでいることは、この場では署長しか知らないことだ。

「他には？」

「今のところはない。感謝する」シュテルヒは渋い声でいった。「いいか、この件については……」

「……他言無用ですね」ピアがシュテルヒの言葉をさえぎった。「わかっています」

ヤニス・テオドラキスはバスローブのポケットに入れていた二十ユーロ札をタクシー運転手に渡し、苦労してタクシーを降りると、松葉杖をついた。マルクから妙な電話をもらってから、いくらリッキーに電話をかけてもつながらず、テレフォンカードを使い切ってしまった。

家にだれかが侵入して、書斎にあったものをさらっていったと聞いて、気が気ではなくなり、病院には黙って寝間着のままスリッパとバスローブという出で立ちでタクシーに乗り込んだのだった。アイゼンフートの手下たちに財布と鍵と携帯電話を持ち去られただけでも痛い話なのに、マルクのいったことが本当なら持っていたものをすべて失ったことになる。タクシーから玄関のドアへ歩いていくだけでも途中で倒れ込みそうだった。汗だくになってベルを押す。ブラインドが下りているのはどうしてだ。テオドラキスが待ちきれずもう一度ベルを鳴らすと、ようやくドアが開いた。

「どうなってるんだ？」とマルクにたずね、脇をすり抜けた。家の中の暗がりに目が慣れるまでしばらくかかった。廊下にものが散乱している。ゴミ袋が破かれ、衣服が散乱し、シュレッダーにかけられた紙くずが山をなしていた。テオドラキスは啞然としてあたりを見まわした。

「リッキーはどこだ？　おまえはここでなにをしてるんだ？」

マルクは答えなかった。腕組みをしたままじっと立っている。妙にうつろな顔だった。テオドラキスはマルクのことなどどうでもよかった。書斎の方がはるかに気になる。狭い螺旋《らせん》階段が障害になって、なかなか思うように上れなかった。一階と同じように散らかっていることを覚悟していたが、なにも残っていないことにむしろショックを受けた。悪夢だ。空っぽの棚と、むきだしになったデスクを茫然として見つめた。目には見えていても、頭は理解できなかった。階段を下りるのは上るよりもむずかしかったが、書斎の光景は見るに堪えなかった。ふうっと息をついて階段の一番下のステップにすわり込んだ。マルクはさっきいたところから一歩も動いていなかった。

「いつやられた？」疲れ切ったテオドラキスは汗で濡れた顔を手でぬぐった。

「土曜日。リッキーはあんたにいいたがらなかった。ぼくと寝たことも含めてね」

テオドラキスはさっと顔を上げた。

「なんだって？」

「自宅と店の賃貸契約を解約して、今日アメリカへ飛ぶこともいっていないんじゃない？」

テオドラキスはマルクを見つめた。とうとう頭がいかれたか。マルクが引き裂かれた青いゴミ袋のひとつをつま先で蹴飛ばした。

「そのことがわかったのは偶然さ。これを見つけたのもね」

マルクはベルトに手をやった。次の瞬間、拳銃の銃口がテオドラキスの目にとまった。本物に見える。

「おまえ、大丈夫か？」テオドラキスは立とうとした。「そんなの振りまわすな！」

「動くな。さもないと足を撃つ」

マルクは静かにいった。恐いくらいに静かだった。テオドラキスはごくんと唾をのみ込んだ。マルクの目に感情がこもっていないのを見て、背筋が寒くなった。死の恐怖。

「ど……どういうつもりだ？」テオドラキスはかすれた声でささやいた。

「リッキーを待つのさ。それから、なんでぼくに嘘をついたのか話してもらう」

手配中のラルフ・グレックナーが見つかった。警察が捜していることを知らなかったらしく、ふたたび一週間宿泊するためにホテル〈黄金の獅子〉に戻ってきたのだ。

「ホテルの主人からケルクハイム署に通報があり、パトカーを二台向かわせた」ケムがピアといっしょに階段を下りながら報告した。「奴は第一取調室にいる」

「やっといい知らせね」ピアはうなるようにいった。

被疑者がどんどん減っていく中、グレックナーは最後の希望といえる。ピアは事件のことを夢にまで見るようになった。昨夜も、オリヴァーの父親がヒルトライターとアニカ・ゾマーフェルトを次々と射殺する夢を見た。

ケムとピアが取調室に入ると、グレックナーは椅子から腰を上げた。図体が大きいわりに、動きが敏捷だ。蒼白い蛍光灯でも、バイタリティがあるのがよくわかった。ピアは、こんな大男をどうしてウィンドプロ社の駐車場で見落としたのだろうと不思議に思った。

「このあいだの火曜日の夜についてうかがいます」ピアは決まりどおりに必要事項をマイクに向かって読み上げるとたずねた。「ヒルトライターさんに話しかけたそうですね」

「ああ、そのとおりだ」グレックナーは机に両腕をついて、日焼けした左右の掌《てのひら》を重ねながら答えた。「ラーデマッハーといっしょに夕食を取ったあと、ルートヴィヒ・ヒルトライターを説得するため車でエールハルテンへ向かった。だがヒルトライターがラーデマッハーとは話さないといったので、へそを曲げたラーデマッハーを〈クローネ〉の駐車場に残して、わたしが車で鴉農場《ラーベンホーフ》に送りとどけた。途中、ヒルトライターは疲れた表情を見せたよ。もめごとはもううんざりだといっていた。市民運動内部のいざこざと子どもたちとの諍《いさか》いに嫌気がさしているようだったな。金には興味がない、地元で顔をつぶしたくないだけだ、ともいっていた。俺たちは三十分ほどしゃべった。ヒルトライターはどうやって問題を解決したらいいかもう一度静かに考えるといった」

あいにくグレックナーの証言を疑う理由がなかった。なんてことだ。

「農場でなにか気がついたことはないですか？」ピアはそれでもなにか手掛かりがつかめないかと期待してたずねた。「車とか、スクーターを見ませんでしたか？　あるいはヒルトライターさんに電話がかかってきたとか」

グレックナーは眉間にしわを寄せて考えた。だがしばらくして首を横に振った。

「仕方ないですね。話してくださってありがとうございました」ピアは微笑んでみせたが、内心途方に暮れていた。「証言記録に署名をいただいたら、お帰りになって結構です」

ピアは立ちあがって、携帯電話を確認した。オリヴァーからはまだ連絡がない。困ったものだ。オリヴァーが連邦憲法擁護庁から逃げまどっているかと思うと、捜査に集中できない。ピアが取調室から出ようとしたとき、グレックナーがなにか思いだして呼びとめた。

「そうだ、刑事さん。ちょっと思いだしたことがある」

グレックナーはピアをじろじろ見た。

「なんでしょう？」

「あなたの髪型を見て思いだした」グレックナーは微笑んで椅子の背に寄りかかった。

「なにをですか？」ピアは席に戻った。急いでいたので、朝、髪を洗う代わりに三つ編みにしていた。

「村に戻るとき車とすれ違った。飛ばしていたから、急いでいたんだろう。こっちは急ブレーキをかけて、あやうく側溝に脱輪するところだった」

ピアは携帯電話を下げて、彼を見つめた。なにか予感を感じ、胸がドキドキした。

「じらさないでください」ケムがじれったくなっていった。

グレックナーは彼を無視した。

「運転していたのは女だった。金髪を三つ編みにした女。なにかの役に立つかもしれない」

どんな捜査にも待ちに待った突破口がひらける瞬間がある。グレックナーの言葉がそれだった。

「それはもう」ピアは答えた。「大助かりです」


鍵が開く音がして、玄関のドアがひらいた。一瞬、背後から射し込む光で彼女の姿が黒く浮かびあがった。彼は身構えたが、彼女の香水のにおいをかいで、目に涙が浮かんだ。テオドラキスはしばらく前からしゃべるのをあきらめ、小さくため息をついていた。

「やあ、リッキー」マルクはいった。彼女が振り向いて、ひっと叫んだ。そして拳銃の銃口に目をとめた。二時間持ちつづけて手になじんだ拳銃の銃口が軽く揺れていた。

「なによ、マルク！　びっくりするじゃないの……」リッキーは口をつぐみ、眉間にしわを寄せた。「ここでなにをしているの？　その拳銃はどうしたの？」

「電話がかかってこないから」マルクの声はかすれていた。「来てみたんだ」

リッキーは暗いキッチンの椅子にすわっているテオドラキスに気づいて、目を丸くした。

「あなた！　どうして病院にいないの？」

「おまえがロサンゼルスへ行く前に別れがいいたかったのさ」テオドラキスは皮肉を込めて答えた。「おまえには別れをいいに来る気がないようだからな」

「ロサンゼルス？　なによ、それ」リッキーは目を瞠《みは》って微笑んだ。「ハンブルクにいる両親のところへ行くところなんだけど」

「ほう。いつからハンブルクに親が住んでるんだ。そういえば、おやじさんはコンツェルンを売って、裕福な暮らしをしてるんだったな」

「いったいどうしたのよ？」リッキーは虚《きょ》をつかれて、新しい嘘をつく心の余裕がなかった。一瞬おどおどしたが、すぐに気を取り直した。

「もう嘘をつくのはやめろ」テオドラキスはリッキーを怒鳴りつけた。「マルクがおまえのノートパソコンを覗いて、予約チケットの確認メールを見つけたんだ。おまえ、馬を人手に渡して、他の動物も人任せにする気だったな。そして悠々と姿をくらますために、書斎にあった俺の私物が持ちだされたことを黙っていた」

「なんですって？」リッキーはマルクの方を振り返った。「あたしのノートパソコンを覗くなんて、どういうつもり？」

「ぼ……ぼくは……」マルクは口ごもった。

「いっちまえよ！」テオドラキスがいった。「フラウケから聞いたんだろう。アメリカの大学に行っていたっていうのも、金持ちの父親がいるってのも嘘っぱちだってな！　はっ！　ドッグトレーナー免許状と賞状だっていんちきじゃないか。ペテン師め！」

　リッキーの目に怒りの色が浮かんだ。

「あんたにいわれたくないわ！　ウィンドパークなんてどうだってよかったんでしょう。なにがなんでも復讐したかっただけじゃない！」

「おまえの作り物の過去と比べたらかわいいもんだ！」テオドラキスはあざけった。「おまえなんて所詮、中身が空っぽのあぶくじゃないか！」

「あんたはエゴの塊《かたまり》の糞野郎よ。ひとりではなにもできない大ぼら吹き！　人生の落伍者！」

　マルクは、ひどくなるばかりのふたりの罵詈《ばり》雑言にあっけに取られてしまった。ひと言聞くごとにそれまでの愛情と尊敬の念が薄れていった。あれほど信じて、頼りにしていたのに。ふたりはマルクの親と同じだ。いや、もっとひどい。悪意に満ち、救いようがない。

「黙れ！」マルクが叫んで割って入った。「しゃべるのをやめろ！」

　この世界でだれよりも愛し、尊敬していたふたりのいがみ合い。見ていられなかった。ミヒャ先生を失ったときよりもひどかった。何千倍もすさまじい失望を味わい、胸が痛かった。ふたりに嘘を白状させようと思っていたなんて、間抜けもいいところだ。こんな展開になるとは思いもしなかった。

「人のことをこそこそ嗅ぎまわるこのガキ」リッキーがマルクに罵声を浴びせた。「なんで人のものを覗くわけ？　ここでなにをしてんのよ？」

彼女のさげすんだような表情は筆舌に尽くしがたかった。

マルクははっとした。リッキーには美しいところなど欠片《かけら》もなかった。憎しみに顔をゆがめ、本性がまるだしだ。冷淡で、人を人とも思わぬエゴイスト。

「お……おまえたち、なんで嘘をついたんだよ」マルクはいまにも泣きそうだった。「本当のことをいえよな」

リッキーはマルクを見つめて首を横に振った。

「あんた、頭大丈夫？　なに考えてんのよ。本当のことを話す義務がどこにあんの？」

リッキーは手で払う仕草をしてあざ笑った。そのとき、マルクの心の中でなにかが起きた。いきなりスイッチが入った感じに似ていた。想像を絶する最悪のことが起きて、不安な気持ちがはがれ落ち、代わりに冷たい憎悪の炎が燃えさかった。これまでマルクの人生は愛する人を失う不安で占められてきた。最初は両親、次がミヒャ先生、そしてテオドラキスとリッキー。みんな、失った。ひとり残らず。みんな、順繰りに嘘をついてマルクを失望させ、見捨てた。もはや恐れるものなどあるだろうか。なにもかもどうでもよくなった。もう関係ない。

「もうやってられないわ」リッキーがきっぱりといった。

「動くな」マルクがいった。

「馬鹿なことはよしなさいよ」リッキーは腹立たしげにいうと、腕を伸ばして拳銃を取ろうとした。

そのとたん、マルクは引き金を引いた。銃弾がリッキーの腕をかすめて、玄関ドアの横の壁に穴をあけた。銃声は思った以上に大きかった。

「気は確か？」リッキーは叫んであとずさった。「頭がおかしいんじゃないの、この馬鹿！もうちょっとで当たるところだったじゃない！」

「今度は命中させるさ。大丈夫だ」マルクが保証した。リッキーの目に不安の色が浮かんだ。マルクは気分がよかった。コンピュータゲームをしているときと同じだ。ただし今、手にしている拳銃は本物だ。

「なんですって？　見張りを帰したっていうの？」

「交替の時間だったんです。ところが校内暴力が起きまして」

ピアは怒鳴り声をあげそうになった。まったく腹立たしい。五時間も前からフランツェンの家が監視されていないとは！

「遅くとも十分でパトカーを二台向かわせて」ピアは鋭くいった。「一台は家の前、もう一台は農道側。なにかあったら連絡をして」

ケーニヒシュタイン警察署の者が口答えする前に、ピアは受話器を置いた。

「救いようがないわ」ピアは目くじらを立てていった。

「ピア、フラウケ・ヒルトライターからフランツェンの携帯の番号を教えてもらったわ」カトリーンがドア口にあらわれた。「携帯電話事業者に問い合わせをしているところ。それからマルク・タイセンの携帯電話の移動履歴を提出するよう申し入れたわ」

「よくやったわ。ふたりの通話履歴も提出させて」

「三十分以内に手に入る」

「すばらしい。クレーガーに、こっちへ来るようにいってちょうだい」

「わかった」

「フランツェンの捜索を手配した」ケムがいった。「彼女の車のナンバーがわかった」

向かいのデスクでは、カイが検察局に電話をかけて逮捕状を請求していた。ケムは次にマルク・タイセンが登校しているかどうか確かめるために学校へ電話をかけた。バルコニーから逃げてから、マルクは自宅に戻っていない。母親は気が動転している。赤いスクーターは土曜日からケーニヒシュタイン警察で保管してあるので、遠くへは行っていないはずだ。

ピアはヒルトライター殺害事件のファイルをめくり、頭の中でこのあいだの土曜日のことを振り返った。どうしてフリーデリケ・フランツェンがあやしいともっと早く気づけなかったのだろう。彼女の行動にはおかしなところがあった。彼女のバッグはキッチンではなく、車の中にあった。嘘をついたのだ！　恐怖心から異様に早く回復したのはなぜだ。電話をしていたが、だれとだ。それに彼女とマルク・タイセンはどういう関係なのだろう。

「話があるんだって？」クレーガーが部屋にやってきた。

「クレーガー、すぐに来てくれてありがとう」ピアは下唇を噛みながら考えた。「フラウケ・ヒルトライターのところで見つかった銃に関する報告書なんだけど、どうなってる？　捜したんだけど、見つからないのよ」

「報告書はまだわたしのデスクにある。なにが知りたいんだ？」

「銃から指紋は検出された？」

「いくつも検出された」クレーガーは眉間にしわを寄せた。「どうして？」

「フリーデリケ・フランツェンがヒルトライターを射殺して、凶器の銃をフラウケのところに隠したのではないかとにらんでいるの。彼女の指紋が検出されていないかなと思って」

「フランツェンの指紋があれば比較対照できるが」

「今のところないわ」

「マルクはやはり登校していない」ケムが隣のデスクからいった。「これからどうする？」

デスクの固定電話が鳴りだした。同時に携帯電話の着信音が鳴った。ヘニングだ！　ずっと休暇を取っていたのに、このタイミングで連絡してくるとは。ピアはクレーガーに自分の携帯電話を渡した。

「はい」ピアは暗澹《あんたん》たる思いでいった。「あなたのお友だちから。用件を訊いてみて」

ピアは固定電話の受話器を取った。興奮した声がピアの耳をつんざいた。相手がケーニヒシュタイン警察署長であることがわかるまでしばらくかかった。黙って話を聞きながら、ピアは顔を曇らせた。

「嘘でしょう。家の前でわたしたちを待つようにはっきりいったはずですよ！　ええ……だめです……道路と農道を封鎖してください、できるだけ広範囲に。十五分で現場に行きます」

ピアは受話器を置いて顔を上げた。

「どうした」カイが心配げにたずねた。

「マルク・タイセンがフランツェンを彼女の自宅で人質に取ったわ。そして玄関のベルを鳴らした警官に発砲したの」

ピアは深呼吸して、恋した女と旅に出たオリヴァーを心の中でののしり、勝手に監視をやめた巡査たちに対して悪態をついた。

「カイ」そういって、ピアは立ちあがった。「緊急事態よ。特別出動コマンド《SEK》、救急医、心理学者を呼んで。ケム、カトリーン、現場に向かうわよ」

「俺も行くかい？」クレーガーがたずねた。

「頼むわ。みんな、防弾チョッキを忘れないで。三分後に駐車場に集合」

ピアはリュックサックを肩にかけた。そのとき、ヘニングのことが脳裏をかすめた。

「ヘニングはなんの用だったの？」ピアは携帯電話に手を伸ばした。

「本人から聞いた方がいい」クレーガーが言葉を濁した。

「いいじゃない。なんなの？」

「聞き間違いでなければ、イギリスで結婚したそうだ」

すべて滞《とどこお》りなくうまくいった。オリヴァーは小さなプライベートバンクに足を踏み入れ、クライメートゲートという暗証コードで認証を受けたとき、少しだけ自分がスパイ映画の登場人物になったような気がした。地下の個人保管庫には難なく入ることができた。ロッカーを開けて、黒いパイロットケースをだす。十分後、ふたたび路上に立った。心臓がばくばくし、膝ががくがくした。だれもこっちを見ていない。

それでもヴィンタートゥール方面行きの高速道路に乗るまで落ち着かなかった。

一時間後、コンスタンツに到着した。スイスとドイツの国境警備員はさっさと通るよう手で合図をした。午後一時きっかりに、フェリーの乗降所のそばにあるホテル〈湖岸の船〉の駐車場に入った。アニカはオリヴァーが戻ったことに気づいて、駆けよってきた。彼女の明るい表情を見て、オリヴァーはうれしくなった。次の瞬間、彼女が彼の腕の中に飛び込んできて、キスをした。

「ドキドキだったよ」オリヴァーはニヤリとした。

「これはまだ序の口だ。あなたになんといって感謝したらいいかわからないわ!」

アニカはオリヴァーから離れた。シュテルヒたち連邦刑事局員との交渉はもっと手こずるだろう。

湖から吹いてくるそよ風で髪が乱れた。アニカは髪を耳にかけた。彼女の顔から笑みが消え、重苦しい表情に変わっていた。

「連中の犯罪を立証できなかったら、わたしはどうなるのかしら?」そうささやくと、アニカはオリヴァーをじっと見つめた。「教授にはものすごい権力があるのよ。あらゆる手を使ってわたしを排除しようとするでしょうね」

「ここは法治国家だ」オリヴァーは確信を持ってそういうと、パイロットケースを開けた。

「理由なく人を刑務所に入れることなんて、だれにもできない」

「あなたが法治国家を信じるのは立派だけど」アニカはため息をついた。「思いどおりにいくことばかりじゃないと、わたしは身をもってわかっている」

アニカは頼りなげで、悲しそうだった。オリヴァーは胸が痛くなり、手を伸ばして、彼女の頬に触れた。こんなにすばらしい日に、暗い話題はそぐわない。アニカの悪夢はもうすぐ終わりを告げるはずだ。そうすれば、愉快なおしゃべりや遠出をたっぷり楽しめる。

「途中で考えたんだ。腕のいい弁護士を頼んだ方がいい」オリヴァーはいった。「いい弁護士がいる。名はクラージング、ドイツ有数の刑事弁護人だ。数年前にある事件で知り合い、まだ貸しがある。きみさえよければ、すぐにも彼に電話をかける」

「ええ、お願い」アニカは指先でパイロットケースに触れ、さっと手を引いた。「これのせいで知人がふたりも死んだのね。ぞっとする」

「さあ、元気をだすんだ」オリヴァーは彼女の肩を抱いて、パイロットケースを勢いよく閉めた。「次のフェリーに乗る算段をして、なにか食べよう。腹ぺこだ」

リッキーの家が面した通りは封鎖され、すでに人だかりができていた。ピアは人々を押し分けて、現場指揮に当たっている警部をようやく見つけた。

「犯人はドアを開けるなり発砲した」ケーニヒシュタイン警察署のヴェルナー・ザットラー首席警部は気が高ぶっていた。「問答無用だった!」

「撃たれた同僚の容体は？」ピアはたずねた。

「わからない。病院に搬送されたとき、話せる状態ではなかったので。幸い防弾チョッキを着用してた。さもなかったら死んでいただろう」

ピアは家の方をうかがった。ブラインドがすべて下りている。カーポートにはテオドラキスのBMWとフランツェンのアウディが止まっている。クレーガーは同僚と話をして、家から五十メートル離れたところに新たに規制線を張らせた。特別出動コマンド《SEK》が到着した。窓をミラー加工した暗色系のバスが第一規制線のすぐそばまで進んできた。バスは指揮所の役割を果たす。ケムが携帯電話を耳に当てながら歩いてきた。救急車と消防車が通りに曲がってきた。

「家に立てこもってどのくらいになりますか？」ケムがたずねた。

「正確にはわからない」ザットラーは肩をすくめ、汗でびっしょりの額をハンカチで拭いた。タウヌスのこの小さな町では人質事件などはじめてのことだ。ザットラーはすっかり浮き足だっていた。

「パトカーが引き払ったのはいつですか？」ケムがさらにたずねた。

「それが間違いだったことはわかっている！」ザットラーは怒りだした。「今責めなくてもいいだろう」

ピアは罵倒しようとしたが、ケムの方が早かった。

「責めるわけじゃありません」と静かにいった。「犯行時間を絞り込みたいんです」

ザットラーは一瞬考えた。「午前七時頃」

今は十二時半。五時間以上も家は監視されていなかった。致命的なミスだ。

「近所に聞き込みをしよう」ケムが提案した。「なにか見ているかもしれない」

「それがいい」クレーガーは隣の家の方を向いてうなずいた。「うまい具合に、ここにはテロ専門家が住んでいるからな。一日じゅう窓に張りついているはずだ。五十ユーロ賭けてもいい」

「わかった」ケムはニヤリとした。「じゃあ、さっそく訪ねてみる」

「クレーガー」ピアは彼の方を向いた。「フラウケ・ヒルトライターを連れてきて。それから入院中のテオドラキスのところへだれかを行かせて。この家の正確な見取り図が欲しい」

クレーガーはうなずいて、携帯電話をつかんだ。特別出動コマンド《SEK》の現場指揮官が近づいてきた。ヨアヒム・シェーファーだ。ピアは警察学校のふたつの教科で彼から教育を受け、何度か捜査でいっしょになったことがある。救いようのないマッチョだが、頼りになる。

「やあ」シェーファーがミラーサングラスをはずした。「なにがあった？　状況は？」

シェーファーの部下たちが指揮所のバスに集合した。消し炭色のベストに、黒い目出し帽、猛々しい感じの黒塗りのヘルメットという出で立ちだ。

「ヨアヒム。あまりよくわかっていないのよ」ピアとクレーガーは彼のあとから最新技術の塊ともいえる指揮所に入った。ふたりはシェーファーたちに家の中とその周辺の状況を説明した。

「犯人は武装していて、すでに警官に向かって発砲した」ピアはいった。「十六歳で、情緒不安定。ふたたび発砲する恐れがある」

シェーファーは眉間にしわを寄せてからうなずき、部下に指示を飛ばした。ふたりの狙撃手が通りをはさんだ向かいの家と隣の家の屋根に上がり、他の隊員たちはフランツェンの家の前と裏に配置につくことになった。ピアは自分には務まらないと思った。外気温二十六度の中、完全武装で何時間も集中を切らさず待機するなんて楽ではない。

「なにか要求はあったのか？」シェーファーはたずねた。

「いいえ、まだないわ」

ケムがバスに乗り込んできた。やはり隣人は午前に隣家でなにがあったか一部始終を見ていた。これまでの予想に反して、人質がふたりであることがわかった。二時間前にヤニス・テオドラキスがタクシーに乗ってきて、バスローブとスリッパという恰好で松葉杖をつきながら家に入るところが目撃されていたのだ。フランツェンはそのあとあらわれた。その前に早朝、フランツェンは馬を二頭と、庭で飼っていた他のペットを連れて出かけたという。

「マルクの両親が来た」ケムがいった。「心理学者も到着した」

「わかった」ピアはうなずいた。「両親と話してみる。彼の携帯に電話をかけてみるわ」

「わかった」シェーファーはうなずいた。ピアの携帯電話が鳴った。カイだった。携帯電話事業者からの情報だと、フランツェンは土曜日にシュテファン・タイセンと通話していたという。シェーファーとケムも電話で話していたので、ピアは片耳をふさいだ。「しかもふたりはそのときだけでなく、頻繁に連絡を取り合っている。土曜日だけでも四回。七時十二分、八時、九時四十五分、十四時三十二分。日曜日や今朝も電話で話している。妙だよ」

ピアには妙でもなんでもなかった。むしろ思ったとおりだ。フランツェンは土曜日、やはり本当に襲われたわけではなかったのだ。

二〇〇八年十二月三十一日　ポツダム

日が暮れて、ときどきロケット花火の破裂音が聞こえた。彼女は凍えて、ジャケットを体にきつく巻きつけた。靴が雪を踏みしめるたびにきゅっきゅっと音がした。ヨットハーバーの手前の駐車場で車を降りたのは失敗だった。こんなに距離があるとは思わなかった。ようやく門の前に着き、雪におおわれた芝生の向こうに見える邸《やしき》に視線を向けた。大きな窓からは心地よさそうな明かりが漏れている。彼女は汗だくになっていた。心臓が痙攣《けいれん》を起こしそうだ。両手で冷たいフェンスをつかみ、涙を必死に堪えた。自分の家になるはずだったのに。教授とここで暮らしたいと思っていた。今はそこにベッティーナがふんぞりかえっている！　フェンスはまだ完成していないことを彼女は知っていた。そこで冬枯れした垣根に沿って、難なく通り抜けられるところまで歩いた。湖は静まりかえり、凍てつく空気の中、樹木が葉を落とした枝を伸ばしていた。息が白くなった。突然、憎しみが湧きあがった。足元の雪が解けそうなほど熱い憎しみの炎が燃えあがった。復讐を求める心の叫び。教授は嘘をついて騙した。オサリヴァンをベルリンに誘いだして殺し、彼女を犯人に仕立てあげて始末しようとした！　彼女は玄関に立ってベルを鳴らした。

「あら、今晩は」ベッティーナはいった。「驚いたわ！」

ベッティーナは、記憶の中の彼女よりも美しかった。輝く褐色の髪、完璧な容姿、なめらかで、軽く日焼けした肌。

「教授はいらっしゃいます？」彼女はたずねた。

「いいえ」けげんそうなまなざし。不安を覚えている。

「待たせてもらってもいいかしら？」

「困るわ。帰ってちょうだい」

教授は妻に彼女のことで嘘八百を吹き込んでいるに違いない。ベッティーナを乱暴に押しやると、広いエントランスホールに立ち、憎しみの虜《とりこ》になった。美しく飾りつけられた大きなクリスマスツリーが赤と金色に輝き、「緑の間」の食卓も豪華に飾り立てられていた。客を招いて、新年を祝うつもりらしい。そう考えただけで耐えられなくなった。何ヶ月もこの邸で建築家や内装業者や職人と打ち合わせをした。作業のチェックをして、廃墟を豪邸に蘇《よみがえ》らせたのは彼女だ。毎晩、教授と部屋を見てまわり、改装について話し合った。教授がすべて別の女のために計画していたとは。憎しみがどんな感情よりも強く心を乱し、支配した。この女が教授を奪ったのだ。ベッティーナの怯《おび》えた声が背後から聞こえた。彼女は振り返った。ベッティーナは白いドレスを身にまとい、大理石の床の黒と白の市松模様の上に立っていた。背が高く美しい。チェスのクイーンのようだ。それに引き替え、自分はどうだ。こっちは犠牲にされるポーン。それからなにがあったか、あとになっても思いだせなかった。気づくと火かき棒を手に持っていて、ベッティーナの非の打ちどころのない顔が血だらけだった。大量の血が流れていた。人形のような青い目が大きく見ひらかれ、陶器とクリスタルガラスが砕け散っていた。揺れるロウソクの炎、自分の冷たい指にしたたり落ちる熱い蠟、松明《たいまつ》のように燃えあがるツリー。炎がめらめらとカーテンをむさぼり、壁紙や天井をなめていく。彼女はその光景に魅了され、同時に突き放されたような感覚を味わいながら茫然と立ち尽くした。

この邸はベッティーナには渡さない。教授との仲を壊したこの女のものにはさせない。背後で窓ガラスががしゃんと割れた。次の窓もはじけた。酸素を吸って、炎は地獄の劫火《ごうか》さながらに燃えさかった。

「新年おめでとう」彼女はそういうと、ベッティーナをまたいで、玄関へ向かった。二〇〇八年十二月三十一日は教授にとって忘れることのできない日になるだろう。いい気味だ。

マルクの携帯電話は電源が切られていた。テオドラキスとフランツェンの携帯電話もつながらなかった。現場に連れてきたフラウケに家の間取りをスケッチさせ、シェーファーとその部下に周知した。エンゲル署長も駆けつけ、みずから作戦の指揮を執るといいだした。どうやったら家に突入し、閃光弾か催涙ガスで人質犯を無力化できるか話し合われた。

「犯人がどこにいるかわからなくては危険です」ピアは異議を唱えた。

「そんなことはどうでもいい」シェーファーが頭ごなしにいった。「家は大きくない。われわれに任せろ」

「反対です」ピアは強い口調でいった。「まずマルクと話してみるべきです」

マルクはひどいトラウマを抱えている。両親とフラウケの話を聞くかぎり、マルクは感情を高ぶらせてしまっているに違いない。ただ、尊敬していたはずのふたりを人質に取ることになったきっかけが、まだだれにもわかっていなかった。

「固定電話を試しましょう」ピアがいった。そのときシェーファーがふたりの部下と苛立たしげに目を見交わしたことを見逃さなかった。事件を早く解決したいのだ。しかし、それではふたりの人質の命を危険にさらすことになる。

心理学者がフラウケから教わった番号に電話をかけ、呼び出し音が鳴るのをじっと待った。留守番電話機能が作動し、メッセージが聞こえていた最中に受話器が取られた。

「もしもし？」

「マルクくん、わたしはギュンター・ロイル。心理学者だ。きみと話がしたい」

「こっちは話したくないね」

「きみのことが心配なんだ。ご両親もここにいる。話したくないかい？」

ピアは絶望したマルクの父と目が合った。妻といっしょにバスの一番後ろのシートにすわっていた。

「やだね。親を追い返せ」マルクはそっけなく答えた。「昨日話をした刑事はいるか？」

「だれのことですか？」心理学者はたずねた。

「金髪の女刑事だよ」マルクの声がスピーカーから聞こえた。「来てほしいんだけど」

ピアは心臓が口から飛びだすかと思った。予想外だ。

「しかしマルク、その刑事さんはここには……」心理学者がいいかけると、マルクがいった。

「あの女刑事を寄こせ。他の奴じゃだめだ。それからレッドブルの缶を何本か持ってこい。十分で玄関の前に来るんだぞ」

マルクは受話器を置いた。心理学者は困ってしまって顔をしかめた。

「だめよ」エンゲル署長が言下に拒否した。「キルヒホフを家に入れるなんて」

「じゃあ、どうするんですか？」ピアはいった。「彼がわたしになにかするとは思えません」

「犯人との交渉の訓練は受けていないでしょう」心理学者が懸念を示し、特別出動コマンド《SEK》の隊員たちも危険だといった。ピアは英雄を気取りたいわけではない。武器を持つ、いかれたティーンエイジャーの人質になるなんて願いさげだ。しかし選択肢はない。マルクが血の海を作り、残りの人生を台無しにしてしまう前に、なんとか彼の気持ちを落ち着かせ、拳銃を渡すように説得しなければ。


車での移動はヴュルツブルクまで順調だったが、数キロごとに高速道路が混むようになり、マルクトハイデンフェルトのあたりで渋滞に捕まって、遅々として進めなくなった。オリヴァーはアニカに視線を向けた。ラドルフツェルで昼食をとったとき、アニカは陽気だった。オリヴァーは、フランクフルトにすぐ戻らなくてもいいといいたくなったほどだ。彼女を連邦刑事局に引き渡す前にもうひと晩いっしょに過ごしたいと思ったが、なんとか理性を働かせた。アニカは、自分があらわれたことを義父がアイゼンフートに知らせたはずだといっている。だから見つかる危険が刻一刻と高まっている。しばらく前からアニカは言葉数が少なくなり、顔から血の気が引いて緊張している。

「今晩クラージングを訪ねて、そのパイロットケースを預けよう」オリヴァーは彼女の手に触れた。「彼に任せれば安全だ」

クラージングは迷わずアニカの弁護を引き受けるといってくれたので、オリヴァーは本心からほっとしていた。クラージングはフランクフルトで一番成功している刑事弁護人だ。嫌疑についてはっきりするまで、アニカは安全な場所に身を隠す必要があり、いい方法があるといっていた。もちろん電話では説明してくれなかったが。二、三週間隠れればなんとかなるだろう、とオリヴァーは思っていた。

オリヴァーは渋滞情報を聞くためにラジオをつけた。ニュースが流れていた。

「……警官が銃撃されて重傷を負いました」リポーターの言葉に、オリヴァーは耳をそばだてた。「今のところ人質の人数は判明していません。犯人は十六歳の少年だとのことです。負傷した警官は病院に運ばれました。容体は不明です。シュナイトハインからラジオＦＦＨのダニエル・ケプラーがお伝えしました」

シュナイトハインで十六歳の少年による人質事件？　オリヴァーは胃のあたりがもやもやした。

「なんてことだ」オリヴァーはiPhoneをつかんだ。居場所が突き止められる恐れがあったので、電源を切っていた。助手席のアニカが上体を起こして心配そうにオリヴァーを見た。

「なにをするの？」アニカはたずねた。

「ピアに電話をかけなくては」オリヴァーはいって、パスコードを打ち込んだ。数秒してiPhoneから着信音が鳴った。音声メッセージが七件、電話が二十五件、ショートメッセージが三件。だが後まわしだ。


特《S》別出動《E》コマンド《K》は家を包囲し、近所の家の屋根にも配置についた。対処法も決まった。ピアの腕時計の革バンドに特《S》別出動《E》コマンド《K》の技術者がマイクを埋め込んだ。ピアは家の中の様子を探って、形だけ少年の要求に応える。もし事態が好転しなければ、三十分後に特《S》別出動《E》コマンド《K》が突入する。マルクの母親はめそめそ泣いていた。父親は妻の横で前かがみになり、両手で顔をおおっている。警官がいざとなったら息子を射殺すると話しているのを聞いたら、どんな親だってたまらないだろう。

ピアがバスから出たとき、携帯電話が鳴った。クリストフだ！　出るべきかどうか迷った。

「今ちょっと忙しいのよ」ピアはいった。「事件現場なの。あなたはどこにいるの？」

「家に帰るところだ。今しがたラジオで聞いた。シュナイトハインで人質事件が起きたそうだな」クリストフは答えた。「まさかきみもそこにいるのか?」

「あいにくね」ピアは答えた。

クリストフはしばらくなにもいわなかった。

「危険なのか?」クリストフは真剣な声でたずねた。

ピアは本当のことがいえなかった。

「わたしは大丈夫よ」と嘘をついた。

「わかった」クリストフはいった。「幸運を祈る」

クリストフが電話を切るやいなや、また呼び出し音が鳴った。

オリヴァーだ! 彼にかまけている時間など本当にない。携帯電話をクレーガーに渡して、なにが起きているかオリヴァーに伝えるように頼んだ。アニカから数時間離れて、こっちへ来てくれるかもしれない。

ピアは、同僚がケーニヒシュタインのガソリンスタンドで買ってきたレッドブルの六本パックを小脇に抱えた。それから意を決して深呼吸し、ぎらぎらとまぶしい午後の日射しを浴びながら死んだようにひっそりしている通りを横切った。心臓が喉から飛びだしそうなほどばくばくいっている。小さな前庭を通って、外階段を玄関まで上ってベルを鳴らした。少なくとも三人の狙撃手が狙っている。ピアの汗のひと粒ひと粒がスコープ照準器を通して見えるだろう。最低だ。

彼は玄関のドアの裏に隠れてピアを待っていた。片手に拳銃を構え、もう片方の手でピアの体を探った。ピアは息が詰まった。マルクは腕時計に仕込まれた小型マイクに気づかなかった。そんな仕掛けをされるとは思っていないようだ。あるいは、どうでもいいことなのかもしれない。彼は昨日と同じTシャツを着ていた。汗臭い。ピアが持ってきたレッドブルの缶の栓を片手で開けると、口に持っていって、一気に飲み干した。

「フランツェンとテオドラキスはどこ？」ピアはあたりを見まわした。家の中は息苦しく、生暖かくて暗かった。外光は玄関の横にはめられたガラスを通して入ってくるだけだった。

「キッチンだ。それから……」マルクは空き缶を床に無造作に投げ捨てた。「つべこべいうな、いいな？　ここでやりたいことがあるんだ。それさえできればだれにも危害を加えない。だけど特殊部隊が突入したら、悲劇が起きる。わかった？」

「ええ、わかったわ」ピアはうなずいた。

マルクは昨日話したときと別人のようだ。柔らかい童顔が硬くこわばり、一夜にして十歳は歳を取ったかのようだ。だがピアを不安にしたのは、なによりもその恐ろしい目つきだ。ドラッグでもやっているのだろうか。外ではピアがマルクを説き伏せると信じているが、これでは望み薄だ。警察に職を得てから、ピアは何度もこういう目つきを目にしてきた。自暴自棄になった目つき。

ふたりの人質の様子を見れば、ふたりもそれを実感していることがわかる。テオドラキスは椅子の背に腕をまわされ縛りつけられている。脚にギプスがはめられているので、マルクに飛びかかるのはそもそも不可能だ。だがそれよりも悲惨だったのはフランツェンだ。それを見ただけで、マルクの憎しみの深さがわかる。復讐することしか頭にないようだ。

マルクはどっしりした食卓を横倒しにして、フランツェンの腕を左右に広げた状態で縛りつけていた。まるで十字架にかけられているかのようだ。目隠しがしてあり、洗濯紐で首を押さえつけている。そして首に小さなケースのついた首飾りがかけてあった。

「ここまでしなくても」ピアは小声でいった。

「こいつは力があるんだ」マルクは答えた。「ノックアウトして、ようやく縛りあげた」

マルクはピアと視線を合わせなかった。「あそこにビデオカメラがある。撮影してくれ」

「なにを？」

「それはすぐにわかる」マルクは椅子にすわって、二本目のレッドブルを開けて、また飲み干した。「用意はいいか？」

話しかけるのよ、とピアは自分にいった。なんとか説得できるかもしれない。

「どうしてこんなことをするの、マルク？　なにが目的なの？」

「つべこべいうなといっただろう」マルクは言葉をさえぎった。

ピアはビデオカメラをつかんで電源を入れた。マルクのいうことを聞かなくてはならないのは癪《しゃく》だが、人質の命を危険にさらすわけにはいかない。黙っていいなりになるほかなかった。赤いパイロットランプが点滅した。液晶モニターをひらいて、フランツェンを画面に捉えた。

「カメラは動いているわ」ピアはいった。答える代わりに、マルクがリモコンを操作した。そのとき、フランツェンの首にかけてあるのがなにか気づいて、ピアはぎょっとした。突然、首に電気が走って、フランツェンがびくっと痙攣《けいれん》し、恐ろしい悲鳴をあげた。フランツェンはしゃくり上げたが、頭を動かそうとしなかった。洗濯紐で喉がしまるのを恐れたからだろう。

「ショック首輪さ」マルクがいった。「リッキーがドッグスクールでよく使っているものだ。ぼくは残酷だと思うけど、犬は苦痛を感じないってリッキーはいってた」

「やめなさい」ピアがいった。

「やだね」マルクはようやくピアを見つめた。下唇が軽くふるえている。「ぼくは本当のことを知りたいんだ。こうすればもう嘘をつけない」


通りはマルクが人質を取って立てこもった家から五百メートルのところで立入禁止になっていた。野次馬、近隣の住人、報道関係者が、恐い目つきの警官が見張りについている規制線の前に群がっていた。その向こうに救急車、消防車、特別出動コマンド《SEK》の車両、パトカーが止まっている。オリヴァーは先にアニカをフランクフルトにいるクラージングのところへ送っていく時間の余裕がなかった。彼女をひとりにするのは心配だったが、車の中で待っていてもらうしかない。いっしょに連れていっては、だれかに気づかれる恐れがある。

身分証を呈示しようとしたとき、オリヴァーはだれかに呼びとめられた。

「やあ、クリストフ」ピアのパートナーだ。心配そうな顔をしている。

「どうなっているんだ?」クリストフ・ザンダーがたずねた。気が動転している。「なんでこんなに時間がかかっているんだ? ピアはどこだ?」

「わたしにもわからない」オリヴァーは答えた。「今着いたばかりでね。知っているのは、人質事件が起きたということだけだ」

「そのくらいはわかっている」クリストフがつっけんどんに答えた。「ピアはさっき電話で危険はないといった。だけど、姿がどこにもない」

ピアがなにをしているかクリストフは知らないのだ。心配をかけたくなくて、ピアは黙っていたのだろう。武装した犯人の懐《ふところ》に飛び込むことより危険なことはない。

「聞いてくるよ」オリヴァーはいった。「ここで待っていてくれ」

「待つのはいやだ。ピアがどうしているのか知りたい」クリストフは強情だった。

「無理をいわないでくれ……」

クリストフがオリヴァーの言葉をさえぎった。

「無理なものか。どうなんだ?」

クリストフの感情的になりやすいところが心配だが、オリヴァーはため息をついて、規制線のそばに立っている巡査に、クリストフを通すよう合図した。オリヴァーはあたりを見まわした。周囲の民家の屋根に狙撃手が配置されている。他のコマンド隊員も茂みと車の陰にいる。

「ボス!」開けっ放しのバスのドアの横に集まっていた人の中からカトリーンが離れてやってきた。「よかった! 戻ったんですね!」

「なにが起きたんだ?」オリヴァーがたずねた。

「マルク・タイセンがフランツェンとテオドラキスを人質に取って家に立てこもったんです。拳銃を持っていて、巡査がひとり撃たれました」

「要求はなんだ?」

「ありません」

「なんだって? なんにも要求してこないのか?」オリヴァーは眉間にしわを寄せた。「なにか要求するものだろう」

「それがないんです。ピアに家に入ってこいといっただけで。今は……」

オリヴァーは背後で、クリストフが息をのんだことに気づいた。

「ピアが家の中にいるのか?」知っていたことだが、オリヴァーは驚くふりをした。

「ええ。ピアは無事です。無線機を着けていて、家の中の会話はすべて筒抜けです」

「ピアと話したい」クリストフがいった。

「いや、それはだめだ」オリヴァーはそういわれるだろうと覚悟していた。「彼女の気をそらすことになる。危険だ」

「なんだと。武器を持った頭のおかしな奴が家に立てこもっているのは危険じゃないというのか?」クリストフが食ってかかった。目をぎらつかせ、両手をもんで途方に暮れている。

「ピアなら、どうしたらいいか心得ている」オリヴァーは答えた。

「そんなこと、どうだっていい!」クリストフが腹を立てて叫んだ。

「クリストフ、頼む」オリヴァーは彼の腕に手を置いて説得した。「きみが騒いだって、だれも助からない」

「騒いじゃいない」クリストフはオリヴァーの手を振り払った。「心配なだけだ。心配するのは当然だろう」

オリヴァーは指揮所になっているバスに乗り込み、エンゲル署長、ケム、クレーガー、カイの四人にうなずいた。後ろのシートにマルクの両親がすわっていた。タイセンは両手で顔をおおい、妻は黙って泣いていた。隣に心理学者がすわって、タイセンの妻の手をにぎっていた。

「こっちへ来て、ボーデンシュタイン」エンゲル署長が小声でいった。「これを聞いて」

オリヴァーは署長と技術者のあいだにすわった。

「……アメリカで宇宙工学を学んだというのは嘘よ」はっきりとは聞こえないが、フランツェンが泣きながらいっていた。「両親も金持ちではないわ。大金なんて手にしたこともない。あ……あたしはヤニスの気を引こうとして嘘をついたのよ」

「これはなんだ?」オリヴァーは小声でたずねた。

「犯人が人質のふたりに嘘を白状させているのよ」エンゲル署長が小声で答えた。「キルヒホフがその一部始終を映像に撮らされている。もう二時間くらいつづいている。どうでもいい個人的な話ばかりだけど、だれがだれを騙したかってそんなことばかり」

突然、ピアの声がした。

「フランツェンさん、土曜日にここで襲われた件はどうなんですか？」

バスの中にいたみんながびっくりして息をのんだ。スピーカーからはすすり泣きが聞こえた。

「あ……あれは狂言よ」フランツェンは答えた。「ヤニスが持っているデータや風況調査書が欲しいってマルクのお父さんにいわれて……」

「そんなことは興味ない」マルクが口をはさんだ。

「どこにいたの？」エンゲル署長はオリヴァーに小声でたずねた。

「それはあとで話す」

「シュテルヒがわたしに圧力をかけているのよ。例のゾマーフェルトがどこに隠れているかあなたが知っているといっている」署長はじろっとオリヴァーを見た。「そうなの？」

オリヴァーはためらってからいった。

「ああ、知っている。しかし奴に教えるつもりはない」

「どうかしているわ、オリヴァー。あの女性は殺人容疑で指名手配されているのよ！　匿《かくま》ったりしたら……」

「彼女は殺していない」オリヴァーがいった。「二件の殺人事件だけではすまないもっと大きな事件なんだ。だけど、そのことはあとで説明する。約束するよ」

エンゲル署長はさげすむようなまなざしをしてから肩をすくめた。

「ちゃんと根拠があればいいけどね。これ以上あなたをかばいきれないわ」

「根拠はあるさ」オリヴァーは答えた。

家の中ではそのあともあまり興味を覚えない問答がつづいた。時間が過ぎていき、バスの内部は蒸し風呂のようになった。

「いつまでこんなことをつづけるんだ？」シェーファーがぼやいた。

「血が流されなければ」エンゲル署長は答えた。「十時間かかろうとかまわないわ」

「おまえはニカと寝たのか？」そのときスピーカーからマルクの声が聞こえた。集中が切れかけていたオリヴァーはびくっとした。

「ああ、寝たよ」テオドラキスは答えた。「俺に惚れて、いいよってきた。リッキーがいないとき、俺の前を裸でほっつき歩くことまでした。そのうち、俺は我慢できなくなったんだ」

オリヴァーは唾をのみ込んだ。いきなり奈落が口を開けたような感覚に襲われた。ありえない！　アニカがあんな奴と寝たなんて。テオドラキスという男がどんなに汚らわしいか、アニカは何度も話していた。オリヴァーは嫉妬を覚えた。その一方で、テオドラキスの言葉に嘘はないと感じた。銃口を突きつけられた中での言葉だ。すると、アニカが嘘をついたことになる。だけど、どうして？


マルクは完全に常軌を逸している。この二十四時間のうちになにがあったのだろう。ピアは辛抱強くフランツェンとテオドラキスを交互に撮影しながら、目の端で少年の様子をうかがい、懸命に考えた。平然としているように見えて、ふたりが話せば話すほどマルクの心に深い亀裂が走っていくことになる。そしてふたりは実際に話しつづけた。マルクは途中でフランツェンの目隠しをはずした。フランツェンとテオドラキスは銃口を突きつけられて、心の内をさらけだした。人を人とも思わぬ利己主義の権化。まったく見苦しいかぎりだ。

テオドラキスはマルクの父親がだれか知って、計画中のウィンドパークへの反対運動をするために彼を利用したことを認めた。ひどいエゴイストで、ろくでもない嘘つきの豚野郎だ、と自分を卑下した。リッキーはマルクの父親から金をもらう約束で、反対運動の署名名簿を廃棄し、市民運動の邪魔をしたことを白状した。

マルクはそのすべてを顔色ひとつ変えずに聞いていたが、目つきにしだいに生気がみなぎった。よい兆候か悪い兆候か、ピアには判断がつかなかった。確かなのは、マルクが安全装置をはずした拳銃を持っていて、レッドブルを五本飲み干し、いつ感情が抑えられなくなるかわからないということだ。マルクがどうしてこんなことをしているのか、ピアにはいまだに解せなかった。

「おまえはニカと寝たのか？」マルクはたずねた。

「ああ、寝たよ」テオドラキスは認めた。顔面蒼白だ。汗をびっしょりかき、腫れぼったいまぶたのあいだから覗く目が異様に熱を帯びている。

「どうしてだ？」マルクはたずねた。

「俺に惚れて、いいよってきた。リッキーがいないとき、俺の前を裸でほっつき歩くことまでした。そのうち、俺は我慢できなくなったんだ。それに利用できると思ったのさ。風況調査書やなんやかやに詳しかったからな」

「だけど、リッキーを愛してるっていったじゃないか。嘘だったんだな？」

「リッキーを愛したことはあったさ。だけどだんだん冷めていった。最近はうるさいと感じるばかりだった」テオドラキスは椅子にすわったまま体の重心を移し、うめき声をあげた。「喉が渇いた。なにか飲ませてくれ」

マルクは無視した。

「おまえはどうなんだ？」マルクはフランツェンの方を向いた。「ヤニスを愛してたのか？」

フランツェンは気絶寸前だった。無理な恰好を何時間もしている。おまけに死の恐怖とみじめな思いに苛《さいな》まれていた。気力が尽きるのも当然だ。ひどい女なのは間違いないが、ピアはあわれに思った。

「は……はじめはね。で、でも少しすると、愛情はなくなった」フランツェンは口ごもりながらいった。マルクはショック首輪を一度しか使わなかったが、リモコンはまだ手に持っていた。

「なんでヤニスにそういわなかったんだ？」

「だ……だって……そ……そういうものでしょう」

マルクは椅子から立ちあがってフランツェンのそばへ行くと、銃身で彼女の胸をえぐった。

「そんな軽々しくいうもんじゃない」マルクは首を激しく横に振って、ようやく胸の内を吐露した。「ぼくを愛していると思ったのに！　おまえを信じてた！　それなのに、なにをした？　嘘ばっかりだ！　なんでそんなことをしたんだ？　なんでだよ？　なんでぼくを苦しめるんだ？　わけわかんないよ！」

マルクがいきなりぼろぼろ涙を流した。

「なんで黙って出ていこうとしたんだよ？」マルクは叫んだ。「どうして父さんから金を取ろうとしたんだ？　あんなに楽しかったのに、なんでなにもかも台無しにしちゃったんだよ？」

ピアは理解した。マルクは自分が利用され、騙されたことに気づき、尊敬の念が憎悪に変わったのだ。

テオドラキスは小さくため息をつき、フランツェンは怯えてあえいだ。

「マルク……マルク、お、お願い」フランツェンは目を大きく見ひらき、かすれた声でささやいた。「なにもしないで！　あ……あたし、ひどいことをしてしまった……ごめんなさい！自分のことしか考えてなかった……でも楽しいこともいっぱいあったじゃない！」

「黙れ、黙れ！」マルクはいきり立ち、声が裏返った。「聞きたくない！」

マルクは彼女の前に膝をつき、すすり泣いた。

「おまえはロルフおじさんを殺した！　あそこからひとり勝手に逃げだして、ぼくを手伝わなかった！　どうしてぼくを見捨てたんだよ？」

これは危険だ、とピアは思った。マルクは虚脱状態に陥《おちい》る寸前だ。自制心を失ったら、死人が出る。ピアは必死に考えた。拳銃を奪うことも考えたが、失敗すれば、事態を悪化させるだけだ。カメラには、マルクにぶつけて気絶させられるほどの重さはない。マルクの気持ちを落ち着かせるために、なにかしなければ。

「あなたがグロスマンを殺したの？」ピアはフランツェンにたずねた。「どうやって？」

マルクが振り向いて、ピアを見つめた。ピアがいることを忘れていたようだ。

「スタンガンで」マルクはぽつりとささやいた。「ぼくは地下駐車場から社屋に忍び込んで、リッキーを非常階段から中に入れたんだ。そしておじさんが突然、階段を上ってきて。そしたらリッキーが……スタンガンを……おじさんの胸に押し当てたんだ。ぼ……ぼくは介抱したんだけど……でも……おじさんは……死んでいた」

「あなたがなんとかして助けようとしたことはわかっているわ、マルク。あなたは頑張った」

「だ……だけど昨日は、おじさんが心筋梗塞を起こした責任はぼくにあるっていったじゃないか」マルクは床にしゃがみ込んだ。暗くなったキッチンの中を落ち着きなく見ていた。

「フランツェンがなにをしたか、わたしたちは知らなかったのよ」ピアは急いで答えた。「でもだれかがグロスマンさんを生き返らせようとしたことは、解剖をしてわかっていたわ」

ピアはちらっと時計を見た。もう六時四十五分だ！　家に入ってから三時間以上経っている。マルクとふたりの人質ははるかに長い時間ここにいる。状況はますます深刻になり、一触即発だ。マルクはいつ発砲するかわからない。なんとしても阻止しなければ。マルクは悪くない。犠牲者だ。このままではマルクはどのみち残りの人生を後悔しながら生きることになるだろう。

二〇〇八年十二月三十一日　ドイツ気候研究所

つんと鼻を打つこげ臭いにおいが、髪の毛や衣服にまとわりついている。だが気にはならなかった。それどころか、深い満足感に心が満たされていた。あの女は邸にふさわしくない。教授も同じだ。教授が金をだしたが、見つけて、改装したのは自分だ。だが、もう燃えてしまった。

彼女はベッティーナのことを頭から追い払い、これからするべきことに神経を集中させた。大晦日だから、この時間、研究所にはだれもいない。時間はいくらでもある。しかし危険を冒すわけにはいかない。だから急いでいた。教授は彼女の口座へのアクセス権を取り消していなかったし、パスワードも変更していなかった。認証リストも金庫に入っていたファイルにとじてあった。だが秘密口座はもともと彼女に任されていた。裏金が発覚したとき、すべてを彼女のせいにするためだったのだろう。これから数日、教授は口座残高の確認などしている暇もなくなるだろう。彼女は自然と笑みがこぼれた。これで用事はすんだ。コンピュータを終了させると、彼女は立って、金庫にファイルを戻した。それから五百ユーロ札の束をポケットに入れた。どこかの政治家のポケットにこっそり収まるはずだった二十五万ユーロだ。金庫を閉め、所長室を出た。一度も振り返ることなく。

「おい、いつまでこんなのを聞いていないといけないんだ？」ヨアヒム・シェーファーがふたたび文句をいった。「あのガキ、いつキレるかわからないぞ。そうしたら手遅れだ！」

「この時点での突入には責任が持てない」エンゲル署長は落ち着いて応じた。警官たちも、しだいにしびれを切らしていた。

「じゃあ、いつ突入するんだ？　あいつが発砲してからか？」

「いいえ。キルヒホフが決められた合図をしてきたらよ」

ふたりは二羽の闘鶏のようににらみ合った。だが他に気になることがあって、オリヴァーはうまく緊張を解くことができなかった。家の中の状況は緊迫の度を上げているが、心の中では車にいるアニカと話がしたくて仕方がなかった。馬鹿げているが、ピアが危惧したことを無視できなくなっていた。アニカは嘘をついた。この点だけだろうか。それともオサリヴァン殺害に関しても嘘をいっているのだろうか。車内は蒸し風呂状態なのに、オリヴァーは鳥肌が立った。

「みなさん、静かにしてくれませんか」技術者がそういって、音量を上げた。「向こうの話が聞こえません」

エンゲル署長とシェーファーはさっと口をつぐんだ。オリヴァーも気持ちを切り替えた。ピアが危険な目にあっている。今はそちらが大事だ。他のことは後まわしにしなければ。

「いつも嘘ばっかりついてた」マルクの泣き声が聞こえた。「ショップでは客を騙し、動物《ティ》保護施設《アハイム》でも嘘ばかりついてた……ぼくまで嘘をつくようになってしまった。これは病気だ。

伝染病だ。人にうつるんだ……」

「充電池がもうすぐ切れるわ」静かになったところで、ピアはいった。

「じゃあ、終わりにしよう」マルクは答えた。

「警部は正気か？」シェーファーは怒りだした。「追い詰めるようなことをいって」

バスの中にいる全員が息をのんだ。外から助け船をだすには手遅れだ。

「マルク、お願い。馬鹿なことはやめて。フランツェンにそんな価値はないわ。どうせ刑務所行きなのよ。長い刑務所暮らしの方が、あなたが今撃ち殺すよりもつらい目にあうはずよ」ピアの声は驚くほど静かだった。

静寂。みんな、息を詰めた。悲鳴と銃声が谺《こだま》すると思って。だがなにも起きなかった。ピアが事態をうまく収拾したのだろうか。

「ど……どうしてリッキーが刑務所行きになるの？」マルクはしばらくしてたずねた。明らかに困惑している。彼はまだ我を失っていない。考える力が残っている。かすかな希望が見えた。

「拳銃をこっちにちょうだい」ピアは答えた。「そうしたら教える」

マルクはピアを見つめた。心の中では、ピアを信じたい気持ちと、また騙されるのではないかという不安が拮抗しているようだった。汗が上唇にたまっている。ピアも汗だくで、喉がからからだった。新鮮な空気を吸って、きんきんに冷えた水が飲みたかった。左腕が痛い。ビデオカメラが指からすべり落ちそうだ。マルクはまだためらっていた。

「ここから出たら、ぼくはどうなる?」マルクがおずおずとたずねた。「撃たれるの?」

「いいえ、だれもそんなことはしないわ」ピアは首を横に振った。「あなたは逮捕される。やさしく扱ってはもらえないでしょう。それからもちろん質問攻めにあう。警官を撃ったから、罪に問われるでしょう。でも拳銃をわたしに渡せば、情状酌量してもらえる。約束する」

　マルクは唇をかんで考えた。拳銃を持つ手が下ろされた。ピアはマルクを見つめた。心臓がばくばくいっていた。あとひと押しだ。

「マルク」ピアは訴えるようにいった。「わたしを信じて。なにが正しいかよく考えるのよ」

　ピアは拳銃に手を伸ばした。

「だれも傷つける気はない」マルクはかすれた声でささやいた。「本当だよ」

「信じるわ」

　汗が背中を伝って流れ落ちた。マルクにプレッシャーをかけないように、静かに振る舞わないと。冷蔵庫の作動音がかたかたと聞こえた。テオドラキスがうめいた。さっきよりも声が大きい。目を閉じて、全身をふるわせている。フランツェンは身じろぎひとつせず催眠術にでもかかったかのようにマルクの手の中にある拳銃を見つめている。

「ほら」急にそういうと、マルクはピアに拳銃を渡した。

　ピアはほっとして腰が抜けそうになった。

「あんたが家に入ってきてくれて助かったよ。特別出動コマンド《SEK》とかだったら、こうはならなかった」マルクは小声でいった。おずおずと笑みを浮かべた。「みんな、嘘ばっかつく。みんな、ぼくを騙す。ぼくは馬鹿だ」

「そんなことはないわ」ピアは答えた。「あなたは人を信じやすいのよ」

「もうだれも信じない」

ピアは彼の肩に手を置いた。

「あいにく嘘をつく人はたくさんいるわ。がっかりさせられるのはつらいことよね。わたしだって、何度もそういう経験をした。でもそのうち慣れるものよ。嘘をつく奴を見分けられるようになる」

マルクは深いため息をついた。

「父さんと母さん、怒ってるだろうな」マルクは急におどおどしはじめた。「いつもがっかりさせてきたから」

「怒っているものですか」ピアは彼の腕をさすった。「あなたが無事でほっとするはずよ」

「本当に？」

「ええ、そう思う」

マルクは一瞬ピアを疑うような顔つきをした。

「この拳銃、どうやって手に入れたの？」ピアが訊いた。

「リッキーの家のワードローブにあった。前に厩舎で見つけた銃といっしょに」

ヒルトライターの銃器保管庫から消えた拳銃に違いない。喉から手が出るほど欲しかった決定的な証拠品だ。ピアはフランツェンの方を向いた。命の危険が去ったとわかって、不安の表情が消えていた。今は目を吊りあげて怒っている。

「これ、ほどいてくれない？」フランツェンがせっついた。

「もう少し我慢して」ピアは答えた。「ところで、あなたを逮捕します。ルートヴィヒ・ヒルトライター殺害容疑で」

マルクが目を丸くした。

「リッキーが？……嘘、信じられない」マルクは首を横に振った。

「でも、犯人はこの人よ」

「だ……だけどヒルトライターが死んだことを知ったとき、ショックを受けてた！ あんなに泣いてたのに……」マルクは途中でいうのをやめ、汚らわしいものでも見るようにフランツェンをにらんだ。「最低だ」

フランツェンは黙って遠くを見ていた。ピアはマルクにビデオカメラを渡し、拳銃から弾倉を抜き取った。ピアはめまいがした。弾倉は空だった。

二〇〇八年十二月三十一日

彼女は磁気カードをリーダーの隙間に差し込み、遮断機が上がるのを待った。そのときどこからともなく黒ずくめの男がふたり、彼女の車の横にあらわれて、開けてあった窓に手を入れ、彼女の手首をつかもうとした。警備員！　なんてこと彼女は死ぬほどびっくりして、とっさにアクセルを踏んだ。車が急発進して、黄色い遮断機をはじき飛ばした。

「ちくしょう！」彼女はそう怒鳴ると、車がスリップしないよう夢中になってハンドルを切った。ルームミラーにヘッドライトが映った。彼女のＢＭＷなら振り切れるだろう。思いっ切りアクセルを踏む。教授の手下のゴリラどもが研究所にいたのは偶然じゃない！　こっそり待ち伏せしていたのだろうか。昨日の夜、ホテルからまんまと逃げられたので、研究所に来るかもしれないと思って見にきたのだろうか。いずれにせよ、教授が裏で糸を引いているのは確かだ。ということは、危険が迫っていると知って、オサリヴァンの発見が公《おおやけ》にならないようにあらゆる手を講じたと思った方がいい。

　時速制限を無視して国道一号線をツェーレンドルフに向けてひた走る。バックミラーをしきりに見ながら。真夜中まで二時間あるのに、あまり車が走っていない。どのヘッドライトが追っ手の黒塗りのワーゲンバスだろう。スピードを上げすぎてツェーレンドルフのジャンクションでアヴス方面に曲がり損ねた。まずい。ポツダマー・アレー通りを直進して、シュテーグリッツ地区とフリーデナウ地区を横切らなければならなくなった。知らない地区だ！　運の悪いことにガソリンメーターの針がゼロを指そうとしている。これでは遠くまで行くことができない。

「わたしを見捨てないで」彼女は車にささやいた。六月十七日通りに辿り着けば、ブランデンブルク門の前で大晦日を祝う群衆に紛《まぎ》れ込むことができる。目の前の信号が青から黄色に変わった。アクセルを踏み込む。後ろの車もついてきた。街灯の光で黒塗りのワーゲンバスだとわかった。追っ手をまくことはできなかったのだ。次の十字路でウィンカーをださずに左に急カーブを切る。勢い余って対向車線に飛びだした。一度も来たことのない界隈を疾走する。エンジンがうなりをあげ、車が暴れ馬のように跳ねた。横道に車をすべり込ませると、ライトを消し、最後の燃料で駐車場に入った。

すかさずバッグをつかむと、彼女はドアを押しあけて駆けだした。タクシーを止めるか、人込みに紛れ込もう。俯《うつむ》きながら小走りに進む。十字路に来て、顔を上げた。前方にシュプレー川が見える。ビルのあいだにテレビ塔がそびえている。なんとか逃げ切れそうだ！　そのとき、すぐ横で車が速度を落とした。胸の鼓動が早鐘を打った。見つかったのだ！　斜め前方、通りの反対側に紺色の地下鉄の表示板が光っている。やった！

「止まれ！」だれかが背後で怒鳴った。「もう逃がさないぞ！」

捕まるもんですか。彼女は一気に駆けだした。

「外に出る」スピーカーからピアの声が聞こえた。「武器を確保」

緊張が解けた。みんな、ほっとしている。シェーファーまで笑みを浮かべ、犯人が武装解除されたので発砲するな、と部下に伝達した。

　全員がいっせいに席を立ち、バスから降りた。太陽はすでに沈みかけていて、もうすぐ日が暮れそうだが、通りもあたりの家の玄関も煌々と照らされていた。オリヴァーはバスから離れず、エンゲル署長のそばにとどまって、ピアがマルクを伴って玄関から出てくるのを見守った。マルクは手を上げ、ふたりの捜査官におとなしく連行された。マルクの両親が警官をかきわけてきた。ピアは外階段に立ち、特別出動コマンド《SEK》のだれかと話し、救急医を呼ぶと、シェーファーとふたりのコマンド隊員を連れて家の中に戻った。まもなく通りは人でいっぱいになった。青色警光灯が点滅している。

　オリヴァーは、ピアのそばにいなければという思いと、アニカのところへ行きたいという気持ちのあいだで心が引き裂かれたが、結局ピアを選んだ。家に入るなり、息苦しい空気に一瞬息をのんだ。女性警官がブラインドを上げて、窓を開けた。ピアはコマンド隊員たちとキッチンの暗がりにいた。電話をかけながらフランツェンが縛《いまし》めを解かれるのを見ている。オリヴァーはためらいを覚えて廊下にたたずんだ。二件の殺人事件が一度に解決したが、自分はなんの役にも立たなかった。大事なときにピアたち仲間を見捨てたのだ。これからどうなるだろう。ピアはオリヴァーが不在でも捜査十一課を指揮する器であることを証明してみせた。もうオリヴァーの出る幕はないかもしれない。

「どこへ行ったらいいですか?」背後でたずねる人がいた。

「キッチンに行ってくれ」オリヴァーは答えた。救急医とふたりの救急隊員がそばをすり抜けた。そのときピアが振り返って、オリヴァーに気づいた。ピアの憔悴《しょうすい》した顔に笑みが浮かぶ。それを見て、オリヴァーはほっと安堵した。

「久しぶり、ボス」ピアは携帯電話をしまった。

「上出来だ、ピア」オリヴァーは小声でいった。「じつにいい仕事をした」

ふたりは顔を見合わせた。オリヴァーが腕を広げた。

「だめだめ」ピアがいった。「わたし、汗びっしょりだから」

「かまわないさ。わたしもだ」オリヴァーはにやっとして、きつく抱きしめ、それから探るように見つめた。「大丈夫か？」

「もう大丈夫。フランツェンの取り調べは明日にする。クリストフが心配しているわね」

「あっちで待っている」オリヴァーは答えた。コマンド隊員たちがフランツェンに手錠をかけてキッチンから連行してきたので、ふたりは脇にどいた。

「まいったわ」ピアはオリヴァーにいった。「マルクから拳銃を受け取って弾倉を抜いたら、空っぽだったのよ」

「なんですって？」フランツェンはそばで足を止めた。「あのガキ、そもそも発砲できなかったわけ？」

「ええ、そういうこと」ピアがいった。「だれにもわからないことだったわ」

フランツェンは目を細くして、唇を引き結んだ。

「あいつを捕まえて」フランツェンは歯がみした。「ずたずたに引き裂いてやる」

「当分できない相談ね」ピアはそっけなくいった。「たぶん十五年はかかるでしょうね」

封鎖が解かれ、特別《S》出動《E》コマンド《K》が撤収するために集合した。近所の住人が家から出てきた。ひとところに集まって、興奮して話している。この界隈はしばらく、この話題で持ち切りになるだろう。オリヴァーはピアのことをクリストフに任せ、少しのあいだ特別《S》出動《E》コマンド《K》の現場指揮官シェーファーと言葉を交わした。照明が消され、特別《S》出動《E》コマンド《K》は薄闇の中、撤収をはじめ、黒塗りのSUVと乗用車に乗り込んだ。そろそろアニカをフランクフルトに連れていく潮時だ。

オリヴァーはピアとクリストフ・ザンダーのそばに立っているケム、クレーガー、カトリーンの三人を見た。

「ボス」そばへやってきたオリヴァーにカトリーンが微笑んだ。「事件解決を祝ってみんなで食事をしようって話になったんですけど、来ますか？」

他のみんなも緊張を解いて、上機嫌だ。ふたつの事件が解決し、人質事件も落着した。少しくらいはしゃいでもいいだろう。だがオリヴァーはその気になれなかった。クラージングが電話を待っている。

「あとで行くよ」オリヴァーは答えた。「だが行けないかもしれない。楽しんでくれ」

オリヴァーは背を向けて、通りに沿って早足に歩いた。テオドラキスを乗せた救急車がそばを通りすぎた。そのあとから、青色警光灯を点灯させたパトカーがサイレンを鳴らさずに走ってきて、ブレーキがかかり、窓が下りた。

「オリヴァー、今日のうちにあなたとゾマーフェルトから話が聞きたいんだけど」エンゲル署長がいった。

「ああ、もちろん」そう答えて、オリヴァーは首を伸ばした。たしかガラス用のゴミコンテナーのそばにクヴェンティンの車を止めたはずだが。勘違いだろうか。いやな予感がして、がらんとした道路を見まわした。

「オリヴァー！　待ちなさいよ！」

オリヴァーはエンゲルにかまわず、通りを横切ってあたりを見た。彼の脳は今気づいたことを受け入れようとしなかった。車がない。アニカは逃げたのだ。信じられない。彼女がこんなひどい仕打ちをするなんて。

オリヴァーは歩道の縁石にすわって、気を取り直そうとした。真実を認めるのはつらいが、ピアのいうとおりだった。アニカを盲信するなんて、なんという愚かなことをしたのだろう。まさしく火中の栗を拾ったようなものだ。アニカにまんまと逃げられた。はじめからそのつもりだったのだろうか。

遠くから話し声や笑い声が聞こえた。車のドアが閉まって、こつこつアスファルトを叩くヒールの音がした。

「オリヴァー、どうしたの？」エンゲル署長が彼の前にしゃがんだ。

オリヴァーはやっとの思いで顔を上げた。簡単な言葉がなかなかいえなかった。

「アニカがいなくなった」オリヴァーはかすれた声でささやいた。

二〇〇九年六月十日（水曜日）

ピアはウィンカーをだしてボーデンシュタイン家へ通じる森の道に曲がった。ヒルトライター事件とグロスマン事件の報告書を検察局にまわすためにボスからいくつか署名をもらう必要があった。それがすめば捜査十一課の仕事は終わる。フリーデリケ・フランツェンは勾留中、頑として口をつぐんでいたが、故殺で裁かれるなら自供した方がいいと弁護士にいわれて、ようやく重い口をひらいた。タイセンとラーデマッハーは詐欺と贈賄の容疑で別の捜査課の取り調べを受けた。数日前、驚いたことに、マルクからピアに電話がかかってきて、礼をいわれた。危険な傷害と人質強要行為の罪では起訴されたが、今は精神科の治療を受け、なんとか落ち着きを取りもどしているという。マルクは、グロスマン殺害の裁判で証人台に立つことになっている。きっとつらい体験になるだろう。ボーデンシュタイン家の駐車場に着いたとき、ピアの携帯電話が鳴った。電話はフラウケ・ヒルトライターからだった。フラウケは舞いあがっていた。父親の遺産を元手にして、〈動物の楽園〉を引き継ぎ、長年の夢が叶ったからだ。

「たしか鴉農場《ラーベンホーフ》に興味があるといっていましたよね」フラウケはいった。「あれは本気ですか？」

「もちろんです。農場を手放す気があるんですか？」ピアは驚いてたずねた。

「持っていたって仕方ないでしょう。広すぎて手に負えないわ。それにいい思い出はないし」

「パートナーとわたしはこのあたりにいい農場がないか探しているところなんです」ピアは答えた。「土地代が百万ユーロでなければ……」

「馬鹿なことをいわないでください。あの農場に百万ユーロの価値なんてないですよ。隣接している草地と同じで」フラウケは笑った。「ウィンドパークは頓挫するでしょう。その気があるなら、あらためて下見にきませんか？　今夜七時頃、農場にいます」

それから少し世間話をして通話を終えると、ピアはクリストフの携帯に電話をかけた。この数日、鴉農場《ラーベンホーフ》がすばらしいとさかんにクリストフに話していた。土地の下見をする件はたいして説得の必要がなかった。

ピアは上機嫌だった。週末にはヘニングとミリアムから招待を受けている。ふたりはイギリスで式を挙げたので、祝杯をあげたいというのだ。

ピアはちょっと嫉妬を覚えた。心の片隅にまだ元夫への気持ちが残っていたようだ。しかし彼女とクリストフにも進展があった。ピアはニコニコしながら指にはめた指輪を見てから車を降りた。円筒形にまとめた干し草をフォークに載せたトラクターが角を曲がってきた。ピアはオリヴァーの父親に気づいて、手を振った。ボーデンシュタイン伯爵はピアのそばでトラクターのエンジンを止め、運転席から降りてきた。

「やあ、キルヒホフさん」伯爵は頬をゆるめて手を差しだした。「よく訪ねてくださった」

「こんにちは」ピアは彼の笑みに応えた。「オリヴァーに会いにきたんです。いますか？」

「ゾフィアといっしょに城に上っている。なんなら、お伴しようか」

「ええ、お願いします」

伯爵はトラクターをそこに残して、ピアが車から書類を取ってくるのを待った。それからふたりして古城レストランへとつづくアスファルトの坂道を上った。

「リッキーがルートヴィヒを射殺したことでは、いまだにショックが癒《い》えない」しばらくして伯爵がいった。「いまでもあんな残虐なことをしたとは思えないんだ。それに、テルを撃ち殺すなんて。彼女は動物をこよなく愛していた」

「危害を加えるつもりはなかったんだと思います。〈クローネ〉に集まった夜ひどいことをいわれて腹を立て、ヒルトライターさんに謝らせようとしたのでしょう」

「ああ、そうだな」伯爵はうなずいた。「ルートヴィヒはあの夜、本当にどうかしていた。自制心を完全になくしていた」

「ところが売り言葉に買い言葉で、ヒルトライターさんはまた彼女を罵倒して、かなり邪険にしたのです。それから、彼女がタイセンに雇われて、市民運動を妨害する計画になっていることをラルフ・グレックナーから聞いたといったんです」

伯爵は立ち止まると、眉間に深いしわを寄せてピアを見た。

「なんということだ」伯爵はささやいた。「ケルスティンがいおうとしたのはそのことだったのか」

「だれがなにをいおうとしたですって？」ピアはたずねた。

「ホールでパニックが起きたときだよ。ケルスティンがわたしにリッキーのことでなにかいおうとしたんだ。彼女はストレッチャーに横たわっていて、救急隊員が救急車へ運ぶところだった。それで最後まで話せなかった」

「リッキーはあのパニックに乗じて、署名名簿を持ち去ったんです。本人が自供しました」

「どうしてだ？　市民運動にあんなに肩入れしていたのに！」

「タイセンから五十万ユーロもらえることになっていたんです。市民運動を空中分解させることが条件でした。彼女はアメリカへ行って、人生をやりなおしたかったそうです」ピアは肩をすくめた。

「金か」伯爵はため息をついた。「いつもそれだ」

城へ向かう途中、ピアはヒルトライター殺害の夜の話をつづけた。

ヒルトライターに首根っこを押さえられていることに気づいたフランツェンはかっと頭に血が上った。酩酊していて千鳥足のヒルトライターを突き飛ばした。つまずいた拍子に、ヒルトライターは銃を落とした。フランツェンは銃を拾うと、銃口を向けて、タイセンとのことを黙っているようにいった。もちろんヒルトライターがいうことを聞くわけがない。フランツェンを笑い飛ばし、あざけった。フランツェンはヒルトライターの下半身に銃弾を撃ち込み、次いで顔を撃ち抜いた。彼への恨み、自分への怒り、そして行きがかりでとんでもないことをしでかしたせいで完全にキレてしまい、我に返るまで死体を銃床で殴り、足蹴にした。

ふたりはしばらく黙って並んで歩き、大きな門をくぐった。靴が砂利を踏みしめる音がした。

「それでテルは？　どうして犬を撃ち殺したんだ？」伯爵は低い声でたずねた。

「襲ってきたからだといっています」ピアは答えた。「テルは主人を守ろうとしたんですね」

「なんてことだ」伯爵は悲しそうにいった。

「おじいちゃん！」ふいに明るい声が聞こえた。「おじいちゃん！　トラクターはどこ？」

孫娘を見て、伯爵の顔がぱっと明るくなった。目を輝かせたゾフィアが髪をなびかせながら城の外階段を駆けおりてきた。

「あの子はわたしに似て」伯爵はピアにそういうと、ウィンクをした。「トラクターや馬に乗るのが好きなんだ」

伯爵は腕を広げてゾフィアを受け止めた。

「おいで」伯爵はいった。「ふたりでトラクターを走らせよう。お母さんももうすぐ来るぞ」

ピアはふたりを微笑みながら見送ってから、向き直った。

オリヴァーは階段の上に立っていた。元気がない。黒髪に白髪がまじっていることにはじめて気づいた。顎に無精髭《ぶしょうひげ》が生えていて、ネクタイをしめていない。アニカ・ゾマーフェルトとの件で相当まいっている。今のところ、そのことは話題にできない雰囲気だ。だがその後、オリヴァーの弟の車はミュンヘン空港の駐車場で発見された。ただゾマーフェルトの行方はようとして知れなかった。

「こんにちは」ピアはボスにいった。「ちょっといいかしら？　書類に署名が欲しいんです」

「ああ、いいとも」オリヴァーはうなずいた。「テラスに行こう」

ピアは彼についてレストランへ行った。この時間はすいている。テラスにすわると、ピアはテーブルに書類を置いた。オリヴァーはすわろうとせず、手すりのそばに立って腕組みしたまましばらくなにもいわなかった。ピアはボスを見つめて、ボスが話しはじめるのを待った。

「きみの忠告に従えばよかった」オリヴァーは口をひらいた。「きみの勘はほとんどはずれたことがない」

そういわれても、ピアはうれしくなかった。アニカは好きになれなかったが、オリヴァーを幸福にすることができたかもしれない。

「今回は勘がはずれることを願っていました」ピアはいった。

「わたしもそう願っていた。わたしは馬鹿丸出しだった。懲戒処分にならなかったのは、署長のおかげだ」

オリヴァーは芝生を見下ろした。

「テオドラキスと話したよ。アニカについていくつか知っていることがあった。彼女のカバンを覗いたそうだ。数十万ユーロの現金が入っていたらしい。どういう金だと思う？」

「アイゼンフートの研究所の金庫から盗んだんでしょうね」ピアはあっさりいった。「それに研究所の口座から金を引きだしたんでしょう」

オリヴァーはため息をついた。

「彼女はノートパソコン、iPhone、身分証も持っていた。わたしには、あわててベルリンから逃げだしたので、なにも持っていないといっていたんだ。彼女を無条件で信じた。なんて馬鹿だったんだ」

「馬鹿なものですか。あの人に惚れたからでしょう。ダッテンバッハホールでパニックに巻き込まれたとき、ボスは相当にまいっていました。冷静さを欠いてしまったんですよ」

「他にもなにか隠していたのかな？　二件の殺人はどうだろう？」オリヴァーは振り返った。ボスの顔がくしゃくしゃなのを見て、ピアはびっくりした。「寝ても覚めてもそのことばかり考えている。彼女はアイゼンフートの邸《やしき》に放火した。教授の奥さんが植物状態になったのは彼女の責任だ。不正を暴くことなど彼女にはどうでもよかったんだ。オサリヴァンもどうでもよかった。アイゼンフートが他の女性と結婚したから復讐がしたかっただけだ」

オリヴァーは口をつぐんだ。ボスが落ち込んでいるのを見て、ピアは胸が痛んだ。だがなんといえばいいのだろう。

「ピア」オリヴァーはようやく顔を上げて、ため息をついた。「きみにまずいっておく。さんざん迷ったが、ベルリンの捜査十一課に異動しようと思う」

「なんですって？」ピアは唖然としてオリヴァーを見つめた。「正気の沙汰じゃないわ！」

「わかっている。すまない」

こんな形でボスと別れるのはごめんだ。ピアは立ちあがって、ボスのところへ行った。

「ベルリンに行きたい気持ちはわかります。アニカの消息がわかるのではないかと期待しているんでしょう。でも、あっちへ行っても心は安まらないし、やりなおすこともできませんよ」

「それでも、やるしかない」オリヴァーはピアを見つめた。切ないまなざしだった。「結婚が破綻《はたん》し、両親のところに居候し、ゾフィアのベビーシッターしかまともにできることがない。仕事にも身が入らない。ここにいる意味があるかい？」

ピアは腰に手を当てて目をすがめた。

「自分をあわれんでも仕方がないでしょう。しっかりしてください。安っぽい言い方かもしれませんけど、雨のあとには日が射すというでしょう。わたしがいい例です。離婚しても、次があります。違いますか？」

オリヴァーのズボンのポケットで携帯電話が鳴った。ピアから目をそらさずに携帯電話をだした。少し聞いてからいった。「すぐ行く」

「どうしたんですか？」

「死体だ。リーダーバッハとホーフハイムのあいだの森だ」

その瞬間、雲が切れて、テラスが日の光にあふれた。ピアは目をしばたたいた。

「またしてもきみのいうとおりだ」

「なんのことですか？」

「雨のあとには日が射す」オリヴァーはにやっとした。いつものボスに戻った。「ベルリンではきみに会えなくて寂しいだろう」

「何いってるんですか」ピアはそっけなく答えた。「まだ異動できたわけじゃないでしょう」

エピローグ

二〇〇九年十一月十四日（土曜日）

「コーヒーは？」オリヴァーがたずねた。父親はうなずいた。父親のカップにコーヒーを注いでから新聞をひらいた。見出しがすぐ目に飛び込んできた。

『地球寒冷化のもみ消し』

オリヴァーは手がふるえた。


「国連気候変動コペンハーゲン会議を前にして、データ改竄《かいざん》とクラッキングされたEメールをめぐるスキャンダルで世界じゅうの研究機関が揺れている。何者かがウェールズ大学気候研究ユニットのサーバから数千通のEメールと、憂慮すべき内容を含む隠蔽《いんぺい》されたデータを持ちだし、インターネットに公開した。しかし問題はデータの盗難ではなく、Eメールの内容にこそある。すでに研究所所長が辞職したことから、その内容の信憑性が証明された。Eメールの中で、代表的な気候学者たちは批判的な学者やジャーナリストにどう対処し、気候変動が人類によって引き起こされたという説に合うようにするにはどのようなデータの改竄をすればいいか話し合っていた。これは、研究結果を政治目的で改竄したり隠蔽したりする、類を見ない陰謀が世界的な気候学者によっておこなわれていたという証拠である。ウェールズ大学気候研究ユニットがジュネーヴの気候変動に関する政府間パネルに公式の気温データを提供する四つの研究所のひとつだという事実を見ただけでも、これが大問題であることはよくわかるだろう。このEメールにはドイツ気候研究所所長アイゼンフート教授の名もたびたびあがっている。気候変動に関する政府間パネルでも重きをなしているドイツの「気候の教皇」は今のところ沈黙を守っている。しかし教授の信用が失墜したことは間違いない。研究所にさらなる損害を及ぼさないためには、もはや辞職しか選ぶ道はないだろう。ウォーターゲート事件になぞらえて、英米の報道機関はクライメートゲート事件と呼んでいる。地球温暖化を主張する研究者は説明責任を果たす必要に迫られるだろう」

オリヴァーは新聞を閉じて、生温《なまぬる》くなったコーヒーに口をつけた。アニカはとうとうやったのだ。

謝辞

本を書くということは、何ヶ月にもわたって精神の乱高下《らんこうげ》を繰り返す孤独な作業だ。執筆中はたくさんの人に支えられ、発想をもらう。わたしの話を聞き、元気づけ、救いの手を差し伸べ、頼みづらいことをしてくれる人々がいる。みんなに感謝する。

だれよりも先に感謝したいのはすばらしい編集者のマリオン・ヴァスケスだ。この本を作るのに、わたしといっしょになって熱心に情熱を注いでくれ、すっかり友人になった。

ヴァネッサ・ミュラー＝ライト、すばらしい姉のクラウディア・コーエン、妹のカミラ・アルトファーター、そして世界一すてきな両親ベルンヴァルトとカローラ・レーヴェンベルクにも、支援と助言をしてくれた礼をいいたいと思う。

わたしの夫ハラルド、わたしの出版エージェント、アンドレア・ヴィルトグルーバー、姪のカロリーネ・コーエン、ズザンネ・ヘッカー、ジモーネ・シュライバー、カトリーン・ルンゲ、アンネ・プフェニンガー、そして今回も協力してくれたアンドレア・シュルツェ上級警部とホーフハイム刑事警察署捜査十一課から役に立つ提案をもらった。ありがとう。

ウルシュタイン社の社員のみなさんにも賛辞を惜しまない。わたしに大きな信頼を寄せ、見事な働きを見せてくれた。わたしの代理人であるイスカ・ペラー、クリスティーネ・クレス、クリスタ・タボールにもここで感謝を述べておきたい。
最後にわたしの本を好きになり、その気持ちをさまざまな形でわたしに伝えてくれた読者のみなさん、書店のみなさんにお礼をいいたい。わくわくする、楽しい時間を過ごしてもらえたかと思うと、最高の気分だ。

二〇一一年三月

ネレ・ノイハウス

注記

本書は小説である。存命中の人や亡くなった人、あるいは実際にあった出来事と類似していても、意図したものではない。ただひとつ事実と酷似しているのは、二〇〇九年十一月にイースト・アングリア大学気候研究ユニットに対しておこなわれたクラッキング事件だ。これは国連気候変動コペンハーゲン会議で物議を醸《かも》した。この物語ではその顚末《てんまつ》を少し改変している。本書で描かれる人物、事件、研究機関はわたしの空想の産物だ。存命の人であろうと故人であろうと、だれも貶《おとし》める意図はないし、実在する研究機関を誹謗中傷するつもりもない。

解説

大矢博子

最後のオリヴァーの爆弾発言におののきつつ、懸命に心を落ち着けて原稿に向かっている。

……ふう。うん。よし。

ではあらためて。〈刑事オリヴァー&ピア〉シリーズ五作目をお届けする。

本国ドイツでシリーズの刊行が始まったのは二〇〇九年。日本では二〇一二年に第三作『深い疵《きず》』が訳出されたのを皮切りに、第四作『白雪姫には死んでもらう』、第一作『悪女は自殺しない』、第二作『死体は笑みを招く』の順で刊行されてきた。

これまで順不同で「前がわからない」「先を知っている」という状態での読書だったわけだが（それはそれで楽しい）、ようやく順番通りに「これまでを踏まえ、先は知らない」状態で新刊が読めることになったわけだ。

もちろん、第三作・四作からの刊行は結果から言えば大正解だった。戦後六十年経って暴かれるナチ時代の闇を描いた『深い疵』、閉鎖的な村社会で起きるおぞましい悲劇が印象的な『白雪姫には死んでもらう』という方向性の異なる二冊をまず読んだことで、ノイハウスという作家の引き出しの多さと、捜査小説としても本格ミステリとしてもとてもレベルの高いシリーズであることが瞬く間《またた》に印象付けられたのだから。

だが、せっかくシリーズ五作目までがすべて揃ったことだし、これを機にぜひ本来の刊行順にシリーズを追ってみていただきたい。そうすればあらためて見えてくるものがある。本シリーズが持つ、人間ドラマの面白さだ。


シリーズ全体の話の前に、まずは本書の内容から見ていこう。

風力発電施設建設会社・ウィンドプロ社の社屋内で、夜警の死体が発見される。深夜、何者かが建物に侵入した形跡があり、オリヴァー・フォン・ボーデンシュタイン首席警部とピア・キルヒホフ警部が所属するホーフハイム刑事警察署捜査十一課が捜査を始めた。

このウィンドプロ社はタウヌスに風力発電施設を作るプロジェクトを進行させており、反対派の地元住民との間に対立が生じていた。特に、開発に必要な土地の所有者であるヒルトライターは頑《かたく》なで、破格の売値を提示されても激しく拒絶。また、市民活動家であるテオドラキスはウィンドプロ社の不正の証拠を握っていると鼻息が荒い。しかし反対派も決して一枚岩とは言えず、風力発電を巡る汚職や陰謀、個々の欲が混じり合って、ついに第二の殺人が……。

これまで乗馬文化やサッカー、自然保護、ナチス、閉鎖社会など現代ドイツのさまざまな側面をモチーフにしてきたノイハウスが本書で取り上げたのは風力発電だ。

少し背景を説明しておこう。もともと石炭の産地だったドイツは火力発電が主力だが、七〇年代にオイルショックを経て以降は原子力発電へのシフトが積極的に推進された。そこに起きたのが、一九八六年のチェルノブイリ原子力発電所の事故だ。事故後、ドイツのバイエルンの森やドナウ川の南では高濃度の放射性物質が検出され、農業や市民生活にも打撃を与えた。この事故を機に、ドイツでは反原発の機運が加速する。

　とはいえ、政党間の駆け引きもあり、原発の運転期間は延長されてきた。ところが二〇一一年三月十一日、日本で東日本大震災が起きる。福島第一原子力発電所事故によりドイツのメルケル政権が脱原発に転じ、三月十五日に即時停止させた七基を含む原子力発電所の段階的閉鎖を六月に宣言したことは記憶に新しい。あの対応の早さは、チェルノブイリの記憶がドイツではいまだ生々しいことを示している。

　チェルノブイリ以降、ドイツが注力したのが風力や太陽光などの再生可能エネルギーだ。特に風力発電の発展は目覚ましく、二〇一六年の統計では総電力の一割に達するという。風力発電施設はドイツ北部に多く、中でも北東部四州では二〇一一年の正味電力消費量に於《お》ける風力発電のシェアが四割を超えている（ドイツ風力エネルギー研究所ＤＥＷＩ調べ）。火力発電による二酸化炭素排出や原子力発電による事故の危険性などと比べると社会的受容性が高く、風力発電所への市民の投資も多い。日本でも東日本大震災以降、再生可能エネルギーへの注目が増し、ドイツが成功例として紹介されるのを何度も目にした。

　しかしながら、風力発電にも問題がないわけではない。最も大きな懸案は景観破壊・自然破壊だろう。また、安定した風力が得られる立地かどうかも問題だ。したがって用地選定と買収も重要な課題となる。

では、本シリーズの舞台・ヘッセン州はどうか。ノイハウスが本書を発表した二〇一一年の時点で、風力発電の占める割合は三パーセントに満たない。ドイツ全土から見ると少ない方だ。古城、有名な観光地であるメルヘン街道や古い町並み、風光明媚な自然を保つ郊外と、フランクフルトに代表される都市部の両方を持つこの州を舞台に、発電施設を建てたい風力発電施設建設会社と反対派住民の争いが起きる――少々長くなったが、これが本書の背景である。

だが決してノイハウスはエネルギー問題へなにがしかの主張をするために本書を書いたのではない。現代社会の問題を背景に、そこに生まれる人間の多種多様なエゴ、そしてそれが招くミステリこそが最大の読みどころだ。夜警の死、反対派の中にある対立、第二の殺人、動機をもつ被害者の身内、集団心理の恐ろしさ、親子の断絶、何やら企んでいる反対派リーダー。容疑者だらけの中で事件は混迷を極める。時折挿入される謎の人物視点の断章も含め、すべてがつながったときの快感たるや!

多くの人物が隠し事をしており（作中人物にとっては自明のことをノイハウスが読者に敢《あ》えて伏せているものもある）、それを知って再読すると、細かな表現やエピソードのひとつひとつが違った意味を持って浮かび上がることに驚く。シリーズの中でも、再読の面白さという点では群を抜いていると言っていい。

特に本書をサスペンスフルにしているのがオリヴァーの行動なのだが……それは、シリーズ全体の流れにもかかわってくるので、ここでシリーズを登場人物の面から振り返ってみよう。

第一作『悪女は自殺しない』はオリヴァーとピアが初めて組んだ事件だ。七年間の休職ののちに刑事警察に復帰したピアは、この時点では夫ヘニングと別居こそしているものの、まだ離婚には至っていない。一方オリヴァーは妻コージマとふたりの子どもとの四人暮らし。この巻では落ち着いたデキる上司と、その下についた有能な女性部下という組み合わせだった。

もし日本でも本来の刊行順に出版され、これを最初に読んでいたら、おそらく多くの読者はデボラ・クロンビーの〈キンケイド&ジェマ〉シリーズを連想したのではないだろうか。ロンドンの街中や風光明媚な郊外の描写は本シリーズに通じるものがあるし、直属の男性上司と女性部下のバディものというのも同じだ。〈キンケイド&ジェマ〉のふたりは恋人同士になり、互いに連れ子のいる身同士で婚約、同居するのだが、本シリーズは第三作から訳出されたため、そうはならないことが既にわかっていた。だがロマンス脳で読むと、紆余《うよ》曲折を経てふたりが結ばれる展開もアリだと思うのだが……まあ、それは妄想の話。

第二作『死体は笑みを招く』ではピアに恋人ができる。本書にも登場するクリストフだ。

第三作『深い疵』が邦訳第一作として出されたときにはあまり感じなかったのだが、本来の刊行順に読んでみると、実はオリヴァーがかなり女性に弱い、というか脇の甘い男だなというのがよくわかって面白い。その脇の甘さが、一巻ごとに明確になっていくのだ。そしてこの巻で、オリヴァーとピアは仕事のパートナーとして明確な信頼関係を築くことになる。ファーストネームで呼び合うだけでなく、ドイツ語に堪能な知り合いによると、呼びかけの単語が、丁寧な言い方の Sie から親しい間柄で使う du になっているのだという。

そして注目が第四作『白雪姫には死んでもらう』だ。この巻では捜査十一課の内紛や新任の署長の登場も大きな読みどころになっている。初期からピアと気が合わなかったフランクや他の刑事の不祥事もあって捜査十一課が揺れる。さらに妻コージマの浮気が発覚して、オリヴァーがもうダメダメになってしまうのである。仕事には集中できないしミスもするし、挙げ句の果てにそのショックから立ち直る方法がそれか！とつっこまずにはいられない。

第五作となる本書ではオリヴァーが女性問題でさらに迷走し、ピアをやきもきさせる。一方ピアも、時間の読めない自分の勤務形態に恋人が不満を抱いているのを感じ始めた様子。そして最後に、オリヴァーが驚愕の決心を固める。ええええっ、マジか。え、どうなるの？

このシリーズはどの巻も、事件の背後にあるのは歪んだエゴだった。それはとりもなおさず人が持つ根源的な弱さと言っていい。本書だけ見てみても、強烈な自己顕示欲、若さゆえに暴走する思い込みと視野偏狭《へんきょう》、自らを糊塗《こと》する嘘、激しすぎる利己主義、問題からの逃避などが事態をどんどん悪くさせる。だが、弱いのは罪を犯す人間だけではない。刑事もまた弱さと事情を持つ人間に他ならない、ということがこのシリーズからは見えてくるのだ。そしてこれこそが、本シリーズが世界中で支持されている要因のひとつであり、ノイハウスが最も描きたかったことではないだろうか。

落ち着いた大人の上司として登場したオリヴァーが、実は女性に弱く、プライベートな出来事で仕事が手につかなくなる。自らの思いに囚われて冷静な判断ができなくなる。一般の関係者には巧みに事情聴取するオリヴァーが、肉親が相手だと感情が先に立つ。オリヴァーだけではない。仕事一辺倒だった夫と離婚したピアが、自分もまた仕事を優先し恋人を二の次にする。第四作では、家庭の事情で刑事の仕事を疎《おろそ》かにしたフランク、そんなフランクに嫌悪を隠さないカトリーン、旧友フランクを庇《かば》いたくも庇えないカイなど、捜査十一課の面々もそれぞれの顔が描かれた。

いずれも、彼らが人間だからだ。私たちは誰だって、家庭にトラブルがあれば仕事に集中するのは難しくなる。逆に仕事に逃げることもある。刑事だって同じだ。弱さゆえに罪を犯す者を、同じ弱さを抱えた刑事が追う。同じように弱いなら、罪を犯すか否かの境目はどこにあるのか。第四作のフランクやアンドレアス、本書のオリヴァーを見ていると、その境目は意外と近いところにあるのではないかとすら思える。それでもこちら側に踏みとどまっていられる理由。それこそが本シリーズを貫くテーマだと思えてならない。

本国での出版順に本シリーズを再読すると、レギュラーメンバーたちのそんな心の揺れと変化がクリアに浮かび上がる。ここ三作、オリヴァーは実にダメで、「しっかりしろ！」と肩を摑んで揺さぶりたいほどだ。相対的に、ピアが捜査十一課のリーダーのようになってしまっているが、最後に見せるオリヴァーの決意もあり、きっとこのままでは終わらないだろう。

彼らが今後どう変わっていくのか、新しいメンバーを迎えた捜査十一課がこれからどうなるのか、シリーズを読む楽しみはここにある。刊行順に五冊が揃った今、新たな気持ちで順番通りの再読をお勧めしよう。その上で、第六作を楽しみに待ちたい。

訳者紹介 ドイツ文学翻訳家。主な訳書にイーザウ〈ネシャン・サーガ〉シリーズ、「緋色の楽譜」、フォン・シーラッハ「犯罪」「罪悪」、ノイハウス「深い疵」「白雪姫には死んでもらう」、グルーバー「夏を殺す少女」「刺青の殺人者」他多数。

検印
廃止

穢《けが》れた風

2017年10月20日 初版

著 者 ネレ・ノイハウス

訳 者 酒《さか》寄《より》進《しん》一《いち》

発行所 (株) 東京創元社
代表者 長谷川晋一

162-0814/東京都新宿区新小川町1-5
電 話 03・3268・8231-営業部
03・3268・8204-編集部
URL http://www.tsogen.co.jp
振 替 00160-9-1565
旭印刷・本間製本

ISBN978-4-488-27609-6 C0197